ROKIA

THE TRUTH UNTOLD

LA VERITÀ NASCOSTA

ROMANZO

MAGAZZINI SALANI

Prima edizione: settembre 2022
Sesta ristampa: maggio 2023

ISBN 979-12-5957-179-3

Per essere informato sulle novità
del Gruppo editoriale Mauri Spagnol visita:
www.illibraio.it

www.magazzinisalani.it

A zio Hamid,
mi hai sempre detto di volere una poesia dedicata a te.
Purtroppo, non sono riuscita a scrivertene una in tempo,
per questo ti ricordo tra le pagine del mio primo libro.
Che tu possa risplendere tra le stelle per sempre.

Premessa

All'essere umano fanno paura due cose: la morte e la diversità.

La loro natura è fragile e debole in maniera intrinseca. Nonostante ciò, gli uomini continuano ad aggrapparsi alla speranza di sconfiggere qualsiasi cosa ne minacci l'equilibrio.

Anche la morte stessa.

Anche se implica fare del male a tutto ciò che li circonda: alla natura, agli animali e alla stessa terra che abitano. Riversare il proprio odio soprattutto sui diversi, coloro che non si conformano alle regole, coloro che fanno traballare il confine imposto.

Perché si sa, nessuno lo dice esplicitamente, ma è così: il diverso non è e non sarà mai ben accetto.

E io ne ho avuto conferma guardandolo negli occhi.

Il *diverso* era lui.

Non riuscirei a descriverlo neanche volendolo, aveva l'aria di uno che ha subito il male per troppo tempo.

Aveva l'aria di un sopravvissuto al dolore più estremo, diventato immune ed estraneo perfino a se stesso.

Lui non era umano, lui apparteneva alle stelle.

Prologo

Undici anni prima

Una folata tiepida mi scompiglia i capelli, una ciocca mi ricade sul naso e la soffio via.

L'aria profuma di caramello. Annuso la scia dolce con l'acquolina in bocca, facendo leva sul tronco col piede. Abbraccio il ramo alla mia sinistra, prendo lo slancio e mi siedo.

Appoggio le mani sul legno, tra le cosce, la pelle segnata dalla corteccia, e inspiro ancora, mentre il mio stomaco brontola. Qui l'odore è più intenso... che cos'è? È davvero buonissimo!

Mi sporgo di lato e scanso le foglie davanti al viso. La strada che porta all'ingresso del luna park è colma di persone che attendono di fare il biglietto. Sotto di me, un gruppetto si dispone in una piccola fila, ricorda un ruscello; arriva a un carretto bianco a due ruote. Alzo lo sguardo sul banchetto lì accanto e... soffici batuffoli bianchi e rosa disposti a zig-zag mi riempiono gli occhi. Sorrido. *Zucchero filato!*

Il proprietario immerge un bastoncino nel cilindro metallico, lo gira una, due, tre volte, lo fa ruotare tra le dita, e fiocchi si sollevano leggeri, lo avvolgono, saturando l'aria di vapore profumato. Sembra che abbia rapito le nuvole dal cielo...

Passa il batuffolo rosa a una bambina e le sorride. «Ecco a te, signorina, buon divertimento!»

Lei lascia la mano della donna che ha accanto, afferra la

stecca e schiude le labbra in una piccola 'o', mentre la meraviglia le illumina il volto.

Palpo le tasche, il fiato sospeso. Non ho che qualche spicciolo rubato qua e là. Lo stomaco torna a brontolare, e mi asciugo la saliva dalla bocca con la manica della felpa. Uhm... Se quel tipo si distraesse, forse...

Mi acquatto e abbasso gli occhi su di lui. Serve con il sorriso tre persone della fila, ma d'improvviso si china, tira fuori un sacchetto e rifornisce di zucchero il cilindro.

Uno, due, tre, quattro... cinque. Cinque secondi. Devo cogliere la prossima occasione per prendere un bastoncino in cinque secondi.

Porge una nuvola bianca a un signore, l'ultimo in coda. Si passa un polso sulla fronte e si piega di nuovo.

Adesso!

Mi calo a testa in giù, le gambe strette al ramo, e afferro la stecca più vicina. Presa! Evviva! Spingo il busto verso l'alto, mi aggrappo alla corteccia con la mano, schiacciandomi contro il legno. Rotolo subito a cavalcioni e mi nascondo tra le foglie. Se qualcuno si accorgesse di me, quassù, sarebbe proprio un bel guaio.

Appoggio le spalle al tronco, piego una gamba e lascio l'altra penzoloni. E ora, a noi due! Assaggio un pezzetto di zucchero filato, si scioglie in bocca in un istante, trasformandosi in un piccolo lago dolce sulla mia lingua. Che buono! Strappo un altro ciuffetto e le dita mi si appiccicano. Le lecco a una a una mentre, con la bocca piena, fisso ipnotizzato le stecche. Ne voglio assolutamente un'altra!

Poso la stecca sul ramo e mi stendo sulla pancia. Il signore consegna un bastoncino a un ragazzino, riceve i soldi sul palmo e si volta. Ora è perfetto! Stringo le cosce intorno al ramo, sporgo il busto e mi allungo in basso, oscillando, le nuvole sotto di me. Tendo la mano. Ecco, ci sono quas...

D'improvviso uno sfarfallio di luce mi acceca e mi costringe a chiudere gli occhi. Scivolo più in basso, le caviglie premono sul legno ruvido. Sbatto le palpebre con il cuore in gola e metto a fuoco: una ragazza mi fissa, la fotocamera tra le mani. Fa un balzo all'indietro e schiude la bocca.

«C'è un ladro! Al ladro, al ladro!»

Oh, cavolo! Devo sbrigarmi a risalir...

Mi sbilancio su un lato, perdendo la presa con le gambe. D'istinto mi copro la testa, mentre l'aria mi scivola addosso, e cado su una superficie dura, che si piega sotto il mio peso. Una fitta mi azzanna tra le scapole, come se qualcuno le stritolasse. 'La schiena, che male!'

Con un palmo mi pulisco il viso, guardandomi intorno: pezzi del banchetto mi circondano, zucchero filato incollato ovunque mi giri. Scuoto i capelli e alzo lo sguardo davanti a me, sui presenti che mi scrutano a labbra increspate, arricciando il naso. Il proprietario sbarra gli occhi e allarga le narici, la fronte un reticolo di rughe, la bocca spalancata.

«Tu!»

Socchiude le palpebre, le vene del collo si gonfiano, le gote si tingono di rosso. Oh, oh... sarà meglio correre! Mi volto, afferro un bastoncino, lo metto tra i denti e scatto sulle ginocchia.

«Ti consegnerò alla polizia, piccolo furfante!» tuona, allungando le braccia su di me, la faccia violacea.

Prima devi prendermi! Mi sposto a sinistra e balzo in avanti.

«Fermati, ladruncolo!» ringhia, agitando un pugno in aria mentre gli sfilo tra le gambe.

Corro tra le persone, con i muscoli che bruciano e lo zucchero che mi si appiccica su una guancia. L'urlo di una sirena lacera l'aria e il cuore mi esplode nel petto. Sta arrivando la polizia, devo andarmene subito da qui.

Un varco tra due signori in fila attira il mio sguardo. Striscio tra loro come un serpente. Un'anziana ci osserva a bocca aperta, e altre tre donne mi schivano.

«Mamma! Mamma!» Un bambino mi indica. «Posso giocare con lui?» Sorride, ma la madre lo tira a sé, avvolgendolo col braccio.

'No, bambino, non puoi giocare con me... non me lo permetterebbero'. Stringo i denti, continuando ad avanzare, e la ghiaia mi graffia le piante dei piedi.

«Fermati, mostriciattolo!» ruggisce l'uomo alle mie spalle.

Neanche per sogno!

Supero un bidone verde, mi fermo e mollo un calcio sulla lamiera. Il clangore metallico percuote i timpani mentre il secchio rotola, gli finisce addosso e lo sbalza in avanti. L'impatto contro le sue gambe divelle il coperchio e l'immondizia si sparge sull'asfalto e su di lui. Scoppio a ridere a crepapelle, non ci posso credere, è un divertimento unico!

Un fischio acuto rimbomba nell'aria e mi riscuote subito. Giro la testa e scorgo una guardia che avanza di corsa verso di me.

«Alt, non ti muovere ragazzino!»

Mi volto all'istante, col mio tesoro stretto tra i denti, e punto verso il parco. Gli alberi sono il rifugio migliore.

«Da quella parte!» sbraitano i passanti.

Oltrepasso la ruota panoramica, e i carillon delle giostre attutiscono le grida. Mi sfilo il bastoncino dalle labbra, addento un fiocco dolce. È davvero il paradis...

Il piede incontra un sasso, si piega e crollo in avanti. Urto il suolo con le mani, scivolando sulla ghiaia, e per il colpo perdo la stecca. No! La mia nuvola di zucchero!

Appoggio gli avambracci sui sassolini, sollevando il busto. I palmi e le ginocchia mi bruciano, si saranno graffiati tutti. Siedo su un fianco, piegando le gambe, mi lecco le dita e spalmo la saliva sui tagli.

«Questa è tua?» mormora una voce profonda.

Un paio di scarpe nere e pulite fanno capolino sotto a dei pantaloni chiari dal tessuto liscio e fine. Alzo lo sguardo, e il mio batuffolo bianco spunta davanti al mio naso. Oh, allora si è salvato!

Dita eleganti stringono il bastoncino, le unghie lucide e la pelle levigata catturano subito i miei occhi. Al polso spicca un grosso orologio, il bracciale riluce di bagliori dorati, così tanto da sembrare un sole, e il candore della giacca mi costringe a socchiudere le palpebre e ad abbassare il viso. È talmente candida che ho paura di sporcarla col mio sguardo.

«Trovatelo!»

Sobbalzo, mentre lo scroscio della ghiaia e le grida rompono l'incanto. Strappo la stecca dalla mano dell'uomo e balzo in piedi, col cuore che martella nel petto.

«Da chi scappi?» mi chiede in tono gentile.

Sollevo un sopracciglio. Se gli rispondo, mi consegnerà alle guardie. No, mai! Indietreggio di un passo e incasso la testa tra le spalle.

«Non aver paura di me, ti voglio aiutare». Le sue labbra scoprono una fila di denti perlacei e dritti, sorride e mi tende una mano.

Aiutarmi? Un signore tanto perbene che si interessa a... me? Lui... lui non è disgustato? Non ha orrore per le mie mani sporche? Forse no, forse posso... fidarmi.

Afferro le sue dita, la pelle calda avvolge la mia in una stretta sicura. Mi lascio condurre fuori dal parco, dietro un muretto al confine con la strada.

«Ci nascondiamo in auto. Non ti troveranno qui dentro».

Apre lo sportello di una lunga vettura nera che brilla alla luce del sole. Schiudo la bocca, meravigliato. È... bellissima! Le ho viste solo da lontano, macchine così, non pensavo che avrei mai potuto toccarne una o addirittura entrarci. Affondo nel sedile morbido, e il cuoio chiaro scorre vellutato sotto ai miei polpastrelli. Poggio all'istante le mani macchiate sulle cosce, non voglio sporcare nulla.

«Come ti chiami?»

«Kinan Daneer».

«Kinan Daneer, ti piace questa macchina? Ci eri mai salito prima, in una macchina del genere?»

Scuoto il capo. «Mai. È molto bella, signore».

Le sue labbra si incurvano all'insù e il viso si distende. Perché sorride? Ho detto qualcosa di buffo?

«Dov'è finito, quel piccolo delinquente? Sembra essersi volatilizzato nel nulla!»

«È andato di qua, di qua!»

Le voci delle guardie mi arrivano da fuori, e d'istinto mi abbasso sul sedile.

«Sta' tranquillo, tu puoi vedere loro, ma loro non possono vedere te. I vetri sono oscurati».

Sbircio all'esterno, sporgendo solo gli occhi: i poliziotti si allontanano verso il luna park, scuotendo la testa.

L'ho scampata. Stavolta ci è mancato davvero poco... mi avrebbero preso di sicuro, ma quest'uomo buono mi ha salvato. Cosa posso fare per sdebitarmi? Ho solo poche monete nella tasca.

Lo sguardo cade sul mio prezioso bottino. In fondo, perché no? Mi sembra il minimo per la sua gentilezza. Sorrido e gli porgo la stecca, lui solleva un sopracciglio.

«Volevo ringraziarla, signore».

«Per cosa?»

«Per avermi aiutato».

Prende il bastoncino, strappa un pezzo di zucchero filato, lo mette in bocca e mugola, socchiudendo le palpebre. Sorrido. Missione compiuta! Gli ho restituito un po' della dolcezza che mi ha dimostrato.

«Se si lecca le dita è ancora più buono» mormoro, strofinandomi il naso.

Avvicina i polpastrelli alla lingua ed esegue. Ascolta persino i miei consigli!

«Sei un bambino molto bravo, sai?»

Abbasso gli occhi. «I bambini bravi non rubano, signore».

«Non lo fanno se non sono costretti. E ti confesso una cosa... rubare zucchero filato non è un crimine poi così grave, lo farei anch'io».

Le sue parole e la sua voce mi rassicurano e mi scaldano il cuore. È stato buono e gentile con me, da grande voglio diventare così anch'io. Mi ha fatto sentire meno strano, meno... solo.

«Sai, Kinan, io sono il proprietario di una casa che accoglie bambini e ragazzi desiderosi di avere un futuro. Portiamo avanti attività didattiche, facciamo giochi e organizziamo anche delle piccole gite».

«Wow!» Tiro fuori gli spiccioli che ho in tasca e li conto. Non basterebbero neanche per comprarmi un bicchiere d'acqua. Alzo lo sguardo su di lui, le labbra all'ingiù. «Quanto viene? Dubito di potermelo permettere».

Scuote il capo. «È gratuito, lo facciamo per beneficenza. Metti pure via quelle monete, non vogliamo nulla, sarebbe ingiusto».

Sbarro gli occhi e resto a bocca aperta. Non ci credo! È un sogno?

«Ti chiediamo solo di fare degli esami del sangue e dei controlli prima di entrare, per assicurarci che tu non abbia qualche malattia». Mi osserva con un angolo delle labbra rivolto in alto. «In questo posto ci sono tanti altri bambini come te... potrete giocare insieme e diventare amici. Sarai libero di farti una doccia calda quando vorrai, avrai sempre abiti puliti e un letto comodo tutto tuo. Che ne dici, ti andrebbe di venire?»

'Se mi andrebbe di venire? Un'occasione del genere non si ripresenterà mai! Potrò essere un bambino normale! Potrò avere vestiti non rotti, e cibo caldo, e un letto solo per me, delle coperte... e giochi!'

Le mie ciglia si inumidiscono, il cuore mi scoppia di gioia. «Quanti posti ci sono?»

«Parecchi».

Batto le mani, entusiasta. «Allora ci sarà spazio anche per altri? Conosco tanti ragazzini a cui piacerebbe venire! Non sarei un vero amico se li lasciassi».

«I tuoi amici? Sì, c'è spazio anche per loro. Stiamo cercando bambini bisognosi di aiuto, perciò non vedo alcun problema» mi sorride. «Allora, che te ne pare? Ti va se andiamo a vedere questo posto? Se non ti piacerà, potrai tornare qui e vivere come hai sempre vissuto finora. La scelta è tua, Kinan».

'Sì che mi va!' Certo, mi mancherà arrampicarmi sugli alberi, sentirmi leggero come il vento e selvaggio come un leone. Ma almeno non riceverò più occhiate di scherno e disgusto dalla gente. Forse riuscirò ad apparire come un bambino normale. Forse riuscirò davvero a diventare come quest'uomo.

Forse potrò essere considerato... *umano*.

«Ne sarei molto felice, signore».

1
Unione

Il sindaco

Le mie scarpe avanzano sulla moquette scura, affondano nelle fibre, accanto agli stivali della guardia. Mi scorta lungo il corridoio, marcia in silenzio. Sopra di me, la luce sfarfalla, forse una lampada sta per smettere di funzionare. Spero cessi anche quest'oppressione nel mio petto.

Raggiungiamo la porta della sala assemblee, il vociare all'interno arriva fino a qui. Mi rivolgo all'usciere. «Ci sono tutti? Beta e Gamma... sono dentro anche loro?»

«Sì, signore».

La guardia apre il battente intarsiato, mettendosi sull'attenti, e il brusio si interrompe all'istante. Tutti i volti si concentrano su di me, le espressioni tese si riflettono sul vetro nero del tavolo assieme alle luci giallastre delle applique alle pareti.

Sfilo al lato destro della stanza, e le loro occhiate mi seguono sino a capotavola. Scosto la poltrona e mi accomodo, facendo un cenno alla guardia. L'uomo chiude la porta, la serratura scatta con un tonfo. Ciò che verrà detto qui dentro non trapelerà all'esterno, per nessun motivo.

Schiarisco la gola. «Scusate per il poco preavviso». Incrocio le dita sul legno levigato, tamburello i pollici. «Vi ho convocati qui stasera per comunicarvi qualcosa su cui ho lungamente meditato nelle scorse settimane».

Non sarà un discorso semplice.

Affondo nello schienale, buttando fuori l'aria. «Siamo tutti consci di quali circostanze abbiano condotto la nostra città allo stato attuale, come pure di quale sia la realtà dietro tali...» La voce si strozza, costringendomi a deglutire. «... circostanze. Le decisioni che in passato, e di comune accordo, sono state prese a seguito dei nostri errori gravano sulla mia coscienza e, probabilmente, su quella di gran parte di voi». Li osservo, spalle tese, volti bassi, corrucciati. «Nessuno, in questa sala, può eludere le proprie responsabilità in questa vicenda. E... credo sia giunto il momento, per ciascuno di noi, di affrontarle». Mi sporgo in avanti, i gomiti toccano la superficie dura. Questo scatenerà il putiferio, lo so. Inspiro. «Vi chiedo di mettere ai voti la proposta di aprire i cancelli tra la nostra zona e quella dei Red».

All'istante si sollevano sussulti indignati e un brusio confuso.

«Con tutto il rispetto, signor sindaco... le ha dato di volta il cervello?» Il lampo nelle iridi cerulee di Gamma mi trapassa. «Se esistono quei cancelli è per il bene di tutta la comunità! Come può anche solo pensare che prenderemmo in considerazione una simile sciocchezza? Non pensa ai nostri figli?»

«Ha ragione!» ringhia Lambda, sbattendo il pugno sul tavolo. «Dovremmo rimandarli nel buco da cui sono venuti. Non dovrebbero proprio stare in città, nemmeno confinati. Quella dei cancelli è stata una pessima idea, l'ho sempre detto. Quelle *bestie* potrebbero oltrepassarli in ogni momento. Potrebbero farlo anche ora, mentre noi siamo qui a blaterare». Serra i denti. «È una follia!»

«Guarda le registrazioni delle telecamere di sorveglianza...» Zeta picchietta la penna sul legno. «Quelle 'bestie', come le chiami tu, non hanno mai cercato di oltrepassare i cancelli. Sono stati i nostri figli a farlo di nascosto».

Sigma scuote la testa, inforcando gli occhiali. «Li avranno attirati con qualche trucchetto, ne sono convinta. I nostri figli non andrebbero mai laggiù senza un motivo».

«Il motivo è semplice...» mormora Kappa. «Sono curiosi. Vedono un gruppo di ragazzi, per lo più adolescenti, chiusi in un quartiere circondato da inferriate, ci aspettiamo davvero che non vadano a dare un'occhiata? Non prendiamoci in giro... mantenere i Red segregati non farà altro che aumentare il loro interesse. Hanno già iniziato a fare domande, le domande diventeranno sempre più insistenti. E alla fine prenderanno questa cosa della città divisa in due come una sfida».

Epsilon annuisce. «È vero, ma così facendo sfidano solo la sorte! Bisogna allontanare definitivamente la tentazione dai loro occhi. La realtà oltre quei cancelli è del tutto... diversa, lo sapete!»

«Una realtà che abbiamo creato noi stessi, dimentichi?» sibila Zeta. «E non ci dormo più la notte. Io sono favorevole. Per me i Red possono entrare, a patto che li si tenga sempre sotto controllo. Voglio telecamere ovunque. A scuola, nelle strade, nei negozi, nei parchi...»

«Sei impazzita anche tu?» latra Gamma, il volto paonazzo. «Potrebbero avere in mente qualcosa, te ne rendi conto?»

«E allora perché, ogni volta che i nostri ragazzi, tra cui anche tuo figlio, sono andati a sbirciare da loro, non è successo niente? I Red non sono chiusi lì da ieri. E in questi anni hanno sempre tenuto fede all'accordo stipulato con noi» mormora lei.

«Siete dei pazzi!» urla Beta, le braccia al cielo. «Solo dei dissennati approverebbero un'idea tanto folle! Avete perso il lume della ragione!»

Basta così. Prendo il martelletto dal tavolo e lo batto due volte. Cala il silenzio.

«Vi prego di ricomporvi, signori. Sono più che consapevole delle preoccupazioni che nutrite. Sono le stesse che nutro anch'io. Ma aver generato quest'incresciosa situazione con le nostre mani è diventato un fardello troppo grande, vi sto offrendo l'occasione per fare ammenda».

Sospiro. 'Avevi ragione tu, mio vecchio amico. Mi avevi avvisato. Adesso ne pagheremo lo scotto'.

Mi schiarisco la voce. «Chiedo pertanto che sia messa ai voti la mia proposta. Chi è contrario all'unione?»

Più mani si sollevano all'istante, sincronizzate al secondo.

Due.

Cinque.

Sei.

Sette.

Dieci.

Prevedibile.

«Chi, invece, è d'accordo?»

Un palmo pallido si alza. Altri due lo seguono, tremolando.

Tre.

Quattro.

Un'occhiata fugace.

Cinque.

Sei.

Otto.

Nove.

Ne manca ancora uno.

«Tu, Alfa...» bofonchia Gamma, battendo a ripetizione le nocche sul legno. «Che vuoi fare?»

Lui solleva il volto, le occhiaie evidenti sotto gli occhi lucidi. «Per mia figlia» deglutisce. «E per quei ragazzi, figli di nessuno». Alza la mano.

«Siamo pari, sindaco» mormora l'altro, le labbra piegate in una smorfia. «Il suo è il voto definitivo».

Li osservo uno per uno. Non si torna più indietro.

«Prima di morire, voglio rimediare a ciò che abbiamo fatto. Quindi sì, sono favorev...»

Lambda sbatte i pugni sul tavolo, le vene del collo sul punto di esplodere. «Lei è un pazzo!» raglia. «Siete tutti dei pazzi! Degli incoscienti sconsiderati che hanno perduto il senno! Lo sconteremo sulla nostra pelle, vedrete!»

«La prego di ripensarci!» piagnucola Epsilon.

«Silenzio!» Scatto in piedi, il martelletto tra le dita, e colpisco il tavolo, facendo sobbalzare il bicchiere davanti a me. «La decisione è presa. Dalla settimana prossima, i Red avranno l'autorizzazione a unirsi alla città. Frequenteranno la White Academy, seguiranno le lezioni e sosterranno gli esami, proprio come gli altri studenti. Li terremo d'occhio, certo. Aumenteremo le telecamere di sorveglianza, a scuola e in ogni strada, parco, biblioteca. Se pure avessero in mente qualcosa, tenerli all'interno della nostra comunità è l'unico modo per scoprirlo. Darò comunicazione a riguardo anche al resto dei cittadini».

«Si rende conto di quello che sta dicendo, sindaco?» Beta allarga le braccia, gesticolando. «I nostri ragazzi a stretto contatto con quei... *quei...*»

«Me ne rendo conto benissimo, Jessica, e tuo padre sarebbe d'accordo con me. *Quelle* sono *persone*, e tu lo sai».

«È per questo che lo stai facendo? Per *lui*?» trema, le ciocche corvine strette tra le mani pallide. «È per lui che acconsenti a questo scempio?»

«Lo scempio lo abbiamo commesso noi, undici anni fa» espiro. «Adesso basta. Come ho detto, la decisione è presa».

Mi volto e incedo a passo lento accanto alle poltrone. Addosso ho gli occhi di tutti, frecce incandescenti nelle carni. Ma questa è la cosa giusta.

'Proprio come volevi tu, Franck'.

Apro la porta, e una guardia la spalanca, tenendola ferma. Supero la soglia mentre il battente si chiude alle mie spalle. All'interno, silenzio.

Chino il capo. Nessuno, lì dentro, è pulito. Io non sono pulito. Siamo tutti corrotti da una colpa che non ci permette di riposare. Una verità celata ai nostri figli.

Una verità non detta.

2
Red

Isabella

Tum. Tum. Tum.

Dei colpi contro il legno, ognuno finisce dritto sui miei timpani. Mi volto sul fianco e tiro le coperte sopra il viso.

Tum. Tum. Tum.

Nascondo la testa sotto al cuscino, premendolo sulle orecchie. Lasciatemi dormire... voglio riposare un altro pochino...

«Isabella».

Il timbro cantilenante di Yuri spezza le mie speranze. Schiudo un occhio e sbuffo. Forse se non rispondo mi lascerà in pace. In fondo, cosa sono cinque minuti in pi...

La porta si spalanca, i suoi piedi urtano il parquet a passo di marcia.

«Mamma ha detto che ti devi alzare, il pullman passa tra poco».

«Mmh mmh».

Mi strappa via la coperta, e i brividi mi attraversano la schiena. Mi afferra dalle caviglie e in un istante il materasso striscia sotto la mia pancia.

Ma che...?

D'un tratto un dolore lancinante mi trafigge il sopracciglio e mi fa spalancare le palpebre. «Ahi! Ma sei scemo, razza di ebete con le gambe!» sbotto, la voce ancora impastata dal sonno. «Mi hai fatto sbattere contro il comodino!» Lo incenerisco, mentre mi massaggio la fronte.

«Senti, procione da zoo» Yuri poggia una mano sul fianco, soffia via dal viso un ciuffo castano, «il pullman passa tra venti minuti e non voglio perderlo per colpa tua».

Procione, a me? Un attimo...

«Quanto hai detto che manca?» sbadiglio, stropicciando gli occhi.

«Venti minuti».

Venti cosa?

«È uno scherzo?» Sposto lo sguardo verso la sveglia, le lancette segnano le sette e venti. Sbarro gli occhi, il cuore in gola. Non ci credo, un'altra volta! «Cavolo, cavolo, cavolo!»

È tardi! Ma che dico, è tardissimo! Balzo in piedi. Come ho fatto a non sentire quell'affare? Spingo Yuri fuori dalla stanza, il suo ghigno soddisfatto non è d'aiuto.

Spalanco la porta del bagno con una pedata, facendola sbattere contro la parete. Mi spoglio e calcio via il pigiama mentre apro il rubinetto della doccia e faccio scorrere l'acqua. Devo sbrigarmi... devo assolutamente sbrigarmi!

Raccolgo i capelli in modo disordinato e mi infilo sotto il getto. Il calore e la schiuma levigano con dolcezza ogni centimetro della mia pelle. 'Muoviti, Isabella, non perdere tempo, non puoi arrivare tardi anche oggi!' Chiudo il rubinetto con un sospiro, e un brivido mi si arrampica sulla schiena mentre mi avvolgo un telo addosso, tamponando le gocce che scivolano sulle gambe. Infilo le ciabatte e corro in camera, lanciando un'occhiata alla sveglia. Doccia in otto minuti, non troppo male.

Dall'armadio recupero la gruccia con la divisa stirata, mi tolgo l'asciugamano e indosso la biancheria.

Infilo la camicetta candida e l'abbottono senza guardare. Prendo i calzettoni dal cassetto, li tiro su, srotolando il risvolto sopra al ginocchio. Lascio cadere la gonna a terra, ci saltello al centro e la sollevo, rimboccando dentro la camicia. Chiudo la zip e controllo che l'orlo copra il bordo delle calze davanti e dietro. Okay, pronta.

Torno in fretta nel bagno. Lo specchio rimanda la mia immagine, i capelli appuntati in una crocchia spettinata e la frangia gonfia per l'umidità. Il riflesso della mia faccia disgustata parla al posto mio. Diavolo, non ho tempo per la piastra, oggi, farò alla vecchia maniera.

Sciolgo l'elastico, afferro la spazzola e pettino i ciuffi; li schiaccio con le dita, aggiustandoli ancora, ma le ciocche si aprono sulla fronte. Non è possibile, questi capelli hanno vita propria... sembro Medusa!

Sbuffo mentre butto un occhio all'orologio da parete. Mancano cinque minuti, cavolo! Pazienza, userò la frangia come minaccia: 'Non mi guardate, o vi incenerisco'.

Esco dal bagno, afferro lo zaino accanto alla scrivania e mi precipito fuori, corro giù per le scale e lo mollo accanto alla porta d'ingresso.

Dalla cucina arrivano le voci di Yuri, di mamma e di papà, e il profumo del caffè mi solletica il naso. A grandi falcate raggiungo la soglia.

«Buongiorno» borbotto, avanzando fino al tavolo.

Yuri, stravaccato sulla sedia, mi osserva divertito. «Ecco che il nostro esemplare esce dal letargo e sbuca dalla tana per procacciarsi il cibo. Rimanete sintonizzati su *Wild Nature* per scoprire come si evolverà la situazione!»

Alzo il dito medio e sorrido. Dal cestino in mezzo al tavolo afferro una brioche e la metto sotto i denti senza sedermi, prendo la brocca della spremuta e la verso nel mio bicchiere, fino all'orlo. Mentre mastico, un pezzettino mi va di traverso, afferro il succo d'arancia e lo bevo.

Papà alza lo sguardo dal giornale. «Non ha sentito la sveglia?»

«E da quando le bestie in letargo sentono le sveglie?» sghignazza Yuri. «Dai, muoviti, non ho intenzione di perdere neanche un minuto di questa splendida giornata!» Si alza e si avvia saltellando all'ingresso.

Certo, perché pensa di avere qualche chance con le nuove ragazze... gli ormoni gli danno alla testa!

Mi infilo in bocca la parte finale della brioche e l'accompagno con l'ultimo sorso di spremuta, deglutisco e seguo Yuri fino all'appendiabiti, da cui afferra la giacca della divisa.

«Non vuoi perdere neanche un minuto della giornata, eh? Ammettilo, la verità è che vuoi soltanto sbavare dietro alle ragazze della Red School!» lo stuzzico col gomito, sollevando le sopracciglia.

«Chi non lo vorrebbe? Sono esseri venuti dal cielo per graziar...»

Il rumore del vetro infranto sulle mattonelle ci fa voltare di scatto verso la cucina. Ci affacciamo trafelati sulla soglia, mentre mamma raccoglie i frammenti più grandi dal pavimento e papà spinge i più piccoli con la scopa.

«Che è successo?» li osservo con il battito accelerato.

Mamma sorride, il volto pallido. «Mi è scivolato il bicchiere, che sbadata!»

«Stai bene? Sei molto agitata in questi giorni» mormora Yuri.

Lei si alza da terra, spostando i capelli all'indietro. Stringe i denti, la bocca tesa in una linea dura, i lineamenti tirati.

«I nuovi ragazzi... tenetevi alla larga da loro. Girano voci strane... pare siano dei poco di buono» scambia un'occhiata con papà, «dicono che siano dei bulletti, che provochino sempre risse, oltre ad avere qualche malattia contagiosa...»

«Sì» ridacchia Yuri, «e che vengono da Marte, hanno le antenne, i piedi palmati...»

«Non è divertente» ribatte mamma, l'espressione più seria. «Mi raccomando... se capitano nelle vostre classi, cercate di evitarli».

Non riesco a capire, non l'ho mai vista tanto nervosa... Se quello che dice è vero, spero che Yuri stia attento e che non faccia una delle sue solite pagliacciate.

Papà si schiarisce la gola e le sfiora il braccio. «Cara, così faranno tardi». Le poggia una mano dietro alla schiena e si rivolgono un lungo sguardo. Lei sospira e annuisce, con un sorriso tirato.

Alzo gli occhi al cielo. Che cos'hanno tutti e due, stamattina? Stiamo andando a scuola, mica in guerra!

Raggiungo l'ingresso, infilo le scarpe e prendo la giacca della divisa dall'appendiabiti. La indosso, stando attenda a non sporcarne il tessuto bianco, e sistemo il colletto. Altrimenti chi lo sente Mr Winkler se nel suo preziosissimo istituto c'è qualcosa fuori posto.

Raccolgo lo zaino e passo un palmo sulla frangia ribelle, ma una mano mi tocca la spalla. Mi volto e il viso di mamma, con le iridi verdi puntate su di me, mi compare davanti.

«Isabella, dico soprattutto a te...» sospira. «Per favore, se ti rivolgono la parola, niente battutine. Non provocarli».

«Basta che non mi provochino per primi, mamma» mormoro, sistemandomi lo zaino sulla schiena. «Se stanno al loro posto, non c'è pericolo».

Papà ci passa accanto e mi accompagna alla porta. «Buona scuola, tesoro» mi sorride.

«Grazie pa'». Gli lascio un bacio sulla guancia, la sua barba mi pizzica le labbra. Faccio lo stesso con mamma e lei stira la bocca, le rughette ai lati degli occhi si fanno più evidenti.

Esco e percorro il vialetto. Yuri cammina a cinque metri da me, mai una volta che mi aspettasse.

«Ehi, sgorbio, rallenta! Non è perché la pubertà ti ha regalato gambe da giraffa che puoi correre così». Il fiato si spezza. «Va' a ritmo di chi non ha degli arti chilometrici».

«Non è colpa mia se ho un grizzly come sorella» sghignazza mentre si ferma ad attendermi.

Un giorno di questi lo ammazzo, questo è poco ma sicuro.

«E poi non posso arrivare in ritardo proprio oggi, perciò muoviti» mi incita, battendo le mani.

«Ma tu arrivi sempre in ritardo».

Mi lancia un'occhiataccia. «Perché qualcuno non riesce a svegliarsi come un normale essere umano!»

Raggiungiamo la fermata e il pullman è ancora parcheggiato. Che fortuna, Bob deve averci aspettato anche oggi. Sant'uomo! Yuri mi supera e monta a bordo.

«Ciao, Bob» gli sorrido, salendo le scalette.

«Buongiorno a voi». Ingrana la marcia e parte.

Il marmocchio va a sedersi in fondo al pullman. Allunga il cappuccio della felpa sulla fronte, tira fuori il cellulare dalla tasca e appoggia i piedi sulla spalliera del sedile davanti. Mi avvicino e glieli butto giù, rivolgendogli uno sguardo torvo. Prendo posto, lo zaino sulle cosce. D'improvviso mi ritrovo un peso su entrambe le spalle: le sue scarpe sono accanto alle mie guance.

«Yuri!» ringhio. «Ti spezzo le caviglie, se non le levi».

«Gne, gne, gne...» Tira indietro i piedi. «Ti potrei schiacciare come una lattina se lo volessi, Issa».

Sbuffo, girandomi a guardarlo. «Quante volte ancora devo dirti di non chiamarmi più Issa? Questa storia va avanti da anni!» Con il suo stupido soprannome ha contagiato tutti gli altri.

«Issa, Issa, Issa!» sghignazza.

«Molto intelligente, Yuri. Davvero, hai il Q.I. di una rana».

«Mamma mia, te le immagini le Red nella nostra scuola? Delle bambole pronte a essere accolte dal principe azzurro».

«No che non me le immagino, non sono mica scema come te, che sei andato a impicciarti nella loro zona assieme ai tuoi amichetti!»

«E io non sono mica un orso pigro e asociale come te» ridacchia.

L'autobus rallenta, accostando davanti ai cancelli. Ci alziamo assieme agli altri ragazzi e sfiliamo accanto ai sedili. Dal finestrino intercetto Wendy, le mani sugli spallacci dello zaino, i boccoli dorati brillano alla luce. È sempre stupenda.

Yuri mi spinge avanti. «Muoviti, lumaca! Voglio godermi lo spettacolo dalle prime file».

Lo guardo da sopra la spalla, fulminandolo, e mi rivolgo all'autista. «A più tardi, Bob. Grazie».

Scendo dal bus, mio fratello fa lo stesso e si dilegua.

'Ciao anche a te, eh...'

Scruto i ragazzi in attesa di entrare, brulicano come insetti impazziti. Il vociare qui fuori è incredibile. D'improvviso mi arriva una gomitata.

«Attento!» borbotto al responsabile. Lui non si gira neanche.

«Issa!» una voce squillante richiama la mia attenzione.

«Ehi, Wendy». La raggiungo alla soglia del cancello. «Buongiorno. Stamattina sono tutti fuori di testa» borbotto.

M'incammino sul ciottolato, ma una pressione sul braccio mi fa voltare, e le sue iridi celesti si fermano a un palmo dal mio naso.

Sbatte le ciglia scure. «Secondo te, saranno come li hanno descritti?»

'Oh, mio Dio... non anche tu...'

«Non ne ho la minima idea e non mi interessa» grugnisco.

«Dai, non fare l'antipatica come al solito!» Sospira, spostando indietro le ciocche chiare. «Non vedo l'ora di incontrarli! Niente barriere, niente divieti... ti rendi conto?»

Schiocco la lingua. «Sì. Urrà».

Che avranno da agitarsi tutti quanti così, dico io... Okay, nessuno ha mai capito perché questi tizi fossero chiusi soli soletti da una parte, e ne ho sentite davvero di tutti i colori, ma non è la prima volta che uno studente nuovo entra a scuola. Che sarà mai!

«Andiamo a prenderci i posti migliori, tra poco dovrebbero arrivare per il discorso del preside». Mi trascina nell'atrio saltellando, i riccioli ondeggiano sullo zaino. Sprizza entusiasmo da tutti i pori.

Tre ragazzi ci sfilano accanto di corsa, scomparendo dietro le porte dell'aula magna. Entriamo anche noi e il chiacchiericcio mi riempie i timpani. Sembra di stare in un alveare con l'eco. Sopra il palco uno striscione bianco recita 'Benvenuti' in caratteri corsivi, rosso rubino. Davvero? Che originali...

Procediamo tra le poltroncine lungo il corridoio centrale, e la risata fragorosa di Yuri mi fa subito voltare verso destra. È seduto in prima fila, proprio sotto al microfono del preside. Scuoto il capo, sorridendo sotto i baffi mentre avanziamo. Non poteva non sedersi lì, quel bisonte in calore... altrimenti come avrebbe potuto ammirare bene quelle 'bambole' delle Red, pronte a cadere ai suoi piedi?

Wendy mi indica due posti laterali, più indietro rispetto a mio fratello, e io annuisco. Ci sediamo, metto a terra lo zaino e passo di nuovo la mano sulla frangia.

«Issa... cerca di non spaventarli troppo!» La voce stridula e la risata arrogante di Teresa ci fanno voltare.

«Che ne dici di non romperci le scatole di prima mattina?» sbotta Wendy.

«Scusi, signor avvocato delle cause perse, stavo parlando con quello zombie della sua amica». Sposta i lunghi capelli biondi sulla spalla destra, sbatte le ciglia folte e sogghigna, osservandomi.

«Teresa... il profumo che porti è talmente forte che sta appestando l'ambiente. Lo fai perché hai capito che con il cervello che ti ritrovi non ti potrà mai notare nessuno, o è un nuovo modo per ucciderci tutti asfissiandoci?»

Le sue iridi marroni lampeggiano di sdegno mentre storce la bocca. 'Ben ti sta'. Mi volto verso il palco soddisfatta mentre un fruscio degli altoparlanti e due colpi al microfono rimbombano nella sala, assieme a un fischio acuto, molesto come unghie sulla lavagna.

«Bene, vedo che ci siamo tutti...» Il preside tossicchia per attirare l'attenzione degli studenti. Il chiasso si placa e le luci generali si smorzano. «Come saprete, dopo una lunga riflessione è stato deliberato dall'Assemblea dei Rappresentanti di unire la Red School e la White Academy sotto un unico tetto, proprio qui, per favorire la comunicazione e l'integrazione reciproca. I cancelli sono stati aperti, e da oggi in poi avrete dei nuovi vicini e compagni di scuola, mi aspetto che li accogliate come si deve». Si schiarisce la gola. «Saranno smistati nelle varie classi, cercheremo di far combaciare i loro programmi di studio con i vostri. Mi aspetto che li aiutiate al massimo delle vostre possibilità». Passa un dito tra il collo e la camicia. Gira il foglio del discorso. «Questo è un passo avanti per la nostra città. Finora abbiamo sempre vissuto divisi, ciò ha creato involontariamente una gerarchia che vogliamo abbattere. L'importanza di conoscersi e di supportarsi come un solo e forte gruppo...»

Il timbro monocorde che usa suona come una nenia, lento e strascicato. Stropiccio gli occhi, appoggiando il capo sulla spalla di Wendy, e chiudo le palpebre. D'un tratto mi arriva una gomitata sul braccio.

«Issa, ti vede!» sussurra lei.

'Non è colpa mia se è soporifero!'

Mi sforzo di prestare attenzione, mi pizzico i palmi delle mani, ma sbadiglio in preda al sonno. Devo uscire... se resto seduta qui rischio di addormentarmi.

«Vado un attimo fuori, coprimi».

La mia amica alza un sopracciglio. «Fuori dove?»

«In bagno» bofonchio.

«Devi andarci proprio ora?» sbuffa. «Tra poco arriveranno, ti perderai lo spettacolo» fa l'occhiolino.

«Vuoi che me la faccia addosso?» Ridacchio. «E poi, se rimango qui dentro per altri cinque minuti, mi sentirai russare...»

Alza i palmi verso di me. «Va bene, vai. Però sbrigati».

Porto indice e medio alla fronte e li allontano. «Agli ordini!»

Scivolo fuori dalla fila di posti, chinandomi e strisciando rasente al muro fino all'uscita dell'aula magna. Non c'è un'anima. Perfetto. Sgattaiolo nel corridoio, e i miei passi rimbombano mentre cammino tra le due file di armadietti, il grigiore interrotto dalle locandine colorate dei club doposcuola.

Raggiungo i bagni delle ragazze e m'infilo dentro, richiudendo la porta alle mie spalle. Un po' di pace per i miei neuroni, me la merito. Mi chino per rialzare i calzettoni scuri. Chi progetta queste divise è davvero una brutta persona. Era chiedere troppo avere dei normali, lunghi, comodi pantaloni come quelli dei ragazzi? O ancora meglio, una tuta, invece che questa... questa... *uff!*

Sbuffo e tiro giù l'orlo della gonna, davanti e dietro. Mi tiro di nuovo su, mi accosto ai lavandini e apro il rubinetto. Magari l'acqua fresca mi sveglia un po'. Metto i palmi a scodella, li riempio e sciacquo il viso. Alzo gli occhi allo specchio. La frangia, divisa in ciuffetti, gronda goccioline. Oh, ma guarda... delle simpatiche stalattiti! Storco la bocca, strappo una salvietta di carta e mi metto ad asciugarla, ma uno scricchiolio di suole mi distrae, passi veloci che si alternano e si interrompono di colpo.

«Sei forse impazzito?» ringhia qualcuno.

Cosa...?

Raggiungo la porta e schiudo il battente, aprendomi uno spiraglio sufficiente per sbirciare il corridoio.

«Se lo scopre, ci ammazza!» gesticola un ragazzo, il ciuffo di capelli biondi che gli ondeggia sulla fronte.

'Chi ammazza chi?'

«Non siamo fatti per stare tra loro!» sbotta un altro, davanti a lui, il corpo percorso da tremiti.

«Abbassa la voce, potrebbero sentirti».

«Tsk, un umano?» sputa il moro, i muscoli guizzano all'angolo della mandibola. «E quale sarebbe il problema? Un tocco e... addio ricordi».

Sbatto le palpebre. 'Umano'? 'Addio... ricordi'? Chi diavolo sono questi? Se si tratta di uno scherzo escogitato da mio fratello per spaventarmi, questa volta non la passa liscia.

Spingo di un paio di centimetri la porta, piego il capo.

Il biondino poggia un palmo sulla spalla dell'amico. «Adesso calmati».

Lui la scrolla via. Stringe i denti, le occhiaie violacee spiccano sul pallore del viso. «Quest'odore è troppo forte, non resisto più». Serra i pugni, mentre il petto si alza e abbassa a ritmo sfrenato. Porta le mani tra i capelli, le ciocche corvine scorrono tra le dita. Linee scure appaiono dalle nocche, ricoprono gli avambracci, scompaiono sotto la maglietta e proseguono oltre, sul collo, sulla mascella.

Mi si gela il sangue, il cuore mi scoppia nel petto. Respiro, eppure esce solo un rantolo. Che cosa...? Che gli sta... succedendo?

Il ragazzo biondo lo afferra dalle braccia, bloccandolo. Lui prova a divincolarsi, gli artiglia il viso, la rabbia gli deforma i lineamenti.

«Non riesco a farne a meno!» ringhia, il tono cavernoso mi scuote le viscere.

«Cazzo, sta' calmo!»

«Merda» sibila una voce femminile, aspra.

Davanti a loro si para una ragazza, lunghi capelli chiari le ricadono sulla schiena. Dalla tasca del chiodo di pelle tira fuori una siringa, strappa con i denti il tappo dell'ago e inietta un liquido giallastro nel braccio del ragazzo con le vene nere. Lui trema, si accartoccia su se stesso. Le strie scure scompaiono, il respiro torna regolare.

Trattengo il fiato, il battito in gola. Io non... Loro... Cosa cazzo succede?

«Siete due coglioni! Non abbiamo neanche cominciato e state già infrangendo la prima regola».

«Ti ha mandata il capo?» mormora il biondino.

'Il... capo'?

«Sì, e per fortuna, direi. Se non vi date una mossa, saremo tutti nei casini».

«Che hai da guardare, eh?» latra il moro.

Sta parlando a me? No, impossibile... Mi danno le spalle, come potrebbero vedermi?

«Guardo l'idiota che sei!» tuona la ragazza. Gli afferra la maglietta, la strattona. «Non dobbiamo farci beccare, ti è chiaro il concetto? Che non succeda mai più! Adesso muoviamoci, dobbiamo andare a cambiarci».

Si incammina, e gli altri due le vanno dietro, lo sguardo dritto in avanti. Chiudo all'istante il battente e mi nascondo dietro alla porta mentre passano, bloccandola col corpo. Il cuore mi rimbomba tra le costole, ronza nelle orecchie. Deglutisco e prendo aria, concentrandomi sui suoni nel corridoio. I loro passi si affievoliscono, fino a scomparire.

Mi sporgo di nuovo fuori, guardando da una parte e dall'altra. Sono andati via.

Cosa diavolo era quel tizio? Non era normale... non sembrava umano! Devo avvisare subito il preside.

Spalanco la porta e scatto verso l'aula magna con le mani tremanti e il fiato corto. Raggiungo la sala e mi infilo dentro mentre Mr Winkler gesticola sul palco. Ancora non ha finito? Dannazione, non posso di certo interromperlo adesso! Ma devo avvertire qualcuno... la polizia, certo!

Cammino lungo la parete a passi veloci e raggiungo il mio posto, fiondandomi sullo zaino. Tiro la zip e frugo tra i quaderni. Del cellulare nemmeno l'ombra. Merda! Per la fretta l'avrò lasciato a casa.

«Dammi il tuo telefono» dico a Wendy col fiatone.

«Issa, non è il momento».

«Sono seria! Ho visto dei tizi nel corridoio, sembravano zombie! Dammi il telefono, devo chiamare la polizia!»

Wendy distoglie lo sguardo dal palco e lo punta su di me. «Hai sbattuto la testa da qualche parte?» mi domanda ridendo.

«Questo è il giorno perfetto per un grande cambiamento...»

Rivolge l'attenzione al preside. «Ne parliamo dopo, fammi vedere i Red».

«... diamo il benvenuto nella White Academy...»

Mi chino e frugo nella sua borsa. Scosto due quaderni, l'astuccio, il portafogli, un pacchetto di fazzoletti, cartacce varie, l'agenda. Ma dove l'ha messo quel maledetto cellulare?

«... ai Red!»

Scoppia un applauso che riempie l'aula. Sollevo gli occhi e trovo un muro di schiene, gli studenti si sono alzati in piedi. Un tifo che neanche alle partite.

Wendy mi strappa la borsa dalle mani. «Issa, smettila di cercare il telefono e guarda che ben di Dio ci hanno mandato!»

«Ma come te lo spiego che ci sono delle specie di alieni tra di noi?»

Schiocca la lingua, agitando una mano davanti al mio viso. «Ma di che parli?»

Mi afferra il mento, lo solleva e indica entusiasta il palco. «Guarda lì!»

Seguo la direzione del suo dito. Prima l'accontento e prima potrò continuare la ricerca.

«Non trovi siano assolutamente divini?» sospira, sbattendo le ciglia. «Sono la perfezione...»

In piedi accanto a Mr Winkler spicca un gruppo di studenti, tra cui riconosco anche *loro*.

«Dimmi che sto sognando».

«Non stai sognando» ridacchia. «Per la prima volta avremo dei ragazzi decenti a scuola!»

Altro che sogno, siamo in un incubo. Sono *quelli*... i Red?

3
Apparente perfezione

Isabella

In fila, uno accanto all'altro, sorridono con educazione e riconoscenza. Nessuna traccia dei segni che ho visto poco fa. Nessuna increspatura nei loro lineamenti angelici. Indossano la divisa come noi, camicie bianche, pantaloni scuri, gonne nere che finiscono sopra le ginocchia, ma le giacche sono diverse... il color granato spicca contro il candore delle nostre.

Wendy ammicca verso il palco. «Ci conviene individuare subito le nostre prede!»

Sgrano gli occhi, a bocca aperta. Non ci posso credere. Ingoio un groppo di saliva e prendo un profondo respiro. Questo è un incubo, seriamente. Tra poco mi sveglierò e sarà tutto finito.

«Ma da dove sono usciti, da un'agenzia di moda?» cinguetta Teresa, sventolandosi il viso.

Mi porto una mano sulla fronte. Che cosa devo fare? Avvisare la polizia? Nessuno mi crederebbe, non mi ha dato ascolto neanche Wendy. Devo trovare qualcosa di inconfutabile. E se... se provassi con le videocamere di sicurezza?

Scatto in piedi.

«Dove vai? Il preside sta ancora parlando!»

Rivolgo uno sguardo al palco e torno su di lei. «Credo stia per terminare. Devo proprio uscire».

Esco dalla fila di poltroncine, schivando come frecce le occhiate degli altri studenti. Mentre cammino rasente alla parete, le luci si riaccendono e parte un applauso che riempie l'aria. È finita, non ho molto tempo.

Affretto i passi, ma i ragazzi nelle ultime file si riversano all'uscita e altri mi si affiancano, spingendo da dietro e dai lati. Mi arriva una spallata che mi fa traballare e finisco per aggrapparmi al muro.

Va bene, adesso basta. M'intrufolo in mezzo a due ragazze, dividendole, dribblo il gruppo degli scacchisti e oltrepasso l'uscita, sbucando nel corridoio. Ce l'ho fatta, sono fuori. Ora devo solo andar...

«Liverly Isabella e Feel Teresa sono pregate di recarsi in presidenza» gracchia la voce rauca della segretaria dagli altoparlanti.

Il mio sorriso muore all'istante. Che vuole il preside da me e da *quella là*? Cos'ho fatto di male oggi?

«Sorella-Hulk, cos'hai combinato stavolta?» ridacchia Yuri alle mie spalle.

Non perde occasione per prendermi in giro, il marmocchio.

«Tu!» sbotta Teresa, parandosi davanti a me con un dito puntato sotto al mio naso. Assottiglia le palpebre. «Issa, se mi hai coinvolta in qualche casino, io giuro che...»

Alzo gli occhi al cielo. Eccolo il monologo infinito e inutile in stile 'Sono la reginetta del ballo e tutti dovete obbedirmi'. La scanso e marcio verso l'ufficio del preside. Almeno lì potrò avvisarlo di quello che ho visto e magari chiamare la polizia.

«Ehi, l'educazione!» Teresa mi viene dietro, le scarpe tacco dodici scalpicciano sul marmo del corridoio. «Quando qualcuno ti parla, devi ascoltare!» schiamazza.

«Lasciami in pace, Teresa, non sono dell'umore».

«'Non sono dell'umore'» raglia, storpiando il mio tono di voce.

Le lancio un'occhiataccia da sopra la spalla. Non ho proprio tempo per litigare con lei.

Svolto a destra, dalla vetrata che dà sul prato filtrano i raggi del sole, illuminano le mattonelle lucide fino all'ingresso della presidenza. Raggiungo la porta e busso due volte.

«Avanti».

Abbasso la maniglia e spalanco il battente. Il preside è già seduto alla scrivania. Si sporge in avanti, abbassa gli occhiali sulla punta del naso e ci squadra. Quattro studenti ci danno le spalle, le giacche granata risaltano oltre le spalliere delle sedie. Riconosco la lunga chioma dorata della ragazza che ha tirato fuori la siringa, i capelli corvini del ragazzo con le vene nere e il biondo dai tratti angelici che cercava di far calmare l'amico. Sono loro.

Avanzo di un passo, il cuore in gola.

«Bene, ora che ci siete anche voi, posso spiegarvi perché siete state chiamate qui». Poggia i palmi sul piano in legno mentre si alza, muove il naso e i folti baffi canuti gli ondeggiano sopra le labbra. «Vi sarei grato se faceste da guida ai nuovi arrivati per questi primi giorni, in modo che si possano orientare».

Il mio stomaco si fa di pietra. Sbianco di colpo e indietreggio di un passo, il respiro rapido e il cuore che pulsa nei timpani.

«Certamente!» trilla Teresa, mentre i tre si voltano.

«Perfetto, allor...»

«Può farlo lei da sola? Avrei un impegno» biascico.

Il preside si acciglia. «Questi quattro ragazzi saranno nella vostra classe, perciò è compito vostro. Non si discute, signorina Liverly».

Serro la mascella e stringo i pugni. Preferirei implodere, piuttosto che far loro da baby sitter. Maschero il disappunto tirando un sorriso.

«Loro sono Nicolas e Teo». Indica prima il biondo, poi il moro.

Si alzano, Nicolas incurva le labbra in un sorriso luminoso, le iridi azzurre luccicano. Teo mi fissa, il taglio definito della mandibola dà al volto un aspetto spigoloso. Nello sguardo ambrato non c'è traccia della furia di prima, eppure ha qualcosa di tagliente come un rasoio, e un brivido mi percorre la schiena. È come se il gelo mi si inerpicasse sulla pelle.

«Sono contento di fare la vostra conoscenza!» Nicolas ci porge la mano.

Resto a fissarla in silenzio. Non si aspetterà che gliela stringa?

«Piacere mio, Teresa».

«Io sono Teo». Il moro fa un cenno con il mento, la voce atona.

Se non fosse che l'ho visto di persona, con quel reticolo di segni neri sulla pelle, direi che sembra un ragazzo normale.

Anche la ragazza si alza in piedi. «Amanda, piacere di conoscervi». Le labbra carnose si tendono, scoprendo una fila perfetta di denti candidi. Gli occhi allungati a mandorla, però, restano inespressivi e freddi.

«Quindi sarete nella nostra classe, giusto?» trilla Teresa, con lo sguardo che brilla per l'eccitazione.

«Sì, noi tre e anche lui». Amanda si gira verso il ragazzo ancora seduto. «Non ti presenti?»

Era sul palco, ora che ci penso. I suoi riccioli rossi non si possono non notare, sembrano fiamme incandescenti.

Si alza in piedi, l'imponenza della sua figura sovrasta gli altri tre. Si volta verso di noi, con un movimento lento e controllato.

«Kinan» mormora, e il suo timbro roco mi risuona nel torace. Le sue iridi chiare vagano su di me, inumidisce le labbra mentre mi scandaglia dall'alto al basso.

«È il rappresentante dei Red» spiega il preside. «Dovrà essere informato su qualsiasi problematica o divergenza tra di voi».

Kinan... che nome insolito. Quindi è lui il *capo* del club 'droghiamoci tutti insieme appassionatamente'?

Non smette di osservarmi. Abbasso le palpebre, le dita formicolano sotto al suo sguardo. Deglutisco e prendo aria, voltandomi verso l'uscita.

«Andiamo» dico, il tono esce seccato, «la scuola è grande». Allungo la mano sulla maniglia, la abbasso e apro la porta.

Quelle vene nere, i tremiti, la siringa... scuoto la testa. Ho bisogno di quel video.

Esco e faccio strada lungo il corridoio. Prima finiamo, prima potrò andare nella sala registrazioni. Non sono pazza, so quello che ho visto. Devo portare il nastro alla polizia. Non posso permettere che nella nostra scuola ci siano ragazzi che si drogano di nascosto. Forse è per questo che erano confinati oltre i cancelli... di sicuro avranno fatto credere di essersi disintossicati. Possono darla a bere a chiunque, con il loro comportamento perfetto, ma non a me.

«Qui a sinistra abbiamo il laboratorio di chimica» cinguetta dietro di me Teresa. «Mr Layton è un tipo un po' strano, ma le sue lezioni fanno spesso ridere, c'è sempre una provetta che esplode o qualcosa che fa fumo!» ridacchia.

Che tortura! Sbuffo e accelero il passo.

Un formicolio mi si arrampica sulla pelle della schiena. Volto il capo e lancio un'occhiata oltre la spalla.

Lo sguardo del rosso è inchiodato a me.

Che razza di problemi ha? È uno stalker?

«Al piano inferiore ci sono le aule di meccanica ed elettronica, oltre a quella per il corso di sartoria. Subito a destra c'è l'aula di musica e laggiù in fondo c'è la palestra... voi fate sport? A giudicare dal fisico, direi proprio di sì!» trilla la mia compagna.

Grandioso, fa la cascamorta pure con loro. Mi ci sarei giocata una gamba.

Yuri esce dalla sua classe. «Avete bisogno di una mano?»

Mi fermo di colpo e lo fulmino.

«No, grazie. Una Liverly basta e avanza» bofonchia Teresa.

«Non mi paragonare a quella lì». Mi indica, arricciando il naso.

Supero gli altri e mi avvicino a lui. «Perché non sei a lezione?»

«Perché Mrs Perty non è ancora arrivata, non ci penso proprio ad annoiarmi in classe quando posso rifarmi gli occhi con tanta bellezza!» Fa un cenno col capo in direzione di Amanda, ammiccando, e torna a me. «Be', che vuoi fare, dirlo a mamma?»

«No» bisbiglio tra i denti, tendendo il viso in un sorriso forzato, «ti prendo a sberle se non entri subito in classe». Lo spintono verso l'aula, ma si oppone puntando i piedi sul marmo. Lo sposto solo di pochi centimetri. Maledetta pubertà! «Fila in classe, Yuri!» grugnisco, il braccio teso a indicargli la direzione da prendere.

Fa una pernacchia, mi scarta e punta al gruppetto. Si ferma davanti ad Amanda, la divora con lo sguardo. Proprio ciò che volevo evitare.

«Perdonateli» Teresa sventola una mano, «i Liverly non cambiano mai...»

«Siete i figli dei Liverly?» Nicolas si fa avanti, la voce incrinata. Mi volto, ci fissano tutti e quattro, nei loro occhi avvampa una luce strana, che mi paralizza. Restano a osservarci senza dire nulla, ma il modo in cui mi scavano dentro è... inquietante.

Yuri corruga le sopracciglia. «Ci conoscete?»

«I vostri genitori sono abbastanza noti in città, basta pensare alle cene di beneficenza che organizzano ogni anno» sibila Amanda.

Kinan incurva un angolo della bocca, il sorriso che gli taglia le labbra arriva pungente, privo di calore. Sembra quasi ci... derida. O forse è solo una mia impressione. Oggi finirò per impazzire.

«C-certo, sì, è così...» Mio fratello arrossisce, e io lo agguanto per la giacca e lo trascino in classe, chiudendo la porta.

Teresa riprende a camminare, la sua voce rimbomba nel corridoio mentre mostra l'aula successiva, eppure non ci presto attenzione. Chino la testa, lo sguardo fisso sulle scarpe. Quell'espressione... il sorriso sghembo... sono più che sicura ci stesse deridendo. È stata una piccola crepa nella sua apparente perfezione che a quanto sembra ho intercettato solo io.

«Questa è la sala delle registrazioni audio e video, è severamente vietato per noi studenti entrarci».

«Avete le telecamere di sicurezza?»

Ma guarda un po', è proprio il drogato a fare questa domanda, chissà come mai...

«Sì, in ogni angolo della scuola» mormora lei, avanzando a piccoli passi. «Ultimamente ne hanno aggiunte altre, non solo qui, ma anche in città. Sono misure di precauzione».

«Non si sa mai, i tossicodipendenti girano ovunque» sussurro.

Amanda sposta lo sguardo su di me, le sue iridi azzurre scavano nelle mie e una fitta alla tempia mi obbliga a chiudere le palpebre. Barcollo all'indietro tra le vertigini, mi appoggio al muro con un palmo.

«Ci sono poche regole, ma bisogna rispettarle tutte» soffia Teresa, mentre respiro per riprendermi dai capogiri. «Non si arriva in ritardo, niente risse, non si può fumare fuori dalla scuola. Il preside è molto attento a queste cose».

«Non c'è alcun problema, non vogliamo creare casini».

Le parole di Kinan suonano rassicuranti, ma non so perché ho tutt'altra impressione.

«Issa, a te viene in mente qualcos'altro?»

Scuoto il capo. Il dolore alla testa mi costringe al silenzio. Schiudo le palpebre, e mi ritrovo gli occhi di Amanda ancora addosso, non mi perde di vista. «Se abbiamo finito, io devo andare».

Li sorpasso senza voltarmi. Le fitte diminuiscono a ogni passo che mi allontana da loro. Torno indietro verso la sala registrazioni. Le videocamere di sorveglianza devono aver ripreso qualcosa... non me lo sono certo immaginato! Busso.

«Avanti».

Abbasso la maniglia e mi infilo dentro, richiudendo la porta alle mie spalle. L'odore del caffè pervade l'aria. Il tecnico sorseggia la bevanda fumante da un thermos, gustandola davanti ai monitor.

Mi avvicino. «Ciao, Sam. Ho perso il portafoglio, mi faresti vedere le registrazioni fatte stamattina davanti agli armadietti, per favore? Penso me l'abbia preso qualcuno lì».

«Sai già che non potrei».

«Il preside non lo saprà. Mi conosci, ti ho mai tradito?»

Scuote la testa sospirando. «Va bene. Verso che ora?»

«Sei il migliore! Circa quaranta minuti fa».

Accede alla cartella, scorre indietro fino ad arrivare all'orario che gli ho indicato. La telecamera inquadra il corridoio tra gli armadietti e i bagni.

Punto l'indice allo schermo. «Qui! Ecco».

Preme 'Play', parte il filmato. Ci sono io che cammino ed

entro nel bagno. La registrazione continua, mostra lo spazio antistante la porta; ricompaio io, esco in fretta e mi metto a correre, allontanandomi. Non c'è traccia dei tre Red.

Dove diavolo sono? Eppure erano lì fuori... com'è possibile? Non sono matta, li ho visti, ne sono sicura!

«Non vedo nessuno qui» sbuffa.

«Fallo ripartire».

Alza lo sguardo al cielo, riavvolge il video e soddisfa la mia richiesta. Stessa scena di prima: io che entro in bagno e, sei minuti dopo, io che corro verso l'aula magna. Strizzo gli occhi. Non ci voglio credere.

«Ora devo proprio chiudere».

«C'è qualcun altro che entra in questa sala? Qualcuno potrebbe accedere senza che tu te ne accorga e tagliare i video?»

Lui ridacchia, chiude la finestra delle registrazioni memorizzate e prende un sorso del suo caffè.

«Sam, rispondi» pigolo.

«No, nessuno entra senza il mio permesso. Questa stanza è chiusa a chiave quando non ci sono io».

«È impossibile...» scuoto la testa. «Non sono pazza! Li ho visti con i miei occhi, uno si è iniettato qualcosa con una siringa!»

«Ma di che parli? Mi stai spaventando».

Ah, già! Con lui ho inventato una balla! Sospiro. «Scusami, Sam, non volevo. Oggi è una giornata infernale. Grazie ancora».

Annuisce. «Cerca di riposare, non hai una bella cera...»

Indietreggio fino alla porta, abbasso la maniglia ed esco. Un buco nell'acqua. Mi incammino nel corridoio, le sopracciglia corrucciate. Quello che ho visto era reale. Allora perché non ce n'è traccia?

Entro in classe a spalle curve, probabilmente ho l'aspetto di chi è reduce da uno scontro galattico. Raggiungo il banco, mollo lo zaino a terra e piombo di peso sulla sedia, le mani tra i capelli.

«Qualcosa mi dice che sei disperata» ridacchia Wendy. «Cos'è, l'incontro con i Red fa questo effetto?»

Due nostre compagne ci osservano dai loro posti e altre due si avvicinano.

«Sono così belli da vicino?»

«Il rappresentante com'è? Ti ha parlato?»

«Dicono che se lo fissi non riesci più a distogliere lo sguardo!»

Poggio la fronte sul legno e rimango ferma. Fingermi morta non servirebbe, i pettegolezzi sui Red sono potenzialmente infiniti.

Mrs Turner si schiarisce la voce, entrando in classe. Non sono mai stata così felice del suo ingresso in aula come oggi.

Wendy mi dà una pacca sulla schiena. «Qualsiasi dilemma esistenziale sia, puoi superarlo».

'Già... devo solo farmi vedere da uno psichiatra, perché mi sono immaginata dialoghi inesistenti, vene nere, un ragazzo in crisi di astinenza, siringhe e droga. Semplice'.

«Vi chiedo di non fare cose insensate, come mettervi a urlare per l'eccitazione. Faccio entrare i nuovi compagni di classe e pretendo che ognuno rimanga al proprio posto. Prego... Nicolas, Teo, Amanda e... Kinan».

Alzo lo sguardo verso la porta, i miei occhi cadono su di lui. Il cuore prende a martellarmi nel petto.

«Questo è il paradiso» sospira Wendy.

4
Maleducato

Isabella

Picchietto il piede sul pavimento, mentre mordicchio il tappo della penna.

Il rosso si fa avanti, la mano nella tasca dei pantaloni. «Buongiorno a tutti». Sorride, passando in rassegna l'aula. «Mi chiamo Kinan, sono il rappresentante dei Red. Per qualsiasi questione possa sorgere tra il mio gruppo e voi, prendetemi come punto di riferimento».

Un sospiro sognante si solleva all'unisono, e alzo gli occhi al soffitto.

«Grazie mille, Kinan, è molto gentile da parte tua» mormora Mrs Turner. «Adesso, per favore, sedetevi, così iniziamo la lezione. Cortesemente, le coppie che hanno un banco vuoto vicino si separino, e voi» si rivolge ai quattro nuovi studenti, «potete sedervi accanto alle persone senza compagno di banco».

Wendy, alla mia destra, si alza. Le afferro un polso.

«Dove vai?»

«Non hai sentito? Dobbiamo separarci, qui dietro c'è un banco vuoto».

«No, ti prego, ti prego» pigolo, «resta qui!»

«Issa, non ti mordono mica!» Ride e si divincola dalla mia presa, scivolando nel banco alle mie spalle e sbracciandosi verso i quattro ragazzi in piedi.

Le si avvicina il biondino, passa le dita nel ciuffo chiaro e scocca un sorriso. Lei avvampa come una lampadina a incandescenza. Perfetto, di male in peggio.

La sedia al mio fianco struscia sul pavimento, lo stridio fende i miei timpani. Socchiudo le palpebre per il fastidio e mi volto con le sopracciglia corrucciate.

Il ragazzo dai riccioli ramati mi fissa, impassibile. Si mette seduto senza dire una parola, puntando lo sguardo in avanti.

Ottimo. Qualche divinità deve avercela proprio con me, altrimenti non si spiega questa enorme serie di sfighe.

Sposto l'attenzione verso gli altri due Red. Amanda siede in un banco accanto a Samara, i lunghi capelli che scivolano come una cascata dorata sulle spalle e spiccano sul bordeaux della giacca. La divisa le fascia le curve del seno alla perfezione, e tutti i ragazzi le lanciano occhiate più che palesi. Ridicoli!

Incrocio lo sguardo di Teo, che siede da solo a un lato della classe, e un brivido mi attraversa la pelle.

Io l'ho visto, non era normale. Giuro che l'ho visto.

Sospiro, scuotendo la testa. Forse sto diventando pazza. O forse Yuri ha messo qualcosa nella spremuta, e adesso vedo cose che non esistono.

«Ora vi consegno il compito che dovete fare per la settimana prossima, sapete già come funziona. Per i ragazzi nuovi, confido che i vostri vicini di banco vi spieghino di cosa si tratta. Se avete dubbi o domande, chiedete a loro». Mrs Turner distribuisce i fogli banco per banco fino al nostro.

Kinan osserva la pagina davanti a sé, la raccoglie e legge gli esercizi in silenzio. Intorno a me, gli altri Red vengono aiutati a capire come svolgere il compito dai compagni di banco. Wendy alza gli occhi e si acciglia, facendomi un cenno col capo. Datemi una pala, voglio seppellirmi.

Prendo un profondo respiro e mi rivolgo al mio vicino di banco. «Scusa...»

Nessuna reazione. Provo ad alzare la voce.

«Scusa, Kinan... per gli esercizi... hai bisogno di una mano?»

Mi punta le pupille addosso, penetrano nella mia carne come spilli. Un lampo gli illumina le iridi, che riflettono le luci dell'aula in mille sfaccettature diverse. Il verde si screzia di sfumature chiare verso l'esterno, e si fa più intenso e brillante al centro. Due smeraldi, incastonati in un viso costellato di piccole efelidi. Schiocca la lingua, torna a voltarsi in avanti.

'Ah, allora sei proprio stronzo, non era una mia impressione'.

Stringo le dita in un pugno. «Mi hai sentita?»

«Sono colpito dalla vostra intelligenza» sputa, tagliente come una lama. Si gira, poggia una mano sul banco, il gomito opposto sulla spalliera della sedia, e si sporge, avvicinandosi. Si ferma a un palmo dal mio naso, e il suo odore mi inonda, un'essenza agrumata e fresca, come di menta e limone. Resto senza fiato.

«Tale e quale a quella di un bambino delle elementari, vergognoso».

Sbatto le palpebre. «Scusa?»

«Ho detto che sono colpito dalla vostra intelligenza».

Si allontana da me e fissa la lavagna, l'espressione priva di turbamento.

«Che hai paragonato a quella di un bambino delle elementari?»

Sbuffa.

«Mi prendi per il culo?» sibilo.

Strizza gli occhi. «Dio, sei così rumorosa!»

Schiudo le labbra, ma non so cosa dire.

Ci ho provato. Ho provato a essere cordiale, ma ha evidenti problemi di personalità. Se ne stesse con i suoi amichetti. Fine dei tentativi.

Afferro la seduta e scosto la mia sedia fino al bordo del banco. Voglio stargli il più lontano possibile.

Lo squadro, un ghigno gli incurva le labbra.

'Ti diverti, pallone gonfiato? Vediamo quanto ti diverti se ti ignoro del tutto'.

Poggio il gomito sul legno e la mano a pugno sulla tempia, girandomi dall'altra parte.

Il trillo della campanella mi riscuote, smetto di scarabocchiare la pagina del quaderno e poso la matita. Teresa si avvicina e mi supera, bloccandosi davanti allo sbruffone.

«Ciao! Perdona il disturbo, per caso hai bisogno di una mano con gli esercizi della Turner?» squittisce.

Lui le rivolge un sorriso ampio e luminoso. «In effetti sono davvero complicati, li fate sempre così?»

Sgrano gli occhi. 'Cosa? Ma chi sei, dottor Jekyll e Mr Hyde?'

«Allora ti lascio il mio numero, più tardi ci mettiamo d'accordo per farli assieme!» Mi scocca un'occhiata dall'alto. «Dubito che Issa sia d'aiuto come compagna di banco».

«Teresa» forzo un sorriso, «giuro, non è il momento».

Vicky, Michela e Leila lo circondano, riservandogli risolini, sguardi languidi e battiti di ciglia. Picchietto il piede sul pavimento, tamburello le dita di una mano sul banco, con l'altra torturo i capelli. 'È tutto finto. Anche quando sorride, finge, come fate a non capirlo? Se non state attente, vi verrà un tic alle palpebre'.

Il professore di storia entra in aula, chiudendo la porta con un tonfo, e all'istante tutti tornano ai propri posti.

«La puoi smettere? Sei rumorosa» sibila Kinan.

Alzo gli occhi e lo trovo a fissarmi accigliato, le labbra tese in una linea sottile, la mascella rigida.

Inarco un sopracciglio. «Per caso hai allucinazioni uditive? Non ho detto niente!»

Con il capo indica il piede che continuo a battere a terra.

«Oh, mi scusi, sua maestà. Non volevo turbare il silenzio del suo riposo. Non sia mai che la mia intelligenza di livello elementare intralci il suo superiore e stimato quoziente intellettivo. Rimedio subito».

Afferro una penna dall'astuccio tra indice e pollice, la sbatto a ripetizione sul banco e sfoggio un sorriso falso degno di un Oscar. Il fastidio gli incrina i lineamenti, Kinan increspa la bocca, lo sguardo si affila. Punzecchiarlo mi dà estrema soddisfazione. 'Dopotutto, l'hai voluto tu'.

Scatta verso di me, allunga il braccio, mi sfila la penna dalle dita e la lancia per terra, fino al banco di fronte.

Spalanco la bocca. 'Che razza di problemi hai?'

Sposto una ciocca di capelli dietro all'orecchio e riprendo a picchiettare il piede contro il pavimento.

'Se pensi di potermi fermare, ti sbagli'.

Lo sbircio, il fremito di un muscolo sulla sua mandibola mi spinge a battere la scarpa con più velocità.

Serra i pugni, sposta le pupille su di me, le iridi di smeraldo rifulgono, mi inchiodano al suo viso. Si avvicina, il suo odore permea l'aria, mi soffoca come un veleno. Sposta una ciocca corvina oltre il mio orecchio e con l'altra mano mi blocca la coscia, le dita affondano sopra al ginocchio, nella carne.

Sussulto, il cuore mi esplode in gola.

«Per piacere» sussurra, «stai ferma».

Molla la presa, si allontana di colpo, gli occhi rivolti davanti a sé. Il suo profumo svanisce e io prendo un respiro, il fiato tremolante. Abbasso lo sguardo, piccole scariche marchiano i punti in cui i suoi polpastrelli premevano, un ventaglio caldo come le mie guance. Mi sistemo sulla sedia, nascondo il viso tra i capelli. Cosa mi ha fatto? È come se non riuscissi più a parlare.

Butto giù un groppo di saliva. Ho bisogno di riposo, sto impazzendo. Scocco un'occhiata all'orologio appeso accanto alla lavagna. Mancano altri quarantacinque minuti.

Voglio uscire da qui il prima possibile.

«Ti sta rincorrendo qualcuno?»

«Yuri, sparisci».

Sistemo lo zaino sulle spalle, avanzo oltre la fila di studenti davanti agli armadietti e svolto l'angolo.

«Lo farei con piacere, ma stiamo andando nella stessa direzione. Sai com'è... abitiamo insieme».

Alzo gli occhi al cielo, sbuffando. Ci mancava solo lui.

«È vero che avete in classe il rappresentante dei Red?»

«Non voglio parlarne».

Spalanco il portone, una folata mi scompiglia i capelli. Metà scuola è appostata fuori a chiacchierare. Il riverbero del sole sulle giacche bianche mi ferisce la vista, di riflesso socchiudo le palpebre e tendo la mano sulle sopracciglia. All'esterno, il brusio continuo acuisce le fitte alla testa.

«Perché non vuoi?» sogghigna. «Hai già fatto figure di merda?»

Lo fulmino. Un gruppo di ragazze, appostate sui gradini davanti al muretto, non fa altro che sbirciare verso l'uscita.

«Mi hanno detto che è cordiale ed educato... un tipo d'altri tempi».

Voglio tapparmi i timpani.

«Dici che lo vedremo da qui? Forse dobbiamo andare più avanti».

Le sorpasso in silenzio.

«Sorella, sicura di star bene? Sei così imbronciata... di solito la causa sono io, ma oggi non ho fatto nulla».

Varco il cancello esterno. Non posso non notare le cinque macchine della polizia accostate sul viale, gli agenti, appoggiati alle fiancate, ci scrutano in silenzio, le mani alle cinture, accanto alla fondina. Potrebbe essere l'occasione perfetta per avvisarli di ciò che ho visto.

«Dove vai?» Yuri mi agguanta dalla bretella dello zaino, bloccandomi.

«Devo riferire una cosa che è successa stamattina. Mollami» sibilo.

Allenta la presa. «Cioè?»

«Durante l'assemblea, mentre voi ascoltavate il discorso soporifero di Mr Winkler, sono sgattaiolata fuori per andare in bagno a sciacquarmi il viso. Poco prima di uscire, però, ho sentito delle voci» deglutisco. «Mi sono affacciata e ho visto quei due tizi dei Red, il biondino e l'altro, quello moro, che gesticolavano. Dicevano cose strane, parlavano di umani, di odore troppo forte, d...»

«Be', se ti lavassi di più...»

«Piantala» lo colpisco alla spalla, «sono seria! Il tipo coi capelli scuri ha avuto una reazione assurda, è diventato bianco come un lenzuolo, con le occhiaie viola, ha iniziato a tremare, a respirare in modo innaturale, e...»

«E?» mi fa segno di continuare.

«E dalle dita le sue vene hanno iniziato a diventare nere, sono arrivate fino al collo, fino al viso».

Lui porta le mani ai lati della bocca. «È spaventoso! E poi?»

«Poi è arrivata la ragazza, quella su cui hai sbavato. Teo ha iniziato a fare versi, sembrava folle, pieno di rabbia. L'altro lo ha bloccato per le spalle, lei ha tirato fuori una siringa e gli ha iniettato qualcosa. In pochi istanti si è ripreso, è tornato normale. Ecco, insomma, in poche parole... non so se solo quei tre o tutti quanti loro, però... credo siano degli esseri anormali... non umani... come degli alieni».

Mi torna alla mente ogni immagine. Il momento nel corridoio, Teo con le vene nere, folle di rabbia, la siringa, il sorriso pieno di scherno di Kinan...

«Quando sono andata a controllare le videocamere di sicurezza, non c'era nulla. Niente di niente».

«Non ci posso credere!»

«Lo so! E quel tipo, Kinan... non era presente stamattina, ma sono sicura che sappia qualcosa anche lui. Il modo in cui si prende gioco di noi... ha fatto il cordiale con chiunque, mentre a me ha detto che abbiamo tutti l'intelligenza di un bambino delle elementari, ti rendi conto?»

Annuisce, gli occhi sgranati.

«Grazie a Dio» gli appoggio una mano sulla spalla, «pensavo mi avresti presa per pazza». Allungo una gamba in avanti, ma una forza mi tira all'indietro.

«Vorrei richiedere un trattamento urgente» sbraita Yuri, «mia sorella sta avendo le allucinazioni, credo siano dovute al fatto che un bel ragazzo l'ha rifiutata. Vi prego di...»

Gli tappo la bocca con la mano, le guance rosse per l'imbarazzo. La sua lingua mi bagna il palmo. *Che schifo!* Lo lascio andare e pulisco la pelle sulla sua giacca. «Sei proprio un animale!» mormoro a denti stretti.

«E tu una pazza! Avanti, ma chi vuoi prendere in giro? Vorresti farmi credere che quei ragazzi» Yuri tende il braccio, l'indice punta alle nostre spalle, «sono degli alieni che vogliono invaderci?»

Mi volto, i Red stanno uscendo, circondati da ragazzi e ragazze.

«È proprio così! Non sono normali, Yuri, l'ho visto con i miei occhi».

«Magari hai bisogno di un buon paio di occhiali... o di uno strizzacervelli!» ridacchia.

«Non ridere e non osare dirlo a mamma e papà, non voglio preoccuparli».

Alza gli occhi al cielo. «Cosa dovrei dirgli? Che la loro figlia deve essere portata in un centro psichiatrico?» ghigna.

«Ti ripeto che quello non era in sé, perché non vuoi darmi retta?»

«Perché magari non è come pensi tu! Magari lui è un ragazzo malato e i suoi amici gli stavano dando un farmaco salvavita. Insomma, Issa, prova a ragionare. Pensi che uno che si droga lo farebbe in mezzo a un corridoio, a scuola, in pieno giorno, col rischio di essere beccato da un momento all'altro? Sii realista, invece di farti film mentali». Mi supera, scuotendo la testa. «Alieni, ah!» ride. «Questa è bella!»

5
Petali di rose

Kinan

«Avanti!»

Il cigolio della porta mi si conficca nei timpani come uno chiodo. Un millesimo di secondo di silenzio, ed è lo sfarfallio frenetico di un cuore a occupare le mie orecchie. Ansia, paura.

Un'ondata dolce mi investe, impregna l'ambiente, satura l'aria. È come avere un bouquet di rose dritto nelle narici. Lancio un'occhiata ai ragazzi, siedono accanto a me e nessuno storce la bocca. Come...? Qui dentro è esploso un roseto e sono l'unico a notarlo?

Il preside fa scivolare gli occhiali quadrati sulla punta del naso, lo sguardo rivolto alle mie spalle.

«Bene, ora che ci siete anche voi, posso spiegarvi perché siete state chiamate qui. Vi sarei grato se...»

Allento il colletto della camicia e prendo un respiro. L'orologio appeso sul muro, sopra alla testa del preside, segna le nove e dieci. Tamburello le dita sulla coscia. Non è neanche iniziata la giornata e già mi sento soffocare.

«Certamente!» trilla una stidula voce femminile. Torno a guardare il preside, sorride, le rughe gli circondano gli occhi.

«Perfetto, allor...»

«Può farlo lei da sola? Avrei un impegno» sbotta qualcun altro, il timbro vellutato come un petalo.

«Questi quattro ragazzi saranno nella vostra classe, perciò è compito vostro. Non si discute, signorina Liverly».

Liverly.

Le mie dita si fermano e si chiudono in un pugno, le unghie penetrano nella carne. Serro i denti fino a farli scricchiolare. Scommetto che è sua questa puzza nauseabonda.

Teo s'irrigidisce, le spalle tese, le nocche che sbiancano; Amanda piega le labbra in una smorfia impercettibile; Nicolas si tortura le mani, la fronte aggrottata.

«Loro sono Nicolas e Teo». Il preside indica i ragazzi, che si alzano subito in piedi, rivolgendosi alla porta.

«Sono contento di fare la vostra conoscenza!» Nicolas attira l'attenzione su di sé.

«Piacere mio, Teresa » gorgheggia la voce acuta di prima.

«Io sono Teo».

Lo osservo di sbieco, stringe i pugni ai lati del corpo. Amanda si alza dalla sedia, mettendosi di fronte a lui.

«Amanda, piacere di conoscervi». Ha usato un tono accogliente, è stata brava.

«Quindi sarete nella nostra classe, giusto?» squittisce Teresa. Mi massaggio il collo, l'odore mi punzecchia le narici sempre di più. Voglio uscire da questo minuscolo, stupido ufficio.

«Sì, noi tre e anche lui. Non... ti presenti?» Amanda mi scocca un'occhiata, il sorriso tirato e gli occhi in balìa di una scintilla simile a rabbia.

Osservo Nicolas e Teo, entrambi hanno la stessa ombra sul viso. Appoggio la mano sul bracciolo della sedia e mi alzo, la testa pulsa. Mi volto verso le due ragazze, tiro le labbra in una linea dritta. Dovrebbe essere un sorriso, spero sia riuscito. Teresa schiude la bocca, scruta il mio viso con insistenza. Non è suo l'odore di rosa.

Sposto l'attenzione sulla ragazza accanto. *Isabella Liverly.* La lunga chioma corvina le si adagia sulle spalle, sul viso candido spunta un piccolo naso all'insù. La frangia le copre la fronte, piccole iridi verdi spiccano tra le ciglia scure. Stesso volto. Stessa espressione. Stesso corpo.

Onde di rabbia mi attraversano il petto.

«Kinan» sussurro a denti stretti.

Punta le pupille sulle mie, il volto impassibile, gli occhi privi di emozione. Inumidisco le labbra. Come fa a essere così simile a...

«È il rappresentante dei Red» spiega il preside. «Dovrà essere informato su qualsiasi problematica o divergenza tra di voi».

Non accenna ad abbassare il capo. Che ha da fissare? Vediamo cosa fa se ricambio. Lo sguardo scivola su di lei, la giacca bianca di almeno una taglia in più le copre le forme, la gonna nera scende fin sopra alle ginocchia, e i calzettoni non lasciano scoperto neanche un centimetro di pelle. 'Vuoi nasconderti, Liverly?'

«Andiamo». Si volta con tono seccato, abbassa la maniglia e apre la porta. «La scuola è grande». Cammina lungo il corridoio, i capelli le ondeggiano da un lato a un altro e forti ondate di rosa appestano l'aria. Trattengo il fiato.

«Qui a sinistra abbiamo il laboratorio di chimica». Teresa indica l'aula con la mano. «Mr Layton è un tipo un po' strano, ma le sue lezioni fanno spesso ridere, c'è sempre una provetta che esplode o qualcosa che fa fumo!»

Isabella sbuffa e accelera il passo, il profumo si allontana con lei, torno a respirare. Forse il modo di camminare... è l'unica cosa differente. Non è elegante né composta. Calpesta il suolo con forza, marca le piastrelle come un soldato in marcia. Si volta e mi inchioda con un'occhiata gelida, serra la mandibola, i lineamenti tesi.

Inclino il capo. Due gocce d'acqua.

«Avete bisogno di una mano?» gracchia una voce maschile. Un ragazzo alto, esile, dai capelli castani si avvicina di corsa. Passa una mano sul ciuffo, i lineamenti morbidi e le guance arrossate tradiscono la sua età. È più piccolo.

«No, grazie. Una Liverly basta e avanza» lo inchioda Teresa.

Yuri Liverly.

«Non mi paragonare a quella lì». Arriccia il naso.

La sorella lo prende in disparte, gli sussurra qualcosa. Lui si acciglia e si scansa.

«Be', che vuoi fare, dirlo a mamma?» ghigna.

La biondina si sposta e li copre con il busto. «Perdonateli» sospira, «i Liverly non cambiano mai...»

«Siete i figli dei Liverly?» Nicolas avanza, la voce tradisce le sue emozioni.

Isabella si volta all'istante.

«Ci conoscete?» Il fratello incrocia le braccia al petto.

Teo si irrigidisce, punta lo sguardo altrove, mentre Nicolas sogghigna e nasconde le mani nelle tasche.

«I vostri genitori sono abbastanza noti in città» sibila Amanda, «basta pensare alle cene di beneficenza che organizzano ogni anno».

Impeccabile. Sollevo l'angolo della bocca e alzo gli occhi verso di loro: Isabella mi fissa, aggrotta la fronte, le labbra increspate in un broncio evidente. Ricambio lo sguardo. 'Vediamo quanto resisti...'

«C-certo, sì, è così...» Yuri arrossisce, lei lo agguanta dalla giacca e lo trascina fino in classe, chiudendo la porta.

Riprendiamo a camminare e i suoi passi ci raggiungono.

«Questa è la sala delle registrazioni audio e video, è severamente vietato per noi studenti entrarci».

Scocco un'occhiata al soffitto, le videocamere tappezzano ogni parete, puntano sui corridoi e sugli armadietti disposti in file ordinate. Amanda mi lancia un rapido sguardo. Pensiamo alla stessa cosa. Quanto controllo...

Teo scatta in avanti. «Avete le telecamere di sicurezza?»

«Sì, in ogni angolo della scuola» Teresa gira su se stessa. «Ultimamente ne hanno aggiunte altre, non solo qui, ma anche in città. Sono misure di precauzione».

'Misure di precauzione'... certo. Sposto le mani nelle tasche della giacca.

«Non si sa mai, i tossicodipendenti girano ovunque» sibila Isabella.

'Tossicodipendenti'? Mordo l'interno della guancia e stringo i denti. Amanda la fulmina, le pupille serrate. Lei barcolla indietro, si sostiene al muro.

«Ci sono poche regole, ma bisogna rispettarle tutte» mormora Teresa. «Non si arriva in ritardo, niente risse, non si può fumare fuori dalla scuola. Il preside è molto attento a queste cose».

Prendo un profondo respiro, schiudo le labbra e mostro un sorriso a trentadue denti. «Non c'è alcun problema, non vogliamo creare casini». Il mio tono di voce pacato la fa annuire, mentre la Liverly si acciglia.

«Issa, a te viene in mente qualcos'altro?»

Scuote il capo, le iridi fisse nelle mie. Un lieve tremolio le scuote il labbro inferiore. Si porta una mano sul petto e poi sul collo, il volto s'increspa. Distoglie lo sguardo. «Se abbiamo finito, io devo andare».

Ci supera, mi passa davanti e un'ondata di rose torna a invadere l'aria.

«Vi chiedo di non fare cose insensate, come mettervi a urlare per l'eccitazione. Faccio entrare i nuovi compagni di classe e pretendo che ognuno rimanga al proprio posto. Prego...» Mrs Turner ci fa cenno di entrare in aula. «Nicolas, Teo, Amanda e... Kinan».

I volti di venti studenti si concentrano su di noi, alcuni mi fissano con le labbra spalancate, altri sussurrano al compagno di banco mentre ci squadrano da capo a piedi. I ragazzi si soffermano su Amanda, le lanciano occhiate maliziose, si scambiano gomitate d'incoraggiamento. Qui dentro l'aria profuma di rose. *Di nuovo.*

Infilo la mano nella tasca dei pantaloni. «Buongiorno a tutti» incomincio, facendo vagare lo sguardo nell'aula, «mi chiamo Kinan, sono il rappresentante dei Red. Per qualsiasi questione possa sorgere tra il mio gruppo e voi, prendetemi come punto di riferimento».

Un sospiro sognante si solleva all'unisono dalle ragazze in prima fila, una di loro appoggia la testa sul palmo della mano e arrotola tra le dita una ciocca di capelli.

«Grazie mille, Kinan» Mrs Turner mi rivolge un sorriso cordiale, «è molto gentile da parte tua. Adesso, per favore, sedetevi, così iniziamo la lezione. Cortesemente, le coppie che hanno un banco vuoto vicino si separino, e voi» ci indica, «potete sedervi accanto alle persone senza il compagno di banco».

Diversi studenti si alzano dai loro posti, facendo rumore con le sedie. Nicolas cammina verso un banco in mezzo alla classe; dietro di me, un ragazzo fa cenno ad Amanda di avvicinarsi e sedersi accanto a lui. Teo va a sedersi in un posto singolo su un lato dell'aula. Perfetto.

Avanzo di qualche passo, un posto vuoto al centro attira la mia attenzione. Sposto la sedia e mi accomodo. Inclino il capo, alzo gli occhi sulla persona seduta nel posto accanto. Tutto profuma di quei dannati fiori, mi manca l'aria. La lunga chioma corvina scivola lucida lungo le spalle, due iridi verdi mi inceneriscono, strette tra le ciglia scure. Distolgo lo sguardo e serro la mascella. Isabella Liverly.

«Ora vi consegno il compito che dovete fare per la settimana prossima, sapete già come funziona. Per i ragazzi nuovi, confido che i vostri vicini di banco vi spieghino di cosa si tratta. Se avete dubbi o domande, chiedete a loro». L'insegnante distribuisce dei fogli tra i banchi, ne mette due sul nostro.

Raccolgo il mio. Intorno a me, il brusio serpeggia tra i ragazzi. Scorro gli esercizi. E questi sarebbero difficili?

«Scusa...» sussurra con voce flebile, avvicinandosi. Trattengo il fiato. Il suo odore è nauseante. «Scusa, Kinan... per gli esercizi... hai bisogno di una mano?»

Mi volto verso di lei, il battito del suo cuore che pulsa come il ticchettio di un orologio impazzito mi riempie i timpani. 'Agitata, Isabella?'

Scocco la lingua, torno a osservare la lavagna.

«Mi hai sentita?» sibila.

Mi giro e trovo le sue pupille fisse su di me come lame taglienti. 'Ti ho sentito, sì, e mi hai seccato'. «Sono colpito dalla vostra intelligenza...»

Poggio una mano sul banco, mi sporgo in avanti e mi avvicino. Percorro con lo sguardo i suoi lineamenti morbidi, gli occhi a mandorla stretti come piccole fessure impenetrabili, il naso all'insù. È *identica*, cazzo...

«Tale e quale a quella di un bambino delle elementari, vergognoso» sollevo l'angolo delle labbra.

Sbatte le palpebre, schiude la bocca. «Scusa?»

«Ho detto che sono colpito dalla vostra intelligenza». Torno con lo sguardo sulla lavagna.

«Che hai paragonato a quella di un bambino delle elementari?»

Sospiro esausto. Lo sfarfallio del suo cuore mi distrae, non mi permette di concentrarmi. Quest'olezzo mi dà il voltastomaco e il tono che usa infilza le mie orecchie.

«Mi prendi per il culo?» sibila.

Serro le palpebre, la deve finire. «Dio, sei così rumorosa!»

Afferra la sedia e si sposta fino al bordo opposto del banco. Mi getta un'occhiata risentita. Sollevo le labbra in un ghigno. Poggia il gomito sul legno e la mano a pugno sulla tempia, girandosi dall'altra parte. *Patetica.*

Il trillo della campanella segna la fine dell'ora. Massaggio il collo e lancio un'occhiata ai ragazzi, gli studenti White li circondano in men che non si dica.

«Ciao! Perdona il disturbo, per caso hai bisogno di una mano con gli esercizi della Turner?»

'Grazie, Teresa, mi hai fornito un'ottima occasione per infastidire la mia vicina'. Sorrido. «In effetti sono davvero complicati, li fate sempre così?»

«Allora ti lascio il mio numero, più tardi ci mettiamo d'accordo per farli assieme! Dubito che Issa sia d'aiuto come compagna di banco».

«Teresa» sussurra lei, il volto tirato e il respiro irregolare, «giuro, non è il momento».

Altre tre ragazze circondano il banco.

«Ti hanno già spiegato come sono suddivisi i club scolastici?» domanda una mora facendosi avanti. «Noi siamo nel...»

Non le ascolto. Il picchiettio del suo piede, delle dita che colpiscono il banco con insistenza, copre le loro parole, e il cuore che le rimbomba nel petto mi deconcentra. Stringo i pugni. Le lancio un'occhiata rapida: fissa imperturbabile un punto davanti a lei, rivolta alla lavagna.

«Allora, che ne dici?» squilla la mora.

Il professore di storia entra in aula e mi salva dal rispondere. Le ragazze tornano ai loro posti, mi gettano addosso sguardi languidi e sorrisi. Mi volto dall'altra parte. La sua fragranza mi soffoca, allento il colletto della divisa. Il ticchettio della sua scarpa sul pavimento mi martella nel cervello. Che fastidio.

La fisso, serrando la mascella. «La puoi smettere? Sei rumorosa».

Inarca un sopracciglio. «Per caso hai allucinazioni uditive? Non ho detto niente!»

Prendo un profondo respiro, con il capo le indico il piede. Solo una delle sue tante cose insopportabili.

«Oh, mi scusi, sua maestà. Non volevo turbare il silenzio del suo riposo. Non sia mai che la mia intelligenza di livello elementare intralci il suo superiore e stimato quoziente intellettivo. Rimedio subito» ghigna. Traffica nell'astuccio e afferra una penna tra indice e pollice, la sbatte a ripetizione sul banco, sul volto un sorrisetto divertito.

'Okay, Isabella... l'hai voluto tu'.

Allungo il braccio, le sfilo a penna dalle dita e la butto per terra. Spalanca la bocca.

Torno composto sulla sedia, finalmente silen...

Il picchiettio della scarpa torna a tormentarmi. Serro i pugni, le punto le pupille addosso. Nauseante, fastidiosa.... rumorosa. Mi avvicino, sposto una ciocca corvina oltre il suo orecchio e con l'altra mano le blocco la coscia. Sussulta, un piccolo ansito le esce dalle labbra, il suo cuore accelera.

«Per piacere» sibilo, «stai ferma». Scosse elettriche passano dalle mie dita alla sua pelle. Le pupille le si dilatano, chiude la bocca e i battiti rallentano. Perfetto.

Mollo la presa e mi allontano. Punto lo sguardo sul professore. Con la coda dell'occhio noto le sue mani tremare. Si sistema sulla sedia, nasconde il viso tra i capelli e resta ferma. Rimangono solo i petali di rosa, invadono le narici e ogni centimetro dei miei pensieri.

6
Serate imbarazzanti

Isabella

Mamma adagia il roastbeef nel mio piatto, lo ricopre con la salsa, il limone nel sugo mi solletica il naso. Le fettine rosate brillano sotto le luci. Hanno un aspetto squisito, da far venire l'acquolina in bocca a chiunque. Sospiro, la guancia abbandonata sul palmo della mano. Stringo la forchetta, i rebbi affondano nella carne tenera. Separo i tranci, ne taglio un pezzetto, lo volto dall'altra parte. Una fogliolina di prezzemolo scivola giù, il verde spicca sulla ceramica bianca e due iridi di smeraldo mi appaiono davanti agli occhi. Il cuore sussulta. Sollevo la testa e abbasso lo sguardo, la mano sfiora la pelle sopra al ginocchio. In tutta la mia vita non mi sono mai sentita così... così... paralizzata.

Scuoto il capo e sospiro di nuovo, spingendo il piatto in avanti, lontano da me. Mi è passata la fame. Una gomitata mi riscuote d'improvviso.

«Pianeta Terra chiama Isabella. Sei ancora tra noi?»

«Yuri» lo fulmino, «finiscila».

«Be', se non lo mangi tu...» Tende il braccio, infilza due fette di carne dal mio piatto e le fa cadere nel suo, fiondandosi subito su una.

Mamma mi scruta, le sopracciglia aggrottate. «Non stai toccando nulla... per caso è successo qualcosa a scuola?» Inclina la brocca e mi riempie il bicchiere.

Le rivolgo un'occhiata veloce. «Niente di particolare».

Prendo la forchetta, raccolgo il tocchetto di roastbeef e lo infilo in bocca.

Annuisce, increspa la bocca e inarca un sopracciglio. «E i Red?»

Il boccone mi resta incastrato in gola. Agguanto il bicchiere e butto giù un sorso d'acqua.

«*Calienti...*» sputacchia Yuri, masticando a bocca aperta. «Voglio dire... perfetti. Issa ne ha addirittura quattro in classe, la solita fortunella!»

«Ah sì?» Papà mi sorride mentre taglia la carne, la lama stride sul piatto.

«E non solo» Yuri si dondola sulla sedia, «uno è il loro rappresentante! Come si chiama?»

Mamma alza gli occhi su di me, sgranati.

«Kinan» mormoro, con un formicolio che mi percorre il punto sopra al ginocchio. Massaggio il collo.

«Che nome strano... non trovi, mamma?»

Lei rimane fissa a guardarmi, le labbra tirate in una linea sottile, le mani raccolte sotto al mento. Se non mi sposto da qui, rischiano di leggermi dentro come nulla fosse, e non voglio che si preoccupino.

Papà schiarisce la gola. «Avete sentito vostro fratello Dave? Sapete quando verrà a farvi visita?»

«Dovrebbe passare la settimana prossima...» Mi alzo dalla sedia. «Io sono sazia, vado di sopra». Prendo il mio piatto e raggiungo il lavello, lo metto assieme alla teglia. Scocco un'occhiata a mio fratello. «Peste, stasera i piatti toccano a te. Buonanotte».

Esco dalla cucina con lo sguardo di mamma incastrato tra le scapole.

«E comunque, papà, le ragazze Red sono delle meraviglie!» strepita Yuri, e la sua risata invade l'ingresso. Marmocchio ingenuo.

Salgo le scale, gradino dopo gradino, il corpo sembra pesare dieci chili in più. Attraverso il corridoio ed entro in camera. Spengo la luce sulla scrivania, stasera non ho proprio la testa per studiare.

Calcio via le ciabatte e mi butto sul letto di schiena. Socchiudo le palpebre, la testa affondata nel cuscino, e libero un sospiro. Spero non abbiano sospettato nulla. Se dicessi qualcosa e mi sbagliassi, mi prenderebbero per matta, un po' come ha fatto Yuri... e di problemi ne ho già abbastanza. Eppure mi sembrava così vero, così...

La vibrazione del telefono mi riscuote, palpo la tasca dei jeans e tiro fuori il cellulare.

«Pronto?» biascico, la voce impastata.

«Non mi dire che stai già dormendo! Sono sotto casa tua. Forza, vestiti ché usciamo».

Trattengo una risata. Non ho la minima voglia di spostarmi da questo letto.

«Contaci. Arrivederci». Allontano il telefono dall'orecchio.

«Issa, ti prego!» gracchia Wendy dalla cornetta. «Non posso andare da sola».

«Dove?» Mi tiro su e incrocio le gambe.

«Al pub vicino al confine. Ne stanno parlando tutti, ci saranno anche i Red! In onore dell'unione, i ragazzi hanno organizzato questa cosa per farci avvicinare di più».

Trattengo il respiro. Una serata con quelli? Non è abbastanza passarci la giornata a scuola? Finirà in un rave, ci scommetto!

«Mai e poi mai. Nessuno di noi dovrebbe andarci, non li conosciamo neanche ben...»

«Certo, certo... intanto tuo fratello sta scavalcando il cancello».

Rotolo giù dal letto e scatto alla finestra, inciampando nei miei passi. Scanso a manate la tenda e spalmo il naso sul vetro. Yuri sta aprendo lo sportello di una macchina blu, ci si infila in fretta. Mi porto una mano sui capelli, l'ansia mi esplode nel petto. Se mamma scopre che è salito in auto con gente più grande, non vedrà più la luce del sole, se non per andare a scuola e tornare qui. Ma guarda se devo seguirlo come fossi la sua balia per evitare che faccia stronzate!

«Allora?» bofonchia Wendy. Sposto lo sguardo verso il nostro giardino. La mia amica agita la mano in alto, le spalle appoggiate a un albero.

«Arrivo subito».

*

Sapevo di non dover venire.

È stata una pessima idea. L'idea più assurda di tutta la mia misera esistenza.

Il pub pullula di persone, le casse rimbombano di musica e le luci soffuse sulla pista da ballo rendono i volti delle chiazze indistinte. Mi esplodono i timpani... uscirò da qui senza le orecchie, poco ma sicuro. Ai tavoli, gli avventori sorseggiano drink e si scambiano i numeri di telefono.

Vago con lo sguardo tra la gente nel locale. Dove si è cacciato quell'idiota di un marmocchio?

«Che cosa vuoi da bere?»

Un barman mi fissa, il sopracciglio sollevato. Un taglio netto lo separa in due metà asimmetriche, la cicatrice lattescente piega la pelle in modo innaturale. Stringe un bicchiere, lo lucida con un canovaccio.

«C-come, scusa?» Quando ci sono finita davanti al bancone?

«Ho detto: cosa vuoi da bere?» sbotta. «Sei sorda o che?»

Sbatto le palpebre. 'La mamma non ti ha insegnato l'educazione, eh!'

«Ha del succo alla pesca?»

Storce un lato della bocca, increspando le labbra. Deduco di no.

Scosto uno sgabello e ci salgo su. «Quali succhi ci sono?»

Sbatte il bicchiere. «Nes-su-no» sibila, lo scherno avvampa nei suoi occhi.

Santo cielo, in che posto sono finita? «Senta, mi dia solo dell'acqua di rubinetto, per favore».

Resta fermo e tace, le iridi inchiodate su di me. Lancio un'occhiata oltre la mia spalla, Wendy si è seduta a un tavolino con Nicolas, pende dalle sue labbra. Lo sta guardando come io guardo un muffin, tra un po' se lo mangia... disgustoso. Torno al tipo dietro al bancone, ancora cristallizzato nella stessa posizione. Lo hanno imbalsamato e non me ne sono accorta?

«Non c'è nemmeno quella?» sbuffo. «Ma dove siamo? Nel deserto?»

L'aria si impregna di colpo di limone e menta. Smetto di respirare, i muscoli si tendono.

«Dalle dell'acqua, per carità, o ci denuncia».

Il tono beffardo mi colpisce alle spalle come un fendente. Un formicolio alle gambe mi blocca.

Kinan sposta lo sgabello di fianco al mio e si siede, incollandomi le iridi addosso. Distolgo lo sguardo, incrocio le braccia al petto.

Il barista apre il rubinetto, riempie un bicchiere e me lo sbatte davanti. «Ecco qua, la tua acqua».

Ci risiamo, la gentilezza non è di casa, qui.

«Grazie» bofonchio. «Vi consiglio comunque di mettere nel menu del succo di frutta per la clientela».

«La clientela a quest'ora non chiede succo di pesca, ragazzina».

«La prossima volta glielo faremo trovare. Vero, Richard?» mormora Kinan.

Quindi anche il barman è uno dei Red. Dovevo immaginarmelo, vista la cortesia...

Lui serra le labbra, affila lo sguardo. «Certo, capo».

'Ma bene, Kinan... vuoi farti perdonare per aver fatto lo stronzo stamattina? Scordatelo'.

Scosto i capelli di lato. «Non farlo».

«Fare cosa?» Appoggia il gomito sul tavolo, il palmo della mano a sorreggergli il mento. Uno scintillio attraversa le iridi verdi, che brillano per un istante.

«Usare la poca autorità che hai per fare colpo su di me. Non sono affascinata da queste cose».

Sposta lo sgabello e accorcia le distanze.

«E da cosa saresti affascinata?» La voce profonda mi riscalda le guance, il fiato solletica la pelle. *Troppo vicino.*

Sorseggio un po' d'acqua, deglutisco e inspiro. «Dalla purezza della bontà d'animo umana. Non penso ti riguardi».

Solleva l'angolo delle labbra. «Non penso la troverai».

Seguo i suoi movimenti. «Perché no?»

«Perché l'essere umano non ha né bontà né purezza» mormora.

«Questo lo dici tu».

«No, questo lo dice la realtà. Guardati intorno...» Indica con la mano alle nostre spalle. «Il gruppetto di amici lì in fondo, li vedi?»

Una coppia di fidanzati si abbraccia, mentre una ragazza scatta loro una foto. La fidanzata si alza, lasciando una carezza al ragazzo, e si allontana. La seguo con gli occhi verso i bagni finché la porta non si chiude dietro di lei. Torno sui due rimasti al tavolo, che si stanno scambiando un bacio, avvinghiati. Schiudo la bocca, sgranando gli occhi. Si staccano, controllando che lei non arrivi.

No, questa non me l'aspettavo...

«Se giri la testa di trenta gradi, noterai un signore seduto al tavolo. Sta bevendo ininterrottamente da venti minuti, da solo. Ha la fede al dito, perciò dovrebbe essere sposato. Ma non è in compagnia della moglie, è solo con la sua disperazione. Adesso osserva il suo cellulare... lo schermo si illumina a ripetizione, ma lui continua a bere e ignora le chiamate che gli arrivano».

Quando ha notato tutti questi dettagli? Sembra quasi il suo lavoro.

«Sarà certamente la moglie» sussurra, «che non vede tornare il marito e sarà in preda all'ansia. Probabilmente, per essersi ridotto così, o è stato licenziato oppure ha perso una grossa somma di denaro e ora è indebitato».

«E questo come fai a dirlo?»

«Le ragioni per cui l'uomo beve sono due: o per tristezza o per estrema felicità. In questo caso siamo di fronte alla tristezza. Il dolore umano è legato ai beni materiali». Inclina il capo. «Potrei andare avanti all'infinito, dalla cameriera che sta subendo molestie verbali e fisiche da parte di quei due uomini depravati là in fondo...»

Sposto lo sguardo, un signore azzarda un pizzicotto sul fianco della ragazza accanto al suo tavolo.

«... al ragazzo in mezzo ai bulletti, laggiù, che sta pagando tutti i drink, perché obbligato dalle loro minacce».

Li cerco, uno del gruppetto gli sottrae gli occhiali e li lancia lontano sghignazzando.

«Ecco perché penso che non troverai la bontà d'animo o la purezza da cui sei tanto attratta negli esseri umani» sentenzia. Il barman gli appoggia un drink davanti, lui sfiora l'orlo del bicchiere con movimenti circolari.

«Devi aver studiato il comportamento non verbale degli altri in maniera davvero ossessiva, per conoscerlo così bene».

Solleva lo sguardo su di me, e il formicolio alle gambe aumenta. «Mi aiuta a distrarmi» sussurra in un soffio, come fosse un segreto, una piccola e sfuggente confidenza.

Porto una mano sul collo, mentre bevo un sorso d'acqua. Distrarsi? Da cosa? Dalla sua natura non umana? A proposito...

Sposto gli occhi sulla sala e il movimento di un ciuffo castano, a cinque tavoli di distanza, rapisce la mia attenzione. Beccato.

Scendo dallo sgabello, sistemando la borsa in spalla. Pronta a scatenare l'inferno.

Kinan mi si piazza davanti, obbligandomi ad alzare il capo di qualche centimetro. «Che cosa vorresti fare? Impedirgli di uscire? Ha una certa età, il ragazzo...»

Affilo lo sguardo. Come sa che ho puntato Yuri?

«Non sono affari tuoi. Levati, e vai a psicoanalizzare gli ubriachi degli altri tavoli!» Mi sposto a destra, però me lo trovo subito di fronte. Sospiro e faccio un passo indietro.

Si inumidisce le labbra. «Perché sei così iperprotettiva? Non sta facendo niente di male!»

Scatto a sinistra e mi blocca. 'Calma, Isabella'. Riprovo a destra e di nuovo si frappone fra me e la sala, sul viso ha dipinto un sorrisetto sfrontato.

Digrigno i denti. «Perché io di voi non mi fido» sibilo. «Potete ingannare tutti quanti con il vostro fascino, ma non me. Siete troppo... troppo *perfetti* per essere umani».

Un'ombra si abbatte sulle sue iridi.

«Te l'ho detto, Kinan, ciò che mi affascina è altro».

Senza dire una parola, si fa da parte e mi lascia passare.

7
Buonanotte, Isabella

Kinan

Si fionda dal fratello, marcia verso la pista come un soldato alla carica. Sorpassa i ragazzi che ballano, gli arriva alle spalle e con la mano gli tocca la schiena.

Yuri si volta ridacchiando, sbianca di colpo. Sbarra gli occhi, sbatte più volte le palpebre. Amanda stringe i pugni, il sorriso tirato e gli occhi puntati su di lei.

La musica sovrasta le loro voci, Isabella gesticola, gli artiglia il braccio, lui tenta di scollarsi dalla presa, corruga la fronte in un'espressione infastidita.

«Non stiamo facendo niente di male!» sbraita lui, scansandola.

Amanda indurisce l'espressione. «È vero, non fare la guastafeste» interviene, mostrandole un sorrisetto costruito a dovere, «vogliamo solo divertirci!»

La tensione aumenta. Sospiro. 'Stupida ragazza, non è il momento'.

Teo si siede accanto a me, incrocia le braccia al petto e osserva la scena. Inclina il capo, facendo cenno al trio. «Non facciamo nulla?»

Torno su di loro. Amanda si mette in mezzo, le sbarra la strada. Isabella alza gli occhi al cielo e sbuffa, le guance arrossate. Sposta i capelli dietro alla schiena, le tira una spallata e allunga la mano all'orecchio del fratello.

«Adesso tu vieni con me!» Lo agguanta, si volta e lo trascina come un sacco di patate verso l'uscita. È completamente fuori di senno.

Una scintilla di rabbia infiamma le iridi azzurre di Amanda, il cuore pompa rapido, la vibrazione arriva netta fino qui. Nicolas interviene, le sussurra qualcosa all'orecchio, lei respira, il battito rallenta. Incrocia il mio sguardo, faccio segno di lasciarli andare.

'Perché io di voi non mi fido. Potete ingannare tutti con il vostro fascino, ma non me. Siete troppo... troppo perfetti per essere umani. Te l'ho detto, Kinan, ciò che mi affascina *è altro*'.

Incurvo le labbra in un sorriso.

L'amica biondina di Isabella mormora qualcosa, toccandole il braccio. Lei non sembra recepire. Persiste nella sua ostinazione, e con le dita chiuse sull'orecchio del fratello lo tira verso l'uscita.

«Cammina, marmocchio, stavolta l'hai fatta grossa!»

«Ahia! Mi fai male Issa! Smettila!» Yuri si dimena, gli occhi stretti e il volto arrossato.

«Muoviti e basta!» strepita.

Nicolas li raggiunge. «Ehi, volete un passaggio?»

«No. Grazie. Ciao».

Troppo, troppo rumorosa.

Escono dal locale e il profumo di rosa scompare. Mi alzo dalla sedia, sorpasso un gruppo di ragazzi ubriachi che a stento si reggono in piedi e cammino verso Amanda e Nicolas.

«Quanto avrei voglia di cavarle gli occhi» sbraita lei, facendo ondeggiare i capelli biondi, le mani chiuse a pugno davanti al viso.

Nicolas la trattiene per le spalle. «Certo, poi chi glielo spiega?» Mi scocca uno sguardo preoccupato. «Non siamo riusciti a fare nulla».

«Tranquilli, c'è tempo. Qui c'erano troppi occhi indiscreti».

Dove saranno andati con questo buio? È tardi...

Torno al bancone, prendo la giacca appoggiata allo sgabello, mi volto verso l'uscita.

Amanda mi stringe il braccio. «Dove vai?»

Sorrido. «A darle fastidio».

Isabella

Il freddo mi fa rabbrividire. Mi stringo nelle braccia, sporgendomi sulla strada. Porto una mano ai capelli, gli occhi vagano alla ricerca di un taxi.

«Non ha alcun senso. Mi stavo divertendo» sbuffa Yuri.

Se non la pianta, lo prendo a sberle.

«Ti divertirai quando mamma ti manderà nell'aldilà per essere uscito come un fuggitivo dalla finestra» sbotto.

Si siede su una panchina sul ciglio della strada, le braccia incrociate, il ciuffo spettinato. Sembra un lama incazzato.

«Spiegami perché non potevamo almeno accettare il passaggio di Nicolas. Siamo fermi qui da dieci minuti, come... come dei piccioni solitari».

Lo fulmino. «Non li conosciamo neanche que...»

Batte i piedi. «Oh, avanti, Issa, perché sei così testarda? Sono dei normali ragazzi della nostra età, fattelo entrare in testa».

Certo, normalissimi ragazzi con problemi di tossicodipendenza e sbalzi d'umore.

Scorgo un'auto in lontananza, gli abbaglianti lampeggiano e mi accecano. Decelera e si ferma davanti a noi. Finalmente, le mie preghiere esaudite! Mi avvicino al finestrino, sorridente.

Il vetro si abbassa e il mio sorriso muore di colpo.

«Qualcosa mi dice che avete bisogno di un passaggio. Sbaglio?»

«Sbagli». Mi volto.

«Issa!» Yuri si alza dalla panchina accigliato e raggiunge la macchina. «Te ne saremmo molto grati. Ormai non passa nessun taxi e stiamo gelando qui fuori». Mi sorpassa, apre la portiera posteriore e sale, ignorando il mio sguardo di disappunto.

Al posto di guida, Kinan incurva un angolo della bocca.

Che fastidio... 'Sai cosa ci devi fare con quel sorrisetto da superiore?'

Mi sposto sul marciapiede. «Io aspetto il taxi».

Yuri sbatte la testa contro il sedile. «Perché ho una sorella così? Che crimine ho commesso nelle mie vite precedenti?»

«Non passa nessun taxi a quest'ora. Sali, forza».

«Non salirà, è troppo stupida... la ucciderà un serial killer!»

Se non la pianta, divento io il serial killer!

Scocco un'occhiata alla strada, non c'è anima viva. Tiro fuori il telefono dalla tasca, l'orologio sul display segna mezzanotte, è davvero tardissimo. Se mamma lo scopre...

Sbuffo. Non ho scelta. Mi avvicino allo sportello posteriore, afferro la maniglia e la tiro. Non si apre.

«Vieni davanti, non so la strada».

Alzo gli occhi al cielo. Lo fa apposta?

«Stronzo» borbotto. Apro la portiera del passeggero e mi siedo accanto a lui. Tiro la cintura con forza, si blocca in uno scatto. Ma che cazzo! Sospiro, le labbra increspate in un broncio. La lascio morbida e la riporto a me, fino ad allacciarla.

Kinan ridacchia, ingrana la marcia e parte. Il silenzio piomba intorno a noi. Appoggio la guancia sul pugno, lo sguardo rivolto fuori. Ma tu guarda se devo tornare a casa in compagnia del signor 'Mi dà fastidio il rumore che fai'.

«Siete solo voi due in famiglia?»

Il tono profondo mi riscuote.

«Gira a destra alla prossima».

«Hai qualche animale domestico?»

«La rotonda devi farla tutta».

«Perché non rispondi? È una protesta perché un essere disumano come me ti ha salvata dal gelo?»

Volto lo sguardo su di lui. Con una mano tiene il volante e con l'altra tamburella sul cambio, il viso rilassato. I riccioli rossi gli ricadono sulla fronte.

«Cosa te ne frega della mia vita? Perché mi fai queste domande inutili? Non voglio essere tua amica, pensa a guidare» sibilo acida.

Increspa le labbra. 'Devono proprio divertirti le mie battute al vetriolo'.

Mi lancia un'occhiata fugace. «Neanch'io voglio essere tuo amico...»

L'essenza agrumata, fresca, mi si infila nel naso. Distolgo lo sguardo. «Bene».

Una vampata si irradia dallo stomaco al viso. Mi porto una mano sul collo, lo massaggio. Appoggio la tempia sul finestrino. Sulla pelle si inerpicano brividi. Di nuovo questa sensazione. Scuoto la testa.

«Di qua» allungo il braccio e gli indico la svolta. «La terza sulla destra».

Imbocchiamo il viale di casa, tolgo la cintura e mi giro verso Yuri. Ronfa con il capo chino, i capelli scuri penzolano in avanti. Gli picchietto la gamba. Schiude le palpebre. «Siamo arrivati?»

Annuisco in silenzio.

Si stiracchia, sbadigliando, mentre l'auto rallenta e accosta. «Grazie, Kinan». Slaccia la cintura, spalanca lo sportello e scende. «Ci vediamo a scuola». Sbatte la portiera e se ne va.

Tiro la maniglia e allungo la gamba all'esterno.

«Cambierai idea» sussurra con tono roco.

Cambiare idea, io? Mi volto a guardarlo. Le iridi smeraldo scavano nelle mie.

«Buonanotte, *Isabella*».

Il formicolio si espande sulla mia pelle. Le guance bruciano, il respiro si fa sottile. Il cuore minaccia di uscirmi dal petto, lo stomaco si annoda. Che mi succede?

Strizzo le palpebre per un istante ed esco dall'auto, chiudo lo sportello senza alzare lo sguardo su di lui.

Maledetti brividi.

8
Presentimenti

Isabella

Cammino per il corridoio, strisciando i piedi. Porto la mano alla bocca e sbadiglio, le palpebre pesanti.

Non mi capita mai di arrivare così presto, è davvero un record. Peccato che non sia intenzionale... non ho chiuso occhio.

Mi fermo davanti al mio armadietto, inserisco la combinazione e lo apro. L'anta stride, il cigolio mi fa strizzare gli occhi. Certo che un po' di grasso potrebbero usarlo... prima o poi mi resterà in mano.

Prendo i libri della lezione, richiudo lo sportellino e mi incammino verso la classe.

'Cambierai idea'.

Di nuovo la sua voce. Non faccio altro che sentirla, e sentirla, e sentirla. Ancora e ancora. Apro la porta, due ragazzi sono già arrivati, scherzano tra loro. Avanzo fino al banco, ci butto sopra lo zaino, scosto la sedia e mi siedo. Appoggio i gomiti, la fronte fra le mani e i capelli scivolano sulle guance.

Ma ieri dovevo proprio andare al bagno? Se fossi rimasta al mio posto, adesso non mi ritroverei in questo ciclo infernale... non riesco neanche a prendere sonno.

Le lentiggini spruzzate sul volto, il tono di voce profondo, le iridi smeraldo... 'Cambierai idea'.

Sospiro. Su chi? Cosa? Come? Mi porto le mani ai capelli. *Basta!* Devo smetterla di pensarci.

«Dormito male, *Isabella*?»

La sedia accanto a me struscia sul pavimento. Parli del diavolo e spuntano le corna. Non mi muovo, la testa nascosta tra le braccia.

«Una persona che conosco, per rimediare all'insonnia, dormiva dal lato opposto del letto con le gambe all'aria e iniziava a dire parolacce in francese... dovresti provare».

Mi sfugge un sorriso. «Ma che persone conosci?» borbotto, alzando il capo. Il suo respiro mi colpisce in pieno, profuma di menta. Schiude la bocca, umetta le labbra con la lingua, restano lucide, rosa, carnose. Una vampata mi si irradia alle guance, mi agito sulla sedia. Lui posa il capo sul palmo della mano, e mi fissa, alzando un sopracciglio.

'Che... che hai da guardare?'

«Allora sei sveglia! Pensavo saresti rimasta in quella posizione per tutto il giorno».

La porta della classe viene spalancata, uno studente si precipita verso il mio banco. È l'amico di Yuri.

«Issa!» ansima, il fiato corto e le gote rosse. «Tuo fratello è in infermeria, è svenuto in palestra. Stanno chiamando i soccorsi...»

«C-cosa è successo?»

«Non lo so, era con una nuova ragazza e all'improvviso si è sentito male» pigola.

'Una nuova ragazza'?

Scatto in piedi e lo seguo, usciamo dall'aula di corsa. L'ansia mi impedisce di prendere fiato.

Un gruppo di studenti è barricato in corridoio, sussurrano a bassa voce tra loro, mi scrutano. Brutto segno.

Li sorpasso, spintonandoli, arrivo davanti all'infermeria, il battito impazzito. Busso ma non attendo l'invito a entrare: abbasso la maniglia, spalanco la porta e mi fiondo dentro. Yuri giace sul primo lettino, trema come una foglia durante una bufera, le gote paonazze e le occhiaie violacee.

«Is-sa, n-non so co-cosa mi succe-cede» balbetta. «Sta-stavo p-parlando con A-Amanda e n-on ho vi-visto più niente».

Digrigno i denti. *Amanda.*

Mi avvicino, il fiato incastrato in gola. Appoggio la mano sulla sua fronte, la pelle scotta.

«Non ti preoccupare...» Costringo le labbra in un sorriso.

«L'ambulanza è arrivata». L'infermiera compare sull'uscio, dietro di lei due paramedici, le divise rosse spezzano il bianco delle pareti. «Dobbiamo trasferirlo in ospedale. Questo picco febbrile improvviso e così alto non si spiega... stamattina come stava?» mormora mentre spoglia Yuri.

«Normale, stava bene» sussurro.

Gli attacca degli elettrodi sul petto, mi tocca la spalla, fa cenno di allontanarmi dal lettino.

Mi appiattisco contro il muro, deglutisco. 'Se ti dovesse accadere qualcosa, io... io...'

I soccorritori spostano Yuri sulla barella.

«Ehi, ragazzo, com'è successo? Avevi sintomi stamattina?» Uno dei due lo avvolge con un telo leggero.

«N-no, e-ero in p-pales-tra, st-stavo parlando con A-Amanda e...» S'irrigidisce di colpo, sbianca; il corpo si agita, le mani, le braccia, la schiena, il capo sbattono sulla barella. Gli occhi roteano all'indietro.

«Ha le convulsioni!»

Il mio cuore si fa di piombo. «Cosa succede? Yuri!»

L'infermiera mi spinge fuori mentre i soccorritori gli iniettano qualcosa nel braccio. Un dolore al petto mi lacera, stringe sempre di più, fino a togliermi il fiato.

Gli studenti si affacciano dalle aule, bisbigliano. Alcuni si fermano nel corridoio, le urla dei professori li richiamano dentro.

I paramedici portano Yuri fuori dall'infermeria sulla barella, lo trainano verso l'uscita. Ogni mio muscolo è rigido, resto immobile, un sasso sullo stomaco. Tutto mi scivola davanti agli occhi, mi sfugge di mano.

«Issa, mi senti?» Wendy mi accarezza la schiena.

Una chioma dorata sbuca in fondo al corridoio, circondata da ragazzi. La barella le scorre davanti, osserva Yuri e le sue labbra si increspano in un piccolo ghigno. La rabbia divampa, riscuote i miei muscoli, mi divora. Le dita formicolano, si chiudono, conficco le unghie nella pelle.

Lei. È tutta colpa sua.

«Tu!» sputo. Copro la distanza tra me e lei, in un secondo le arrivo di fronte, il palmo impatta contro la sua guancia. «Che cosa hai fatto a mio fratello?»

«Ma di che stai parlando?» Strabuzza gli occhi, la mano sul volto, l'espressione di un animale ferito.

'Non mi incanti, stronzetta. Devi dirmi che droga hai dato a Yuri'.

Gli studenti formano un cerchio intorno a noi. Wendy mi tira per il braccio, Kinan e Nicolas si piazzano davanti ad Amanda, coprendola dalla mia visuale. Scatto a sinistra e il suo viso compare tra i loro corpi, la bocca incurvata in un sorriso, nessuna smorfia di dolore.

'Evidentemente non ti ho fatto abbastanza male!'

Allungo una mano verso di lei, ma delle dita si serrano intorno al mio polso. Volto il capo, Kinan mi osserva, i lineamenti tesi, gli occhi ridotti a fessure. Trasalisco.

«Basta così, Isabella» tuona. «Lei non ha fatto niente».

Lo fisso a bocca aperta, le sopracciglia corrucciate. Mi tiro indietro, strattono il braccio e lui stringe la presa, una fitta mi trapassa. L'ira infiamma le mie guance, respiro forte, l'aria non mi basta.

«Io vi odio» sibilo a denti stretti, «io vi...» Il dolore mi fa socchiudere le palpebre, mi spezza la voce.

Kinan allenta la presa, il volto impassibile.

«Issa, andiamo...» Wendy mi afferra dalla giacca. «Non è il momento». Mi trascina a sé e il rosso mi lascia andare.

Li squadro tutti un'ultima volta.

'Scoprirò che cosa avete fatto a Yuri'.

9
Gelosia

Isabella

«Sto meglio, davvero. Non c'è bisogno che mi guardi in quel modo».

Ah, è sveglio! «Quale modo?»

Yuri sposta le coperte, si stiracchia e sbadiglia. Schiude le palpebre, ha gli occhi arrossati, il colorito non si discosta molto da quello della federa.

«Quello di una psicopatica che da due giorni non mi perde di vista neanche un secondo».

Sbuffo. «Okay, ammetto di esserti stata un tantino addosso...» Gli tocco la fronte, non è calda. Appoggio il vassoio con la colazione sul letto. «Ma sono mamma e papà che non hanno dormito» sussurro.

«Mi avete chiamata? Tesoro, stai bene?» Nostra madre irrompe con un mestolo in mano, il grembiule azzurro attorno ai fianchi e i capelli raccolti in una crocchia, e si siede sul bordo del letto.

Appunto...

«Siete serie?» Yuri affonda la testa nel cuscino. «Sto male una volta e mi tenete d'occhio neanche stessi per morire!»

Lo fulmino. Parla come se non avesse avuto nulla, come se non fosse mai svenuto in preda ai tremori. «I medici non hanno ancora capito il perché di quelle convulsioni a scuola. Sei quasi morto per davvero, non scherzare».

«Ho capito, ho capito. Ma oggi vai a scuola, sei già in ritardo. Ci sono mamma e papà qui con me, e poi, guardami» allunga le braccia, «adesso sono sano come un pesce!»

«Staremo noi con lui, va' pure tranquilla».

Sospiro e annuisco, prendo la cartella appoggiata a terra e gli lancio un'ultima occhiata. Mamma gli deposita un bacio sulla guancia, lui si allontana, la bocca storta e la lingua fuori a fingere un conato. Okay, è il solito scemo, sta sicuramente meglio.

Mi avvicino e gli spettino i capelli, lui grugnisce e si risistema il ciuffo con la mano.

«Se succede qualcosa, chiamatemi». Sorrido. «A più tardi».

Esco dalla stanza e scendo le scale. Un paio di merendine spiccano sul tavolo del salotto e un Post-it giallo attira la mia attenzione.

'Per Issa. Un bacio, papà'.

Che carino... Sorrido e le infilo nello zaino. Stanotte ha vegliato Yuri, e stamattina è andato al lavoro... sarà stanco morto, poverino.

Prendo la giacca della divisa dall'appendiabiti all'ingresso, la infilo, raccolgo lo zaino e ruoto la maniglia della porta. Fuori, i raggi di luce colpiscono gli alberi a bordo strada, gettando ombre oblique sul nostro prato. Chiudo il portoncino alle mie spalle, percorro il vialetto fino alla fermata del pullman. Bob mi fa cenno con il capo.

«Buongiorno! E tuo fratello?»

«Oggi non viene, ieri mattina si è sentito male a scuola» mormoro timbrando il biglietto.

«Persino gli eroi stanno male, allora!»

Mi strappa un sorriso. Prendo un respiro e avanzo fino al solito posto, ricado sul sedile a peso morto e appoggio il capo al finestrino. Bob avvia il motore e parte, il borbottio dell'autobus copre le chiacchiere degli altri ragazzi. Le palpebre pesano, faccio un sospiro e il sonno mi avvolge.

«Issa, svegliati! Questa è la tua fermata».

Apro gli occhi. Il pullman è vuoto, volto lo sguardo e l'edificio della White Academy attende all'esterno. Mi stropiccio le palpebre, sbadigliando.

Bob mi fissa dallo specchietto. «Ti sei fatta un pisolino?»

Mi sono addormentata? Quando?

Mi alzo di scatto, raccolgo lo zaino e mi affretto a scendere. «Grazie Bob!»

«Prego!» Mi regala un sorriso, chiude le porte e si rimette in marcia.

Il telefono vibra nella tasca della giacca, lo tiro fuori e trovo un messaggio di Wendy.

'Dove sei? Sta per iniziare'.

Di male in peggio.

Attraverso i cancelli e corro al portone, mi precipito all'interno e scatto lungo il corridoio, i miei passi rimbombano nel silenzio. Arrivo di fronte all'aula, il cuore martella nel torace, la camicia mi si incolla addosso. Apro la porta ed entro di soppiatto.

«Isabella Liverly?»

Il tono glaciale del professore d'arte mi mette i brividi.

«Presente!» Cammino in punta di piedi fino in fondo alla classe, il viso accaldato e il fiato corto.

Il prof abbassa gli occhiali, volta la testa verso di me. Gli sorrido, ma la sua espressione rimane impassibile.

«Che cosa ci fa qui, signorina Liverly?»

Prendo aria. «Sono venuta...» La rilascio. «... per la lezione».

«La lezione è iniziata esattamente...» Guarda l'orologio al polso. «Tre minuti fa».

Ora farà il suo monologo. 'Lo sa che al giorno d'oggi la puntualità è una dote in via d'estinzione, vero?'

«Lo sa che al giorno d'oggi la puntualità è una dote in via d'estinzione, vero?»

Alzo gli occhi al cielo. «Come i panda» sussurro.

L'aula cade in un silenzio tombale. Persino le formiche decidono di rimanere ferme.

«Prego? Ha per caso detto 'come i panda'?»

«No» scuoto la testa, «mai».

«Sta per caso asserendo che sono pazzo e che mi immagino delle voci?»

«No, non ho mai detto questo. Io...»

«Allora sta dicendo che ha risposto 'come i panda' alla mia domanda?»

Mi scruta, gli occhiali abbassati sul naso e le dita intrecciate. Mi sento un insetto senza via di fuga.

Wendy, seduta accanto al biondino, si porta una mano sulla fronte. Tutti gli altri seguono la scena neanche fossero al cinema. 'Fantastico. Volete pure i pop-corn?'

«Esco dall'aula, ho capito» mormoro, voltandomi.

«Stia fuori per quindici minuti e rifletta sulla gravità di quello che ha fatto. Il mondo non gira intorno a lei, signorina Liverly».

Serro i denti. Che gran voglia di dargli un pugno!

«Io sono d'accordo con Isabella».

Mi giro indietro. *Lui...*

«Esca anche lei, signor Daneer. Le farà bene far compagnia a Liverly».

No, no, no!

Kinan si alza in piedi, morbide spire ramate gli accarezzano le tempie.

«Qualcun altro si vuole unire alla loro crociata?» Scruta l'aula. Silenzio. «No? Bene. Voi due uscite e chiudete la porta, così iniziamo la lezione di oggi. Pagina trecentoventitré, paragrafo due».

Esco nel corridoio, il cuore picchia contro il torace. C'è qualche divinità che si diverte a torturarmi ogni giorno o il mio angelo custode mi ha abbandonato alla nascita.

La porta si chiude dietro di me, e mi giro. Kinan stringe lo spallaccio dello zaino e mi fissa, una scintilla divertita gli illumina le iridi. Torno a rivolgermi in avanti e mi incammino.

«Ho capito, non vuoi parlare».

Mi fermo accanto agli armadietti, siedo sul pavimento e metto le cuffie. Lui scivola accanto a me, ma io giro il viso dalla parte opposta. Il corridoio è deserto, non posso neanche nascondermi tra gli studenti. Mi sposto di nuovo, non lo sopporto vicino.

«Parlerò per entrambi. So che sei arrabbiata, lo capisco...»

«Ah, ora mi capisci? Ieri non sembrava» sbotto. Lo detesto, detesto tutto questo.

Chiudo gli occhi, prendo un respiro profondo. Mi sfila la cuffia dall'orecchio e con il dito mi sfiora la guancia.

«Che tu mi creda o no, ho vissuto anch'io la stessa situazione. Ma non avevo nessuno al mio fianco» sussurra.

Punto lo sguardo su di lui. «Stai cercando di commuovermi?»

Le iridi smeraldo mi studiano. «Sto cercando di parlarti, Isabella».

«Wow, il ragazzo vuole parlare con me! Aspetta, ora mi emoziono...»

Aggrotta le sopracciglia. «Fai sempre così?»

«Così come?»

«Allontani gli altri in questo modo».

«E tu fai sempre lo psicologo? Lasciami in pace».

Mi alzo dal pavimento e mi incammino lungo corridoio. Getto un'occhiata alle mie spalle e lui mi segue. Svolto a destra, svolta a destra. Scendo le scale, scende le scale. Che ansia!

Le indicazioni per i bagni scorrono davanti al mio sguardo. Trovati! Non può venirmi dietro nel bagno delle ragazze!

Raggiungo a grandi falcate la porta, entro e tiro un sospiro di sollievo. Il battente cigola due volte.

Mi volto. Kinan si appoggia alle mattonelle lucide e bianche, su cui risalta il granato della sua giacca.

«L'hai letta l'insegna qui fuori, o sei anche cieco?»

Schiude la bocca, mentre mi avvicino di un passo.

«Smettila di seguirmi. Che cosa vuoi da me? Che cosa volete da noi? Che cosa ti ho fatto?»

«Niente» mormora, alzando le spalle.

«E allora basta. Non seguirmi, non starmi intorno. Sia tu sia il tuo gruppo di amici». Gli arrivo esattamente sotto al mento. «Smettetela di stare intorno alle mie persone!» ringhio.

Mi guarda dall'alto, un ghigno divertito gli incurva le labbra. «Sei molto possessiva, te l'hanno mai detto?»

«Lasciate in pace la mia famiglia».

«Era una minaccia, questa?» Si pone alla mia stessa altezza, il suo viso a un centimetro dal mio. «Devo avere paura?»

Sbuffo. «È impossibile parlare con te». Incrocio le braccia al petto, mi formicolano le dita. «E poi, perché continui a ridere? Sono seria».

«Mi fanno ridere molte cose. La prima è che siamo nel bagno femminile, e ogni ragazza che entra penserà di aver sbagliato bagno. La seconda è che la spilla sul tuo zaino con la scritta 'I will kill you' è in contrasto con la faccia che hai; la terza è che... mi fai ridere e basta».

Ma che cazzo di motivi sarebbero? E come ha fatto a leggere che cosa c'è scritto sulla mia spilla?

«Tu...» lo indico accigliata. «Stai messo male».

Avvicina il viso al mio, il suo respiro alla menta mi solletica il naso. «Guariscimi...»

Un'improvvisa ondata calda mi pervade. Distolgo lo sguardo e indietreggio di un passo.

«Fatti curare da un medico. Per chi mi hai presa?»

«Perché stai arrossendo? Sicura di star bene, *Isabella*?» Il suo sguardo è inchiodato su di me, il battito mi romba nelle orecchie. I brividi risalgono il collo fino alla nuca. Perché, ogni volta che pronuncia il mio nome, mi sento così?

«Interrompo qualcosa?»

Giro gli occhi a destra, Amanda ci fissa entrambi accigliata. Kinan si volta verso di lei.

Da quanto ci sta guardando?

Inclina il capo. «Come sta Yuri?» Le labbra lucide di rossetto si sollevano su un lato. Dio, che fastidio!

«Sta che se non mi dici che cazzo gli hai fatto, ti prendo a sberle, brutta strega che non sei altro».

«Non ho fatto niente a Yur...»

«No» mi avvicino, l'indice puntato su di lei. «Non pronunciare il suo nome, non osare nemmeno».

Kinan si mette in mezzo. «Isabella, andiamo in classe. I quindici minuti sono passati».

«Quante storie!» Amanda sospira, con la mano giocherella con una ciocca di capelli. «Tutto per un piccolo svenimento, che ragazzina viziata».

'Piccolo svenimento? Te lo do io il piccolo svenimento!' Alzo la mano pronta a colpirla, ma lei mi precede, artigliandomi il polso.

«Se ti ho lasciata fare una volta, non vuol dire che te lo lascerò fare anche una seconda» sibila, le iridi cerulee affondano nelle mie, mi inghiottono come un mare in tempesta.

Amanda

Le stringo il polso, il suo viso s'increspa, serra i denti e mi guarda, gli occhi sgranati.

«Amanda, fermati» tuona Kinan, il tono severo.

«Tutte queste storie perché tuo fratello è stato un po' male... che cosa deve dire la gente che sta male per anni, allora?» Le sue esili ossa, il sangue e ogni arteria scorrono sotto alle mie dita. Stringo ancora, le unghie piantate nella sua pelle, lei geme. Musica per le mie orecchie.

«A-Ammetti di essere stata tu?» mormora, una smorfia le deforma i lineamenti.

Sorrido. «Chi lo sa».

«Amanda!» ringhia Kinan. Mi volto a guardarlo dritto negli occhi. D'un tratto mi manca l'aria. Lo stomaco si contrae, i nervi bruciano. *Lui sta...*

La mollo, cade a terra tremante. Respira con affanno, si porta il polso al petto e lo massaggia l'altra mano. «Ringrazia che c'è Kinan».

Lui si abbassa e le porge il palmo. Ma che cazzo fa? Non ci posso credere!

Isabella scuote il capo, gli occhi sbarrati. Si rimette in piedi e scappa fuori, senza una parola.

Kinan inspira forte. «Si può sapere cosa ti è preso?»

«Cosa mi è preso? Cosa è preso a te, piuttosto! Ti rendi conto che hai usato la tua forza contro di me? Non l'hai mai fatto».

«Stavi andando fuori dagli schemi» sibila.

«No, tu stavi andando fuori dagli schemi, Kinan! Ricorda chi sei e perché siamo qui, invece di farti abbindolare dagli occhioni da cucciolo della Liverly».

Un'ombra cade sul suo viso, gli indurisce i lineamenti, rabbuia le sue iridi.

Serra la mascella. «Non osare, Amanda. Non ci provare». Si volta ed esce dal bagno, la porta sbatte dietro di lui.

La rabbia mi divora: stringo le mani in un pugno.

'Non sopporto come la guardi'.

10
Due mondi diversi

Isabella

«Come ti sei fatta male?»

Nascondo il polso sotto al banco. «Sono caduta».

Non posso dirle di aver quasi preso a schiaffi, per la seconda volta, Amanda e di aver ottenuto in compenso una contusione.

Wendy si acciglia. «Sei caduta?»

«Sì» mormoro, distogliendo lo sguardo.

Il professore di scienze controlla i progetti banco per banco, osservo il mio. Non sono neanche a metà.

«Per questo hai abbandonato il tuo posto accanto a Kinan e ti sei messa qui? Issa...» sussurra a denti stretti. «Cos'hai combinato?»

Getto un'occhiata su di lui, le sue pupille mi trafiggono la schiena. Sospiro. Non voglio parlargli, né stargli vicino. Prendo la matita, ma una forte fitta mi blocca. Il polso non mi dà tregua, il dolore pulsa a ondate. Tutto per colpa di quella pazza.

Il trillo della campanella mi libera, ripongo i libri nello zaino mentre i ragazzi filano fuori.

Kinan appoggia le mani sul mio banco, l'aria è invasa dal suo profumo. «Alzati».

Sollevo lo sguardo su di lui, Wendy mi lancia un'occhiata confusa.

«Prego? Mi dai anche ordini, adesso?»

«Alzati, non costringermi a trascinarti fuori» sibila, gli occhi affilati come lame.

«No!» sbotto. 'Prima la tua amichetta quasi mi spezzava il braccio in due e ora tu vuoi che ti segua? Hai perso il senno'.

Avvicina il viso al mio orecchio, il calore mi tinge le guance.

«Ti prego...» sussurra, scandendo ogni lettera. Trattengo il fiato. Le sue labbra mi sfiorano il lobo, i brividi pizzicano il collo. Scosto la sedia tremando. Se vado avanti così, rischio di ritrovarmi con il sedere per terra e finire sul giornalino della scuola di domattina.

Mi alzo, raccolgo lo zaino. Kinan solleva le labbra, soddisfatto, e mi fa passare. Cammino all'esterno dell'aula accanto a lui, gli occhi di tutti gli studenti sono puntati su noi due. Giornalino sezione gossip, arrivo!

Mentre percorre il corridoio a passi lunghi, lo squadro: la sua schiena si staglia fra gli altri ragazzi, che gli fanno largo e lo osservano dal basso. Perché ho l'impressione che siano davvero troppo esili rispetto a lui?

«Insomma» borbotto, avvicinandomi, «dove stiamo andando? Volete spezzarmi anche le caviglie?»

E se Amanda l'avesse mandato proprio per finire quello che lei ha iniziato? Mi blocco di colpo.

Lui si volta, mi fissa e sospira. «Non ti mangio, promesso. Cammini o devo prenderti in braccio?»

Sgrano gli occhi e accelero il passo, scatenandogli una piccola risata.

«Ti dà così tanto fastidio il contatto fisico con me, o ti urta in generale, con tutti?»

«Mi dà fastidio con le persone che non conosco».

Usciamo dalla scuola, mi indica il parcheggio. «Ma tu mi conosci» ridacchia.

«Non so un bel niente di te». 'Al momento non so nemmeno dove diavolo mi stai portando'.

Si ferma davanti alla sua auto, tira fuori le chiavi e sblocca le chiusure. Che diavolo...? Apre la portiera e sale al posto di guida.

Incrocio le braccia al petto. «Non è che vuoi rapirmi?»

Sbuffa, allacciandosi la cintura. «Ti devo costringere a salire?»

Mi volto e torno indietro, non ho intenzione di seguirlo in questa scemenza.

Un clacson mi fa sobbalzare. Mi giro, la sua mano schiaccia il volante, un ghigno gli piega le labbra. Ha perso la testa? Gli studenti si sporgono, e lui continua imperterrito a suonare.

Alzo le braccia al cielo, avanzo verso la macchina e salgo nel posto accanto al suo. Un sorriso gli attraversa il volto, mentre allontana la mano dallo sterzo e mette in moto.

Lo fulmino. «Almeno posso sapere dove siamo diretti?»

«Lo saprai tra poco» risponde, uscendo dal parcheggio.

Non ci posso credere, me l'ha fatta, ci è riuscito! Sono di nuovo qui, rinchiusa in macchina con lui... spero di non finire tritata.

Mi allaccio la cintura e le fitte al polso mi costringono a storcere il viso. Appoggio il gomito al finestrino e prendo un profondo respiro.

«Daneer Kinan» sussurra, picchiettando le dita sul volante. «Viene dall'arabo, significa 'pieno di luce'».

«A cosa devo questa confidenza?»

«Hai detto che non mi conosci... no?» mi lancia una rapida occhiata, rallenta e si ferma a un semaforo. «Sono orfano, come tutti gli altri Red. Ci facciamo da famiglia a vicenda».

Orfani? Sposto lo sguardo su di lui, i lineamenti rilassati, il volto sereno. Rimette in marcia e parte.

«Hai perso la lingua?» Incurva le labbra all'insù, osservandomi con la coda dell'occhio.

«Sei strano. Hai detto di essere orfano con la stessa tranquillità di chi dice di aver perso un paio di scarpe. Le scarpe le ricompri se le perdi... i genitori no».

Rimane concentrato sulla strada, l'espressione imperturbata mi fa sospirare. 'Riesci a mascherare le cose fino a questo punto?'

Riporto lo sguardo fuori dal finestrino. «Avete la tendenza a voler sembrare perfetti, buoni e gentili. Non vi capisco. Non vi potrò mai capire».

Il silenzio piomba tra noi, mentre gli alberi ci sfilano accanto, perdendosi alle nostre spalle. Superiamo una piccola rotonda e Kinan inserisce la freccia e decelera. Accosta la macchina al marciapiede, tira il freno a mano e sgancia la cintura.

«Riguardo alle tue parole...» sospira. «Credimi, siamo tutto tranne che perfetti. La mia non è leggerezza, è ignoranza. Non ricordo come sia avere dei genitori, quindi non soffro nel dire di essere orfano. Questo non mi rende perfetto, solo più vuoto».

Le iridi smeraldo si posano su di me e un'ondata di tristezza mi travolge, lo stomaco si torce e il battito diventa pesante. Per la prima volta ciò che dice non mi sembra falso o costruito.

Vuoto. Conosco bene la sensazione.

Apre la portiera e scende dall'auto. Sbatto le palpebre, riscuotendomi, slaccio la cintura ed esco anch'io. Un edificio bianco è davanti a noi, dalle finestre dei piani superiori si intravede la luce di lampade al neon. L'insegna di un ospedale mi fa voltare di scatto verso di lui.

«Non mi guardare così. Il tuo polso ha bisogno di una radiografia, *Isabella*».

Si incammina senza aspettarmi.

Lo seguo a bocca aperta. «Potevo andare anche da sola...» borbotto raggiungendolo.

Non mi risponde, fa un cenno alla segretaria e si ferma di fronte a un ambulatorio. Alla porta è appesa la targhetta 'Dottor Jackson'. Bussa due volte ed entra.

Lo studio è pieno di poster dello scheletro umano, quadri e attestati; un pannello luminoso con sopra delle lastre illumina una parete. Dietro alla scrivania siede un uomo, il fonendoscopio attorno al collo e una valigetta appoggiata davanti. Le rughe ai lati degli occhi si increspano, il sorriso gli distende le labbra.

Saluta Kinan con una stretta di mano e lancia subito uno sguardo a me e al mio braccio. Mi prende la mano e analizza il polso. Passa le dita sulla pelle, lo piega e una fitta lo trapassa.

Un sussulto mi spezza il respiro, strizzo gli occhi. «Ahi!»

L'uomo scuote la testa. «Hai bisogno di una radiografia, cara ragazza». Mi scorta verso lo studio accanto al suo. «Di' loro che ti mando io per una lastra». Mi porge un foglio firmato, lo prendo e mi volto verso Kinan. Lo fulmino mentre mi sfila lo zaino dalle spalle. Ha messo in scena un teatrino incredibile solo per portarmi a fare una lastra? Un attimo prima mi sembra freddo e disinteressato, e l'attimo dopo invece pieno di premure. Sospiro. È strano per davvero.

Entro nella stanza adiacente, un dottore giovane mi sorride. «Buongiorno, che ti è successo? Come ti chiami?»

«Salve, sono Isabella Liverly...» gli porgo il foglio che ho in mano. «Mi manda il dottor Jackson per una lastra al polso».

«Capisco. Prego, seguimi». Mi indica uno sgabello. «Siediti qui, stendi la mano sul tavolo. Pochi minuti e ti lascio libera».

Alza il braccio, afferra un macchinario e me lo avvicina, sulla pelle compare un quadrato di luce diviso in quattro parti.

«Stai più ferma che puoi, d'accordo? Torno subito». Si allontana e si chiude in uno stanzino.

Resto immobile, trattengo il fiato.

«Ne facciamo ancora un'altra, d'accordo».

Annuisco. Mi mordo il labbro.

«Fatto, puoi sederti qua fuori. Appena saranno pronte, le manderò al dottor Jackson. Lui ti farà chiamare».

«Grazie». Mi alzo ed esco. Entro nella sala d'attesa, Kinan punta gli occhi su di me, il mio zaino in una mano e un bicchiere nell'altra. Mi fa segno col capo di avvicinarmi, attraverso la stanza e mi metto seduta accanto a lui.

«Bevi, è ancora bollente» dice porgendomi il bicchiere.

Lo afferro, nuvole di vapore mi riempiono le narici, profumano di cacao. Mi ha comprato la cioccolata calda? Perché? Giuro, io non lo capisco.

«Perché stai facendo tutto questo? È stata Amanda a farmi male, non tu».

«Non voglio ulteriori problemi. Amanda ha un carattere un po' difficile, è vero... ma non è sempre così».

Stringo il bicchiere tra le mani, un senso d'ansia mi divora lo stomaco, il cuore accelera.

«L'hai fatto per non far sentire in colpa Amanda?»

Kinan fissa i suoi occhi nei miei, le labbra tese in una linea dura, le iridi prive di luce. «Sarebbe un problema?»

Eccolo che cambia espressione, indossa la maschera neutrale e impassibile... Mi manca l'aria. Non è preoccupato per me, vuole solo proteggere Amanda.

Distolgo lo sguardo, sorseggio la cioccolata.

«No, per nulla».

Io non c'entro niente con il suo mondo. Proprio niente.

11
Chris

Amanda

Scosto la tenda, lo sguardo rivolto sulla strada. La luce dei lampioni sfarfalla, il viale è deserto. Ancora non è tornato. Picchietto il piede sul pavimento, mentre il cuore mi martella nel petto.

«Ti perdonerà, lo fa sempre» mormora Teo. Gli lancio uno sguardo, è sdraiato sul divano con un libro tra le mani. Riporto l'attenzione verso la finestra. Stringo i pugni, le unghie conficcate nella pelle. «Non è così scontato. Ho perso le staffe, non doveva succedere». Tutto per colpa di quella ragazza.

«Almeno non devi andare dietro a qualcuno che non ti piace» borbotta Nicolas. È seduto sulla poltrona, le gambe appoggiate al tavolo e le mani dietro alla nuca. «È veramente difficile fare finta di essersi presi una cotta per la propria compagna di banco...».

«Un perfetto principe azzurro: biondo, dolce e disponibile». Teo sghignazza, voltando la pagina del libro. Il brontolio di un motore mi fa ruotare il capo verso l'esterno. Eccolo.

I fari si spengono, Kinan apre la portiera e scende dall'auto con lo zaino sulla spalla. Corro verso il divano e butto giù le gambe di Teo, lui mi fulmina, lo sguardo affilato. Mi siedo, liscio i pantaloni, l'ansia mi contrae lo stomaco. Nella stanza piomba il silenzio.

Il tintinnio delle chiavi nella serratura rimbomba. Trattengo il fiato mentre la porta si apre cigolando.

Nicolas sposta le gambe dal tavolino. «Bentornato, capo. Com'è andata con la figlia dei Liverly?»

Punto lo sguardo a terra, lo scalpiccio dei passi si fa sempre più intenso fino a interrompersi. Kinan si siede accanto a Nicolas.

Sbircio nella sua direzione, i riccioli gli ricadono sulla fronte.

«È molto testarda» sospira, «potrebbe diventare un problema».

Nicolas scuote il capo. «Non posso essere d'aiuto con Isabella Liverly. Mi odia, ogni volta che passo del tempo con Wendy non fa altro che lanciarmi occhiatacce».

Stupida umana. Le mani formicolano, la rabbia mi fa ansimare.

«Questa situazione non può essere risolta da te, Amanda».

Alzo lo sguardo, Kinan mi fissa con occhi gelidi.

«Tra noi sei quella che lei odia di più e sai anche il perché». Le labbra serrate in una linea dritta e il tono di voce severo marcano la sua espressione dura.

«Ed è qui che entro in gioco io, Chris Wood».

Mi volto verso la voce alle mie spalle. Chris percorre gli ultimi gradini delle scale masticando, un pacchetto di patatine in mano. I capelli corvini sono tirati in su con un po' di gel, la maglietta bianca gli fascia l'addome.

Cammina verso di noi e appoggia le spalle al muro. «Se i suoi genitori scoprono che non stiamo mantenendo fede al patto, finisce tutto in un istante. Quindi, ci penso io».

«Non puoi, lo sai anche tu». Kinan gli scocca un'occhiata. «Devi entrare in scena dopo».

«Fai fare a me». Addenta una patatina. «La renderò una fragile ragazzina innamorata e innocua».

Ecco, è arrivato il gigolò! Il solito montato...

Teo chiude il libro e lo guarda. «Amico, sei fidanzato. Natasha cosa dirà?»

«Niente. Tanto stiamo tutti fingendo, Nicolas con l'amica di Isabella e Amanda con il fratello. Non facciamola sentire l'unica single del gruppo». Un ghigno gli attraversa il volto.

Kinan affila lo sguardo, i lineamenti tesi come corde di violino.

«Ho già deciso. È inutile che mi fissi così. Da domani sarò il vostro nuovo compagno di classe».

Schiocca la lingua, una ciocca ramata scivola in avanti. «Va bene, provaci». Kinan si alza in piedi. «Ti avverto, però: Isabella...»

«Non è come le altre ragazze e bla bla bla? Lo so, ho capito che non è tanto normale da come ne parlate».

«Stavo dicendo» alza la voce, «che Isabella non deve essere ferita, Chris».

Conficco ancora di più le unghie nella pelle, il fiato sospeso, lo stesso fastidio di prima mi divora da dentro.

Chris appoggia un palmo sulla spalla di Kinan. «Sono solo umani, e poi sono i figli dei Liverly... sai quanto ci devono quelli? E quanto male ci hanno fatto?»

Kinan sposta la mano di Chris, il silenzio piomba in tutta la sala.

«Isabella non ha colpe».

Isabella

«Mi sento carico come non mai, potrei andare in guerra e tornare».

'Sì, certo... tornare a pezzi'.

Yuri saltella per il corridoio, sprizza vivacità da tutti i pori. Tale e quale al mio umore, insomma. Sorpasso i ragazzi appostati agli armadietti e lo seguo. «Non esagerare».

«Pensa al tuo polso fasciato, io sto benissimo» urla. Si ferma, alza le mani, mettendosi in posizione, e fa la ruota, rischiando di colpire delle studentesse del primo anno fuori dal laboratorio di chimica. Rivolgo loro un'occhiata di scuse e accelero il passo verso di lui.

Non si è nemmeno reso conto, l'idiota. Continua a camminare a passo spedito. Svolta a destra e rallenta, si gira nella mia direzione e si acciglia.

«Non dirmi che hai intenzione di accompagnarmi fino in classe?»

Prendo fiato, lo fulmino con lo sguardo.

Alza gli occhi al cielo, sbuffando. «Perché? I miei amici rideranno di me».

Lo afferro per il bavero della divisa e lo trascino verso l'aula. «Sei così su di giri che non ti sei minimamente reso conto che stavi per colpire quelle del primo anno con la tua magica ruota». Stringo il colletto tra le dita, mentre avanzo a passo spedito. «Il medico ha detto che è un miracolo, questa improvvisa guarigione, non se lo spiega nessuno come tu possa essere così pimpante dopo aver rischiato la pelle. Perciò smettila di fare il cretino e non farmi prendere cinquanta infarti in un secondo».

Yuri si dimena, il volto rosso per l'imbarazzo e le mani sulle mie, mi graffia la pelle. Lo mollo davanti alla sua classe.

«Mi hai stropicciato la divisa...» borbotta mentre sistema il collo della camicia.

In un lampo i suoi compagni lo raggiungono.

«Ci sei mancato!» Will gli circonda le spalle con un braccio. «Non fare più scherzi del genere».

Con un sorriso degno di un premio Oscar, Yuri guarda i suoi compagni come fosse reduce da un combattimento letale. Avanza verso il centro della classe con tutti gli occhi puntati addosso. «L'inferno non era ancora pronto per uno come me».

Un'ondata di applausi travolge l'intera aula. Scuoto il capo. Un concentrato di idiozia, ecco cos'è...

Butto lo sguardo sull'orologio appeso alla parete. Meglio andare o rischio di fare tardi.

Mi incammino verso la parte opposta della scuola, raggiungo il mio armadietto sbadigliando. Speriamo che la lezione non sia noiosa, ho un sonno! Inserisco il codice e sblocco la serratura, recupero i libri.

«Dov'è Kinan?»

Una voce cinguettante mi fa voltare di scatto. *Teresa.* La trovo appostata davanti all'aula, con Tina alla sua destra e Jenny a sinistra. Porta la camicia della divisa sbottonata, le labbra lucide e gli occhi coperti dal trucco.

«Ah, che sbadata!» Sbatto l'anta. «Scusatemi, ora lo tiro

fuori». Palpo le tasche della divisa. «No, mi sbagliavo... non è nelle mie tasche, mi dispiace» dico sorridendo.

Teresa alza gli occhi al cielo. «Dimenticavo che il senso dell'umorismo è la tua specialità».

«Aspetta» sbatto le ciglia, «sai cosa vuol dire 'specialità'? Ma allora c'è ancora speranza per il tuo cervello!» Le sorpasso con una spallata. Stupide oche.

Raggiungo il mio posto e appoggio i libri sul banco con più forza del dovuto. Mi guardo intorno, l'aula si sta riempendo man mano. Ancora non sono arrivati, per fortuna.

«Eccoti! Pensavo non saresti venuto!» esulta Teresa.

Alzo il capo verso l'entrata: i Red stanno facendo il loro ingresso in classe. Lancio un'occhiataccia alla bionda dagli occhi gelidi. Mi ha procurato una contusione al polso e non ha neanche la premura di chiedere scusa.

La chioma rossa di Kinan attira il mio sguardo. Mi sta osservando, percorre il mio viso con minuzia, scende e si sofferma sul polso fasciato. Lo nascondo sotto al banco, abbassando gli occhi, e dal ginocchio si diffondono piccole scariche di brividi, il mio battito accelera. Sempre lo stesso effetto.

Tiro fuori il quaderno e l'astuccio, prendo una matita e inizio a pasticciare sul foglio. Non voglio lasciarmi stravolgere così.

«Come mai questo ritardo?» pigola Teresa mentre lui si siede.

«C'è stato un piccolo incidente, niente di che» mormora, il suo profumo fresco mi solletica le narici. Continuo a calcare delle linee sul foglio, senza alzare lo sguardo.

«Kinan, se vuoi ho gli schemi delle ultime lezioni». Lizzy gli porge dei fogli.

Lo guardo di sottecchi. Incurva le labbra, scopre i denti bianchi e sulla guancia compare una fossetta. Non l'avevo notata prima...

«Sei molto gentile».

Passo lo sguardo su Teo, su Nicolas e su Amanda. I loro lineamenti tirati, l'espressione imperturbabile, la postura rigida, le spalle tese... sembra che si sforzino di essere cortesi, quasi si siano allenati allo specchio. Questa cosa mi dà fastidio.

«E quello che sta entrando in classe chi è?» trilla Kelly.

Dei mormorii si spandono per tutta l'aula, ma io resto con gli occhi incollati alla pagina, pasticciando l'angolo del foglio.

«Buongiorno, bellezza». Una voce profonda alla mia destra mi fa sussultare. «Sono un nuovo studente, ti dispiacerebbe farmi da tutor per questi primi giorni?»

Cala uno pesante silenzio.

La matita mi viene strappata via dalla mano in un secondo. Aggrotto le sopracciglia e alzo lo sguardo. Davanti a me si erge un ragazzo dai lineamenti ben definiti, i capelli scuri gli ricadono sulla fronte, gli occhi neri mi fissano. Incurva le labbra sottili in un ghigno, stringendo tra le dita la mia matita.

«La matita» sibilo.

Appoggia un palmo sul banco e china il volto, fissandomi in silenzio, una scintilla nelle iridi brune.

«Allora? Posso riaverla? Mi serve».

«Non puoi, dolcezza» sogghigna.

'Dolcezza'? Prendo un profondo respiro. «Non posso? Mi prendi per il culo? Non ti conosco neanche e mi rubi la matita!» Prendo l'astuccio, lo apro e frugo all'interno. «Il mondo va a puttane proprio» borbotto con i nervi a fior di pelle.

Non mi faccio prendere in giro da questo bellimbusto. Trovo solo delle penne e qualche evidenziatore. Il silenzio in aula non agevola la situazione. Sto per mettermi a urlare.

Una mano mi sfiora l'avambraccio, sposto lo sguardo alla mia destra e schiudo la bocca. Kinan appoggia una matita sul mio quaderno, le iridi smeraldo mi scrutano, il verde riluce più del solito e il nervosismo diminuisce. Perché mi guarda così, come a volermi tranquillizzare?

Il ladro batte le nocche sul banco. «Scusa, potresti lasciarmi il posto oggi? Sarebbe meglio per me averla vicino, visto che mi farà da tutor».

Cosa?

Volto il capo verso di lui. «Ma chi cazzo ti vuole?» sbotto. «Io non ho mai accettato di farti da tata. Chi te l'ha detto?»

Incurva le labbra in un sorriso. «Il preside. Non sei tu che accogli le nuove reclute della classe?»

«Stupido preside» sibilo tra i denti.

Si sposta davanti a Kinan, appoggia la cartella sul banco e gli porge la mano.

«Piacere, tu sei...?»

Kinan non ricambia il saluto. Strano... Si alza dalla sedia, prende il suo zaino e gli rivolge un'occhiata gelida.

«Kinan, puoi venire accanto a me!» Amanda sventola la mano.

Lui si volta e si incammina verso di lei. Spalanco la bocca. Se ne sta andando veramente?

Il moro siede accanto a me, mi copre la visuale con il busto. «Sono Chris Wood».

«Tanti auguri e felicitazioni». Distolgo lo sguardo.

«E tu sei Isabella Liverly?»

«La tua tata». Tiro le labbra in un sorriso falso. Lui avvicina la sedia alla mia, appoggia il gomito sul banco e il capo sulla mano. Il sorriso a trentadue denti gli evidenzia gli zigomi marcati. Il mio atteggiamento non gli dà fastidio, anzi... mi fissa come un nuovo giocattolo da scoprire. Mi volto dalla parte opposta. Dio, tutti gli psicopatici a me!

Il professore di storia entra in aula, ristabilendo all'istante la quiete. Appoggia i libri sulla cattedra e apre il registro. «Facciamo l'appello. Ashely Ray?»

«Presente!»

Stringo tra le dita la matita di Kinan. Lo sbircio, siede accanto ad Amanda con la solita espressione imperturbabile stampata sul viso. Fissa la lavagna, i riccioli ramati gli ricadono sulle tempie. È così strano... non lo comprendo. Sospiro e rivolgo l'attenzione verso l'essere seduto accanto a me. Tamburella le dita sul banco, fissa i suoi occhi nei miei e sorride compiaciuto. Aggrotto le sopracciglia. Ma cosa pensa?

«Isabella Liverly, presente?»

Alzo il capo verso il professore. «Pre-presente» biascico.

Chris si avvicina al mio orecchio. «Piacere, Isabella Liverly» sussurra.

12
Amara verità

Isabella

«Con chi mangi in mensa?»

«Con me stessa. Qua ci sono i bagni, se vai dritto trovi la biblioteca. Al piano di sotto c'è la palestra».

Perché il preside deve sempre obbligarmi a fare queste cose? Per chi mi ha preso? La valletta della scuola?

«Posso pranzare anch'io con te stessa?»

«Là ci sono gli armadietti, mentre questa è la sala conferenze. Quando c'è qualche avviso ci chiamano tutti qui. Hai qualche domanda?»

«Sì, è da dieci minuti che te lo chiedo. Posso pranzare con te?»

«Bene, direi che è tutto chiaro. Addio».

Mi blocca il braccio con la mano. «Aspetta, perché fai così? Ti ho fatto qualcosa?»

Sospiro. «Senti, Cristiano».

«Chris, mi chiamo Chris».

«Non mi interessi. Sono sicura ci saranno tante ragazze in questa scuola pronte a sedersi al tavolo con te, perciò lasciami in pace, così siamo tutti contenti».

Mi incammino verso la mensa a passo svelto, supero gli studenti ammassati nei corridoi. Sono in estremo ritardo, dovevo monitorare Yuri. Tutto per colpa di questo stupido tour di presentazione.

«Non è questo il punto. Io voglio sedermi con te» precisa seguendomi. Alzo gli occhi al cielo e prendo le scale. Salgo i gradini, faccio un pezzo di corridoio e apro la porta. Il brusio della mensa mi invade i timpani, gli studenti siedono attorno ai tavoli a gruppi di cinque, si abbuffano senza pietà. Cerco con lo sguardo il ciuffo di Yuri. Non lo vedo da nessuna parte.

Mi avvicino al bancone, prendo un vassoio. Il nuovo arrivato imita i miei gesti.

Mi acciglio. «Sei ancora qui? Non ti voglio, rifiuto l'offerta e vado avanti».

«Conta solo quello che vuoi tu?»

Il profumo del cibo mi solletica il naso, osservo il menù di oggi. Più che cibo questo mi sembra l'avanzo di vomito di un ubriaco. La signora che riempie i piatti mi lancia uno sguardo annoiato, mentre mi consegna un piatto pieno di una poltiglia a dir poco disgustosa. Mi volto verso i tavoli, intercetto il gruppo di Yuri all'angolo in fondo. Stringo il vassoio tra le mani e mi dirigo verso di loro.

Saluto i suoi amici con un cenno al capo.

Mio fratello sgrana gli occhi. «Issa, non sarai seria» bofonchia.

Mi siedo accanto a lui. «Serissima, ti starò accanto finché morte non ci separi».

Chris si siede di fronte a me. Scuoto il capo: come faccio a liberarmi di questa sanguisuga?

Yuri indica il mio accompagnatore. «E lui chi è?»

Addento una patatina. «Cristiano. Si è trasferito oggi».

«Chris, mi chiamo Chris, cara e dolce Isabella». Sospira. «Tua sorella è sempre così?»

«*Always*, dalla notte dei tempi».

Lo fisso di traverso. «Come fai a sapere che è mio fratello?»

«Me l'hai detto prima» replica, versandosi da bere.

Non gliel'ho detto, ne sono certa. «No, non è vero». Socchiudo le palpebre.

«Ah, già, non tu. Il preside mi ha accennato che siete in due. I figli dei Liverly, giusto?» sogghigna.

C'è qualcosa nel modo in cui parla, nel modo in cui si pone, che mi insospettisce.

«Vi conoscono tutti, siete famosi» commenta Erik, seduto accanto a mio fratello.

«Solo perché abbiamo la villa più grande della città» mormora Yuri.

«I vostri genitori fanno parte della commissione del sindaco, non è vero?»

Annuisco, masticando. Una risata melodica mi fa voltare verso la porta, Wendy sta entrando mano nella mano con Nicolas.

Stamattina ha saltato la lezione, non risponde ai messaggi e ora si presenta in mensa con quel biondino. Di male in peggio. Dietro di loro avanzano gli altri Red. I ragazzi li fissano, interrompendo il loro pasto. Il gruppetto ci supera e si siede a due tavoli di distanza dal nostro.

«Sei gelosa di quella ragazza?»

Sposto lo sguardo verso il nuovo studente, che mi fissa con attenzione. Gli punto contro la forchetta. «Cristiano, continua a mangiare e stai zitto».

«Ho capito! Ti piace il tipo biondo, per caso? È per questo che li guardi di continuo?»

Alzo gli occhi al cielo. Mi urta i nervi come pochi, non ha nessun'altra ragazza da pedinare? Lo sguardo cade su Kinan, sorride ad Amanda. Mi volto e fisso il mio piatto.

«Cos'hai fatto al polso?» Chris indica col capo il bendaggio.

'Una pazza maniaca me l'ha stritolato'.

«Sono caduta». Alzo le spalle.

«Oggi pomeriggio cosa fai?»

«Cazzi miei».

Le risate in sottofondo mi compiacciono.

«Amico, ci sono tante ragazze belle nel mondo. Mia sorella ha dei problemi, ti consiglio di lasciar stare».

'Yuri, sei solidale come sempre'.

«Grazie per il consiglio, ma a me piace».

Rimango allibita, appoggio la posata a lato del piatto e lo fulmino. Parla sempre con questa scioltezza alle ragazze? «È così che rimorchi?»

«Perché?» Incurva le labbra. «Ti dà fastidio?»

«Parecchio, e smettila di sorridere a caso». Mi giro dall'altra parte.

Yuri si alza dal tavolo assieme a due suoi compagni. «Io vado, ci vediamo a casa, Issa». Appoggia una mano sulla spalla di Chris, mi indica e muove il dito accanto alla tempia in piccoli cerchi. Perfetto, un esempio di solidarietà famigliare.

«Tuo fratello è simpatico».

Devo mangiare in fretta per scrollarmelo di dosso. Riempio la forchetta e la porto alla bocca.

«Oltre a Yuri e alla tua amica fidanzata con il biondo, non hai altri amici?»

«Punto numero uno: la mia amica non è fidanzata con nessuno». Ingoio. «Punto numero due: fatti gli affari tuoi».

Sorride. «Quindi non hai nessun altro amico? Ecco perché sei ossessionata da loro».

Se non la smette gli rovescio il piatto addosso. «Ascoltami bene. Sei molto bello. Il sogno di ogni ragazza, probabilmente, ma non il mio. Non mi interessi, non mi piaci proprio».

Avvicina il busto, un gomito sul tavolo e il viso appoggiato sul palmo della mano. Mi fissa con uno scintillio divertito addosso.

«Vedi Isabella...»

Un forte tonfo mi fa sussultare.

«Che hai detto?»

La voce di Yuri mi fa volgere lo sguardo verso l'uscita della mensa. Ma che cazzo...?

«Sbaglio o tuo fratello sta iniziando una rissa?» sussurra il mio vicino.

La folla che si è radunata attorno a loro mi impedisce di vedere. Balzo in piedi. «Non può essere, non fa mai a botte con nessuno».

Corro verso di lui, mi faccio largo tra gli studenti e supero la barriera di corpi. Yuri tiene per il colletto un ragazzo steso a terra con un taglio sullo zigomo. Spalanco la bocca.

«Ripeti quello che hai detto, testa di cazzo» sibila. Non gli dà tempo di ribattere che sferra un pugno così forte da fargli sanguinare il naso. I suoi amici lo afferrano per le spalle, ma lui se li scrolla di dosso come fossero piume. 'Com'è... com'è possibile?' Altri tre allungano le mani per bloccarlo, ma vengono scaraventati via con una forza incredibile. Tra le urla e i flash dei telefoni mi avvicino.

«Yuri, fermati! Ma che cosa ti prende?»

Ha il volto contratto in una smorfia di pura rabbia, le mani non smettono di stringere il collo del povero ragazzo disteso a terra. Lo sta soffocando. Il cuore mi martella nel petto, mi manca il fiato.

«Yuri, basta!» Gli artiglio le braccia, lo strattono, ma mi ritrovo inglobata da un'ombra scura. Iridi, un tempo azzurro cielo, ora accecate da una rabbia funesta e dipinte di nero. In un attimo mi scaraventa via, vengo scaraventata lontano, serro le palpebre. Il colpo mi ha tolto il respiro.

Due braccia mi prendono al volo.

«*Isabella*, stai bene?»

Mi riscuoto, inspirando, e sbarro gli occhi. Dei riccioli ramati mi solleticano la fronte. Cosa...?

Kinan mi tiene tra le braccia, le sue mani mi cingono stretta. Mi guardo intorno, i Red ci circondano, i muscoli tesi, mentre scrutano Yuri come fosse una minaccia.

«*Isabella?*» ripete.

Lo fisso e schiudo la bocca, faccio per rispondere ma il panico mi stritola la gola ed esce solo un rantolo.

«Tranquilla, ci penso io».

Mi depone a terra con la delicatezza di chi ha in mano un pezzo di vetro. Prendo fiato, appoggio i piedi al suolo e lo guardo dirigersi verso Yuri. Gli mette una mano sulla spalla e gli sussurra qualcosa all'orecchio. Seguo il labiale per capire cosa dice.

«So che non riesci a controllarti, ma devi farlo».

Yuri molla la presa sul ragazzo a terra e all'istante gli studenti lo soccorrono, mentre inghiotte grosse boccate d'aria. Viene portato fuori dalla mensa, il naso gronda sangue.

Kinan tiene ancora la mano su Yuri. Gli sussurra all'orecchio e sembra che questo lo plachi in qualche modo. Ma che cosa gli sta dicendo?

Avanzo traballando, ma una mano mi ferma.

«Dove vai?»

«Cristiano» biascico, «non è il momento. Devo parlare con mio fratello».

Mi blocca il braccio.

«Non mi sembra il caso».

«Lasciami» lo fulmino scocciata.

Mentre tento di divincolarmi dalla presa di Chris, vedo mio fratello che si fissa le mani sporche di sangue, come se si fosse appena svegliato da un lungo sonno. Lancia un'occhiata intorno, si rende conto dello sguardo colmo di paura degli studenti e china la testa. Si mette il cappuccio della felpa sul capo e indietreggia, accelera e scappa.

Kinan gli va dietro e anche i Red escono dalla mensa. La folla che li circondava si disperde, i mormorii aumentano. Devo parlargli a tutti i costi.

Wendy mi raggiunge. «Che cos'è successo a Yuri?»

Mi libero dalla presa di Chris e mi massaggio il braccio. «Non lo so... l'ho visto prendere a pugni quel ragazzo. Quando ho cercato di fermarlo, mi ha scaraventata via. Era strano. Non era in sé».

Si acciglia. «In che senso?»

«Gli occhi erano neri, completamente, e la forza con cui mi ha spinta non era normale...»

Chris mi lancia un'occhiataccia. «È impossibile».

«Lo so, eppure è quello che ho visto... stento a crederci io stessa, ma ho bisogno che qualcuno mi creda». Mi prendo i capelli tra le mani. «Mi sento impazzire».

Wendy mi accarezza la schiena. «Io ti credo, va bene? Ora calmati un attimo. Sembri sul punto di svenire».

«Voglio andare da lui» sussurro.

«Non ti conviene, non ora che è così sconvolto» mormora Wendy.

Chris mi guarda con sufficienza. «Sono d'accordo con la tua amica».

Perché questo essere è ancora qui attaccato a me? «Grazie, ma puoi pure tornare a mangiare. Sono problemi miei».

Le iridi color cielo di Wendy mi trafiggono.

«Volevo dire... mi farebbe piacere se, cordialmente, ne rimanessi fuori. Grazie».

Chris sogghigna. Perché ride sempre di me? Sono davvero così spassosa?

«Perdonala» Wendy mi tira una gomitata, «non sa come comportarsi con gli estranei».

«Sei la seconda persona che me lo dice» replica lui.

Approfitto del momento e svicolo fuori dalla mensa per raggiungere mio fratello. Il cuore mi martella nel cervello, lo stomaco è un rovo di spine. Che gli è successo? Non è mai stato tipo da risse...

«Issa, torna qui!» grida Wendy alle mie spalle.

«È mio fratello. Voglio sapere che cosa gli sta succedendo».

Ispeziono la sua classe. Niente. Guardo nei laboratori di scienze e arte, ma non c'è alcuna traccia né di lui né dei Red. Dove sono finiti?

Chris mi raggiunge, cammina di fianco a me. «Ha semplicemente fatto a botte con uno, che sarà mai!»

«Non c'è nulla di semplice. Yuri non ha neanche il coraggio di uccidere un insetto. Un giorno si è chiuso in bagno perché c'era una formica davanti alla porta e non voleva schiacciarla per paura che la tribù delle formiche lo seguisse la notte in cerca di vendetta».

Spalanco la porta del ripostiglio... niente. Continuo per il corridoio.

«Be'... la prima volta capita a tutti».

«Cristiano, smettila. Mio fratello non fa queste cose. Anche se fosse, da dove l'ha tirata fuori quella forza? È stato appena dimesso dall'ospedale».

C'è qualcosa che non mi torna.

Kinan

«Voglio stare da solo».

Yuri è seduto sulla panchina in cortile. Si fissa le mani, tremano sporche di sangue. Conosco quello sguardo...

«Vuoi smetterla di sentire quelle voci, vero?»

Si volta di scatto, gli occhi sgranati e arrossati, colmi di paura e sensi di colpa. Avanzo cauto, mi siedo accanto a lui, la panchina cigola sotto il mio peso.

«Come fai a saperlo?»

«Le sento anch'io. Sempre». Sospiro. «Sei diventato più forte, ti senti carico e pieno di energie. Non ti sei mai sentito così vivo, giusto?»

Annuisce, lo sguardo puntato a terra. «Ho spostato l'auto di papà con una sola mano...» Dal suo tono traspare la paura.

«Poi hai iniziato a essere più veloce, ad avere più fame e la forza è diventata incontrollabile».

«Prima dell'incidente qui a scuola non ero così, non capisco. Che cosa mi sta succedendo? Ho quasi fatto del male a Issa, ti rendi conto? L'ultima persona al mondo che vorrei ferire». Lacrime gli solcano le guance arrossate, scivolano fino al mento.

'Come te lo posso spiegare, Yuri?'

«Ora sento queste voci nella testa che non smettono di parlare» pigola. «Mi dicono cose strane, è come se la mia razionalità smettesse di funzionare».

«È l'umanità, Yuri. Smette di esserci, sta abbandonando il tuo corpo piano piano. È l'effetto collaterale».

«Effetto collaterale di cosa?»

«I tuoi occhi diventano neri, non è così?»

Mi fissa. «S-sì, e anche le vene del braccio. Sento una fame dentro che non si vuole placare. Ho mangiato di tutto oggi, ma non riesco a saziarmi».

«Senti rabbia, odio e paura. Ti divorano e ti estranei dal mondo esterno per minuti interminabili».

Yuri sbatte le palpebre. «Come fai a saperlo? L'hai vissuto anche tu?»

«Sei stato esposto al virus B-22. Questi sono gli effetti collaterali con cui dovrai imparare a convivere per il resto della tua vita» sussurro. Pronunciare queste parole fa riaffiorare i ricordi, gli stessi che mi perseguitano ogni notte nel sonno.

Inarca le sopracciglia. «Ma di cosa parli? Io non ho mai...» Si blocca e si alza di scatto. «Siete stati voi... ma...? Chi cazzo siete? Perché mi avete fatto questo?» urla, agitando le braccia per aria, il volto contratto dalla rabbia.

I ragazzi si fanno avanti dal retro del muretto: Nicolas, Teo e Amanda si piazzano di fronte a me.

«Devi calmarti. Ti spiegheremo tutto, ma abbiamo bisogno della tua collaborazione» mormora Amanda.

«Collaborazione?» ride. «Mi state prendendo in giro, vero? Mi hai iniettato quella roba nel collo quando siamo usciti e poi, non so come, hai rimosso nella mia mente il ricordo. Ora mi ritrovo a dover lottare contro me stesso perché ho un'incredibile voglia di uccidere la prima persona che passa, solo per il piacere di farlo». Le vene del collo si gonfiano, il suo respiro è alterato, i battiti accelerati. Gli occhi azzurri si scuriscono, velati da un'ombra nera.

Nicolas fa un passo avanti. «La voglia di uccidere che senti non si fermerà, se non ci dai modo di aiutarti».

«Siete tutti matti!» Avanza verso di me, i ragazzi si mettono sull'attenti. Sollevo la mano e li fermo.

'C'è solo un modo per farlo ragionare ora'.

Chiudo gli occhi, prendo un profondo respiro e mi alzo in piedi. Le mani mi formicolano, le vene bruciano di sangue che ribolle, si propaga in ogni parte del mio corpo. Schiudo le palpebre e Yuri si paralizza, terrorizzato. Nei suoi occhi vedo il mio riflesso, le sclere scure, i capelli candidi sul mio viso.

«Sono stato esposto anch'io. I capelli diventano bianchi, gli occhi e le vene delle braccia neri. Sembra scorra del veleno, e non del sangue, dentro di noi». Gli mostro ogni dettaglio. 'Ciò che stai attraversando ora... l'ho passato anch'io'.

Ci guarda sorpreso. «C-come fai a controllarti? E da quanto tempo? Siete tutti infetti allora?»

Legge nei loro occhi la risposta ai suoi sospetti. Torna a me, mi fissa stranito.

«Penso sia arrivato il momento di presentarci ufficialmente». Riassumo la mia forma umana. Yuri rimane esterrefatto. «Sono 001, primo soggetto sperimentale per il virus B-22. Mi è stato iniettato all'età di sette anni, sono stato il primo individuo a non essere morto istantaneamente».

«Sette anni?» Sgrana gli occhi, storce la bocca. «E da chi? Chi mai inietterebbe una cosa del genere in un bambino?»

«Invece l'hanno fatto, a scopi sperimentali. Hanno preso alcuni bambini e ragazzi di strada, illudendoli di salvarli dalla miseria, per usarli come cavie. Amanda all'età di dodici anni, Teo e Nicolas insieme a quattordici».

Boccheggia. «Questo è assurdo! Il sindaco lo sa? Ma che cosa aspettate a denunciare?»

«Non possiamo. Tengono in ostaggio delle persone a noi care, per cui non possiamo fare passi falsi».

Amanda abbassa lo sguardo verso terra, lotta contro se stessa per non mostrare le lacrime. Nicolas e Teo nascondono la loro paura rimanendo sull'attenti.

«Chi? Chi sono? Chi vi ha fatto questo e perché l'avete fatto anche a me?» La disperazione nel tono di voce e l'odio nei nostri confronti lo infuocano.

«I Liverly».

13
Sole e luna

Isabella

Non capisco che fine ha fatto Yuri. Non è in classe, e nemmeno nei bagni. Cammino verso la palestra, spingo il maniglione ed entro. Il parquet chiaro riflette le luci del soffitto, gli spalti lo circondano, vuoti. Niente...

Attraverso il vetro un ciuffo biondo cattura i miei occhi. *Nicolas.* Scatto in avanti, tiro il portone ed esco, il riverbero della luce mi fa socchiudere le palpebre.

Yuri fronteggia Kinan, immobile e pallido. Teo, Amanda, il biondino e altri due che non conosco lo accerchiano, le spalle tese, il viso impassibile. Lo fissano seguendone ogni minimo movimento, seri. Sembra stiano fissando un ordigno pronto a esplodere. Stiamo parlando di mio fratello, non di una minaccia!

Faccio un passo avanti, ma un braccio mi sbarra la strada.

«Non penso sia una buona idea interromperli».

«Cristiano, stai al tuo posto» sibilo. Faccio un altro passo, ma lui mi blocca il polso, costringendomi a fermarmi.

«Mi chiamo Chris». Le sue dita premono con più forza.

«Ti stai offendendo, Cristiano?» Strattono la mano per divincolarmi.

«Sì, non mi piace che il mio nome sia cambiato a caso. Non mi sembra difficile». Mi rivolge un sorriso tirato.

Lo sguardo mi cade su Yuri che si sposta assieme al gruppetto. Attraversano il cortile. Dove diavolo stanno andando?

«Mollami!» Tiro il braccio, ma Chris oppone resistenza. Ma che cazzo vuole? «Ho detto mollami».

«Se no? Cosa fai?» Il tono di sfida e la postura decisa mi urtano. Questo vuole essere preso a pugni, è chiaro.

«È meglio se la lasci andare...» Wendy si mette in mezzo, ma Chris non fa altro che sorridere. Non allenta la presa sul mio braccio, stringe e sogghigna.

'Okay, l'hai voluto tu'.

«Aiuto! Aiutatemi, mi sta molestando!»

Tre ragazzi e due ragazze si fermano, guardano male Chris, uno tira fuori il cellulare.

Lui mi rivolge un'occhiata scocciata, schiocca la lingua e mi lascia il polso. «Sei pazza».

«Pazza è il suo secondo nome» mormora Wendy.

«Sì, ma non pensavo fosse così... matta».

«Osa avvicinarti un'altra volta, osa toccarmi un'altra volta... e giuro che ti denuncio» sibilo. Lo supero, ma mi volto indietro, giusto per toglierli quel sorrisino fastidioso dalle labbra. «Cristiano di 'sto cazzo!»

Wendy diventa viola e nasconde il viso tra le mani, mentre io mi affretto a seguire Yuri. Attraverso il cortile, il cuore mi martella nel petto. Arrivo nel parcheggio, ruoto il capo e una chioma rossa cattura la mia attenzione.

Yuri sta salendo sulla macchina di Kinan. Scatto verso di lui, lo raggiungo mentre afferra la maniglia dello sportello.

«Yuri!» Lo artiglio dalla maglia, prendo aria. «Ma dove stai andando?» ansimo.

Non mi guarda, gli occhi fissi a terra.

«Io... ti spiego più tardi a casa». Ha la voce graffiata, come se avesse appena urlato. Nasconde le mani nelle tasche della felpa, gli occhi fanno di tutto per non incrociare i miei. Gli lascio la maglia e avvicino la mano per alzargli il volto, ma vengo bloccata.

«Ora non vuole guardarti». Kinan mi sposta indietro e si mette davanti a Yuri. Ha l'atteggiamento di chi vuole difendere da qualcuno una cosa che gli appartiene. *E quel qualcuno sono io.* Yuri rimane nascosto dietro di lui, le spalle incurvate, la testa china. Ha... ha paura di me?

Sollevo lo sguardo su Kinan, le sue iridi smeraldo mi osservano, inespressive.

«Per la miseria, è mio fratello! Dove lo state portando senza il mio consenso?»

«Ha bisogno di cambiare aria».

«Yuri, andiamo a casa, ti accompagno io...»

«Non voglio». Si scosta, aprendo la portiera. «Per favore... lasciami andare. Ho bisogno di stare solo».

Da solo? Da solo con loro?

«Perché non mi guardi negli occhi? Di solito sono io quella che prende a pugni la gente, non tu. È successo qualcosa? Puoi dirmi tutto».

Kinan non si sposta di mezzo centimetro, immobile come una guardia del corpo. I ragazzi in macchina mi osservano infastiditi.

«Vieni, andiamo a casa». Gli porgo la mano, lui la guarda di sottecchi e resta fermo. «Forza, Yuri. Mamma e papà ci staranno aspettando».

Si irrigidisce di colpo e sbianca. Ma che gli prende? Kinan mi impedisce di aggiungere altro. Mi spinge, si volta e poggia una mano sulla schiena di Yuri, invitandolo a salire.

«Spostati» sibilo.

«No. Te l'ha detto, ha bisogno di stare da solo».

«È mio fratello! Lasciami passare» sbotto. Allarga le braccia, mi blocca il passaggio. «Yuri! Yuri, avanti, ma cosa ti prende?» Mi sposto per togliere Kinan dalla mia visuale. «E tu levati dalle scatole! Lasciami stare» lo incenerisco, la rabbia e l'impotenza mi divorano il cuore. Senza una parola, mio fratello sale in auto e chiude la portiera.

«No!» grido. «Yuri, vieni con me!»

Kinan mi sfiora la spalla e mi irrigidisco. Sale al posto di guida e sbatte lo sportello, mette in moto e parte. Resto immobile, come paralizzata. La pelle freme, i muscoli non rispondono. *Yuri...*

Il corpo formicola e si rilassa, muovo le dita. Faccio un passo e mi si para davanti Chris.

«Non siamo in un film, se li rincorri non si fermano».

Stringo i pugni. «La vuoi smettere di immischiarti nella mia vita? Non ti conosco nemmeno e tu non conosci me. Sei in questa scuola solo da oggi. Perché sei così interessato a starmi tra i piedi?» ringhio.

«Sei arrabbiata, è comprensibile. Tuo fratello non ti vuole intorno adesso, rispettalo».

Lo fulmino. Ma come osa? Non sa nulla. Non sa proprio niente né di Yuri né tanto meno di me.

«Ti avverto, mi stai facendo girare le scatole. Non è il momento, spostati».

Prima Kinan e ora lui. Cos'è? La giornata mondiale del 'blocchiamo Isabella con i nostri corpi muscolosi'?

«È meglio se andiamo a casa, ora» mormora Wendy, mettendosi tra me e lui. «Sono sicura che Yuri ti spiegherà tutto appena tornerà».

«Ascolta la tua amica». Chris sorride, dandomi ancora più sui nervi.

«Hai proprio un sorriso del cazzo» sibilo. Gli do le spalle e mi allontano.

Wendy mi raggiunge, mi accarezza i capelli. «Issa, stai tranquilla. Sono sicura che si risolverà tutto».

«Yuri ha preso a pugni un ragazzo innocente e i suoi occhi sono diventati neri, mi ha scaraventata via, va in giro con i Red ed è salito in macchina con loro senza volermi neanche guardare. In che senso 'si risolverà tutto'?» Le mani mi formicolano, il respiro mi brucia.

Non trovo alcun senso logico. Yuri non mi voleva intorno... perché? Cosa gli ho fatto?

«Lo stai facendo, vero?» I passi di Wendy risuonano dietro ai miei.

Svolto l'angolo, diretta alla fermata del pullman. «Facendo cosa?»

«Ti stai dando la colpa. Non farlo».

Mi volto a fissarla. «No, non lo sto facendo». Forzo un sorriso. «Ci vediamo domani».

Salgo sull'autobus a testa bassa, raggiungo il mio posto e mi siedo. Punto lo sguardo oltre il vetro e gli occhi mi cadono su Wendy. Mi osserva, la fronte corrucciata. Se c'è una cosa che non so fare bene, è mentirle. In un modo o in un altro lo capisce, sembra leggere ogni mio pensiero, sempre. Basta uno sguardo.

Lei e Yuri sono gli unici in grado di farlo.

Fisso il posto vuoto dietro me e un'ondata di tristezza m'investe. Ci dovrebbe essere lui qui.

Era così diverso, lontano da se stesso. Non lo è mai stato... Yuri è quello che gioca ai videogame fino a tardi e, allo stesso tempo, ha una media da fare invidia.

Yuri è un raggio di sole, sempre sorridente e positivo, non esiste problema che non sappia risolvere con il suo buonumore.

Yuri è questo.

Guardo il vialetto dalla finestra di camera mia, l'ansia mi attanaglia lo stomaco. 'Yuri, dove sei finito? È tardi...' Sospiro, tornando verso il letto. Se mamma e papà sapessero che è andato con i Red e, soprattutto, che ha picchiato un ragazzo, non ho ancora ben capito il perché, darebbero di matto. Le sue iridi, le iridi nere, l'aria affamata che sembrava dilaniarlo... la paura, la repulsione nei miei confronti...

Il tintinnio delle chiavi e il click della serratura rimbombano dal piano di sotto. È tornato. I passi sulle scale arrivano attutiti, si intensificano mentre passa davanti alla mia porta. Entra in camera e ci si chiude. 'Mi ignori? Stavolta non ti lascio fuggire'. Mi affretto a raggiungerlo nella sua stanza, non busso, spalanco la porta ed entro.

«Voglio sapere cosa sta succedendo».

Yuri, sdraiato sul letto, finge di dormire. 'Questa tattica te l'ho mostrata io quando eravamo piccoli'.

«Davvero? Vuoi fregarmi con i trucchi che ti ho insegnato?» Mi siedo accanto a lui. Si volta, dandomi le spalle. «Cosa ti ha detto Kinan? Dove ti hanno portato?»

Nessuna risposta. Silenzio assoluto. Sposta il lenzuolo sopra alla testa.

Sospiro. «Okay... perché hai picchiato quel ragazzo?» Fa finta di non sentirmi.

«Non mi vuoi proprio parlare?» Distolgo lo sguardo. «Sai, anche se litighiamo spesso, anzi direi sempre, io... non riesco a stare senza di te. Sei sempre stato tu quello più bravo in tutto e io la pecora nera della famiglia» mormoro.

Sorrido. «Ricordi? Tu sei il sole e io la luna. Non andiamo molto d'accordo, ma non c'è Issa senza Yuri e non c'è Yuri senza Issa. È il nostro motto sin da piccoli».

«Sto bene, Issa» replica, la voce graffiata.

Bugia.

14
Confine

Wendy

«Issa... a me non sembra una buona idea».

Sbuffa. «A me sì».

«Con questi occhiali da sole non vedo niente, sto gelando dal freddo, da quanto è dentro quella casa?»

«Da troppo tempo».

«Ma cosa ci potrà mai fare lì dentro?» Porta il binocolo davanti agli occhi, lo punta sulla casa e strizza le palpebre.

«Mi spieghi che cosa pensi di vedere con quel giocattolo?»

«Non è un giocattolo, funziona ben... eccolo!» Lo indica con la mano.

Yuri esce dalla misteriosa casa assieme a Kinan. Nicolas, Teo, Amanda e Chris lo seguono. Perché sono tutti con lui?

«Ma che cazzo...» Issa mi toglie le parole di bocca.

Si incamminano lungo il marciapiede, guardandosi intorno. Mi appiattisco a terra e tiro con me anche Isabella. Se ci scoprono, facciamo una figuraccia...

«Che cosa ci fa a quest'ora mio fratello con loro? Che cosa c'entra Chris? Non è un Red, o almeno così pensavo». Issa mi guarda, sperando che io riesca a darle una risposta sensata. La verità è che non lo so.

«Ammetto che mi sembra tutto un po' strano». Nicolas mi ha detto che abita con la zia malata, forse è qui solo in visita. Issa si alza, spolvera i jeans e li segue, nascondendosi dietro i tronchi degli alberi lungo il viale. Le vado dietro in silenzio, spero davvero che non ci vedano. In questa zona non passa nessuno, le strade sono deserte e le luci delle case sono spente. Si fermano oltre un parcheggio al limitare del bosco.

Issa mi fa cenno con la mano e mi spinge dietro a un'auto a un paio di metri di distanza, tirandomi giù.

«Ma cos'è, un rito demoniaco?» ironizza.

«Non è il momento per una delle tue battute» sussurro, il cuore batte forte. Non perdo d'occhio Nicolas, ha un'aria diversa, non sorride, non scherza. Il volto non mostra emozioni, è teso. Si mettono tutti in cerchio intorno a Yuri, Kinan è l'unico a rimanergli accanto. Gli mormora qualche parola all'orecchio.

«È mio fratello. Pretendo di sapere cosa sta succedendo».

«Lo so, Issa» deglutisco. «Aspetta un attimo, vediamo che cosa fanno». Forse è davvero come dice lei, forse è una specie di confraternita... è tutto molto strano.

Yuri chiude gli occhi per qualche secondo. La tensione mi irrigidisce i muscoli, la paura mi attanaglia il cuore. Non mi piace tutto questo.

Riapre le palpebre, scopre due pozze nere invece delle sue iridi azzurre.

«Oh, cazzo!»

«Te l'avevo detto! Anche in mensa li aveva così» sussurra Issa.

«Penso che dobbiamo chiamare qualcuno, non è normale».

I ragazzi attorno a lui lo osservano impassibili, come se avessero visto questo spettacolo altre mille volte. Sposto lo sguardo su Nicolas e rimango esterrefatta dalla pacatezza con cui studia la scena. Le vene lungo le braccia e lungo il collo di Yuri diventano dello stesso colore degli occhi. Nere. Il panico mi azzanna le viscere, il sangue romba nelle orecchie e mi assorda. Non ho fiato. Sbatto le palpebre più volte. Sto avendo un incubo, ne sono certa. Mi pizzico il braccio, ma l'immagine davanti ai miei occhi non cambia. È tutto vero... reale.

Issa mi tocca la spalla. «Dimmi che vedi anche tu quello che vedo io...»

«S-sì...»

«Che cosa dobbiamo fare?»

«Darcela a gambe?» pigolo.

«E mio fratello?» Scuote la testa. «Non lo lascio qui con quelli, guarda come lo stanno fissando. Ti sembrano normali?»

Passo lo sguardo su ognuno di loro: Amanda, Teo, Chris, Nicolas e poi Kinan. Gli occhi inespressivi, freddi e distanti.

Chris si volta, raggiunge il bosco e scompare nel buio. Poco dopo rispunta dalla penombra, cammina sorreggendo un corpo, un animale. Un... cervo? Dimena gli zoccoli, il vapore del suo respiro forma dense nuvole nell'oscurità degli alberi. Chris serra la presa sulle zampe e lo blocca.

«Perché Chris sta portando un cervo davanti a Yuri?»

«Forse per ammirare madre natura?» Issa fa un sorriso tirato.

«Fallo, ora» ringhia Kinan.

Yuri ci dà le spalle, tira indietro il braccio e il lamento che si solleva dal cervo mi fa rabbrividire. Si sposta, tra i palmi lucidi e bagnati stringe qualcosa di bruno. Isabella sussulta. È... un... cuore?

Lo stomaco mi si rivolta, mi scappa un conato, stringo i denti. Non ce la faccio a guardare, devo chiamare aiuto... Distolgo gli occhi e frugo in tasca, estraggo il telefono e premo lo schermo, ma le dita tremano, sbaglio numero e il cellulare mi cade a terra.

«Aspettami, arrivo subito».

«Cosa...? D-dove vai? N-non vedi che sono matti? E non dire che lo fai per tuo fratello! Questa è una cosa grave, Issa. Dobbiamo chiamare aiuto, ha ucciso un animale senza esitare! Lo ha trafitto con le unghie...» Un conato mi stringe le viscere e rimetto. Issa mi regge la fronte, dal giubbotto prende un fazzolettino di carta e me lo porge.

Alzo gli occhi su di lei mentre asciugo la bocca. Sa che quello che ho detto è vero. Sarà anche accecata dall'amore che prova per il fratello, ma questo è qualcosa di troppo grande.

«Dobbiamo chiamare aiuto e subito» mormoro, prendendo aria.

«Okay, va bene. Sono d'accordo. Ma se le cose si mettono

male… scappa». Non mi dà né tempo né modo di risponderle, fugge via verso i ragazzi.

Dove cazzo va? È impazzita del tutto? La faranno fuori!

Corre verso Yuri, che ha le mani grondanti di sangue e il respiro accelerato. Lui si irrigidisce, come se ne avesse percepito la presenza. Si volta di scatto, le sclere sono tornate normali. Abbassa gli occhi e porta all'istante i palmi dietro la schiena.

«Che cazzo ci fa lei qui?» Teo la trafigge con lo sguardo.

«Ora che avete completato il rito sciamanico di ingresso alla vostra setta di psicopatici, mi spiegate che cosa sta succedendo?» ruggisce. Avanza senza paura come una furia. La rabbia deve averle dato alla testa.

Nessuno di loro parla, fissano tutti Kinan. Yuri si nasconde dietro di lui.

«Allora?» Batte il piede a terra. «Partiamo dal principio. Amanda… che cazzo hai fatto a mio fratello? Perché so che sei stata tu, l'ho sempre saputo». Incrocia le braccia al petto, la guarda senza alcun timore.

Amanda le sorride, quasi stesse assaporando il momento. Mette veramente i brividi.

Non so come Issa riesca a stare lì senza tremare…

«Perché avete portato qui mio fratello? Quella casa da cui siete usciti che cos'è? Il quartier generale della vostra setta?»

Teo muove un passo per andarle contro ma Chris lo ferma.

«Cosa c'è Teo? Ti stai arrabbiando? Tranquillo… Cristiano è bravo a trattenere le persone».

Chris scuote la testa. La guardano tutti con ostilità.

«Nicolas…» Indica il corpo del cervo, privo di vita. «Wendy sa di tutto questo? Presumo di no, lei ama gli animali».

Lui tace, le labbra serrate in una linea dura. Quindi è vero? È… è loro complice?

«Chi è che vuole rispondere? Non mordo, giuro. Forse voi un po' sì, ma io no». Sorride. Gli occhi le brillano di rabbia, non c'è traccia di timore.

«Perché non l'abbiamo sentita prima? Guarda in che casino siamo» sibila Teo.

«Possiamo risolverlo». Amanda mi squadra da capo a piedi.

«Wow, questa è la parte dove pianificate di farmi fuori?»

'Cielo, Issa, tu e la tua ironia finirete per cacciarvi in guai seri! Perché hai un'indole suicida?'

«Eliminale il ricordo, Chris» suggerisce Teo, seccato dalle sue battutine.

Chris sembra riflettere sull'idea qualche secondo, mentre lei ha le pupille puntate su una sola persona: Kinan.

«Non funzionerà» li interrompe Kinan, sostenendo il suo sguardo.

«Ascoltate Kinan, è un maestro assoluto nel dire bugie!»

Amanda gli artiglia il braccio. «La lasci parlare in questo modo?»

«Amanda, calmati» le sussurra Chris.

«Cristiano, ti trasformi anche tu? Occhi neri e tutte quelle cose?» mormora Issa, gesticolando.

Lui avanza verso di lei, la osserva con il disprezzo dipinto sul volto. «Penso tu non abbia capito la gravità della situazione in cui ti sei messa...»

«No, illuminami. È da un sacco che faccio domande, ma nessuno mi risponde».

«Non ti consiglio di fare la bulletta, mi basta muovere un solo dito per spezzarti un osso». Avanza ancora di un passo, Issa indietreggia e alza gli occhi al cielo, sbuffando. Chris sorride, solleva il mignolo e il mio braccio formicola. Una fitta lo trafigge, i muscoli si contraggono, l'osso scricchiola.

«Dio! Ah!» grido.

Isabella

L'urlo che arriva da dietro l'auto mi lacera l'anima. Il cuore mi schizza in gola. *Wendy!*

«Ti sei portata un'amica?» sorride Amanda. In un attimo la strattona e la spinge davanti a me, facendola cadere a terra come uno straccio. Si è mossa con una rapidità disumana, non l'ho neanche vista spostarsi.

Wendy è rannicchiata su se stessa, mugola per il dolore. Il suo braccio sembra essersi slogato. Respira profondamente, tra un lamento e un altro le lacrime le bagnano le guance. Mi chino su di lei e la circondo con il braccio, le sue iridi azzurre luccicano di pianto. Serra le palpebre e stringe i denti.

«Voi siete pazzi!» geme, piegandosi ancora di più. Nessuno di loro si muove. Chris abbassa un altro dito, un sorriso macabro gli taglia il volto. Gli occhi cambiano, le sclere si scuriscono in un istante.

«Penso abbia capito, basta così» mormora Kinan.

«Dici?» sibila Amanda, un luccichio divertito le avvampa negli occhi. «I Liverly sono duri di comprendonio».

«Ho detto basta così, non voglio ripetermi» tuona lui. Chris abbassa la mano, brontola parole incomprensibili. Wendy smette di tremare all'istante, il respiro le torna regolare.

L'abbraccio. «Mi dispiace, Wendy» mormoro con le lacrime agli occhi.

«Tr-tranquilla» soffia, i lineamenti contratti dal dolore.

Mi paro davanti a lei, le sollevo il mento e la osservo. Yuri si ostina a non voltarsi, lo sguardo diretto al bosco. Non mi vuole vedere, è così ovvio. Kinan mi fissa, dalle sue iridi spente non trapela niente, ma la mia presenza sembra non stupirlo affatto, anzi, forse lo infastidisce. Avevo ragione... il mio mondo non c'entra nulla con il suo, con il loro. Non sono umani. L'unica cosa umana che hanno è l'aspetto fisico. Per il resto, sembrano tutti di vetro.

«Siete dei mostri» ringhio, le dita mi formicolano e le guance si infiammano. Ho messo in questo casino Wendy e non riconosco più mio fratello. Non posso fare nulla. Mi sento così impotente...

«Lo so, non ho mai detto di essere un angelo». La voce di Kinan, al contrario della mia, è sicura e decisa.

Dal bosco arrivano altri ragazzi, probabilmente anche loro sono Red. Mi fissano tutti con odio, un paio di facce forse le ho incrociate a scuola. 'Che diamine vi ho fatto, eh? Neanche vi conosco, e comunque siete voi i criminali!'

Ci circondano, in attesa di un ordine da parte del loro capo.

Mi giro verso Wendy, nei suoi occhi bagnati di lacrime cala un'ombra e si addenta il labbro. Seguo la direzione del suo sguardo e incontro Nicolas. Torno al suo viso, le palpebre gonfie di pianto. 'Mi dispiace, amica mia... il ragazzo che ti piaceva non è un principe azzurro, ma un demonio sadico'.

«Hai bisogno di una mano, capo?» Un ragazzo si avvicina a Kinan, mi guarda come carne da macello.

'Una mano'? Vogliono sbarazzarsi di noi?

«Chris» mormora, e lui annuisce.

Si avvicina in un secondo e mi spinge via. Punta un dito sulla fronte di Wendy. «È stato un piacere, cara. Sogni d'oro!»

Lei perde conoscenza, si accascia sul terreno. *No!*

Chris ride. All'istante tiro indietro il braccio e gli mollo un pugno sulla bocca, le nocche incontrano con forza la sua pelle. Sono in affanno, la rabbia mi formicola nelle vene. Mi slancio in avanti per artigliargli le spalle.

«Fermatela» tuona Kinan.

Qualcuno mi blocca le braccia, impedendomi di muovermi.

«Lasciami! Lasciatemi! Che cosa avete fatto a Wendy?» urlo.

Chris si massaggia la mascella, il sangue gli gocciola dal labbro. «Le abbiamo rimosso il ricordo di stasera. È svenuta». Punta le iridi scure sulle mie. «Quando si sveglierà, non ricorderà nulla. Avrà solo un fortissimo mal di testa».

Amanda si avvicina a lui, incrocia le braccia al petto stizzita. «Perché non l'hai fermata? Ti sei fatto colpire di proposito?»

«Secondo te? Kinan mi ha bloccato» mormora. 'Ma di cosa parlano? Kinan l'ha bloccato? Ma se era immobile?'

«Che cosa facciamo?» grugnisce Teo. «Non possiamo cancellarle la memoria, né possiamo lasciarla andare in giro così».

«Possiamo...»

«No, Amanda». Kinan le impedisce di continuare.

Lei alza i palmi davanti a sé. «Era solo un'idea».

«Voi portate via Yuri. Nicolas, porta a casa Wendy».

«E lei?» Chris fa cenno col mento verso di me, incrociando le braccia al petto. Nei suoi occhi avvampa il desiderio di restituirmi il pugno.

«Ci penso io, non vi preoccupate». Kinan mi lancia uno strano sguardo. Ci pensa lui... vuol dire che sarà lui a farmi fuori? Amanda serra le labbra, i suoi lineamenti si induriscono. Mi fissa per un istante, un lampo di risentimento le accende l'espressione. China il capo e obbedisce agli ordini.

Anche gli altri eseguono senza esitare. Yuri si incammina verso il bosco, senza voltarsi, e si perde tra gli alberi, scomparendo dalla mia vista. 'Perché non vuoi più parlarmi? Yuri... questo non sei tu'.

Il ragazzo alle mie spalle mi tiene ancorata mentre Wendy viene presa in braccio da Nicolas.

«Sei uno stronzo, mi fai schifo» sibilo.

«Se sapessi la verità, ti faresti schifo da sola» esclama lui. Kinan gli scocca un'occhiata torva e lo zittisce.

«Diventi così violenta quando si tratta delle tue persone, affascinante...» ghigna Chris.

Si avvicina, mi sfiora la guancia con un dito e un conato mi risale in gola. Queste dita hanno fatto del male a Wendy, non deve toccarmi. Mi scanso.

«Non siamo noi i cattivi» sussurra con voce roca. Percorre lo zigomo, scende alla mandibola e indugia qualche secondo sul collo. Brividi gelidi mi intrappolano il corpo. 'Non mi toccare, cazzo'. Mi divincolo, ma l'energumeno dietro di me stringe la presa sulle mie braccia, e perdo sensibilità. La faccia di Chris si offusca, fatico a tenere le palpebre aperte e mi gira la testa. Il suo respiro si infrange sul mio collo.

«Chris» tuona Kinan.

Lui si stacca da me e il malessere scompare. Riapro gli occhi, la vista torna normale.

«Kinan oggi ti ha salvato la vita più volte di quante tu possa immaginare, principessina Liverly» mormora incurvando le labbra. Il mio sguardo confuso lo fa sorridere ancora di più.

Salvato? Quando mai mi avrebbe salvato? Respiro a fondo, le vertigini spariscono.

«Andate via tutti, aiutate Amanda con Yuri. Anche tu Chris».

«Agli ordini, signor capitano». Obbedisce ridacchiando e si

allontana da me. Un paio di ragazzi mi lanciano sguardi pieni di rancore e odio mentre vanno via. 'Che hanno da guardarmi così? Ho l'impressione che mi vogliano far fuori...' Deglutisco a fatica, i muscoli contratti attorno a un chiodo incastrato in gola. La paura mi avvolge.

Paura per Yuri, scomparso dalla mia vista in mezzo a tutta questa gente. Paura per Wendy, inerme tra le braccia di un pazzo maniaco.

«Anche te, via» sibila Kinan al ragazzo che mi tiene bloccata.

«Sicuro, capo? Sembra voglia scappare».

«Non lo farà. Lasciala». Gli occhi verdi di Kinan mi studiano. Il tipo obbedisce agli ordini, mollando la presa. Si allontana, raggiunge gli altri nel bosco. Il cuore mi martella tra le costole. Siamo da soli. Solo io e Kinan in un parcheggio isolato al confine con la foresta.

'Se scappo, mi uccide? Probabile. Ma se rimango ferma, mi uccide comunque'.

«Non voglio farti del male». Avanza di un passo, accorciando la distanza tra noi. Punto le pupille sul suo viso e il suo sguardo muta. All'improvviso si scioglie.

«Scusami» mormora, le sopracciglia corrucciate. «Mi dispiace». Avanza ancora e io indietreggio. Non credo a una sola parola pronunciata da lui. È un bugiardo, ha traviato mio fratello. Yuri ha le mani sporche di sangue ed è tutta colpa sua.

«Non voglio farti del male. *Isabella*, credimi».

Il mio nome sulle sue labbra mi fa sussultare, brividi si irradiano sulla mia pelle.

«S-stai fermo» lo avverto tremante. Kinan si blocca. Con il piede segno una breve linea tra noi due.

«Non superarla, non avvicinarti. Non mi fido di voi e non mi fido di te».

«È un confine?»

«Sì».

Segue con lo sguardo la breve linea che ho creato. «C'è sempre stato questo confine tra noi, solo che vederlo disegnato ora mi mette un po' di tristezza». È diverso adesso, gli occhi pieni di malinconia, di pena. Ha perso la maschera del capo pronto a prendere decisioni. O forse è questa qui la sua maschera.

«Perché fai così?»

«Così come?» Le iridi verdi mi accarezzano il volto.

«Questo! Perché ora sembri un'altra persona, Kinan! Chi sei? Cosa sei? Cosa sta succedendo?»

Segue con lo sguardo ogni mio movimento.

«Io mi sento impazzire» ammetto. «Rivoglio mio fratello, lo voglio come prima. Che cosa gli avete fatto? Perché è così?» Le lacrime mi inumidiscono le ciglia, la vista si sfoca. Kinan abbassa gli occhi, la bocca imbronciata. Prende un respiro profondo e torna a guardarmi.

«È una lunga storia, preparati ad ascoltarla... *Isabella*».

15
Paura

Kinan

«Non avrei mai voluto prendere questa strada, ma è l'unica per farti capire che non siamo noi i cattivi».

Isabella incrocia le braccia al petto. «Ti ascolto».

Il riflesso della luna le illumina il volto, gli occhi verdi a mandorla, stretti tra le palpebre e le ciglia scure, grondano dissenso, rabbia, risentimento... paura. So che quando avrò finito di raccontarle l'intera storia le crollerà il mondo addosso, ma non posso permetterle di rovinare quello a cui abbiamo lavorato tanto a lungo.

«Anni fa, un gruppo di studiosi stava elaborando un farmaco costituito da un virus. Lo chiamarono virus B-22. Credevano fosse in grado di guarire qualsiasi malattia. Inizialmente fu testato sugli animali, e in effetti funzionava alla grande: cani e gatti malati di cancro guarivano nel giro di pochissimo tempo. Perciò provarono a sperimentarlo sulle persone. In quel periodo, in ospedale era ricoverata una bambina. Si chiamava Veronica e aveva un tumore al cervello allo stadio terminale, inoperabile e incurabile. Era la figlia di uno degli sperimentatori, il quale volle a tutti i costi iniettarle il virus per guarirla».

«L'ha fatto? Gliel'ha iniettato?»

«Purtroppo sì. Per le prime ventiquattro ore il farmaco si dimostrò efficace: Veronica si sentiva meglio, alla risonanza il tumore sembrava essersi ridotto e i parametri vitali stavano rientrando nella norma». Deglutisco. «C'era un bambino molto legato a Veronica, le voleva davvero bene. Anche i genitori di lui erano fra gli sperimentatori del farmaco. Prima della cura sperimentale e dell'aggravamento delle sue condizioni, ogni giorno andava a trovarla per giocarci insieme».

«Cosa c'entra il bambino?» chiede impaziente.

«Da lui è partito tutto. In realtà, Veronica non stava guarendo, il virus la stava rendendo qualcos'altro. Lo scoprirono troppo tardi: un giorno aggredì il bambino con cui era solita giocare, tentò di morderlo e di fargli del male. Pensavano fosse una stupida lite, ma capirono che era il virus ad averla resa violenta, aggressiva e irrazionale. Non riuscivano a tenerla sotto controllo, aveva una forza disumana. Gli occhi e le vene le diventavano neri, avvelenati da un male che scorreva a una velocità incontrollabile dentro di lei. Si stava trasformando in un essere affamato e insaziabile».

Nel suo sguardo appare una scintilla di consapevolezza. 'Sì, Isabella, è la stessa cosa che è successa a Yuri'.

«La catastrofe avvenne quando Veronica, in un impeto di rabbia, tentò di uccidere suo padre. Da quel giorno dovettero sedarla ripetutamente. Andò avanti così, fino a quando i calmanti non fecero più effetto, e non riuscirono a contenerla. Né le siringhe né le catene bastavano. La fame non le permetteva di ragionare, era smisurata. Uccise le guardie di sicurezza, aggredì gli sperimentatori e per bloccarla una donna le sparò in testa. Il bambino, l'amico di Veronica, assistette a tutta la scena».

«Hanno ucciso una bambina?»

«Sì, e questo cambiò ogni cosa. Il bambino rimase traumatizzato, a tal punto da volersi vendicare in qualche modo in nome dell'amica uccisa brutalmente. Così scappò fuori dalla stanza, si intrufolò nel laboratorio e si iniettò il virus».

«No...» mormora.

«Nessuno riuscì a fermarlo, fece tutto di nascosto. Voleva vendicarsi della donna che gli aveva portato via l'amica speciale con cui giocava ogni giorno... e quella donna era proprio sua madre. Una ripicca, una forma di protesta. I genitori, preoccupati, cercarono una soluzione: provarono a modificare il DNA del virus, a trasformarlo, ma non riuscirono a ottenere nulla. Perciò sperimentarono un farmaco che attaccasse il virus nel corpo del figlio, lo neutralizzasse e facesse tornare il bambino come prima. Ma avevano bisogno di cavie umane per provarlo prima di iniettarlo al loro amato bambino, possibilmente della stessa età. E quali cavie migliori se non gli orfani di strada? Era perfetto: non avevano istruzione o famiglia, erano privi di qualsiasi forma di tutela legale. Per questo presero con l'inganno una ventina di orfani. All'inizio li trattavano bene, davano loro buon cibo, acqua e vestiti. Compravano giochi e li riempivano di attenzioni. Sembravano davvero brave persone». Un sorriso amaro accompagna le ultime parole.

«Poi, piano piano, i bambini diminuirono. Da venti a quindici. Nessuno sapeva dove fossero finiti gli altri cinque. I sospetti nacquero quando ne rimasero solo dieci. E tra quei dieci ne sopravvisse solo uno, solo un bambino in cui il farmaco misto al virus B-22 non aveva portato al decesso».

Mi prendo un momento di pausa prima di continuare a parlare. Raccontare una cicatrice la rende sempre più dolorosa e viva. È come avere un vulcano quiescente nel cuore. Pulsa nel petto, e quando lo fa ti impedisce di respirare.

«Sei tu, vero?» Mi studia, incollando gli occhi ai miei. «Sei il primo bambino che è sopravvissuto al farmaco».

Sentirlo dire da qualcun altro lo rende ancora più reale. Annuisco.

Mi osserva con uno sguardo diverso. La rabbia ha abbandonato il suo corpo, fa un passo e supera la linea che lei stessa ha tracciato. «Puoi... posso vederti?»

Il silenzio attorno a noi scandisce i secondi con straziante lentezza. Come può voler vedere il mostro che è in me? Nessuno vuole veramente vederlo. Nemmeno io.

«Sei sicura?»

Annuisce. La guardo, mi imprimo nella memoria la sua espressione prima che cambi. Prima che subentri il terrore. 'So già che la paura ti impedirà di sostenere i miei occhi e che il ribrezzo ti allontanerà. So già che i piccoli sorrisi, che di rado lasciavi sfuggire, probabilmente non saranno più diretti a me. Mi guarderai in modo diverso. Mi vedrai in modo diverso. Perché chi vede il mostro che giace dentro di me, non è più capace di vedere me. Percepisce solo il mostro. E non ti biasimo, Isabella, anzi. Io stesso ho paura di questo mostro'. Chiudo gli occhi e il veleno che soffoco di continuo fluisce nel mio sangue. Quando schiudo le palpebre, punto lo sguardo a terra. Isabella si avvicina e d'istinto faccio un passo indietro.

«È meglio se resti lì».

«Perché?»

«Perché ti ho appena detto che ho un virus che rende affamati e accecati dall'ira. Dovresti allontanarti».

Inarca un sopracciglio. «È contagioso?»

Scuoto la testa. «Infetta solo se ti viene iniettato, ma...»

«Allora non vedo il motivo per cui dovrei indietreggiare». Avanza di un altro passo.

«Non farlo» l'avviso. La paura mi assale. Mi arriva di fronte. Distolgo lo sguardo, non voglio vedere quell'espressione disgustata anche in lei.

«Puoi alzare la testa? Per favore...»

Perché? Non capisco se è pura curiosità o se c'è dell'altro. Sposto gli occhi su di lei. Si sofferma sul viso, sulle mie iridi, la destra e la sinistra. Osserva i miei capelli, scivola sulla mascella, segue le vene sul collo, sulle braccia. So che fa paura. Questo aspetto fa paura. Sembra essere fatto apposta per renderti un mostro perfino a te stesso. L'oscurità del virus ti pervade il corpo, tutto ciò che hai di bello diventa tenebroso. Eppure...

Eppure non riesco a decifrare il suo sguardo.

«Devi aver sofferto tanto, Kinan Daneer. Mascheri tutto per paura degli altri. Non deve essere facile».

Schiudo le labbra. «Tu... non hai paura?»

«Dovrei averne?»

«Sì. Ho l'aspetto di un mostro».

«I mostri non sono così» sussurra. Nessuna paura, nessuna esitazione. Non le trema la voce, non incrocia le braccia al petto, non distoglie lo sguardo. Nulla di tutto ciò. «I mostri non sono questi». La voce, dolce e melodica, per un istante zittisce l'urlo dei miei pensieri. «I mostri sono esseri che fanno del male agli altri per puro piacere individuale, come le persone che ti hanno preso da orfano e ti hanno usato».

«Non diresti così se sapessi chi sono queste persone».

«Chiunque siano, non è umano fare una cosa del genere a dei bambini».

Attendo qualche secondo e torno alla mia forma normale. Isabella mi osserva, le labbra aperte per lo stupore. Questa parte della storia non le piacerà. 'Non mi crederai, lo so'.

«Non ti piacerà sentirlo...»

Isabella

«Non ti piacerà sentirlo. Dopo che, per la prima volta, il virus non aveva ucciso il bambino a cui l'avevano iniettato, gli sperimentatori erano felici. Era un piccolo traguardo. Aspettarono le solite ventiquattr'ore e io non mostravo alcun segno di violenza, rabbia né altro. Tutto faceva ben sperare. Nell'ora successiva iniziai ad avere un forte mal di testa, vomitai ogni cosa che provavo a mangiare fino a ridurmi uno straccio. Avevo la febbre alta e le convulsioni mi impedivano di stare fermo. Dovettero sedarmi».

Lo stesso stato di Yuri...

«Quando mi risvegliai, il giorno dopo, ero pieno di energie. Più forte, più veloce e più intelligente rispetto alla norma. Superavo ogni limite umano. Il lato negativo era l'incontrollabilità di questa forza e la sensazione di essere sempre affamato. Volevo carne, volevo sentire il sapore del sangue, e più lo realizzavo, più mi sentivo distante dall'umanità a cui ero stato strappato con violenza. Tenevano sotto controllo questo mio lato oscuro tramite una particolare sostanza che mi iniettavano ogni giorno. Serviva a tenere a bada la fame che sentivo, e funzionava: non avevo più una voragine nello stomaco né il desiderio di uccidere, ma il tutto durava solo sette ore, poi l'effetto svaniva e la fame tornava».

Un'aura di tristezza lo avvolge. «Era un ciclo continuo di dolore... non ero mai sazio e stavo andando incontro a delle trasformazioni che mi destabilizzavano. Mi imprigionarono in una cella minuscola, al buio. Avevano paura di me, lo sentivo dai loro battiti cardiaci in aumento» sospira. «Per loro non ero un bambino spaventato, solo e terrorizzato, ma il primo esemplare, la prova di un avanzamento nella ricerca, qualcosa da perfezionare...» mormora, il tono di voce greve è carico di sofferenza.

«E volevano perfezionare il farmaco che curasse il virus a tutti i costi, così andarono avanti, usarono altri bambini. Ci tenevano in box separati, li vedevo di sfuggita quando passavano in corridoio o quando dovevano fare degli esami. Indossavamo tutti il camice bianco da ospedale. Coglievo i loro sguardi preoccupati... ancora non capivano in che posto erano capitati».

«Quando si fermarono? Si sono fermati, vero?»

«Sì, si fermarono perché le autorità e il sindaco iniziarono a sospettare. C'erano troppi ragazzini scomparsi e poche informazioni a riguardo, perciò furono obbligati a mettere fine a queste mostruosità. I bambini infetti, i Red, vennero isolati da tutti gli altri abitanti della città. Da allora siamo costretti a rispettare delle regole, in cambio possiamo rimanere qui senza subire altre sperimentazioni».

È orribile. Solo ora capisco i divieti, le regole e la divisione ferrea con cui hanno spezzato la città. I brividi mi percorrono tutta la schiena. Hanno tentato di mascherare lo scempio delle loro azioni. A questo punto, sorge spontanea una domanda.

«Chi vi ha fatto questo? Chi sono gli sperimentatori del farmaco?»

Kinan rimane in silenzio per qualche secondo. 'Perché tentenni?'

«I genitori del bambino infetto assieme a due donne, Laurel Ocall e Cristina Nave».

Laurel e Cristina, le rappresentanti del comitato del sindaco?

«Scherzi? Sono le zie di Teresa...» Lo stupore prende il sopravvento. Ma com'è possibile? Le conosco da quando sono nata. Sono venute alle mie recite all'asilo e sono grandi amiche di mamma.

«Rappresentano la città... hanno fatto anche da sponsor per diverse iniziative di beneficenza... io non ci posso credere». Prendo fiato. Non riuscirò più a guardarle come prima.

«Lo so... sembravano brave persone anche a me» mormora.

«Chi sono i genitori del bambino? La coppia di cui parlavi».

«Ecco, loro...» Si blocca, punta lo sguardo nel mio. I lineamenti si fanno più duri, nelle iridi brilla la rabbia. Inspira. «Sono i tuoi genitori, Isabella».

Il mio nome suona colmo di furia.

Retrocedo dietro alla linea che ci separa.

16
Linee parallele

Yuri

Non capirà. Non vorrà capire, la conosco. So com'è fatta. Io stesso ci ho creduto a stento.

Amanda si siede accanto a me sul tronco. «Preoccupato?»

Il fuoco rischiara la radura, illumina i volti dei ragazzi, festeggiano la mia trasformazione. Sono uno di loro. E glielo devo. Lo devo a ognuno di loro, per l'infanzia che i miei genitori gli hanno strappato. Teo e Nicolas intorno al falò scherzano con Chris, ridono, coinvolgendo anche gli altri. Sono una famiglia. Non hanno un legame di sangue, ma sarebbero capaci di offrire corpo e anima l'uno per l'altro. L'ho capito guardandoli da vicino.

«Stai tranquillo, Yuri, Kinan ci sa fare con le parole. È il più bravo. La convincerà».

«Issa ama follemente i nostri genitori».

«Anche tu».

«Non dopo questo». Stringo le mani in un pugno. «Questa mattina mi sono svegliato sperando fosse tutto un incubo, sperando che mamma e papà non avessero usato degli orfani per i loro scopi, che non li avessero trasformati in qualcosa di terrificante, per poi isolarli dalla città...»

«Quello che hanno fatto i tuoi genitori è terribile e non può essere perdonato, ma il fatto che ti senta così in colpa dimostra quanto sei diverso da loro».

'Diverso'? Ho passato tutta la vita circondato dal loro affetto e dalle loro attenzioni. Mi hanno lodato, protetto e custodito. Ora mi sento afflitto da un peso enorme, tutto ciò che mi hanno sempre dato mi appare sporco.

«Fratellino, stai facendo il depresso?»

Alzo il capo e sorrido. «Dave!»

Mi stritola in un abbraccio, accarezzandomi la schiena.

«I fratelli Liverly riuniti». Amanda sorride.

Mi divincolo dalle sue braccia. «Issa mi ha seguito...»

«Lo so» sospira. «Non cambia mai. Avrei dovuto aspettarmelo, che si sarebbe messa in mezzo a questo casino» mormora, le iridi azzurre riflettono le fiamme del falò. «Volevo lasciarla fuori».

«Lasciare fuori Issa da qualcosa? Impossibile» ridacchio. Isabella è un uragano.

«È con Kinan?»

Amanda annuisce. Tre ragazzi si riuniscono attorno a Dave, il suo sorriso gioviale li accoglie mentre lo guardano con affetto e ammirazione. Proprio come fanno con Kinan.

Chris si scola un sorso di birra, mentre la sua ragazza gli si avvinghia al collo. «Ti conviene andare a parlarle, tua sorella sarà una furia adesso».

«E visto che ci hai ordinato di non torcerle un capello, non possiamo usare la nostra forza su di lei per calmarla» sbotta Teo.

Mio fratello alza gli occhi al cielo, scuotendo la testa. Si gratta il mento adombrato da un filo di barba, mi lancia un ultimo sguardo e si avvia in fretta nel bosco.

«Vediamo se la principessina Liverly reagirà come i fratelli, o se si metterà contro di noi per stare con i genitori perfetti» sibila Amanda.

«Non verrà con noi, è troppo legata alla sua famiglia». Chris la conosce da solo un giorno, eppure ha già compreso quanto può essere testarda.

So che è egoista, ma vorrei averla qui accanto a me. Siamo sempre stati insieme in tutto, in ogni decisione. Io e lei. *Il sole e la luna.*

L'idea di combattere da solo una guerra del genere mi fa stare male. Come farò ad averla contro in tutto questo? È già abbastanza difficile non vedere mamma e papà come prima. 'Ti prego, Isabella'.

Dave

«Questa è una gran cazzata e io ho smesso di ascoltare. Voglio mio fratello!»

Sorrido al tono irritato nella sua voce. È sempre la solita testarda..

«Isabella, ascoltami...»

«'Isabella, ascoltami'? Ti rendi conto di quello che stai dicendo? Mia mamma e mio papà sarebbero dei criminali che rapiscono orfani per sperimentare su di loro un virus?»

Rimango nascosto dietro a un albero e li osservo. Lui abbassa lo sguardo. Sembra che sia riuscita là dove nessun altro è riuscito: mettere Kinan in crisi.

«Lo so che è difficile da credere». La scruta da sotto le ciglia, rispetta i suoi spazi. Ha paura di ferirla, è evidente.

«No, non è difficile da credere. È *impossibile* da credere». Issa gesticola, le guance infuocate. «Come mai Yuri ci ha creduto? Che cosa gli avete fatto vedere?»

Adesso è bene che intervenga io. Aggiro l'albero e mi avvicino, lo scricchiolio dei miei passi sui rametti attira la sua attenzione.

«Dave...?» dice in un soffio.

«Ciao, Issa» sorrido. «Non mi abbracci?»

Mi squadra da capo a piedi. Un luccichio le fa brillare le iridi chiare. «Sei tu il bambino che voleva bene a Veronica? Quello che si è iniettato il virus?»

Kinan le ha già raccontato parte della storia. Annuisco.

«Mamma e papà hanno veramente fatto questo... a loro?» Lo indica con la mano, sul viso si accende la speranza che non sia vero niente di ciò che ha sentito. La stessa speranza che aveva Yuri nei primi istanti. Li conosco: sono cresciuti con la testardaggine tipica dei Liverly. Isabella è forse quella più testarda dei tre.

«Sì, tutto quello che ti ha detto Kinan è vero, Issa».

Alterna lo sguardo da me a lui, si porta una mano al petto. Faccio un passo e mi ferma, alzando l'indice in aria.

«Non superare la linea. Stai lì».

«Va bene, come vuoi». Alzo i palmi verso di lei.

«Quindi sei anche tu un...»

«Uno di loro? Sì, l'unica differenza è che il farmaco che mi sono iniettato era la formula originale, quello iniettato agli altri ha subìto delle modifiche».

Sbianca, sgrana gli occhi. «È per questo che non sei mai a casa. Vieni solo una volta all'anno quando mamma e papà non ci sono» riflette.

«Esatto, vengo solo per vedere voi due, te e Yuri».

Le uniche gocce di bontà della famiglia. Faccio un passo in avanti verso di lei, ma indietreggia all'istante.

«Ci hai sempre mentito» sussurra.

«Ho dovuto... e non avrei mai voluto metterti in mezzo, Issa. Credimi».

«Che cosa pensavi di fare?» Alza il tono. «Distruggere mamma e papà con una mandria assassina di ragazzi rancorosi, mentre io rimanevo a guardare felice?»

Sbatto le palpebre. 'Mandria assassina di ragazzi rancorosi'?

Kinan la fulmina. Appoggio una mano sulla sua spalla nel tentativo di calmarlo. «Tu sei sempre stata felice e tranquilla, mentre in questi anni noi siamo stati trattati come cavie da laboratorio. Direi che è ora di svegliarsi, cara Isabella» sbotta in tono irritato.

«I miei genitori non sono così» ribatte lei, il mento sollevato e lo sguardo puntato su Kinan, che oltrepassa la linea senza darle il tempo di fermarlo.

«I tuoi genitori sono le persone che più ho odiato in vita mia. Ogni giorno desideravo dal profondo del cuore che morissero, che soffrissero atrocemente, tanto quanto hanno fatto soffrire tutti noi». La voce forte e dura percuote Issa. «Non esistono persone peggiori dei tuoi genitori, Isabella. A voi riservavano coccole e attenzioni, ma poi venivano da noi, e non ci mettavamo di certo a guardare un film tutti assieme! Ci facevano del male. Tanto male».

«Non ti credo».

«Per ogni carezza che ricevevi, noi venivamo torturati. Punture su punture, esami su esami, niente amore, nessun affetto. Gli effetti collaterali delle iniezioni ci facevano impazzire... vomito, allucinazioni, tremori, febbre». Deglutisce, serra i denti. Sta cercando di trattenere le lacrime. «Che tu mi creda o no, non mi fermerò finché non avrò fatto vedere al mondo che tipo di persone sono. Credimi, li odieranno tutti quanti. Li ripagherò per avermi sottratto l'infanzia con l'inganno e per avermi reso un mostro».

Non cela il suo odio, anzi, questa è solo una piccola porzione del rancore che cova da troppo tempo. Da quando l'ho visto per la prima volta, Kinan ha sempre avuto quella scintilla negli occhi: *Diventerò forte, talmente forte da fermarli.* Quel bambino è ancora dentro di lui, intatto e puro. Quella rabbia è ancora lì. Più grande di prima.

È per questo che, quando guardo ognuno di loro, non riesco a non sentirmi in colpa. È partito tutto da me: il desiderio assurdo di salvarmi la vita li ha portati a distruggere quella di tutti questi ragazzi.

Come farò a ripagarli? Come farò a cancellare l'enorme senso di colpa che sento ogni volta che mi sorridono? Sono gli stessi sensi di colpa che ho rivisto negli occhi di Yuri...

Issa si oppone a questa cruda realtà, aggrappata all'idea delle brave persone che conosce e che l'hanno cresciuta. «Dovrai passare sul mio corpo prima di toccarli». Solleva lo sguardo, brucia di orgoglio. Kinan la osserva, sul viso si riflettono le sue emozioni. Tristezza. Pietà. Rabbia. Dolore. Si ricompone subito, tornando impassibile, i lineamenti gelidi.

«Nessuno di voi farà del male alla mia famiglia. Nessuno» sibila Issa. Mi scocca un'occhiata sprezzante e ci dà le spalle.

«Ci penso io Kinan, vai pure con gli altri. Ti aspettano».

Lui le lancia un lungo sguardo e si rivolge a me, l'espressione seria. «Sia chiaro, Dave, io non mi arrendo. Noi non ci arrendiamo. Non mi importa se sarà con noi o contro di noi. Il piano verrà attuato comunque».

«Lo so, non ti preoccupare. Ha bisogno di tempo, lascia fare a me».

«Comprendo che sono i suoi genitori, ma non capisco come può volerli difendere dopo che le abbiamo raccontato che cosa ci hanno fatto».

«È perché li ama».

«L'amore fa questo, quindi? Ti acceca? È questo l'amore per i propri genitori?»

Abbasso lo sguardo. Il senso di colpa mi divora. Kinan si volta, cammina verso il falò.

'So che non ti fermerai, Kinan. Sei rimasto aggrappato alla vita, hai lottato solamente per ottenere un riscatto agli occhi di tutti. E ho paura. Sei testardo, ma lo è anche Isabella, come due forze opposte della stessa potenza. Se non faccio qualcosa, rischierete di farvi del male a vicenda. Averla contro non è la cosa migliore. Non lo è affatto. Verrà solo ferita inutilmente'.

17
Strane coincidenze

Isabella

Esco dal bosco mentre le lacrime minacciano di uscire. Non è vero. È impossibile. Mamma e papà non farebbero mai del male a nessuno volontariamente. Non ci credo.

Eppure Dave l'ha confermato...

Ma io li conosco, sono buoni, li amano tutti quanti. Sono generosi con chiunque. Però perché erano così nervosi il primo giorno con i Red a scuola? Dio, non voglio credere che sia vero...

Ho la testa che sta per esplodere. Gli occhi pieni di odio di Kinan, freddi come una lastra di marmo, grondavano una rabbia enorme.

«Issa, fermati!»

La voce di Dave mi arriva alle orecchie come un tuono, affretto i passi e attraverso il parcheggio.

«Fermati ti prego, parliamone» mormora.

«Parliamone?» rido. «Stai scherzando spero?»

«L'hai presa male e lo so. Lo capisco. Ma quello che ti abbiamo detto è la verità» dice mentre mi raggiunge.

«Quello che mi avete detto è la *vostra* verità».

«È l'unica verità, Issa».

«Bene, chiederò direttamente a mamma e a papà allora».

Dave si pietrifica. «Non puoi farlo. Se lo fai, scopriranno tutto e sarà la fine».

«Perciò non posso domandarlo a loro per smentire questa assurda tesi, ma devo crederci sulla parola?»

Mi prende per il braccio, bloccandomi. Mi squadra, le sopracciglia aggrottate, gli occhi sgranati. Ha l'aria disperata.

«Credimi, è tutto vero. Ti prego, non voglio averti contro in questo casino. È già abbastanza complicato così».

«Che cosa dovrei fare? Accettare passivamente e aspettare in silenzio che tu e la tua nuova setta vi vendichiate?» Allenta la presa. «Sono mamma e papà, Dave» mormoro, le lacrime pungono le palpebre. Non posso credere che abbiano fatto davvero quelle mostruosità a dei bambini innocenti. Mi devasta.

Mi rivolge uno sguardo pieno di compassione. «Issa, mi dispiace» sussurra.

«Isabella, cosa si dice?»

«Grazie» sorrido.

«Bravissima, la mia piccolina». Mamma mi dà un tenero bacio sulla guancia.

I suoi occhi verdi mi guardano mangiare il gelato al cioccolato.

«Le assomiglia molto, signora Liverly» mormora il gelataio.

«Lo so. Issa e io siamo come due gocce d'acqua». L'orgoglio le illumina gli occhi.

Mi allontano da Dave.

«È difficile da credere, immagino quanto sarai confusa ora».

Non può essere vero.

«Papà, ancora!»

«Uno, due, tre... via!» Mi spinge sull'altalena, imitando il rumore di un motore.

Arrivo in cima e sfioro il ramo dell'albero. «Ancora, papà!»

«Sì, signor capitano!» Un'altra spinta mi porta su, facendomi ridere a crepapelle.

«Issa, basta. Papà è stanco, tocca a me!» sbuffa Yuri.

«Tu sei stanco! Papà è fortissimo, lui non si stanca mai».

«Non possono essere degli assassini...» Cammino lungo il vialetto, lo sguardo perso nel vuoto.

«Se mi darai tempo, domani ti farò vedere delle cose, delle prove. Devi darmi tempo, però. Dopo scuola, vai con Chris. Ti porterà lui da me».

«L'idea di stargli vicino non mi alletta particolarmente».

«Non ti farà nulla. Nessuno di loro può farti nulla, è una mia regola» mi rassicura.

«Anche a Yuri hai fatto vedere queste cose?»

«Sì, si è convinto grazie a loro. Vedrai, devi solo avere fiducia in me. Non in Kinan, né in qualsiasi altro Red... in me, tuo fratello».

«Il fratello che mi ha sempre mentito?»

«Ti ho mentito perché non volevo coinvolgerti in questo casino».

«Allora perché hai coinvolto Yuri?»

«Perché fa parte del piano. È stata un'idea mia».

Non è possibile. Questo tizio non è Dave! Non è il mio fratellone, non lo riconosco. C'è solo un estraneo a fissarmi con occhi vuoti.

«Non mi guardare così, ti prego. Domani capirai, mi serve solo del tempo, Issa».

Yuri ha visto queste prove e si è convinto. Non so cosa siano, ma forse potrebbero rivelarsi false. Forse, se le guardassi, potrei fare capire a tutti che i nostri genitori non c'entrano. Ma se si rivelassero vere...

Dio, mi esplode la testa.

«Hai solo domani» mormoro. Attraverso i cancelli e rientro nella zona dei White. Voglio solo andare a casa.

Le portiere dell'autobus si aprono.

Saluto Bob, mi volto e scendo.

L'ingresso della scuola è colmo di studenti, chiacchierano mentre attendono il suono della campanella. La chioma bionda di Wendy attira la mia attenzione. 'Spero solo che stia bene...'

Avanzo verso di lei, le tocco la spalla e si gira. Le iridi azzurre mi fissano, sorride e il volto le si illumina.

«Buongiorno» mormoro. Avrà qualche ricordo? «Come stai? Come hai dormito ieri?»

«Ho un po' di mal di testa, penso prenderò qualcosa più tardi». Si porta una mano alla tempia, la massaggia mentre arriviamo al portone.

«Hai... dormito male?»

Sospira. «Non so, penso di essermi semplicemente addormentata di colpo». Aggrotta la fronte. «Non ricordo molto...»

Le hanno veramente cancellato i ricordi. La seguo nel corridoio principale.

Sposta una ciocca di capelli dietro all'orecchio e mi osserva. «A cosa sono dovute le tue occhiaie?»

«A nulla». Distolgo lo sguardo.

Si ferma, prendendomi per un braccio. «A nulla? Issa, ti prego, non mentirmi». Sposta lo zaino sull'altra spalla mentre mi scruta con attenzione.

«A Yuri...» Continuo a camminare, mentre mi segue in silenzio. «Mi preoccupa tanto in questo periodo, non lo riconosco».

Trattengo il desiderio di raccontarle tutto quanto. Vago con gli occhi alla ricerca del ciuffo castano di mio fratello, ma non è qui. Neanche nel suo gruppo di amici. Chissà che cosa starà facendo ora...

Mi fermo di fronte all'armadietto, sblocco la serratura e lo apro, prendo il libro di matematica.

Wendy appoggia la schiena contro quello accanto. «Ancora non hai scoperto perché ha picchiato quel ragazzo?»

Chiudo l'anta. I battiti accelerano, le dita formicolano. Il bosco, Yuri con le mani macchiate di sangue, i loro sguardi pieni di odio, le parole di Dave e la rabbia di Kinan...

«No... ancora no».

La nostra attenzione viene catturata dalle divise bordeaux vicino all'entrata. Eccoli... Nicolas, Teo e Amanda, seguiti da un altro gruppo di ragazzi, camminano verso le aule. Kinan è al centro, accanto a lui Chris con il solito ghigno stampato sul volto. *Ipocriti.*

«Non sapevo che Chris fosse un Red...» mormora Wendy.

Già, nessuno lo sapeva. Afferro la mia amica per il braccio, invitandola a seguirmi in aula. «Entriamo in classe».

Marcio verso i nostri due posti, appoggio la borsa sul banco e mi siedo.

Wendy si acciglia. «Ehi! Questo è il posto di Nicolas. Ma cosa ti prende stamattina?»

«Nulla, voglio solo stare seduta vicino a te». Tiro fuori i libri per la lezione. Lei si mette seduta, sospirando.

'Se solo potessi raccontarti tutto...'

Nicolas entra in aula assieme a Teo. Le sorride allungando un braccio, lei ricambia. Stringo il bordo del banco con le dita. Il sangue ribolle, la rabbia mi contrae lo stomaco. *Falso.* Kinan lo supera, sposta la sedia accanto al banco di Amanda. Chris si mette accanto a lui, sbircia verso di me e una scintilla gli attraversa le iridi scure. 'Mi stai per caso provocando?'

«C'è qualcosa che mi stai nascondendo». La voce di Wendy mi risveglia.

Mi volto, apro il libro di matematica. «Ti sono riusciti gli esercizi?»

Lei alza gli occhi al cielo e prende il suo quaderno dallo zaino.

Appoggio la cartella sulla panchina, tiro fuori due panini al salame e ne porgo uno a Wendy.

«Mi spieghi perché stiamo mangiando in cortile?»

Tolgo la pellicola dal panino e lo addento. «La natura va ammirata».

«Yuri non è venuto oggi?» mormora scartando il suo.

'Non so neanche dove sia...'

Ingoio il boccone. «Non si sente molto bene, è rimasto a casa». Distolgo lo sguardo dal suo.

«Ciao, principessina Liverly» una voce mi solletica il collo.

Chris. Il cibo mi va di traverso, tossisco. Tiro fuori una bottiglietta d'acqua dal sacchetto del pranzo, la apro e ne bevo metà in abbondanti sorsi.

Lui si siede e scuote il ciuffo di capelli neri. «Non affogare, oggi è un grande giorno! Sono venuto a prenderti. Ti ricordi? Mi devi un'uscita».

La sua spavalderia mi fa venire il vomito. Mi asciugo le labbra sul dorso della mano, chiudo la bottiglia e l'appoggio sulla panchina. Mi sposto un po' più a destra, lontana da lui.

Arriva anche Nicolas e si mette accanto a Wendy, circondandole le spalle con il braccio. «Come stai? Ieri sera non mi hai più risposto» sussurra, e Wendy arrossisce.

Ma per favore!

«Mi sono addormentata subito, penso...»

«Pensi?» mormora lui.

«È che ho un forte mal di testa... ricordo solo di essere crollata sul letto. Perdonami, avrei dovuto risponderti prima» replica sorridendo.

Nicolas le passa una mano sui capelli e io a stento trattengo un urlo. «Tranquilla, sarai stata stanca».

Ma che bravo attore, date un Oscar a questo tizio!

Chris mi prende per il braccio. «Allora, andiamo?»

«Wendy, io vado. Chiamami se hai bisogno» le bisbiglio all'orecchio. Mi lancia un'occhiata confusa, il sopracciglio inarcato. Sospiro, indico con il capo Chris. «Compiti a casa...»

«D'accordo. A domani!»

Mi alzo e mi lascio trascinare via fino alla sua auto.

«Dobbiamo aspettare ancora molto?»

Chris alza gli occhi al cielo. «Calma, Liverly. Stanno arrivando, devono uscire senza destare troppi sospetti».

«Starei calma, giuro, ma ho appena lasciato la mia amica con uno di voi» sibilo.

Sbircio fuori dal finestrino verso i cancelli della scuola, gli studenti camminano lungo il muro in pietra sotto ai glicini in fiore, ridono. 'Beati voi che siete tanto sereni. Io ho l'ansia che mi contorce il cuore'. Mi sembra tutto così assurdo.

«Gli unici di cui ti devi preoccupare sono i tuoi genitori» grugnisce Chris, un braccio che penzola fuori dall'auto. Sbircia dallo specchietto retrovisore e incontra il mio sguardo affilato.

Lo sportello del passeggero viene aperto e Amanda si accomoda sul sedile, la chioma bionda spostata su una spalla. Anche le portiere accanto a me vengono aperte. Teo si siede alla mia destra, Kinan a sinistra.

«Che c'è? Ti senti offesa?» ghigna Chris.

«Offesa da cosa?» mormora Amanda.

«Nulla, la principessina stava sparando cavolate».

«Le cavolate sono quelle che dite voi» sbotto.

«Penso che la principessina Liverly non abbia ancora capito che è in auto con quattro infetti...» Teo batte il cinque a Chris.

Scocco un'occhiata a Kinan, è rivolto dalla parte opposta. Continua a fissare fuori dal finestrino. I ragazzi scoppiano a ridere, se hanno detto qualcosa di divertente, me lo sono perso. Forse mi hanno presa in giro... non mi interessa. Qui dentro mi sento fuori posto. L'unico lato positivo è che non recitano più. Sono loro stessi. Mostrano risentimento nei miei confronti, non un falso atteggiamento composto. Oltrepassiamo i cancelli della zona Red e imbocchiamo il viale principale. L'auto rallenta e si ferma di fronte alla loro casa. Il cuore freme, sussulta. Kinan apre lo sportello e scende, lasciandolo aperto.

«Ignora i commenti dei ragazzi» sussurra lui, il suo tono premuroso mi calma per un istante.

Scivolo sul sedile ed esco, ma resto intrappolata tra la portiera e il suo corpo, mentre le sue iridi smeraldo scandagliano il mio viso.

«Stai cercando di difendermi ora?»

«Lo sai fare anche da sola. Volevo solo essere d'aiuto».

«Allora avresti dovuto dire qualcosa prima» sibilo a denti stretti.

«Sei sempre così» sbuffa. Si scansa, mi lascia passare e sbatte lo sportello. Senza aspettarmi, si incammina con gli altri verso il portone. Li seguo a occhi bassi. La testa mi gira, il cuore picchia contro lo sterno. Trattengo il fiato ed entro. Non so cosa farò se le mie speranze dovessero andare in frantumi. Sarebbe un peso troppo, troppo grande da sopportare.

18
Il peso del senso di colpa

Isabella

Mi scortano lungo una scalinata di legno adiacente a una parete chiara illuminata delle luci di faretti a led. Accanto a me sfilano un paio di ragazzi e una ragazza, forse anche loro abitano qui. In effetti c'è molto spazio. Mentre salgo i gradini mi lanciano occhiate bieche, che si conficcano nella pelle come spilli.

Uno di loro mi tira una spallata.

Chris se ne accorge e serra la mascella, lo sguardo duro. «Non sei molto amata tra di noi» sussurra.

«L'ho notato».

Sul pianerottolo, alcuni rimangono pietrificati, altri mantengono le distanze.

Kinan apre la porta di una stanza. «Entra».

Avanzo e supero la soglia. All'interno, seduto a una scrivania, Dave è dietro a un monitor, la luce gli illumina i lineamenti tesi. Accanto a lui si erge una pila di libri, titoli di medicina, farmacologia e storia.

Perlustro la camera, sulla parete spicca una grossa lavagna. Al centro campeggia la foto di mamma e papà, circondata da frecce, scritte, formule... Sarebbe il tabellone perfetto per una scena del crimine.

Due delle frecce portano alle foto mia e di Yuri. Quindi mi conoscevano già, il primo giorno...

«Non so se è il caso che legga tutto» sussurra Amanda.

«Abbiamo dovuto studiare voi e qualsiasi altra persona legata al farmaco». La voce di Kinan sovrasta la sua.

Dave alza lo sguardo e mi fa cenno di avvicinarmi.

«Qui ci sono i video in cui mamma e papà usano il farmaco su dei bambini. Se non riesci a vederli per intero...»

Deglutisco. «Li guarderò tutti, falli partire».

Tremo mentre mi siedo, il sangue mi romba nelle orecchie. Il mio respiro si fa corto. Dave esita, mi scocca uno sguardo, serra la bocca e preme 'Play'.

«Chiamatemi quando ha finito di vederli». Teo esce dalla stanza, Amanda lo segue. Con me rimangono solo Dave, Chris e Kinan.

Kinan

«Chiamatemi quando ha finito di vederli» mormora Teo.

Annuisco e lui si allontana, le mani in tasca, le spalle in tensione. Lo comprendo. Il buio, il dolore, i gemiti... fanno male. Passano gli anni, ma la sofferenza non si attenua. 'Tu, amico mio, ne hai troppa'. Le urla rimbombano nella camera, graffiano i timpani, artigliano il cuore. Dave volta la testa, mentre lei non stacca gli occhi dallo schermo neanche per un secondo. Chris tiene tra le mani un libro, sfoglia le pagine in silenzio. Chissà com'è guardare questi video, queste immagini per la prima volta. Me lo chiedo spesso. Io sono abituato... siringhe, aghi, camici bianchi, cinghie, buio, buio, buio... e lacrime, grida, lamenti. Prima di dormire, appena sveglio, mentre mangio, quando non penso... ogni attimo è punteggiato da flash improvvisi. Non mi stupisco neanche più se, mentre sto facendo altro, sento le urla di bambini imploranti o il fiato che abbandona il loro corpo.

Non mi stupisco più se sento le grida di dolore anche quando c'è il silenzio più totale. Forse è così che deve andare. Sono destinato a vedere e a sentire i pianti per ricordarmi costantemente quanto sono forti l'odio e il rancore. Per non dimenticare.

Parte un secondo video, i genitori di Issa iniettano il farmaco a due bambine. Una di loro inizia a vomitare sangue fino a svenire sul pavimento. L'altra ha delle crisi epilettiche e convulsioni ripetute. Urla, fiotti di saliva le escono dalla bocca. Dopo qualche minuto, non si muove più. Il padre di Isabella le porta fuori dal laboratorio e, con una freddezza da far paura, fa entrare due nuove cavie.

La guardo. Gli occhi sbarrati, la bocca tesa. Le dita chiuse a pugno. Si sta trattenendo.

Il video finisce e il suo sguardo rimane fisso sullo schermo. Chris solleva il capo, la fissa.

«Ce ne sono altri?»

«Sì, ma penso basti, per adesso» replica, togliendole il computer da davanti.

«Li voglio vedere. Voglio vederli tutti».

«Non puoi e non sei pronta. Questi sono i video meno impressionanti tra tutti quelli che abbiamo. Non sei ancora pronta» sussurra Dave.

«Voglio vedere ogni cosa!» Issa si alza di scatto, rovesciando la sedia. Si mette a cercare tra i libri per vedere se ci sono altri CD. Scaraventa a terra fogli, documenti, apre i cassetti, le buste, qualsiasi cosa presente sulla scrivania.

Pensavo mi sarei sentito sollevato nel vederla realizzare la verità, e invece...

«Qualcuno sta dando di matto» ridacchia Chris.

«Fermati, Issa!» Dave la blocca, prendendola per le braccia. La costringe a guardarlo negli occhi.

... e invece mi sento soltanto vuoto.

«Basta così!» sbotta.

«Ma...»

«Mi dispiace tanto...» Le accarezza la guancia con tenerezza. «Non meriti questo, Issa. Mi dispiace, davvero» mormora.

Come una foglia d'autunno che viaggia cullata dal vento, la sua barriera scompare. Una lacrima le riga il volto, seguita da un'altra e un'altra ancora. La bocca trema, il viso si contrae, ha gli occhi lucidi e le guance arrossate. Dave l'abbraccia, stringendola forte a sé, le sussurra parole di conforto.

«Andiamo». Faccio segno a Chris di uscire per lasciarli soli.

Varchiamo la soglia, c'è Yuri, vede la sorella con gli occhi gonfi. La stessa espressione colma di impotenza e delusione. Non c'è sollievo o felicità nel mio animo, né giustizia... solo tanta tristezza. È come se avessi reso orfani anche loro.

Yuri

Piange, così tanto che sembra voler affogare nelle sue stesse lacrime. Piange come chi vuole strapparsi il dolore dal petto. La guardo fermo davanti alla porta, impotente. Quando piangevo, da piccolo, lei faceva qualsiasi cosa per farmi smettere. Trovava un modo per farmi sorridere di nuovo.

«Non piangere, vedrai che risolviamo tutto assieme».

Mi hanno sempre affascinato i suoi modi decisi, capaci di infondere sicurezza al mio animo atterrito. Che mi sbucciassi il ginocchio o che prendessi un brutto voto a scuola... lei era sempre lì.

«Lo risolviamo assieme, ti aiuto io».

Non c'è mai stata una volta in cui non mi abbia rialzato dopo una caduta.

Piange, il petto scosso dai singhiozzi, dalla paura, dallo sconforto e dal dolore. Lei odia piangere, non lo fa mai. Dice che quando piange, poi non riesce più a smettere. Questo perché si trattiene sempre.

«So-sono dei m-mostri».

«Shh...» Dave le accarezza i capelli.

«Come hanno po-potuto? N-non capisco». Tira su con il naso.

Kinan mi si avvicina, mi mette una mano sulla spalla.

«Dovreste odiarci» sussurro, abbassando gli occhi.

«Come prima cosa, non abbassare lo sguardo. Come seconda cosa, smettila di piangere e lotta». Mi passa un fazzoletto. «Come ultima cosa, non è colpa vostra, voi non c'entrate niente. E adesso fai il fratello e vai da tua sorella. Ha bisogno di te. Alleggeriscila. Isabella non ha colpa. Non spetta a lei portare questo peso».

Annuisco, prendo aria. Entro nello studio e mi avvicino a lei.

Alza il viso, le guance rosse e bagnate di pianto, e mi abbraccia forte. «Mi dispiace, Yuri» biascica tra una lacrima un'altra.

«Non addossarti questo peso... per favore» mormora al suo orecchio. «Non lo meriti».

«Nessuno di noi merita questo peso, non è il nostro, ma dobbiamo conviverci. Assieme». Dave ci accarezza il capo. «Dobbiamo riuscire a rendere loro almeno un terzo di quello che gli è stato tolto. Glielo dobbiamo».

19
Pericoloso

Isabella

Yuri mi dà una gomitata. «Piantala».

«Di fare cosa?» Volto il capo verso di lui. Il pullman si ferma, alcuni studenti entrano e siedono nei posti vuoti davanti a noi.

«Di pensare così intensamente».

«Non posso farne a meno». Le urla e tutto quel sangue... mi hanno sconvolta.

«Lo capiranno, devi cercare di comportarti come sempre» sussurra Yuri.

«Non ce la faccio, okay? Mi sono sforzata al massimo».

«Si vede! Mamma ti ha chiesto otto volte che cosa volessi per colazione e tu non l'hai neanche sentita».

Sospiro. «Si è notato tanto?» Papà, l'espressione glaciale mentre trascina una bambina esanime su una pozza di sangue... Dio! Non può essere la stessa persona sorridente che mi ha passato il latte stamattina!

Lo osservo. «Hai fame? Stai bene? Come lo controlli il senso di... insomma, non dev'essere facile».

«Mi sono iniettato il siero che mi ha dato Kinan, stamattina. Se lo iniettano almeno una volta al giorno, serve per tenere a bada il senso di fame e tutte le emozioni amplificate si riducono. Senza, perderei il controllo». Mi sorride. «Andrà tutto bene, è solo temporaneo. In un modo o in un altro devono cercare di ricattare mamma e papà. Io sono la strada più semplice, va bene così».

«Il virus ti ha reso un macho man?» ridacchio.

«Diciamo che mi sento alquanto imbattibile». Tira in fuori il petto, solleva il mento e si batte un pugno sul torace. Il solito imbecille.

«In ogni caso, spero che questa soluzione di cui parlano sia reale. So che Dave non avrebbe mai approvato il piano, se non ci fosse veramente una specie di cura per il virus, ma è comunque tutto ipotetico».

Dave non avrebbe mai messo in pericolo Yuri, senza essere convinto di poterlo togliere da questo casino. Però non c'è certezza di successo. Se almeno si degnassero di mettermi al corrente dei dettagli...

Sbuffo.

«Dave sa cosa sta facendo, dobbiamo fidarci. Io credo in lui, e poi...» Il suo volto si fa serio. «Questo è il minimo. Sopportare un po' del dolore che i nostri genitori hanno inflitto loro... è davvero il minimo».

Indossa le cuffie e appoggia il capo al finestrino.

'Yuri... da quando sei diventato tanto maturo? Stento a riconoscerti... eppure sei sempre il ragazzino popolare tra le ragazze e tra quelli della tua età, il mio fratellino con le gambe da giraffa. Forse hai sempre tenuto nascosto questo lato... o forse il dolore per le cose fatte da mamma e papà ti ha costretto a crescere di colpo'.

L'autobus rallenta e si ferma davanti alla scuola. Ci alziamo, scorriamo tra i sedili e scendiamo in silenzio.

Un suo amico ci raggiunge «Yuri, sei scomparso! Vieni stasera alla festa?»

«No, passo».

L'amico sbarra gli occhi, le mani intorno alla bocca spalancata. «Passi? Sei serio?»

La sua espressione mi fa sorridere. Yuri non ha mai rifiutato nessuna festa, mai: dove c'è party, c'è Yuri, e dove c'è Yuri, c'è party.

Fa spallucce. «Sono stanco in questi giorni».

«Andiamo, Yuri! Ma che ti è preso? Ci saranno ragazze, alcol e ancora ragazze!»

«Vacci, o penso che al tuo amico verrà un infarto» gli sussurro all'orecchio. «Cerca di comportarti normalmente».

Yuri mi lancia un'occhiataccia.

Gli farà bene uscire... in fondo anche gli altri Red escono tra noi.

Percorro il vialetto ciottolato, salgo i tre gradini davanti al portone ed entro. Avanzo lungo il corridoio fino alla fila di armadietti, sblocco il mio e scorro l'elenco delle lezioni di oggi partendo dal basso. 'Biologia, storia, letteratura, educazione fis...' no! Sbatto il palmo sulla fronte.

«Fammi indovinare... ti sei dimenticata la tuta da ginnastica?» mormora Wendy alle mie spalle. Inclino il viso e la guardo, mi fissa a braccia incrociate, un sorrisetto a incresparle le labbra lucide.

«Dimmi che ne hai una in più».

«No, l'ho messa a lavare. Chiedi a Yuri».

«Yuri non ha educazione fisica oggi».

«La Trucker ti ammazza» ridacchia.

«Lo so, mi odia già di suo».

«Ti odia perché l'ultima volta che ti ha rimproverato per un palleggio sbagliato, le hai quasi fracassato il cranio con il pallone». La sua espressione sconvolta mi fa scoppiare ridere. Wendy solleva un sopracciglio. «Cosa ridi? Quella ti uccide».

«Lo farà veramente». Chiudo l'armadietto e mi incammino verso la nostra aula. Lei mi segue scuotendo il capo.

«Andiamo a chiedere a quelli del terzo anno».

«Cosa? No, non ci provo neanche».

«Chiediamo direttamente alla Trucker, così è la volta buona che trova una scusa per sospenderti».

Quel mostro a otto teste non smetterà di rendere le mie giornate infernali. «Non capisco perché mi odi così tanto... okay, forse non sono proprio una studentessa modello, ma...»

«Forse ce l'ha con te perché hai cercato di farla fuori svariate volte con il pallone, con la corda, con il frisbee, con l'arco e con qualsiasi attrezzo esistente?»

«Il frisbee è volato da solo, lo giuro. Non c'entravo affatto».

«Okay, allora la volta in cui stavamo facendo scherma e improvvisamente hai urlato 'Muori, brutta strega' tentando di infilzarla come un salame?»

Ridacchio. In effetti fa bene a guardarmi male... Entriamo in palestra, lo scalpiccio delle scarpe sul parquet rimbomba nell'aria. Raggiungiamo lo spogliatoio femminile mentre le nostre compagne si stanno cambiando. Hanno tutte la tuta. Tutte tranne me. 'Bene, non solo una mandria di ragazzi sta tentando di uccidere i miei genitori per averli geneticamente modificati... ma ora anche la Trucker mi metterà alla gogna. Ottimo, Isabella'.

Mi accomodo su una panca mentre Wendy si spoglia. «Non risponderle, abbassa il capo quando ti sgrida» biascica, infilandosi la t-shirt. «Non sfidarla con lo sguardo, non insultarla, non riderle in faccia». Indossa i pantaloni, soffia via dal naso una ciocca ribelle di capelli dorati. «Non mangiarla, non respirare se ti parla, non...»

«Come cazzo potrei mangiarla? E cosa vuol dire non respirare?»

«Semplicemente non fare la solita... Isabella Liverly».

Sbuffo e mi alzo. Apro l'armadietto e sotto i miei occhi si svelano dei vestiti piegati. Sollevo il tessuto e una maglietta si srotola in basso. Ma che...?

«Avevi la tuta?»

«No, io... non capisco». La tendo per guardarla bene. Non è la mia, è sette taglie più grande. Potrei ballarci dentro e invitare un elefante, e ancora ci sarebbe spazio per una gru.

«Hai sbagliato taglia per caso?» sibila Teresa, sghignazzando assieme alle sue compagne.

«Almeno riuscirò a piegarmi senza che mi esca fuori il sedere» ribatto. Incrocia le braccia al petto. «Invidiosa?»

Wendy mi prende la tuta dalle mani e la scruta.

Schiarisco la gola. «Scusate, è di qualcuno di voi?»

Scuotono la testa. «Uhm... forse qualcuno l'ha lasciata qui».

«Be', chiunque sia... ti ha salvata». Wendy mi fa l'occhiolino. «Mettila, ti aspetto fuori». Mi dà le spalle ed esce dallo spogliatoio. Sfilo la divisa e indosso la tuta. La devo ripiegare quasi dieci volte per farmela stare in modo decente senza sembrare una mongolfiera. Tiro su i pantaloni, arrotolo l'orlo e stringo il laccetto in vita. Lego i capelli in una coda disordinata, ripiego gonna, camicia e giacca. Mi avvio in palestra.

Punto lo sguardo in avanti, due ragazzi fanno la lotta, placcandosi a vicenda. Maschi...

Alzo gli occhi sull'orologio alla parete. Oggi la Trucker è in ritardo. Speriamo non arrivi, sono esausta.

Mentre sono persa nei miei pensieri, mi si para davanti un addome fasciato da una t-shirt aderente. «Issa, non farla incazzare oggi».

«Non rompermi, Ivan» bofonchio.

«Wendy, tieni a bada la tua amichetta» raglia un suo amico.

«Avete mai visto *Il Re Leone*?» mormoro, facendoli voltare.

«Ma cosa c'entra?»

«L'hai visto o no?»

Sbuffa. «Certo».

«Be', avete mai pensato di fare i casting per le iene sceme di Scar? Secondo me, vi prendono. Vedo una forte somiglianza e del grandissimo potenziale». Apro le labbra in un sorriso falso. Wendy, accanto a me, si mette una mano davanti alla bocca e la sua risata squillante trilla come un campanellino.

«Sei matta, completamente!» borbotta Ivan.

La porta della palestra si apre e i Red fanno il loro ingresso. Tutti gli sguardi si rivolgono a loro, mormorii e sospiri si sollevano intorno a me, mentre i ragazzi si danno gomitate a vicenda, indicando con il capo Amanda. La tuta aderisce alle sue forme gentili, la t-shirt annodata all'altezza dello stomaco le scopre la pancia. Teo e Nicolas camminano al suo fianco.

Sposto l'attenzione su Wendy, le iridi incagliate sul biondo luccicano.

Sospiro. Spero non scopra mai che lui non è chi vuole far credere, ci rimarrebbe troppo male.

«Sono fratelli? Dio, sono così sexy...»

«Chris! Kinan!»

Seguo i gridolini, due ragazze sedute sugli spalti sotto di me si sbracciano. Kinan avanza verso di loro, i morbidi riccioli ramati ondeggiano a ogni passo. La maglietta chiara gli avvolge il corpo, sotto al tessuto si intuiscono gli addominali. Le raggiunge e sfoggia un sorriso luminoso che le abbaglia. Distolgo gli occhi.

Chris è rimasto in disparte, rivolge il viso al soffitto, osserva le travi sopra di noi.

Le urla dei bambini stridono di nuovo nelle mie orecchie e un brivido mi attraversa la schiena. Erano dei bambini innocenti... se fosse successo a me, se fossi una dei Red, non mi fiderei più di nessun essere umano.

Alzo lo sguardo e incontro quello di Kinan. Si sofferma su di me, sul mio corpo, per diversi secondi. Lo stomaco si contorce, e istintivamente mi avvolgo con le braccia. Perché mi fissa? Torna un istante sul mio viso, si volta e raggiunge Chris.

«Issa, hai la faccia arrossata. Stai bene?» mi chiede Wendy.

«Eh?» Mi sfioro le guance, la pelle calda sotto i polpastrelli. Ho la faccia arrossata? L'avrà notato anche lui? Voglio morire. Ora.

Un fischio stridulo fende l'aria. «Bene, vediamo di non perdere tempo. Facciamo un paio di giri di corsa per riscaldarci e poi iniziamo a fare sollevamento pesi». La professoressa cammina a passo di marcia, una cartellina sotto al braccio, e va a sedersi su una panca a bordocampo. Scendo i gradini, mettendo un piede sul parquet lucido.

«Gliel'hanno mai detto che quella cosa che ha addosso è leggermente grande, Liverly?» La Trucker mi rivolge un'occhiata colma di disprezzo.

«No, pensavo fosse la mia taglia».

«Mi prende in giro?»

«No, mai fatto».

Wendy mi spinge in avanti, impedendomi di aggiungere qualcos'altro. «Piantala di giocare col fuoco, Issa» sussurra e mi trascina con sé, il sorriso sulle labbra.

Corriamo intorno al campo, i polmoni si riempiono veloci, i muscoli bruciano.

Quando la professoressa fischia ci fermiamo. Raggiungiamo la parete delle attrezzature e prendiamo un kettlebell a testa.

«State a guardare» sussurra Ivan, raccogliendo un bilanciere più grosso. Lo solleva varie volte, mostrando i bicipiti. Scuoto la testa. Tutto muscoli, niente cervello.

Un applauso attira la mia attenzione. Mi volto, un gruppetto di ragazze fissa meravigliata Teo e Nicolas, i pesi nelle mani. Li alzano in sincronia, chiacchierando. Chris fa piegamenti sulle braccia, il viso rilassato, e Kinan, in un angolo, scatta in avanti, punta entrambi i piedi a terra e si avvita due volte su se stesso. Atterra leggero e sorride.

«Ecco perché non li mischiano con noi. Sono delle macchine da guerra» mormora un ragazzo alle mie spalle.

«Li hai visti? Sembrano alieni. Non sono normali, non stanno nemmeno sudando».

Il mormorio aumenta. Sono i benefici del virus, la forza e la velocità sovraumana di cui parlavano.

'È questo ciò a cui vi hanno costretto mamma e papà?'

Il disagio torna a divorarmi, la gola si contrae, l'aria scarseggia. Indietreggio tra i miei compagni e scappo dal campo, a passi svelti torno nello spogliatoio. Mi chiudo dentro, il viso tra le mani, il fiato corto. Li ammirano, invidiano le capacità che hanno... non sanno che proprio queste capacità li rendono mostruosi a loro stessi.

«Bella la tuta».

Perfetto, ora sento anche la sua voce.

Sollevo lo sguardo, le iridi smeraldo di Kinan mi inchiodano sul posto. Che ci fa qui?

Si ravvia i riccioli con la mano, le ciocche ramate scorrono tra le sue dita. Si avvicina ai lavandini, apre un rubinetto e si bagna il volto. Incurvo un sopracciglio.

«Se continuo a sembrare perfetto, inizieranno a sospettare che c'è qualcosa che non va» mormora, notando la mia espressione confusa.

«In effetti, fare Tarzan e non avere neanche un segno di stanchezza non è la normalità».

Sorride, mentre si spruzza un po' d'acqua anche sulla maglietta. Il tessuto chiaro aderisce alle curve sul suo addome. Gli do le spalle, imbarazzata. «Dici che così va bene? Ho sentito quei ragazzi chiedersi come ho fatto a saltare due volte di fila. Eppure, ho cercato di controllarmi».

Il cuore mi scoppia, la t-shirt mi si incolla addosso. Perché fa caldo qui dentro?

Schiarisce la voce. «Isabella?»

Mi giro verso di lui, tiene gli occhi fissi su di me. Mi ha chiesto qualcosa, forse? Ottimo, ora sì che la mia reputazione andrà a puttane.

«L-lo penso anch'io» biascico.

Inclina il volto. «Sì?»

Assumo un'espressione convinta. «Sì».

Avanza rapido verso di me. Indietreggio e sbatto contro il metallo degli armadietti. Appoggia la mano sulla mia testa, intrappolandomi nel verde dei suoi occhi. Il cuore mi schizza in gola, trattengo il fiato. Le sue iridi di smeraldo si accendono mentre mi studia. Le piccolissime lentiggini spruzzate sulla sua pelle sono isole in un mare candido. Inumidisce le labbra e lo sguardo mi cade su quel lembo di carne rosata e lucida. Deglutisco.

«Sei agitata?» sussurra, la voce roca. Appoggia l'altra mano sull'anta, impedendomi la fuga. «Hai il cuore che sta battendo all'impazzata. Lo sento, sai».

«È che non mi piace quando mi sento in trappola».

«Ti senti in trappola ora?» Si inumidisce le labbra, di nuovo.

«Più o meno».

«Non mi sarei avvicinato così tanto, ma ti ho vista piuttosto distratta e volevo la tua attenzione» sussurra. Dentro il mio petto rimbomba il battito del mio cuore, il calore si diffonde anche alle orecchie. «Strano, ho reso Isabella Liverly muta come un pesce? Gli altri non ci crederanno mai!»

Abbasso gli occhi, le guance vanno a fuoco.

Kinan inclina il capo in avanti, si sposta alla mia destra, il suo respiro mi sfiora l'orecchio. «Voglio evitare che gli altri ci sentano, non agitarti».

Annuisco, incapace di spiccicare parola. Sposta la mano sul mio fianco sinistro. «Volevo accertarmi che stessi bene, dopo quello che hai scoperto ieri. Non dev'essere facile e mi dispiace per come ci siamo lasciati. Sono stato duro con te». La sua premura mi avvolge, mi riscalda l'animo. Soffia via la rabbia, la paura abbatte il mio muro. «Stai tranquilla per Yuri» sussurra, «è sotto la mia ala. Non gli può accadere nulla. Vedrai, il piano andrà bene». Mi sfiora il lobo con il labbro, una scarica di brividi si diffonde sulla pelle.

Annuisco, il respiro sottile. Il contatto sul fianco si interrompe, il suo viso si allontana. Indietreggia, gli occhi incatenati ai miei.

«Un'ultima cosa... inizia a pensare a come sdebitarti con me».

«P-per...?»

«Non presto mai le cose agli altri, soprattutto i vestiti. Devo dire, però, che vederti con la mia tuta addosso... fa un certo effetto».

Avvampo. Non faccio in tempo a rispondere che scompare dalla mia visuale. Il riflesso allo specchio mi rimanda una Isabella sconvolta. Mi tocco le guance, arrossate, caldissime. Di questo passo penseranno tutti che io abbia la febbre. Già... la febbre Kinan.

Non aveva rabbia nello sguardo, era sinceramente dispiaciuto. Ha notato il disagio che provo a guardarli...

Nel realizzarlo, il mio cuore pulsa leggero. Sulla pelle piccole scariche di brividi.

20
Buchi neri o calamite?

Wendy

«Lo mangi quello?»

«No ma...»

Issa svuota il mio piatto sul suo.

«Devi mangiare come un camionista ogni volta?»

«Ho fame» biascica, masticando. Non capisco dove vada a finire tutto questo cibo.

«Almeno non fare bocconi così grandi, non si capisce cosa dici».

«Issa non ha mai mangiato in vita sua con un po' di contegno. Preferisce morire, piuttosto» ridacchia Yuri, scuotendo la testa.

Gli scocca un'occhiataccia. «Vai al tuo tavolo».

Lui le ruba una patatina dal piatto e si allontana, dirigendosi verso i suoi amici.

«Hai intenzione di andare avanti così per molto?»

«Che cosa intendi dire?» Addenta un altro morso del suo hamburger.

«È da quando abbiamo finito la lezione in palestra che ti comporti in modo strano. Ignori Kinan, vai ovunque non ci sia lui... va tutto bene tra voi due? Sembra che tu lo stia evitando».

«Non lo sto evitando» sbotta.

«Perfetto, perché sta venendo proprio verso di noi».

Issa sbianca e sgrana gli occhi, deglutisce e prende a tossire.

«Sto scherzando, non morire». Rido e le passo un bicchiere d'acqua. Mi guarda male, beve tutto d'un fiato.

Isabella Liverly in questo stato per un ragazzo... il mondo sta per finire!

«Che cosa c'è? Perché mi guardi così?»

«Ti ricordi Tom?» appoggio i gomiti sul tavolo.

«Chi?»

«Alle medie, quello che ti trovava bella...»

«Ah, sì, che carino che era!» ride.

'Carino'? «L'hai legato a un palo».

«Dici che ce l'ha ancora con me?»

«Scherzi? Da quel giorno ti evita come la peste».

«Mi evita? Ecco perché non lo vedo più in giro! Povero Tom...» Si imbroncia, si blocca e d'improvviso scoppia a ridere.

Forse si è ricordata di come lo ha legato?

Scuoto il capo. «Vado a prendere i libri per la lezione». Mi alzo ed esco dalla mensa, diretta verso gli armadietti.

«Ehi, Wendy...» Ivan è appoggiato accanto al mio. «Mi stavo chiedendo... vuoi venire alla festa di stasera?»

«Mi spiace, passo» replico, mentre apro l'anta e prendo il libro.

«Perché? Sarà divertente». Certo, sono sicura che sarà divertente spuntare il mio nome dalla lista che tu e i tuoi amici avete stilato.

«Sono occupata» ribatto, chiudendo l'armadietto.

«Non è vero».

«Mi dispiace, ma è la verità. Ora scusami, ma...»

Mi blocca il passaggio. «Vieni, ti divertirai». Mi sposto alla sua destra, ma con uno scatto mi si para ancora davanti. Devio a sinistra, ma è più veloce, il suo corpo mi ostacola. Quando provo ad andare a destra, va a destra; quando provo ad andare a sinistra, va a sinistra.

«Non dirmi che è con quel Red biondino che sei occupata». Le sue labbra si storcono in una smorfia sprezzante. «Avanti, quello lì sta con la bionda dei Red, Amanda. Non li hai visti? Sono sempre incollati».

Faccio un passo avanti, ma il suo braccio mi blocca. Il cuore accelera. Perché non mi lascia andare? Sta diventando pesante.

«Ivan, per favore. Fammi passare».

«Non ci credo che ti piace il Red biondino, non sono normali. Li hai visti in palestra?»

«E allora? Sono ben allenati».

«No, sono strani. Non sembrano umani».

«Fammi passare, sto facendo tardi a lezione».

Ivan mi prende per il braccio. «Accetta l'invito».

«Mi vuoi obbligare?» Mi tiro indietro, strattono il braccio, ma lui serra la presa.

«Accetta l'invito, Wendy» sorride, stringendo ancora di più.

La morsa sul mio braccio si allenta di colpo e il clangore del metallo mi penetra i timpani. Ivan rantola, una mano lo tiene per il collo, bloccandolo contro gli armadietti a un palmo da terra. Agita i piedi, stringe il polso del ragazzo. Seguo il suo braccio fino al viso, i lineamenti acuminati, il ciuffo moro. *Teo?*

«Se una ragazza ti dice di smetterla, dovresti smetterla, coglione» ringhia.

Ivan è paralizzato, il viso paonazzo, le vene turgide.

«Io odio la violenza, sai. Ma odio ancora di più le teste di cazzo come te». Con la mano libera gli colpisce la fronte.

Ivan boccheggia, lo sguardo atterrito, mi lancia qualche occhiata in cerca di aiuto. Insomma, lo merita, ma Teo non sembra voglia fermarsi e Ivan sta sbiancando sempre più...

«Teo...» pigolo.

«La prossima volta che avrai un atteggiamento simile, vedrai davvero che cosa può fare un Red». Stringe di più la presa, gli occhi che brillano di rabbia.

«Teo, basta così». Mi avvicino e gli sfioro il braccio, cercando di attirarne l'attenzione. Si volta e mi fulmina, le sue iridi ambrate mi inglobano. Schiudo la bocca, il cuore precipita. «Penso... che abbia capito» sussurro. Fissa intensamente Ivan per poi mollare la presa di scatto. Lui cade a terra e inizia a tossire, prendendo finalmente fiato. Poi alza il viso, lo sguardo che gronda terrore. Si alza traballante, non mi guarda ma rimane fisso su Teo.

«M-ma cosa sei...?» sussurra, la voce tremula.

«Se ti vedo un'altra volta girarle attorno o darle fastidio, sei finito».

Ivan indietreggia, i palmi davanti a sé, accelera e scappa via. Teo libera un sospiro, si volta in direzione opposta e se ne va, lasciandomi in mezzo al corridoio. Pensavo di non essergli simpatica, invece mi ha aiutato. E non l'ho nemmeno ringraziato...

Avanzo sulle mattonelle lucide, seguendolo, il libro stretto tra le mani. Credo sia andato fuori. Mi affretto a raggiungerlo, spingo il portone e alzo gli occhi al cielo. Nuvole plumbee si addensano, forse verrà a piovere. Torno con lo sguardo al cortile, cammino fino a un albero e mi sporgo oltre il tronco. Vicino al muretto, Teo sfila dai jeans un pacchetto bianco ed estrae una sigaretta. China la testa, infila la sigaretta tra le labbra e chiude le palpebre. Dondolo la punta del piede sull'asfalto. Se mi avvicinassi, forse lo disturberei...

«Che cosa c'è?»

Sussulto. Come ha fatto a vedermi? Sono nascosta... Avrà sentito i miei passi, presumo.

«Allora?» Apre gli occhi, le pupille puntate su di me.

«Io...» Abbasso lo sguardo. «Volevo ringraziarti».

«Odio la violenza in ogni sua forma. Non mi piace quando le persone usano la loro forza per fare del male ad altri. Mi irrita e non riesco a controllarmi».

«Come prima?»

Annuisce, aspira una boccata di fumo e soffia fuori una nuvola biancastra. Però per quale motivo Ivan era così terrorizzato? Sembrava avesse visto un fantasma, non è da lui.

«Se ti senti in debito per ciò che è successo, non devi. Non sei la prima persona che aiuto» mormora, il tono gelido. Una contrazione mi artiglia lo stomaco.

«Aiuti ogni persona che ha bisogno di una mano, quindi?»

«No, non sono Babbo Natale».

«Allora in che senso?»

«Aiuto chi non sa difendersi».

Il suo sguardo si perde in un punto indistinto. Forse sta ripensando a qualcuno... Chiude gli occhi, tira la sigaretta, il tabacco arde, incandescente.

Mi appoggio al muretto accanto a lui. Espira, il fumo si libra nell'aria in un volo silenzioso.

Lo osservo, così restio a parlare. Forse aiuta gli altri nella speranza di colmare un vuoto. Persone come lui mi attirano come calamite. Forse perché sono molto simili a me.

«Avresti voluto che ti aiutasse qualcuno?» mormoro.

Tiene gli occhi socchiusi. «Di cosa parli?»

«Aiuti gli altri perché nessuno ha mai aiutato te... in passato?»

Rimane in silenzio e d'improvviso incurva le labbra. Sorride, ma il sorriso non raggiunge gli occhi. «Attenta...» Getta la sigaretta a terra, l'espressione seria. Si avvicina, mi schiaccia contro il muretto. I suoi occhi ambrati intrappolano i miei.

La mascella squadrata e gli zigomi alti gli disegnano il viso, la pelle pallida contrasta con le sopracciglia scure e folte.

«Questa è la parte dove ti racconto del mio oscuro passato e tu, da brava ragazza quale sei, mi aiuti a guarire?» Si avvicina di più e ingoio un groppo di saliva. «Non illuderti. Ho ferite talmente profonde che a volte faccio difficoltà anche io a vederle. Si nascondono quando le voglio curare, ma appaiono sempre quando sono felice, per ricordarmi che non posso esserlo. Ingiusto, no? Sono sempre lì, ferme. Tagli sanguinanti che non guariscono, buchi neri che attraggono gente... come te».

La sua voce mi paralizza. Il cuore diventa un masso. Gente come me.

«Non guardarmi come si guarda un eroe di guerra, perché non lo sono. Non ti avvicinare con queste idee in testa». Mi scocca un'occhiata, gronda diffidenza e dolore. Lo sguardo è lo stesso di chi il dolore l'ha conosciuto troppo presto. E comprende quello altrui. 'Da quanto convivi con questa sofferenza?' Si stacca da me e riprendo fiato. «Spero di essere stato chiaro, Wendy». Si volta e si allontana, il capo incassato nelle spalle. Raggiunge la porta e rientra nell'edificio.

Porto una mano sul petto, muovo un passo, tentando di respirare a ritmo normale. Che cosa mi prende?

«Ma dov'eri? Ti ho cercata dappertutto!»

Issa mi viene incontro, vedendomi ferma in cortile.

Avanzo verso di lei. «Ero... Ivan ha cercato di convincermi a uscire con lui».

«Quello stronzo? Devo picchiarlo?» Si rimbocca le maniche della divisa, accelerando. «Dove si nasconde, quello scarafaggio?»

La tiro dalla giacca, mentre spalanca la porta. «Fermati! Stavo dicendo che mi voleva convincere ad andare con lui a una festa questa sera... era diventato troppo insistente. In quel momento, è apparso Teo e lo ha appeso contro gli armadietti».

«Teo? Teo dei Red?»

Le faccio segno di abbassare la voce, mentre camminiamo nel corridoio.

«Anch'io stento a crederci...» Abbasso lo sguardo. Il cuore pulsa veloce.

«Qua c'è qualcosa che non va» sospira. «Nel dubbio li picchio entrambi».

«Ti prego, non farlo! Non voglio che sappia che te l'ho detto. Ti prego!»

Mi scruta. «Perché?»

«Voglio solo evitare casini» sospiro.

Mi fissa con le palpebre socchiuse, come a scandagliarmi, sbuffa ma non insiste. Entriamo in classe e raggiungiamo il nostro banco proprio mentre il professore compare sulla soglia, la valigetta tra le mani.

Nicolas mi fissa, mi saluta con un cenno, seduto accanto ad Amanda. Ricambio, alzando il braccio.

La mia attenzione viene catturata di colpo da una chioma scura e lucente. *Teo.* Non distoglie gli occhi dal libro nemmeno per un momento.

Nicolas mi fa segno di sederci dietro di loro.

«Per favore, no» piagnucola Isabella, afferrandomi il polso. Controlla la porta della classe e torna a guardarmi.

«Non c'è Kinan, stai tranquilla» le sussurro, trascinandola con me. Ci sediamo mentre il professore si schiarisce la voce.

Nicolas si volta verso di me. «Ti va se stasera usciamo?» bisbiglia.

Gli sorrido. «Sì, va bene».

«Ti passo a prendere io». Mi fa l'occhiolino e si volta in avanti.

Lancio una breve occhiata a Teo, non ha smesso di leggere.

'Voltati... anche solo per un secondo, voltati...'

Ha detto che le sue ferite sono dei buchi neri, che trascinano le persone come me. Ma in lui io non scorgo il buio.

Eppure Ivan era terrorizzato. Mi chiedo cosa abbia visto che io non ho notato.

21
Questione di labbra

Isabella

Yuri mi dà una gomitata. «Stai più rilassata, Issa. Sembri un pezzo di ghiaccio».

Mamma e papà sono seduti sul divano, lavorano agli ultimi preparativi per la festa di beneficenza.

Inspiro aria, riempio i polmoni. «Io e Yuri usciamo».

Mamma alza gli occhi dal computer e ci lancia uno sguardo veloce. «Dove andate?»

«Al bar. Prendiamo un gelato con Wendy e gli altri» biascico.

Mi studia per qualche secondo, il sopracciglio alzato. Credo non se la sia bevuta.

«Issa, mi stai dicendo una bugia?»

«Perché dovrei?»

«Non lo so, in questi giorni sei strana».

«È che vi sta nascondendo una cosa...» cantilena Yuri.

Ma che...? Mi volto a guardarlo, accigliata.

Papà distoglie gli occhi dal tablet e li punta su di me. «Che cosa ci sta nascondendo? Isabella non mente mai».

Abbasso lo sguardo. Papà mi conosce veramente bene... Sollevo l'angolo della bocca, ma il suo volto gelido mentre trascina il corpo senza vita della bambina mi si incastra in fondo alle pupille. Serro le palpebre, scuoto il capo.

«Ecco... è innamorata di un ragazzo» mormora Yuri.

Si girano di scatto verso di me, la bocca spalancata.

«Issa innamorata?» Mamma accavalla le gambe.

«Esatto». Sorrido a denti stretti, lanciando un'occhiataccia a Yuri.

«Ha perso la testa per un ragazzo. È a scuola con noi, voleva farvelo sapere, ma non trovava il modo giusto per dirvelo». Yuri mi dà una pacca sulla spalla, incitandomi a reggergli il gioco. Piccolo teppista, si sta divertendo come un pazzo.

«È stato amore a prima vista» borbotto. Mamma e papà si scambiano uno sguardo pieno di stupore.

«Be', ci farebbe piacere incontrarlo e conoscerlo».

Bella merda, adesso cosa mi invento?

Yuri trattiene una risatina. «Magari più avanti!»

«O-ora dobbiamo proprio andare». Trascino mio fratello strattonandolo verso l'ingresso. «I ragazzi ci aspettano».

Infilo la giacca, mentre lui si mette il giubbino. Apro la porta, raccolgo la borsa e lo spingo fuori. Superiamo il vialetto ciottolato e gli scocco un'occhiata di fuoco.

«Un ragazzo, Yuri?»

«Che cosa dovevo dire? 'Issa è un pezzo di ghiaccio perché ha scoperto che siete degli assassini'?»

Ci incamminiamo verso la zona dei Red, attraverso una stradina nascosta da alberi. Forse è da qui che Yuri passava con i suoi amici per andare a sbirciare le Red... ecco perché non dava troppo nell'occhio e nessuno dei vicini lo aveva mai fermato.

«Stai tranquilla, vedrai che se lo dimenticheranno presto».

«E come? Non ho mai parlato di nessun ragazzo con loro».

«Questo perché sei strana! Insomma, ogni ragazzo che ci provava con te finiva per sviluppare seri traumi psicologici...»

Lo guardo di traverso. «Non è colpa mia se erano tutti ragazzi fragili».

Sospira. «Certo, certo... Comunque, potevi rimanere a casa, Issa».

«E lasciarti da solo? No».

Yuri mi blocca. «Dico sul serio. Ti ho lasciato venire, oggi, ma non è sicuro per te fare avanti e indietro qui».

«Stai cercando di farmi da guardia del corpo? Non ti si addice molto».

Riprendo a camminare e oltrepasso i cancelli.

«Sto soltanto cercando di...»

«Proteggermi? Non è che se sei diventato un super infetto, allora sei più forte di me!»

Yuri sospira. «Discutere con te è inutile» mormora.

Raggiungiamo il portone della casa dei Red e Yuri dà tre colpi di nocche di seguito, attende qualche secondo e bussa un'altra volta. Ci sarà anche Kinan lì dentro...

Per quanto io abbia cercato di evitarlo, non posso continuare così e lasciare mio fratello da solo. In fin dei conti, è solo una persona. Non mi può fare questo effetto, no?

Amanda apre la porta. «Alla buon'ora!» Si accorge della mia presenza e mi squadra, la bocca imbronciata.

La fulmino con un'occhiata. 'Eh sì, ci sono anch'io...'

«Scusa per il ritardo» mormora Yuri.

Senza replicare, Amanda si volta e ci conduce in salotto, dove gli altri siedono stravaccati su due divani verdi.

Dave si alza da una poltrona in cuoio, ci viene incontro e un sorriso gli attraversa il volto. Mi dà un bacio sulla guancia. «Scommetto che hanno fatto storie».

«Mamma ha sospettato un po'» sospira Yuri.

Sposto lo sguardo verso i ragazzi: Teo è sdraiato sul divano, accanto a lui se ne sta Nicolas. Chris è su una sedia e sulle sue gambe siede una ragazza: ha la pelle color del caffè e lunghi capelli neri le incorniciano il viso ovale. Non l'ho mai vista prima di oggi, non viene a scuola con gli altri.

«Ben arrivati». È la sua voce.

Entra in salotto e dà una pacca sulla spalla a Yuri. «Pronto? Andiamo di sopra, c'è il nostro medico che ti aspetta». Sposta gli occhi su di me e il mio cuore perde un battito. «Ciao, Isabella».

'Forza, non mostrarti debole'. «Kinan».

«È da tanto che non ti vedo».

Le pulsazioni impennano, sulla mia pelle si diffondono i brividi. Queste maledette scariche, di nuovo...

Dave mi fissa con un sopracciglio alzato, mentre Chris fissa il rosso scuotendo la testa.

Kinan dedica la sua attenzione a Yuri. «Andiamo, da questa parte. Non avere paura. Hai perso il controllo in questi giorni?»

«No, ho seguito le tue istruzioni. L'iniezione mi fa bene, non mi sento impazzire e non ho eccessiva fame».

Li seguo lungo le scale fino a una stanza al piano superiore.

«Ma il medico non dirà niente?» chiedo a Dave.

«No, lavora con noi da anni, ormai. È di fiducia, sa tutto quanto e ci sta aiutando a studiare questo virus».

Ah, ecco! Meglio così, magari lui riuscirà a trovare una cura.

Mi affaccio sulla camera. Il dottore siede dietro un tavolo con una penna tra le dita. Osserva Yuri e annota qualcosa. Si accarezza il filo di barba, spinge gli occhiali sulla radice del naso. Poi si alza avvicinandosi a lui e gli prende il polso. Dal taschino del camice estrae un termometro.

«Stai tranquilla» sussurra Dave.

«Si vede che sono agitata?»

«Be', sembri una madre che accompagna il figlio alla sua prima visita dal dottore» mi prende in giro, ridacchiando.

Annuisco, sorridendo a mia volta.

«Che cosa c'è tra te e Kinan?» mi chiede sottovoce.

Distolgo gli occhi dai suoi, spiazzata, con la paura che Kinan possa averlo sentito. «Nulla».

Il medico fa sdraiare Yuri sul lettino, gli lega un manicotto al braccio e misura la pressione. Ausculta il torace, annuendo.

«Non mentirmi. Prima c'era un'aria strana, di sotto».

«Niente, veramente, Dave».

«Issa... ti conos...»

«Dave, dobbiamo fare il test senza iniezione» sibila Amanda, gettandomi uno sguardo in tralice. Non so di cosa parli, ma se pensa che io sia di troppo ha capito male, non ho intenzione di lasciare Yuri da solo.

«Non me ne vado» grugnisco.

Dave sospira. «Issa, dobbiamo rimuovere dal corpo di Yuri la sostanza che lo tiene calmo. Tornerà nella sua forma senza alcun controllo. Occhi, vene e arterie nere...»

«Non ho problemi».

«Tu no, ma lui sì. Lo sai più di me che non vuole farsi vedere così da te, ed è comprensibile... nessuno di noi ama farsi vedere in quello stato».

Ha ragione. Yuri mi respingerebbe, proprio come ha fatto la prima volta in mensa.

«Avrà fame, cercherà di aggredirti, visto che sei l'unica umana qui. Già dobbiamo proteggere il medico, non potremo proteggere anche te».

«Okay» sussurro. Spero vada tutto bene...

Yuri si alza dal lettino. Mi avvicino e gli do un bacio sulla guancia.

«Ti aspetto fuori» sorrido, nascondendo l'apprensione.

'Perderà il controllo. Avrà fame. Cercherà di attaccarmi'.

«Sembri mamma, piantala» ride.

«Sei il sole, ricordalo».

Yuri smette di sorridere per rivolgermi uno sguardo colmo di affetto.

Indietreggio con un grande sforzo di volontà. Il medico prepara delle siringhe su un vassoio di acciaio, e il mio battito aumenta. Se io ho tutta questa paura, non immagino quanta ne abbia Yuri.

«Se gli succede qualcosa...» incomincio.

«Nulla, non gli succederà nulla. Lo facciamo spesso questo esame e siamo tutti vivi. Stai tranquilla». Dave mi accarezza la testa, scompigliandomi la frangia.

Mi avvicino alla soglia mentre entrano Chris, Nicolas e Teo. Li supero ed esco nel corridoio. Mentre mi volto, la porta viene chiusa. Sospiro, girandomi verso le scale. Devo stare calma, c'è Dave con lui. Non gli succederà nulla.

Il cigolio del battente attira la mia attenzione. Anche Kinan esce dalla stanza, richiudendosi dietro la porta. «Ti va una cioccolata?»

«Scusa?»

«Vieni con me».

Lo seguo di sotto, fino alla cucina.

«Perché sei uscito? E perché Chris, Nicolas e Teo sono entrati? Quello che stanno per fare a Yuri... è pericoloso?» L'ansia e la preoccupazione mi divorano.

«Sono entrati per sicurezza. Dave e Amanda da soli non bastano. È una precauzione, nulla di più».

Mi fa accomodare su uno sgabello, mentre prende due tazze dalla credenza.

«E tu perché sei uscito? Non è più sicuro se rimani di sopra anche tu?»

Prende il latte dal frigorifero e lo mischia con il cacao senza rispondere, il tintinnio del cucchiaino riempie il silenzio sceso tra noi. Poi sospira e aziona il microonde. «Perché ero preoccupato».

«Per cosa?»

«Te le vuoi proprio sentire dire le cose, tu...»

«Non sto capendo, ma lasciamo stare». Prendo la tuta dalla mia borsa e gliela porgo. «Questa è tua, colgo l'occasione per ridartela. Tieni». Visto che siamo da soli, posso evitare l'imbarazzo di consegnargliela davanti agli altri.

«Te la regalo».

Rimango con il braccio teso verso di lui. «Ne ho già una».

Kinan la guarda e dopo un istante torna a fissare me, le sopracciglia tese in una linea marcata. «Io non presto le mie cose, non le regalo e non rivolgo mai così tante attenzioni a una persona».

Ritraggo la mano confusa. Il trillo del microonde mi fa sussultare.

«Sei tra le prime della classe, eppure... sei così dura di comprendonio».

«Hai mischiato un insulto a un complimento?»

Prende le due tazze fumanti e le appoggia sul tavolo. La dolcezza del cioccolato mi riempie le narici.

Si siede accanto a me, osservando la sua maglietta piegata. «L'hai stirata?» chiede ridendo.

L'appoggio sul tavolo, prendo la tazza calda. «Ehm... sì».

«Davvero? C'è gente che stira ancora i vestiti?»

«In realtà, non li stiro mai. L'ho fatto solo per te». Gli si illuminano gli occhi, distende le labbra in un sorriso e la cioccοlata mi finisce di traverso. Tossisco e inspiro. «Nel senso... mi sembrava giusto. Cioè, non volevo dartela in disordine. L'ho lavata a mano e stirata, perché...»

«L'hai lavata a mano?» Kinan si trattiene dal ridere ancora.

'Stai zitta, Isabella. Più parli, più ti incasini da sola'.

«Stai diventando rossa» sogghigna.

«È che... f-fa caldo qui».

«Sì, certo... molto caldo». Kinan scuote il capo. Gli occhi verdi luccicano mentre schiude le labbra carnose e sorride, e sulla guancia costellata di lentiggini compare la fossetta.

È strano... in questo momento non sembriamo due mondi distanti, ma solo un ragazzo e una ragazza che bevono insieme della cioccolata calda.

Kinan

Il telefono vibra per l'arrivo di un messaggio, lo tiro fuori dalla tasca e sblocco lo schermo.

Nicolas: 'Abbiamo quasi finito'.

Ottimo.

«Voglio andare da Yuri».

Lo sfarfallio del suo cuore ha l'intensità delle ali di un colibrì in volo. Continua a battere il piede contro il pavimento. È in ansia, la capisco... l'amore che nutre nei confronti del fratello è qualcosa che mi lascia sorpreso. Lo vedo da come lo guarda. Vorrebbe proteggerlo sempre.

Forse è meglio distrarla. Vediamo... «Hai mai avuto un ragazzo?» Quale domanda migliore, se non questa? Anche perché sono curioso.

«Non penso sia un argomento che dovremmo trattare adesso».

«Rispondi».

'Mi piacerebbe se ti aprissi un po' di più... mi piacerebbe conoscere quello che hai fatto, che pensi, che senti...'

Sposta gli occhi sui miei. Resta per qualche secondo di silenzio. «Sì, ne ho avuti parecchi». Distoglie lo sguardo.

Una stretta allo stomaco mi toglie il respiro. Mi massaggio il collo, cercando di alleviare questa sensazione di fastidio. «Parecchi?»

«Parecchi». Sorseggia la cioccolata, evitando di guardarmi, e si lecca il labbro. Devio l'attenzione dalla sua bocca rosata e mi schiarisco la voce.

«Come si chiamavano?» domando, reggendole il gioco.

«Perché?»

«Voglio saperlo».

Sbuffa. «E perché?»

«Sono curioso».

«Vai su Wikipedia se sei curioso».

«Avevamo già indagato su di te e non c'erano tracce di ragazzi».

Alza il mento e assottiglia lo sguardo. «Avete cercato male». Poggia la tazza sul tavolo, un sorriso strafottente le si dipinge sul viso.

«Ti è rimasta un po' di cioccolata lì» la avverto.

Con la lingua si accarezza il labbro superiore, lenta. Poi passa il pollice su quello inferiore, lo porta alla bocca e lo lecca.

In un istante il mio cuore impazzisce, il calore si diffonde in tutto il mio corpo. Se non mi calmo, rischio che lo sentano anche gli altri. «Lo fai apposta?»

Sbatte le palpebre, mi fissa con un velo di confusione che le attraversa le iridi chiare.

«Fare cosa?» mormora in tono limpido.

L'innocenza che traspare dalla sua voce mi fa intendere che non ha veramente capito nulla. Non si rende conto del potere che hanno i suoi movimenti. Assurdo.

Sospiro. «Sei la ragazza più strana che io abbia mai visto...»

«Perché? Sono ancora sporca?» Torna a pulirsi con la lingua, avvicina il pollice al labbro, ma io le blocco subito la mano.

«Non capisci veramente un cazzo, Isabella».

Alza un sopracciglio, scrutando i miei occhi con sguardo incerto.

Lascio andare un sospiro. «Non puoi leccarti le labbra e passarci il pollice sopra, in quel modo, davanti a un ragazzo».

«Perché no? Non spreco la cioccolata».

Cielo! Parla del cibo come fosse una questione di vita o morte, ma non coglie il punto...

Sposto il suo sgabello vicino al mio, trascinandola di colpo a un centimetro di distanza da me. Lei scatta sull'attenti e si irrigidisce, gli occhi che fuggono in tutte le direzioni.

«Perché sei dannatamente sexy quando fai così» sussurro. «E non riesco a controllarmi. Quindi, per favore, stai ferma con quelle maledette labbra, Isabella».

Le guance le si accendono di colore. Ingoia un groppo di saliva, lo smarrimento le divampa negli occhi. Le sposto una ciocca di capelli dalla fronte, i polpastrelli sfiorano la sua pelle e lei sussulta.

«Che cosa state facendo?»

La voce di Amanda lacera l'aria, un lampo contro il cielo. Isabella si allontana all'istante, si alza dalla sedia e tossisce per schiarirsi la gola.

Sulla soglia si affaccia anche Nicolas. «Abbiamo finito di sopra. Yuri sta riposando, se lo vuoi vedere» dice, rivolto a Isabella.

Amanda rimane immobile, le braccia incrociate davanti al petto. Fulmina Issa con disprezzo. «Certo che lo vuole vedere, ha passato fin troppo tempo qui» sibila.

Lei abbassa gli occhi, si volta ed esce in silenzio, evitando il mio sguardo.

«La prepari anche a me una cioccolata, visto che hai tempo?»

«Amanda, non iniziare» ringhio.

«Non iniziare? Eravate a un millimetro di distanza, Kinan. Cazzo, ma che stai facendo?»

Nicolas si mette tra noi. «Tranquilla, lei è la figlia dei Liverly. Non succederà mai nulla, non vedi che è la fotocopia della madre? Kinan non è impazzito».

«Ho paura che invece se ne dimentichi».

Teo entra in cucina. «Che cosa non bisogna dimenticare?»

«Il motivo per cui abbiamo iniziato tutto questo» replica Amanda.

Mi alzo, prendo la mia tazza e quella da cui ha bevuto Isabella e le sposto nel lavandino.

«Non puoi lasciarti fregare dagli occhi dolci della Liverly, è figlia loro» sbraita lei ancora.

«Amanda, sei un po' in ansia» ridacchia Teo.

«E tu fatti i cavoli tuoi!» Amanda si volta, lanciandosi indietro i capelli, ed esce dalla cucina sbattendo la porta.

«Amico, l'hai fatta incazzare, ma che è successo?» mormora Nicolas.

«Nulla, non è successo nulla».

Anche volendo, non saprei dirglielo. Ero talmente incantato dalle labbra di Isabella, dalla sua innocenza e dalla sua voce, che ho messo in secondo piano ogni cosa.

Per un istante, non ho percepito alcun confine.

22
Spuntini

Isabella

Yuri giace sul lettino, la fronte imperlata di goccioline vitree. Il suo respiro irregolare scandisce il tempo. Passo in rassegna la stanza: il pavimento cosparso di fogli, la tenda strappata e le sedie ribaltate. I resti di una lampada in un angolo. Che diavolo è successo qui dentro?

Il fischiettio di Chris rompe il silenzio. Mi volto verso di lui, mentre si china a raccogliere un paio di libri. Perché non sembra turbato? Si comporta come se qui dentro non fosse esploso un uragano. Come se fosse tutto all'ordine del giorno.

Un tocco sulla spalla mi fa sussultare.

Giro il capo e Dave mi sorride. «È tutto normale. È un effetto collaterale. Aspettami qui, parlo un attimo con il medico e arrivo».

Annuisco e torno a guardare Yuri. A passi lenti avanzo verso il lettino, mi siedo vicino a lui e gli sfioro la fronte con delicatezza. Mugola, serra le palpebre e scuote la testa da una parte all'altra. Forse ha un incubo. Sospiro. Chissà se sta bene... vorrei aiutarlo, ma non so come fare...

Chris sposta il tavolo facendo un po' di rumore. Lo osservo mentre sistema le sedie.

«Che cosa sta provando adesso?» domando indicando Yuri con il capo.

Mi lancia uno sguardo veloce. «Paura».

«Di cosa?»

«Di se stesso». Appoggia un portapenne sulla scrivania e si volta verso di me. Afferra un piccolo sgabello e mi si siede accanto. «Sta lottando contro il desiderio di uccidere, di mangiare e di possedere. Sta lottando contro la parte più oscura che vive in tutti noi. Questo maledetto virus amplifica ogni cosa, ogni lato nascosto». Il suo sguardo si perde in un punto sulla parete. Chiude gli occhi, li riapre e li punta nei miei. Mi inondano di rabbia, di dolore.

Gli hanno strappato l'umanità... i miei genitori hanno rovinato la vita di tutti loro. Il senso di colpa mi divora il cuore a morsi feroci, costringendomi a chinare il capo.

«Ora dovresti considerarlo fortunato. Sta soffrendo come un umano e non come un mostro abbandonato a se stesso». Avvicina la mia sedia allo sgabello, trascinandomi verso di lui. «Sai cosa si prova quando i demoni più intricati della tua mente ti sussurrano in continuazione parole di odio e diffidenza? Ti senti avvolto dall'oblio, imprigionato da un filo spinato fatto di bugie. E nessuno, nessuno di noi ha avuto una Isabella o un Dave al proprio fianco. Nessuno di noi ha avuto la compassione, l'empatia e l'amore che stai mostrando tu adesso».

Mi tiene intrappolata vicino a lui, le iridi che rifulgono di rancore, e in un lampo lo sguardo di Amanda, di Teo, di Nicolas, di Kinan, di tutti loro, mi si incastra in fondo alle pupille. Era questo. Era risentimento.

«Lo so. Io...»

«Lo sai?» ride. «Non sai proprio niente».

Mi incurvo, facendomi piccola piccola.

«Chris». La voce di Kinan rimbomba nell'aria.

Giro la testa verso di lui. Il suo petto si alza e si abbassa frenetico, il volto è una maschera di pietra.

«Che cosa c'è? La vuoi salvare un'altra volta?»

«Staccati da lei».

«È uguale, cazzo!» esclama con rabbia. «È identica a quel mostro. Non lo leggi nei suoi occhi? Io non riesco più a fare finta di non vederlo».

Il disprezzo con cui mi dipinge mi fa sentire inerme.

«Chris».

«Chris di qua, Chris di là... ammettilo anche tu e falla finita!»

«Staccati da lei» ringhia Kinan, ogni parola ha il suono di una minaccia.

Chris torna a concentrarsi su di me, le pupille che mi trafiggono come dardi di odio. «Hai sempre il principe azzurro che ti salva, principessina Liverly». Si alza dallo sgabello, lasciandomi libera.

Che non fossi gradita qui, già lo sapevo. Ma non riuscirò mai ad abituarmi all'odio, a tutto questo risentimento. E non posso neanche ribattere o difendermi, perché se fossi in loro, mi odierei anche io. Mi odierei da morire.

Kinan non gli stacca lo sguardo di dosso. «Da quanto tempo non fai l'iniezione?»

«Dopo la faccio».

«No, non dopo. Adesso».

«Le abbiamo usate per calmare Yuri» mormora a voce bassa. «Ne abbiamo usate quattro, dobbiamo aspettare domani mattina per averne altre».

Kinan sgrana gli occhi e si irrigidisce.

«Era fuori di testa. Dovevamo calmarlo, così le abbiamo usate quasi tutte. Non abbiamo toccato la tua. Ho usato la mia, quella di Amanda e due degli altri».

«Quando pensavi di dirmelo che abbiamo finito le iniezioni?» sibila.

Chris alza i palmi davanti a sé. «È stato necessario, okay? Dovevamo farlo».

Dave entra nella stanza. «Ho fatto andare via il dottore» sussurra. «Voglio evitare spiacevoli sorprese».

Prendo la mano di Yuri mentre Kinan cammina avanti e indietro accanto a Chris e Dave, il nervosismo trasuda da ogni suo movimento. Bisbigliano, le parole sono un mormorio indistinto.

Di colpo le sue iridi di smeraldo piombano su di me mentre mi si avvicina. «Forse è meglio se vai a casa adesso».

«Non lascio Yuri da solo».

Dave mi appoggia una mano sulla spalla. «Non è da solo. Ci sono io qui con lui, probabilmente si sveglierà domani mattina. Lo vedrai a scuola».

«Ma...»

«Ti prego, Isabella». La voce di Kinan interrompe la mia obiezione, dai loro sguardi traspare la preoccupazione.

«Devo andarmene per evitare di finire a pezzi?»

«Esatto. Ma se vuoi rimanere, non mi offendo» ghigna Chris, un sorriso vendicativo stampato in volto. Esplora il mio corpo con lo sguardo, e il luccichio macabro nei suoi occhi mi fa tremare. Il mio battito si impenna, l'ansia mi chiude la gola.

Dave prende il suo giubbino. «Alzati, ti accompagno».

«Vado da sola, non c'è bisogno».

«Se vai da sola, qualcuno potrebbe scambiarti per la sua cena» fa notare Chris.

Merda, non ci avevo pensato. Mi alzo, cauta, e scivolo fuori, lanciando un'ultima occhiata a Yuri. 'A domani, fratellino'.

Kinan mi accompagna lungo le scale, il legno cigola sotto i nostri passi. Dave, davanti a me, si volta a guardarmi. «Prendo le chiavi dell'auto, arrivo subito».

«Che buon odorino che hai...» La voce di Amanda mi cola nelle orecchie come veleno e un brivido mi gela il sangue.

«Hai paura, principessina Liverly?» grida Chris dal piano di sopra.

«Stai scappando? Non mordiamo mica!»

«Smettetela!» tuona Kinan, avvicinandosi a me. «Perdonali, quando l'effetto dell'iniezione inizia a mancare... danno di matto».

«Funziona come per i vampiri?» sussurro, strappandogli un sorriso.

«Più o meno. Solo che non ci tenta il sangue, ma la carne umana».

Forzo un'espressione neutra, nonostante l'ansia che mi rivolta le viscere. «E come farete adesso? Da quello che ho capito, le iniezioni arrivano domani mattina».

«È successo già altre volte. Resistiamo. Io e Dave abbiamo

più autocontrollo. Lui è il soggetto zero e io sono il primo a essere sopravvissuto. Gli altri ne hanno di meno, soprattutto Teo».

La tristezza mi incupisce l'animo. Vivono lottando di continuo contro loro stessi... è terribile.

«Dov'è adesso Teo?»

«Si è chiuso in camera. Sa che perde il controllo più in fretta di noi. Fa sempre così» sospira.

«Probabilmente uscirà da lì quando si disperderà questo profumo di cibo invitante» sbraita Chris. «Scusa tesoro, non volevo sentire la vostra conversazione, ma questo virus che hanno inventato i tuoi genitori mi costringe ad avere un super udito».

«Tranquillo, nessun problema» sibilo.

«Oh, la principessina Liverly risponde» ride Amanda.

Quanto la odio!

Dave ci raggiunge e indossa il giubbino. «Andiamo». Fa oscillare le chiavi davanti ai miei occhi. «Kinan, tieni d'occhio i ragazzi».

Il rosso annuisce.

Volto il capo e scocco un'occhiata oltre la scalinata di legno. Yuri rimarrà solo con loro. Vorrei poter restare anch'io...

«Non lo perderò di vista, dormi tranquilla». Kinan mi sorride.

Serro le labbra, mi giro e varco la soglia, la testa piena di emozioni contrastanti.

Yuri

Schiudo le palpebre e una fitta mi trapassa il cervello. Ma dove sono? Sono svenuto?

Un brontolio ritmico mi cattura, alzo la testa dal cuscino: Dave è adagiato sullo schienale di una sedia, le gambe stese in avanti. Il capo che ciondola su una spalla, gli occhi chiusi. Il suo addome si alza e si abbassa, borbottii discontinui gli vibrano nel naso.

«Buongiorno» sussurra Kinan.

Alzo gli occhi verso di lui, è appoggiato allo stipite della porta.

«Ho fatto un casino ieri? Mi dispiace...»

«Hai dato un po' di matto, ma ho visto di peggio» mi dice con un sorriso.

Dave russa più forte, dev'essersi stancato parecchio. I ricordi della sera prima mi investono: il corpo di Teo davanti a me, gli occhi sgranati del medico...

«Il dottore sta bene? Io l'ho...?»

«È vivo e vegeto».

Mi metto a sedere e una vertigine mi assale. Porto le mani alle tempie. Mi sento debolissimo.

«Vieni di sotto, c'è la colazione pronta e anche qualche medicinale per il mal di testa».

Mi alzo, avanzo appoggiando una mano alla parete. Kinan mi avvolge con un braccio e mi sostiene, mentre scendiamo di sotto. Mi fa strada verso la cucina dove tutti gli altri siedono già a mangiare intorno al tavolo.

«Nicolas, non puoi mangiare tutto tu!»

«Ho fame, Amanda. A meno che tu non voglia portarmi un altro tipo di spuntino, lasciami in pace». Nicolas si infila in bocca una salsiccia intera e le guance gli si gonfiano come quelle dei criceti.

Kinan scosta una sedia e mi fa accomodare; afferra la brocca dell'acqua e riempie il mio bicchiere. Poi mi indica un tovagliolo, sul tessuto spicca una compressa rosa.

«Ci hai dato parecchio da fare ieri, Yuri» sbotta Chris in tono aspro.

«È stato stancante anche per lui» puntualizza Kinan, fulminandolo.

Chris lo osserva, le sopracciglia tirate. «Kinan, ti piacciono i Liverly?»

«Chris, ti piace rompermi le scatole anche di mattina?»

La tensione tra i due si taglia con un coltello. Che cos'è successo? Mi sono perso qualcosa?

Chris struscia la sedia, lo stridio delle gambe di legno sulle mattonelle mi pugnala i timpani. «Io ho finito». Si alza ed esce dalla cucina.

«Kinan, per favore» mormora Nicolas, sputacchiando molliche di pane. «Dovete litigare anche di prima mattina?»

«È lui che ha iniziato».

«Sei tu che stai dalla loro parte. È diverso» sibila Amanda, e Kinan rilascia un sospiro.

«Che cosa prevede la prossima parte del piano?» mormoro.

Si lanciano occhiate tra loro per qualche secondo.

Amanda si pulisce le labbra e punta gli occhi su di me. «I tuoi genitori daranno una festa domani».

«Sì, la festa di beneficenza per la ricerca sulle patologie infantili. La fanno ogni anno, invitano tutta la città. Le donazioni sono altissime».

«Anche noi abbiamo qualcosa da donare, domani, perciò ci sarà da divertirsi».

«Ma i Red non li hanno mai invitati...» mormoro.

«Tranquillo, ci abbiamo già pensato. Perché credi che Nicolas abbia avvicinato Wendy e io abbia avvicinato te?»

Abbasso lo sguardo. Non è stato un comportamento molto corretto... ma anche i miei sono stati dei mostri con loro. «Quindi non ci sarete tutti?»

«Teo, Kinan e Chris troveranno un'accompagnatrice oggi. D'altro canto, quale ragazza dirà mai di no?»

Teo mi scruta. «Hai in mente qualcuna che vada di sicuro alla festa, Yuri?»

«Uhm... Teresa?»

Storce la bocca. «*Quella?*»

«La prendo io!» urla Chris dal salotto.

«Altre?»

«Kelly, quella che sta sempre in silenzio. È abbastanza timida, ma va sempre alle feste di mamma, è una sua fan».

«Vada per Kelly» sospira.

«Ottimo. Ora ne manca solo uno...» Amanda lancia uno sguardo a Kinan.

«Non posso andare con una persona qualunque. Devo avere l'accesso al videoproiettore e alle loro stanze» mormora lui.

Li osservo, il sopracciglio inarcato. Perché dovrebbero avere accesso a queste cose?

«Scusa, ma non possiamo ancora spiegarti tutto» sibila Amanda, leggendomi nel pensiero.

Nicolas si prende il mento tra le dita, increspando le labbra. «Hai ragione, ci serve qualcuno di più importante per te».

Esaminano le foto di ogni componente della classe. Alcune ragazze provengono dalle famiglie più legate alla mia, ma non sono sicuro verranno alla serata. Altre sono da scartare, non c'entrano nulla con noi e non le ho mai viste partecipare all'evento. Ci vuole qualcuno che lo copra, qualcuno di fiducia...

«Ma è ovvio...» sospiro. «Mia sorella».

23
Per il pistacchio

Isabella

I Red attraversano il portone d'ingresso della scuola in gruppo e nel corridoio si sollevano sospiri e risatine. Yuri avanza al centro, accanto a Kinan, e il cuore mi si congela. Il corpo di mio fratello ha preso vigore, le ciocche castane rilucono sotto il neon. È identico agli altri...

«Perché Yuri è con loro?» sussurra Wendy al mio orecchio.

«Non lo so...» Odio mentirle.

Wendy annuisce e chiude il suo armadietto.

«Buongiorno, grizzly».

La voce di Yuri mi fa voltare di scatto la testa. Mi sorride, mentre stringe lo spallaccio del suo zaino con la mano.

«Buongiorno... è andato tutto bene, ieri?»

'Non avrei voluto lasciarti lì da solo...'

«Sì, stai tranquilla».

Wendy si avvicina a noi e insieme ci incamminiamo verso le nostre aule.

«Wendy» le dice Yuri con un sorriso, «vieni domani?»

«Come ogni anno» cinguetta lei.

«Che cosa c'è domani?»

Yuri mi lancia un'occhiataccia. «Issa, fai sul serio?»

«Perché? È il compleanno di qualcuno?»

Mio fratello sospira, alzando gli occhi al soffitto. Si stacca da noi ed entra nella sua classe.

Wendy scuote la testa, ridacchiando. «Sei la solita, ti dimentichi sempre le date!»

Oltrepassiamo la soglia dell'aula e ci sediamo ai nostri posti. Tiro fuori dallo zaino l'astuccio, apro il libro di biologia e ripasso la lezione. Sia mai che mi interroghi, almeno qualcosa potrò dirla.

Il chiacchiericcio si infittisce. Di sicuro è entrato uno di loro.

«È permesso?»

La *sua* voce. Oh, no.

«Wendy, giusto? Ti dispiacerebbe cedermi il posto per oggi?»

'Rispondi di no, rispondi di no'. Le rivolgo un'occhiata disperata. 'Ti prego, capiscimi, amica! Ti prego...'

«Certo! Ci vediamo dopo, Issa». La mia amica mi sorride e strizza l'occhio.

Mi porto una mano sulla fronte. Terra, apriti e inghiottimi!

«Buongiorno, *Isabella*».

Devo solo fare finta di niente. Ce la posso fare.

Sfoglio le pagine del libro, immagini e tabelle si susseguono davanti ai miei occhi. Kinan appoggia un braccio sul banco e mi guarda con insistenza, mettendomi in soggezione.

«Hai dormito bene?»

«Da Dio» biascico.

«Ottimo, perché avrei una richiesta da farti».

Sposto lo sguardo sul suo viso, i brividi mi si arrampicano dietro alla nuca. «Una richiesta?»

«Una richiesta» sussurra, ma resta a fissarmi in silenzio. Batte l'indice sul banco, si morde il labbro inferiore.

«Perché sei così teso?»

«Si dà il caso che la tua famiglia abbia organizzato la cena di beneficenza annuale, domani sera» mormora.

È vero! Ecco a cosa si riferiva Yuri. Me n'ero completamente dimenticata. La cena di beneficenza... anche quest'anno dovrò sorridere a tutti gli invitati ed essere gentile e accondiscendente. Che strazio.

«Quella cosa è una noia mortale, me n'ero anche scordata».

Mi osserva per un istante, senza parlare. «Posso accompagnarti alla noia mortale?»

Cosa? «Seriamente...? Vuoi andare a quella roba» mi indico, «con me?»

Kinan annuisce, deciso.

«Perché?» È per il loro diabolico piano di cui io non posso sapere nulla, ovvio... perché altro vorrebbe andare con me a una festa?

Distolgo lo sguardo, la delusione mi avvolge l'anima come filo spinato. Spero non se ne accorga.

«Perché mi serve».

«Ti serve cosa?»

«Non posso entrare nei dettagli, ma è importante per me e per tutti i Red. Devo esserci».

«Va bene, ti farò avere l'invito» mormoro atona.

«No, devo venirci con te».

Fisso la sedia della fila davanti, evitando di guardarlo. «E perché? Fammi indovinare... non me lo puoi dire». Sorrido a labbra strette.

«Mi dispiace, è difficile anche per me, ma non posso andarci con nessun'altra ragazza. Ti prego, cerca di capire».

«Cerca di capire?» Punto gli occhi nei suoi. «Mi vuoi usare come pass per non so cosa, per poi entrare in casa mia e mettere in atto insieme ai tuoi amici non so quale piano... in cui dovete fare non so che cosa. Che c'è da capire, Kinan?»

«Che non te lo chiederei, se non fosse importante».

«Spiegami, allora» dico, incrociando le braccia al petto.

«Lo sai anche tu che non posso».

«I miei genitori ti riconosceranno, non ci hai pensato?»

«Non potranno fare nulla, saremo lì come ospiti e ci vedranno solo al momento più opportuno, fidati».

«Ci devo pensare» sospiro, mentre la professoressa entra in aula.

«Va bene, tranquilla. Pensaci» conclude, accennando un sorriso.

Mi volto verso la lavagna, dove l'insegnante ha scritto l'argomento della lezione in maiuscolo con il gesso. Scorro l'indice fino a trovarlo, apro il libro alla pagina indicata, ma all'improvviso un bigliettino copre il titolo del capitolo: 'Comunque sarei un cavaliere perfetto, nel caso te lo stessi chiedendo'.

Sorrido, scuotendo la testa. Giro il foglietto e scrivo: 'Io non sono una brava principessa, nel caso te lo stessi chiedendo'.

Glielo passo, facendolo scivolare sul banco. Mi torna subito indietro.

'Mi vanno bene le principesse ribelli, Isabella'.

Lo lascio senza risposta, ma ricevo un altro bigliettino: 'Ti corteggerò oggi, avrai un assaggio'.

Sbarro le palpebre e deglutisco, il mio battito accelera. Un assaggio... di che?

La mia espressione, a metà fra il dubbio e il terrore, lo fa sorridere. 'Calma, Issa. Sta scherzando, ovviamente'. Non me lo immagino un Kinan che mi corteggia. Non lo farebbe. Più che altro non riesco a immaginare me stessa corteggiata da uno come lui. Non c'entriamo nulla l'una con l'altro.

La campanella decreta la fine dell'ora. I miei compagni si alzano, risate e chiacchiere riempiono la classe. Sovrappensiero, ripongo l'astuccio nello zaino e chiudo la zip. Senza dire una parola, Kinan me lo sfila dalle mani e se lo carica sulla schiena.

«Penso che quello sia mio» azzardo.

In tutta risposta, Kinan mi stringe la mano. Il contatto con la sua pelle mi dà la scossa e le mie guance si infuocano all'istante. Mi aiuta ad alzarmi e a scivolare fuori dal banco. Passo in rassegna l'aula, da tutte le parti mi arrivano occhiate, bisbigli strisciano intorno a me. Sbatto le palpebre, tirando indietro il braccio ma lui incastra le sue dita tra le mie.

«Ci stanno guardando tutti! Lasciami» sussurro a denti stretti, mentre mi trascina fuori dall'aula.

Fa spallucce, camminando nel corridoio. «È questo il punto».

«Quale punto?»

Spalanca la porta della mensa, attirando l'attenzione degli studenti.

Così non va bene, non va affatto bene. Come faccio adesso a mangiare con i mormorii di tutta la scuola addosso?

«Oggi ti voglio corteggiare un po', Isabella. Che cosa vuoi mangiare? Siediti a un tavolo, ti porto io il vassoio».

Spalanco la bocca. «Come?»

Kinan scuote la testa, divertito. Appoggia lo zaino accanto a un tavolo vuoto e mi fa cenno di avvicinarmi. «Stai qui seduta, arrivo subito».

Prende due vassoi e si mette in fila dietro due ragazze che lo divorano con lo sguardo, prima di voltarsi verso di me e scoccarmi un'occhiata. Distolgo l'attenzione, ma altri occhi, decine di occhi, mi perforano. Mi sta fissando tutta la scuola. Fantastico. Voglio urlare.

Osservo la porta di servizio. Idea! Potrei usci...

«Mademoiselle!»

«Stai cercando di comprarmi così?»

Kinan mi appoggia il vassoio davanti e si siede di fronte a me. «Pensi che stia cercando di comprarti?»

«La pianti di rispondere alle mie domande con altre domande?» sbuffo.

«Ti ho preso la pizza».

Punto gli occhi in basso, un trancio fumante di pizza, unto di olio, fa bella mostra nel piatto. Accanto c'è anche una bottiglietta d'acqua. Agguanto la pizza e ne addento un pezzo, la mozzarella fila tra le mie labbra. Divino...

«Bevi un po' d'acqua, non ingozzarti» mi rimprovera, stappando la bottiglietta e riempiendo il bicchiere.

Lo prendo e mando giù un lungo sorso.

«Vuoi il bis?» mi domanda ridacchiando.

Annuisco mentre mastico, accentuando il suo sorriso. Prende la sua fetta e me la mette nel piatto.

«Tu non mangi?»

«Ho fatto l'iniezione stamattina, sono abbastanza pieno. Noi mangiamo solo per mantenere una parvenza umana» spiega.

«Ma almeno sentite i sapori?»

«No. Il gusto scompare definitivamente dopo un mese dalla

trasformazione». I suoi occhi si velando di malinconia per un brevissimo istante. «Mangiamo solo per apparenza, ma non ne abbiamo davvero bisogno».

«Quindi non hai la minima idea di che sapore abbia il cibo?»

«È strano e difficile da spiegare. Ho pochi ricordi della mia infanzia. Uno dei pochi di cui ho memoria è il gelato al pistacchio che mi comprava mio nonno. Fresco, cremoso, lievemente sapido e buono da morire. Lo gustavo il più a lungo possibile. Ora non riesco a provare nulla. Sembra tutto insipido. Il mio mondo è piatto».

È la prima volta che mi parla di sé... del suo passato. Dev'essere così difficile non percepire più niente.

«A volte... ci penso: chissà cosa si prova a mangiare con piacere, a sentire se una cosa è buona, o dolce, o salata, o aspra. Ci penso, e sogno il giorno in cui potrò mangiare di nuovo un gelato al pistacchio con gusto».

«Non l'hai più mangiato da allora?»

Scuote la testa. «Non voglio rovinare il ricordo di quel sapore. Voglio lasciarlo immutato fino a quando tutto questo finirà» sussurra, e nel suo sguardo rifulge la speranza.

«Finirà? È nei vostri piani?»

Kinan cambia espressione, rimettendo su la sua maschera sorridente. «Bel tentativo. Sei furba, Isabella Liverly. Mangia, forza».

Avvicino le labbra al pezzo di pizza e una ciocca corvina scivola in avanti. Kinan si sposta, si siede accanto a me e raccoglie i miei capelli tra le mani. Punta le iridi sul mio viso e la mia pelle freme.

«Posso fare anche da sol...»

«Tu mangia».

«Ma...»

«Nessun ma. Ti devo imboccare?» borbotta. Poi sorride, mandandomi a fuoco.

Mastica, mugolando di piacere, con le palpebre socchiuse. Mentre la guardo sorrido più del dovuto. Mi scocca brevi occhiate da sotto le ciglia mentre le tengo i capelli, le ciocche scorrono sotto le mie dita come seta nera. Il cuore le rimbomba nel petto, sussultando a ogni mio tocco. La pelle rosea delle guance emana un tepore piacevole. Sono io a farle questo effetto...?

Deglutisce l'ultimo boccone con un'espressione estasiata sul volto, pulisce le labbra e prende il suo vassoio. Mi scosto, glielo tolgo dalle mani e prendo anche il mio.

Lei schiude la bocca, un sopracciglio sollevato. Quando fa così è buffissima!

«Torno subito, resta qui». Mi allontano verso i bidoni, svuoto il contenuto dei vassoi e li ripongo assieme agli altri usati. Mi giro e torno da lei, sorridendole. «Andiamo?»

Annuisce, gli occhi bassi. Cammina e si guarda intorno, volta il viso mentre passiamo davanti a un gruppo di ragazze.

«Ti nascondi?»

«Domani sarò su quello stupido giornalino scolastico».

«Ed è un male?»

«Sì, lo è. Non mi piace avere i riflettori addosso».

'Isabella... penso sia impossibile non notarti... sei tu che non riesci a vederti'.

«Tieni». Le porgo il suo zaino. «Non voglio trascinarti ancora di più sotto ai riflettori, stai tranquilla».

Mi guarda, l'espressione a metà tra lo stupore e la gratitudine. «Questo vuol dire che...?»

«Che sei libera, va bene così».

Annuisce, prendendo la cartella dalle mie mani. Eppure non va via. Resta di fronte a me, giocherellando con la fibbia metallica, e si mordicchia il labbro inferiore. «Vestiti bene... domani sera».

«Che cosa?»

«Domani, alla festa, vedi di vestirti bene. Mamma fa le cose in grande».

«Vuoi dire che accetti?»

«Solo per il pistacchio. Il cibo mi commuove sempre».

Le sorrido, la riconoscenza mi esplode nel petto. «Grazie...» Mi avvicino e le lascio un piccolo bacio sulla guancia.

«È p-per il pistacchio». Agita le mani davanti al viso arrossato.

«Giusto» ridacchio, «per il pistacchio. Vestiamoci color pistacchio, allora!»

«Va bene, a domani. Ciao».

Si volta e si allontana a passi svelti, col capo chino. Non l'ho mai vista così in tilt. Credo che non sia mai stata sfiorata da un ragazzo. E il fatto che reagisca così al mio tocco...

«Allora? L'hai convinta?» Teo mi raggiunge, mettendomi una mano sulla spalla.

«Sì... grazie al pistacchio».

24
Sinfonie

Isabella

«Ti stai truccando per Kinan?»

«Yuri, smettila. Pensa a sistemare la tua cravatta, tra poco dovrebbero iniziare ad arrivare gli ospiti». *Kinan compreso.*

Ancora non so per quale assurdo motivo io abbia accettato. Quella tristezza, mentre parlava del gelato e della mancanza del gusto, mi ha fatto cedere. Sì, dev'essere stato per questo. Non c'è altra spiegazione.

«Ti sta bene il color pistacchio. Come mai hai optato per questo vestito?» mi domanda mio fratello.

«Lascia perdere, è una lunga storia. Aiutami a mettere la cintura».

Yuri si avvicina e mi aiuta a stringere l'abito da dietro. Osservo il mio riflesso allo specchio: il vestito mi lascia scoperti il collo e le spalle. La gonna si modella in morbide curve che terminano sopra il ginocchio. Il tessuto di pizzo è trasparente e delicato, mi sento quasi nuda.

Alzo gli occhi sulla cravatta di Yuri, allacciata in un groviglio indistinto di stoffa. Scuoto il capo, sbuffando. «Vieni qua». Mi volto e disfo il nodo, lisciando la stoffa; circondo due volte il lembo sottile con quello spesso, in movimenti precisi.

«Sei agitata?»

«Tu?»

«Più o meno... oggi ci saranno loro».

'Loro'. *I Red.* Sospiro. «Chissà come reagiranno mamma e papà».

«Mal che vada, ci diseredano».

«Dici? Io penso che potrebbero anche buttarci fuori da casa all'istante».

«No, mamma mi ama. Butterà te, ma si terrà me!»

Lo fulmino con lo sguardo.

«Ma io, ovviamente, per solidarietà ti seguirei».

«Mi seguiresti? Tu che a ogni cena di famiglia vendi i miei segreti per soldi?»

«Lo zio quel giorno mi fece un'offerta che non potevo rifiutare».

«Certo, come no...» Finisco di sistemargli la cravatta, mentre dal piano di sotto sale il mormorio degli invitati. Non vedo l'ora di essere in mezzo a così tante persone, non sarò per nulla in soggezione...

'Che cosa farai l'anno prossimo?'

'La compagnia di tuo padre è molto prestigiosa. Stasera gli faresti il mio nome per favore?'

'Chissà se tutti questi soldi vanno davvero in beneficenza. Insomma... guarda dove abitano'.

Non fanno altro che chiedere e studiarti alla ricerca di un punto debole, di qualcosa di cui sparlare. Mi verrà sicuramente il mal di testa.

«Non vorrei dire, ma quest'anno evita di rovesciare drink sulle signore 'senza farlo apposta'» mi prende in giro Yuri.

«Non ti prometto nulla» sogghigno.

Yuri apre la porta e mi porge il braccio come un vero cavaliere. Usciamo insieme dalla camera e ci avviamo lungo le scale. Mentre scendiamo, il mio battito aumenta e l'ansia mi morde lo stomaco.

«Per cortesia, gli antipasti vanno serviti dopo l'aperitivo, non prima!» La voce di mamma sovrasta il brusio degli ospiti. «Metteteli in fresco, d'accordo? Grazie» ordina ai camerieri in tono severo.

Il salone è ornato da pezzi d'argenteria e vasi di fiori. Le luci mi accecano, socchiudo le palpebre e avanzo sui tappeti persiani che ricoprono il pavimento, i tacchi che affondano a ogni passo e mi fanno traballare. Lancio un'occhiata agli invitati: due donne consegnano le loro pellicce al guardarobiere e si sfilano i guanti scuri; un gruppetto di anziani chiacchiera, stringendo flûte di champagne tra le dita; papà è in un angolo, circondato da tre uomini in smoking. Ogni anno la stessa ipocrisia. Vengono tutti qui, imbellettati e tirati a lucido e si vantano dei terreni che hanno, della crociera per cui partiranno, dell'ultimo tailleur comprato. Non gliene importa niente della beneficenza... è più importante essere invidiati.

Lungo una parete, un nugolo di giornalisti scatta foto e prende appunti. Non appena si accorgeranno dei Red, non ci daranno tregua.

«Eccoli! Yuri, Isabella!» Mamma ci fa cenno di raggiungerla.

«Siete cresciuti parecchio» commenta la donna accanto a lei. 'Ma perché, la conosciamo?'

«Così pare» sorride Yuri. Beato lui, riesce a mantenere quella maschera di cortesia che si addice ai figli dei Liverly.

«La signora Tiffany mi stava parlando del loro nuovo progetto per la Columbia University». Mamma le sorride.

«Il rettore è un nostro caro amico» cinguetta lei, la voce stridula.

'Oh, davvero?' «Be', ma che fortuna» sbuffo.

Mamma mi fulmina con lo sguardo, mentre Yuri mi stringe il braccio.

«Isabella, giusto? Tua madre mi stava dicendo che sei interessata alla Art Academy...» mormora un uomo accanto a lei.

Guardo male mia mamma: di sicuro avrà spifferato qualcosa, e sa benissimo che non voglio. «No» serro i denti, «un tempo lo ero».

«È un peccato... mi ha detto che disegni bene. Tiffany ha conoscenze alla Columbia, e si dà il caso che io sia il cugino del responsabile della Art Academy».

Mamma mi guarda, un barlume di speranza le accende le iridi chiare. 'No, mamma, non cambierò idea. Devi accettarlo'.

Yuri mi tira il braccio. «Ci penseremo entrambi. Siete molto gentili. Con permesso...» Mi conduce verso un tavolo vuoto, appoggiandomi una mano dietro alla schiena.

«Le ho detto mille volte di non nominare più quella cosa... ma lei lo fa, sempre».

«Lo so...» Mi porge un bicchiere d'acqua. «Mi dispiace».

Mamma viene verso di noi, un'espressione dura in viso. «Isabella, sii cortese con i nostri ospiti» sibila a denti stretti, mentre sorride.

«Non disegno più da quel giorno, lo sai. E costringermi a rifarlo, o a ripensarci, è da egoisti. Non hai il diritto di farmi questo».

Alcuni invitati ci osservano, mettendomi ancora più sotto pressione. Yuri mi accarezza la schiena, la sua presenza al mio fianco mi rassicura.

«Ho il diritto di fare qualsiasi cosa per il vostro bene. Sei mia figlia, Isabella».

'Fare qualsiasi cosa per il nostro bene? Anche uccidere orfani e usarli per folli esperimenti? Eh, mamma?'

«Tu non puoi...»

«Isabella».

La voce calda di Kinan mi toglie il respiro. Mamma sbianca, sgranando gli occhi.

'Hai visto un fantasma, non è così?'

Mi volto per incontrare il suo sguardo di smeraldo. Indossa un completo elegante, la cravatta color pistacchio spicca sulla camicia nera rubandomi un sorriso. Cavolo... è uno schianto.

«Siete addirittura abbinati!» ridacchia Yuri.

«Diciamo che ci abbiamo provato». Kinan mi fa l'occhiolino. Mi mette un braccio intorno alla vita e la mia pelle si incendia all'istante sotto al suo tocco. «Non mi presenti? Devo fare bella figura con Jessica Liverly».

Torno a guardare mia madre. Ha il volto pietrificato e mi fissa mentre deglutisce.

«Mamma, questo è Kinan. Kinan, lei è mia madre».

Lui le sorride, i lineamenti rilassati. È davvero un attore nato. Lei resta in silenzio, nei suoi occhi brilla il terrore. La tensione divampa, ruggisce tra loro come una bestia in gabbia.

«Che cosa fai? Non saluti il cavaliere di Issa?» ghigna Yuri, divertito.

«N-non mi aspettavo avessi un cavaliere, stasera. Non me ne hai parlato, Isabella». Mia madre mi scocca un'occhiata di traverso.

Scrollo le spalle. «Non ne ho avuto modo».

Amanda si avvicina a noi, le labbra incurvate in un sorriso, il corpo fasciato da un abito in raso azzurro in tinta con i suoi occhi. Yuri la prende per mano e si schiarisce la gola. «Colgo l'occasione anch'io... mamma, lei è Amanda, la mia accompagnatrice».

Nostra madre sbarra gli occhi, indietreggiando di qualche passo. Si guarda intorno e schiude la bocca, l'incredulità dipinta sul viso. Giro la testa seguendo la direzione del suo sguardo: Nicolas e Chris avanzano nel salone, eleganti e sorridenti. Anche papà si accorge di loro, deglutisce più volte, il corpo teso. Ci rintraccia con un'occhiata e ci raggiunge in fretta.

«Scusateci ragazzi, ma ho bisogno di vostra madre un attimo...» mormora con la fronte lucida, prendendo mamma per il braccio. Insieme si fanno largo tra gli invitati, raggiungono il corridoio e svoltano l'angolo, sparendo alla nostra vista.

Abbasso gli occhi. Anche davanti all'evidenza fuggono... si nascondono come dei ladri. 'Non potete scappare dalle vostre colpe. Non più'.

«Diamo inizio alle danze!» La voce del maestro d'orchestra interrompe il chiacchiericcio e stempera la tensione. L'uomo batte la bacchetta sul leggio e i musicisti imbastiscono una melodia con i loro strumenti. Le coppie si dispongono al centro della sala, sul parquet levigato, e iniziano a ballare.

Kinan mi porge la mano. «Mi concede questo ballo, signorina?»

«Ho altra scelta?»

Sorride. «Non credo». Mi accompagna verso la pista da ballo, una mano sulla schiena e l'altra stretta alla mia. I brividi si diffondono attraverso la stoffa dal punto in cui mi sfiora, percorrendo il mio corpo a piccole ondate. Il suo calore marchia a fuoco la mia pelle. È travolgente.

Una volta in pista, mi stringe al suo petto e mi guida sulle note della musica. Il suo respiro mi solletica le labbra, incendiandomi il viso.

«Non mi stai pestando i piedi... e dire che avevo previsto un casino!» scherza.

«Partecipo a queste serate da quando sono piccola, ballare è una delle poche cose che so fare con grazia».

Kinan si muove con eleganza, facendomi fare un giro su me stessa. Mi riprende tra le braccia e mi stringe. China il capo e le sue labbra mi sfiorano il lobo dell'orecchio. «Pensi che solo i ricchi sappiano danzare sulle note della musica classica?» sussurra. «*Für Elise*, di Ludwig Van Beethoven. In realtà, ci sono seri dubbi sul titolo di questa composizione. Si pensa sia 'Per Teresa' e non 'Per Elisa'».

«Bravo maestro, sette su dieci».

«Solo un sette?» Kinan sorride. Le sue iridi vibrano delle stesse sfumature di due smeraldi preziosi. La musica sfuma, lascia il posto a un nuovo brano. Kinan chiude le palpebre e muove il capo al ritmo degli strumenti. «Questa invece ha l'impronta di Sebastian Bach» mormora a un centimetro dalle mie labbra. Il modo in cui parla, in cui ascolta le note, mi incanta.

«Conosci bene la musica classica?»

«Mi piace. Riesce a trasmettere tanto, senza usare le parole. Solo con il potere dei suoni, ti trasporta dove vuole lei».

«Ti trasporta in un'altra dimensione, Isabella. Non trascurare mai il potere del suono».

«Nonno, ma è una musica così lenta...»

Le sue braccia mi cullano con dolcezza. «Isabella, impara ad ascoltare. Ogni sinfonia trasmette mille emozioni».

Resto in silenzio e presto attenzione alla musica, solo per dargli soddisfazione. Solo per renderlo fiero. Chiude gli occhi, il volto rilassato, un attimo di felicità pura. Incurva le labbra in un sorriso, mentre al pianoforte si unisce un violino.

«Lo senti questo potere? Quando sarai stanca delle parole, ascolta una sinfonia. Immergiti nella potenza della melodia».

«Tu sei stanco delle parole, nonno?»

«Sono stanco delle parole usate in malo modo. Le persone parlano troppo. Preferisco il silenzio di una melodia cullata dagli strumenti, Isabella».

'Il silenzio di una melodia cullata dagli strumenti'.

Sorrido, il cuore colmo di nostalgia. Un tempo conoscevo qualcuno che la pensava allo stesso modo. Sposto lo sguardo su Kinan. Ha gli occhi chiusi, è immerso in qualche pensiero lontano. Mi ricorda il nonno, ha la stessa espressione beata impressa sul viso.

«E dove ti trasportano le melodie?»

«In un mondo dove esiste solo il silenzio...»

'Il silenzio di una melodia'.

«Il silenzio di una melodia» sussurra, gli occhi socchiusi.

Rimango pietrificata. Queste parole sono...

«Il silenzio di una melodia cullata dagli strumenti» mormoriamo insieme. Non è possibile...

Schiude le palpebre di colpo, puntando le pupille su di me.

«Mi leggi nella mente?» sorride.

«Dovrei chiederlo io a te, visto che sei tu quello geneticamente modificato!»

«Questa era dura» replica ridendo.

Amanda e Yuri si avvicinano a noi. Lei fa un cenno a Kinan e la sua espressione serena muta all'istante. Indurisce i lineamenti, serra le labbra, la luce nei suoi occhi si attenua.

«Dovresti accompagnarmi di sopra, dobbiamo iniziare a muoverci. Ti prego, niente domande» mormora a bassa voce al mio orecchio.

Amanda mi lancia un'occhiata bieca. Anche Chris, Teo e Nicolas mi stanno fissando. Non ho scelta, o mi fanno fuori. Probabilmente fa parte del loro piano. Un piano di cui io non so ancora niente. Non posso avere ripensamenti adesso, soprattutto dopo aver visto la reazione di mamma e di papà alla loro presenza. Devo farlo. Almeno questo glielo devo.

Annuisco e mi incammino insieme a Kinan verso le scale. Rimaniamo entrambi in silenzio, mentre superiamo camerieri con vassoi d'argento e calici di champagne tra le mani.

«Sbaglio o sei diventata fredda in meno di tre secondi?»

«Concentrati sul tuo piano, Kinan. Non su di me».

Salgo le scale sotto lo sguardo curioso di una decina di invitati. Immagino sia già partito il gossip... Isabella Liverly che porta un ragazzo al piano superiore, dove ci sono le camere da letto.

«Sono concentrato, ma sembri diversa. Prima eravamo...»

«Kinan, smettila». Mi allontano, accelerando il passo.

«Di fare cosa?»

«Di parlare». Percorro gli ultimi gradini evitando il suo sguardo. «Bene, eccoti al piano di sopra».

«Okay, rimani qui. Aspettami».

Kinan si volatilizza a velocità sovrumana, lasciandomi nel corridoio vuoto, mentre la musica riempie casa. Mi siedo su uno scalino, sospirando. Come fa a cambiare così? Eravamo abbracciati, sospesi in una dimensione al di sopra di tutta questa messinscena. Sembrava sereno, rilassato... persino felice di essere qui... con me. E poi...

Pochi minuti dopo Kinan mi accarezza la spalla, facendomi sussultare. Afferro la sua mano per rimettermi in piedi e scendiamo le scale senza parlare.

«Che cosa hai fatto?» mormoro mentre raggiungiamo il salone.

«Lo sai che non posso dirtelo. Lo vedrai tra poco».

«Che cosa devo vedere tra poco?»

Entriamo nella pista da ballo e i ragazzi circondano Kinan, separandomi da lui. Vengo esclusa dalla loro cerchia, e un groppo mi si conficca in gola come un frammento di vetro. Nel mio petto si apre una voragine che si espande mentre papà prende parola dal palcoscenico, battendo l'indice sul microfono.

«Bene, signori e signore. È giunta l'ora di vedere quanto abbiamo raccolto stasera. Vi prego di guardare il monitor».

Gli invitati sollevano gli occhi sulla schermata luminosa, e tra loro cala il silenzio. Mamma si avvicina a papà, sorride mentre viene immortalata dalle macchine fotografiche dei giornalisti.

«Prima di mostrarvi l'importo, vi ringraziamo di cuore per il sostegno e il supporto che ci avete dato anche quest'anno. Quest'opera di bene sarà ripagata dal sorriso di tutte le persone che aiuterete. Ma bando alle ciance! Il ricavato di oggi è...»

Il led si illumina di blu: al centro appare un conto alla rovescia.

Un momento... questa parte non c'è mai stata...

Cinque.

Kinan, Teo, Amanda e Nicolas contano a bassa voce. Probabilmente è opera loro.

Quattro.

Hanno architettato qualcosa, sabotando la schermata led.

Tre.

Nei loro occhi balugina un lampo di soddisfazione.

Due.

Papà e mamma si guardano preoccupati.

Uno.

25
Stronzo destino

Isabella

Sullo schermo compare un video. Un gruppo di bambini siede sul pavimento di una stanza, le pareti spoglie e bianche si confondono con i loro volti pallidi. Entra mamma, li esamina e ne prende in braccio uno. Lo stesso fa anche papà. Li portano fuori, li fanno stendere su due lettini di acciaio e da un carrellino prelevano due siringhe.

«Che cos'è questa roba?» sibila un'invitata in tono indignato.

«Ma quelli sono bambini?»

«Che cosa gli stanno iniettando?» mormora un ospite.

In sala aumenta il brusio, ovunque facce allibite. Ma non tra i Red. Le loro espressioni rimandano una freddezza glaciale, un luccichio di vendetta negli occhi.

«Spegnete!» ringhia papà dal palco, mentre mamma si porta una mano alla bocca. I giornalisti li bombardano di flash e domande. Loro non rispondono, si coprono gli occhi, accecati dalle luci.

All'improvviso il video si interrompe e una scritta in nero occupa tutta l'inquadratura.

Avete paura dei mostri?
Are you scared of monsters?

«Fermate tutto, ho detto!» tuona papà, la faccia sconvolta e paonazza. I tecnici al lato della sala battono sui tasti del computer come ossessi e qualche invitato riprende la scena con il cellulare.

«Basta!» Papà si avvicina allo schermo e stacca il cavo. La frase scompare all'istante, lasciando solo il buio, mentre le luci in sala si fanno più forti. Il salone si riempie di voci e di flash.

«Che cosa sta succedendo? Cos'era quel video, signori Liverly?»

«Cosa c'era in quelle iniezioni? È una ricerca che portate avanti con i soldi della raccolta fondi?»

«Chi sono quei bambini?»

«Perché sono così magri? Stanno male?»

I giornalisti si accalcano sotto il palco, ma mamma tiene lo sguardo su un punto fisso, non si muove. Non l'ho mai vista così, sembra in trance.

«Vi prego di perdonarci, c'è stato un errore. Ora dobbiamo andare». Papà prende mamma per mano e la trascina con sé, scomparendo dal palco. Gli uomini della sicurezza si occupano degli ospiti, li invitano all'uscita scortando fuori anche i giornalisti.

«Ma insomma, che modi sono?» lamenta una donna, sistemandosi il collo di pelliccia della giacca.

«Mai successa una cosa simile! Che vergogna...» biascica un uomo, il sigaro tra i denti.

«Ed è solo l'inizio». Gli occhi di Kinan sono intrisi di soddisfazione.

'È solo l'inizio?' Fino a dove si spingerà la loro vendetta?

Chris si avvicina con un sorriso compiaciuto in volto. «Hai visto le loro facce?»

«Avrei voluto fotografarli» sibila Amanda, increspando le labbra in un broncio dispiaciuto.

'Io sarei ancora qui, sapete...'

«Hai visto con che fretta ha staccato il cavo del monitor?» ghigna Chris, battendo una pacca sulla spalla di Kinan. «Gli stava per esplodere la testa!»

Il rosso ride, e il mio cuore si contrae. Quelle sono le persone che mi hanno cresciuta... comprendo il dolore che hanno causato, ma restano comunque i miei genitori. Non ce la faccio a stare qui. Non ora. Non senza sapere che cosa succederà loro.

Indietreggio, allontanandomi in fretta. Raggiungo la scalinata, a ogni gradino che salgo il mio corpo si muove come se pesasse una tonnellata.

Arrivo in cima e mi siedo, nascondendomi dietro la balaustra. Abbraccio le ginocchia e poggio la fronte sui polsi, le ciglia si inumidiscono.

«Ehi...» Yuri mi sfiora la spalla e si siede accanto a me.

Tiro su con il naso. «Come riesci a fare finta di nulla?»

«Sto cercando di sopportare» sospira.

«Io no, Yuri. Li hai visti, là sopra? Mamma si è sentita male e loro sorridevano. Papà per poco non ha avuto un infarto. È vero che hanno colpe enormi, ma sono i nostri genitori e io... non riesco a smettere di amarli. Come posso permettere che li annientino? Come posso convivere con questo senso di colpa?»

«Il minimo che possiamo fare è sopportare, Issa. Quei ragazzi hanno sopportato tutto quel dolore da soli, non possiamo tirarci indietro».

«E quindi devo stare ferma e accettare un piano di cui non so nulla? Non ho la minima idea di cosa succederà, fino a dove si spingeranno... e questo mi spaventa».

«Il destino è un bastardo» mormora.

«È uno stronzo».

«Issa!» Wendy si avvicina a noi. «Che cos'è successo? Di là si è scatenato il putiferio» dice, sedendomisi di fianco.

Yuri si sventola una mano davanti al viso. «Un problema tecnico, niente di che».

«Ma che video era? Sembrava inquietante. Per un secondo ho avuto un brivido lungo tutta la schiena».

«Non sappiamo nulla, penso sia qualcosa legato all'azienda di papà».

Spero di averla convinta...

Annuisce, ma la sua espressione resta incerta. Poi si schiarisce la voce e inarca le sopracciglia. «Ho visto che hai ballato con Kinan...»

«Hai visto bene! Erano così vicini che a momenti non riconoscevo più mia sorella».

Wendy sbatte le ciglia più volte. «Che cosa vi stavate dicendo di tanto profondo?»

«Un bel niente».

«Un bel niente, eh? Non fare la timida, Isabella Liverly!» sorride. «Ti sei presa una bella cotta, succede a tutti!»

«Cosa? No, è impossibile, ti sbagli!»

«'A Dio tutto è possibile'».

Alzo gli occhi al cielo. «Yuri, non conosci la Bibbia... evita».

«Un tempo la conoscevo».

«Già, e se non sbaglio, quando il prete in chiesa ti invitò a recitarne un passo davanti a tutti, hai iniziato a cantare *Waka Waka*».

Wendy scoppia in una fragorosa risata.

«*Tsamina mina eh eh, waka waka eh eh, tsamina mina zangalewa: this time for Africa*» lo scimmiotto.

«Ero un bambino confuso, okay? E comunque *Waka Waka* andava di moda allora, anche lui la sapeva. Okay, e allora tu, Issa? Hai quasi bruciato la chiesa, tentando di accendere una candela» ridacchia.

«È meglio bruciare la chiesa che cantare Shakira a messa davanti a tutta la città» sbuffo, lasciandomi scappare un sorriso.

Wendy e mio fratello si guardano e le risate riprendono, mi contagiano. 'Come farei senza di voi...'

Un istante dopo i miei occhi si incastrano in quelli di Kinan. Mi osserva, le labbra incurvate all'insù.

Kinan

Sognavo questo momento da troppo tempo, ed è andato tutto proprio come mi aspettavo. La paura e l'incertezza sui loro visi non possono fare altro che rallegrarmi. Il brusio indignato degli invitati riempie ancora l'aria.

«Kinan, andiamo, dobbiamo festeggiare!» sorride Amanda.

«Arrivo, aspettatemi fuori».

I ragazzi si avviano all'uscita della grande villa dei Liverly, abbracciati gli uni agli altri, la soddisfazione aleggia nel gruppo. Guardo tra gli invitati alla ricerca del suo vestito verde pistacchio. 'Dove sei?'

La sua risata melodiosa arriva alle mie orecchie dal piano superiore. Raggiungo la base della scalinata e sollevo lo sguardo fino a lei. Siede tra Wendy e Yuri, le sue persone, e ride, con i lunghi capelli neri che le toccano le spalle, incorniciando il candore del suo viso. Sbuffa, la bocca rosata imbronciata, e senza volerlo sorrido. D'un tratto sposta gli occhi su di me, rimane a fissarmi per un istante. Mormora qualcosa a Yuri e Wendy e si alza. Poi torna a guardarmi, deglutisce e percorre gli scalini a testa alta, una mano poggiata sul legno liscio della balaustra.

«Stai andando via?» La sua voce mi accarezza i timpani, lieve come una piuma.

«Sì, i ragazzi mi aspettano fuori».

Annuisce, chinando la testa. «Ci vediamo domani, allora» sussurra dandomi le spalle.

«Aspetta». La fermo, prendendole la mano. «Sei ancora arrabbiata per quando ti ho chiesto di accompagnarmi di sopra?» 'Ho visto i tuoi occhi traboccare di domande. Ho visto il modo in cui mi guardavi'.

Scuote il capo, i suoi capelli ondeggiano accarezzandole le scapole. «No, tranquillo».

La faccio voltare verso di me e le sollevo il mento prendendolo tra le dita. «Allora cosa? Che ti prende?»

Fugge altrove con gli occhi. «È meglio se ci vediamo domani, Kinan».

'Da cosa stai scappando, Isabella?'

Sospiro. «Ho fatto qualcosa di male?»

Incastra le pupille sul mio viso, le ciglia nere si inumidiscono, il verde delle iridi riluce come un prato cosparso da rugiada al mattino. Posso giurare di non aver mai visto un colore così puro. Se solo si rendesse conto di essere tanto... bella.

«Io... tu non hai fatto nulla di male, è solo che in questo momento ce l'ho con il destino».

«Il destino?»

«Sì, il destino. Quello stronzo».

'Ma che...?' Mi scappa una risata.

«Perché ridi? Sono serissima».

«E per quale motivo il destino sarebbe uno stronzo? Che cosa ti ha f...»

«Kinan, vieni?» Nicolas poggia una mano sulla mia spalla.

«Vai, ci vediamo domani» sussurra lei.

«A domani».

Si volta e sale le scale, la gonna verde pistacchio che ondeggia.

Isabella

La mattina dopo la festa entro in cucina, la luce fievole che filtra dalle finestre ingrigisce l'ambiente. Mamma e papà siedono davanti alle loro tazze di caffè, in silenzio, gli occhi persi nel vuoto.

Io e Yuri ci lanciamo un'occhiata.

«Oggi torno a casa tardi» mormora lui.

Mamma abbassa lo sguardo, le occhiaie pronunciate spiccano sul pallore della sua pelle. Sembra non aver dormito.

«Va bene» biascica papà, dissimulando l'agitazione.

Il suo telefono prende a squillare; lui osserva il display e rifiuta la chiamata. Lo poggia sul tavolo e la suoneria torna a trillare. Grugnisce e lo afferra. «Blocca ogni cosa, ti ho detto. Non deve uscire nulla sui giornali. Paghiamo qualsiasi cifra, ma blocca quelle notizie. Oggi vengo in azienda e ne parliamo meglio». Riattacca e ci lancia uno sguardo veloce. «Avete domande, ragazzi? Siete silenziosi».

«Siete voi quelli stranamente silenziosi» mormoro.

«Che cos'era il video di ieri?» sibila Yuri.

Mamma si irrigidisce, nei suoi occhi si fa strada il panico e riluce la colpa. «Un errore» bisbiglia.

'Un errore'? «Chi erano quei bambini?» intervengo.

«Siamo andati a trovare dei bambini in un ospedale, anni fa. Quel video è stato proiettato per sbaglio. Un semplice problema tecnico». La voce è gelida, metallica, come se parlasse un registratore. Non mi guarda, è immobile. Una maschera impassibile.

«E che cos'era quella scritta alla fine?» sibilo tra i denti.

Mio padre alza gli occhi, il vuoto li adombra.

«'Avete paura dei mostri?' Diceva così, se non sbaglio» mormora Yuri.

«Per l'ennesima volta: si è trattato di un mero problema tecnico».

Dio, quanto vorrei dir loro quello che so. Non riesco a credere che non siano pentiti di ciò che hanno causato... come fanno a dormire la notte? Perché non hanno mai chiesto scusa? Perché hanno insabbiato tutto?

Mamma fissa Yuri, per poi puntare lo sguardo su di me. «Voi, invece... non mi avevate detto che avreste invitato i ragazzi dei Red». Il risentimento nei suoi occhi mi investe. Voglio azzardare, liberarmi da questo peso. Voglio smascherare tutto questo schifo.

«Te l'avevo detto, mamma».

«No, ce lo saremmo ricordati... non pensi?» sbotta papà.

Guardo attentamente entrambi. «Yuri vi aveva detto che mi piaceva un ragazzo...»

Mio fratello lascia cadere il cucchiaino sul piatto.

«Be', il ragazzo è Kinan. Mi piace e lo voglio frequentare».

Mamma e papà sgranano le palpebre, le bocche schiuse.

«Spero lo accoglierete bene, perché ho intenzione di invitarlo qui oggi pomeriggio».

Boom.

Le loro maschere si incrinano.

26
Ali di Fata

Isabella

Yuri mi accarezza la schiena. «Secondo me, se glielo chiedi con gentilezza accetta».

«Ti sei messa in tutto questo casino da sola» sospira Wendy. «Perché mentire?»

«Dovevi vederla... io ero allibito!» Yuri scuote la testa, una spalla poggiata su un armadietto. Il chiacchiericcio e le risate degli studenti riempiono il corridoio.

Wendy punta lo sguardo oltre la mia testa. «Eccolo, Issa. È da solo, vai ora».

Mi volto mentre Kinan si avvicina alla fila di armadietti bianchi, si ferma davanti al suo e lo apre.

«O vai ora o non so quando lo troverai di nuovo da solo» sussurra Wendy.

«Non ce la faccio» mormoro. Insomma, come cavolo inizio il discorso? 'Ciao, scusa, potresti fingere di essere il mio pseudo-ragazzo per oggi pomeriggio e venire a casa mia, così che ti possa presentare i miei genitori, ossia le medesime persone che tu stesso sogni di distruggere?' Suona proprio benissimo.

«In che senso non ce la fai?»

«Dirò ai miei che non può venire. Non posso chiedergli davvero di presentarsi da me e fingersi il mio ragazzo».

Yuri e Wendy si guardano per un secondo.

«E poi, insomma... sono Isabella Liverly. Non sono mai andata dietro a un ragazzo e non lo farò di certo ora» sbuffo.

«Certo, Isabella Liverly. Hai del tutto ragione». Yuri annuisce.

«Grazie per l'appoggio, fratello». Strano che mi supporti... ma c'è una prima volta per tutto.

«Prego, non c'è di che» sorride, una scintilla divertita lampeggia nei suoi occhi. 'Oh, no... qualcosa mi dice che farà una cazzata'.

«Ehi, Kinan! Puoi venire un attimo? Issa deve chiederti una cosa!»

Non l'ha fatto veramente. Non può averlo fatto...

Kinan si volta, sorride e chiude l'armadietto con un quaderno tra le mani. Cammina verso di noi, la fossetta impressa sul viso.

Potrei fingermi morta... potrebbe essere una buona soluzione...

Wendy indietreggia di un paio di passi.

«Dove stai andando, Wendy Madinson?» sibilo, con un sorriso falso sulle labbra, allungando un braccio per afferrarle la giacca.

Lei mi schiva con agilità. «Mi raccomando, chiedilo con gentilezza ed educazione!» esclama, poi mi fa l'occhiolino e si allontana.

«Ditemi». La voce di Kinan mi fa sobbalzare. Le sue iridi di smeraldo sono incollate alle mie.

«Issa voleva chiederti una cosa» ghigna Yuri, «vi lascio soli». Ridacchiando, scappa a gambe levate.

Dopo ho intenzione di ucciderlo. Mi ero già rassegnata a smentire ciò che avevo detto a mamma e a papà, ma lui, ovviamente, deve fare di testa sua e trascinarmi in queste situazioni.

«Isabella Liverly mi deve chiedere una cosa... mi devo preoccupare?» Le labbra di Kinan si incurvano in un sorriso e il mio cuore si tuffa nel vuoto.

Agguanto una ciocca corvina, rigirandomela tra le dita. «Ecco... io...»

«Sì?»

«Mi chiedevo...»

«Ti chiedevi?»

«Se tu...»

«Se io...?»

Insomma, come glielo spiego? Sospiro, torturandomi i capelli.

«È così difficile questa cosa che mi devi chiedere?»

«È complicato, sì...» biascico.

Alle sue spalle, gli altri Red si fanno strada lungo il corridoio. Perfetto, se non mi sbrigo ora, non potrò più chiedergli nulla.

«Allora fai come si fa con le medicine dal sapore cattivo».

«Cioè?»

«Tutto d'un sorso e a occhi chiusi. Prova, butta fuori tutto d'un colpo a occhi chiusi» mormora.

Chiudo le palpebre mentre il sangue mi riscalda le guance. Inspiro a fondo. «Dovresti venire da me, oggi pomeriggio, e fingerti il mio ragazzo con i miei genitori».

Riapro gli occhi, buttando fuori l'aria. Il suo viso staziona a un centimetro dal mio, nei suoi occhi brilla una scintilla divertita. «Non sei morta, complimenti!» soffia sulla mia bocca.

Sobbalzo per l'improvvisa vicinanza. E perché ce l'ho fatta. Gliel'ho chiesto!

«Quindi, se ho capito bene» sussurra con voce roca, mentre io mi perdo nelle minuscole lentiggini spruzzate sulla sua pelle, «mi stai chiedendo di uscire, *Isabella*?»

Potrei contarle per ore... «Ti sto chiedendo di uscire, Kinan».

Passa un secondo di silenzio. «D'accordo» accetta. Poi si allontana da me e io riprendo a respirare.

Nel frattempo, la campanella suona e Amanda ci passa accanto, trafiggendomi con lo sguardo. Un brivido gelido mi si insinua su per la schiena.

Kinan mi sorride mentre Nicolas, Chris e Teo si avvicinano. «Sarò da te oggi pomeriggio» mormora.

Si volta e li segue.

Il trillo del campanello di casa rompe il silenzio. È lui. È arrivato.

Mi precipito fuori dalla stanza e scendo le scale quasi saltellando, ma papà arriva per primo alla porta. Tiene fermo il battente e fissa il nuovo arrivato assieme a mamma, le spalle rigide. Kinan ricambia lo sguardo con il volto impassibile, la bocca una linea sottile.

«Prego, accomodati». Mamma fa un passo indietro e gli indica il salotto.

Lui alza lo sguardo, lo punta nel mio, sorride e mi si avvicina, ignorando sia i miei sia il salotto. «Ciao, Isabella» mi saluta, scoccandomi un piccolo bacio sulla guancia.

La mia pelle freme a quel contatto inaspettato. Resto a fissarlo con le labbra schiuse e il cuore a mille. Ha già iniziato a recitare?

Mamma si schiarisce la voce e ci fa cenno di seguirla. Raggiunge il salotto, si accomoda sul divano e papà si mette accanto a lei. Siedo di fronte a loro e Kinan prende posto di fianco a me, la sua gamba incollata alla mia, le nostre braccia si sfiorano.

«Allora...» Mamma incrocia le braccia al petto, le spalle in tensione. «Issa ci ha parlato poco di te. Ti ha nominato solo stamattina, per la precisione».

Kinan sposta la mano sulla mia schiena e l'accarezza, percorrendo la pelle in movimenti lenti e circolari. Il suo tocco mi toglie il respiro. «Lo so, tiene molte cose per sé. Di voi invece parla molto» dice sorridendo. Un sorriso di cortesia, diverso da quello che fa quando siamo soli, quando lo faccio ridere. Anche i miei incurvano le labbra.

Papà accavalla le gambe. «Da dove vieni? Chi sono i tuoi genitori?»

'Lo sai benissimo, papà'.

«Sono uno dei Red e sfortunatamente non ho più una famiglia. Spero che questo non vi turbi» mormora Kinan in tono pacato. Vorrei sapere come ci riesce, davanti ai suoi carnefici. Io non sono così brava. Non resisto a vederli fingere in questo modo. Lo fanno talmente bene che, se non avessi visto quei video, non avrei mai smesso di credere alla loro versione.

«Ah, ci dispiace. Che ne è stato dei tuoi genit...»

«Io e Kinan andiamo di sopra» sbotto. «Dobbiamo finire un compito assieme». Artiglio Kinan dalla maglietta, mi alzo e lo trascino fuori dalla sala. Fuori dal loro mirino.

«Lasciate la porta aperta» urla papà. Lo sguardo di entrambi mi perfora la schiena mentre ci allontaniamo dal salotto e imbocchiamo le scale.

Saliamo di sopra, raggiungendo la mia camera. Kinan avanza oltre la soglia a piccoli passi, osservando l'ambiente mentre io richiudo la porta dietro di noi.

«Non ti avevano detto di lasciarla aperta?»

«La voglio chiusa».

«Oh, vuoi rimanere nella tua camera da letto con un ragazzo?» Sorride, inarcando le sopracciglia.

Una vampata mi riscalda le guance. «N-no, ma...» ridacchio.

«Sei sempre così ordinata o hai messo a posto per me?» Kinan osserva quadri appesi e i libri negli scaffali.

'In realtà, ho messo in ordine per scacciare l'ansia di averti qui...' «È una cosa rilevante?»

«Non lo so, tu dici che non lo è?»

«Sai» sbuffo, «io e te dovremmo smetterla di parlarci solo con le domande. Grazie a Dio esistono le affermazioni».

Non ricevo risposta. Kinan si è immobilizzato, gli occhi fissi in un punto di fronte a lui. Mi sposto di lato e seguo il suo sguardo fino alle Ali di Fata.

«*Le Ali di Fata ammaliano chiunque voglia volare*».

Le parole del nonno mi riecheggiano nella mente in un secondo. Kinan le osserva e le sue iridi brillano di meraviglia. La stessa reazione che ho avuto io la prima volta che le ho viste, la prima volta che il nonno me le ha mostrate.

«Chiunque guardi le Ali di Fata ha l'improvviso desiderio di volare» mormoro.

Lui ne accarezza con delicatezza ogni tratto. «Chi le ha disegnate?»

«Una persona che voleva volare via da questo mondo e da questa realtà».

Ali di Fata.

Disegnate a matita con grande cura e con tratto esperto. Sono appese al centro della sua stanza, sul muro bianco. Impossibile non notarle.

«È riuscita a volare via, questa persona?»

Issa tentenna, e il suo sguardo gronda malinconia. «Sì... ma ha dimenticato qui le sue ali».

Chiunque le abbia create, l'ha segnata nel profondo, lasciandola da sola.

«Mi sono sempre chiesta il perché sia volato senza ali. Sai, con le ali è tutto più semplice e con le fate è tutto più magico. Ma lui le ha dimenticate qui... è volato via senza ali. Un pazzo, vero?» sussurra, gli occhi incagliati su quelle linee delicate.

'Da quanto tempo ti tormenti con queste domande, Isabella?' «Forse le ha lasciate qui per te, per far volare te».

Sposta lo sguardo su di me e annuisce. «Presumo di sì. Ma avrei preferito le avesse usate lui. Averle qui davanti ogni giorno mi ricorda soltanto quanto sia stato stupido ad averle lasciate. Sono delle ali fatte per volare, per sentirsi leggeri e liberi. Ma ogni volta che le guardo mi sento in trappola, perché non mi ha mai insegnato come portarle prima di andare via. Non mi ha mai insegnato come usare le Ali di Fata» sospira. «Le guardo e al posto di volare soffoco, intrappolata tra queste pareti...» Incurva le labbra, ma il sorriso che mostra non raggiunge gli occhi. Trasuda amarezza. «Non è un po' crudele lasciare delle ali a chi non sa volare?»

Soffoca guardandole, ogni giorno, come in una lunga e infinita tortura. Piccola Isabella, sempre scorbutica, diffidente, dal sorriso così bello che anche un girasole si volterebbe verso lei ignorando il sole. I suoi occhi bruciano chi la guarda. Questi occhi grondano dolore. 'Un dolore che tu non hai mai accettato. L'hai solamente chiuso a chiave. Lo hai spinto con forza in un pozzo senza fine. Se lo chiami, l'eco risponde. Ti capisco.

Sono il mago dei dolori chiusi a chiave e sepolti. Ho pozzi infiniti che traboccano sofferenza'.

«Ti insegno io a usarle».

Si volta di scatto verso di me. «Sai... sai volare?»

«So guardare delle ali senza soffocare, penso sia il primo passo da cui partire. Penseremo insieme a come volare».

Gli occhi le si illuminano di una scintilla pura e luminosa, una piccola luce di speranza. Sorride e tutto il suo viso riluce. «Allora insegnami, Kinan. Insegnami a portare delle Ali di Fata senza soffocare».

27
Pezzo di cemento

Wendy

Sospiro, la guancia poggiata sul palmo.

L'oscurità è rischiarata dal tenue bagliore dello schermo di fronte a me, su cui le immagini si susseguono. Lancio un'occhiata a Nicolas, lo sguardo fisso sul film, il volto inondato da una luce bluastra. Perché non mi ha detto che sarebbe venuto anche Teo con Kelly? Se avessi saputo che questa sarebbe finita per essere un'uscita a quattro, non avrei accettato. Certo che è strano... Teo non ha mai rivolto parola a nessuna a scuola, ma è già la seconda volta che li vedo insieme. Almeno poteva salutarmi. Capisco che sia un ragazzo introverso e sempre sulle sue, ma che cosa gli ho fatto di male? Perché mi evita di continuo?

La proiezione si interrompe per l'intervallo e le luci della sala si riaccendono.

«Hai fame?» mormora Teo alla sua accompagnatrice. «Vuoi dei pop-corn?»

Kelly sorride, e gli occhi le brillano. «Sì, grazie mille».

Lui si alza, sfila davanti a me senza guardarmi e si dirige fuori dalla sala. Evidentemente lo infastidisce anche solo la mia presenza...

«Vado un attimo in bagno» sussurro a Nicolas con un sorriso.

Lui ricambia. «Va bene».

Mi alzo dalla poltroncina e percorro il corridoio laterale.

Manca un'altra ora... posso farcela. Scosto la tenda di velluto pesante dell'uscita e seguo le indicazioni per la toilette. Nell'atrio centrale, Teo attende al bancone che un ragazzo gli consegni un sacchetto di pop-corn. Distolgo subito lo sguardo e mi affretto a passare oltre. Se non lo vedo, lo penso comunque, e quando non lo penso me lo ritrovo davanti! Sospiro, amareggiata.

Raggiungo la porta del bagno mentre una bambina esce correndo, il ciuffetto di capelli legati che le rimbalza su e giù. Afferro la maniglia e la tiro, ma mi vibra tra le mani. 'Ma che succe...'

Un boato spacca l'aria mentre il pavimento trema sotto i miei piedi, le lampade oscillano. Il terremoto! Balzo indietro con il cuore in gola e guardo verso l'atrio: una marea di corpi si riversa in fretta fuori dalle sale, affollando il corridoio. Tra le grida e il rombo, un lamento delicato e dei singhiozzi attirano la mia attenzione.

In mezzo alle persone che corrono, rannicchiata come una chiocciola, la bambina di prima piange con gli occhi nascosti dietro a un braccino.

Mi avvicino in fretta, ma una scossa più forte apre una crepa sul soffitto fino a un lampadario che oscilla proprio sopra di lei. No! Se cadesse la schiaccerebbe, e non posso permetterlo.

Avanzo con difficoltà tra le persone in fuga. «Fatemi passare! Vi prego, c'è una bambina in pericolo!»

Nessuno mi ascolta, tutti scappano in preda al panico, si scavalcano, inciampano, si spintonano. 'Maledetti egoisti!'

Ancora un'altra scossa, e l'intonaco dei muri crolla a terra, riempiendo di polvere l'aria. Il cigolio del lampadario mi gela il sangue. Alzo gli occhi al soffitto mentre la trave di legno a cui è appeso si spezza portando giù un pezzo di cemento, che precipita verso la bambina.

Corro da lei e la spingo in avanti mentre la terra trema e il mio cuore va a mille. 'Sei salva, piccola. Almeno tu'. Serro le palpebre e trattengo il fiato. All'improvviso vengo sollevata da due braccia che si avvolgono attorno a me in un millisecondo e sobbalzo a ogni falcata veloce. Il boato confonde ogni cosa, tranne il battito nel petto a cui mi stringo, stritolando il tessuto sotto le mie dita mentre il mio salvatore urta contro qualcosa, e resto così, scossa da brividi.

Il rombo e le scosse scemano nel silenzio, interrotto solo dallo schianto al suolo di vetro e metallo. Schiudo le palpebre, e tossisco, ho le ciglia ricoperte di polvere che m'impasta la vista. Alzo il viso e incontro due iridi ambrate e lucenti puntate su di me. *Teo*?

Ancora tremante, mi guardo intorno sbattendo gli occhi. Il buio è rischiarato da un fascio fioco di luce che filtra da una fessura nella parete, illuminando la polvere che aleggia nell'aria e una serie di scaffali con scatole e cartoncini di pop-corn. L'ingresso è bloccato dal crollo della trave. Siamo rimasti chiusi dentro?

Teo mi stende sul pavimento come fossi fatta di vetro, ispezionandomi con attenzione. «Ti sei fatta male da qualche parte?»

«No, io s-sto bene... tu come hai f-fatto a trovarmi?»

«Sono tornato in sala nel preciso istante in cui sono iniziate le scosse. Tutti sono scappati urlando nel panico e siamo corsi fuori anche noi, ma Nicolas ha detto che eri ancora dentro... che eri andata in bagno».

Quindi è tornato indietro? Gli rivolgo uno sguardo colmo di gratitudine. «Sei venuto a cercarmi?»

Teo smette di parlare e si allontana da me di colpo. «Ti stavano cercando gli altri» sibila gelido, dandomi le spalle.

Certo... che stupida che sono. Chino il capo, mando giù il groppo che mi ostruisce la gola e appoggio il piede a terra per alzarmi, ma una fitta mi trapassa il tallone e ricado indietro, mugolando.

Lui si volta verso di me e punta gli occhi sulla mia gamba, serrando la mascella. «Ti sei slogata la caviglia, cazzo».

Forse mi si sarà slogata quando ho spostato la bambina, prima che...

Le sue dita fredde incontrano la mia pelle e io trattengo un sussulto.

«Dobbiamo legarla. Aspetta».

Si toglie la felpa e me la poggia sotto al tallone. Il dolore pulsa e devo stringere i denti per non urlare mentre annoda le maniche.

«Non muoverti. Provo a chiamare Nicolas». Estrae il telefono, sblocca lo schermo e il riverbero della luce gli si riflette sul viso, rischiarandogli le iridi. Cerca il numero in rubrica e si porta il cellulare all'orecchio. Resto in attesa, con il fiato sospeso e l'ansia che mi azzanna il cuore. Ci troveranno?

«Il telefono non prende» mormora. «Cazzo».

«Come facciamo? Non possiamo provare a sbloccare la porta?»

«Certo, come mai non ci ho pensato prima? Così, appena diamo il primo colpo, ci cade qualcosa addosso e vissero felici e contenti».

«Okay, è una pessima idea... ma almeno cerco di pensare a...»

Armeggia con il suo telefono. «Be', pensa a qualcosa di intelligente!»

'Ma perché mi rispondi così? Io non ti ho fatto proprio niente! Sai cosa, Teo? Voglio la verità. E da qui non puoi scappare'.

«Perché mi odi così tanto?»

«Io non ti odio, Wendy».

«Sì, invece».

«Okay, forse ti odio... ma è colpa tua». Si mette a sedere appoggiando la schiena contro la parete, con un braccio sugli occhi. Dev'essere esausto per avermi trasportata fin qua. Spero non sia ferito.

«Le guardi sempre così, le persone?» sibila.

Lo fisso confusa. «Ora, oltre a essere odiata senza un motivo, non posso neanche guardarti?»

«Perché dovresti guardarmi?»

«Perché non c'è nient'altro da guardare, qua». Razza di...

«Quindi anch'io dovrei guardarti...» Sposta il braccio da davanti agli occhi e li punta su di me.

Le mie guance prendono fuoco e il cuore mi schizza in gola. Dovevo starmene zitta.

«Sei agitata?»

«No».

Si avvicina. «Sicura?» Le sue dita mi sfiorano la pelle della caviglia, provocandomi un brivido. Poi mi circonda il polso con i polpastrelli, e quel contatto mi risucchia il fiato dai polmoni. «Perché hai i battiti accelerati?»

'Perché sei dannatamente vicino'. «N-non è nulla...»

«Hai paura?»

«Di morire? Direi di sì...»

Lo fisso negli occhi e alzo il mento, ma lui si allontana.

«Ci troveranno. Stai tranquilla, usciremo da qui».

Tra di noi cala di nuovo il silenzio.

28
Cappuccetto Rosso

Kinan

L'oscillazione del piccolo lampadario bianco cattura la mia attenzione. Sotto ai miei piedi, il pavimento trema sempre più forte e i quadri alle pareti sbattono contro l'intonaco. Ma cosa...?

«Il terremoto! Il terremoto!»

Scatto in piedi come una molla al grido di Isabella dal bagno e mi avvicino alla porta col cuore in tumulto, mentre i suoi genitori ci raggiungono al piano superiore.

«Isabella! Stai bene?» gridano.

Mi guardano come se le avessi fatto del male. Ipocriti.

«S-sì, credo...» bisbiglia lei.

«Sta' tranquilla, è solo una piccola scossa, passerà presto. Fa' dei respiri profondi» mormora suo padre, mentre il tremolio si interrompe. «Inspira... ed espira. Inspira... ed espira. Inspira e...»

Lo squillo del telefono mi fa sussultare. Mi allontano per rispondere.

«Nicolas, dim...»

«Kinan, devi correre qui! Teo è rimasto bloccato con Wendy dentro il magazzino del cinema!»

«Che cosa?» Per poco il cellulare non mi scivola dalle mani. «Com'è successo?»

«Non lo so... è stato tutto talmente veloce che non l'ho visto spostarsi. Adesso è bloccato lì dentro, non può uscire e manca solo un'ora allo scadere dell'effetto». La voce gli trema.

Cazzo. Prendo la giacca appoggiata sulla sedia. «Se non lo tiriamo fuori prima, sarà un bagno di sangue».

«I pompieri stanno spostando le macerie, ma ci metteranno un po'».

«Sto arrivando» taglio corto, chiudendo la chiamata.

Teo non può rimanere chiuso con un umano per così tanto tempo senza iniezione. Non può, lui non resiste mai. Sarà come avere un fiammifero acceso in una stanza piena di benzina.

Apro la porta della stanza, esco sul pianerottolo e imbocco le scale. 'Non posso spiegarti, perdonami Isabella. Non c'è tempo, e tu finiresti per odiarci a morte se succedesse qualcosa a Wendy'. Mi precipito al piano inferiore e scappo fuori chiudendo la porta alle mie spalle. Corro alla mia macchina parcheggiata nel vialetto ciottolato, spalanco la portiera, mi siedo e la sbatto con più forza del dovuto. Lancio un'ultima occhiata alla grande villa dei Liverly, sospirando. Mi dispiace... avrei voluto rimanere, però non ho scelta. Se Teo non ha l'iniezione, non si controlla. So quello di cui è capace. So come ci si sente dopo...

«Non ho resistito, il suo sangue mi chiamava... non ho resistito... sono un mostro!» mormora, fissandosi le mani inzaccherate e tremanti davanti al corpo sventrato di una donna.

Lo scatto della portiera mi riscuote.

Isabella sale in auto accanto a me. Si volta e mi fissa, le sopracciglia corrucciate e il viso contratto dal disappunto. «Di solito scappi dalle case degli altri mentre loro sono in bagno durante un terremoto? Mi sono anche preoccupata perché non ti ho sentito più da un momento all'altro».

«Devo andare. Scendi, ti spiego dopo».

«No che non scendo. Cosa succede? E sappi che, se anche riuscissi a farmi scendere, ti seguirei comunque».

Sospiro. Testarda di una ragazza... «Sto andando da Nicolas».

«Nicolas?»

«È al cinema in centro». Ci vorrà mezz'ora per arrivare da loro partendo da qui, spero di non trovare traffico.

Ingrano la marcia e faccio inversione nel parcheggio della villa. Se viene con me sarà in pericolo, soprattutto con un Teo irrazionale e molto affamato. Ma se Wendy scoprisse qualcosa di noi, lei sarebbe l'unica in grado di calmarla. E non posso perdere tempo a battibeccare, al momento. Spero solo che Teo resista abbastanza.

«Okay, mi sono persa».

«C'è un problema. Probabilmente lo saprai già, ma Wendy era al cinema con Nicolas e...»

Sgrana gli occhi, le guance perdono colore. «Sono... sono feriti? Stanno bene?»

«Non sono feriti, ma la situazione è peggiore. Lei è rimasta intrappolata con Teo... e a lui rimane meno di un'ora».

La paura la divora. «Meno di un'ora? Non dirmi che...»

Stringo il volante, le nocche sbiancano. «Che tra meno di un'ora l'effetto dell'iniezione sarà scomparso. Se non li tiriamo fuori in tempo, sarà un casino per tutti».

Teo

Il fremito del suo cuore mi chiama, invoca il mio nome. Lei non sa di essere rinchiusa con un mostro che potrebbe divorarla da un momento all'altro. Non sa di essere Cappuccetto Rosso nella tana del lupo. E non c'è nessun cacciatore a salvarla.

Si sposta, trascinandosi sulle gambe, e il suo odore invade l'aria.

«Dove stai andando?» sibilo tra i denti.

«Mi fa male la caviglia, voglio spostarla un attimo». Poggia il piede a terra e geme. «Dammi una mano, invece di guardarmi da lontano. Te ne stai lì in disparte, come se io fossi un mostro».

'Non capisci proprio niente, Wendy. Sto cercando di starti il più lontano possibile perché l'odore della tua carne e del sangue che ti scorre caldo nel corpo mi stanno inebriando la mente'.

«Non posso aiutarti».

«Stai scherzando?» sbuffa. «Santo cielo, sei proprio strano». Si sistema da sola, dandomi le spalle.

«Qualcuno mi sente?» urla un uomo oltre la porta. Dev'essere uno dei pompieri. Finalmente.

«Siamo qui! Tirateci fuori» grida Wendy.

«Quanti siete? Ci sono feriti?»

«Siamo in due, stiamo bene. Forse ho la caviglia slogata».

«Resistete ancora un po'. Ora spostiamo la trave e vi facciamo uscire».

'Ancora un po'? Come posso resistere ancora un po'?'

Appoggio la nuca contro il muro e chiudo le palpebre. Forse, se non la guardo, riesco a distrarmi e a non pensare alla sua carne...

«Stai bene?» mormora lei. «Sei pallido e hai la fronte sudata...»

'Smettila di parlarmi'. «Sto bene».

Ogni suo respiro, ogni battito, il flusso del sangue che scroscia nel suo cuore rimbombano in questo antro striminzito. La sua carne tenera si squarcerebbe in un istante sotto le mie unghie...

Merda, tra non molto si sveglierà la bestia dentro di me... il mostro che mi terrorizza.

Wendy

Tra poco saremo fuori da questo buco. La caviglia pulsa, le fitte si susseguono rapide e pungenti. Spero di non essermela rotta.

Allungo lo sguardo su Teo. Tiene gli occhi chiusi, la testa appoggiata alla parete. Ha la fronte coperta da un velo lucido impastato alla polvere, il volto contratto, pallido, le sopracciglia corrucciate. Il petto si muove rapido, Dio, spero stia bene...

Mi avvicino a lui, trascinandomi per terra con le mani e la gamba sana, e mi fermo a una decina di centimetri dal suo viso.

«Teo...»

Non si sveglia.

«Teo» sussurro, sfiorandogli il braccio.

Spalanca le palpebre di colpo e punta le pupille su di me.

Mi rivolge un'occhiata colma di stanchezza, lo sguardo privo di energie.

«N-non starmi vi-vicina... ti prego» dice, la voce è un mormorio graffiato.

'Non ti lascio solo. Sei qui per colpa mia...' Resto ferma accanto a lui. «Stai male? Cos'hai?»

Tace, nelle sue iridi balugina un tumulto di rabbia e dispiacere. Allungo la mano e gliela poso sulla fronte, sussulta mentre la pelle brucia sotto ai miei polpastrelli.

«Cazzo, sei bollente! Perché non mi hai detto che stavi male?»

Serra la mascella. «La conosci la favola di Cappuccetto Rosso?» mormora, afferrandomi il polso e allontanandolo con forza dalla sua fronte.

«Che cosa c'entra ora? Stai male, dobbiamo farti uscire per primo».

Sbotta in una risata lugubre. «Sei sciocca come Cappuccetto Rosso, piccola Wendy».

«E tu chi saresti? Il cacciatore?»

Il ghigno che gli taglia le labbra si smorza all'istante. «Il lupo ti dice di scappare, Wendy».

«Non ho paura del lupo».

«Hai paura, invece» ringhia e si fa più vicino, una scintilla macabra nei suoi occhi mi fa tremare. Accosta il viso al mio, il respiro mi scivola sulla pelle. Inspira a fondo nell'incavo del mio collo, scosta i capelli dall'orecchio. «Se ti dico che devi avere paura, allora devi averne» sussurra. «Ti svelo un segreto, Wendy».

Il calore del suo fiato mi fa venire i brividi. Mi pietrifico, il cuore rimbomba nel mio petto. Spero non lo senta. «Il mio segreto è che anch'io ho paura del lupo. Ho tanta paura di lui perché, una volta che prende il controllo, non so più come fermarlo. Non esiste un modo per domare i mostri, impari a conviverci». Fa una piccola pausa e inspira ancora. La punta del suo naso mi sfiora la mandibola e una scarica mi attraversa il corpo. «E tu, Wendy, il mostro che è in me non lo lasci tranquillo. Non lo fai mai. Sono stanco di trattenerlo».

Ma cosa sta dicendo? Mi tiro indietro per poterlo guardare meglio, ma serra la mano intorno al mio collo inchiodandomi al suolo.

«Teo, ma cosa...?»

«Shh... ti avevo detto di scappare» ansima sul mio viso, una vibrazione cavernosa nella sua gola. Mi stringe un polso, incombe con tutto il peso del suo corpo sul mio. Mi passa la lingua sulla pelle del collo, e ogni mio muscolo si irrigidisce.

«C-c-cosa stai facendo? Mi spaventi, smettila!»

«Non posso smettere, ti ho avvertita...»

Cerco di divincolarmi ma lui serra la presa, conficcandomi le unghie nella pelle. Un bruciore improvviso mi penetra la carne tra il collo e la spalla, come stretta da una tagliola. Le ciglia mi si bagnano di lacrime.

«T-ti prego, smettila» biascico, la voce fioca.

Lui si blocca, si stacca dal mio collo, mostrandomi il volto. Le iridi ambrate sono scomparse, inghiottite dal buio, dal nero. Sulla mandibola scorre una rete di linee scure. Che... che...?

Il suo respiro mi si infrange addosso in ondate calde, ma il sangue mi si gela. «È questo il lupo di cui hai paura?»

I suoi occhi di pece mi scrutano, attirandomi in quel buio.

«Hai ragione, fa paura. Fa veramente paura. Ma lui, non tu». Prendo fiato. «Tu, Teo, non mi spaventi e mai lo farai... quindi va' avanti, se devi». Ingoio un groppo di saliva. «Ricordi cos'hai detto? Che i tuoi buchi neri attirano gente come me. Ebbene eccomi qui, attratta dall'oscurità che tanto temi».

Allenta di colpo la presa intorno al mio polso, liberandomi il petto. Le linee scure gli scompaiono dal volto mentre respira affannato e si guarda le mani tremanti.

Getta gli occhi su di me, le iridi riprendono il colore ambrato, caldo, ma rifulgono di stupore.

«Dovresti avere paura... tu... io non capisco». Si porta un palmo al torace mentre scandaglia il mio viso, il mio corpo. Nello sguardo sono tatuati la colpa e il terrore, come se si fosse appena risvegliato da un incubo.

Il vociare dei pompieri all'esterno aleggia tra noi, interrompendo il silenzio. La porta viene schiusa e un fascio di luce filtra nel buio.

Mi giro verso Teo, che continua a fissarmi, e resto ferma. Nei suoi occhi l'astio è scomparso, non ce n'è più traccia. La luce si fa più intensa e i soccorritori ci raggiungono correndo. Tra loro compare Kinan, che circonda Teo all'istante col braccio e lo fa appoggiare contro una parete. In una mano stringe una siringa, gli conficca in un colpo solo l'ago nella pelle e preme lo stantuffo.

«Wendy! Stai bene?» Isabella si fa largo tra i pompieri e si precipita verso di me, mentre due paramedici mi spostano su una barella. Mi scruta con estrema attenzione. «Mi rispondi? È tutto a posto? Stai bene?»

Resto imbambolata a fissarla, senza dire niente.

«Che le hai fatto, eh? Parla! Perché hai quella faccia?» sibila Kinan a voce bassa.

Mi volto per osservarlo, tiene Teo per le spalle.

«Mi sono fermato... mi sono fermato da solo».

Kinan allenta la presa su di lui, lo stupore dipinto sul viso. «Che stai dicendo?»

Teo scuote il capo, gli occhi sbarrati. «Non so come ho fatto... l'ho guardata negli occhi e mi sono svegliato...»

Nicolas li raggiunge. «Razza di idiota! Non dovevi farlo! Lo sai in che situazione ci hai messo?» ringhia.

Vengo issata dal pavimento da due paramedici, mi trasportano fuori e perdo di vista Teo. Il soffitto pieno di crepe scorre sopra di me mentre avanziamo. Superiamo le porte del cinema e una piccola folla mi osserva passare. Mi caricano sull'ambulanza, trasferendomi con cautela dalla barella al lettino.

Isabella si intrufola all'interno e siede accanto a me, il viso preoccupato. Mi accarezza i capelli, liberandomi la fronte, ma di colpo si ferma e sgrana gli occhi, puntandoli sul mio collo. D'istinto tocco il punto che fissa e porto la mano davanti al viso. Una macchia rossa mi imbratta i polpastrelli, una goccia scorre lenta lungo il dito. Torno a lei, che tiene le labbra contratte in una linea sottile. Si accorge che la sto osservando e devia lo sguardo all'istante.

Perché ho l'impressione che sappia qualcosa che io non so?

29
Quando l'aria scompare

Wendy

«Non dovevi tornare a scuola così presto. Sei ancora debole».

«Non c'era bisogno di venirmi a prendere sotto casa. Sto bene, Issa». Le sorrido, chiudendomi la porta alle spalle. «Il dolore va molto meglio oggi. E poi mi stavo annoiando troppo a starmene rinchiusa qui dentro, ho passato tutto ieri sera a convincere mio padre a lasciarmi venire. Sto bene, davvero».

«Ti tengo d'occhio, sappilo» bofonchia lei.

Scuoto il capo mentre ci incamminiamo fuori dal viale.

Chissà come sta Teo... Il buio nei suoi occhi... il terrore, lo shock sul suo viso... che cosa gli è preso? Non era... umano. Avrei così tante domande... non vorrei forzarlo a darmi spiegazioni, ma da sola non riuscirò mai a trovare delle risposte.

«Sai se Teo sta bene?»

Issa punta i suoi occhi verdi su di me e indurisce i lineamenti. «È vivo e vegeto. Perché lo chiedi?»

«Nulla... è che non era molto in forma quando siamo rimasti intrappolati all'interno di quello stanzino. Era molto debole».

«La ferita che avevi sul collo sta guarendo?»

Mi sfioro il cerotto, sussulto a una piccola fitta. «Sì, è solo un graffio».

«Per caso, è successo qualcosa, lì dentro?»

Rallento il passo e mi volto verso di lei. «Dici a parte rimanere intrappolati in uno spazio minuscolo dopo un terremoto e sentire l'ossigeno scemare man mano? No... nulla».

'Se ti raccontassi quello che ho visto, probabilmente non mi crederesti. La verità è che nemmeno io so se è reale oppure no... se veramente le iridi di Teo sono diventate due pozzi di catrame, o se, per la poca luce e l'aria rarefatta, mi sono immaginata tutto. E poi cosa potrei dirti? "Sai, non sono certa di ciò che ho visto, ma Teo sembrava un mostro mutante-vampiro affamato con occhi e vene neri"? Mi prenderei per pazza io stessa. L'unica cosa certa è che devo parlare con lui. Voglio capire che cosa è successo, così da potermi mettere l'anima in pace'.

Una volta in classe, raggiungo subito il mio banco. Issa si siede accanto a me, mi mette davanti il libro di matematica e sistema il mio zaino sullo schienale della sedia.

Ma che fa? Mi schiarisco la voce. «Di solito c'è Nicolas nel posto vicino al mio».

Lei storce la bocca e porta il palmo all'altezza dello sterno, fingendo sdegno. «Stai dicendo che preferisci lui alla tua migliore amica?»

«Non ho detto questo».

«Ehi, Wendy, come stai?» mormora Kelly. «Ho saputo dell'incidente...»

«Me la sono vista brutta, lì dentro» mi massaggio la nuca, «ma sono viva e vegeta, fortunatamente. Tu stai bene?»

«Sì, sono uscita con gli altri delle porte di emergenza. Ci siamo presi un bello spavento... ma a parte tu rimasta bloccata e qualche altro spettatore un po' scosso, non è successo nulla di grave».

«Già». Le sorrido.

«Bene, sono contenta di vedere che sei di nuovo tra noi! Non ti sei persa nulla di eclatante, comunque. Ora vado a sedermi. Spero di uscire di nuovo con te e Nicolas, stavolta senza terremoti però!» ridacchia allontanandosi.

Lancio uno sguardo a Isabella, è intenta a posizionare matita, penna e righello in perfetto ordine sul banco. Nel frattempo ha allineato tre barrette energetiche di fronte a me. Mi vuole mandare in guerra, per caso?

«Issa, ma non ti pare troppo?»

«In caso ti sentissi debole. Non ti lamentare, mi hai dato pochissimo preavviso. Mi sono arrangiata con quello che c'era in casa».

La sua espressione concentrata, mentre dispone accanto alle barrette un brick di succo di frutta, mi fa sorridere.

«Wendy!»

Yuri attraversa la classe, si avvicina a me e mi dà un piccolo bacio sulla fronte. Passa gli occhi sul cibo sopra al banco e scuote la testa. «Se osi lamentarti, ti ammazzo» ridacchia. «Issa ha letteralmente saccheggiato la dispensa, stamattina. Ho pensato che volesse darsi alla fuga, ma poi ha detto che oggi saresti tornata a scuola, distruggendo le mie illusioni».

Lei lo fulmina con gli occhi. «Questo animale ha mangiato i cioccolatini che volevo portarti...»

Sorrido, commossa dal loro affetto. «Yuri, grazie per essere venuto a salutarmi, ma devi andare in classe, tra poco inizia la lezione» mormoro.

«*Touché*». Sorride, facendo arrossire le ragazze sedute intorno a noi, che non smettono di fissarlo. «A dopo!» Scompiglia la frangia della sorella, si volta e se ne va mentre lei lo maledice a bassa voce.

Torno a girarmi verso la porta e i miei occhi si incagliano in due iridi calde come caramello. I Red sono sulla soglia dell'aula, Teo è con loro. Il sollievo sul suo volto mi investe come un'onda. L'ansia nel mio petto e il dolore alla caviglia... svaniscono. Scema il chiacchiericcio dei nostri compagni, sparisce l'intera aula. Scompare tutto, tranne noi due.

Lui punta gli occhi sul mio collo e nel suo sguardo passa l'ombra del senso di colpa. D'istinto copro il cerotto con la mano mentre Kinan gli dà una pacca sulla spalla. Teo si riscuote e raggiunge il suo posto. Giro il capo verso Nicolas, che mi saluta con un cenno della mano. Ricambio con un sorriso. Indica la mia caviglia e gli mimo un 'okay' con le labbra e le dita, mentre il professore entra in aula a passi svelti.

«Allora, ragazzi» poggia la valigetta sulla cattedra e si siede, «cominciamo, è tardi!»

Chino il capo sul libro, ma onde di brividi caldi mi si arrampicano sulla schiena. Mi sta guardando. Sono certa che sia lui.

Il trillo continuo della campanella mi riscuote. Non è possibile che sia passata già un'ora...

Il professore scatta in piedi. «State tutti calmi. È una prova antincendio. Uscite dalla classe, mettetevi in fila e andiamo verso il punto di raccolta fuori dall'edificio. Mi raccomando, massimo ordine!»

Mi alzo in piedi, mescolandomi tra gli altri. Il trambusto iniziale si dirada mentre usciamo dall'aula e ci mettiamo in fila. Mi giro verso Isabella, ma non è più dietro di me. Issa?

«Andiamo, forza». Nicolas mi sospinge, una mano sulla schiena.

Oltrepassiamo le porte di emergenza, ci riversiamo all'esterno e raggiungiamo il punto di raccolta. La cerco con gli occhi tra la massa di studenti mentre il mio cuore accelera. Perlustro tutto il cortile, ogni singolo volto... nulla. Non c'è. L'ansia mi rivolta lo stomaco.

«Perché sei spaventata?» Teo mi osserva, i suoi lineamenti si fanno tesi.

«Non trovo Issa...» sussurro con un filo di voce. Prendo aria, ma è come se mi mancasse.

«Prima ho sentito Amanda che ne parlava».

Mi volto verso di lei, chiacchiera con Kinan e Chris, e la raggiungo.

«Ragazzi, avete visto Issa?» mormora Teo, anticipandomi e attirando la loro attenzione.

«L'ho vista uscire prima che entrasse il professore, probabilmente stava andando al bagno». Chris si mette un dito sul mento. «Poi è scattato l'allarme, e nel casino non ci ho più badato».

L'angoscia mi si avvinghia alle ossa. «Issa è da sola!» strillo.

Lei non può... non può rimanere da sola! Non ora!

Teo mi guarda preoccupato, poggia una mano sulla mia schiena e l'accarezza.

«Perché, non può uscire con le sue gambe?» sibila Nicolas. «È solo una prova antincendio, non c'è un vero incendio».

«No!» sbraito. «Isabella è terrorizzata da ogni cosa che le ricordi un incendio!»

Kinan sgrana gli occhi, in un secondo si volta e scatta verso la scuola senza guardarsi indietro. Senza alcuna esitazione.

Kinan

Corro come un pazzo verso il bagno delle ragazze. Raggiungo la porta e la spalanco. Lei è di fronte a me, seduta sul pavimento, rannicchiata, le mani sulle orecchie e gli occhi sbarrati.

«Isabella!»

Mi avvicino. Non risponde, non si volta. Ha lo sguardo fisso nel vuoto come se fosse in un'altra dimensione, in un altro mondo.

Mi inginocchio al suo fianco. «Ehi...» sussurro mentre le accarezzo la schiena. Non si muove né reagisce. Sfioro la sua guancia con una carezza delicata, fatta con la stessa paura che si ha quando non si vuole far scoppiare una bolla di sapone.

Issa fa dei respiri sottili, come fosse affamata d'aria e non riuscisse a introdurre ossigeno nel corpo.

Le sposto le mani dalle orecchie. «Va tutto bene, respira piano. So che ti senti morire di paura in questo momento, so che è difficile... ma non è reale. Torna qui» soffio.

Inspira, la bocca schiusa, ma il fiato le resta in gola. La sua pelle si fa bianca, perlacea, e il battito aumenta.

«No, no, no». Le prendo il volto tra le mani. «Isabella, resta con me».

Mi guarda, gli occhi vacui e spaventati, terrorizzata da un mostro che non riesco a vedere.

«Adesso usciamo da qui». La stringo tra le braccia e d'improvviso grida. Grida fino a svuotarsi i polmoni.

Mi paralizzo. Erano anni che non sentivo urla piene di questo terrore, di un dolore seppellito da tempo, che ti prosciuga e ti fa mancare il respiro. Il mio stesso dolore.

Trema, è il ritratto di una foglia ancora attaccata al ramo e sospinta dalla bufera, una foglia che non riesce a cadere, sospesa a metà tra una stagione che non le appartiene più e un'altra che la uccide.

La porta si spalanca di colpo e Yuri entra nel bagno col fiatone.

Mi strappa Isabella dalle braccia. «Da quanto è così?» mormora.

«Da quasi dieci minuti».

Sbatte le palpebre, ricaccia indietro le lacrime. L'appoggia contro il suo petto e le accarezza i capelli. «Hai provato a spostarla?» Mi fulmina, gli occhi gonfi.

«Volevo portarla fuori, ma ha iniziato a urlare».

«Non va spostata. Issa non va spostata quando è così. Mai». Una lacrima gli percorre la guancia arrossata.

Non va spostata? Perché?

«È qui». La voce di una donna attira la mia attenzione. Tiene la porta aperta mentre, oltre l'uscio, due uomini preparano una barella. Un medico ci raggiunge, si accuccia su Isabella e le inietta un liquido lattescente in una vena.

Il tremore che la scuoteva si smorza piano. Lei china il capo sulla spalla di Yuri e socchiude le palpebre, il suo respiro torna regolare, il cuore pulsa più lento. Butta fuori un lungo sospiro, il dolore e il panico si spengono mentre si addormenta.

L'hanno sedata...

Yuri la solleva e la adagia sulla barella. Un paramedico le stende un lenzuolo addosso.

«Issa, tranquilla. Non ti lascio». Yuri si affianca alla barella con gli occhi lucidi e le stringe la mano. Mi volto indietro, lo sguardo puntato sull'angolo in cui era rannicchiata.

'Isabella è terrorizzata da ogni cosa che le ricordi un incendio!'

Wendy aveva gli occhi di chi aveva già visto questa scena in passato, e le lacrime di Yuri ne sono la dimostrazione. Non è la prima volta che succede.

Ha paura di ogni cosa che le ricordi un incendio. La ragazza dalle ali che la fanno soffocare nasconde un trauma talmente grande che la paralizza. Un dolore enorme, sigillato dentro un cuore tanto testardo.

È questo macigno che la àncora a terra e le impedisce di usare le ali.

È questo il motivo per cui non sa volare.

Perché il dolore la opprime.

30
Reagire al dolore

Dave

Le è successo ancora.

Per quanto io sia il più grande fra i tre, non riuscirò mai a toglierle quel dolore di dosso. Non riuscirò mai a farla smettere di soffrire così.

«Di sicuro ci saranno loro con lei, per quanto bravi possano essere dei genitori assassini» ridacchia Chris, cercando di darmi conforto con la sua ironia.

Rilascio un sospiro. «Voglio stare da solo».

'Se potessi fare una cosa per te, qui e ora, sarebbe alleggerirti, sorellina. Sono stato un egoista ad allontanarti dopo che ho visto Veronica morire. Non ho pensato a te, ma solo al mio dolore, e al fatto che il tuo viso mi ricordava troppo quello della donna che me l'aveva strappata via. Ogni volta che mi sorridevi, ogni volta che mi guardavi, mi ribolliva il sangue. Ho pensato fosse la scelta giusta tenerti lontana... ma ho fatto un casino'.

La luce del sole che tramonta passa tra le foglie, fendendo l'aria con i suoi raggi aranciati. Piego il collo e appoggio la schiena alla panchina. Chissà come si sentirà, una volta sveglia. Conoscendola, cercherà di mascherare l'episodio, di minimizzare il dolore con qualche battuta ironica. Lo ha sempre fatto.

«Hai intenzione di rimanere qui e crogiolarti tra assurdi e stupidi sensi di colpa?»

«Chris, smettila» tuona Kinan, sedendosi di fianco a me.

Chiudo gli occhi, sospirando. «Voglio rimanere da solo, ho detto. Tornate dentro».

«E ti dobbiamo lasciare qui a deprimerti per qualcosa di cui non hai colpa?»

Spalanco le palpebre. «Per qualcosa di cui non ho colpa? Mia sorella è in ospedale, dopo aver avuto uno dei suoi bruttissimi attacchi di panico, e non posso neanche andare a trovarla per starle accanto quando si sveglierà... tutto perché odio i miei genitori. Mi sento veramente una merda, Chris».

«È colpa tua se Issa ha attacchi di panico?» sbuffa.

«Io vi ho aiutati, sempre. Ci sono sempre stato per voi...»

«Per questo siamo qui» mormora, portandosi indietro i capelli neri. «Tutti quanti là dentro sono preoccupati per te. Non ti abbiamo mai visto così giù di morale, Dave».

«Questo perché Isabella è il mio tallone d'Achille. Colpisci lei, cado io» sussurro mentre Kinan punta lo sguardo sul mio volto. «Issa è mia sorella, e io da fratello maggiore avrei dovuto proteggerla, aiutarla, sostenerla e starle accanto. Non l'ho mai fatto. Sono sempre rimasto in disparte per colpa dell'odio che nutrivo nei confronti dei miei genitori. Ho cercato la vendetta, lasciandola in disparte. Voi...» sospiro. «Voi non potete minimamente immaginare quanto sia stato brutto per lei vivere tutte quelle cose da sola. Non ne avete idea...»

«Ti sei preso cura di noi».

Abbasso lo sguardo a terra, respiro. «Io... non mi pento di avervi aiutato, non mi pento di essere stato dalla vostra parte. Ma a volte avrei tanto voluto essere stato più gentile con lei».

«Ti stai dando la colpa, Dave» mormora Kinan, guardandomi.

«Mi sto dando la colpa perché, se avessi fatto un po' più il fratello, ora lei sarebbe più felice, credetemi. Non l'ho saputa proteggere. Vivere con la paura di sentire improvvisamente un allarme fa schifo. La prima volta che le è successo io non c'ero. C'era Yuri con lei. L'ho vista da lontano sulla barella: era bianca come un fantasma e tremava tanto, così tanto, che avrei voluto abbracciarla solo per farla stare ferma. Solo per calmarla un po'. Non avevo mai capito l'entità del dolore che si portava dentro Isabella, perché era ed è troppo brava a nasconderlo. Lo nasconde a tutti, e a volte anche a se stessa».

Non sono mai riuscito ad alleggerire il dolore che ha dentro. Mai. Una ragazza della sua età non dovrebbe portarlo, quel peso, ma lei ci è cresciuta. Ha imparato a conviverci. Ed è una cosa pericolosa imparare a convivere con il dolore, perché dopo un po' non lo riconosci più come un nemico. Il dolore non è fatto per vivere vicino all'uomo, ma lei lo ha come inglobato in sé. La guardi e non capisci se ha smesso di soffrire o se non ha neanche iniziato.

«Tremava tanto?» chiedo a Kinan, seduto alla mia destra.

«Molto».

«Quanto è durato?»

«Poco più di dieci minuti, l'hanno subito sedata».

Annuisco con il cuore in gola. 'Dieci lunghissimi minuti'.

«Sai, non sembrava affatto la Issa cazzuta e schietta che ci ha spiati nella foresta, che ha dato uno schiaffo ad Amanda e che gliene avrebbe dato anche un altro» soffia Kinan.

«Già, è una piccola teppista... lo è sempre stata. Ricordo ancora quando passavamo i pomeriggi a giocare insieme. Mi faceva da bodyguard e fulminava ogni bambina che osava disturbarci. Sembrava una killer in miniatura, nonostante i suoi occhioni verdi, il sorriso, le guance paffute. Lei è una boccata d'aria fresca. Bella e testarda fino alla fine».

Kinan si alza in piedi. «Recupera il tempo perso con lei, Dave. L'hai trascurata un po' anche per colpa nostra. Prendersi cura di più di venti bambini con poteri soprannaturali e con il desiderio di uccidere ti ha rubato attimi della sua vita. È ora di starle accanto».

«Prendo la macchina, vi accompagno». Chris s'incammina verso il parcheggio.

«Ci saranno mamma e papà» mormoro.

«Noi non stiamo andando da loro, stiamo andando da tua sorella». Kinan mi poggia una mano sulla spalla e incurva le labbra. «Metti da parte l'astio».

Mettere da parte l'astio. Dovrei imparare a farlo, seriamente.

Isabella

Cadere nel vuoto.

Essere così scoperti, così vulnerabili e poco protetti.

Il panico mi frega ogni volta.

Perdo il contatto con la realtà, intrappolata in un castello di bugie. E mi immedesimo in Rapunzel dai lunghi capelli scintillanti, imprigionata in una torre a parlare con gli animali della giornata di sole che si prospetta.

La verità? La cruda e spaventosa verità? Non ho dei capelli scintillanti, ma solo paure infinite che graffiano la pelle. Non parlo con gli animali di una bella giornata di sole, ma urlo nella lingua della sofferenza, che infetta le menti più deboli.

L'ultima verità? Non sono la bella e dolce Rapunzel che viene salvata dall'amato principe. Sono Isabella, la ragazza che protegge il dolore e che lo custodisce.

Sono matta... Chi mai proteggerebbe il dolore, quando l'unica cosa che le persone cercano di fare è espellerlo? Dal dolore si scappa, solitamente, ma questo non vale per me... il dolore tiene vivo un ricordo che mi dona ossigeno, perciò mi ci aggrappo, lo proteggo, pur sapendo che mi consuma.

La cosa terribile è il risveglio. È la parte più brutta. Apro gli occhi e all'improvviso mi ritrovo l'attenzione di tutti addosso. La maggior parte delle persone mi guarda con compassione, quasi avesse bisogno di un memo per ricordarsi che la sofferenza non ha pause. I miei attacchi di panico funzionano come led: la gente nota il dolore e mi compatisce, passa un po' di tempo e se lo dimentica. Un ciclo infinito. E provo a rimandare il più possibile quelle occhiate piene di pietà temporanea, ma so che devo affrontarle. Di nuovo.

Schiudo le palpebre, la luce dorata che filtra dalla finestra mi abbaglia per un istante. Metto a fuoco le pareti verdine che mi circondano, le lenzuola bianche, un séparé grigio chiaro, il tubicino collegato alla mia mano. La solita stanza d'ospedale.

In fondo al letto è appoggiato Yuri, i gomiti sul materasso. Si tiene la testa tra i palmi, le ciocche castane tra le dita. Wendy, accanto a lui, gli accarezza la schiena, senza parlare. Vederli così uniti mi fa sorridere.

«È successo ancora, vero?» bisbiglio con voce roca e flebile, interrompendo il silenzio.

Si voltano di scatto, alzandosi, gli sguardi traboccanti di sollievo. Mi abbracciano con delicatezza, come se stringessero un fiore di cristallo. La mia domanda rimane sospesa in aria. D'altronde, i loro silenzi bastano come risposta.

Si staccano da me e sui loro visi cala l'ombra del senso di colpa.

'No, vi prego... non fatelo. Il mio dolore non è vostra responsabilità... è solo mia'. Io ho perso il controllo, ancora una volta.

Wendy mi osserva, il mascara sbavato le disegna righe traballanti lungo le guance. Yuri mi stringe la mano, le palpebre gonfie.

«Scommetto un rene che hai pianto come una mammoletta» lo prendo in giro, ricambiando la sua stretta.

«Il tuo rene è salvo solo perché sono una persona sensibile».

Sposto lo sguardo su Wendy. «E tu non sei svenuta questa volta, congratulazioni! Abbiamo una vincitrice» sorrido.

«La smetti di fare ironia? Non sono svenuta perché bastava tuo fratello che piangeva come un bambino».

«Tutta colpa della polvere. Della maledetta polvere, sai che sono allergico!» Yuri si strofina gli occhi, tirando su con il naso. «Vado ad avvisare mamma e papà, sono usciti a parlare con il medico».

Una volta sole, Wendy si siede sul materasso accanto a me. La sua presenza mi avvolge, calma il mio cuore, mi rassicura. Chiudo gli occhi e poso la testa sulla sua spalla. Proprio come facevamo da piccole.

Lei sa tutto. Sa che rivivo ogni singolo istante di quel giorno. Io che disegno, il nonno che ride, il paesaggio che scorre velocemente dal finestrino dell'auto, l'edificio enorme, i giudici, il mio premio... le fiamme.

La gola mi si stringe in un nodo. Deglutisco per cacciarlo indietro e mi mordo il labbro tremolante. Non voglio piangere.

«Va tutto bene» sussurra, sfiorandomi il capo. Rimaniamo abbracciate per qualche secondo.

«Pensi che le cose sarebbero potute andare diversamente, se mi fossi opposta?»

«Le cose sono andate come dovevano andare. Il caso non esiste».

«Eppure, avrei tanto preferito essere io quella rimasta incastrata. Se avessi capito tutto sin dall'inizio... se non avessi mai disegnato...»

«Shh...» Wendy mi accarezza i capelli, con un tocco lento e dolce. Un tocco che mi permette di respirare un po' di più.

31
Inganno

Isabella

«Dovresti riprendere le sedute... da quand'è che non ci vai più?»

«Tua madre ha ragione, Isabella...» Papà si schiarisce la gola. «Ne hai bisogno».

Sbuffo e rivolgo lo sguardo oltre il vetro della finestra. Un grosso stormo disegna onde nel cielo, muovendosi in sincrono, come se respirasse. Vorrei essere così libera. Vorrei respirare anch'io.

La porta si spalanca, calamitando la mia attenzione. Dall'uscio, Yuri mi osserva con un sorrisetto stampato sulle labbra. «Issa, hai una visita».

Accanto a lui compare Dave, che mi rivolge un'occhiata timida. Rimane distante, impalato davanti alla porta, con gli occhi lucidi e delle leggere ombre a infossargli il volto.

«Dave?»

La voce di mamma è un sussurro incredulo. Papà si alza in piedi, la bocca spalancata. Lo scrutano con una scintilla d'amore e di nostalgia sul viso ma non si muovono dal mio letto, quasi non osassero avvicinarglisi per paura che la sua immagine si dissolva.

«Sono venuto a vedere come sta Issa» mormora.

Mamma annuisce e china il capo, afflitta. «Tu... stai bene?»

«Sono vivo».

'Ti capisco, Dave. Capisco perché non riesci più a dispensare sorrisi a mamma e papà. Sei così diverso dal Dave che conosco io... distaccato, gelido, apatico... ma non ti biasimo. Anch'io fatico a guardarli negli occhi e a fingere che sia tutto a posto. Ci sono momenti in cui mi sento soffocare da questo teatrino, momenti in cui vorrei soltanto urlare loro tutte le domande che ho in testa. Ma mi trattengo'.

«Vi lasciamo soli». Papà prende mamma per mano e la conduce alla porta, mentre i miei fratelli entrano nella stanza.

Dave si sposta per evitare anche solo di sfiorarli. Mamma lo nota ed esce a spalle incurvate senza dire una parola.

«Mi dispiace, Issa» sussurra Dave, la voce tremante. «Scusami. Non ti sono stato vicino... io non ci sono mai per te. Hai affrontato tutto questo da sola. Potrai mai perdonarmi?»

«Vieni qui». Batto il palmo sul materasso.

Lui si avvicina piano e si siede sul bordo del letto. Gli prendo le mani tra le mie e le accarezzo. «Sei proprio uno stupido, Dave. Non è colpa tua. In che lingua devo dirtelo?»

«Sì, invece. Se solo ci fossi stato... avrei dovuto starti accanto. Invece... ti ho lasciato da sola. Completamente sola. Una bambina di dieci anni non dovrebbe mai vivere e sopportare certe cose».

Ha il viso stanco, e le lacrime che minacciano di franare dall'orlo delle palpebre.

Eppure, è strano vederlo di fronte a me, così distrutto. Ed è strano vederlo dopo uno dei miei attacchi. Allungo il braccio e gli sfioro la guancia, asciugandogli una lacrima rotolata giù. «Dave, non sarebbe cambiato nulla. Fidati. Non hai colpe».

«Ma guarda come sono messo... io piango e tu mi consoli. Dovrebbe essere il contrario, no?»

«Ve lo dico anch'io». Alzo il tono della voce per attirare l'attenzione di Yuri. «È da quando sono sveglia che consolo tutti».

«Sono una persona sensibile, okay?» sbuffa lui.

Dave incurva le labbra all'insù e scuote il capo. 'Finalmente hai tirato fuori un sorriso!'

Non deve soffrire per me, non voglio che si faccia carico anche di questo. «Dovete smetterla, tutti e due. Non potete ridurvi in questo stato quando sto male. Non è colpa vostra e non dovete reagire così. Promettetemi che non lo farete più».

«Non posso promettere nulla» si lamenta Yuri.

«Quanti anni avete? Non voglio più vedervi in questo stato. Questo è un ordine!» Increspo le labbra in un'espressione autorevole.

Dave mi sorride e con una mano mi scompiglia la frangia. «La mia piccola sorellina...» Le sue dita mi sfiorano le ciocche, dolci e delicate.

Chiudo gli occhi, beandomi della sua presenza, ma dei colpi leggeri sulla porta interrompono le sue carezze.

«Sono i ragazzi. Mi hanno accompagnato loro qui» mormora. Mi lascia un bacio sulla fronte e si alza dal letto. Mi dedica un'ultima occhiata, accenna un sorriso ed esce fuori.

'I ragazzi'? Com'è possibile? Qui ci sono mamma e papà...

«L'hanno scortato i Red?» Yuri mi legge nel pensiero. «Vado a controllare».

Si allontana anche lui, lasciandomi da sola. Allungo il braccio verso il telefono sul comodino. Sul display lampeggia un messaggio di mamma: 'Siamo andati a casa a recuperare un cambio per te. Ti voglio bene. A dopo'.

Per fortuna. Non so chi avrebbe reagito peggio, se i miei o i Red.

Il cigolio della porta mi fa alzare gli occhi dallo schermo. Il mio sguardo si riempie dei riccioli ramati di Kinan.

«È qui la bella addormentata?»

«Spiacente, sono già sveglia. Nessun bacio per oggi».

«Direi che stai bene, la tua vena ironica è più che in forma».

Chiude la porta dietro di sé, avvicinandosi lentamente. Si siede sul bordo del letto e mi scruta, un luccichio d'apprensione negli occhi. «Ci hai fatto preoccupare tanto» bisbiglia.

Il mio cuore s'impenna e corre al galoppo. «Ho fatto preoccupare anche te?»

«Ci sei riuscita». Sorride, e sulla guancia destra gli compare la fossetta. Le mille lentiggini sulla sua pelle sembrano risplendere, colpite dalla luce del sole che filtra dalla finestra.

Mi perdo nel verde dei suoi occhi e ogni paura o ansia scompare. È strano... Kinan, che non ha nulla di tranquillo in sé, riesce a trasmettermi una serenità che non provavo da tanto.

«Sai, ti stavo per spostare, in bagno».

Inarco il sopracciglio. Mi stava per spostare? Quindi mi ha...?

«Mi hai trovata tu? Non Yuri?»

«Yuri è arrivato subito dopo».

Abbasso lo sguardo. Chissà che effetto deve avergli fatto vedermi in quello stato. Si è spaventato? Era inorridito?

«Hai urlato e mi hai trafitto l'anima. Ho capito che probabilmente la tua testa calda nasconde più di quanto mostri» sussurra, mentre mi scompiglia i capelli con la mano.

Stringo il lenzuolo tra le dita. «Hai... hai cambiato idea... su di me?»

«Perché dovrei cambiarla? Soffrire è umano. Sei la solita Isabella che indossa felpe imbarazzanti con scritte da *psycho*».

Il sollievo che mi investe mi fa sorridere. «Quando ho avuto uno di questi attacchi di panico, qualche anno fa, i bambini hanno iniziato a trattarmi con pietà». Abbasso gli occhi. «Ho odiato così tanto quella sensazione e quegli sguardi, che ora faccio di tutto per tenerlo nascosto» bisbiglio.

«Ti assicuro che l'ultimo dei sentimenti con cui ti guardo è la pietà, *Isabella*».

Torno a osservare il suo viso, la sincerità che risplende nelle sue iridi mi fa arrossire. 'Mi fai sentire al sicuro... così tanto che vorrei fare qualcosa che non ho mai fatto prima'.

«L'urlo... se vuoi te lo spiego. Non sei obbligato, se non...»

«Ti ascolto».

Lo fisso per qualche istante e sospiro. «Ti racconto una storia che non ha un bel finale, e la gente di solito non ascolta le storie che non hanno un lieto fine». Chi mai è disposto farlo?

«Io le ascolto, invece» mormora, lo sguardo deciso e il tono sicuro.

'Tu vuoi davvero...?' «Okay».

Sette anni prima

Franck

Osservo Issa mettersi in fila assieme agli altri bambini e il cuore mi scoppia d'orgoglio. Tiene tra le mani il disegno che ha fatto, lo stringe forte, mentre i suoi occhioni verde chiaro scrutano i presenti, brillando d'eccitazione.

«Vi ringrazio in anticipo per aver partecipato. Ringrazio i nostri piccoli concorrenti e i loro bellissimi disegni».

I genitori applaudono, seduti di fronte al palco, mentre immortalano i loro figli con i telefoni. Isabella cerca me in platea, e io alzo la mano in aria per farmi notare. Lo sguardo le si illumina di colpo e un grande sorriso le modella il volto paffuto, rosso per l'emozione. Le indico con la mano il trofeo e lei scuote la testa.

'Tu non credi molto nel tuo talento, ma scoprirti amare la mia stessa passione mi ha dato tanta di quella forza che neanche immagini'.

«Il vincitore di questa gara è...»

L'ansia sul suo visetto torna più forte che mai. Guarda il presentatore al microfono a occhi sgranati.

«La piccola Liverly!»

Mi alzo in piedi per applaudire, seguito da tutti gli altri genitori. Isabella mi sorride mentre trotterella verso il leggio. Ritira il premio e lo solleva in alto, guardando verso di me.

«È per te, nonno!»

Le mando un bacio pieno di affetto, mentre i miei occhi si inumidiscono. In sottofondo, rimbombano gli applausi dei presenti.

«Lo dedichi a tuo nonno?»

«Mi ha insegnato lui tutto quanto. Ho disegnato il suo volto per questo, perché gli sono molto grata».

Le sue parole commuovono la folla dei genitori e il mio cuore. È la mia piccola anima felice. Ha qualcosa dentro che fa respirare gli animi anziani e stanchi come il mio.

Scende dal palco, il premio nella mano sinistra e il disegno del mio volto nella destra. Mi viene incontro, anche io muovo due passi verso di lei, ma un colpo fa sussultare la sala.

Un bagliore rossastro si diffonde sulla parete in fondo mentre la sirena di un allarme ci paralizza. Si alza del fumo nero, riempiendo la sala.

Qualcosa sta andando a fuoco.

Il pianto dei bambini e le urla dei genitori squarciano l'aria, gli spessi tendoni vengono avvolti dalle fiamme. Intorno a me scoppia il caos, le persone si ammassano verso l'uscita, il volto nascosto nei gomiti o coperto da foulard. Colpi di tosse inframmezzano le grida e i miei occhi disperati cercano lei.

«I pompieri! Chiamate i pompieri!» strilla una donna.

«Isabella! Dove sei, piccolina?»

Il fumo si addensa mentre il fuoco divora il palco di legno.

«Tesoro, il nonno è qui!»

«Nonno!»

La sua vocina fa accelerare il mio cuore mentre scanso quelli che si accalcano verso le porte antipanico.

I miei occhi si posano sul suo visino atterrito. Ha dei graffi sulla fronte e resta rannicchiata a terra, accanto alla scalinata che porta al piano superiore, con il disegno stretto tra le braccia.

Mi avvicino, tossendo per il fumo inalato. «Isabella, mi senti? Usciamo da qui, forza».

«Ho p-paura» pigola, la fuliggine le colora le guance di nero.

La prendo in braccio e mi volto, ma il corridoio soppalcato crolla davanti a noi, fiamme e scintille emanano calore e si fanno più pericolose. Una scarica d'adrenalina mi fa sussultare. Mi accuccio subito a coprirle il corpicino col mio, mentre in lontananza si diffonde l'eco delle sirene.

I pompieri sono quasi arrivati... dobbiamo resistere un altro po'.

Riporto l'attenzione su di lei, dal taglio che ha tra i capelli cola un piccolo rivolo di sangue. Prende aria dalla bocca, l'affanno le scuote il petto e la testa le ciondola.

Se non faccio qualcosa subito, sarà la fine per entrambi.

La prendo sulle mie spalle. «Isabella, te la ricordi la storia delle Ali di Fata?»

«C-cosa c'entra o-ora, nonno?» biascica.

«Tu ami le mie sto...» Tossisco, coprendomi la bocca. Il sapore rugginoso del sangue sulla lingua mi terrorizza.

Isabella scoppia a piangere. «Nonno, stai male?»

Schiudo le labbra per rassicurarla, ma il fracassarsi di un vetro mi distrae. Un pompiere ha spaccato una finestra oltre la cima scale.

Assicuro Isabella alla mia schiena e mi sposto sui gradini. «Piccolina, tieni gli occhi chiusi, così arriviamo presto» mormoro, evitando di calpestare un uomo esanime riverso sulla scala. A ogni passo il legno crepita, il sudore mi cola lungo le tempie.

Il pompiere si accorge di noi. «Abbiamo dei sopravvissuti!» sbotta al suo walkie talkie. «Rimanete pronti!» Mi fa cenno di avvicinarmi di più, allunga un braccio e mi tende la mano.

Salgo un altro gradino, ma un capogiro mi coglie e di colpo la vista mi si offusca. Mi piego sulle ginocchia, mettendo giù Isabella. «Va' avanti, tesoro, il nonno ti raggiunge subito».

Lei annuisce e si avvia stringendo il disegno sotto al braccio.

Un accesso di tosse mi priva del respiro. Appoggio il gomito a terra per qualche secondo. Il calore ci divampa intorno sempre di più e la struttura di legno scricchiola sotto di noi. Crollerà tutto da un momento all'altro. Non c'è scampo.

«Nonno?»

La sua vocina mi spinge a rimettermi in piedi e a compiere un altro passo, ma un rombo mi blocca. Il bastone di un tendone si stacca e mi centra la spalla, trascinandomi a terra. Dalla parete precipitano calcinacci che mi colpiscono alla gamba.

«Ah!» grido, il dolore mi strappa il fiato dai polmoni.

Isabella si volta, torna indietro e le sue manine mi circondano il viso. Mi mordo l'interno della guancia e soffoco un altro urlo. Lancio un'occhiata al polpaccio, un pezzo di cemento ha lacerato la carne, i pantaloni sono intrisi di sangue. Forse ho la gamba rotta.

«Abbiamo bisogno dell'équipe sanitaria, l'uomo è in gravi condizioni» gracchia il pompiere dalla finestra.

Torno a guardare lei, le faccio cenno di andare vicino alla finestra e mi trascino in avanti, strusciando a terra. La raggiungo senza fiato e la sollevo tra le braccia, lasciandola in quelle dell'uomo.

Isabella mi afferra la mano in un impeto di paura. «Vieni anche tu, nonno».

«Certo che vengo anch'io. Questo signore porta giù prima te e poi me. Siamo pesanti in due, non credi?» Sorrido, tossendo.

Il pompiere mi scruta, le palpebre umide. Capisce al volo le mie intenzioni.

Capisce subito che non ci sarà tempo di tornare a prendermi.

Capisce che può portare giù uno solo di noi, prima che crolli l'edificio.

Capisce che sto mentendo.

Abbassa lo sguardo e annuisce, rassegnato. «Forza, hai sentito il nonno? Andiamo, o non avremo tempo per venirlo a prendere».

Isabella scivola via dalla mia mano, facendomi tremare il cuore. Mi costringo a sorridere e a lasciarla andare.

«La tua gamba, nonno... c'è un taglio!»

«Dopo la fasciamo» tossisco, e il sangue mi arriva in gola.

Le sue iridi chiare traboccano di dubbi, mentre viene caricata in spalla dal pompiere.

«Ci vediamo di sotto, piccola guerriera».

Annuisce. «Ci vediamo di sotto, nonno».

Si aggrappa all'uomo con le sue manine. Lui mi rivolge un ultimo sguardo colmo di dispiacere e di una triste gratitudine.

Lo saluto con un cenno, una lacrima mi scivola sulla guancia.

'Ti prego, piccolina, non ti voltare. Io sarò sempre con te, ma tu ora non voltarti... non riuscirei a trattenermi. Voglio che tu mi ricordi con il sorriso'.

D'improvviso alza la testolina e mi cerca, il volto le si contrae nel panico, i suoi occhi verdi sbarrati.

'Non guardarmi così, come se ti avessi tradita. Il nonno vuole saperti viva ancora per molto tempo'.

In un impeto di rabbia improvvisa, realizza il triste inganno in cui l'ho dovuta far cadere. Si gira verso il pompiere e si di-

mena. Lancia un grido acuto che strappa l'aria e mi trafigge il cuore. Un urlo tanto doloroso che mi porto le mani alle orecchie, sperando di zittirla.

«Bugiardi, siete dei bugiardi! Riportatemi indietro! Voglio stare con il nonno, v-voglio andare d-da lui!» Scalcia e colpisce coi pugnetti la schiena del vigile del fuoco, che la stringe a sé. Mi affaccio alla finestra mentre arrivano a terra, facendo traballare la scala. Due uomini cercano di parlarle, di calmarla, di farla ragionare.

«Dovete salvare l-lui, non m-me! Lui! Avete sentito?» strepita. «S-signore, torni su, me l'aveva p-promesso! Torni su e prenda mio nonno. È f-ferito, è rimasto b-bloccato!» I singhiozzi le impediscono di parlare.

Mi accascio a terra, chiudendo gli occhi per qualche secondo. Il cigolio della struttura divorata dalle fiamme confonde le voci. Tossisco sul palmo, un fiotto liquido m'inumidisce la pelle. Sollevo la testa madida di sudore e schiudo le palpebre, gli occhi bruciano per il fumo. Il disegno di Isabella giace poco lontano da me. Mi trascino sulle braccia per raccoglierlo e lo stringo al mio corpo.

'Sei rimasta con me. Sarai sempre con me'.

Un boato e il suo grido disperato mi trascinano nell'oblio.

«Crollò tutto quanto e nessuno salvò mio nonno. Avevano deciso assieme di salvare me e non lui. Lo hanno fatto con l'inganno». Passo il dorso della mano sul viso bagnato di pianto.

Kinan rimane in silenzio con lo sguardo fisso nel vuoto. Chissà a cosa pensa... se sta immaginando ciò che gli ho raccontato.

«Hai urlato quando ti volevo spostare, perché inconsciamente rivivi il momento in cui ti hanno portata via da tuo nonno».

Annuisco. «L'urlo è l'unica difesa che sembro attivare» sospiro. «Ho urlato così tanto quel giorno...»

Kinan sposta gli occhi nei miei. Con delicatezza, allunga una mano sul mio volto, i polpastrelli mi accarezzano la guancia, lievi, timorosi. Rimango incantata dalle sue dita, che mi sfiorano con la paura di spezzarmi, e incateno lo sguardo al suo viso. Le sue iridi non rimandano quella pietà che traspare dagli occhi degli altri.

Si avvicina e bacia la pelle su cui scendono le lacrime, e a ogni bacio ne ho la certezza... c'è qualcos'altro. Qualcosa che non ho mai visto in nessuno.

«Ho preso le tue lacrime, lasciami prendere un po' di questo dolore. Solo così potrai imparare a volare».

«Il dolore è opprimente. Non penso tu lo voglia davvero».

Un'altra lacrima scivola giù, muovo le dita per arrestarla ma lui mi blocca il polso. Avvicina le sue labbra e la asciuga.

«Lo voglio davvero. Sono un tritacarte per il dolore. Lanciamelo addosso e vedrai. Lo ridurrò in poltiglia, Isabella. Non gli permetterò di avvicinarsi o di farti ancora paura».

L'animo mi si riempie delle sue parole.

'Kinan, se fai questo, come faccio a non aggrapparmi a te? Tutto, il modo in cui mi parli, il modo in cui mi guardi, mi urla di fidarmi, di darti veramente un po' del mio peso. Il verde smeraldo, la dolcezza del tuo sorriso, le labbra bagnate dal dolore delle mie lacrime. Tutto'.

Alza il palmo verso di me. «Nessun inganno, Isabella».

32
Falsi fidanzati

Isabella

Credo mi stia venendo un infarto... «È un'allucinazione? Lo vedo solo io?»

«No, lo vedo anch'io...» Yuri, al mio fianco, lo fissa con la bocca spalancata.

Okay, niente panico. Niente. Panico.

Kinan ride, poggiato alla fiancata dell'auto, divertito dalla mia reazione. Tiene le mani infilate nelle tasche dei jeans, la giacca di pelle nera sulle spalle e gli occhiali da sole sollevati sulla testa, tra i riccioli.

«Penso sia venuto a prenderci» azzarda Yuri.

«Mmh mmh...»

«Sembri piuttosto scioccata. Io direi che è un'ottima cosa, no?»

Certo, ottima.

Mi avvicino a Kinan. «Che cosa ci fai tu qui?»

«Sono venuto a prendere la mia ragazza».

«La tua cosa?»

«Penso abbia detto 'la mia ragazza'» ghigna Yuri.

Socchiudo le palpebre e gli scocco un'occhiata di fuoco.

«Ti ricordi che hai mentito ai tuoi genitori, *Isabella*? Porto avanti il gioco, è funzionale per entrambi».

'Funzionale'?

«In che modo ti sarebbe funzionale questa situazione?»

«In molti modi». Sorride, ammiccando maliziosamente.

Una vampata m'infuoca le guance e il cuore ha un sussulto. Distolgo subito lo sguardo.

Yuri emette un lungo fischio acuto. «Attenzione, qui c'è del feeling!»

Kinan si solleva dalla carrozzeria e apre la portiera. «Salite, non possiamo fare tardi a scuola» mormora. Si infila in macchina e accende il motore.

«Non osare mai più...» Non finisco neanche di parlare che Yuri sale in auto.

Kinan si allunga per aprirmi lo sportello del posto accanto al suo, ma io resto ferma sul vialetto, incrociando le braccia al petto.

«Devo fare quella cosa delle minacce che ti piace tanto?»

Molto simpatico...

Forse però è meglio evitare di perdere tempo a discutere: prima arriviamo a scuola, prima potrò allontanarmi da questi due.

Per non dargli soddisfazione, apro la portiera posteriore e mi siedo accanto a mio fratello, lasciandolo da solo davanti.

«Perdonala» Yuri si intromette subito, «non le hanno insegnato le buone maniere».

«Neanche a te, visto che sei salito in auto come un razzo» brontolo.

«Conoscendoti, mi avresti obbligato a farmela a piedi» replica, mentre mi fa una smorfia e si infila le cuffie. Fa partire della musica e inizia a canticchiare, lasciandomi in balia di Kinan.

Lui sposta lo specchietto retrovisore verso il basso, in modo da avere il mio viso sotto il suo sguardo.

Oggi mi vuole far innervosire davvero...

«Quello di solito la gente non lo usa per guardare dietro?» sbuffo, incenerendo i suoi occhi che non si staccano da me.

«Infatti, è quello che sto facendo».

«No, tu lo stai puntando su di me».

Incrocio le sue pupille, riflesse nello specchietto: hanno una scintilla di divertimento e di spensieratezza che le illumina. Più mi guarda, più sorride...

«Hai fame?»

«No. Guida e basta».

«Sicura? Ho preso delle ciambelle».

«Hai delle ciambelle?» Yuri si sposta in avanti, annusando l'aria nell'abitacolo.

Mi porto una mano sulla fronte, scuotendo il capo. Perché ho un fratello con il cervello collegato all'intestino? E soprattutto...

«Ma voi in teoria non dovreste sentire il sapore del cibo, o sbaglio?»

Yuri afferra il sacchetto di ciambelle che Kinan gli passa da davanti. «Una ciambella è sempre una ciambella, che si possa sentire o meno il suo sapore, va mangiata con rispetto» sibila con un'espressione seria.

«Lui non ha ancora iniziato a perdere il gusto. È per questo che sente ancora i sapori. Dopo qualche mese, inizierà a non sentirli più» mormora Kinan, rispondendo alla mia domanda.

Si ferma a un semaforo rosso.

«Spero che per quell'ora sarà tutto risolto e mio fratello sarà tornato come prima» mormoro, ottenendo un'occhiataccia da parte di Yuri.

«Speriamo. Se tutto andrà come previsto...» sospira, ripartendo al verde.

Inarco le sopracciglia. Cosa deve andare come previsto? Che cosa hanno in mente di preciso? Quanto darei per saperne di più, per conoscere i loro piani, quello che non mi dicono.

Yuri mi porge una ciambella al cioccolato. «La tua preferita».

La prendo e ne addento un pezzo, sollevando lo sguardo sullo specchietto. Le iridi smeraldo di Kinan brillano di divertimento mentre mastico. Che cos'ho di tanto divertente? Mah...

Entriamo nel parcheggio della scuola mentre tutti ci fissano. Kinan Daneer che scorta i Liverly diventerà argomento di gossip nei corridoi della scuola.

Kinan ferma la macchina, e non faccio in tempo a slacciarmi la cintura che mi apre lo sportello.

«Vuoi morire? Ci guardano tutti!» sibilo.

«Dai al pubblico ciò che vuole vedere, Isabella».

Metto un piede fuori e scendo dal sedile, fulminandolo. «E cosa vorrebbe vedere il pubblico, Kinan?»

Il mormorio degli studenti aumenta, ci osservano curiosi, spostando l'attenzione da me a lui.

«Non possiamo essere fidanzati solo a casa tua e qui no. Se vuoi che i tuoi non scoprano nulla e continuino a credere alla bugia che gli hai raccontato, da' al pubblico qualcosa di cui parlare. Facciamoci vedere vicini».

Merda, ha ragione. Mamma per sfizio sarebbe in grado di chiamare Teresa e chiederle se veramente mi sto frequentando con Kinan. Wendy mentirebbe per me, ma non lei.

«Andiamo?» Mi porge un palmo con un sorriso raggiante.

«A una condizione». Gli punto un indice davanti al viso. «Fingeremo solo quando ci guardano gli altri. Per il resto della giornata, manteniamo le distanze».

Annuisce. «Andata».

Gli prendo la mano, lui stringe la presa e mi sorride, come a volermi rassicurare. La sua pelle, morbida e calda, accarezza la mia.

Yuri storce la bocca. «Questo è *molto* strano. Non mi ci abituerò mai». Scuote la testa e ci supera.

Il rosso solleva un sopracciglio. «Uh... qualcosa mi dice che non hai mai avuto un ragazzo. Mi hai mentito, *Isabella*?»

«No, non mento mai».

«Non menti mai, eh?» Si morde il labbro inferiore, trattenendo un sorriso.

Avvampo, ma per fortuna lui distoglie lo sguardo. Continua a tenermi per mano e la mia pelle a contatto con la sua si arroventa, scariche elettriche mi percorrono tutto il braccio.

Stupido corpo che non risponde ai miei comandi. Speriamo che Kinan non si accorga che sto sudando...

Gli studenti nei corridoi ci fissano, puntano i loro occhi increduli sulle nostre mani.

Perfetto. Mi sono scavata la fossa da sola.

Gli scocco uno sguardo di sfuggita. Avanza deciso, il viso sereno, rilassato. Irradia sicurezza e la trasmette anche a me.

Averlo accanto mi fa sentire leggera, protetta, quasi... inscalfibile.

Rick mi passa accanto con un ghigno sul viso.

«Issa, ho saputo quello che è successo. Calo di zuccheri, tesoro?» Ride e i suoi amici lo seguono a ruota. Un ammasso di stupidi. Forse insieme riescono a formare un neurone.

Kinan si blocca, mi lascia la mano e si volta verso di loro. Il suo sguardo gelido è affilato come un coltello, mi fa rabbrividire. «Testa di cazzo, puoi ripetere cos'hai detto?» ringhia in tono caustico. Alcuni studenti si fermano a osservare la scena.

«Come mi hai chiamato?»

«Allora sei anche sordo, testa di cazzo? Ti ho chiesto di ripetere quello che hai detto. Ce la fai o hai bisogno dell'aiuto da casa?»

«Vuoi essere preso a pugni di prima mattina? Non mi interessa se sei un Red. Tu e la tua stupida congrega non mi siete mai piaciuti».

Kinan sorride divertito e Rick diventa rosso dalla rabbia. Gli altri due si mettono alle sue spalle per dargli supporto.

«Sta' zitto, Rick» sibilo, «non sai quello che stai dicendo». Prendo Kinan per il braccio. «Andiamo, dai».

«Sì, vattene, ché è meglio! Sai solo ridere e guardarci tutti come fossimo inferiori a te. Vai sempre in giro con quei tuoi amici e vi credete dei capi supremi, ma in realtà siete solo degli esiliati, e nessuno vuole degli esiliati qui. Tornate nella vostra parte della città, invece di stare con noi».

Batte il cinque ai suoi due compagni, sghignazzando.

Se sapesse in che guaio si è appena cacciato, forse la smetterebbe di ridere come un cretino e inizierebbe a scappare.

Kinan sposta la mia mano dal suo braccio senza degnarmi di mezzo sguardo. Si dirige a passi lenti e misurati verso di lui, un felino che punta la sua preda, avanzando acquattato al suolo.

«Caro Rick...» sputa il suo nome con gelido disprezzo.

Mi guardo intorno in cerca di qualcuno abbastanza forte da poter fermare questo casino, ma nessuno degli studenti ammassati in cerchio intorno a noi riuscirebbe ad arginare la situazione. Se ne stanno beati a godersi la scena come fossero al cinema. 'Fate pure, per i pop-corn in fondo a destra'.

«... scommetto che tuo padre non ti ha mai calcolato più di tanto. Non ti elogia mai, non è così? Per quanto tu cerchi di fare bella figura con lui... non fai effetto. A cena non fa altro che criticarti e paragonarti ad altri ragazzi che hanno sempre fatto meglio di te. Tu ci provi con tutto te stesso a renderlo orgoglioso, ma lui ti guarda solo con disprezzo...»

Rick si zittisce, bianco come un lenzuolo. I due scimmioni al suo fianco gli si parano davanti a denti stretti.

«Bill e Gate, giusto? Bill, hai finito di pagare il debito a quelli dell'altra scuola? Sono molto arrabbiati, lo sai? Come potrebbe reagire tua madre, medico nel reparto di neurologia dell'ospedale della città, se scoprisse che sei caduto di nuovo nel gioco d'azzardo? Sarebbe delusa, non credi? Gate, tuo fratello sa che vai in giro con loro? Da quello che ho capito, la tua media scolastica ne risente. Se tuo fratello, che lavora giorno e notte per pagarti gli studi, scoprisse che frequenti ancora questi due...»

Bill e Gate indietreggiano e lo fissano allibiti. Come tutti gli studenti intorno a noi.

A quanto pare le voci che giravano nei corridoi erano vere... mi chiedo come faccia Kinan a conoscere tutti i loro peggiori segreti, e per di più così nel dettaglio.

«Vuoi metterci alle strette con qualche informazione campata in aria? Solo perché ho detto quello che penso, che siete degli *esiliati* che nessuno vuole?» sbraita Rick. «L'avete notato, no? Sono diversi da noi, è evidente anche solo da come camminano. Sembra che nulla possa ferirli, affaticarli o disturbarli. Sono anormali. Quale essere umano, dopo aver fatto venti giri del campo, non è né sudato né stanco? Li ho osservati bene, e in mensa nessuno di loro mangia per davvero. Prendono qualcosa e giocano con la forchetta per qualche minuto. Non mangiano, non si stancano e non studiano mai, eppure le loro medie sono tutte alte. Come fanno dei ragazzi appena arrivati ad avere medie impeccabili?»

I nostri compagni iniziano a bisbigliare, fissando Kinan con sospetto.

«Stai dicendo che sono un alieno, Rick?»

«Forse, chi lo sa. Di certo non siete normali se vi hanno costretto a vivere rinchiusi in una porzione ristretta della città».

Kinan gli si avvicina fino ad arrivargli di fronte. «Allora cosa sono, Rick?» sibila, un ghigno gli taglia le labbra, scoprendo i denti. «Un vampiro, un licantropo, un mutaforma? No, ho trovato... una strega?»

Il cerchio di studenti intorno a noi scoppia a ridere, ma il volto di Kinan torna una maschera gelida, che trasuda astio.

Avanza ancora, facendo indietreggiare Rick sotto la sua altezza imponente. La ressa si scansa, rompendo il cerchio, e Kinan lo costringe contro il muro. Lui alza il mento, come a sfidarlo, ma di colpo impallidisce e sgrana gli occhi.

Il terrore nel suo sguardo mi fa avanzare di qualche passo fino a trovarmi di fronte a Kinan. Le sclere sono due abissi neri e le labbra, incurvate su un lato in un ghigno malefico, gli deformano i lineamenti. Sorride compiaciuto mentre osserva Rick paralizzato dalla paura, che non si muove, né parla.

I suoi amici lo raggiungono, e all'istante gli occhi di Kinan tornano alla normalità.

«Non ti faccio niente, non piangere. Non sono un licantropo, né un vampiro, e neppure una strega. Sono solo un mostro, proprio come mi hai descritto prima. Sono un brutto mostro molto permaloso. Mi stai ascoltando?»

Rick annuisce, deglutendo. Trema come una foglia, gli occhi ancora sbarrati.

Questa situazione non va affatto bene. Kinan lo sta spaventando a morte, Rick penserà di essere impazzito, resterà segnato per il resto della sua vita.

«Proprio perché sono un mostro permaloso, non mi piace come ti sei comportato».

«M-mi di-dispiace di averti... avervi insultato».

La voce tremante di Rick fa innalzare un mormorio tra gli studenti. Già prevedo quale sarà l'argomento di gossip di oggi...

«No, non è perché hai insultato me o i Red. Non è questo che mi ha dato fastidio». Kinan gli mette un braccio intorno alle spalle, facendolo sobbalzare dallo spavento. Se potesse, si farebbe la pipì addosso, ne sono certa.

«Vedi, tu hai parlato a Isabella con un tono che non mi è piaciuto affatto. Ricordi? 'Calo di zuccheri'...»

Gli occhi di tutti sono all'improvviso puntati su di me.

'Dannazione, Kinan, perché ti diverti a mettermi in situazioni del cazzo? Sono abituata ai commenti ignoranti. Sono abituata alla gente che, non sapendo dei miei attacchi di panico, pensa che siano svenimenti fittizi, fatti apposta per saltare ore di scuola. Hanno tutti in testa questo pensiero, poche persone sanno la verità. E a me è sempre andato bene così. Perché vuoi cambiare le cose? Perché?'

«M-mi dispiace I-isabella... per-per-per...»

Mi mordo il labbro, distogliendo lo sguardo. Vedere un ragazzo tremare dalla paura sotto gli occhi divertiti di quasi metà scuola mi fa sentire tremendamente in colpa. «Va bene così, Rick. Kinan, basta».

Kinan continua a fissarlo mentre gli dà una pacca sulla spalla, facendolo tremare più forte.

«Un'altra cosa: lei non è il 'tesoro' di nessuno. Se ti sento un'altra volta chiamarla 'tesoro', sappi che il mostro che è in me verrà a farti visita».

Che cosa? Si è veramente arrabbiato perché mi ha chiamata 'tesoro'?

Si allontana da lui e mi raggiunge, l'espressione compiaciuta sul viso. Mi avvolge le spalle con il braccio e mi conduce verso la nostra classe, lasciando Rick e gli altri due nel corridoio.

«Era proprio necessario?» mormoro a denti stretti.

«Sì, molto».

«'Sì, molto'? Era necessario per cosa, esattamente?»

Si ferma subito fuori dalla classe.

«Ti aspetti che faccia finta di niente quando parlano con superficialità e leggerezza di te?» I suoi occhi grondano disappunto, come se volessero sgridarmi.

Faccio spallucce. «Sono abituata, hanno sempre fatto così».

«Okay, da oggi in poi nessuno farà più così».

«Perché sei arrivato tu? Il tizio che deve fingere di essere il mio ragazzo?»

«Sì, perché da falso amante quale sono, mi dà fastidio».

'Sei serio?'

«Come può darti fastidio che Rick mi chiami 'tesoro'? Non ha nessun cazzo di senso!» Scuoto la testa e mi volto per entrare in classe.

«Sei arrabbiata? È la nostra prima lite da falsi fidanzati? Emozionante!» mormora, il tono torna a essere divertito.

Gli rivolgo un'occhiata scocciata mentre entro in classe, ma qualcosa mi sbatte contro all'improvviso.

Che cazzo!

Perdo l'equilibrio, e Kinan mi afferra dalle spalle, sostenendomi per farmi rialzare.

«Ti sei fatta male? Stai bene?» I suoi occhi verdi intrisi di preoccupazione mi fanno arrossire.

Scuoto la testa, sbattendo le palpebre, e mi volto.

Un ragazzo sta scappando nel corridoio a gambe levate.

E nemmeno chiede scusa! «Ehi!»

Si gira, inciampando sui suoi passi, e tutti i libri gli cadono dalle mani.

'Grazie, karma! Per una volta mi regali una gioia!'

Torno a guardare Kinan, il suo sorriso tronfio e lo sguardo che lampeggia soddisfatto.

È stato lui.

33
Domande

Teo

La ragazza dagli occhi azzurro cielo sfila davanti al bancone della mensa, ride a una battuta di Nicolas. Due biondi perfetti in totale sintonia, sembrano fatti l'una per l'altro.

«Sei invidioso di Nicolas?»

«Amanda, ciao anche a te».

«È pericoloso guardare la ragazza del tuo amico».

«Non la stavo guardando, e non è la sua ragazza. Sai anche tu che sta fingendo».

Mi sto davvero giustificando con Amanda? È assurdo! Eppure, mi ritrovo con gli occhi puntati su di lei fin troppe volte e non riesco a controllarlo. È automatico. Nel corridoio, in classe, nel cortile. Non riesco a non tenerla sott'occhio.

«Penso che Nicolas si stia trovando bene con la biondina». Amanda lo osserva con disappunto. «Più passa del tempo con lei, più sembra volerla vedere... e questa cosa mi preoccupa. Deve attenersi al piano, non farsi abbindolare da Miss Dolcezza».

Nicolas odia gli umani, figuriamoci se si innamora davvero di una di loro. Però ultimamente l'ho notato anch'io... passa molto tempo con lei.

«Parlo con i muri, a quanto pare». Mi dà una pacca sulla spalla. «Smettila di guardarla così, riprenditi!»

Il suo sguardo divertito si incupisce di colpo mentre Isabella e Kinan ci passano di fianco. Lui le porta la cartella e lei scuote la testa sbuffando.

Amanda stringe i pugni e lo fulmina, i suoi lineamenti eleganti si corrugano in un'espressione rabbiosa. «Sono l'unica che non ha ancora perso la testa, a quanto pare».

«Che cosa stiamo guardando, tutti quanti?» mormora Chris alle mie spalle.

«Teo e Nicolas hanno perso la testa per Miss Dolcezza, mentre il capo segue Isabella da tutto il giorno» sibila lei.

Allungo un'occhiata alla Liverly, Kinan le adagia una fetta di torta nel piatto e le sorride. Questo atteggiamento protettivo che ha nei suoi confronti, come se volesse custodirla... ormai lo abbiamo notato tutti.

Chris si alza. «La deve smettere di fare Romeo. Ci parlo io». Si incammina verso il tavolo dove sono seduti Kinan e Isabella, e io e Amanda ci scambiamo uno sguardo d'intesa. Ci avviciniamo anche noi. Chris farà di sicuro una delle sue stupidaggini. Chissà che scenata apocalittica metterà in piedi questa volta.

«C'è posto qui, vero? Benissimo, grazie» dice, irrompendo tra loro e sedendosi accanto a Isabella. Lei lo guarda male per un istante, ma poi torna subito a mangiare mentre anche Amanda e io ci uniamo a loro.

Kinan lo squadra in malo modo. «Ti serve qualcosa, Chris?»

«Sei scappato presto, stamattina... non ci hai neanche dato il buongiorno».

«Non pensavo potessi offenderti per il mio mancato buongiorno» ghigna.

Chris serra la mascella. «Oh no, tranquillo. Si dà il caso che Amanda ci sia rimasta un po' male, e per quanto io non la sopporti, non penso sia carino da parte tua farle questo».

Le parole di Chris fanno alzare gli occhi al cielo a Isabella.

«Amanda ha una bocca, se ho fatto qualcosa che l'ha infastidita è capace di dirmelo da sola. Non ha bisogno dell'avvocato di turno».

C'è così tanta tensione qui che anche Nicolas, da lontano, sembra averla percepito.

«Dici?» Chris socchiude le palpebre, affila lo sguardo. «Peccato che Amanda non abbia mai avuto il coraggio di dirti realmente quello che prova».

«Chris, basta così» ringhia lei, strattonandolo dalla maglietta. È nervosa, continua a battere il piede a terra.

Kinan la scruta. «Ripeto: se Amanda ha qualcosa da dirmi, lo farà lei stessa».

«Penso che tu non abbia capito niente. Sono anni che Amanda ti riserva un trattamento privilegiato. Lo capirebbe anche un cieco, onestamente».

«Sei venuto qui per fare un po' di casino? Hai finito di giocare con le ragazze della classe?»

«Sì, mi annoiavo. E poi lo sai che mi piace mettere la gente in imbarazzo. È divertente, e chi meglio di te sa che io amo il divertimento?» Chris sfoggia un sorrisetto provocatorio.

Lui e Kinan sono come due poli opposti, eppure legati da una connessione profonda. Loro sono i primi infetti, si sono conosciuti nei laboratori e sono evasi assieme. Cresciuti coprendosi le spalle a vicenda: Chris, quello che combina mille casini senza voltarsi, e Kinan, quello che li sistema. Funzionano così, nel loro squilibrio sono ordinati. Carismatici e forti, ammalianti e persuasivi.

Chris fissa Isabella con un lampo di risentimento nello sguardo. «Cosa vi tiene così appiccicati? Sentiamo, sono curioso. Con me eri piuttosto fredda e apatica. Per caso ti sei innamorata di Kinan?»

Lei addenta la sua fetta di torta, masticandogli in faccia a bocca aperta, e Kinan trattiene una risata.

Incredibile, Chris non le fa alcun effetto! Solitamente cadono tutte ai suoi piedi...

«Vedo che hai ancora il vizio di non rispondere, fa niente. Farò la domanda al mio amico. Allora, spiegami... cosa c'è tra te e l'umana, la figlia degli assassini che ci hanno condannati?»

Isabella si blocca, la torta a mezz'aria.

«Si chiama Isabella. Non deve interessarti quello che c'è tra me e lei, è chiaro?» Kinan avvicina il busto al tavolo, dagli occhi sprigiona gelo.

Se iniziano a lottare in mezzo a una mensa piena di umani, questa è la volta buona che finiamo in carcere. Devono darsi una calmata. Peccato che non ci sia Dave a riprenderli, stavolta.

«Ragazzi, siamo in mensa. Non iniziate» mormoro, sperando di riuscire a placarli almeno un po'.

Il telefono mi vibra in tasca. Lo tiro fuori, l'anteprima sul display mostra un messaggio di Nicolas: 'Perché cazzo Kinan ha quello sguardo omicida? Dimmi che non stanno per scannarsi in pubblico'.

«Insomma, quanto siete andati oltre? Sai, Kinan, ti invidio... Io la guardo e vedo soltanto la donna che mi ha reso un mostro. Oh, ti sei offeso? Non sia mai...» Chris sposta il braccio dietro la schiena di Isabella. «Volevo solo sapere fino a che punto siete così appiccicati».

«Fino al punto che non devi toccarla».

«Sei geloso? Avanti, sfogati. Fai vedere a Isabella che cosa sei realmente quando ti arrabbi. Sembro sempre io il mostro di turno, solo perché sono me stesso. Non come te, che masheri tutto».

Chris, sei impazzito? Ho visto Kinan fuori controllo soltanto una volta ed è stato catastrofico. Se perdesse l'equilibrio, finirebbe per far del male a tutti quelli che lo circondano senza distinzioni. Quella volta l'abbiamo trovato grazie alla scia di cadaveri che ha lasciato per strada. Non me lo dimenticherò mai.

Il suo sorriso mi raggela. «Hai un complesso d'inferiorità?»

«Nei tuoi confronti? No, tranquillo. È solo che odio i bugiardi e tu stai addomesticando Isabella, facendole credere di essere buono e pacifico, ma in realtà lei non ti ha mai visto per quello che sei. Glielo racconti tu, o lo faccio io?»

Kinan distoglie gli occhi per qualche secondo. Il suo sguardo trabocca di un misto di rabbia e paura per quello che Chris potrebbe rivelare.

«Senti, Cristiano...» Isabella si pulisce le labbra con il tovagliolo. «Addomestichi il tuo cane, non me. Questo è il punto primo. Punto secondo: sei una nonnina, per caso? Perché ti piace il dramma così tanto? Punto terzo: pensi che chiamarmi 'figlia di assassini' sia un insulto? È la verità, concordo con te. Sono la figlia di due assassini che hanno usato degli orfani e li hanno trasformati. Contento? Ti senti realizzato?»

«Chris. Mi chiamo Chris».

«Ultimo punto: chi ti ha dato il permesso di toccarmi? Togli la mano e impara a non interrompermi mentre mangio». Si alza in piedi, staccandosi da lui. «E, per piacere, non mettetemi in mezzo a queste liti. Non me ne frega niente dei vostri trascorsi e dei vostri complessi. Spero di essere stata chiara» sbotta, mentre prende lo zaino e il vassoio, si volta e va via.

Kinan la fissa divertito, con un sorriso compiaciuto addosso. «Che cosa c'è, Chris? Non sai cosa rispondere? Con calma, prendi il tuo tempo» lo stuzzica.

Nicolas ci raggiunge insieme a Wendy. Chris non può dire niente adesso che c'è lei. 'Ottima mossa, Nicolas'.

Wendy indossa un maglioncino rosa e dei jeans bianchi che fasciano alla perfezione le sue forme. Le osservo il collo, la ferita che ha coperto con un cerotto. Vorrei poter cancellare quello che le ho fatto. Chissà cosa avrà pensato... chissà se mi considera un mostro pazzo e fuori di testa.

Nicolas le mette una mano dietro la schiena, e lo stomaco mi si attorciglia.

Che cazzo mi prende? Sbuffo e mi alzo per andare in cortile a fumare, ma una mano mi ferma.

«Posso parlarti un attimo?» mormora Wendy.

La sua voce delicata porta tutti gli altri a voltarsi verso di me. Nicolas mi fissa confuso, forse si aspetta qualche spiegazione.

«Sto andando a fumare».

«Vengo con te».

Si allontana da Nicolas con il suo sguardo incuriosito addosso, e mi segue verso il cortile della scuola. I suoi passi risuonano accanto a me, leggeri e affrettati. Rallento al suo ritmo, permettendole di camminare con più calma.

In silenzio, raggiungiamo la porta che si affaccia sull'esterno; la spalanco con una pedata mentre estraggo una sigaretta dal pacchetto, ed esco. Appoggio la schiena al muretto e accendo la sigaretta sotto i suoi occhi azzurri, inspirando. È incredibile, il suo volto sembra disegnato da un artista. Indietreggio di qualche passo per buttare fuori il fumo, in modo che lei non lo respiri.

Aspetta che un gruppo di studenti si allontani per aprire bocca.

«Che cosa sei esattamente?»

34
Odio e rancore

Kinan

«Sei contento ora? Soddisfatto?»

Chris mi guarda con sufficienza. «Non immagini neanche quanto».

«Vogliamo calmarci, per favore?» Nicolas cerca di spezzare la tensione. «State litigando per cosa, esattamente?»

«State perdendo tutti la testa. Nicolas, sembra che tu ti stia facendo abbindolare da 'occhi azzurri'» sbotta Amanda.

«Non mi sto facendo abbindolare da nessuno, cazzo. Cerco solo di sembrare uno di loro, un normale studente innamorato. Niente di più».

«Niente di più? Gli occhi a cuoricino che avevi prima erano *molto* di più» lo fulmina Amanda.

Lui distoglie lo sguardo e non risponde.

«Finirete per farci uccidere, voi due. Smettetela di perdere la testa per gli umani. Siamo infetti e abbiamo un piano che non prevede il vostro matrimonio alla fine» sibila Chris.

«E tu smettila di fare lo schizzato in cerca di attenzioni» ringhio.

Lui apre bocca ma viene interrotto dalla suoneria dei nostri telefoni. Ci arriva un messaggio.

'Entriamo noi o uscite voi? Fate veloce'.

Per qualche secondo, il mio cuore rallenta. Sono già qui. Sono arrivati.

«Merda» impreca Chris, leggendomi nel pensiero.

Amanda si alza in piedi in preda all'ansia e raccoglie la sua borsa. «Non siamo pronti! Non dovevano venire tra una settimana?»

Anche Teo avrà ricevuto il loro messaggio o, peggio, sarà già con loro adesso.

«Andiamo, non facciamoli entrare o sarà un macello» mormoro.

Nicolas resta immobile, il telefono tra le mani. Continua a fissare lo schermo con il volto pieno di paura. Gli tocco la spalla, risvegliandolo.

«Ci sono, scusate». Si alza in piedi, mettendo il cellulare nella tasca dei jeans.

Chris e Amanda si incamminano nel corridoio, diretti all'uscita. Discutono su come organizzarsi per quando arriveremo a casa e per le provviste di iniezioni da aumentare.

«Stai tranquillo. È una visita, staranno qui al massimo una notte». Non permetterei a nessuno di loro di stravolgerci o di farci del male.

Nicolas finge indifferenza, mascherando il suo nervosismo. «Sono tranquillo, mi hanno solo sorpreso. Tutto qua...»

«Avviso Dave, così può iniziare a preparare le cose in anticipo. Cerchiamo di fare la strada più lunga, è meglio dargli tempo» mormoro mentre raggiungiamo Chris e Amanda fuori dall'edificio.

«Dobbiamo aumentare le provviste. Quelli non si saziano e rischiano di mangiare i tavoli» sospira Chris.

Oltre i cancelli, ci aspetta un'auto rossa fiammante, la carrozzeria lucida scintilla alla luce. Via alle danze.

Carl sorride, avvicinandosi a noi. «Per un attimo non vi stavo riconoscendo! Vi siete mimetizzati per bene, non riesco neanche a percepire i vostri odori».

«Siete anche dimagriti». Reina ondeggia il caschetto di capelli mori. «Non ve li divorate, qualche volta, questi studenti modello? Devono essere squisiti!» Ripassa sulle labbra il rossetto rosso, seduta sul cofano dell'auto con i vestiti e i gioielli costosi in bella vista.

«Che si dice, Kinan?» Carl inarca le sopracciglia, mettendo in evidenza il taglio sull'arco destro. «Ho voluto sfruttare l'effetto sorpresa».

«Noi odiamo le sorprese» sibilo.

Reina scende dal cofano e l'odore rugginoso di sangue mi arriva alle narici. «Sei pelle e ossa. Devo uccidere qualcuno per te? Tu dimmelo e io lo faccio. Lo sai che ho un debole per i rossi!»

Hanno appena mangiato. Si sente e si vede.

«Non sia mai che facciamo sporcare le mani a Reina. Siete nostri ospiti. Fate fare a noi» mormora Chris, vedendomi irrigidito. Non sono più abituato ai loro modi.

«Dov'è Ben?» chiede Amanda, un falso sorriso cordiale stirato sulle labbra. Freme, il nervosismo trasuda dai movimenti del suo corpo. Non possiamo permetterci di avere in giro un Ben libero per la città.

«È con Teo» risponde Carl, alzando le spalle.

Nicolas impallidisce all'istante.

Cazzo. Teo e Ben assieme non vanno affatto bene. Ben ama torturare Teo. Si diverte. Sa di essere la versione di Teo senza controllo e senza iniezioni. La versione che non ha una coscienza né un cuore. Senza limiti. Il suo sogno più grande è quello di vederlo cedere.

E con Teo ora c'è Wendy.

«Vado a chiamarli, così possiamo andare a casa» mormora Nicolas.

«L'auto l'avete rubata?» chiede Chris.

«Abbiamo ucciso il proprietario» sibila Carl. «Reina aveva fame e se l'è mangiato. È tornata a casa con la macchina e l'abbiamo tenuta». Sorride, l'orgoglio impresso nello sguardo.

Devo abituarmi a non mostrare quanto in realtà tutto questo mi faccia ribrezzo. Sarà una lunga giornata.

Reina mi guarda come fossi un raro gioiello, poi si avvicina. «Che ne dite? È rossa proprio come piace a me».

«Controllati. Non vedi che li stai spaventando?» ridacchia Carl.

«Ciao ragazzi, il guastafeste di Nicolas ha interrotto la mia chiacchierata con Teo e la sua biondina...»

La voce di Ben, alle mie spalle, mi fa rabbrividire. Mi volto, Teo è in piedi accanto a lui e la sua espressione contratta parla chiaro, sta trattenendo l'ansia e la collera.

«Non sapevo che Teo avesse iniziato a cacciare... mi fa piacere vederlo così. D'altronde, il fascino delle bionde è irresistibile». Il sorriso di Ben, da sotto al suo cappellino bianco, mi inquieta.

Teo deve avere usato questa scusa con lui per impedirgli di puntare Wendy. Sa benissimo che non si azzarderebbe a toccare una preda altrui. Se c'è una cosa che Ben rispetta, è la proprietà.

«Andiamo?» Amanda fa strada verso la nostra auto. «Dave vi aspetta».

«Vi diamo un passaggio noi!» Reina mi fa l'occhiolino. «Salite».

«Io, Nicolas e Amanda vi raggiungiamo con la nostra auto, ci vediamo a casa» mormora Teo, lanciandomi uno sguardo d'intesa. Devono arrivare prima di noi e sistemare tutto. Controllare che non ci sia il medico in casa e che le provviste siano ben protette.

«Reina ve l'ha raccontato come si è procurata l'auto?» Ben ride, estasiato. Il piercing che ha sulla lingua balugina.

«Sì, l'abbiamo saputo» risponde Chris al posto mio.

Lui è meno a disagio di me con questi tre fuori controllo. Sorride e fa battute con Carl come se andasse tutto bene, come se non avesse accanto dei pazzi senza freni. O reprime tutto, o ha un altro segreto. Io non riesco a essere così in sintonia con loro. Mi sforzo al massimo, ma c'è sempre un po' di distacco. Sono tutto ciò che io cerco di non essere.

«Allora, Kinan... sei silenzioso...» Reina si aggrappa al mio braccio. «Raccontaci qualcosa».

«Non è mai stato di molte parole, lui lavora in silenzio» sibila Carl.

Ma a cosa allude?

«Ho fame, saliamo veloci. Avete da mangiare anche per noi, vero?» latra Ben.

Mi scollo dalle mani di Reina. «Certo, vi faccio strada. Carl, guidi tu?»

«Ovvio».

Salgo subito in auto, nel posto del passeggero. Chris si siede dietro assieme a Ben e a Reina.

Mentre indico una strada molto più lunga a Carl, Ben racconta di come ha ucciso un anziano per avere il cappellino bianco che indossa. Lo specchietto laterale mi rimanda il riflesso di Chris, che maschera il suo fastidio con un grande sorriso.

Sta soffocando anche lui, proprio come soffoco io.

Wendy

«Che cosa sei esattamente?»

Il fumo della sigaretta gli esce dalla bocca. «Non ti conviene saperlo».

«Cos'erano quegli occhi neri e perché sembrava volessi uccidermi?»

Un brivido mi corre lungo la schiena. Stavo per morire per mano sua... mi deve una spiegazione.

«Non lo vuoi sapere. Ti conviene non tirare fuori questo argomento con nessuno».

«Kinan ti ha iniettato qualcosa, quel giorno, e ti ha fatto delle domande strane. Spiegami, ti prego. Sto impazzendo, non posso andare avanti così». Avanzo di un passo verso di lui, che indietreggia subito. «Ti spavento?» mormoro, notando la sua freddezza.

«Tu sei matta».

«Ti spavento, Teo?»

«Wendy, non potresti spaventare neanche una formica».

«Allora perché fuggi? Perché ti allontani? Perché non mi affronti?»

Sospira, butta la sigaretta a terra e i suoi occhi ambrati si incollano i miei. Mi guarda in modo strano, quasi malinconico e struggente.

«Teo, stai facendo conquiste?»

Una voce maschile, intrisa di una sfumatura sprezzante, mi distrae. Mi volto, un ragazzo alto quanto Teo si avvicina a noi con un cappellino bianco calato sui capelli castani. Mi osserva, e una scintilla di curiosità gli illumina lo sguardo. Mi squadra dall'alto al basso, si lecca le labbra.

Che ha da guardare? Mi mette i brividi.

«Ben?»

«In carne e ossa, mio signore. Eri occupato? È tua?» mi indica.

'*È tua?*' Ma di cosa parla? Non sono mica un oggetto.

«Sì». Teo si sposta davanti a me. «Non guardarla così».

Spalanco la bocca. Okay, non sto capendo nulla.

«Oh, qualcuno qui è geloso... bravo, mi piaci. Anche io sono geloso delle mie...»

«Ben! Eccoti». Nicolas ci raggiunge in cortile. Non mi ero neanche accorta di lui. «Gli altri ci aspettano. Venite?»

«Agli ordini». Ben mi lancia un'ultima occhiata e mi sorride, spudorato. Si volta e s'incammina verso il parcheggio. Teo e Nicolas lo seguono senza salutarmi.

Non mi guardano nemmeno, fissano solo lui. Nicolas alla sua destra e Teo alla sua sinistra.

È tutto così strano... sono cambiati in un istante. Nicolas di solito mi sorride, o perlomeno mi saluta... adesso non mi ha neanche rivolto mezzo sguardo. Teo che dice che sono sua...

«Wendy, cos'hai? Perché quella faccia sconvolta?»

La voce di Issa mi fa voltare a destra. La trovo ferma davanti alla porta della palestra con dei libri in mano.

Avanzo verso di lei. «Sono strani, i Red».

«In che senso?»

«Teo e Nicolas sono strani... ma lasciamo stare, non ha importanza». Scuoto una mano, cercando di accantonare l'accaduto.

Il telefono di Issa suona mentre entriamo, distraendola.

«Pronto» risponde. Poi alza gli occhi al cielo e resta in ascolto. «Ti sembro una balia?» sbotta.

Ma che...? Trattengo una risatina.

«Lo faccio solo perché non voglio pesi sulla coscienza, sia chiaro». Chiude la chiamata, sbuffando.

«Ti vedo parecchio irritata oggi» ridacchio.

«Non sai quanto! Non mi fanno mangiare in santa pace, e ora devo anche fare da corriere, perché Yuri si è dimenticato qui la sua sacca per gli allenamenti». Sposta i lunghi capelli neri sulla spalla. «Se non avesse gli organi dentro al corpo, a quest'ora avrebbe sparso pezzi in giro per tutta la città».

Incurvo le labbra in un sorriso, mentre percorriamo il corridoio. Il suo solito sarcasmo teatrale e pungente.

«Che cosa c'è? Sono seria! Perderebbe la milza da qualche parte e poi verrebbe da me a chiedere la mia, e io la mia milza me la tengo stretta».

«Issa, nessuno vuole la tua milza» sospiro, ridendo.

«Vado a prendere la sua sacca» mormora, e infila i libri nello zaino. «Ci sentiamo stasera?»

«D'accordo, balia che non dona milze».

Mi fulmina con lo sguardo, mentre si incammina verso gli armadietti dei ragazzi.

Isabella

Chi è la ragazza che ha il fratello ebete che si dimentica pezzi in giro? Io.

Chi è che si ritrova davanti alla casa dei Red con in mano la sacca di Yuri? Io.

E poi hanno il coraggio di definirmi fredda o insensibile. Sto sacrificando il mio tempo per lui. Il mio preziosissimo tempo.

Busso, ma nessuno mi apre. Avrei la tentazione di lanciare la sacca dalla finestra e andarmene correndo. Come quando da piccola suonavo citofoni a caso per poi scappare. Il brivido delle cose illegali!

Busso di nuovo, e resto in attesa.

Ma non dovrebbero avere un udito super sviluppato? Com'è possibile che mezza anima non mi risponda?

Appoggio la sacca davanti alla porta e mando un messaggio a Yuri. Mentre digito le lettere sulla tastiera, la porta si apre e un ragazzo con una giacchetta di jeans e un taglio sul sopracciglio mi squadra da capo a piedi.

E chi sarebbe questo? Non l'ho mai visto... ma più lo guardo, più mi inquieta. «Scusa, tu sei?»

La mia domanda lo fa sorridere. «Non sei tu che hai bussato? Chi sei dovrei chiederlo io».

Si appoggia allo stipite della porta e mi fissa con curiosità. Forse non dovrei dire il mio nome a uno sconosciuto che abita in casa dei Red. Però, se fosse uno pericoloso, Dave e gli altri me lo avrebbero detto. Almeno credo.

«Isabella».

«Isabella come?»

«Isabella Liverly».

Il sorriso sulle sue labbra scompare d'improvviso. Si avvicina di qualche passo. «Liverly?» sibila, mentre negli occhi avvampa una scintilla che mi fa agitare.

Indietreggio, ma lui mi segue, guardandomi come fossi una torta a sette piani. D'improvviso, mi artiglia il collo con la mano e stringe con prepotenza. Sbarro gli occhi, il mio battito impazzisce in un secondo.

Lui incurva le labbra in un ghigno che è una smorfia sadica. «Io sono Carl».

Arretro per liberarmi, per scansarlo, ma la stretta si fa sempre più intensa e respirare diventa difficile. Annaspo e rantolo, mentre la vista mi si annebbia.

Sto per svenire, lo sento.

Di colpo uno scossone mi riscuote, la presa si allenta e Carl viene spinto lontano. Mi accascio a terra, tossendo; l'aria mi brucia in gola come fosse olio bollente. Sbatto le palpebre più volte e mi porto una mano tremolante al collo, ma il solo sfiorarlo mi scatena un dolore sordo.

«Non la devi toccare, cazzo!» tuona Kinan.

I suoi occhi neri assaltano il ragazzo che mi ha attaccata, grondando odio. Lui ride divertito e si rialza, mentre Chris e

Dave ci raggiungono di corsa. Dave posa il suo sguardo sul mio collo e il suo volto si contrae di rabbia, le sclere si fanno scure, i denti appuntiti.

«Non l'hai fatto per davvero!» La sua voce è un ruggito che mi fa tremare l'anima.

«D... Dav...» Tossisco e lo sforzo mi fa gemere dal dolore.

«Issa...» Il volto di Yuri, spuntato tra gli altri, mi paralizza. Ha gli occhi pieni di lacrime che cerca di trattenere, mentre raccoglie tutta la sua rabbia nei pugni chiusi e stretti lungo i fianchi. Vorrei consolarlo, dire qualcosa, ma sono pietrificata dalla paura.

Sono l'unica umana in mezzo a tutti loro, e alcuni mi guardano con la stessa espressione con cui mi guardava Carl mentre mi strozzava.

Odio e rancore.

35
Ostacolo

Yuri

Issa tossisce, tenendosi lo stomaco mentre giace a terra. Mi chino su di lei e la stringo a me. Le tremano le mani e il suo sguardo è perso nel vuoto.

«Chi è lo zuccherino lì seduto?» La voce fastidiosa di Reina mi arriva alle orecchie. Si lecca le labbra, mentre fissa mia sorella con il desiderio negli occhi.

Kinan si trasforma: le sclere, la pelle e le unghie mutano in un istante. Non lo riconosco più.

Dalla porta esce anche Ben, che affianca Reina. «Avete portato il dolce? Avevo proprio fame!» Poi si rende conto che l'aria è satura di tensione e che il fratello ha gli occhi agghiaccianti di Kinan addosso, e si mette in allerta.

Carl allarga il suo sorriso, scrutandoci uno per uno, quasi a testare la nostra pazienza. Sposta lo sguardo su Issa e all'istante Kinan chiude la mano in un pugno, facendolo contorcere per il dolore. Lo sta usando... sta usando il suo potere! Non lo fa mai...

«Cosa cazzo fate?» sbraita Ben, spostandosi di fronte al fratello per proteggerlo.

Carl sghignazza, divertito dalla situazione, e in un lampo Dave gli si lancia addosso, lo sovrasta mettendogli le mani sul collo. Le vene nere gli rigano il viso, fino agli occhi.

Ben gira il suo cappellino bianco dalla parte opposta e afferra Dave per le spalle, strappandolo via da su fratello. Lo spinge lontano e gli si avventa contro, ma Amanda interviene in un attimo, facendo da scudo a Dave.

«Non lo toccare» sibila, con le sclere nere.

È la prima volta che la vedo così. Odia mostrarsi nella versione infetta, dice che le toglie la sua bellezza. Non sopporta quando le persone la guardano in questo stato.

Ben carica un pugno contro di lei, ma Chris intercetta il movimento e lo blocca, stringendoglielo fino a farlo scricchiolare. «Non ti vergogni a toccare una donna?» ringhia, e la sua voce mi fa venire i brividi.

«Io la posso toccare, una donna». Reina spinge Amanda, facendole sbattere la testa contro un palo. «E secondo il tuo ragionamento, tu non puoi farmi nulla, caro Chris». Sorride sadica mentre le afferra il collo.

Lui scatta in avanti per intervenire, ma Ben lo placca e lo atterra.

«Siete impazziti?» Carl si alza in piedi, asciugandosi un rivolo di sangue che scende dal labbro.

Kinan ne segue movimenti senza spostarsi di un millimetro, il suo corpo ci fa da scudo, assieme a quelli di Nicolas e di Teo, mentre Carl si avvicina.

«Penso abbiate sbagliato, dovreste chiedere scusa e chiuderla qui» ringhia Teo, guardandolo con rancore.

Carl ridacchia e alza le mani. «Okay, calmiamoci e ragioniamo».

«Prima devi dire ai tuoi di indietreggiare». Chris fulmina Ben con lo sguardo.

«Ragazzi, basta così» sibila Carl.

Reina fa un passo indietro e molla la presa su Amanda.

«Ben, anche tu».

Lui sbuffa dalle narici e indietreggia. Dave si avvicina a Kinan, si scambiano uno sguardo d'intesa.

Reina, Ben e Carl da soli basterebbero per creare il panico. Sono molto più agili e forti di tutti noi.

«Allora?» Ben ci squadra. «Cos'è successo? Perché avete attaccato Carl?»

«Ma soprattutto...» Reina indica con il capo Issa, sorridendo avidamente. «Chi è lo zuccherino steso a terra?»

«Yuri, portala in macchina». Kinan mi lancia la sua chiave.

Prendo Isabella da un'ascella e l'aiuto ad alzarsi mentre lui e Dave le fanno da scudo. I suoi occhi verdi restano fissi su loro due, risplendono di paura sul volto pallido.

Issa si lascia accompagnare alla macchina senza fiatare. Non è da lei... forse ha capito che la situazione è parecchio preoccupante.

«C-chi sono?» Il suo tono sottile e basso conferma ancora di più le mie paure.

«Dobbiamo farti vedere dal medico».

«Certo. Ciao dottore, uno psicopatico mi ha stroz...» Tossisce, portandosi una mano davanti alla bocca.

«Non parlare, ti fai male». Le apro la portiera dell'auto e la faccio sedere.

Appoggia la testa al finestrino. Le chiazze sul collo si sono fatte più scure, i segni risaltano sulla sua pelle chiara. Quanto avrà stretto forte? L'avrebbe uccisa se non l'avessero fermato?

«Sono venuta per la tua sacca e mi ritrovo mezza morta...» sospira.

«La mia sacca? Sei venuta per questo?» Dio, sono un coglione! Mi sono totalmente dimenticato del messaggio che le avevo mandato...

Ruota a fatica il volto verso di me. «Cos'hai adesso? Vuoi piangere al posto mio?»

«Sei venuta qui per colpa mia. Perdonami... come ho fatto a non pensarci?»

«Smettila, o ti prendo a pugni con quel poco di forza che mi rimane». Tossisce ancora, portandosi il palmo al collo. La osservo mentre se lo sfiora, gemendo dal dolore.

È tutta colpa mia.

Se torno da mamma e papà con questi segni, è la volta buona che prendono un cannone per sterminare definitivamente i Red. Come glielo spiego adesso?

«Smettila di guardarmi così, Yuri. Piuttosto, spiegami chi sono quelli là» mormoro, schiarendomi la voce.

Lui mi passa una bottiglietta d'acqua dal sedile posteriore. «Non lo so neanch'io. Sono andato da Dave perché ho finito le iniezioni e mi sono trovato intrappolato con loro. Sono arrivati con Kinan e Chris».

«Chi era la ragazza dal rossetto rosso fuoco e dai capelli a caschetto che mi guardava come fossi un dolce?»

«Reina».

«E quello che ha tentato di uccidermi?»

«Sai, non so se è normale che, nonostante abbia appena tentato di farti fuori, tu chieda tranquillamente il suo nome».

«Che cosa dovrei chiedere? Qual è il suo colore preferito?»

Sospiro. «Si chiama Carl. L'altro dal cappellino bianco è Ben. Sono tutti e tre fratelli».

Tre fratelli infetti separati dagli altri Red e totalmente fuori controllo. Ottimo, quello che mancava alla città.

«Sta arrivando Dave» mormora aprendo la portiera e scendendo dall'auto.

Dave si siede al suo posto e mi abbraccia forte, con il cuore che gli picchia nel petto come un martello. Gli accarezzo piano la schiena. «Dio, mi dispiace...» sospira.

«Ti prego, non cominciare anche tu... mi sono già sorbita le scuse infinite di Yuri» bisbiglio.

Lui si stacca dall'abbraccio e mi guarda. «La tua voce...»

'Sì, lo so, la voce mi è quasi scomparsa'.

Mi accarezza la testa. «Abbiamo quasi risolto tutto. Tra poco Kinan ti accompagna a casa del medico».

Inarco un sopracciglio. «Quale medico?»

«Quello dei Red. È l'unico a cui possiamo fare vedere il tuo collo. Dovrai tenere una sciarpa addosso in questi giorni, e per favore non protestare».

In che senso hanno quasi risolto tutto? Non so se avere paura o essere tranquilla... ho ancora i brividi per il modo in cui quel Carl mi stava guardando: il sorriso nel vedermi annaspare e il rancore che gli faceva intensificare la stretta.

«Non ti preoccupare, va bene».

Dave mi stringe la mano, i suoi occhi grondano senso di colpa e terrore. «Non ti faranno niente, non oseranno».

D'un tratto devia l'attenzione su altro e si allontana. Lo seguo con lo sguardo e trovo Kinan ad attenderlo a un paio di metri di distanza. Si scambiano poche frasi a bassa voce e si separano, Dave mi rivolge un'ultima occhiata e va via, mentre Kinan avanza fino allo sportello, lo apre e sale al volante. Non mi guarda nemmeno.

Infila le chiavi nel quadro, mette in moto e parte, allontanandosi dalla casa in completo silenzio.

'Non mi chiedi neanche come sto?'

La gola mi pizzica e mi scappano dei colpi di tosse, il dolore al collo e alla gola si espande.

Di colpo l'auto accelera, imbocca una piccola stradina nel bosco, sobbalzando mentre avanza.

Mi vuole uccidere in segreto? Perché non penso che il medico abiti in una casetta sull'albero.

Fuori dal finestrino scorrono solo verde e cespugli. Ma dove diamine stiamo andando? Qui non c'è niente...

Kinan rallenta e ferma la macchina tirando il freno a mano. Si slaccia la cintura, apre lo sportello ed esce senza dire una parola. Seriamente, che gli prende?

Cammina fino a un albero e si irrigidisce.

Okay, adesso basta.

Scendo dall'auto e gli vado dietro, traballando un po'. Faccio finta di nulla e continuo a camminare fino a raggiungerlo.

«Non vorrei interrompere la tua meditazione spirituale, ma non penso che il dottore abiti qui. A meno che non sia Tarzan, ma dubito fortemente».

«Sei pazza».

«Sì, me lo dicono in molti».

Fissa gli occhi nei miei. A guardarmi non ci sono le solite iridi di smeraldo, ma un nero più buio della notte.

«Kinan...»

«Lo so» abbassa lo sguardo, «non riesco a farli tornare come prima. Da quando ho visto Carl che... che ti stava strozzando... io non riesco a farli tornare normali». La sua voce trema, il viso è uno specchio di paure e debolezze che di solito appartengono ad altri. «Ti ha fatto male» sussurra.

«Sei intervenuto tu, non mi è successo nulla di grave».

«La senti la tua voce? Non riesci a parlare e tossisci dal dolore!»

Nei suoi occhi leggo tanta rabbia e risentimento e le vene sulle braccia gli diventano nere.

«Ho solo perso un po' la voce, Kinan, non è niente...»

«Smettila! E quei segni sul collo? Ha osato toccare la tua pelle e procurarti dolore. Smettila di sminuire la cosa».

Chiude le palpebre, il suo tono gelido mi porta ad abbassare lo sguardo per un istante.

«Sei spaventato per me?»

Non risponde, resta con gli occhi chiusi mentre respira per cercare di calmarsi, ma le vene sulle braccia e le sclere rimangono nere. Non ho mai visto Kinan fuori controllo. Mai.

«Se non fossi intervenuto, se non vi avessi sentito...»

«Sono tutti 'se'. Non è successo nulla, sono viva».

«Potrebbe succedere di nuovo... io non penso sia un bene che tu venga da noi o parli con noi. Dovremmo mantenere le distanze».

Cosa? «Stai scherzando, Kinan?»

«Sono serio». Punta i suoi occhi cupi nei miei e affogo nella loro oscurità.

«Vorresti allontanarmi?» Ingoio un groppo di saliva.

«Siamo falsi fidanzati, non dovrebbe essere un trauma».

'Non ti riconosco così...'

Lo osservo, per capire le sue reali intenzioni. «Vuoi... vuoi davvero mettere le distanze tra me e te?»

«Ci sono sempre state, in ogni caso».

La freddezza con cui parla mi svuota l'anima. Maschero il dolore che provo dentro e avanzo di un passo verso di lui. «E questo cosa vuol dire?»

«Isabella, io non ho mai avuto problemi a tornare normale. Mi sono sempre controllato. Se c'è una cosa a cui tengo da morire è il controllo di me stesso. Non posso perderlo».

Stringo le mani in un pugno. «Io sarei un ostacolo per il tuo controllo?»

Tace e il fruscio delle foglie accompagna il vento nel suo silenzio.

'Ti prego, non buttarmi addosso anche questo peso, non farlo. È già abbastanza difficile convivere costantemente con la consapevolezza che i miei genitori mi hanno sempre mentito e hanno usato dei bambini per scopi orribili. Ogni giorno a scuola cerco di ignorare le occhiate d'odio che i tuoi amici mi riservano e abbasso gli occhi quando lo fanno, quando mi mostrano risentimento e rancore. Perché non posso fare altrimenti: non posso rispondere, non posso difendermi. Hanno ragione a odiarmi. L'unico a non guardarmi come loro sei stato tu, Kinan. Non mi ha mai fatto sentire in colpa per qualcosa che non ho commesso e non conoscevo. Non mi hai mai allontanata, neanche quando hai visto la parte peggiore di me'.

«Sei Isabella Liverly, non puoi essere altrimenti».

Il mio cuore si fa pesante come un macigno. Indietreggio traballando, mentre i suoni si attutiscono e il fiato mi muore in gola. Espiro lentamente, le unghie conficcate nel palmo della mano.

Non posso essere altrimenti. 'Un ostacolo'.

«Okay. Tranquillo. Cercherò di mantenere le distanze... da tutti voi» mormoro, con la voce rotta. «Parlerò solo con Yuri, visto che è mio fratello, e con Dave, solo se sarà lui a venire da me. Non sarò d'intralcio. Torno in auto».

Mi volto senza attendere una risposta. Non mi aspettavo che mi parlasse in modo così duro. Ha ben marcato il confine tra il mio e il suo mondo.

Entro in macchina e affondo nel sedile, stringendomi tra le braccia. Sbatto le palpebre per nascondere gli occhi lucidi, prima che possa tornare e notarli.

Un ostacolo per il suo autocontrollo, io?

Rientra in auto, le vene e gli occhi sono tornati normali.

Allora diceva sul serio... ero veramente io l'ostacolo che l'ha fatto tremare...

Sposto lo sguardo sul finestrino e non apro bocca per tutto il tragitto.

36
Colpi di scena

Isabella

«Perché sei così strana, ultimamente?»

Yuri mi guarda con diffidenza. Sa che qualcosa non va, è evidente da come indaga.

Sono strana? No, non lo sono. Sto soltanto mantenendo le distanze, sto cercando il più possibile di evitare di incontrarlo, di vederlo e di salutarlo. Proprio come ha fatto lui, come se non esistessi. È stato così bravo ad allontanarsi da me, che ho dovuto prendere qualche momento per realizzare. Non siamo niente. Due estranei che non si salutano neanche nei corridoi, neppure per sbaglio.

«Wendy, diglielo anche tu che è strana».

Alzo gli occhi al cielo e finisco di riporre i libri nell'armadietto, svuotando lo zaino.

Wendy mi tocca la spalla. «Sono sicura che qualcuno ti ha scosso, ma non mi vuoi dire chi. Quando stai zitta in questo modo, vuol dire sempre che sei stata ferita».

«Chi ti ha ferito? Devo agire?» Yuri si rimbocca le maniche della felpa.

«Non è nulla, state calmi. Ho solo un po' di mal di gola, in questi giorni».

Yuri punta gli occhi sul mio collo e il suo sguardo cambia, mi inonda di preoccupazione. In un gesto automatico mi porto la mano sulla gola, la sciarpa che indosso non mi fa respirare bene, e mi dà prurito. È pure parecchio bruttina... forse era di nonna. L'ha trovata proprio lui nell'armadio di mamma.

«La cosa strana è che stai abbinando la divisa alla sciarpa!» Wendy mi osserva con le sopracciglia inarcate.

«Sai com'è, con questo mal di gola non posso mettermi in bikini...»

«Io ancora non ho capito come hai fatto a prenderlo. La tua voce è a terra, sembra che tu abbia urlato a un concerto tutta la notte!»

«Si è fatta la doccia ed è andata fuori con i capelli bagnati» mormora Yuri, intervenendo in mio aiuto. «Lo fa sempre, non mi ascolta quando le parlo. Prima o poi si beccherà una polmonite».

Il brusio in corridoio aumenta e preannuncia l'arrivo dei Red. Gli studenti si spostano dal centro del corridoio per farli passare. Teo e Nicolas avanzano per primi, mentre discutono gesticolando. Gli occhi di Wendy si incollano su di loro. Spero che non le facciano mai promesse per poi infrangerle, allontanandola.

Amanda sta parlando con Chris e in mezzo a loro due c'è Kinan. Mi si ferma il cuore.

La sua figura stona con la monotonia di queste pareti. Il rosso dei suoi riccioli le incendia e il verde dei suoi occhi fa fiorire mille prati. Nell'imperfezione delle lentiggini si nascondono costellazioni infinite. Tutto di lui è diverso.

Distolgo lo sguardo, lasciando che passino oltre. Siamo due mondi a parte. Due rette parallele. È meglio così, come ha detto lui.

Scuoto la testa e mi incammino verso l'uscita.

«Ti dico di no!»

«Ogni anno dice così, ma poi desiste!»

«Non verrà! È inutile che ci provi, Wendy» sbuffa Yuri.

«Bravo, Yuri, vedo che inizi a comprendere».

«Ti prego, sarà divertente!» Wendy congiunge le mani e sbatte più volte le ciglia, le labbra imbronciate. «Ci andiamo ogni anno. Non possiamo saltare il falò».

«Ma che vengo a fare? Ancora non sto bene, ho la voce di un mammut. Non mi va di venire e sentire tutti sparlare di me e

Kinan. E cosa più importante: ho sonno, voglio solo starmene in camera mia».

«Hai la voce un po' debole, non è una catastrofe!» trilla lei, arrotolandosi una ciocca sull'indice. «Vieni e bevi qualcosa».

«Preferisco rimanere a casa a dormire, sinceramente» brontolo, mentre esco in cortile.

La mia attenzione viene catturata all'istante da una macchina rossa, con la carrozzeria lucida e i vetri oscurati, che rallenta e si ferma davanti ai cancelli. Dal posto di guida esce Reina, le lunghe gambe fasciate da pantaloni di pelle nera, il seno stretto in un corsetto rosso come le sue labbra.

Tutti i ragazzi la fissano imbambolati. Ci manca solo che le loro lingue cadano e si srotolino davanti a lei a mo' di tappeti.

«Andiamo» sbuffo. «Perdiamo il pullman». Mi incammino, puntando lo sguardo avanti.

«Ma è la fidanzata di Kinan?»

«Non che io sappia».

«Strano... perché lo sta baciando».

Cosa?

Mi blocco e mi volto di scatto. Le labbra di Reina su quelle di Kinan mi fanno implodere l'anima, le braccia intorno al suo collo sono mani che stritolano la mia gola, e le dita tra i suoi riccioli ramati mi contorcono le viscere.

Allora quello che mi ha detto, la sua preoccupazione... era tutta una bugia? Abbasso la testa e riprendo a camminare verso la fermata dell'autobus guardandomi i piedi, le mie falcate si susseguono ampie e veloci.

'È per questo che mi hai allontanata? Per lei?'

Non deve interessarmi. Non deve interessarmi. Non. Deve. Interessarmi.

«Issa, stai calma, rallenta!»

Sono un ostacolo, certo... stupida me che ci ho anche creduto.

«Yuri, sono calma!» sbraito senza fermarmi.

«Ti ha sconvolto il ba...»

Lo trafiggo con lo sguardo. «No».

Il crepitio dei ciocchi di legna tra le fiamme fa da sottofondo alle risate, alla musica e alle chiacchiere dei ragazzi. Le scintille che il fuoco libera nell'aria si innalzano come piccole fate contro il buio del bosco.

Isabella spalanca la bocca e sbadiglia, alla fine l'ho convinta a venire. «Wow, che divertimento...»

«Dai, Issa, siamo appena arrivate!»

«Siamo qui da dieci minuti e fino a ora la cosa più entusiasmante è stato Jack che vomitava le patatine».

Scuote la testa sbuffando, e lancia un'occhiata a Yuri, circondato da due suoi amici. Socchiude le palpebre e increspa le labbra, le pupille inchiodate sulle tre ragazze che gli ronzano intorno.

«Devi sempre fargli da mamma?»

«Lo sto solo controllando, non vorrei facesse stupidate».

«Smettila. Stai soltanto stalkerando quelle poverine».

«Chi, le galline del primo anno che gli stanno attaccate al culo da quando siamo qui? No, affatto. Non le avevo neanche notate». Fa finta di togliere pelucchi dal maglione nero che indossa, con l'elegante scritta 'Fuck you, bitch' in bianco, e si sistema meglio la sua sciarpa.

«Lo scialle della nonna è una nuova moda?» starnazza Teresa, ridendo di lei.

«Sì, anche il cervello, non lo sai? Sta' al passo, Teresa».

«In cosa sono coinvolti i tuoi genitori, Isabella? Ho visto i giornali» sibila.

Diversi ragazzi si girano a fissare Issa, che scrolla le spalle. «Sono assassini, non lo sapevi?»

La serietà nella sua espressione lascia tutti spiazzati. Se non la conoscessi bene, penserei che non sta scherzando. Affatto.

Dalle casse parte una musica ritmata, intorno al falò molti studenti si mettono a ballare, alcuni con le birre in mano, altri con bicchieri di punch. Quasi tutti sono già alticci, persino Yuri e i suoi amici si uniscono al gruppo che si scatena, improvvisando un twerking che mi lascia a bocca aperta.

«Quello lo chiamano twerk? Ma se non si è mossa neanche mezza chiappa!»

Il commento di Issa mi fa scoppiare in una risata. Effettivamente...

«Ma li vedi? Oddio, ora sono saliti uno sopra l'altro...» ride. È la prima volta da giorni... ultimamente ha il sorriso spento. Qualcosa deve averla delusa, ma non vuole affrontare l'argomento. La guardo portarsi una mano alla bocca, concentrata sui ragazzi che fanno gli stupidi sulle note di *Bang Bang*. Ora è così spensierata, così leggera... sembra una normale ragazza della sua età che si gode un po' di divertimento.

Trevis le si avvicina e le afferra la mano per portarla dove tutti ballano e lei si aggrappa con l'altra al mio braccio, trascinandomi con loro. Resta sulle sue, ma lui le fa fare due giri su se stessa strappandole dei gridolini spaventati ma entusiasti. Un misto di shock e allegria mi pervade il cuore.

«Vai, Issa! L'hai preso, è tuo! Hai fatto colpo!» grida Yuri dal ramo di un albero a cui è appeso. «Quella gnocca che balla è mia sorella ragazzi! *My sister!*»

«Scendi giù!» sghignazza un suo amico.

«Devo comprare un indù?»

«Yuri, ma che cazzate stai sparando?» urla l'altro.

«Cosa? Se sta nevicando? Penso di sì, ora non ricordo».

Lo fisso divertita, portandomi una mano sulla fronte. Issa prende il telefono e lo filma, sorridendo.

«Che cosa stai facendo? Non lo aiuti?» le mormora Trevis, mentre la fa ballare.

«Lo stanno già aiutando i suoi amici. Io documento il tutto, così domani potrò usare il video per ricattarlo e fargli fare qualsiasi cosa io voglia!»

Il suo sorriso diabolico strappa a Trevis una risata divertita. «Sei pazza!»

«Puoi sempre scappare».

«A me piacciono i pazzi!» sussurra lui.

Isabella si blocca. 'Sì, Issa, tu piaci a Trevis, il ragazzo più popolare a scuola'.

«È un messaggio subliminale?» Sbatte le palpebre, voltandosi verso di me. «Perché non sono brava a capire queste cose...» Mi guarda confusa. Ora di sicuro dirà: 'E io che cazzo ne so delle tattiche amorose che usano i giovani' come se fosse una nonnina esclusa dal resto del mondo.

«Tranquilla» le sussurra Trevis, «te lo semplifico io: vuoi uscire con me? Mi piaci tanto».

Teresa, seduta su un tronco con le sue amiche, si porta due dita in gola e finge di vomitare. L'invidia è difficile da digerire, poverina...

Gran parte degli studenti intorno a noi è immobile, gli occhi fissi su Issa. Il nipote del sindaco ha chiesto di uscire alla figlia dei Liverly... i suoi genitori sarebbero al settimo cielo. Lei tace, si circonda con le braccia e fissa Trevis, con gli occhi che le risplendono di dubbi. Forse sta valutando la proposta. L'ultima volta che si è presa del tempo di fronte a un ragazzo che le ha confessato i suoi sentimenti, è stata quando ha legato il malcapitato a un palo... il silenzio le serviva per meditare vendetta. Spero non stia per farne un'altra delle sue. Sorride, schiude le labbra e...

«Non può rispondere». La voce di Kinan la fa sussultare. «Se permetti, la porto via un attimo». L'afferra dal gomito e la trascina con sé, nonostante faccia resistenza irrigidendosi. Li osserviamo allontanarsi senza dirsi una parola.

Ma che diavolo succede? Kinan non sembrava molto contento...

Scuoto la testa e torno a Trevis, il volto contratto dal disappunto. Alle sue spalle, nella folla, due iridi ambrate attirano la mia attenzione. Teo...

Al suo fianco ha Nicolas, entrambi tengono le labbra serrate e lo sguardo concentrato sugli studenti. Li scrutano uno alla volta, come se stessero cercando qualcuno. Non sembrano tranquilli...

«Ciao, biondina».

'Biondina?'

Mi volto. Un ragazzo alto, con una t-shirt nera e un cappellino bianco sulla testa, mi fissa. Lo osservo con maggiore attenzione. Ora lo riconosco, è il tizio viscido dell'altro giorno che ha interrotto me e Teo mentre stavamo parlando.

«No, non ci hanno presentati. Sono Ben». Fa un enorme sorriso che mostra i perfetti denti bianchi.

«Wendy» mormoro. Torno con lo sguardo su Teo e mi sposto alla sua destra per andarmene, ma lui mi blocca il passaggio.

«Mi piace il tuo nome... lo sai, Wendy?» dice, leccandosi il labbro inferiore.

37
Voglia di morire

Isabella

Kinan cammina avanti e indietro, le braccia tese lungo i fianchi, i pugni serrati. Tira le labbra carnose in una linea stretta e dritta, le iridi verdi accese di rabbia.

'Che succede, signor "manteniamo le distanze"? Come mai le hai appena violate tu davanti a mezzo mondo, trascinandomi qui come un sacco di patate?'

«Allora? Mi spieghi qual è il tuo problema?»

Affila lo sguardo. «Qual è il mio problema? Che cosa stavi facendo?» sibila, la voce intrisa di fastidio.

«Per quale motivo lo chiedi?»

Mi scocca un'occhiata glaciale e serra la mascella, il guizzo di un muscolo sulle guance arrossate mi cattura.

'Che succede, Kinan? Sembri sul punto di esplodere...'

«Tu non verresti mai in posti così. È stato il deficiente a chiederti di uscire? Vi stavate sentendo?»

'Il deficiente'?

Porto le mani sui fianchi. «Ma di che parli?»

«È così? Ho ragione?»

«Non...»

«Da quanto tempo va avanti?»

«Ma cos...»

«Perché non me l'hai detto?»

Okay, mi ha stufata. «Non ti devo spiegazioni».

Gli do le spalle e faccio un paio di passi verso il falò, ma vengo afferrata per un braccio e costretta a voltarmi.

«Non puoi tornare di là, devi andartene. Porta via anche Wendy».

«Cosa?»

«Carl, Ben e Reina sono qui. Vogliono divertirsi. Credimi, quando iniziano non si fermano».

Il terrore si aggrappa alle mie ossa, mi scava solchi nell'animo, paralizza i miei muscoli e mi raggela il sangue.

«Che? È uno scherzo? Dovete fermarli!» sbraito. «Voi siete di più... potete fare qualcosa! Dobbiamo avvertire tutti, dobbiamo...»

Sposta lo sguardo sulla sciarpa, indugiando sulla mia pelle, come ad accarezzare i lividi. Copro d'istinto i segni rialzando il tessuto e lui fa un passo indietro.

«Prendi Wendy e andate via immediatamente, pensiamo noi al resto». Si volta, dandomi le spalle.

Che vuol dire 'pensiamo noi al resto'? Che vogliono fa...

Un urlo mi immobilizza. Il cuore mi schizza in gola, batte nelle tempie come un forsennato. Guardo Kinan lanciarsi in direzione del falò. L'ansia muove il corpo al posto mio e gli corro dietro. Avranno fatto del male a qualcuno? Yuri... Wendy... Dio!

Il bagliore del fuoco riluce davanti a me, supero un cespuglio ma due braccia mi afferrano e mi viene coperta la bocca.

Sto per morire! Sto per morire! Il battito impazzito mi martella il petto mentre prendo fiato, la fronte fredda per il sudore e l'aria gelida. Cuoio e tabacco mi riempiono le narici, mentre del metallo mi sfiora le labbra.

Un attimo... giubbino di pelle, anelli alle dita... Chris?

Giro gli occhi. Lui mi tiene tra un tronco e il suo corpo, concentrato su un punto oltre la mia testa. Seguo la direzione del suo sguardo e Kinan gli fa un cenno d'assenso, come se fossero d'accordo.

«Stai zitta e non far rumore» mi sussurra all'orecchio. «Non possono sapere che sei qui. Finirà male altrimenti».

Annuisco e lui mi toglie la mano dalla bocca.

«Che cosa state facendo?» la voce di Kinan tuona nell'aria oltre il crepitio della legna.

Mi sporgo dall'albero dietro cui Chris mi tiene bloccata, il respiro mi si assottiglia.

I miei compagni sono ammassati tutti in un punto, terrorizzati da Reina, che li guarda estasiata con le sclere nere che brillano di eccitazione. Scorro i volti in cerca di Yuri, ma non è tra loro. Guardo in direzione dell'albero su cui era appeso l'ultima volta che l'ho visto ed eccolo lì, sta dormendo beato. Speriamo che non si accorga di nulla e che nessuno si accorga di lui.

Carl ha un braccio teso in avanti, una scintilla crudele gli infiamma lo sguardo. Il suo sorriso si deforma in una smorfia sadica mentre Teo e Nicolas si piegano in modo innaturale a terra, con i lineamenti contratti dal dolore. *È lui, sta impedendo loro di muoversi!*

A un paio di metri di distanza Teresa si tiene il braccio, Wendy le fa da scudo, con un ematoma sulla fronte. Fissa i tre Red con gli occhi sgranati, l'orrore dipinto sulle gote. Ben ride loro in faccia, le vene nere gli marcano la pelle, le sclere sono due pozzi oscuri senza fondo. Si passa la lingua sulle labbra, macchiate di rosso. Di sangue.

Merda!

Muovo un passo, ma Chris mi trattiene.

«Se ti sposti da qui, è la volta buona che ti uccidono, principessina Liverly» bisbiglia.

«Ma che cazzo siete?»

Il tono atterrito di Teresa fa sghignazzare Ben. «Oh, sei curiosa? Come te lo spiego... siamo frutto di un esperimento andato male, nascosto al resto del mondo».

Tra i ragazzi strisciano mormorii increduli.

«Es-esperimento? Mi ha-hai morso un-u-un bra-braccio...» biascica Teresa tra le lacrime.

«Avevo fame, perdonami... effetto collaterale».

Ben le si avvicina, ma Wendy gli si piazza davanti.

«Ho promesso a Teo di non toccarti, biondina, ma così mi

stuzzichi e io non so resistere...» La voce roca e strascicata di Ben mi fa venire i brividi. Sorride e passa la lingua sul labbro inferiore, una scintilla di malizia avvampa nel buio delle sue iridi.

Wendy alza il mento, lo sguardo assottigliato tra le ciglia non mostra paura. Dovrebbe essere terrorizzata, invece lo sta sfidando senza un minimo di esitazione.

«La tua biondina è coraggiosa, Teo. Il colpo alla testa non è servito» sibila Carl, mentre il ghigno sul suo viso si amplia.

Mi butto in avanti, ma Chris mi blocca di nuovo, tenendomi con più forza.

«Ora le aiutiamo, stai calma» sussurra in modo che possa sentirlo solo io.

«Lo vuoi tu un colpo alla testa, Carl?» dice Amanda, affiancando Kinan.

«Amanda! La cara e dolce Amanda... vuoi unirti a loro?» Indica con il capo Teo e Nicolas che continuano a gemere per il dolore, inchiodati al suolo da una forza soprannaturale.

Non so se Kinan abbia un piano in mente o meno, ma se non fa qualcosa, dubito che questi tre pazzi si fermino... stanno torturando anche i miei compagni di scuola.

I singhiozzi di Teresa attirano la mia attenzione. Dalla ferita sul braccio sgorga sangue, cola fino alle dita, le macchia i vestiti. Deve fare davvero molto male...

«Ho fame...» Reina si stiracchia. «Chi di voi vuole essere il mio spuntino?» Li scruta a uno a uno e sorride nel vederli arretrare tremando. «Avanti, non fate i timidi!» Sfila davanti al gruppo di ragazzi, sogghignando. «Un volontario che vuole essere il mio spuntino?»

«Nessuno» ringhia Kinan. «Non toccherete nessun altro qui, andiamo via».

«Sai, non ho ben capito perché proteggi queste sacche di sangue che camminano» sibila Carl. «Sarebbe molto più facile per te se...»

«Smettila!» sbotta Amanda.

«Di fare cosa, dolce Amanda? Di dire a tutti chi siete e perché lo nascondete? Okay, non lo dico a nessuno». Carl fa l'occhiolino.

«Dire a nessuno che loro sono come noi? Capito, terrò la bocca chiusa!» Ben fa finta di chiudersi una zip sulla bocca, facendo ridere Reina.

«Ops, troppo tardi...» la canzona Carl.

Mi irrigidisco, la tensione nell'aria è soffocante.

«Kinan non farà morire nessuno... almeno credo» bisbiglia Chris al mio orecchio.

Che vuol dire 'almeno credo'?

Aggrotta le sopracciglia. «Che cazzo fa quell'idiota?»

Mi volto verso il falò: Trevis avanza verso i tre Red senza alcuna esitazione. «Se questo è uno scherzo, direi che può finire qui».

«Se c'è una cosa che amo degli umani è la loro ingenuità» ride Reina. «Sono così innocenti!»

«Umani?» biascica Trevis.

«Già!» gli si avvicina ancheggiando, passa la lingua sui canini affilati e sulle labbra tinte di rosso.

«Come ti chiami, tesoro?»

«Reina, smettila». Kinan si mette in mezzo, fa da scudo a Trevis e agli altri con il suo corpo. La prende per il braccio, obbligandola a guardarlo.

I miei occhi si inchiodano su quel contatto, mentre il loro bacio mi si impianta nella mente, azzannandomi lo stomaco in una morsa. Serro forte le palpebre.

La tocca per fermarla e impedirle di fare del male. Deve essere così...

«Sei gelosa di Reina?» mormora Chris, facendomi sussultare.

«Cristiano, chiudi la bocca».

«Mi chiamo Chris, santo cielo!»

Alle spalle di Kinan, Trevis estrae il cellulare dai jeans, ma lui se ne accorge e glielo toglie dalle mani.

«Che cosa stai facendo? Ridammelo subito!»

Allunga un braccio per riprenderlo, ma Kinan lo blocca con una mano.

«Ti conviene non farlo» gli ringhia addosso.

«Ma voi siete pazzi! Teresa sta sanguinando dal braccio, Wendy ha un livido sulla fronte, Isabella è scomparsa, e state facendo i sadici maniaci?»

Chris ridacchia. «È praticamente morto, il ragazzo».

Ma che idiota! Gli tiro una gomitata alla bocca dello stomaco.

«No, scusa... è morto e sepolto!»

«Sei proprio un bel bocconcino...» Ben allunga una mano e passa un dito sulla guancia di Wendy, che storce la bocca in una smorfia di disgusto.

«Non toccarmi» ruggisce, le iridi azzurre lampeggiano.

«Teo, non mi hai detto che è una leonessa» sogghigna maligno.

«Smettetela!» Amanda si avvicina a loro tre. «Noi non siamo come voi. Carl, libera Teo e Nicolas. Ben, lascia stare le ragazze. E Reina, non puoi toccare nessuno di loro».

Carl ride di lei, mentre Ben in un gesto fulmineo artiglia il braccio di Teresa e conficca le unghie nella ferita, facendola urlare. Il sangue gli sporca la pelle marchiata dalle vene scure, le sclere nere grondano bramosia e rabbia.

Wendy gli si getta addosso, aggrappandosi al suo polso, ma viene presa alla gola e sbattuta a terra davanti a tutti i miei compagni che tremano, i volti sconvolti dal terrore.

Kinan scatta verso Ben, ma viene distratto da Reina, che afferra Trevis dal collo, sollevandolo sopra la sua testa. Il sorriso macabro che le taglia la bocca mi mette i brividi. Lui annaspa, le gambe sospese nel vuoto scalciano, il suo viso si fa paonazzo.

«Fai un passo e gli spezzo il collo» sibila spietata. «Oppure potrei ridurlo a un vegetale interrompendo il flusso di sangue nel suo bel cervellino saporito... come preferisci?»

Amanda fa un passo verso Reina, e Carl ne approfitta per torturare ancora Nicolas e Teo. Teo geme e tossisce, un fiotto di sangue gli si riversa fuori dalle labbra, colandogli sulla mandibola.

«Sai bene che se i tuoi amichetti perdono troppo sangue, l'effetto dell'iniezione si affievolisce fino a scomparire...» sogghigna Carl. «Non vorrei essere nei panni di questi umani poi...»

Amanda digrigna i denti, le sopracciglia corrucciate. Alza le mani, i palmi rivolti a Carl in segno di resa.

Mi volto verso Chris e l'espressione divertita che aveva prima è scomparsa. Se Kinan si muove, Reina uccide Trevis; Carl tiene in ostaggio Nicolas e Teo, impedendo ad Amanda di intervenire; Ben sta dissanguando il braccio di Teresa, che è sul punto di svenire per il dolore, e tiene Wendy schiacciata a terra.

Una situazione di merda.

«Cosa cazzo facciamo?»

Chris scuote la testa, rilasciando un sospiro. «Diventerà una carneficina se non troviamo qualcosa di più grande o più emozionante con cui distrarli, così da permetterci di attaccarli a sorpresa e mettere in salvo gli altri».

'Qualcosa di più grande e di più emozionante con cui distrarli... forse so cosa potrebbe portare i Red impazziti a concentrarsi su altro'.

«Senti...»

«Mmh?» sussurra, mentre studia i movimenti di Carl, Ben e Reina.

«Spero che questo basti» mormoro, sfuggendogli dalle mani e uscendo di corsa allo scoperto oltre il tronco.

Carl e Ben fiutano subito il mio odore: si voltano verso di me e nei loro occhi si accende una scintilla di rabbia. Anche Kinan si gira, piantandomi le pupille addosso, precise come raggi laser. Sgrana gli occhi e impallidisce.

A giudicare dalla sua faccia, il mio colpo di scena è riuscito.

«Scusate l'interruzione del vostro rito sadico, ma volevo presentarmi ufficialmente...»

Reina allenta la presa su Trevis, facendolo respirare. Almeno ora i suoi piedi poggiano a terra.

«Io sono...»

«Nessuno. Stava andando via...» Kinan si lancia verso di me, ma Reina lo blocca con un braccio.

«Sento che ci state nascondendo la ragazza. È la seconda volta che mi sfugge, non è maleducato?» Il suo tono velenoso mi striscia sulla pelle e mi fa storcere le labbra.

Kinan mi guarda come si guarda un defunto in una bara e si porta una mano tra i capelli. O strappa i miei o strappa i suoi.

«Sono Isabella Liverly».

Cala un silenzio tombale.

Forse gettarmi in bocca a degli squali affamati senza alcun piano di riserva non è stata proprio una buona idea. Nella mia testa suonava meglio.

«Isabella... *Liverly*?» Reina lascia Trevis, facendolo accasciare al suolo in preda a colpi di tosse.

Ben scatta in piedi. «Liverly come i pezzi di merda dei Liverly che ci hanno fatto questo?» Molla la presa sul braccio insanguinato di Teresa.

Il tono di voce, i loro occhi e le espressioni sono talmente carichi di odio e di risentimento che mi costringo a distogliere lo sguardo.

«Mi dispiace, Kinan, io quest'informazione l'avevo tenuta per me... ma a quanto pare la ragazza ha un'indole suicida» mormora Carl, ridacchiando. Smette di torturare Nicolas e Teo, e Amanda accorre subito in loro aiuto, lanciandomi un'occhiata allibita.

'Lascia stare, non so nemmeno io cosa mi è preso quando sono uscita da dietro l'albero'.

La mia unica speranza adesso è che Chris intervenga.

38
Colpe

Isabella

Okay. Ho fatto una gran cazzata e probabilmente sto per morire, ma rimaniamo calmi.

Magari vorranno parlare dell'estinzione globale dei panda.

Estinzione globale dei panda? Molto più probabile che siano interessati all'estinzione dei Liverly.

«Era questo che ci tenevi nascosto, Carl? La figlia degli assassini?» ringhia Ben. I suoi occhi diventano ancora più neri, condensano tutto l'odio e il rancore.

Kinan segue ogni suo movimento con il corpo in tensione. Starà di sicuro progettando qualcosa per salvarmi. Almeno spero.

«È la verità?» Reina alza la voce. «Ci hai veramente tenuto nascosto questo fatto, Carl?»

«Mi hanno obbligato, anzi quasi minacciato. Siamo in tre, e loro in quel momento erano un esercito, per questo mi sono trattenuto. E comunque, Dave non vuole che le si faccia del male» mormora. Ho il suo sguardo incollato addosso, un sorrisetto a incurvargli le labbra. Ieri stava per uccidermi, ora sembra morire dalla voglia di toccarmi... mi dà la nausea.

«Esatto, perciò vi consiglio di lasciarla stare». Kinan si sposta davanti a me. «Non creiamo inutili casini, non vi conviene».

«No, caro mio. Un conto è se noi rispettiamo Dave perché è sempre stato uno dei nostri, ci ha aiutati con l'evasione e si sta facendo il culo per vendicarci, anche a costo di demolire la sua stessa famiglia. Il suo stesso sangue». Reina avanza con passi sicuri. Il profumo dolciastro che ha addosso m'invade le narici in modo prepotente. «Ma lei, quella ragazzina che stai nascondendo da quando siamo qui... che cazzo ha fatto per noi? Te lo dico io: un bel niente! Scommetto che ha passato la sua infanzia viziata da mamma e papà, e ora la ricca figlia dei Liverly, che dorme nella sua lussuosa stanza pagata grazie alla nostra pelle, è indecisa se andare a Stanford o Yale. Ah no, perdonami... era Harvard, vero tesoro?»

Carl e Ben ridono divertiti, e io resto in silenzio. Hanno ragione a odiarmi. Io stessa detesto tutto quello che ho avuto finora.

«Ma cosa state dicendo? Di che state parlando?» La voce di Wendy mi arriva alle orecchie come un fragile sussurro.

La guardo: la maglia strappata sulla spalla, i jeans sporchi di terra, il volto pallido su cui il livido rossastro spicca come un fiore sulla neve. Sorregge la testa a Teresa, più bianca di lei, con il braccio sanguinante. Hanno bisogno di andare in ospedale, subito.

«Non ci credo... non lo sanno, vero? Ecco perché sembriamo noi i cattivi, qui» ride Ben.

'Chris, spero che tu stia chiamando Dave o qualcun altro che possa aiutarci'.

«Dovete sapere che i Liverly sono imputabili di maltrattamento di minori, abusi e aggravamento delle loro condizioni fisiche e psicologiche, oltre che di omicidio. Hanno violato ogni diritto umano, iniettandoci un cazzo di virus quando eravamo solo dei bambini per riuscire a trovare una cura per il loro amato figlio. Si sono mai fermati? Be', sì... quando hanno visto che la metà degli orfani che usavano moriva, mentre l'altra metà si trasformava in un branco di mostri bramosi di carne umana. Il sindaco ha iniziato a opporsi, si sono *dovuti* fermare». Le sue parole straripano di rabbia. «Volevano nasconderci o disfarsi di noi in modo silenzioso, peccato che siamo scappati. Adesso, secondo loro, dovremmo vivere seguendo le regole che ci hanno imposto».

Abbasso lo sguardo mentre gli occhi di tutti mi trafiggono la carne come pugnali. Non oso immaginare i loro volti, non oso immaginare come mi guarderanno dopo questo... non oso immaginare come mi guarderà Wendy, dopo questo.

«Non rivelare i dettagli dell'esperimento, non divulgare ciò che è successo» ringhia Ben, contando le regole con le dita.

«Non nutrirsi degli umani» sibila Carl divertito.

«Non ucciderli» ghigna Reina.

«Non invadere gli spazi dei White e non attirare sospetti». Ben schiocca la lingua.

Kinan si sposta per coprirmi meglio. «Diciamo che voi le avete violate un po' tutte».

«Può essere, Kinan... ma vuoi biasimarci? È colpa nostra se i suoi genitori ci hanno fatto questo? È colpa mia se ho fame e non riesco a saziarmi? È colpa mia se da piccola ho divorato il mio primo amico, senza rendermene neanche conto?» L'astio che filtra dalla voce di Reina mi si insinua nel cuore come veleno.

Tengo gli occhi bassi, fissi al suolo. Il peso delle colpe dei miei, il peso del loro rancore... è troppo. Non posso né ho il diritto di difendermi.

«Dimmi che è colpa mia se ho sempre fame, dimmi che è colpa mia se ho il desiderio di uccidere».

Kinan non le risponde. Faccio un passo indietro, allontanandomi dalla sua protezione. Tanto rappresento solo un peso. Anche per lui sono la 'figlia dei Liverly'.

'L'ostacolo'.

«Tu dimmi che è colpa mia, e io smetto di uccidere. Dillo se hai il coraggio» lo sfida con lo sguardo.

Nessuno osa ribattere alle sue parole, nessuno la contrasta.

Come biasimarli? Non posso pretendere che Kinan prenda le mie parti. Non posso pretendere il perdono per la mia famiglia. Le lacrime mi inumidiscono le ciglia.

«Non ci riesci, visto? Questo perché è colpa dei suoi genitori, è colpa loro. Guardami negli occhi, stronza. Guardami negli occhi e dimmi che sto sbagliando». Reina mi afferra il mento, spingendomelo verso l'alto, ma Kinan le prende i polsi e la blocca. «Quando tuo padre ti comprava la casetta delle Barbie, a me infilava una siringa di anestetico!» urla. «Per il tuo compleanno, immagino che tua madre ti abbia sempre preparato la tua torta preferita, sbaglio? Sai cosa faceva a me? Mi rinchiudeva in una stanza talmente piccola che pensavo di aver finito l'ossigeno e svenivo in preda agli attacchi di panico».

Le sue urla, le accuse, le parole amare... sono coltelli che mi colpiscono senza pietà.

«Issa... perché non rispondi?» Trevis striscia al suolo e solleva il viso verso di me. «Di' qualcosa, Issa».

Tutti i miei compagni restano in silenzio, in attesa. Mi volto a guardarli: hanno gli occhi colmi di una speranza che non posso reggere.

«Avanti» sibila Carl, divertito dal mio silenzio. «Dillo che non sono stati i tuoi genitori, dillo che ci stiamo inventando delle cazzate!»

'Non posso'. Per la prima volta Isabella Liverly non risponde, non si difende.

«Quindi era vero quello che hai detto a Teresa? È vero quello che dicono loro? Siete degli assassini?» Trevis indietreggia sui gomiti, il suo volto gronda incredulità, delusione, ribrezzo.

«Fate bene ad allontanarvi, standole accanto rischierete di essere il prossimo esperimento della lista» ride Ben.

Chiudo gli occhi e stringo i pugni. 'Vi prego, basta'.

Voglio solo che tutto questo finisca.

Voglio che nessuno venga ferito ulteriormente.

Voglio andarmene via da qui, sapendo che stanno tutti bene.

I sussurri serpeggiano tra i miei compagni, dilagano alle mie spalle in un brusio di voci disgustate dalla mia presenza.

Trattengo le lacrime, le ricaccio indietro. Anche se tutto questo mi sta distruggendo, la soddisfazione di vedermi andare in frantumi non voglio darla né a Reina, né a Carl, né a Ben.

Osservo Kinan, che serra i denti, il corpo rigido. Il suo sguardo mi sfiora come una carezza di scuse.

Non può prendere le mie parti. La causa che porta avanti gli getta addosso un peso che lo frena.

'Non puoi difendermi. Non si può difendere chi ti ha quasi ucciso. Lo sai tu, come lo so io, che tutto questo è sbagliato. Dovresti odiarmi, proprio come mi odiano loro tre. Non dovresti provare empatia. Non dovresti essere così preso dai miei occhi. Sarebbe tutto più facile se tornassi a guardarmi come quando mi hai detto che sono un ostacolo. Sarebbe più facile se mi guardassi come mi guardano Reina, Carl e Ben. Sarebbe più facile se mi odiassi. Ma non lo fai. Tu non lo fai'.

Distolgo gli occhi dai suoi, mordendomi il labbro per impedirmi di piangere.

«Vi siete fumati il cervello?»

La voce di Wendy mi paralizza. Posso sopportare tutto, ma non l'odio della mia migliore amica. Non l'odio della ragazza che mi è sempre stata accanto. Non lei.

«Se pensate davvero che queste parole bastino per farci odiare la nostra Issa, siete totalmente fuori strada!» Si alza traballando e fa un passo in avanti, lo sguardo fisso verso Ben. «Potete dire qualsiasi cosa, ma Isabella Liverly rimane Isabella Liverly».

Riesce a stento a stare in piedi. La stanchezza fa da cornice ai suoi occhi azzurro cielo, ma le sue parole traboccano di una forza e di un amore che mi riscaldano l'anima e mi commuovono.

«Issa è Issa» mormora Trevis, «la conosco da quando sono nato. È strana, forse un po' pazza, ma non farebbe del male neanche a una mosca. È la persona più solidale e gentile che esista».

«È tirchia, ma non è un'assassina... mi ha sempre difeso in classe. Non farebbe del male a nessuno».

«La nostra Issa non è così» gridano alle mie spalle.

«Andate a casa vostra!»

«Isabella Liverly non si infanga!»

Asciugo le ciglia umide e sorrido di fronte a questo affetto inaspettato.

Scruto i loro volti decisi. Non so da dove stiano prendendo questa assurda voglia di morire con me. Vederli urlare insieme in mia difesa, vederli uniti per me, quando fino a tre secondi fa tremavano dalla paura, mi stringe il cuore.

«Se ve la prendete con Issa, allora ve la state prendendo con tutti noi» squilla Wendy con una lacrima che le percorre la guancia.

«Con piacere, dolcezza» mormora Ben, una scintilla perversa gli arroventa gli occhi.

Si scaglia su di lei, ma viene scaraventato via da Teo mentre Nicolas la prende in braccio e la trasporta accanto ai nostri compagni.

Dagli alberi che ci circondano iniziano a scendere altri ragazzi. Si calano al suolo come ninja, come soldati silenziosi pronti a combattere. Sono in mezzo a un film d'azione, o cosa?

Kinan sogghigna. Quindi già sapeva... forse era questo il piano che aveva in mente?

Amanda raggiunge Teresa in un lampo, la prende tra le braccia e la porta lontano dal falò, adagiandole la schiena contro un albero. A loro si avvicina il medico dei Red, una valigetta di pronto soccorso stretta in mano. Hanno mobilitato anche lui per l'evenienza? Erano preparati a tutto, anche alla possibile presenza di feriti.

Di colpo il ringhio di Carl mi ferisce i timpani. Mi volto spaventata mentre lui mi si getta contro per artigliarmi il collo. Chris lo placca sul fianco, scaraventandolo con forza addosso un tronco. Anche Reina scatta in avanti con le braccia tese e le unghie appuntite pronte ad affondare nella mia carne, inondandomi d'odio dalle sclere nere. Sussulto e indietreggio col cuore impazzito. Sono spacciata...

Kinan le si scaraventa sopra, l'afferra per un polso e la schianta a terra con tutto il suo peso.

«Ce ne avete messo di tempo» sbraita rivolgendosi a Chris, trattenendo Reina.

Chris mi indica con disappunto. «Perdonami se quella pazza si è buttata senza preavviso».

«State difendendo degli umani, mi vergogno per voi» sputa Ben mentre si rialza.

«Tu azzardati a toccare di nuovo Wendy» sibila Teo seguendo i suoi movimenti, «e io giuro che ti ammazzo». Le sue iridi si adombrano, il nero gli ingloba del tutto le sclere. «Hai capito?»

Alcuni Red portano a Kinan, a Chris e a Teo delle siringhe e l'orrore e il rifiuto dilagano negli occhi dei tre fratelli.

Kinan stappa l'ago e l'avvicina alla pelle di Reina.

«Finirà come con Lady Diana, Kinan?»

'Lady cosa?'

Lui si blocca con la siringa a un centimetro dalla sua pelle e il suo respiro accelera.

Tutti i Red si immobilizzano, voltandosi a guardarlo. Amanda scatta alle sue spalle, Teo si irrigidisce e Chris si prepara a saltare.

Gli occhi di Kinan diventano neri in un secondo.

«Kinan...» mormora Amanda, impallidita.

«Lo so». La voce è un ringhio grave, roco, gutturale. Il corpo trema, coperto di vene nere, mentre inghiotte aria in respiri veloci.

Sta perdendo il controllo, come gli è successo con Carl. Gli è bastato solo sentir nominare questa Lady... come si chiama. Chi diavolo è? Come può solo il suo nome farlo impazzire? Lui odia essere in questo stato...

Muovo un passo verso di lui.

«Non farlo, stai lì». Le parole di Chris mi fermano. Mi volto a guardarlo, il suo viso è una maschera di preoccupazione e paura.

Chris spaventato? Ma che diamine succede?

Deglutisco e torno con lo sguardo su Kinan: ha chiuso gli occhi e non trema più, il suo respiro sta tornando regolare. Di colpo schiude le palpebre e inietta la sostanza nel collo di Reina. Anche Teo e Chris sedano gli altri due fratelli.

«Caricateli in auto» mormora agli altri mentre lei perde conoscenza. La voce è tornata la sua, anche se il gelo stilla dalle sue parole.

Mi volto verso i miei compagni, riuniti in un punto. Altri ragazzi Red toccano loro la fronte, facendoli cadere svenuti. Come quella notte nel parcheggio... stanno cancellando i loro ricordi.

Uno di loro si avvicina a Wendy, allunga una mano verso il suo viso.

«Non cancellateli a lei, vi prego!» pigolo. «Kinan, lasciale i ricordi. Oggi ha dato prova di riuscire a mantenere il segreto».

«Quello che ha appena vissuto non è facile da digerire...»

«Se esaudisci questo suo desiderio, allora sei veramente cotto!» gli urla Chris, ridacchiando.

Mi dimentico sempre che qui hanno tutti un udito supersonico...

«Ti prego... non voglio mentirle ancora». Sospiro, abbassando lo sguardo. «Ho bisogno di parlarne con qualcuno, altrimenti rischio di impazzire».

«D'accordo» mormora. «Non cancellatele i ricordi».

Il sollievo mi riempie il petto. Lei saprà la verità. La mia Wendy. «Grazie...»

Mi osserva in silenzio, scavando nella mia anima. Forse attende una mia reazione? «Prego» risponde in un soffio, e sofferma lo sguardo sulle mie labbra.

'Vorrei poterti chiedere se mi consideri ancora un ostacolo... vorrei chiederti perché quel nome ti ha fatto perdere il controllo... vorrei sapere cosa pensi... non dovrebbe importarmi, ma la verità è che non ne ho il coraggio. Non oggi'.

Gli do le spalle e mi incammino verso i miei compagni. I suoi occhi incollati addosso mi bruciano la schiena, mi incendiano la pelle.

39
La gentilezza non è il suo forte

Wendy

Come dovrei reagire a tutto questo?

Isabella mi guarda spaventata. «Ti prego parla, di' qualcosa...»

«Qualcosa».

«Sono io quella che usa l'ironia, non tu».

Distolgo lo sguardo dal suo. È tanta roba, tutta insieme. L'esperimento dei genitori, Dave, Yuri, i Red... stento a credere che mezza scuola non ricordi nulla di ieri sera. Stento a credere che i Red abbiano cancellato i ricordi dei miei compagni con un solo tocco. Gli stessi compagni che passeggiano nel corridoio, scherzando come se nulla fosse. È davvero troppa roba da mandar giù tutta insieme.

«Sei arrabbiata con me?»

'Sì. No. Non lo so'.

Sospiro. Sono arrabbiata con lei? Un po' sì, perché non mi ha detto la verità sui Red. Non mi ha detto che Nicolas si è interessato a me solo perché era una cosa pianificata da loro.

Nicolas mi ha usata. Ho riformulato questa frase mille volte per riuscire a realizzarla. Perché? Perché proprio io? E perché Issa non l'ha fermato?

Perché Teo non me l'ha detto?

«Lo so che sei arrabbiata» punta a terra lo sguardo, appesantito dalle profonde occhiaie, «ma non sapevo come dirtelo... e non potevo farlo, ti avevano rimosso i ricordi di quella serata, ed eri felice e leggera...» La voce le si incrina. «Non volevo appesantirti». Trema come una foglia, nasconde le mani nelle tasche della divisa extralarge.

«Perché mi escludi sempre quando soffri?» sbotto ad alta voce, e alcuni studenti si voltano a guardarci. «Fai sempre così! Soffri da sola e non mi permetti mai di starti accanto». Il disappunto per i suoi segreti accumulati trabocca nella mia voce.

Odio quando si tiene le cose per sé e non mi rende partecipe di quello che le succede.

Lei non ribatte e abbassa gli occhi.

«Non rispondi?»

«Ho sbagliato, mi dispiace... ma non volevo farti del male con il mio dolore».

Sospiro, appoggiandomi agli armadietti.

Non so più cosa pensare. Ora ha un senso il fatto che Teo non riesca a controllarsi, ora capisco il perché dei suoi occhi, della sua fame, di quel morso...

«Mi dispiace non averti detto di Nicolas, so che ti piaceva... ho cercato di allontanarti da lui ma...»

«Nicolas? Credi che io sia infastidita per Nicolas?»

Annuisce, guardandomi in faccia per la prima volta dopo ore. Non riesco a tenerle il broncio. Ha la capacità di svuotarti l'anima per la rabbia, ma allo stesso tempo di cullarla con il verde dei suoi occhi, con il fascino dei suoi gesti e con la dolcezza delle sue piccole debolezze.

«Non è Nicolas ad avermi dato fastidio. Certo, non mi rende felice scoprire che era tutta una messinscena parte del loro piano di vendetta... ma la cosa che mi ferisce di più è che tu non abbia condiviso il peso di quello che hanno fatto i tuoi genitori con me».

«Sei infastidita per questo? Perché non mi sono sfogata con te?»

«Sì. Devi parlarmi quando soffri. Devi rendermi partecipe. Tu sei difficile da capire, e lo sai. Ergi sempre un muro tra te e gli altri... l'hai sempre fatto anche con me, e non voglio si ripeta...»

Mi avvolge in un abbraccio e mi accarezza la schiena. «Grazie per essere così premurosa» sussurra.

«Sei pazza, ma ti voglio bene».

Si stacca da me e mi sorride. «Se non fossi pazza, non sarei Isabella Liverly. Non ho dormito per i sensi di colpa e io odio i sensi di colpa» mugola.

Un braccio mi circonda il collo.

«Allora, donzelle, che si racconta?» Yuri ci sorride, ha i capelli scompigliati e gli occhi ancora impastati dal sonno.

«Che hai un aspetto tremendo... quanto hai bevuto?» ridacchio.

«Non è colpa mia, continuavano ad arrivarmi tra le mani bottiglie di birra...» Incurva le labbra in un sorriso sornione. «Issa, dopo mi spieghi cos'è successo con... quella cosa?» mormora, ammiccando alla sorella.

«Uhm... per caso ti riferisci all'attacco di ieri sera al falò?» faccio io.

Sbianca di colpo.

«Sì, sì, so tutto dei Red... e di te» ridacchio.

Mi guarda per qualche istante, sbattendo le palpebre.

«Chi cazzo gliel'ha detto?» biascica rivolto alla sorella.

Isabella mi fa l'occhiolino. «Ieri eri talmente brillo che le hai spiattellato tutto quanto per filo e per segno...»

«Stai scherzando? L'ho fatto?» Si porta le mani ai capelli. «Non fatemi più bere... mai più!» Bisbiglia frasi incomprensibili, le mani giunte di fronte al viso.

«Cosa stai facendo?»

«Prego che i Red non mi riducano a pezzi per poi farne una collanina» pigola.

Gli scoppio a ridere in faccia, è davvero troppo buffo.

«Yuri, era uno scherzo! Vuoi sapere chi gliel'ha detto? Io. Perché ieri, mentre stavi dormendo sull'albero ed eri immerso nel mondo dei sogni, ho rischiato di finire come spuntino dei tre Red psicopatici. E mio fratello dov'era?» Issa lo prende per l'orecchio, costringendolo ad abbassarsi alla sua altezza.

Tutti gli studenti che passano ridacchiano guardandoli.

«A sognare di salvare il mondo in un universo parallel... ahia!»

«Te lo faccio vedere io l'universo parallelo!» bofonchia lei, socchiudendo le palpebre.

«Non puoi essere più delicata?» sbraita Yuri col volto arrossato.

Lei sbuffa e lo trascina con sé verso la sua classe.

Mi incammino per seguirli, ma vengo bloccata per il braccio. Mi volto e il viso di Nicolas mi compare davanti. Mi sorride, ma ha lo sguardo stanco.

Ieri sera non è stata una passeggiata per nessuno.

«Dimmi».

«Io... Isabella te l'ha detto?»

«Che mi hai usata? Che sono solo una pedina di un piano? Sì, me l'ha accennato».

Sgrana gli occhi. «Non sei solo una pedina».

«Non voglio sentire altro, non ho bisogno delle tue scuse. Ti ringrazio per avermi aiutata ieri, ma non voglio più avere a che fare con gente come te. Ora, se permetti...» Punto gli occhi sulla mano che mi stringe il braccio.

«Scusa...» sussurra mollando la presa.

Alzo lo sguardo su di lui un'ultima volta e mi incammino dalla parte opposta.

Non posso credere di esserci cascata davvero. Isabella ci aveva visto giusto: i primi giorni non si fidava di lui e io non l'ho ascoltata. Mi sono fatta abbindolare dai modi gentili che mostrava.

Chissà quante cose ha finto, chissà quante bugie ha detto. Avrà riso della mia stupidità con i suoi amici?

Raggiungo Isabella fuori dalla classe di Yuri e procediamo nel corridoio verso la nostra aula. Per fortuna oggi non ci saranno i Red a lezione, almeno non avrò il peso di doverlo vedere. O di dover vedere Teo.

Ora che conosco la verità, non so come reagirò ad averlo davanti. Chissà come si comporterà lui... ma in fondo come deve comportarsi? Sospiro. Sono solo la ragazzina che ha aiutato più volte, niente di più.

«Wendy, che succede?» sussurra Issa.

«Nicolas».

«Lo devo picchiare?»

Ridacchio e scuoto la testa divertita.

Isabella

Lancio un'occhiata a Wendy, cammina piano, lo sguardo perso sulle mattonelle di fronte ai suoi piedi. La storia di Nicolas l'ha scombussolata più di quanto crede.

'Ti conosco, so che odi il rancore... a te piace il perdono. Non stai in pace con te stessa se ferisci qualcuno'.

Davanti alla nostra classe troviamo Teo con le spalle poggiate al muro e le mani infilate nelle tasche dei pantaloni. Ma non dovevano essere a casa oggi? Le sue pupille si piantano su Wendy. «Parliamo?»

«Issa, andiamo».

Lo supera senza degnarlo di una risposta, ma lui le blocca la strada con il corpo e cerca il suo viso.

«Devo parlarti».

Se pensa che questo sia il modo giusto per convincerla a fare qualcosa, è fuori strada.

Wendy lo spinge via. «Sai dare solo ordini?» sbotta.

«Devo chiarire delle cose».

«Non mi interessa e non voglio sentirti parlare. Lasciami in pace».

Non l'ho mai vista così fredda... pensavo fosse solo Nicolas ad averle dato fastidio, ma forse devo ricredermi.

Teo le blocca ancora la strada. «Dammi solo qualche minuto...»

Lei lo sorpassa, dandogli una spallata.

Lui muove un passo per andarle dietro, ma gli sbarro la strada.

«Non penso tu abbia capito come funziona con Wendy» lo avviso.

Mi trafigge con un'occhiata carica di sdegno. «Perché, tu sì?»

«Diciamo che io mi sono fatta perdonare stamattina. Non come te e Nicolas» sibilo.

«Che cosa...?» Si acciglia. «Cosa le ha detto Nicolas?»

Incrocio le braccia al petto. «Perché lo vuoi sapere?»

Due ragazze ci superano scoccandogli sguardi estasiati. Ma che ci trovano di così pazzesco? Lo venerano neanche fosse Apollo in persona! È pure scorbutico. Solo Wendy riesce a vederci del buono. Contenta lei...

«Cambiamo domanda: cosa devo fare affinché Wendy mi ascolti?»

«Teo dei Red, quello scontroso e diffidente, vuole sapere come comunicare con un'umana? Mi sconvolgi!»

Alza gli occhi al cielo. «Hai finito?»

«No, ho appena iniziato. Non ti hanno avvisato del mio fantastico sarcasmo?»

«Ho capito, faccio a modo mio». Si volta per andarsene ma lo fermo, artigliandolo per la maglietta.

Istintivo, irrazionale e permaloso. Che carattere di merda.

«Dio mio, che modi del cazzo che hai».

Assottiglia lo sguardo, fulminandomi. «Mi hai fermato per insultarmi?»

«A Wendy piacciono la cortesia, la gentilezza e la sincerità».

«Sono stato sincero: devo parlarle».

La schiettezza con cui lo dice mi fa scoppiare a ridere. «Scusa, ma l'hai detto con lo stesso tono che uso io per dire che vado a fare pipì» ridacchio.

«Che cazzo dici» sgrana gli occhi, «ma sei pazza?»

Respiro a fondo per calmarmi, asciugandomi l'angolo esterno dell'occhio. «Sono serissima. Santo cielo, devi parlare con gentilezza... sei sempre così scorbutico e conciso? Usa i 'per favore', qualche volta. Chiedi scusa esplicitamente e magari non guardarla come se ti dovesse un rene» mormoro.

«Non ho mai guardato nessuno così».

«Teo... ma se all'inizio pensavo avessi una paralisi facciale?»

Si tocca il volto, e di colpo fa una smorfia. Cosa sta...? Oh Dio, dovrebbe essere un sorriso, questo?

La sua espressione è talmente buffa che scoppio di nuovo a ridere. Lui sbuffa scocciato, biascicando qualcosa tra i denti.

Oltre le sue spalle, una chioma di riccioli rossi spicca vicino agli armadietti. Le mie risate scemano mentre i miei occhi vengono rapiti dal suo viso screziato di lentiggini, dalle spalle ampie, dalle vene in rilievo sulla pelle d'alabastro.

«La paralisi facciale ce l'hai tu, adesso» sogghigna Teo, riportandomi alla realtà.

So che dovrei farmi gli affari miei, ma mi chiedo che fine abbiano fatto Carl, Ben e Reina, e non solo... ho una domanda che mi sta torturando la mente e, per quanto io cerchi di non pensarci, non riesco a farne a meno. Chi è Lady Diana?

«Cos'è successo con i fratelli alla fine?»

«Non sono affari tuoi» sputa secco. Mi dà le spalle e si allontana, raggiungendo Amanda e Nicolas.

«Sempre gentile» bisbiglio. E dire che gli ho dato anche dei consigli utili per parlare con Wendy... avrei dovuto lasciarlo con i suoi modi bruschi e la faccia paralizzata.

«La gentilezza non è il suo forte». La voce di Chris mi fa sussultare. «Un po' come per te...»

«Santo cielo, mi hai spaventata!»

Compare sempre nei momenti meno opportuni.

«Che cosa stavi facendo con Teo? Vi ho visti da lontano».

Sposto lo sguardo su Kinan, intento a parlare con il professore. Forse posso domandare direttamente a Chris.

«Gli stavo chiedendo una cosa» mormoro.

«La curiosità malata di Isabella colpisce ancora» ridacchia.

«Chi è Lady Diana?»

Il suo sorriso scompare di colpo e il volto sbianca. Si guarda attorno nervoso e mi trascina per il braccio fino alla prima aula vuota che trova.

«Mollami subito!»

Mi ignora, ci infiliamo nel laboratorio di chimica e chiude la porta alle nostre spalle.

«Mi vuoi uccidere di nascosto, Cristiano?»

«Se avessi voluto ucciderti, l'avrei già fatto, principessina Liverly» sibila.

«Mi chiamo Isabella» ringhio.

«E io Chris, piacere».

Oh, ma che simpatico burlone!

«Ti dico questa cosa per il tuo bene, per il mio bene e per il bene di tutti» sussurra, massaggiandosi le tempie con i polpastrelli. «Non devi mai più chiedere di Lady Diana. Non dovresti neanche sapere della sua esistenza. Non sto scherzando, non la nominare».

«Perché? È qualcuno di importante?»

«Non hai capito, cazzo? Non è nessuno, e non devi pronunciare quel nome, soprattutto se nei paraggi c'è Kinan. Smettila di farlo, di impicciarti e di cercare risposte. Non finirà bene se continui».

Si muove a scatti, il volto in tensione.

Non è da lui. Chi è questa tizia che può far perdere il controllo a Kinan e che spaventa persino Chris?

«Isabella... sono stato chiaro?»

L'ansia nella sua voce mi fa annuire.

D'improvviso la maniglia si abbassa e la porta dell'aula viene spalancata.

40
Cereali

Dave

«Deve riposare, è ancora scioccata. Tornerò domani a disinfettarle la ferita e a controllare i punti. Mi raccomando, non deve fare sforzi».

Annuisco, mentre accompagno il medico alla porta.

Devo cercare di tranquillizzare e contenere Teresa. Spero si calmi e non dia i numeri come poco fa. Mi ha ricordato Isabella... l'incredulità prima, lo shock poi.

Non avrei voluto coinvolgerla così presto, ma la cazzata di Ben, Carl e Reina ci ha costretti a velocizzare il piano. D'altronde, presto o tardi lo avrebbe saputo. Spero solo che collabori.

«Dave, la ragazza sta distruggendo la stanza!» sbraita Jackson dal piano di sopra.

Sospiro e salgo le scale, scuotendo il capo. Sul pianerottolo, lui e Finn mi fissano sconvolti.

«Voi andate a controllare il resto, ci penso io qui».

Varco la soglia e una lampada sta per colpirmi. Mi chino all'istante, mentre la ceramica si schianta contro la parete, crollando in cocci sul pavimento. Fortuna che ho i riflessi pronti...

«Fatemi uscire da qui, voi e le vostre cazzo di sette magiche!» Prende un fermacarte dalla scrivania e me lo tira addosso.

«Teresa, calmati e ascoltami».

«Non ascolto niente, vi denuncio tutti!»

«Devi calmarti o i punti rischieranno di aprirsi nuovamente» sussurro, lanciando un'occhiata veloce al suo braccio.

«Non mi dire cosa devo fare!» urla, lanciandomi due libri uno dietro l'altro. Schivo ogni colpo e recupero al volo anche un bicchiere.

«Okay». Evito una penna che punta dritta verso il mio occhio. «Cosa ne dici se io non ti dico cosa fare, ma tu ti calmi e mi ascolti per un minuto?»

Incrocia le braccia al petto, inumidisce le labbra e mi guarda con le ciocche arruffate a incorniciarle il volto.

Quando non urla, sembra ancora umana. Ha capovolto la stanza in dieci minuti.

Sul pavimento accanto al letto giacciono i brandelli dei vestiti che le ho portato stamattina. «Perché hai tagliato i vestiti che ti ho dato?»

«Vuoi usare così il minuto?»

«Mi hai concesso il minuto?»

Mi lancia un'occhiata scocciata. «Mancano quaranta secondi...»

Okay, tira fuori la tua empatia, Dave.

«Sei spaventata, lo capisco. Non ci credi e non vuoi credere a quello che ved...»

«Credo a quello che vedo: ossia che siete dei matti che hanno abusato di sostanze stupefacenti e ora date la colpa alla mia famiglia».

«Ho dato la colpa anche alla mia, di famiglia. Sarei un matto a infangare il mio nome senza motivo, non trovi?» mormoro, sperando di farla riflettere.

«La tua famiglia? Dave, hai abbandonato quella casa da quando io e Issa eravamo alle elementari. Di quale famiglia parli? E poi che cazzo di teoria campata in aria sarebbe? Ti aspetti che io creda facilmente a degli svitati che non mi portano in ospedale, ma mi rinchiudono in una stanza e mi parlano degli ufo?»

«Quali ufo?»

«Dave Liverly, fammi uscire da qui, o giuro che riprendo a urlare e a spaccare tutto».

«Non posso».

Lancia un urlo che mi trapassa i timpani, afferra la spillatrice dal cassetto e me la tira contro.

La porta si apre di colpo e Finn e Jackson entrano allarmati. I loro occhi si fanno neri, sono pronti a lanciarsi contro di lei.

«Tranquilli, tranquilli, tornate di là».

«Fammi uscire, brutto codardo. Fatemi uscire, deficienti che non siete altro! Rapitori psicopatici! Vi denuncio! Non sapete con chi avete a che fare».

Afferra il quadro appeso alla parete e me lo scaraventa addosso. La cornice mi colpisce sulla schiena esplodendo in mille schegge di legno.

Cazzo se fa male!

Mi rialzo, massaggiandomi la spalla dolorante. Lei è in affanno, si guarda intorno alla ricerca di oggetti da lanciarmi, con le guance arrossate e i capelli che ondeggiano al ritmo veloce del suo respiro. Tiene il braccio fasciato con la mano, dalle bende trasuda un po' di sangue.

«Hai finito? Non c'è più nulla di intatto qui dentro» mormoro.

Si affaccia alla finestra e tenta di aprirla con una sola mano. «Aiutatemi!» sbraita contro il vetro. «Qui c'è un maniaco depravato che vuole abusare di me!»

Mi avvicino mentre è di spalle, mi arriva al mento.

Si volta di scatto, puntandomi le iridi castane addosso. «Che cazzo vuoi fare? Uccidermi con i tuoi poteri di fata?»

'Poteri di... fata?' Scoppio a ridere.

«Cosa cazzo ridi?»

L'espressione imbronciata e le gote rosse non le danno l'aspetto della dura e ribelle che vuol far credere.

«L'hai capito che siamo nella zona dei Red e che, a meno che i White non siano vampiri e sentano anche gli ultrasuoni, nessuno verrà ad aiutarti?»

Serra il pugno e assottiglia lo sguardo, alzandosi sulle punte. «L'hai capito che appena esco di qui ti faccio il culo a suon di denunce?»

Trattengo un'altra risata. 'Certo che per avere una voce così minuta, ne spari di insulti'.

«Mi fai il culo a suon di denunce? Wow, sembra romantico!»

Mi colpisce con pugnetti e schiaffi, sperando di potermi far male in qualche modo. La forza che ci mette è così poca che indietreggio solo per non deluderla o farla arrabbiare ancora di più.

Teresa

Il suo sorriso non scompare neanche mentre lo colpisco.

«Lo sa Issa che suo fratello è un depravato che rapisce le ragazze?» Lo spintono ancora.

«Oggi mi hai fatto tanti complimenti, ma dovresti davvero fermarti, adesso. Il tuo braccio ha ripreso a sanguinare».

«Non me ne frega un cazzo, fammi uscire!» Lo spingo di nuovo, ma questa volta la sua espressione cambia. Mi blocca il braccio e, con delicatezza, prende tra le mani la parte fasciata. Sento pulsare la ferita, probabilmente si sarà strappato qualche punto.

Il medico mi aveva raccomandato di non muovermi troppo... ma come faccio se sono intrappolata con dei pazzi? Ancora stento a credere che possano diventare qualcosa di così diverso: gli occhi, le arterie e le vene nere, la velocità accelerata e la forza sovrumana... ma dove sono finita? In un film? E poi le mie zie non sono delle assassine come dicono!

«Si sono aperti dei punti...» La voce preoccupata di Dave interrompe i miei pensieri.

Mi schiarisco la gola. «Le mie zie psicopatiche a quest'ora si staranno chiedendo dove sono finita... mi lasciate andare?»

La mia domanda non riceve risposta, perché vengo trascinata fuori dalla stanza, dritta verso il bagno. La sua mano non abbandona mai il mio braccio, mi spinge piano per evitare di aprire i punti rimasti, ma mi tiene abbastanza stretta da non permettermi di scappare.

Mi fa sedere su uno sgabello, chiude la porta a chiave e cerca in un armadietto delle fasce e del disinfettante.

«Fammi indovinare? Speri che io cada ai tuoi piedi sviluppando la sindrome di Stoccolma?»

«Pensi che voglia farti innamorare di me?»

«Penso che tu sia un pazzo».

I suoi occhi azzurri puntano i miei. Una leggera ombra di barba gli ricopre la mandibola, definendone i contorni netti, ciocche di capelli scuri ricadono in avanti ad accarezzargli la fronte.

Certo che, così da vicino, non è per niente male... questo suo look un po' selvaggio lo rende... sexy...

Di colpo solleva lo sguardo sul mio viso, si inumidisce le labbra con la lingua e le schiude in un sorriso ampio.

Cavolo che imbarazzo... si sarà accorto che lo stavo fissando?

Distolgo gli occhi, puntandoli sulla parete di fronte a me.

«Hai il cuore che batte più veloce» sussurra, e la sua voce è un soffio roco.

Beccata. Pensa, Teresa, pensa a una scusa plausibile...

«Sono chiusa in un bagno con un pervertito, che dovrei fare?»

È assurdo che riesca a sentire perfino i battiti del mio cuore. Chissà cosa sono in grado di fare... oh, no, aspetta... non è che per caso...

«Leggi nel pensiero?»

La domanda lo fa bloccare per un istante. Poi torna a ispezionare i punti, muovendo il mio braccio con delicatezza. «Stai accettando il fatto che siamo infetti?»

«Rispondi».

Prende una garza e la inumidisce con del disinfettante. «No, perché? Hai fatto qualche pensiero contorto su di me?»

«Sto progettando di scappare da qui e andare dalla polizia. Ecco perché».

La mia minaccia non lo smuove neanche un po'. Sfiora un particolare punto sulla mia pelle, e io sussulto per il dolore. Si ferma subito, sollevando lo sguardo verso il mio. «Scusami, faccio piano...»

La premura con cui le sue iridi celesti mi sommergono per un istante mi immobilizza. Disinfetta con attenzione, passando la garza con tocchi rapidi e delicati. «Così ti faccio male?»

«No» mormoro, distogliendo lo sguardo.

Si morde il labbro inferiore, in un gesto involontario. Quella bocca sembra così morbida... merda, ma che diavolo vado a pensare? Stare qui dentro nuoce alla mia salute mentale, è chiaro!

«Poi mi spieghi perché il cuore ti batte così forte?»

«Concentrati sul braccio, Dave».

«Agli ordini». Ride, mentre sistema una benda pulita sul morso. «Non vorrei mai che iniziassi a tirarmi contro anche gli oggetti del bagno».

«Non istigarmi».

Chiude le fasce con delle clip e mi porge un palmo per scendere dallo sgabello. Ignoro questa gentilezza immotivata e scendo da sola.

Lui sorride, scuote il capo e mi apre la porta del bagno. «Daresti di matto se ti portassi di nuovo in quella stanza, quindi adesso andiamo in cucina».

Mi prende per mano e si avvia verso le scale, costringendomi a seguirlo.

Do un'occhiata all'ambiente: pareti chiare e spoglie contro pavimenti scuri, la scala in legno cigolante, nessun quadro o foto appesi ai muri. Anche il bagno era semplice e piccolo. Questo posto non ha sfarzo, né eleganza... non sanno proprio cosa sia il buon gusto.

A ogni mio passo ci sono ragazzi che fanno da sentinella e non mi perdono di vista. Dannazione, è impossibile scappare o fare qualcosa senza essere notati. Se provassi a fuggire, potrebbero trasformarsi come quel pazzo di ieri. Il luccichio macabro dei suoi occhi mentre affondava i denti nel mio braccio...

Rabbrividisco, distogliendo all'istante lo sguardo da loro, e seguo Dave fino a una cucina piccola e poco illuminata.

«Accomodati». Mi indica una sedia.

«Sto bene in piedi».

«Vuoi mangiare in piedi?»

«Voglio mangiare a casa mia» sibilo tra i denti.

Ignora le mie parole e si volta per prendere un cartone di latte dal frigorifero.

Okay, ora è distratto, forse riesco a scappare. Lancio un'occhiata alla porta, ma sulla soglia staziona una sentinella, e un'altra sorveglia l'uscita verso il giardino.

Merda, sono tutti in postazione! L'unico che si muove liberamente è Dave. Forse perché...

«Sei il capo?»

«Kinan è il capo» mormora, prendendo un barattolo di latta dalla dispensa.

«E allora perché prima davi ordini? Sei il sostituto quando il capo non c'è?»

«Una specie. Non mi piace definirmi così».

Appoggia sul tavolo una ciotola e la riempie con il latte e un paio di manciate di cereali.

Inarco il sopracciglio. «Mi stai prendendo per il culo, Dave? Voglio andare a casa. Mi state tenendo qui contro la mia volontà, alludendo a teorie complottiste di cui non ho la minima idea, e tu ti prepari latte e cereali?»

Mi allunga la ciotola. «Mangia, è da ieri che non metti nulla sotto ai denti, e hai consumato tutte le tue energie tentando di ucciderci, prima».

L'ha preparato per me? Forse spera di distrarmi, ma si sbaglia.

«Sei sordo? Voglio tornare a casa!»

«Appena arriveranno gli altri, ti farò avere delle prove concrete. Potrai andartene solo dopo averle viste».

«Mi lascerai andare?» La speranza di essere fuori di qui e di tornare nel mio amato letto, nella mia realtà, mi fa avanzare di un passo verso di lui.

«Forse. Ora puoi sederti a mangiare?» Lancia uno sguardo alla ciotola.

Scosto la sedia e mi accomodo sbuffando. Prima lo accontento, prima me ne potrò andare.

Assaggio una cucchiaiata fulminandolo con gli occhi. Il latte la dolcezza dei cereali mi fanno socchiudere le palpebre. Di colpo il mio stomaco brontola, così riempio un altro cucchiaio colmo.

Non mi ero resa conto di avere tanta fame... e di solito sono molto schizzinosa con il cibo, mangio poco e solo se è presentato alla perfezione. Ma il latte con i cereali l'ho sempre adorato. Strano, come fa a sapere...

«Ne vuoi ancora?»

«Come fai a...»

«Teresa, sono stato un Liverly, anche se per poco. Ti ho vista crescere assieme a Issa, ricordi? Una volta sei venuta a casa nostra a dormire e il mattino dopo volevi digiunare perché non c'erano i cereali». Sorride con nostalgia.

«Ero una bambina! È passato un sacco di tempo, te lo ricordi ancora?»

«Quella mattina, per colpa dei tuoi gusti da principessa, sono dovuto andare a comprare i cereali che ti piacevano sotto minaccia di mia madre. Come faccio a dimenticarlo?» Si appoggia una mano sotto al mento mentre i suoi occhi indugiano su di me, come fossero alla ricerca di qualche dettaglio nascosto. «Sei identica a quando eri bambina».

«No, non sono più amica di tua sorella». Sposto la ciotola nella sua direzione e lui la riempie subito.

«Peccato... eravate carine insieme» mormora, porgendomi la scodella piena.

Affondo il cucchiaio nel latte e lo porto alla bocca. «Mi trovavi carina?»

«Ti trovo carina».

Rimango con i cereali sospesi in aria.

La scintilla di divertimento nei suoi occhi e la dentatura perfetta che fa capolino dalle sue labbra carnose mi destabilizzano.

Dave, il fratello sexy di Isabella, sta seriamente mettendo alla prova la mia sanità mentale.

41
A cuore aperto

Isabella

Lo sguardo glaciale di Kinan mi pietrifica. Rimango immobile, a stento respiro.

Vorrei capire perché la sfortuna mi perseguita, manco fossi un gatto nero sotto a una scala che ha fatto cadere uno specchio e rovesciato del sale.

Che cosa mi invento adesso?

Sposta lo sguardo affilato da me a Chris. «Che state facendo?»

«Lezione» biascico senza pensare.

«Lezione? La tua lezione non è qui».

'Sei un genio, Isabella... come fa la lezione di arte a essere nel laboratorio di chimica?'

Ma perché non adatto le mie parole alle situazioni? A volte mi chiedo se, mentre parlo, i miei neuroni siano impegnati a saltare la corda o prendere un tè invece di lavorare.

L'occhiataccia che mi lancia Chris basta per non farmi aprire bocca. Sorride a Kinan nel modo più falso che esista. «Stavo spiegando alla principessina Liverly le nuove regole che abbiamo stabilito ieri».

Annuisco spostando lo sguardo dall'uno all'altro. «Certo, le nuove regole...»

Kinan incrocia le braccia al petto, le sopracciglia corrugate. «Non mi sembra molto convinta».

Chris mi fulmina.

Forse la mia espressione dice tutto il contrario... ma che colpa ne ho se Dio mi ha creata sincera e trasparente?

«Perché non è d'accordo» sibila. «Sai com'è fatta la principessina qui presente. Dice che non vuole essere scortata da noi».

«Scortata da chi?»

«Da noi, non ricordi? Te l'ho detto solo due secondi fa!» Mi sorride a denti stretti. Se potesse, mi strozzerebbe con le sue mani.

«Certo... ma non mi hai spiegato il perché, Cristiano». Gli sorrido a mia volta.

«A causa di Ben, Carl e Reina...» mormora Kinan.

O è serio perché ci ha creduto, o sta al gioco perché non se l'è bevuta.

«Ora che sanno chi sei, potrebbero cercarti per vendetta».

«Non ha senso... non sapevano della mia esistenza già prima?»

Avanza verso di noi. «No, e tanto meno di quella di Yuri. Abbiamo tenuto nascosta la vostra identità. Sanno solo di Dave, per ovvi motivi. Non sono Red normali, sono diversi. Non fanno uso delle iniezioni, viaggiano in continuazione, saccheggiando e uccidendo sul loro cammino. Non stanno mai fermi in un solo posto. È noioso, a detta loro».

«Ora dove sono? Li avete lasciati liberi?»

«Dovevamo. Non possiamo tenerli sedati a vita. Sono Red, dopotutto, e anche se non condividiamo le loro scelte, abbiamo avuto le stesse esperienze».

Le iridi di smeraldo si adombrano, il viso si fa teso. Sta sicuramente pensando alle parole di Reina.

«Se ne sono temporaneamente andati da casa nostra, non sappiamo dove staranno o se lasceranno la città, ma sanno che non permetteremo alcuno spargimento di sangue».

«Per questo abbiamo deciso con Dave che ti sorveglieremo a turni» mormora Chris.

Lo guardo, realizzando il peso delle sue parole. Già la mia vita fa schifo così, non mi servono balie e guardie del corpo intorno ventiquattr'ore su ventiquattro.

«Non ho bisogno dei ninja».

«Quali ninja?» ribatte Kinan.

«Si è confusa con i cartoni animati» sghignazza Chris.

'Sempre molto carino...'

«Preferite che vi chiami infetti? Dopo ieri sera, per me siete ninja che si calano dagli alberi».

«Ninja che si calano dagli alberi, mi piace». Chris sorride, appoggiandosi a un banco. «A te Kinan?»

«Non lo so...» mormora. Mi scocca un'occhiata divertita, ma io devio subito lo sguardo.

Sicuramente starà studiando la mia reazione. Lo fa sempre. Osserva e studia con pazienza ogni dettaglio. Forse è divertito dal mio imbarazzo. Forse lo sono entrambi...

«Che lezione hai ora?» La sua voce interrompe i miei pensieri.

«Arte».

«E dopo?»

«Scienze e informatica».

Annuisce, pensieroso. «Ad arte e scienze posso tenerti d'occhio io, a informatica ci penseranno o Chris o gli altri. Dovrai sederti vicina a me in modo che io possa intervenire facilmente se succedesse qualcosa».

Scoppio a ridere, mentre Kinan e Chris mi guardano accigliati. «Tu pensi davvero che, dopo quello che è successo, io accetti di avere voi a proteggermi?»

«Sì, è l'unica scelta».

La durezza nel suo tono mi sorprende. L'unica scelta? Non è la mia scelta, però.

«Chi l'ha deciso?»

«Io» dice con un sorriso.

Quando fa così, lo prenderei a schiaffi!

«E Dave» mormora Chris.

Kinan mi guarda, sorride. L'espressione di vittoria si incide nei suoi lineamenti.

'Se pensi di avere diritto all'ultima parola, ti sbagli. Oh, se ti sbagli!'

«Mi rifiuto. Se quei tre vorranno la vendetta e cercheranno di uccidermi, allora mi troveranno».

«Come puoi dire questo?» tuona. «Sei impazzita?»

«No, sono la figlia dei Liverly ricordi? 'L'ostacolo'» sibilo.

Serra le labbra, ammutolito.

Chris ci guarda in silenzio, la confusione impressa sul viso. «Di cosa state parlando?»

«Chiedilo al signor 'decido tutto io di Isabella'».

«Kinan?»

Lui gli rivolge uno sguardo glaciale.

'Non riesci a spiegarglielo, eh? Non riesci a dirgli quello che mi hai detto nel bosco, quel giorno... vero?'

Si porta una mano tra i capelli. «Non hai il diritto di obiettare, abbiamo già deciso. Ti sorveglieremo, che tu lo voglia o no». Poi mi dà le spalle ed esce dall'aula, lasciandomi sola con Chris.

Ma che cazzo vuol dire che non ho il diritto?

La rabbia mi infiamma, scorre nelle vene come lava incandescente mentre scatto in avanti e mi precipito fuori.

'Mi spiace, stavolta non la passi liscia'.

I corridoi pullulano di studenti diretti in aula, e devo fare lo slalom tra di loro per raggiungerlo.

Gli arrivo alle spalle e lo artiglio per il braccio, facendolo voltare verso di me.

«Isabella» indica con lo sguardo i ragazzi intorno a noi, che si voltano a guardarci incuriositi, «non è il momento».

'Non è mai il momento, con te!'

«Io non ho il diritto di obiettare?»

Sospira, girando il capo da una parte e dall'altra. «Ora non possiamo parlare, ci guardano tutti».

«Tu mi hai chiaramente allontanata... mi hai allontanata da voi, dai vostri problemi, dalle vostre storie, e io ho accettato. Mi sono allontanata da tutto».

Sospira. «Parliamo altrove».

'No, ne parliamo proprio qui'.

«Mi hai allontanato dopo avermi detto che non avresti permesso a nessuno di ferirmi. Ti ricordi, in ospedale? Mi hai asciugato le lacrime e hai giurato che mi saresti stato accanto... io ti ho creduto come una stupida».

La sfumatura d'imbarazzo nei suoi occhi scompare, e nel

suo muro di ghiaccio si crea una falla che si spande in una ragnatela di crepe.

«Il giorno dopo sei venuto a prendermi per andare a scuola, mi hai dato il buongiorno, mi hai portato delle ciambelle. Mi hai tenuto la mano, hai quasi ucciso uno perché mi ha chiamata 'tesoro', e prima ancora hai ballato con me».

Lo guardo e le parole premono per uscire. Ogni singolo pensiero che ho sempre represso per paura di risultare fragile. I suoi occhi funzionano da chiave per il mio sigillo, e più li ho addosso, più le mie emozioni rompono gli argini.

«Mi hai coccolata, quel giorno: mi hai preso lo zaino e l'hai portato al mio posto, poi ti sei assicurato che mangiassi. Sei rimasto seduto con me in mensa e mi hai guardata per tutto il tempo. Forse sarò io quella strana, quella che non è mai stata abituata a sentirsi al sicuro con una persona accanto. Sono io quella che non ha mai avuto nessuno che le asciugasse le lacrime dopo gli attacchi di panico. Sono io il problema».

Kinan è immobile, sospeso sulle corde delle mie parole.

«Tu mi hai...»

Kinan mi guarda e lo smeraldo delle sue iridi rifulge di fragilità. Una fragilità che non sapevo potesse appartenergli. La sofferenza brilla nel modo in cui mi osserva, nel modo in cui aspetta che io finisca di riversargli addosso la delusione che sento.

«T-tu...» Le parole mi muoiono in bocca. «Tu...» Chiudo le mani in un pugno.

«Vai avanti» dice in un soffio piano.

'Mi chiedi di continuare, ma hai lo sguardo di chi si spezzerebbe se lo facessi, e non posso. Non posso farlo'.

«Forse non è il momento giusto... perdonami, ho sbagliato». Mi volto e avanzo, ma la sua mano mi cattura il braccio.

Gli occhi degli studenti restano puntati su di noi, e tra loro anche quelli di Chris. Hanno sentito ogni singola parola.

«Ti prego... finisci» mormora.

«Mi hai illusa, Kinan, ma l'illusione è bella quando è magica, non quando è amara. Ti ho concesso di starmi accanto, e non lo faccio mai con nessuno. Guardami: ho una sola amica in tutta la scuola. Non permetto a nessuno di starmi vicino perché, oltre a essere insopportabile, sono anche dannatamente fragile».

Il silenzio completo fa riecheggiare le mie parole tra le pareti del corridoio.

«Ma tu lo hai sempre saputo. Sai che ho un caratteraccio, sai che non riesco a stare zitta, che sono orgogliosa, che mento a me stessa. Che fingo di star bene, che sono testarda e ho mille difetti. Sai che ho casini più grandi di quanto sembra. Sai anche che odio mostrare tutto questo perché non sopporto di farmi vedere a pezzi. Sai ogni cosa, ma l'hai fatto comunque... mi hai allontanato da te». La voce mi trema. «Mi hai allontanata dopo che mi hai avvicinata, ed è folle che io mi sia quasi affezionata alla tua presenza, alla tua protezione... quasi» sussurro, mentre le ciglia mi si bagnano di pianto e il cuore freme come le ali di un colibrì. «Kinan, io mi sono fidata, e non mi fido mai. Sai quanto è stato difficile vederti e non poterti salutare? Lo sai quanto è stato brutto non essere più guardata, calcolata o pensata da te? È stato lancinante sapere di non essere più la ragazza buffa che ti fa ridere, quella a cui ami dare fastidio».

Prendo un sospiro, le dita della mano destra tremano.

«Ma sai cosa mi ha ferito di più? Potevo stare senza le tue attenzioni, senza le tue battute, senza i tuoi sguardi. Potevo stare senza di te, mi sarei abituata con il tempo. Ma non posso abituarmi al pensiero di essere un *ostacolo* per te. Non posso convivere con l'idea che mi consideri un problema, una minaccia. Ci ho provato, ma... come faccio?»

Kinan molla la presa sul mio braccio. Il suo viso, rivolto in basso, mi nasconde la sua espressione.

«Posso convivere con il fatto di essere un ostacolo per gli altri, e sai a cosa mi riferisco. Me lo merito, va bene così. Ma non posso e non riesco a pensare che tu mi veda in questo modo. Perché mi hai aiutata, allora? Gli ostacoli si aiutano?» Deglutisco il groppo che mi stritola la gola. «Mi hai fatto sentire pesante, mi hai fatto sentire di troppo. Mi hai fatto sentire colpevole di un reato che non ho mai commesso, e sapere che tu mi consideri in questo modo... mi devasta più di quanto io voglia ammettere».

Silenzio. Nessuno osa muoversi o fiatare.

Mi accarezzo la mano destra che continua a tremare e la nascondo nella tasca.

Kinan non alza lo sguardo. La chioma rossa gli copre la fronte, adombrandogli il volto. Rilascia un sospiro profondo che vibra nell'aria, quasi gli mancasse l'ossigeno.

'Parla. Dannazione, rispondimi, affrontami!'

Con una lentezza disumana si volta, dandomi le spalle. Cammina verso l'aula senza darmi alcuna risposta, senza dare peso alle mie parole. Senza dare significato al mio cuore aperto.

Si volta e se ne va con un'indifferenza che non pensavo gli appartenesse.

Le mie mani tremano, mentre gli studenti si allontanano da me, diretti alle loro classi, e il mormorio di pettegolezzi mi aleggia intorno.

La campanella suona, come a volermi risvegliare da un brutto incubo, ma il mio corpo rimane ancorato nel corridoio, le gambe rigide.

Non ha risposto.

Non ha detto niente.

Sono veramente un peso per lui.

Chris

Kinan non è mai tanto freddo e distaccato. Lui non è così. Odia vedere gli altri soffrire.

Isabella abbassa il capo e scappa dalle occhiate curiose dei compagni, rifugiandosi nel bagno delle ragazze. Wendy la raggiunge di corsa, si infila dentro e chiude la porta.

Lo sguardo che ha assunto quando lui le ha dato le spalle... disilluso, desolato... cazzo, lo avrei preso a pugni!

Marcio verso la classe ed entro come una furia. Kinan è seduto su un banco, circondato da tre ragazze che gli sorridono.

'Razza di...'

«Ti sei fumato il cervello?»

Non si volta, mantiene la stessa espressione serafica sul viso.

'Ah, mi ignori?'

«Devo essere io a farti notare che hai sbagliato tutto quanto? Io, che di solito ho modi di merda?»

«Per favore» mormora alle tre che lo accerchiano, «potete lasciarci soli un minuto?»

«Dobbiamo proprio?» sbuffa una di loro, rigirandosi una ciocca mora tra le dita.

«Sì, dovete proprio» sbotto.

Se ne vanno tutte, e la brunetta mi lancia un'occhiata truce.

'Oh, me ne farò una ragione, carina'.

«Che cosa c'è, Chris?» sospira Kinan.

«'Che cosa c'è, Chris?' Che cazzo ti è preso?»

«Non so a che ti riferisci».

«Mi riferisco alla noncuranza che hai mostrato nei confronti della Liverly. Non sei mai stato così freddo con nessuno, Kinan. Mi spieghi perché l'hai trattata in quel modo?»

Tace e apre il libro senza degnarmi di uno sguardo.

«Le hai veramente detto che è un ostacolo?»

Nessuna risposta.

«Cazzo, sono io lo schizzato, non tu!»

Volta la pagina che ha di fronte, come se le mie parole non lo sfiorassero. Nessuna reazione, nessun cenno.

È sordo o cosa?

Gli chiudo il libro in uno scatto e lui mi guarda scocciato.

«Mi spieghi che cazzo ti prende?»

«Mi prende che devo proteggerla». Il suo volto si contrae in una smorfia di dolore e paura. «Non è lei l'ostacolo. Sono io che perdo il controllo ogni volta che è in pericolo, e sai meglio di me che se lo perdo, non riconosco più nulla. Se perdo il controllo, farò del male a chiunque. Com'è già successo...» La voce diventa un sibilo.

Mi getta addosso uno sguardo carico di rimorso e senso di colpa, davanti a cui chino il capo.

Non può perdere il controllo, lo sappiamo tutti quanti.

Ecco perché l'ha allontanata. Perché non può fare altro.

Non può permettersi di averla accanto.

42
Nicolas o Kinan, Isabella?

Wendy

Getto una rapida occhiata su Isabella, che cammina al mio fianco in silenzio, con le mani nelle tasche della divisa.

Non sta bene. Non stava bene durante le lezioni e non sta bene ora. Può mascherarlo quanto vuole, ma la conosco... quando tiene le mani in tasca è perché le tremano. E questa volta la causa è Kinan. Se solo me ne parlasse...

Rilascio un lungo sospiro, mentre avanziamo verso l'uscita della scuola.

Trevis l'affianca a destra. «Issa, come stai?»

Rallento e resto un po' più indietro, mentre lei continua a camminare ad ampie falcate, costringendolo a stare al suo passo.

«Si va avanti».

«Ascolta... vorrei chieder...»

«Perché vuoi uscire con me?»

«Perché mi piaci» mormora.

«Non può piacerti chi non conosci».

«Ti conosco da quando siamo nati!»

Isabella mi cerca con gli occhi girandosi indietro. Non è a suo agio.

«Poverino, prego per lui e per chiunque sia convinto che mia sorella sia una normale ragazza da corteggiare» sussurra Yuri alle mie spalle, facendomi sobbalzare.

«Santo cielo, ma sei impazzito a saltare fuori così? Mi hai fatto prendere un colpo» sibilo.

«Ops» ridacchia, «scusa!»

Usciamo dalla scuola, mentre Trevis continua a parlare con Isabella. L'ha placcata contro il muretto, ma lei ha lo sguardo perso davanti a sé. Non lo sta ascoltando.

«Perché Issa nasconde le mani?» mi sussurra Yuri.

La osserva per qualche secondo e poi punta i suoi occhi chiari su di me, i lineamenti tesi per l'ansia.

«Non c'ero quando è successo, ma dicono che si è aperta con Kinan e che lui l'ha lasciata senza una risposta. E tu sai che Issa non parla mai a cuore aperto con nessuno. Non lo fa neanche con noi».

«Questa cosa con Kinan non finirà bene» bisbiglia assorto mentre guarda la sorella.

Dal cortile spunta la chioma ramata di Kinan. Cammina circondato da altri Red.

Parli del diavolo...

Il gruppo mi sfila di fronte, tra loro ci sono anche Nicolas e Teo. Kinan si accorge di Isabella, resta un istante a osservarla, immobile, e poi si gira verso di noi fissando Yuri.

«Devo andare, Wendy. A domani» biascica in fretta lui, allontanandosi come una saetta.

Ma...

Yuri raggiunge Issa, la prende per le spalle e le sussurra qualcosa all'orecchio, spingendola verso... Kinan.

... che...

Teo si gira a guardarmi.

Distolgo gli occhi all'istante.

... succede?

Isabella

«Issa».

Yuri compare alla mia sinistra, mi prende per le spalle e mi blocca.

«Vieni con me. E non dare di matto, per favore. Dave vuole vederti».

Vengo sospinta lungo i gradini che portano al cortile esterno, lasciando Trevis basito.

Per una volta il mio fratellino mi ha salva...

Un viso punteggiato di lentiggini mi riempie gli occhi.

Non è possibile.

Giro la testa e fisso Yuri di sbieco mentre procediamo nel parcheggio. Mio fratello mi ferma davanti alla macchina dei Red, apre la portiera e si infila sul sedile posteriore, tirandomi per il polso per farmi entrare. Stringo i denti e mi siedo mentre Kinan si accomoda dalla parte opposta.

Almeno ha avuto la decenza di tenermi a distanza da lui.

Punto lo sguardo oltre il finestrino, sugli studenti che si accalcano intorno ai cancelli della scuola.

Il silenzio nell'abitacolo viene rotto solo da una musica che mi fa vibrare i timpani.

Mi giro verso Yuri, che mi sorride e mi fa l'occhiolino.

Mi sta prestando le sue cuffie? Allora devo stare proprio da schifo...

Un secondo di più dentro quella macchina e avrei iniziato a sbattere la testa contro il sedile. Che strazio.

«Finalmente! Potete dire al vostro fratellone di liberarmi?»

Sbatto le palpebre, voltandomi verso il salotto. «Yuri, dimmi che vedi anche tu quello che vedo io...»

«Ovvero Teresa sdraiata sul divano?» chiede lui.

Ah, non è un'allucinazione. Perfetto, grazie karma. Tra tutte le persone al mondo, proprio lei devo trovarmi in casa dei Red? La giornata di merda di oggi si conclude in bellezza.

Ha ancora addosso i vestiti sporchi di sangue e una fascia bianca attorno al braccio. Quindi ha passato la notte qui?

«Che cazzo succede?» La domanda di Yuri mi toglie le parole di bocca.

«Succede che siete dei maniaci depravati! Ho bisogno di

farmi una doccia a casa mia, e voglio i miei vestiti. Ma qui siete tutti impazziti!»

«Vedo che vi siete incontrati».

La voce di mio fratello mi fa sussultare.

«Dave, che cazzo sta succedendo?» Sorrido con falsa tranquillità.

«Be'... Teresa era ferita».

«Okay, infatti l'uomo ha inventato gli ospedali secoli fa. Non so se lo sai, non vorrei scombussolarti troppo» mormoro mentre mi siedo assieme a Yuri, facendo sorridere alcuni Red.

«È qui perché le abbiamo detto la verità sulle sue zie...»

«Dave caro, smettila di sparare stronzate sulle mie zie, o ti giuro che non sarà piacevole quello che succederà». La voce stridula di Teresa lo interrompe.

Il volto dei ragazzi che la tengono d'occhio sbianca di colpo. Forse ho trovato qualcosa di cui i Red hanno paura: Teresa la pazza.

«Come potete notare, non è molto d'accordo» mormora Dave.

«Non c'è nulla su cui essere d'accordo» sbotta Amanda, sedendosi accanto a Kinan. Distolgo subito gli occhi, per non incontrare i suoi.

«Carina, quelle sono le mie zie, le donne più influenti di questa città. Sai quante assurdità ho sentito sul loro conto?»

Al lato del collo mi si arrampicano piccole onde di brividi. Lui mi sta guardando e non ce la faccio a sopportarlo. È semplicemente troppo. Mi toglie il fiato averlo vicino. Mi toglie il fiato che sia così intatto dopo oggi, mentre io sono andata in frantumi un pezzo dopo l'altro.

«Voglio andare a casa, non c'entro niente qui» sibilo.

«Non esattamente...» Dave si siede accanto a me, poggia un braccio attorno alle mie spalle e mi rivolge uno sguardo dolce. «Te l'hanno detto i ragazzi che dovrai essere sempre scortata da uno di noi?»

'Sai che odio essere seguita e protetta in questo modo. Quando papà da piccola mi metteva le sue guardie del corpo intorno, finivo sempre per farle disperare, te lo ricordi? Stai solo cercando di evitare che succeda la stessa cosa con i Red. Ma non voglio la loro protezione'.

«Me l'hanno detto, starà con me Yuri».

«Yuri non può proteggerti da un Ben o una Reina... o peggio da Carl». Indica con lo sguardo i ragazzi che parlano con Teresa. «Loro sono i più forti, scaltri e intelligenti di noi. Hanno sviluppato bene le loro abilità. Ti difenderanno a occhi chiusi».

«Non devono. Sono la figlia degli assassini che hanno causato tutto questo».

«Lo fanno per me». Assume un'espressione preoccupata. «Ti prego di non rifiutare».

Stringo le mani nelle tasche della giacca, cercando di fermare il tremore che si irradia fino alle braccia.

«Ma ti senti, quando parli? 'La figlia degli assassini che hanno causato tutto questo'? Nessuno ha causato questo, se non la natura. Siete scherzi della natura e io non vi credo!» strepita Teresa.

Sposto l'attenzione su di lei. «Anche io non ci credevo, ma è così: le persone che ci hanno cresciute non sono quelle che pensiamo. Hanno fatto del male ad altri».

«Ti sei fumata il cervello? Le mie zie mi hanno cresciuta senza farmi mancare nulla... volete togliermi anche loro?»

«Sono loro che hanno tolto qualcosa a noi» le ruggisce in faccia Amanda.

«Non sono colpevoli di niente».

È in fase di negazione. Ci sono passata anche io.

Un ragazzo si avvicina e consegna un computer a Kinan. L'unica strada che hanno è questa. Vogliono mostrarle la realtà.

«Devo andare a casa» ripeto a Dave.

«Non vuoi aspettare un attimo? Sei strana, oggi».

«Dave, ti prego...»

Mi osserva, studiandomi per un istante, poi sospira e acconsente con un cenno del capo. Eppure nei suoi occhi brilla il rammarico. La voglia di tenermi con sé ancora un po' gli si legge sul viso. In effetti non mi vede da quando Carl mi ha attaccato. Ma davvero, non ce la faccio a stare qui. Non ora.

Al contrario di mamma e papà, non mi ha mai forzato a parlare quando non volevo. Ha sempre rispettato i miei silenzi.

Anche adesso.

«La porto io». Chris prende le chiavi dell'auto dal tavolino e si alza in piedi, pronto ad accompagnarmi.

Lo guardo sbattendo le ciglia più volte: da quando è così gentile nei miei confronti? Devo gridare al miracolo?

Una ragazza alta e snella irrompe in salotto, gli zigomi pronunciati e le labbra rosee sono incorniciati da lunghe ciocche castane che ondeggiano ribelli sopra una canotta celeste.

Indossa. Soltanto. Una. Canotta. Sento freddo io al posto suo.

«Tesoro!» Si avvicina a Chris, gli stampa un bacio sulla bocca. «Ti aspettavo in camera, perché hai tardato?»

Lui nasconde d'istinto le chiavi dell'auto dietro alla schiena, scatenando risatine tra tutti. Quella dev'essere la sua ragazza.

Ottimo, Chris evidentemente non può. Prima che qualcun altro si offra, scelgo io. «Può accompagnarmi Teo?»

Lui si volta di colpo con gli occhi sgranati. «Chi?»

La sua reazione e l'espressione sorpresa che assume mi fanno alzare gli occhi al cielo.

Dave inarca un sopracciglio. «Sicura? Può venire con te K...»

«Voglio Teo» sbotto.

Dave annuisce e con un cenno gli chiede di accompagnarmi. Lui sbuffa e si alza dalla poltrona, mentre mi volto verso Yuri.

«Ci vediamo a casa» gli sorrido.

«Va bene, sorella-Hulk. Fa' la brava» mi saluta, facendomi l'occhiolino.

Mentre esco dal salotto, Kinan volta il computer verso Teresa, le porge delle cuffie e fa partire il video.

'Sarà dura per te. Lo è stato sia per me sia per Yuri. È stato atroce. Ma ti servirà'.

Rilascio un sospiro, raggiungo Teo sul vialetto esterno e lo seguo fino alla macchina.

«Issa!» Dave mi viene incontro correndo. «Se hai bisogno di qualcosa...»

«Tranquillo, Dave. Sto bene. Sono solo stanca e voglio riposare. Adesso però ti conviene rientrare. Quello che sta guardando Teresa non è facile da digerire. Stalle vicino, okay?»

«Provi compassione per lei? Pensavo aveste litigato».

«Infatti. Ma anche se non siamo più le amiche che eravamo un tempo, penso che abbia bisogno di supporto. Ha bisogno che tu le stia accanto». Sospiro. «Darà di matto».

«Già... lo credo anch'io» sussurra.

Mi volto, apro la portiera e salgo in auto mentre Teo gira la chiave nel quadro.

Punto lo sguardo fuori dal finestrino, sulle case spoglie e silenziose del quartiere. Scorrono sotto i miei occhi, inframmezzate da alberi. Non ci sono famiglie, né bambini o anziani. Solo dei ragazzi a cui è stata sottratta l'infanzia.

«Mi spieghi perché sei strana oggi? Non che me ne importi, sia chiaro, ma hai un'aria piuttosto affranta».

La voce profonda di Teo mi distoglie dal paesaggio e dai miei pensieri.

«Non ho nulla che non va».

«È questa la parte dove io insisto e poi tu me lo dici? Non sono bravo con queste cose».

«Sei schietto quasi quanto me» sussurro. «Hai più parlato con Wendy?»

Sospira e sposta lo sguardo sulla strada. La sua espressione si fa seria, le sopracciglia strette al centro. Qualcosa, in Wendy, lo spiazza. E vederlo in questo stato spiazza me.

«Non mi vuole neanche guardare. È offesa».

«Ci credo... l'avete usata».

«*L'abbiamo?* Io non ho fatto proprio niente!» bofonchia.

«Pensi che se la sia presa a caso? Pretende sincerità da chi la circonda».

«Non potevo rivelarle il piano, non potevo dirle della nostra natura e di certo non mi sarei intromesso nella copertura di Nicolas. Ha scelto lui di avere questo ruolo».

Inarco un sopracciglio. «In che senso ha scelto lui di avere questo ruolo?»

«Tutti dovevamo avere una copertura. Nicolas ha avvicinato

Wendy per via della loro somiglianza fisica, sono entrambi molto belli, e per la posizione che lei occupa a scuola».

Ma certo, la ragazza più popolare dell'istituto è sempre la più ambita da tutti. È la preda per eccellenza: bellissima, ricca, ben vista... poco importa se poi non sanno neanche quale sia il suo piatto preferito. In pochi meritano il privilegio di conoscerla per quella che è.

«Siete dei pezzi di merda, comunque. Poteva esserle amico e non fingere di provare dei sentimenti».

«Che differenza fa? Doveva starle accanto».

«Fa differenza. Se stai accanto a una persona, ti assumi la responsabilità di non ferirla e di non illuderla. In questo modo le ha solo fatto del male inutilmente. È stato egoista!» ringhio a voce alta.

«Di chi parli? Nicolas o Kinan?»

Ammutolisco all'istante. Nel silenzio che cala tra noi, la macchina si ferma a un semaforo rosso.

Il ghigno soddisfatto sul volto di Teo mi urta. Ma preferisco non rischiare che faccia altre domande, stronzo com'è.

Allungo una mano e accendo la radio, ma lui la spegne subito.

«Guido io, quindi scelgo io».

Sbuffo. «Sei insopportabile».

«Tu non sei da meno».

«Bene, siamo d'accordo su qualcosa» grugnisco.

«Che cosa ti ha detto Kinan che ti ha sconvolta così?»

«Ma tu non eri quello silenzioso del gruppo?»

«Hai scelto me per questo?»

«Sì, e poi eri l'unica alternativa. Chris mi sembrava impegnato con la sua ragazza, e comunque avrebbe di sicuro tirato fuori le sue domande imbarazzanti e sarebbe stato capace di minacciarmi, pur di avere delle risposte. Non mi sembrava il caso di andare con Amanda, visto che probabilmente mi avrebbe prima investita e poi accompagnata. Riguardo a Nicolas, mi viene voglia solo di prenderlo a schiaffi».

Teo ascolta le mie parole, mi scocca uno sguardo, schiude le labbra e...

«Non dire il suo nome» sibilo, facendolo ammutolire all'istante.

Imbocchiamo la via di casa e la macchina rallenta fino a raggiungere il nostro giardino.

«Grazie, è stato un viaggio emozionante. Non facciamolo mai più». Sorrido falsamente, mentre apro la portiera.

«Concordo. La prossima volta non scegliermi come guardia del corpo». Stira la bocca in un sorriso ancora più artefatto del mio.

«Oh, no, non farò più un errore simile. Addio». Chiudo lo sportello e mi volto, incamminandomi verso il portone di casa. Lui resta impalato in auto, finché non varco la soglia.

Mi giro per salire in camera, ma un mormorio di voci femminili mi attira verso il salotto.

Visite?

Lo sguardo mi cade sull'appendiabiti accanto alla porta, su cui sono riposti due cappotti colorati.

Mi affaccio oltre la colonna al centro dell'arco. Le due zie di Teresa siedono insieme mamma sul divano. Hanno sparso dei fogli sul tavolino di cristallo e sembrano nel bel mezzo di una discussione importante.

Mamma alza il viso e si accorge di me, del mio sguardo puntato sulle carte che ha davanti, e le copre all'istante con delle cartelline nere.

43
Maledizione dagli occhi verdi

Dafne

Lancio uno sguardo alle nuvole cariche di pioggia che coprono il cielo, mentre passo le dita intorno alla tazza di caffè bollente. La giornata fredda di oggi non aiuta per niente il mio umore.

«Se vai da lui, è la fine. Ti ucciderà ancor prima che tu possa parlare».

Dio, Oscar!

«Prima o poi dobbiamo farlo. Non posso scappare in eterno» mormoro.

E sono già perseguitata dalla maledizione dagli occhi verdi.

Sono passati anni dall'ultima volta in cui sono riuscita a dormire senza fare incubi, senza svegliarmi in un bagno di sudore con il cuore impazzito e un urlo muto incastrato in gola.

«Sei matta, Dafne? È un completo suicidio! Rifletti: sei riuscita a scappare a stento. Se lui ti vede e ti riconosce...»

«È un rischio che devo correre. Abbiamo bisogno di loro, lo sai. Senza il supporto che ci possono dare, tutto quello che abbiamo costruito andrà in frantumi».

«Lo so, ma quello che hai fatto non è poco. Non ti perdoneranno mai. Come minimo, tenterà di finire ciò che ha iniziato».

Deglutisco, il mio stomaco si contorce in una morsa di ferro.

Finirà ciò che ha iniziato? Le sue mani attorno al mio collo, la stretta feroce, l'aria che veniva meno... potevo toccare il suo dolore e richiuderlo tra le mie dita.

Il peso che gli ho lanciato addosso, il pugnale che gli ho conficcato nella schiena... mi ha odiata, mi odia e mi odierà fino alla mia morte. Non lo biasimo per questo.

Mi capita di immaginarci prima di tutto questo... eravamo innocenti, io non l'avevo ancora visto e lui non aveva ancora capito. Quel giorno ho tradito ciò che più volevo custodire: ho tradito gli occhi che non mi avrebbero mai ferita.

Il rumore della tazza che Oscar posa sul tavolino mi riscuote. Sospiro e osservo il viavai di medici e ricercatori lungo il corridoio. Discutono sulle ultime innovazioni scientifiche, con i passi pieni di una fretta che non accetta il legaccio del tempo.

Prima li invidiavo: un sapere così potente a loro disposizione. Un sapere in grado di cambiare le regole di qualsiasi destino tra le mani di creature tanto fragili.

Ora che li conosco, hanno perso quella magia. Forse è la maledizione dagli occhi verdi ad avermi condannata a questo senso incolmabile di vuoto.

«Allora, Dafne... un uccellino mi ha detto che torni in azione».

La voce di Briana mi costringe ad alzare gli occhi. Ha raccolto i capelli in una coda, il camice stirato alla perfezione profuma di tintoria. Sorride, mostrando la sua dentatura scintillante.

«A quanto pare» mormoro senza darle troppe attenzioni.

«Ti porti dietro Oscar? Devono controllare la tua fedeltà nei nostri confronti?»

«Oscar non va da nessuna parte».

«Dici? Fred mi ha detto il contrario... a quanto pare hanno paura che la tua vecchia cotta possa farti perdere le staffe e confonderti le idee. Sappiamo tutti che è il tuo unico punto debole, cara Dafne».

Cosa avrebbe detto Fred?

Oscar mi guarda a occhi sgranati. È chiaro che non ne sa nulla neanche lui.

Ignoro la frecciatina di Briana e mi dirigo in fretta ai piani superiori. Oscar fa lo stesso, i suoi passi risuonano dietro ai miei.

«Sei ancora legata a 'occhi verdi'?»

«Sei più preoccupato per questo o per il fatto che ti stanno per mandare con me in battaglia?»

Esita, mentre attendiamo che un'infinità di ricercatori esca dall'ascensore. Saliamo assieme ad alcuni tecnici dalle divise blu, e io premo il tasto che conduce agli uffici superiori.

«Sono preoccupato per tutto. Non voglio essere ucciso da quelli lì, ma non voglio neanche averti contro».

«Avermi contro? Sono una nemica davvero temibile! Devo considerarmi fortunata? Entrambe le parti mi desiderano».

«Non scherzare. Sono serio».

Le porte dell'ascensore si aprono, interrompendo il discorso.

Marcio verso l'ufficio di Fred. Non busso né chiedo 'permesso'. Entro con poca grazia, senza tener conto della riunione in corso, e punto gli occhi su di lui.

'Ho sacrificato tanto per questo maledetto posto. Proprio perché sei il capo dei capi, la mente suprema che ne muove i fili, dovresti saperlo'.

Non sembra per nulla stupito.

«Mi spieghi perché ancora non ti fidi di me?» Il disappunto che mi infiamma trapela dalla mia voce. «Pensi ancora che possa tradirti? Solo perché una volta ho pianto ripensandoci? Non ho cambiato idea, sai meglio di me che non mi pento. Avrei voluto fare le cose in modo diverso, ma quella era l'unica via. Ho tradito per te, ho tradito per questa causa, per questo sistema. Sai quante scoperte abbiamo fatto da quando mi sono unita a voi?»

Fred, seduto sulla sua poltrona nera, incrocia le braccia al petto e mi guarda con attenzione.

Oscar fa un passo avanti, ma non gli concedo il tempo di parlare.

«Eppure, hai questo atteggiamento nei miei confronti! Non ti fidi nemmeno dopo anni. Hai paura che possa innamorarmi di nuovo? Spiegami, perché non capisco».

Il silenzio che segue porta Oscar a schiarirsi la voce. Osservo Fred con sguardo glaciale mentre si alza dalla sua postazione. Mi scruta con una scintilla di divertimento negli occhi.

Lo conosco: non mi prenderà affatto sul serio e divagherà come suo solito per mettermi in difficoltà.

«Dafne, ti presento i collaboratori del sindaco». Mi indica due donne sedute sulle poltrone lì accanto. «Ti aiuteranno dandoti un posto dove risiedere gratuitamente. Si stanno già occupando di definire il tuo ruolo a scuola. Per la tua copertura ne avrai bisogno, non credi?» sibila. «Mentre questo» poggia la mano sulla spalla di un uomo robusto con un paio di folti baffi bianchi, «è Mr Winkler, il preside della White Academy».

Il dirigente scolastico mi tende la mano, e il suo sguardo brilla di ammirazione. «Buongiorno, signorina Dafne, siamo davvero lieti di averla nel nostro corpo docenti. Con lei, la nostra già prestigiosa scuola guadagnerà ancora più fama».

Quanto entusiasmo. Sarà il lavaggio mentale di Fred... chi non vorrebbe, nel proprio istituto, un corso avanzato di tecniche biomediche tenuto direttamente dai laboratori BLS? È il campo di ricerca più ambito a livello internazionale... è il sogno di molti giovani lavorare qui, indossare i nostri camici e usare le nostre tecnologie. Proprio come lo era per me un tempo.

«Ovviamente, Dafne è una delle nostre reclute migliori. Ogni conferenza presieduta da lei è un successo. Noi le affidiamo sempre l'orientamento dei nuovi arrivati. Non vi deluderà, nonostante il suo caratterino» sogghigna, mettendomi a disagio.

«Di caratterini ne so qualcosa...» mormora la signora dai lunghi capelli neri e ordinati. Ha lineamenti perfetti e i suoi occhi verdi attirano l'attenzione di tutti. Persino Fred ne subisce il fascino e la guarda con desiderio. Sembra un angelo...

«Ne *sappiamo*, direi...» aggiunge l'altra donna. Se non fosse per gli occhiali, sembrerebbe più giovane di me. Tra le due, ha l'aria più sportiva.

«Dafne vi sorprenderà» conclude Fred. «Bene, adesso che le presentazioni sono state fatte, vi lascio liberi, signori. Vi faccio strada». Si avvia alla porta e la tiene aperta mentre gli altri scostano le poltroncine.

Da come li tratta, devono essere importanti per i suoi scopi.

Tratta bene solo chi gli serve. È abile negli affari e sa giocare con le parole.

Il mio sguardo non abbandona la donna elegante dagli occhi verdi che cammina verso l'uscita. Lei volta il capo, punta le pupille su di me e sorride con perfetta grazia mentre si allontana.

È bellissima. Ogni suo gesto trasuda fascino e potere.

«Mi spieghi che cosa ti è saltato in mente?»

La voce di Fred interrompe i miei pensieri. Si chiude la porta alle spalle, indurendo i lineamenti del viso.

Oscar sospira, si prepara alla sfuriata che si preannuncia.

«Hai ingaggiato Oscar per controllarmi?»

«Lui e altri tre ragazzi. Le lezioni non le farai da sola, ti servono gli strumenti e degli assistenti che ti aiutino a gestire gli studenti».

«A gestire loro o a gestire me? Hai paura che possa tradirti?»

Le guance gli si tingono di rosso, le vene del collo si inturgidiscono mentre cammina avanti e indietro a scatti. «Non lo faresti?» Alza il tono. «Da qualche tempo sei fuori dal mondo, Dafne. Hai fermato ogni esperimento perché non riuscivi ad andare avanti».

«Ho avuto un momento di debolezza, sono umana. Ma penso di aver dimostrato più volte la mia lealtà nei tuoi confronti». Avanzo di qualche passo verso di lui. «Sai cosa credo? Che tu non ti fiderai mai totalmente di me. Ci sarà sempre una parte di te che penserà: 'Mi sta tradendo? Vuole tradirmi?'»

Si siede e si porta le mani alle tempie, mentre scuote la testa.

«Oscar e gli altri verranno con te. Non è per mancanza di fiducia... se fosse stato così, non ti avrei mai dato tutta l'influenza che hai. Sei la ragazza più giovane nel team ad avere poteri direttivi e di management. È per precauzione, per la tua sicurezza. Non vogliamo che torni a pezzettini. I ragazzi ti faranno da guardie del corpo, sono addestrati. Oscar l'ho scelto perché una missione del genere richiede una spalla di fiducia, e tu ti fidi solo di lui qui dentro».

Le parole di Fred placano a metà la mia ira. Che sia per tutelarmi lo posso credere, ma mi puzza di bruciato. Degli umani non potrebbero difendermi più di tanto, con loro. Sono più forti, più veloci, più agili e più scaltri.

«Accetto, se questo servirà a farti sentire più sicuro, maestà. Non sia mai che ti senta fragile». Gli faccio un inchino di falsa riconoscenza, mi volto ed esco dal suo ufficio sbattendo la porta.

44
Scontro fra titani: parte prima

Isabella

Chiudo la porta di casa e mi volto verso il viale, inspiro l'aria frizzante del mattino a palpebre socchiuse mentre percorro il ciottolato. Riapro gli occhi in direzione della fermata, ma una chioma rossa mi si para davanti.

Kinan...?

Gli occhiali da sole gli coprono gli occhi, mentre fa roteare un mazzo di chiavi sull'indice.

No, non mi dire che...

«Buongiorno. Sali, ti devo portare a scuola».

Non esiste. Non mi scorterà, non lui.

Lo sorpasso in silenzio, avviandomi lungo il marciapiede.

Con quale coraggio si presenta qui come se non fosse successo nulla? Con quale coraggio mi tratta con freddezza e mi dà ordini?

«Bene, tu cammina pure. Io ti seguo sulla mia comoda auto».

Si infila in macchina sbattendo lo sportello, accende il motore e il rombo fa volare via un merlo da un angolo della siepe. Non mi supera. Procede lentamente.

Un clacson mi fa sobbalzare.

Mi volto all'istante. Un paio di auto seguono in processione quella di Kinan, che si muove a velocità minima.

Un secondo clacson fende l'aria mentre lui abbassa il finestrino del passeggero. «Possiamo andare avanti quanto vuoi».

Accelero il passo senza dargli una risposta.

«Ti dispiace se metto un po' di musica?»

Fa partire a tutto volume, bassi compresi, un brano di musica classica.

Il mio cuore sussulta. Beethoven... la sinfonia su cui abbiamo ballato... la sua mano sulla mia schiena, il calore della sua pelle contro la mia...

Scuoto la testa. 'Non ci pensare, Isabella. Questo era prima che ti definisse un "ostacolo"'.

«A che gioco stai giocando? È divertente, per te? Ti piace vedermi infastidita, debole o dispiaciuta? Che problemi hai?»

«Ti devo accompagnare a scuola».

«Vado da sola. Non ti voglio vedere, okay? Smettila di fare finta di nulla». Gli do le spalle e mi affretto verso la fermata.

Le ruote stridono sull'asfalto mentre tira il freno a mano. Il click della portiera mi rallenta, ma continuo ad avanzare senza voltarmi.

D'improvviso vengo strappata dal suolo, un suo braccio mi circonda la schiena e l'altro le ginocchia.

«Mollami! Kinan, mettimi giù!» sbraito. «Lasciami andare!»

Mi carica in spalla, stringendomi per le gambe, e torna alla macchina mentre lo colpisco sulla schiena con i pugni.

«Lasciami andare, ho detto!»

Mi deposita sul sedile, bloccandomi con la cintura di sicurezza. Non mi dà tempo di ribellarmi che chiude la portiera, fa il giro dell'auto e si rimette al posto di guida a velocità sovrumana.

Maledizione. Maledizione ai poteri da infetto che ha.

Gira gli occhi, mi fissa e sogghigna. «Hai perso la lingua?»

«Mi hai appena catapultata sulla tua schiena tipo sacco di patate e mi hai chiusa qui dentro come una fuggitiva... senza il mio consenso! Mi hai rapita!»

«Ti ho soltanto evitato la fatica di camm...»

«Fammi scendere». Forzo la maniglia della portiera, ma non c'è verso di sbloccarla. «Fammi scendere, o giuro che...»

«Che mi prenderai a sculacciate con la scarpa?» ride. «Wow,

questa è la cosa più romantica che una ragazza mi abbia mai detto».

«Kinan. Fammi scendere, cazzo».

«Manca poco, resisti. Che male c'è se ti accompagno a scuola?»

Non sta bene! Mi parla con nonchalance, come se avesse rimosso quello che è successo, come se fosse il solito Kinan... seriamente, le sue personalità si mettessero d'accordo una volta per tutte.

L'auto decelera davanti a un semaforo giallo, e lo stesso fa una vettura guidata da un signore anziano.

Perfetto, mi farò aiutare da lui!

Gesticolo al finestrino, mimando di aver bisogno di aiuto e di essere stata rapita. Il nonnino si ferma a osservarmi e solleva le sopracciglia.

'Sì, esatto, si preoccupi e mi aiuti!'

Il suo sguardo si sposta alle mie spalle; annuisce con il capo e torna a fissare davanti a sé, mentre il semaforo diventa verde.

'No, no, no! Non mi ignori, la prego!'

Parte sgommando senza neanche guardarmi, senza esitare. Questa è sicuramente opera di Kinan. Volto il capo verso di lui, che ingrana la marcia e riprende a guidare. Con questi occhiali, non riesco a capire che intenzioni ha...

«Mi spieghi che cosa hai fatto?»

«Ti ho evitato una denuncia» mormora ridacchiando. «Sai cosa sembravi?»

«Una ragazza rapita contro la sua volontà da un maniaco e obbligata a stare in macchina con lui» ringhio.

«In realtà» ridacchia, «sembravi tu la maniaca con i tic nervosi! A quel tizio penso tu sia parsa come una specie di piccione, visto come ti muovevi».

«Un cosa?» Socchiudo le palpebre, scoccandogli un'occhiata truce. «Sai dove te lo infilo, il piccione?»

La risata che riempie l'abitacolo mi urta i nervi.

'Che cazzo ridi?'

«Se osi toccarmi un'altra volta senza il mio consenso, ti mostro la vera maniaca che è in me!»

«Interessante...» ghigna, mentre parcheggia la macchina vicino all'ingresso della scuola.

Dio, meriterebbe una testata, ma finirei per farmi male io. «Sblocchi questa cazzo di portiera o vuoi rimanere qui a contare le stelle?»

«Ma è giorno».

«Infatti».

Sorride, facendo comparire la fossetta sulla guancia destra. Si ravvia i capelli con la mano per qualche istante, e io resto con gli occhi sulle sue dita, che scorrono tra le ciocche ramate.

Di colpo il click delle sicure risuona tra noi e mi riscuote dal suo incantesimo.

Sì! Finalmente libera!

Mi slaccio la cintura, apro lo sportello e mi catapulto fuori, senza permettergli di ribattere. Lo sguardo mi cade all'istante su Amanda, ferma a braccia incrociate vicino ai gradini d'ingresso. Un paio di metri alla sua sinistra Chris, dall'altra parte Nicolas.

Ah, ottimo... fanno il cambio della guardia?

«Perché non racconti a tutti del maniaco che ti ha rapita questa mattina?» sussurra divertito Kinan.

«Vai a farti fottere e non toccarmi mai più. Non voglio neanche vederti».

«Stai tranquilla, dopo non ci sono io, non mi vedrai. Ci siamo divisi i turni, c'è Teo con te sia a lezione sia in mensa. Ho visto che andate d'accordo...» Il tono s'inacidisce.

Ho come l'impressione che essermene andata via con Teo e non con lui, l'altro giorno, gli abbia provocato incertezza e fastidio.

'Non ti è andato giù, Kinan? Eccellente'.

«Perfetto, mi piace Teo. Lui non mente, la sua parola la mantiene e, cosa più importante, risponde alle mie domande».

Non gli permetto di ribattere perché mi allontano, lasciandomelo alle spalle.

Questa giornata è iniziata male. Mi esplode la testa... e tutto questo perché hanno paura che quegli psicopatici mi facciano visita.

Entro in classe, raggiungendo Wendy ai nostri soliti posti.

È intenta a leggere qualcosa al telefono, non alza neanche gli occhi su di me.

«Sei sul blog degli studenti» sussurra, ruotando lo schermo verso di me.

Mi siedo e scorro con il dito. 'Isabella Liverly è stata brutalmente scaricata davanti a tutta la scuola dal rappresentante dei Red, l'affascinante e gentile Kinan'.

Per lui hanno usato gli aggettivi migliori, mentre per me nemmeno una parola di comprensione. Equo.

'Si dice che lui non la consideri alla sua altezza e la veda quindi come un ostacolo'.

Ostacolo. Penso di essere traumatizzata da questa parola. Rimango a fissarla senza riuscire ad andare avanti. Come se ogni particella del mio corpo fosse paralizzata dal suo significato.

Wendy mi toglie il telefono dalle mani. «Ti va di venire da me stasera? Mangiamo qualcosa. Papà mi chiede spesso di te, dice che non c'è più nessuno a batterlo a carte».

Il suo tentativo di distrarmi mi fa sorridere. Annuisco, acconsentendo alla sua richiesta.

«I capelli legati ti stanno bene». Osserva attentamente il mio collo. «Il segno sembra essere scomparso, come il mio bernoccolo».

«Non dovrebbe vedersi più, ci ho messo un po' di fondotinta. Stavo morendo con quella sciar...»

Lo stridio di una sedia e il fragore del legno contro il pavimento ci fanno voltare di scatto.

«Chi cazzo ha scritto questa merda?» urla Kinan, stringendo il cellulare tra le mani. «Siete diventati sordi? Chi cazzo l'ha scritto?» La sua voce glaciale cristallizza l'intera classe.

David alza una mano tremolante e Kinan gli si avvicina con un ghigno spaventoso sul volto. Istintivamente, mi alzo in piedi.

Con una forza sovrumana sposta il banco che li separa, scaraventandolo contro la parete destra. David rimane scoperto e incassa la testa nelle spalle scarne, mentre gli occhiali gli calano sul naso. Kinan lo prende per il colletto della camicia, sollevandolo da terra. I nostri compagni spalancano la bocca, paralizzati di fronte alla scena. Solo Chris e Teo osservano il malcapitato con noncuranza, come se questo scatto d'ira improvviso fosse normale.

Merda, se continua così presto sospetteranno tutti qualcosa!

«Ascoltami attentamente: o cancelli la merda che hai scritto con la tua poca fantasia o giuro che passerai davvero un bruttissimo quarto d'ora». Si toglie gli occhiali da sole, li sposta sulla testa e fissa il volto di David, paonazzo e con gli occhi sgranati. «Hai capito o devo ripetere?»

«Ho c-capito...»

La sua voce tremante lo fa sorridere.

Ma che gli prende oggi? Gli ha dato veramente di volta il cervello, prima rapisce me e poi sbatacchia David come un cencio? Adesso gliene dico quattro.

«Isabella Liverly e Teresa Feel sono attese in presidenza» gracchia la segretaria attraverso l'altoparlante. «Ripeto, Isabella Liverly e Teresa Feel sono attese in presidenza».

L'avviso fa convergere l'attenzione di tutti verso di me. In questo mare di sguardi incontro anche le iridi di smeraldo di Kinan e la borsa mi cade dalle mani. I segni violacei dell'insonnia gli marcano il viso, facendomi annegare nei suoi occhi spenti.

Molla la presa su David, le pupille inchiodate alle mie.

Ma cosa gli è successo? Perché sembra non abbia chiuso occhio?

Perché ha l'aria così stanca?

Come se percepisse le mie domande, si rimette subito gli occhiali da sole.

«Issa... il preside...» sussurra Wendy riscuotendomi dallo stato di trance.

Annuisco piano e mi dirigo fuori dall'aula, verso la presidenza. Prendo aria, inspirando a lungo.

Se riuscissi a rilasciare anche questo senso di oppressione, sarebbe una gran cosa. Lo sguardo prosciugato che aveva... non ha dormito e io l'ho trattato male.

'Dimentichi come ti ha trattata lui? Cosa si aspettava, cioccolatini e caramelle?'

«Finalmente hai tolto la sciarpetta della nonna!» La voce acuta di Teresa mi raggiunge alle spalle.

La ciliegina sulla torta...

Scendo le scale senza darle risposta, ma lo scalpiccio dei suoi tacchi sul pavimento mi segue, martellandomi i timpani.

«Non sei impazzita dopo il video?» mormoro. «Pensavo avresti dato di matto».

«Ho dato di matto, infatti! Peccato che te lo sei persa, ho quasi ucciso tuo fratello».

Le lancio una rapida occhiata: stranamente è tranquilla... troppo tranquilla. Io non ero così calma.

«Ti sei drogata?»

«La stessa droga che avete usato per fare quei video stupidi».

«Cosa?»

«Non siete bravi con i fotomontaggi, dovete solo ringraziare che non vi abbia denunciati».

Crede davvero che sia tutto un fotomontaggio? Okay, pensavo che fosse un po' oca, ma mi devo ricredere: è più stupida di quanto credessi! Tanto da negare l'evidenza... a questo punto non so cosa potrà convincerla. Che rimanga pure delle sue convinzioni.

Busso alla porta della presidenza ed entro senza aspettare l'invito del preside.

«Ragazze, entrate». Mr Winkler ci sorride. «Stavo giusto parlando di voi!»

Di fronte alla sua scrivania siede una ragazza con i capelli rossi raccolti da un fermaglio d'argento.

«Mi becco tutti i rossi del mondo, santo cielo» bisbiglio tra me e me.

Nell'ufficio siedono anche altri due uomini, ma il preside non ha occhi che per lei. Direi che si è preso una bella cotta! E, fammi indovinare... ho appena vinto un nuovo tour dell'edificio da far fare.

Perché ho accettato di essere l'addetta alle presentazioni e ai giri della scuola? Che cosa mi sono fumata quel giorno? L'ultima volta che l'ho fatto, mi sono ritrovata i Red, infetti da un virus creato dai miei genitori... stavolta mi aspetto che questi tipi siano alieni venuti a distruggerci, oppure licantropi assetati di sangue.

La ragazza dai capelli rossi ruota il busto con grazia, scoprendo i suoi denti candidi in un sorriso. I suoi grandi occhi marroni mi osservano curiosi, e illuminano il suo viso delicato e perfetto. «Piacere, mi chiamo Dafne».

Anche la voce è armoniosa.

Dev'essere una modella di qualche agenzia venuta a studiare in questo buco di scuola. Una modella aliena.

«Isabella».

45
Scontro fra titani: parte seconda

Isabella

«Questo è il laboratorio di scienze» bofonchio, entrando nell'aula. «Se volete, potete già iniziare ad appoggiarci i vostri strumenti super tecnologici». Indico con lo sguardo il grande ammasso di computer, monitor e cavi trasportati su un carrello da uno dei tre collaboratori. «Tanto qui non entra nessuno, e il preside mi ha raccomandato di darvi la chiave dell'aula».

Dafne osserva la stanza con attenzione: passa una mano sulla scrivania, guarda i banchi posizionati di fronte. Poi fa un cenno con la mano ai due tecnici, che depositano l'attrezzatura all'interno.

Obbediscono agli ordini alla velocità della luce.

«Manca la mensa, se volete ve la posso mostrare a pranzo e intanto lasciarvi qui a sistemare i vostri aggeggi con calma» mormoro, attirando l'attenzione della rossa.

«Ti ringrazio allora, ci vediamo dopo. Ti aspettiamo».

Il fascino che emana, con i suoi capelli setosi e il portamento rigido ed elegante, le conferisce più anni di quelli che ha. Ogni suo passo sembra sospeso nel vuoto, come se ai piedi non avesse i tacchi, ma delle nuvole.

Così giovane e già in una posizione tanto ambita... chissà io a ventitré anni dove sarò... di sicuro non in mezzo a microscopi e provette, io e la scienza siamo due rette parallele. Meglio che esca, prima che la sua professionalità venga minata dalla mia presenza.

Annuisco e faccio cenno a Teresa di muoverci, ma mi ignora, lanciando sguardi di fuoco a uno degli assistenti.

«E questo cosa sarebbe?» cinguetta con l'intento di suonare sensuale.

«È il cavo per alimentare il computer...»

La faccia basita del povero ragazzo basta per farla morire dall'imbarazzo. Mi porto una mano sulla fronte e scoppio a ridere, guadagnandomi l'occhiata risentita di Teresa mentre esco.

«Ma insomma, Issa!» Mi segue, le gote arrossate per la vergogna.

«Scusa, non volevo ridere così... ma non mi dire che non avevi mai visto il caricabatterie di un computer».

«Se lo dici a qualcuno, ti uccido».

«No, ma per chi mi hai presa? Non lo farei mai...» Le scocco un sorriso falso.

«Issa, non ti azzardare!»

Le faccio cenno di fare silenzio e apro la porta della classe mentre è ancora in corso la lezione. Raggiungo il mio posto, ridacchiando sotto i baffi, e mi siedo accanto a Wendy.

«Non so per cosa tu stia ridendo, ma sono felice di informarti che David è vivo» sussurra. «Kinan se n'è andato poco dopo che sei uscita, assicurandosi che ritrattasse ciò che ha scritto. È rimasto solo Teo».

«Sì, Teo mi deve fare da guardia del corpo contro i tre moschettieri della morte» mormoro.

«Carl, Ben e Reina?»

«Ti piace il soprannome?» sorrido. «Mi è venuto dal cuore».

«Io sono davvero ammirata. Più la situazione è una merda, più tu ironizzi. Wow». Scuote la testa.

Lancio un'occhiata verso Teresa e trattengo una risata. Spero di non scoppiare a ridere davanti a tutti, altrimenti rischio davvero di essere sospesa.

«Issa, ti prego...»

«Non ce la faccio!» Si mette una mano davanti alla bocca, il volto arrossato e gli occhi lucidi. «Davvero... caricatore...» Ridacchia. «Portatile...»

Oh, cielo! Ma un'amica un pochino più normale no? D'accordo, forse tutta la situazione la sta mettendo molto sotto pressione, ma addirittura farfugliare parole a caso...

Il trillo della campanella segna la fine della lezione e Isabella scoppia a ridere all'istante.

«Osa dire qualcosa ed è la volta buona che vi denuncio tutti» sibila Teresa, mentre ci passa accanto uscendo dall'aula.

«Perché dovresti denunciarla?»

La mia domanda non riceve risposta.

Mah, chi la capisce è bravo...

Torno con lo sguardo su Isabella, ma i miei occhi si fermano prima su Teo, che le sta accanto come fosse la sua ombra.

«Ecco la mia scorta in tutta la sua efficienza! Scusa, cavaliere nero, prima devo andare al laboratorio e finire i miei doveri da studentessa. Ci vediamo direttamente in mensa».

«Ti accompagno».

«Teo, non morirò mentre faccio vedere la mensa alla nuova docente super sexy, non credi?»

'Nuova docente?'

«Avremo una nuova docente?» mormoro.

«Sì! È una sirenetta. Letteralmente. Ho deciso di battezzarla 'Ariel, la sirenetta perfetta'». Issa sorride, compiaciuta dal nomignolo trovato. Decisamente, è più strana del solito.

«Hai capito che non sei un prete, vero? Vai in giro a battezzare la gente e a cambiare i nomi come fosse un hobby» sbotta Teo.

Lei solleva lo sguardo al cielo. «Calmati cavaliere nero! Stai tranquillo, ché tanto i tre moschettieri non sono di certo nascosti sotto ai banconi della mensa, non credi? Io ora vado, vi lascio chiacchierare... L'altro giorno avevi tante cose da dire a

Wendy...» Gli fa l'occhiolino, prende la borsa ed esce, lasciandoci soli in aula, entrambi a disagio.

«Mi ha soprannominato 'cavaliere nero'?»

Sistemo i libri sul banco e li infilo nella borsa. «Ti si addice...»

Mi guarda per qualche istante in silenzio, come a voler pesare le parole da usare.

«Sei ancora arrabbiata?»

«Per avermi mentito e usata spudoratamente in un piano di vendetta in cui non c'entro nulla?»

«Sei ancora arrabbiata» sospira, passandosi una mano tra i capelli neri. «Non sono bravo in queste cose... ma la tua amica pazza mi ha detto che a te piacciono la sincerità e la bontà. Io... non sono propriamente il ritratto della bontà che cerchi, ma posso essere... sincero».

Il fatto che stia parlando con estrema fatica lo rende tenero nel suo imbarazzo. Si vede che non è abituato a spiegare il perché dei suoi gesti, dei suoi pensieri. Non si sente a suo agio a parlare... ma lo sta facendo.

«È vero, sapevo del piano. Lo sapevamo tutti noi Red, ma nessuno ti conosceva. Non potevamo permetterci il lusso di considerare eventuali effetti collaterali, dovevamo soltanto andare avanti. È sbagliato giocare con i sentimenti, lo so. È per questo che non ho usato alcun tipo di copertura. Non mi sono avvicinato a nessuna, non è nel mio stile. Posso avere un po' di colpa per non avertelo detto, ma come puoi biasimarmi? Non potevo tradire i miei amici e spiattellare la verità come fosse niente. So che Nicolas piano piano si stava affezionando veramente a te, e questo l'hanno notato tutti, perciò speravo te lo dicesse lui. Non potevamo dirti tutto. Non potevamo parlarti della nostra realtà. Era meglio lasciarti vivere nel tuo piccolo mondo perfetto e non in un mondo dove esistono persone come me che si devono iniettare una o più volte al giorno un farmaco per impedir loro di sbranare letteralmente chiunque respiri».

«Il mio piccolo mondo perfetto, dici?» Sorrido a labbra strette, scuotendo la testa. Questo è il riflesso di ciò che vedono gli altri... Wendy, la ragazza dai voti perfetti, dalla popolarità che tutti desiderano e dalla lussuosa villa vicino al lago. «Ti stupirà, ma non sono facilmente impressionabile. Vivo in mezzo a cose a cui non riesco a dare un significato. Ma apprezzo comunque il fatto che volessi tenermi fuori da questo casino, e apprezzo le tue scuse».

«Questo vuol dire che mi hai perdonato? Cioè, siamo a posto?»

La sua espressione stupita mi fa sorridere. «Pensavi di dovermi donare il cuore su un piatto d'argento?» La serietà si scolpisce sui suoi lineamenti definiti. Non mi dire che... «Issa ti ha detto questo?»

«Quella pazza dice tante cose che non hanno senso».

«Be', le dice, a volte. Vieni in mensa? Ho fame».

I suoi occhi ambrati risplendono, mentre mi guarda sistemarmi lo zaino sulla spalla.

«Di cosa avete parlato tu e Issa?» mormoro mentre lui mi apre la porta della classe.

«Niente di che, ero impegnato a impedirle di distruggermi l'auto».

Volto lo sguardo in avanti e un ragazzo che sta per venirmi addosso mi coglie alla sprovvista. Socchiudo le palpebre, pronta all'impatto, ma vengo trascinata di lato contro una superficie calda. Le mie narici si riempiono subito di un profumo intenso, resinoso. Apro gli occhi, sbattendo le ciglia. Teo torreggia su di me e tiene lo sguardo fisso sul ragazzo. Mi accarezza la schiena con le dita e io resto con gli occhi intrappolati sul suo petto ampio mentre il suo odore cattura ogni centimetro dello spazio che mi circonda.

La sua presenza mi ammalia, come se tutto di lui sedasse le mie insicurezze.

«Ti sei fatta male? Ti sei spaventata?» sussurra.

Schiudo le labbra, ma la voce non esce. Scuoto la testa, facendo segno di no.

«Sicura? Sento il tuo cuore battere come un orologio impazzito».

In questo momento vorrei sparire per la vergogna.

«N-non è vero».

«Lo sento riecheggiare. È fortissimo perfino adesso. Sicura di stare bene?» Teo sposta lo sguardo sul mio corpo.

Abbassa la mano dalla mia schiena al fianco. A ogni suo minimo movimento la mia pelle si riempie di brividi bollenti, come se potesse bruciare sotto le sue dita. Mi ritraggo d'istinto, deglutendo.

Ma che mi succede?

«Dovrei uccidere quel ragazzo...»

«No che non dovresti. È normale... è ora di pranzo, il corridoio è pieno, succede».

Riprendiamo a camminare verso la mensa, mentre lui continua a controllare qualsiasi possibile rischio per la mia incolumità.

«Mi stai proteggendo?»

«No».

«Sicuro? Sembri la mia guardia del corpo».

«Sto solo attento. Ti dà fastidio?» mormora in tono incerto.

È spaventato all'idea di potermi infastidire? Lui?

«No, è solo strano». Sorrido, allungando una mano per aprire la porta della mensa.

«È una cosa negativa o positiva?»

Entriamo e ci mettiamo in fila insieme agli altri studenti. Le ragazze intorno a noi gli scoccano occhiate sognanti; il modo sfacciato in cui lo guardano, quasi a volerlo scannerizzare e spogliare, mi fa venire voglia di vomitare nei loro piatti.

Lui non se ne rende conto e mi osserva in attesa di una risposta.

«È una cosa a cui non sono abituata. Fino a un anno fa non avevo un ragazzo che prevenisse le mie possibili cadute».

«Quindi è positiva?» Mi porge il vassoio, preparandolo con il bicchiere e il tovagliolo.

«Grazie» mormoro. «Tu non lo prendi?» Ne indico uno con il capo.

«No, sai com'è... mangiamo altro» bisbiglia.

Annuisco, mentre lo osservo guardare senza sentimento i piatti di cibo che vengono consegnati ai ragazzi prima di noi. In questo momento vorrei tanto entrare nella sua testa e capire che cosa pensa. Prendo la mia porzione e la metto sul vassoio, rilasciando un sospiro.

Insieme ci sediamo nei primi posti vuoti che troviamo.

Comincio a mangiare davanti a lui, che analizza ogni centimetro della mensa.

«Non mangiate perché vi nutrite di...»

«Carne umana. Per istinto dovremmo mangiare carne umana. Fortunatamente riusciamo a sopprimere questo lato con le iniezioni».

«Quindi puoi mangiare un piatto di pasta?»

La domanda lo fa sorridere. «Lo posso mangiare, ma non ne sento il sapore. L'essere umano si nutre perché, oltre ad averne bisogno, fisiologicamente parlando, ne trae anche piacere. Se fosse uno stimolo sgradevole, forse non lo farebbe nessuno. Per noi il cibo non ha sapore. Mangiamo solo per l'apparenza e per sembrare un po' meno mostri di quello che siamo».

Terribile... come se improvvisamente il gelato o la pizza non avessero più il loro gusto.

«Non dev'essere bello. Mi dispiace...» sussurro.

Alza lo sguardo, puntando i suoi occhi nei miei. «Ti interessa veramente?»

Lo stupore con cui mi guarda mi riscalda l'animo e allo stesso tempo lo congela.

'Sei così spaventato, Teo... qualcuno ti ha mai ascoltato davvero? Qualcuno ti ha dato un po' del suo tempo per conoscerti?'

«Mi interessa, raccontami» dico in un soffio.

«Be', cosa vuoi sapere?»

«Tutto». Incurvo le labbra all'insù, facendolo sorridere per la velocità della mia risposta.

«Tutto? Mi chiamo Teo, sono un orfano. Faccio parte dei Red e posso mangiare un piatto di pasta».

«Wow, un piatto di pasta? Questo è disumano! Chi l'avrebbe mai detto» rido.

Solleva gli occhi oltre la mia spalla, guarda lontano oltre l'ingresso della mensa e il suo sorriso si frantuma in un secondo.

Gli poggio una mano sul braccio. «Teo?»

Tace, ma la sua espressione gronda rancore.

Che ha visto?

Mi volto, cercando di individuare il punto che sta fissando, e la direzione tracciata dalle sue pupille mi porta su Isabella. Cammina accanto a una giovanissima donna dai capelli rossi che ricadono gentili su una camicia bianca scollata. Dev'essere la nuova docente di cui parlava.

«Teo?» Torno su di lui. «Teo, mi spaventi... cosa c'è?»

«Che sta facendo Issa?» La sua voce è un ringhio roco, mi si insinua sotto pelle con un brivido.

Si alza dal posto e cammina lento verso Isabella.

Gli vado dietro, col cuore che batte più veloce, il respiro teso. Lo blocco, facendo pressione sul suo braccio. «Sta mostrando la mensa alla nuova docente. Perché?»

«Nuova docente?» Teo pianta gli occhi infiammati dall'ira nei miei, e io annego nell'oscurità. «Quella è Lady Diana».

46
Quella è Lady Diana

Isabella

«Può prendere il badge direttamente dal preside domani, alla mensa le daranno il pasto completo senza problemi».

Il corridoio è vuoto. Saranno tutti davanti a un piatto fumante di lasagne e io sono ancora intrappolata in questo strazio.

La professoressa continua a guardarsi intorno.

Non c'è un'anima, che cerca?

«Ehm... c'è qualcosa che la turba?»

«Mi chiedevo soltanto una cosa: avete avuto dei problemi, recentemente? Intendo... c'è stato qualcuno che si è rivelato un po' troppo aggressivo?»

«I vecchietti che passano davanti alla scuola. Ma non le faranno nulla se resta immobile, non si preoccupi».

La mia risposta la fa sorridere. «A parte i vecchietti, c'è stato qualche avvenimento strano? Qualcosa di insolito?»

I suoi occhi mi mettono pressione. Qualcosa mi dice che sta cercando una risposta diversa da quella che le ho già dato, qualcosa di più succulento.

«Perché lo chiede? Da docente non dovrebbe preoccuparsi, la sicurezza qui è buona».

È da prima che è vigile... le domande sulle videocamere di sorveglianza all'entrata... sulle pattuglie fuori da scuola... be', forse, se avessi quelle attrezzature tecnologiche nel laboratorio di scienze, sarei cauta e attenta pure io... credo.

«Noi vogliamo lavorare in assoluta sicurezza, e le tecnologie che vi mostrerò sono ambite da tante aziende. La concorrenza fa brutte cose...» mormora, assumendo un'espressione formale e impostata.

«Mai sentito parole più vere».

La voce di Teo la fa irrigidire.

Mi volto verso di lui, che osserva la professoressa con lo sguardo colmo d'ira.

In che senso? Che intende con 'mai sentito parole più vere'?

Wendy gli arriva a fianco di corsa.

«Teo» mormoro, «ma che...»

Non mi dà tempo di concludere la domanda. Si avventa contro la professoressa, le mani strette al suo collo, e la sbatte contro gli armadietti. Le lamiere rimbombano in tutto il corridoio per l'urto.

«E così avresti paura della concorrenza? O di noi? Parla, stronza traditrice!» tuona guardandola dall'alto.

Il volto delicato di Dafne viene travolto dal panico, perde il colore rosato sulle guance, i lineamenti si tendono. Annaspa in cerca di aria e serra le palpebre.

«Che cazzo ti prende, Teo?» Gli agguanto il braccio. «La stai uccidendo così!»

«Oh, dici davvero? Magari morisse... ma questa strega ha otto vite e non muore mai. Muoiono tutti quelli che le stanno intorno, ma lei mai. Non è vero?»

Le fa sbattere la testa contro l'armadietto, e lei geme dal dolore.

Wendy tiene gli occhi sbarrati mentre fissa la scena con le mani sulla bocca. Poi sposta lo sguardo su di me e sulla porta della mensa.

Ha ragione, se qualcuno esce adesso vedrà Teo che dà di matto!

Blocco d'istinto la porta infilando uno scopettone nelle maniglie.

«Teo, calmati...» Le sue parole non hanno alcun effetto su di lui.

Merda, se neanche Wendy riesce a fermarlo, siamo tutti fottuti. D'accordo, si fa a modo mio.

«Porco cane, che cazzo ti prende? Non vedi che non respira? Smettila di fare Hulk e datti una calmata, o giuro che ti prendo a calci in culo adesso!»

Teo mi lancia un'occhiata funesta.

«Per favore...» mormoro nella speranza che la mia gentilezza possa ammorbidirlo.

«Toglile le mani di dosso!» urla una voce maschile alle nostre spalle.

Io e Wendy ci voltiamo, mentre i due tecnici del laboratorio avanzano con una pistola tra le mani, puntata addosso a Teo.

Wendy lo tira per la giacca. «T-teo, fai come ti dicono...»

«Ferme voi!» sbotta l'altro, senza perdere di vista Teo.

Cazzo! Non possiamo muoverci. Non possiamo fare nulla. C'è qualcosa che non quadra, qualcosa che non riesco a capire. Come fa Teo a conoscerla? Che cosa gli ha fatto di così grave da portarlo a odiarla in questo modo? E perché i tecnici hanno delle pistole?

Okay. Calma, Isabella. Non andare nel panico.

«Se non gli togli quella pistola dalla testa, ti smembro in mille pezzi assieme al tuo amichetto qui accanto» ringhia Chris, comparendo alle spalle dei due assieme a Nicolas. Quest'ultimo fa abbassare la pistola a uno di loro, piegandogli il braccio verso il basso.

Ci manca solo che anche questi due diano di matto e siamo a posto.

Dai vetri della porta della mensa alcuni ragazzi sbirciano fuori, spingendo per uscire, ma l'asta dello scopettone tiene i battenti bloccati. Si lamentano e il loro vociare rimbomba nel corridoio.

Poco male, useranno la porta d'emergenza che dà sull'esterno. Anche perché qui l'emergenza ce l'abbiamo noi.

«Lasciala andare». Chris appoggia una mano sulla spalla di Teo, mentre Nicolas si frappone tra loro e i due tizi.

Lui allenta la presa, facendola respirare. Il viso di Dafne riprende colore mentre tossisce e ansima. La pelle del collo è arrossata, porta le impronte delle mani di Teo.

«È sbagliato non farla fuori, lo so, ma cerca di controllarti. Non è il momento» mormora Chris, mentre lo trascina indietro, liberando Dafne.

Lei si rifugia alle spalle dei due tecnici, che subito alzano le armi su di noi, una minaccia muta nel loro sguardo gelido.

«Va bene così, lasciateli in pace...» Dafne appoggia una mano sul braccio di uno dei ragazzi, facendo loro abbassare l'arma. «In fin dei conti, questo me lo meritavo».

«Meriteresti molto di più. Se hai avuto paura con Teo, allora non immagino cosa proverai quando vedrai *lui*» sibila Nicolas in tono glaciale.

Queste parole la costringono ad arretrare in silenzio. Il suo sguardo si adombra, le iridi calde sanguinano come ferite aperte. Si volta senza proferire parola e si allontana, scortata dalle due guardie del corpo.

C'è qualcosa che non ci è stato detto.

Qualcosa che solo io e Wendy non sappiamo.

Qualcosa che sembra segnarli tutti.

«Cazzo, che facciamo? Da dove salta fuori quella strega? È un casino, siamo nella merda!» Nicolas cammina avanti e indietro coprendo a grandi passi la larghezza del corridoio.

«Non possiamo ucciderla?» sibila Teo.

«Teo...» Wendy gli rifila un'occhiata di traverso.

«Non guardarmi così, non sai cos'è successo».

«Illuminateci» bofonchio, mentre sblocco la porta della mensa.

«No. E nessuno farà niente. Sapete che succede se gli altri lo scoprono? Se Kinan la vede? Dobbiamo fare finta di nulla» sbraita Chris, gesticolando.

«Ma è solo una docente!» pigola Wendy.

«Non è quello che sembra. È la persona» Teo colpisce l'anta di un armadietto «più spregevole» un altro colpo «che esista». Ringhia, assestando un pugno ancora più forte che lascia la lamiera piegata sotto le sue nocche.

Chris gli ferma la mano, impedendogli di incrinare oltre il

metallo, ma lui lo scrolla via con un grugnito, gli dà le spalle e se ne va senza dire una parola.

«Lo seguo io, tu pensa a loro» mormora Nicolas a Chris, andandogli dietro.

«Allora?» sbuffo.

Pretendo una spiegazione, altrimenti il cervello mi esplode. Chris distende la lamiera dell'anta, sistemandola, e resta con gli occhi fissi su un piccolo punto che ha perso colore.

«Cortesemente, Cristiano, la smetti di fare l'imbianchino e ci spieghi qualcosa?»

Guarda Wendy per un istante. «La tua amica ha dei problemi con i nomi» sbuffa.

«Ci spiegate cos'è successo? Teo in mensa ha detto che lei è una certa Lady... qualcosa».

'Una certa Lady qualcosa'?

Lui sbarra gli occhi e deglutisce. «Non nominatela più. Devo trovare un modo per impedire a Kinan di dare di matto». Si massaggia la testa con la mano. «Ci mancava solo questa!»

«Chi non dobbiamo nominare? Mi sembra che stiamo giocando a *Indovina Chi?*, solo che qui, se qualcuno sbaglia, c'è in gioco Teo che dà di matto, i tecnici che tirano fuori le pistole e Kinan che non si sa cosa potrebbe fare. Mi spieghi una volta per tutte che cosa sta succedendo?»

«Prima dimmi come mai è qui. Cosa ti ha detto?»

«Sarà una nostra docente, ha attrezzato il laboratorio di scienze con strumenti all'avanguardia. Le ho solo fatto fare un giro della scuola». Mi gratto la nuca. «Non so altro».

«Bene, siamo nella merda più totale. Questo noi non l'avevamo previsto».

L'espressione preoccupata di Chris mi fa alzare gli occhi al cielo per l'ennesima volta. «Chi è lei? Perché ha detto di meritarsi la furia di Teo, e perché la conoscete tutti?» sbotto.

«È... Lady Diana».

Il mio cuore diventa un macigno, respiro a malapena. «Ariel la sirenetta perfetta?»

Chris annuisce. «È la donna per cui Kinan perderebbe il controllo in due secondi». La preoccupazione stilla dal suo sguardo e si imprime nel mio animo goccia a goccia.

Lady Diana? La stessa che Reina aveva nominato nei boschi, quella per cui Kinan aveva avuto gli occhi neri e che Chris mi aveva intimato di non nominare mai?

Quella è Lady Diana?

Chris

«Perché è qui?» mormora Wendy.

«Per vendere cioccolatini» sibilo in tono sarcastico.

Isabella mi guarda male. «Cristiano, le battute lasciale a me».

Sospiro a lungo. Come faremo a far fronte a una tale catastrofe? L'avranno mandata di sicuro per minacciarci, per controllarci o per confonderci. La cosa più strana di tutte è che la stanno esponendo a un rischio enorme. Sanno, e lo sa anche lei, che nessuno di noi la risparmierà. È un suicidio.

Eppure, è qui.

«Perché Kinan non deve sapere di lei? Che cos'è successo tra di loro?» Isabella mi guarda con i dubbi che le trasudano dagli occhi.

«Non posso dirtelo. È una storia che non si racconta». Tutti noi conosciamo la fiaba che li ha legati, la fiaba che erano diventati. «È la fiaba della Città di Smeraldo».

«Ancora con questi indovinelli».

«Principessina Liverly, non tutti sono ai tuoi comandi, mettitelo in testa. Vado dai ragazzi. Voi non avete né visto né sentito nulla».

«Mi chiamo Isabella, comunque» sibila, incrociando le braccia al petto.

Chiama le mie storie indovinelli, come se non fossero chiare, ma non è così. Non è la mia risposta a non essere chiara... è la loro fiaba a non avere confini netti. È la loro storia a essere sfumata.

La storia della Città di Smeraldo. Ce la raccontavano all'orfanotrofio prima di dormire, ce la siamo raccontati anche durante l'inferno dei laboratori e tutt'ora viene narrata nelle nostre case. Quella storia faceva sognare ogni bambino.

I White si tramandano fiabe diverse, ma non conoscono questa, perché è nata con noi, fa parte di noi. Era bella, portava speranza.

Ora è segnata dalla crepa di un odio profondo, di una paura infinitamente grande e di un tradimento che non può essere perdonato.

Esco dalla scuola, l'umidità di un temporale in arrivo permea l'aria e mi si appiccica alla pelle. Conoscendo Teo, starà fumando qui per scaricare la tensione.

Scruto il cortile e trovo il viso preoccupato di Nicolas; Teo è appoggiato al muretto, la sigaretta accesa tra le labbra. Prevedibile.

Incasso la testa tra le spalle e li raggiungo con lo sguardo basso.

«Che cosa vuoi fare?» sussurra Nicolas.

Mi siedo sulla panchina di fronte a loro. «Non ne ho la più pallida idea» mormoro.

«Sta tornando la fiaba?»

«Non può tornare qualcosa di rotto. Cazzo, l'avete vista? È diventata come loro, ornata di gioielli costosi e di vestiti di marca. La ragazza della fiaba non è così. La ragazza della fiaba è morta!» ringhia Teo, il tono intriso di rabbia.

Chiudo gli occhi, cercando di trovare una possibile via di fuga per questa situazione.

«Non lo so, mi sembra tutto molto strano... perché farlo? Perché venire nella nostra scuola?» biascica Nicolas. «Troppe domande senza risposta. Solo una cosa è sicura... se Amanda o Kinan la vedono...»

«Non succederà» sbotto.

«Se la vedono, è la fine. E sta' certo che non li fermerò». Teo butta la sigaretta a terra e la spegne. «È loro diritto, dopo quello che è successo».

Amanda e Kinan non possono vederla, non devono sapere di lei. Sarebbe la fine del mondo.

«Se succedesse qualcosa» sussurra Nicolas, «Amanda potrei farla ragionare, forse, ma Kinan no. Se lui la vede, nessuno di noi può fermarlo».

«Amanda va tenuta lontano da scuola. Non deve venire domani, e neanche Kinan» sospiro. «Dobbiamo allontanarli finché non troviamo un modo per spiegare la situazione con calma a uno dei due».

«È questa la tua soluzione? Tenerli fuori da qui?»

Neanche a me va giù, ma sto cercando di mantenere l'equilibrio senza dare di matto. Se anche io mi permettessi di esporre i miei sentimenti, il rancore, la rabbia... non ci sarebbe nessuno a trattenere il disastro che ci aspetta.

«Teo, non vorrei neanch'io, te lo giuro. Ma attualmente mi sembra la soluzione più plausibile, visto che sarebbe impossibile per noi fermarli».

«Fermare chi?»

La voce di Kinan mi paralizza.

Cazzo!

Stiro un sorriso di circostanza e mi volto verso di lui. I suoi occhi chiari passano su di noi, ci squadrano, si soffermano su ciascuno dei nostri visi per qualche secondo. Se continua così, capirà tutto. Devo improvvisare.

«Dei White, che a quanto pare iniziano ad avere vaghi ricordi del falò». Fa' che se la beva...

«Impossibile, non è mai successo».

«Sarà stata colpa di uno dei novizi che non lo sa fare ancora bene. Ce ne occupiamo noi». Mi alzo in piedi, stiracchiandomi. «Andiamo?» mormoro a Teo, circondandogli il collo con il braccio.

Lui non apre bocca, e questo fa insospettire Kinan. Ci blocca la strada, scandagliando i nostri occhi con i suoi.

Pensa, Chris. Pensa cazzo! Chi potrebbe distrarlo abbastanza da darci tempo?

Due iridi verdi incastonate in un viso sottile e perennemente accigliato mi si incastrano nella mente.

Lei.

Lei riesce a confonderlo più di quanto lui stesso voglia ammettere. È l'unica che potrebbe aiutarci.

Ma come la convinco?

47
Non è un mostro

Isabella

'È la fiaba della Città di Smeraldo'.

Che diamine vuol dire?

Wendy apre la porta di casa. «Prego, prima le signore!»

Holland, il maggiordomo della famiglia Madinson, ci viene incontro, muovendosi con impeccabile grazia. Mi sorride mentre varco la soglia, le punte dei baffetti incerati si incurvano con le labbra fino a sfiorare gli zigomi.

«Ciao Holly, come stai?» Gli do una pacca sulla spalla.

«Signorina Liverly...» Mi fa una piccola riverenza con il capo.

Osservo a bocca aperta i pavimenti lucidi, l'aria profuma dei fiori freschi che adornano il tavolino del salotto. Persino le cornici dei quadri appesi sui muri brillano come fossero state appena spolverate. «Mamma mia, questa casa è sempre più in ordine!»

Deve proprio amarlo questo lavoro...

Segue i miei movimenti con l'ansia di chi sta per morire ghigliottinato. «Le sarei grato se oggi potesse evitare di frantumare qualcosa...»

«Sta' tranquillo, Holly, questa volta starò attent...» Con il gomito colpisco un vaso antico, facendolo traballare. Il maggiordomo si lancia a fermarlo, scompigliandosi la capigliatura.

Ops...

«Holland, dov'è papà?» trilla Wendy.

«Sono qui, tesoro. Ho giusto avvertito la presenza caotica di qualcuno in grado di mandare in fibrillazione il nostro caro Holland!»

La voce del padre di Wendy mi fa voltare di scatto mentre lei gli corre incontro per dargli un bacio sulla guancia.

Mi fingo scioccata. «Arman, hai così poca fiducia in me?»

Mi si avvicina spingendo le ruote della sedia a rotelle, con il suo amato orologio d'argento al polso e il sorriso raggiante che lo accompagna da sempre.

«Dopo tanti anni, ormai ti conosco: ogni volta che arrivi tu, qualcosa si rompe» ridacchia.

«Non ha portamento» si lamenta Holland, scuotendo la testa.

Mi stravacco sulla poltrona, scoccando a Holland un'occhiata contrariata.

Okay, forse a volte avrò rotto qualcosa ma non vuol dire che non abbia portamento... sono una ragazza con un'eleganza tutta sua. *Limited edition.*

Arman si mette accanto a me con la sedia a rotelle. «Non fare quella faccia delusa... sei un po' sbadata, ma ti vogliamo bene così come sei» dice con un sorriso.

«Per fortuna, vorrai dire... quelle come me sono introvabili. Chiedi a tua figlia per conferma».

Wendy fa spallucce, un sorrisino impresso sulle labbra. Metto un finto broncio, e lei alza lo sguardo al cielo, scuotendo la testa.

«Holland, porta qualcosa da mangiare alle ragazze».

«Volentieri, signore». Il maggiordomo annuisce e scompare dalla nostra vista con movimenti eleganti e composti.

«Wendy, porti le carte?» Arman mi lancia un'occhiata di sfida, divertito. «Voglio vedere se l'introvabile e unica Isabella Liverly è ancora un asso a giocare».

«Vado subito!» replica, dirigendosi verso lo studio del padre.

«Ah, vuoi perdere davanti a tua figlia, Arman?»

«E tu vuoi perdere davanti alla tua amica, Isabella?»

Schiocco la lingua. «Come no!» 'Credici pure! Sarà almeno un anno che non ne perdo una!'

La sua espressione si fa seria di colpo. «Wendy mi ha detto che è successo di nuovo...»

Cavolo... dritto al punto.

«A quanto pare. È successo, succede e...»

«E smetterà di succedere. Non puoi vivere nella paura di crollare. Non puoi vivere nella paura. Per quanto tu possa essere forte, la paura lo sarà sempre più di te».

Abbasso lo sguardo. 'So che hai ragione... lo so. Nessuno più di te capisce come mi sento. Hai vissuto anche tu un trauma, hai visto anche tu la morte prendersi chi amavi tanto. Ne porti i segni addosso. E sai leggermi dentro come se fossi nella mia testa. Ti basta uno sguardo. Ma io... non sono abbastanza forte. Posso solo fingermi tale'.

Mi massaggio le mani e respiro a fondo per arginare l'ansia. «La lascerò vincere, allora. Non voglio lottare» sussurro.

«Nessuno ti ha chiesto se vuoi lottare, Isabella. Tu devi lottare, non sei più una bambina. Ricordi la testa calda che varcò quella porta anni fa?»

«Sì, ricordo. Papà ti aveva chiesto di badare a me, visto che doveva portare Yuri agli allenamenti e mamma era impegnata in ufficio».

«La prima cosa che mi hai detto è stata: 'Perfetto, mi deve tenere a bada un malato sulla carrozzina'».

«Ero veramente una peste maleducata» sospiro.

«Eri?» ride.

«Sono ancora maleducata, ma non a quei livelli. Ho acquisito più charme, non trovi?» Assumo una posizione più sofisticata sul divano, facendolo ridere divertito.

Wendy

«Eri cocciuta e testarda. Non volevi nessuno intorno. Odiavi me e odiavi anche Wendy. La chiamavi 'biondina senza neuroni' ogni volta che ti chiedeva di giocare».

Rimango a origliare di nascosto, mentre tengo tra le mani

le carte da gioco. «Ero antipatica, sfogavo il dolore e la rabbia sugli altri» sussurra Issa.

«Ora non li sfoghi proprio, li tieni tutti per te. Il che è decisamente peggio».

Sbircio dalla porta socchiusa: lei tiene gli occhi rivolti verso il pavimento, mentre si tortura le mani. Papà la osserva, scruta ogni sua mossa, soppesa i suoi silenzi e le sue parole.

La tenerezza mi riempie l'anima.

'Ti fa bene venire da noi, Issa. Riesci ad aprirti davvero solo con papà. Vi collegate su un'onda di dolore che riesce a mettervi in sintonia. Anni fa ero invidiosa di questo vostro rapporto. Che sciocca, vero? Avrei voluto capirti, e capire anche lui. Ma ero una bambina... non riuscivo a realizzare la disperazione di un uomo che aveva perso la moglie e non poteva più alzarsi in piedi. Non riuscivo a vedere oltre il mio, di dolore... Ma voi due vi siete compresi. Tu hai risvegliato la sua speranza e positività, e papà ha tamponato un po' di quella sofferenza e di quella rabbia nociva che si stavano nutrendo lentamente di te. Solo con lui ti sei calmata. Solo con lui hai cominciato a fidarti di nuovo degli adulti. Li odiavi così tanto, per averti ingannata. È stata una benedizione che tuo padre ti abbia portato qui'.

«Almeno così non faccio del male a nessuno».

«Lo fai a te stessa. Pensi sia meglio? Puoi ingannare i tuoi genitori, i tuoi compagni, i tuoi fratelli... ma io lo vedo. Vedo che non sei mai guarita e non hai mai neanche provato a guarire». La voce di papà è piena di conforto e allo stesso tempo colma di rimprovero.

Isabella non ribatte, non lo contraddice. Il suo silenzio conferma ogni singola parola.

Non è mai guarita. Non ha neanche provato a guarire.

«Se guarissi, dimenticherei. Non posso e non devo dimenticare nulla. Voglio rimanere così. È da matti? Probabilmente sì, ma non voglio staccarmi dal dolore. Se lo facessi, inizierei a stare bene e ad avere ricordi sempre più sfocati, sempre meno nitidi».

«Quindi è questo che fai...? Rimani attaccata al dolore con questa morbosità malata per non dimenticare?»

«Finché il dolore terrà in vita i ricordi, io terrò in vita lui».

Nel mio petto si espande un macigno d'impotenza.

'Tutti vorremmo aiutarti, ma tu non vuoi. Tu vuoi soffrire da sola, e a me questo fa male'.

«Anche se ti consumerà?»

Alza il viso, e le sue iridi chiare, bagnate di sofferenza, brillano di determinazione. «Anche se mi consumerà».

«Fa male. Tanto. Mi sento scoppiare e non voglio vedere nessuno, ma papà e mamma mi portano da quella strizzacervelli. Non è assurdo? Vogliono che mi sfoghi, che torni a sorridere...» Isabella inizia a sghignazzare anche se ha gli occhi lucidi, mentre Holland mi porta fuori dal salotto, lasciando papà da solo con lei. «Ma io non lo farò più. Io non starò bene. Non posso stare bene!» urla, colpendo un vasetto di cristallo che si frantuma contro il pavimento. «Non lo capiscono! E non capiscono neanche che non voglio questi stupidi vestiti!» sibila, strappando un lembo della gonnellina che indossa.

Rimango seduta sullo sgabello della cucina, mentre Holland provvede a raccogliere i cocci. Mi sposto un po' in avanti, in modo da riuscire a vedere la scena nel salotto.

«Non voglio curarmi!» grida. «Non voglio venire qui e far finta di andare d'accordo con te o con tua figlia. Non voglio sorridere, non voglio stare bene!»

Non l'ho mai vista così. Stavo solo parlando con papà dei voti che ho preso, lei era rannicchiata in un angolo ed è esplosa di colpo e senza controllo, senza alcun motivo apparente.

«Ti senti in colpa?»

«Non è colpa mia, è colpa di voi grandi» ringhia. «È colpa delle vostre decisioni poco umane. È colpa vostra! Avete ucciso voi il nonno, non io! Siete stati voi a scegliere di salvare me al posto suo, e avete fatto la scelta sbagliata».

Il risentimento nel suo cuore le infiamma le guance e le distorce il viso.

«Scommetto che tuo nonno non la penserebbe così».

Il tono cauto e pacato di papà è in totale contrasto con la voce colma di rabbia incandescente di Isabella. Gli occhi lucidi di tristezza e ira sembrano grigi, non verdi. È come se non avessero più colore.

«Non lo puoi dire, è morto!»

«Lo posso dire perché lo conoscevo. Non sei l'unica che soffre per la sua morte».

«Stai zitto!» tuona. «Io non ti costringo a parlare del tuo incidente, del perché non puoi più camminare».

Papà abbassa lo sguardo in silenzio e il mio cuore sussulta. 'Perché fai così? Lui vuole solo aiutarti!'

Scendo dallo sgabello, pronta ad andare da loro, ma Holland mi fa segno di pazientare.

«È questo che fai, quindi? Ferisci gli altri e ti aspetti lo stesso trattamento? Vuoi essere ferita?»

«Non volevo... lascia stare. Voglio andare via, chiama mio papà».

«Ho perso l'uso delle gambe qualche settimana prima che tuo nonno morisse. Sai che cosa mi ha detto lui? Che un incidente poteva anche avermi tolto la possibilità di camminare, ma non mi aveva tolto la possibilità di respirare. Un incidente mi ha tolto mia moglie, la madre di mia figlia, ma non ha tolto il ricordo, l'amore, la sua impronta. Tuo nonno Franck disse che un incidente è tale perché non può essere programmato, non può essere predetto o fermato. È inutile darsi colpe per cose più grandi di noi, è inutile e ti fai solo male. Franck disse che nessun incidente ti può...»

«'Nessun incidente ti può impedire di sognare, perciò sogna come solo un bambino sa fare'» dice in un soffio Isabella.

«'Sogna lievemente ma anche fortemente'» sussurra papà.

«'Sogna da togliere il fiato, sogna come fosse reato. Sogna e non ti fermare'...» mormorano all'unisono.

«'La vita è una sola e nessuno ti avvisa se il tuo tempo finisce, se la clessidra svanisce'. Tuo nonno mi disse queste parole in un momento in cui tutti mi dicevano soltanto 'condoglianze'. Ero di-

ventato insofferente a quella parola. Non la volevo più sentire. Franck con un solo sguardo l'aveva capito e, al posto di usare qualche frase stereotipata per compatirmi, mi recitò queste parole. Mi spiegò che le utilizzava come ninna nanna per farti dormire. Disse che avevi la costante paura di perderlo, e che prima di dormire gli stringevi la mano così forte da lasciare il segno per ore. Da quel giorno me le ripeto anch'io prima di dormire, per ricordare quanto è bello sognare, quanto è bello vivere. Per ricordarmi che non posso pagare per sempre, sono solo un essere umano, e come tale sono un essere fragile. Va bene essere fragili, Isabella».

Tace, mentre il velo che copriva la sua paura cade lentamente. Il peso del dolore invade la stanza nell'esatto momento in cui il primo singhiozzo strappa il silenzio.

«Lo diceva anche a me quando disegnavo. Di-diceva che nessun incidente può impedirti di so-sognare». Le lacrime le impediscono di parlare. Crolla a terra rannicchiandosi e si abbandona a un pianto sconfinato.

Papà la osserva in silenzio, lo sguardo fermo su di lei.

«Alcune persone hanno solo bisogno di piangere, quando stanno male» mi sussurra Holland. «Hanno bisogno di esprimere il dolore. Quella ragazzina dagli occhi verdi non vuole ferire tuo padre e non vuole ferire te... vuole punire se stessa, facendosi odiare dagli altri. È convinta di meritare l'odio perché i sensi di colpa per aver lasciato suo nonno le stanno divorando l'anima».

«Come fai a saperlo, Holland?»

«L'ho guardata bene... le cattive persone non sono come lei. Anzi, lei è fin troppo buona. La senti come singhiozza? Non riesce a bloccare il pianto una volta iniziato. Lo reprime sempre, perché è troppo grande. Tuo padre ha reagito nella stessa maniera quand'è morta Lilith».

Il nome di mamma mi procura un tonfo al cuore e mille brividi sul corpo.

«Papà ha reagito così?»

«Sì. E mi sembra di rivederlo nella ragazzina che piange di là in salotto. Ecco perché ti ho fermata... volevi intervenire e di-

fendere tuo papà, il che è molto nobile da parte tua, ma guardala... ti pare un mostro quella bambinetta che piange per il nonno?»

Sposto gli occhi su di lei: tenta di fermare le lacrime, fallendo miseramente. Mormora frasi interrotte dai sussulti dei singhiozzi. Ansima, cercando di riprendere fiato, quasi annega nella sofferenza senza saper nuotare.

Sembrava così fredda e impenetrabile fino a qualche minuto fa, come se le emozioni non le fossero concesse. Mi guardava dall'alto in basso, le uniche parole che mi rivolgeva erano piene di odio e di rancore. Stento a credere che in realtà nasconda tutto questo male. Il suo dolore contiene tutte le lacrime del mondo, come fosse implacabile.

È piombata qui come un meteorite improvviso, facendo a pezzi ciò che la circonda. È in grado di scomporre perfino l'aria. E volevo anch'io il suo carattere... pensavo che, con la sua capacità di rispondere a testa alta, fosse inscalfibile. Ma non lo è.

«Non è un mostro...» ammetto.

Lei lancia un grido disperato. Un grido che pervade e che perfora, che spezza e che dilania, un grido che dimora in quelle iridi verdi.

Il suo urlo entra nella mia mente e risveglia le mie sofferenze già guarite da tempo, allarga quelle in via di guarigione e timbra la sua essenza nelle pareti dell'anima.

Il suo urlo mi ricorda il mio, quello che ho soffocato quando ho visto papà sulla sedia a rotelle e mamma in una bara. L'urlo che non ho mai pronunciato. Quello a cui non ho mai dato fiato. Un suono capace di svuotare gli scrigni più insabbiati.

Isabella sta urlando anche per me. Emana il grido che ho represso nel tentativo di non scomparire in questo mondo, che può toglierti tutto quanto da un momento all'altro. Un mondo che mi spaventa, un mondo dove la velocità di un'auto e l'ubriaca follia di un uomo hanno ucciso una madre e tolto le gambe a un padre.

La bambina dagli occhi verdi ha spezzato il silenzio delle mie lacrime. Lacrime che scendono lente sulle mie guance.

La bambina rannicchiata sul tappeto con attorno mille cocci di vetro affilati, la bambina con la gonnellina strappata mi ha disordinato la mente con il dolore e ha vendicato il silenzio che mi stava uccidendo.

Holland compare al mio fianco fuori dalla porta del salotto, beccandomi a origliare la conversazione tra loro.

«Vedo che hai imparato...» sussurra.

Annuisco. «Tu l'hai capito subito che non era un mostro. È grazie a te se mi sono avvicinata a lei».

Holland mi rivolge un tenero sorriso, per poi tornare con lo sguardo a Isabella. La osserva con l'affetto di chi l'ha vista piangere e crescere. Lo stesso affetto che l'ha sempre portato a capirla e perdonarla, nonostante i disastri che combinava.

«Quella testa calda si fa amare nel suo disordine, ma tu non glielo dire, sennò la mia copertura cade».

«Sei il suo Holly, lo sa che le vuoi bene, e nel profondo te ne vuole anche lei».

«Non potrei non volergliene. Come si può odiare Isabella?»

Già, come si può odiare?

«Ma hai visto Holly com'era concentrato quando il leone ha azzannato la zebra?»

«Santo cielo, dormi!» Le tiro un cuscino alla cieca con la speranza di colpirla.

«Era così eccitato quando ha visto la zebra tentare di scappare dal suo destino... giuro, sembrava stesse guardando un porn...»

Il peluche che le lancio addosso le arriva dritto in faccia.

«Dormi».

«Un'ultima cosa... hai mai pensato al perché sono sempre gli gnu a morire nei documentari?»

«Issa» sbuffo, «giuro che ti tappo la bocca con il nastro adesivo».

«Oh, che donna forzuta e imponente che sei... guarda che ti ho vista con la lacrimuccia quando è morta la giraffa».

«Quella giraffa non meritava di morire, okay?»

«Okay, tranquilla. Dormi beatamente senza curarti del

modo in cui è morta. Non pensare affatto al branco di leoni che l'ha circondata per poi aggredirla in massa senza lasciarle scampo...» Scoppia in una risatina, concludendola in uno sbadiglio. Tace, e il suo respiro diventa più lento.

Chiudo le palpebre, rilasso i muscoli e mi volto di lato per mettermi più comoda.

«Nessun incidente ti può impedire di sognare, perciò sogna come solo un bambino sa fare. Sogna lievemente ma anche fortemente. Sogna da togliere il fiato, sogna come fosse reato. Sogna e non ti fermare, la vita è una sola e nessuno ti avvisa se il tuo tempo finisce, se la clessidra svanisce...»

La sua voce sfuma in un sospiro tremulo e rassegnato.

Rassegnato a una tristezza che sembra risiedere ormai definitivamente nel suo animo.

«Lo so che mi hai portata da tuo papà perché hai sospettato che stessi male, che avessi accumulato troppo dolore di nuovo» mormora. «Volevi farmi sfogare, l'ho capito... e ti ringrazio».

48
Un silenzioso castigo

Isabella

La brioche fumante nel mio piatto ha un aspetto delizioso. Ne addento un pezzo, mentre il tè alla cannella mi riempie il naso di vapore. Che pace... un venerdì mattina normale e tranquillo, lontano da mamma e papà e da tutto il casino che li circonda. Adoro venire qui. In questa casa ogni mio problema si dissolve. Sembra che il tempo scorra più lento. Purtroppo per noi, però, non si ferma... tra un'ora dobbiamo andare a scuola e affrontare la giornata. Chissà chi rischierà la pelle oggi...

Wendy mi passa il cellulare, riscuotendomi. «Ti squilla il telefono».

Il numero che appare sullo schermo non è salvato nella mia rubrica. «Pronto?»

«Buongiorno, principessina Liverly!» La voce dall'altra parte mi fa subito alzare gli occhi al cielo.

«Cristiano, ti manco così tanto già di prima mattina?»

«Non sai quanto! Ti ho perfino sognata».

«Davvero? E cosa facevo di così romantico? Ti uccidevo per sbaglio?»

Di sicuro adesso avrà stampato in faccia quel sorrisetto fastidioso che sfoggia alle mie battute.

«Molto meglio! Uscivi con Kinan per andare nella baita della tua famiglia e rimanevi lì con lui per tutto il giorno».

«Se questo è un modo per suggerirmi qualcosa, ti avverto

già che non funziona e che sto riattaccando». Chiudo la chiamata senza dargli l'opportunità di rispondere.

Holland scuote la testa per i miei modi poco fini. Come posso spiegargli che si tratta di Chris, e che con lui i modi educati non funzionano?

«Che cosa voleva?» chiede Wendy, mentre sorseggia la spremuta d'arancia.

«Niente, farneticava di uscite con Kin...»

Il campanello interrompe la mia frase, e Holland si allontana per andare ad aprire.

«Chissà cos'hai combinato...» Arman prende una fetta biscottata e la cosparge con della marmellata. «Di solito non ci viene a citofonare mai nessuno».

Lo guardo male mentre Holland torna in cucina, un'espressione confusa impressa nei lineamenti.

«Signorina Isabella, ha visite».

Eh? Visite? Non mi dire che Chris è venuto fin qua! No, impossibile... non gli ho detto che andavo a dormire da Wendy.

Mi alzo dal tavolo e raggiungo l'ingresso.

«Dimmi che stai scherzando» mormoro, guardando la figura sulla soglia in piedi davanti a me.

«Sto scherzando. Contenta?» replica con un sorriso.

«Cristiano, torna a fare i tuoi sogni strani e arrivederci!» Chiudo la porta, ma lui ci mette un piede in mezzo e la riapre con tranquillità.

Maledetta superforza.

«Per favore...» Il suo viso cambia di colpo, si fa serio e angosciato. Sta tirando fuori lati di sé che non conoscevo. «Se non distrai Kinan da Dafne, sarà la fine. Sei l'unica che può farlo».

«Lady Diana? Sai che non ho ancora capito un cazzo della sua storia e di quella roba della Città di Smeraldo?»

Le mie domande lo fanno sorridere. «Lo so, ma ora non abbiamo tempo per le spiegazioni. Devi distrarre Kinan».

«Devo distrarlo? Mi hai preso per un parco giochi? Ti sembro divertente?»

«Molto divertente... almeno, io mi divertirei molto». Ammicca, con le sopracciglia alzate e un luccichio malizioso negli occhi. Si appoggia allo stipite della porta con la spalla, accorciando le distanze. Il sorrisetto sulle sue labbra mi irrita.

«Hai finito di fare lo stupido?»

«No, ho appena iniziato». Sorride ancora di più.

«Stai flirtando con me e sei fidanzato».

Fa spallucce. «Ho una mentalità aperta». Tace mentre resta a fissarmi un istante e il suo volto torna serio.

È imbalsamato?

Incrocio le braccia al petto e ricambio il suo sguardo.

«Ci prenderai per matti, ma non possiamo spiegarti né dirti nulla. Non posso dare delle risposte alle tue domande però...» Punta gli occhi a terra, esitando.

«Però?»

«Salveresti Kinan dalla perdita di controllo imminente, e ti ho già detto che è l'unica cosa di cui tutti abbiamo paura. Si rischierebbe un bagno di sangue, e la parte più difficile non sarebbe tanto il Kinan fuori di testa che uccide umani a caso per istinto, ma il dopo... Non è mai facile fare i conti con la coscienza quando si torna con la testa a posto. Impazzire, quando ci succede, è fin troppo facile. Dopo, ti travolgono i sensi di colpa, le immagini, le urla, il sangue... cadi in un oblio in cui la tua stessa identità va in pezzi di fronte alla mostruosità di ciò che hai fatto. Kinan non regge mai questa parte: non perdona mai se stesso. Porta ancora addosso il peso dei suoi errori e non passa giorno senza infliggersi pene segrete per il passato. Ti prego... devi solo stare con lui per oggi mentre cercheremo una soluzione».

Cavolo... non pensavo che Chris avesse questo lato sensibile e attento. È sempre stato pungente, libero e giocherellone. Non ha mai dimostrato protezione nei confronti di Kinan... eppure eccolo qui, mi sta addirittura pregando.

Sospiro. «Lo farò, anche se non mi volete spiegare nulla. Dovete solo sistemare la questione delle assenze a scuola. I miei potrebbero insospettirsi».

«Ci sta pensando Dave».

«Avete già pensato a tutto? Hai dato per scontato il mio sì?»

«Be', diciamo che ho fiducia nella mia capacità di convincere le persone. Vieni?» Indica la vettura nera parcheggiata all'entrata. «Sono in macchina con Dave. Come ben sai, non può farsi vedere in città. Ti spieghiamo strada facendo i dettagli».

«Arrivo, fammi salutare Wendy».

«Ti aspetto in auto, fai veloce» mormora mentre si allontana.

Chiudo la porta, sbuffando.

Spero di non pentirmi di aver accettato. Non voglio passare un'intera giornata con Kinan senza vie di fuga, però non voglio nemmeno che si metta in pericolo. Se dovesse perdere il controllo e poi impazzire per le sue azioni... no, non voglio che accada. Ma non so neanche il perché corre questo rischio.

Perché distrarlo da Dafne?

Che cos'è successo tra loro? Che cosa gli ha fatto?

Rientro in cucina, gli occhi di Arman, Wendy e Holland sono puntati su di me.

«Scusatemi, mi sono dimenticata di un impegno importante» mormoro cercando di essere credibile. «Arman, grazie per l'ospitalità. Holly, stavolta non ho rotto niente, visto che brava?»

«Ma non finisci nemmeno la colazione? Non è da te!»

«Purtroppo vado davvero di fretta...» Lancio uno sguardo a Wendy perché mi venga in aiuto.

Lei si alza e mi raggiunge. «Papà, Issa tornerà presto, non è vero?» Mi tira una gomitata.

«S-sì, il prima possibile. Ti devo una rivincita!» gli sorrido, mentre vengo trascinata all'ingresso da Wendy.

«Mi spieghi che succede? Chi era alla porta?»

«Chris» sospiro. «Oggi devo passare la giornata con Kinan, per distrarlo da Ariel-Lady Diana-Dafne...»

«Passerai la giornata con lui? Romantico!»

Alzo gli occhi al cielo. «Wendy, per favore...»

«Non lo è? Tu e lui» ammicca, «soli soletti...»

«Oh, che felicità».

«Scherzi a parte, tienimi aggiornata». Mi abbraccia, e io ricambio.

Raccolgo la mia borsa. «Agli ordini».

Esco e avanzo verso l'auto di Dave. Apro lo sportello, interrompendo la sua conversazione con Chris.

«Buongiorno sorellina, dormito bene?»

«Saltiamo questa parte introduttiva e spiegatemi cosa devo fare per impedire la terza guerra mondiale». Mi siedo sul sedile posteriore e mi allaccio la cintura.

«Sai che tra poco sarebbe stato il compleanno del nonno?»

Il mio cuore ha un sussulto.

«Lo so...»

«Vai alla baita e passaci la giornata proprio come hai sempre fatto. L'ho sistemata, puoi starci e riposare un po'. Ti farà bene passare del tempo in montagna».

La baita del nonno... tutto lì sa di lui, perfino i mattoni. Tra quelle pareti lo sento così vicino a me... riesco anche a immaginarmi intere conversazioni con lui. Nessuno di estraneo alla famiglia è mai venuto lì... è il mio tempio sacro.

«Devo portarci Kinan?»

Dave mi osserva per qualche secondo dallo specchietto retrovisore. «Lo so che è un posto speciale per te... ma se Kinan restasse qui in città capirebbe che c'è qualcosa che non va. E poi in settimana ci saresti comunque andata...»

I suoi occhi supplicano la mia comprensione, e io distolgo lo sguardo.

Mi sta chiedendo di fare entrare Kinan nel mondo del nonno, e se me lo chiede allora vuol dire che è davvero necessario, che non ha altre vie, altre soluzioni.

«Posso fare questo... sforzo, ma mi dovete promettere che mi darete delle spiegazioni valide. Non voglio rimanere all'oscuro di tutto».

«Lo faremo» sospira, ottenendo un'occhiataccia da parte di Chris. «Ora ti porteremo da Kinan, ti aspetta davanti a casa nostra. È convinto di doverti fare da guardia del corpo in vista di un possibile attacco di Ben, Carl e Reina». Accende il motore e avvia il motore.

«Che cosa gli avete detto sulla baita?»

«Che una volta all'anno ci vai, e visto che hai bisogno di protezione, e nessuno tra i Red può accompagnarti, magicamente l'unico rimasto è lui. Non sospetterà nulla. Penserà soltanto a farti da bodyguard» mormora Chris.

L'idea di farlo entrare nella baita del nonno mi fa sentire strana, quasi scoperta. Sposto lo sguardo sul paesaggio che scorre rapido oltre il finestrino. Posso farcela? Riuscirò a tenerlo occupato per tutta la giornata? Non ho mai risposte certe quando si tratta di lui. Non ho mai delle linee, degli schemi. Ho il nulla. È un eterno punto di domanda. Non so come reagirà, né come reagirò io. Non si può definire chiaramente una persona come lui.

La macchina rallenta e imbocca la strada che porta alla loro casa.

Kinan ci aspetta sul marciapiede, appoggiato alla carrozzeria della sua auto. Tira su il colletto del giubbino di pelle nera mentre ruota il capo verso di noi, gli occhiali da sole calati sugli occhi.

Perfetto, anche oggi sarà indecifrabile.

Scendo dall'auto insieme a Chris e mio fratello. Ci avviciniamo a lui, che non muove un muscolo.

«Avete fatto tardi».

La sua voce mi accarezza i timpani e si diffonde sulla mia pelle con un brivido. Inspiro a fondo, e resto impassibile di fronte a Dave, che mi passa uno zaino e mi sorride.

«Qui ci sono degli snack per il viaggio, oltre a una coperta, una torcia, una bottiglia d'acqua e un piccolo kit di pronto soccorso. È lo stretto necessario in caso succedesse qualcosa».

Stringo lo zaino tra le mani mentre Kinan si sfila gli occhiali da sole, punta lo sguardo su di me e accenna un sorriso. Le occhiaie segnano ancora il suo viso stanco, ma non intaccano la capacità che ha il verde screziato dei suoi occhi di farmi mancare il fiato. Di trasportarmi in un mondo a parte. Il suo mondo.

Solo lui e io.

«Buon viaggio, allora». Dave mi lascia un bacio sulla guancia, risvegliandomi dallo stato di trance di cui sono preda.

«Mi raccomando, sorveglia Yuri da parte mia» mormoro.

Lui annuisce e fa un sorriso dolce. Chris mi lancia un breve sguardo d'intesa e segue mio fratello in auto, lasciandoci soli.

Mi volto verso Kinan, che attende davanti allo sportello aperto, l'angolo della bocca sollevato su un lato e la fossetta sulla guancia.

«Prego, madame».

Kinan

È stranamente silenziosa. So che c'è qualcosa che la turba, lo percepisco dal modo distaccato con cui osserva il paesaggio.

Guido tra gli alberi, la macchina sobbalza sui sassi di questo sterrato tortuoso. Me lo aveva accennato Dave... un posto sperduto tra i boschi, strade in salita, verde tutt'intorno. Chissà perché le piace venire qui. Penso abbia a che fare con suo nonno.

«Hai fame?»

«No».

«Non hai fame? È la fine del mondo!» ridacchio.

La mia frecciatina non la colpisce neanche di striscio. Rimane con lo sguardo perso nel vuoto. Quanto darei per sapere a cosa pensa, cosa la preoccupa e le impedisce di parlarmi. Darei veramente di tutto per entrarle nella mente e leggere i pensieri che nasconde.

Sospiro, facendola voltare verso di me. Dal suo sguardo zampilla tanta di quella tensione da rendermi difficile guidare senza sentirmi agitato o sotto pressione. Riesco a sostenere più di cinquanta Red affamati e fuori controllo, ma Isabella che mi scruta con quest'espressione minacciosa... è tutt'altra cosa.

«Devi odiarmi parecchio per guardarmi con tanto rancore».

«Odiarti? Non lo so, mi hai soltanto detto di stare alla larga da te e dal tuo mondo, cancellandomi completamente. Ah, mi hai anche trascinato contro la mia volontà in auto l'altro giorno. Poi, fammi pensare... hai preso per il colletto David del giornalino, facendo il bulletto di turno e... devo andare avanti?»

«Forse è meglio se ritorni nel tuo silenzio» mormoro.

«Oh, no... parliamo, visto che vuoi parlare. Raccontami... come sta andando il piano per distruggere i miei genitori?»

La sua frecciatina invece va a segno. Sa che li detesto e che farò qualsiasi cosa per vendicare ciò che ci hanno fatto... eppure, ogni volta che ho davanti lei, non posso che sentire un peso nel petto.

«Ti aspetti che, visto che ti sto facendo da bodyguard, abbia cambiato idea?»

«No, voglio solo sapere come vuoi annientarli».

Le lancio un'occhiata veloce per non perdere di vista la strada. Mi guarda da sotto le sopracciglia corrucciate, la bocca carnosa stretta in una linea sottile. Anche se ha un broncio adorabile, è seria. Del tutto seria.

«Non puoi saperlo, ma, quando arriverà il momento, lo capirai».

Ammutolisce e il suo volto si adombra. Gli occhi si fanno vacui e smarriti. Lo sgomento è lo stesso della notte in cui ha saputo la verità... è l'espressione disillusa di chi è legato a qualcuno da un affetto indelebile che però viene tradito.

Si appoggia al finestrino e chiude le palpebre. Mi regala un silenzio ribelle. È un castigo muto ma assordante.

Dovremmo quasi esserci, ormai guido da oltre due ore...

Percorro un tornante ripido tra abeti e faggi e davanti a me compare una casetta di pietra e legno attorniata dal verde.

Dev'essere questa, è identica a quella che Dave mi ha mostrato in foto.

Accosto la macchina di fronte all'ingresso e spengo il motore in un sospiro. Esco a sgranchirmi le gambe sotto i raggi del sole mattutino, circondato dal fruscio del vento e dai garriti acuti degli uccelli; inspiro l'aria frizzante intrisa di resina e terra umida, girando su me stesso. Intorno a me, solo alberi. Abbracciano il perimetro della casetta, quasi a proteggerla da occhi esterni.

Dave aveva ragione: sembra di essere a un universo di distanza dal resto del mondo.

«Siamo arrivati» sussurro, infilando la testa nell'abitacolo.

Il suo posto è vuoto. Merda. Dov'è andata?

Mi tiro indietro, scrutando il mare di tronchi che circondano l'aia.

«Cerchi qualcosa?»

La sua voce mi fa voltare di scatto. È in piedi sul patio, di fronte alla porta d'entrata, e mi guarda con sufficienza.

«Mi hai spaventato».

«Non mi dire... eri così preso che ho preferito non disturbare». Apre la porta, dandomi le spalle.

«Devi avvisarmi se ti sposti, lo sai che...»

«Che ci sono tre assassini che mi vogliono morta perché i miei genitori hanno rovinato la loro vita? Lo so, pazienza. È diventata un'abitudine attentare alla mia famiglia, non credi?» sibila in tono accusatorio, le braccia incrociate al petto.

'Tu e le tue frecciatine velenose! Quanto vorrei... zittirti'.

La fulmino con lo sguardo, puntandole l'indice contro. «Non devi allontanarti senza il mio permesso».

«Non devi darmi ordini, perché non mi hai partorito tu» ringhia, la sua voce è una coltellata di ghiaccio.

Si volta ed entra nella casetta di legno senza aspettare una mia replica.

Bene, si prospetta una splendida giornata.

49
Marinaio e sirena

Kinan

Seguo Isabella nella baita. L'interno si intona perfettamente con l'esterno, con travi di legno scuro a vista e pietre a mezz'altezza che si arrampicano sulla canna fumaria di un camino. Mobili semplici, un po' datati, adornano l'ambiente assieme a tappeti dal tessuto un po' logoro. È tutto perfettamente ordinato e pulito.

Getto un'occhiata alle possibili uscite. Le finestre non sono il massimo: se dall'esterno premessero con forza, potrebbero aprirle. Ma l'ambiente racchiude lo stretto indispensabile per vivere, un salotto, la cucina, una camera e un piccolo bagno.

È totalmente diverso dalla immensa villa dei Liverly. Qui dentro non c'è niente di sfarzoso, sembra la dimora di un taglialegna.

Eppure Isabella ne è incantata...

Gli occhi le brillano mentre osserva i dipinti appesi alle pareti e li accarezza con delicatezza, quasi avesse il timore di vederli andare in cenere.

Sparse qua e là sui mobili ci sono foto di famiglia che ritraggono lei e Yuri da bambini, entrambi spensierati, con qualche dentino mancante, macchie di sugo sul naso, baffi di cioccolata e il sorriso perennemente sulle labbra.

Un cambiamento drastico rispetto alla sua versione attuale.

«Bisogna prendere della legna per tenerci al caldo» mormora.

«Ora vado».

«Non stavo dicendo che lo devi fare tu, ti stavo avvisando, visto che mi devi fare da guardia del corpo». Si pulisce le mani con un panno prima di darmi le spalle e uscire.

La seguo di corsa, mentre si addentra nel bosco, rovistando tra i cespugli.

Va bene che è giorno, ma si muove senza avere la minima percezione del rischio. Questo posto è isolato dal mondo, ci sono cartelli ovunque che indicano la presenza di animali selvatici e lei cosa fa? Se ne va in giro a raccogliere la legna come se niente fosse.

Sbuffa. «Kinan, non morirò raccogliendo dei ramoscelli».

«Sei molto più fragile di quello che pensi».

«Certo, la povera e fragile Isabella che ha bisogno del principe azzurro a proteggerla... giusto?»

«Possiamo smetterla per oggi con queste frecciatine piene d'odio?»

Rallenta il passo per guardarmi male. «Perché dovrei?»

«Perché non mi sembra un luogo adatto all'odio. È un rifugio tranquillo e lontano da tutto... non voglio macchiarlo di collera e risentimento, e penso che neanche tu lo voglia».

Si ferma e raccoglie un paio di rami senza darmi una risposta. L'aiuto, inginocchiandomi a terra.

«Non prendere quella umida».

«Agli ord...»

Le nostre mani si sfiorano nel raccogliere lo stesso pezzo di legno. Il contatto dura meno di un secondo, ma lei si ritrae di scatto, come ustionata, o spaventata, e si gira dalla parte opposta, continuando a cercare rametti.

'Isabella Liverly, sei un mistero. Non si sa mai cosa pensi, ma quando ti esponi, lo fai senza filtri, perché le bugie non ti appartengono. Scagli verità taglienti come lame... solo per proteggerti'.

Stringe tra le braccia il fascio di legnetti e torna verso la baita, senza darmi né il tempo né il modo di offrirle aiuto. Marcia come un soldato sui gradini, ma io l'anticipo e le apro la porta. Mi rifila un'occhiata di fastidio, solleva il mento e procede verso il camino.

Si china e sistema con perizia i pezzi più grandi alla base e i ramoscelli più in alto, creando una pira. Arrotola qualche pezzo di carta e lo mette come innesco tra i ciocchi marroni, in gesti che si susseguono fluidi e automatici. Suppongo l'abbia fatto decine di volte.

Striscia un fiammifero sulla scatolina, la testa rosso scuro si accende tra decine di scintille. Con delicatezza, lo infila sotto alla catasta, proprio al centro, il viso le si illumina del lieve bagliore aranciato e tremulo che si diffonde nello spazio antistante.

Si siede sul tappeto, avvicinando una mano al fuoco, e chiude le palpebre. I capelli le scivolano in avanti, qualche ciuffo più audace degli altri le accarezza il volto. Sospira a lungo, le ciglia le sfiorano gli zigomi.

'A cosa pensi? Dove stai vagando?'

Apre gli occhi di scatto, puntando le pupille su di me. «I bodyguard di solito non controllano l'ambiente? Le possibili via di fuga, le uscite, l'esterno?»

Avvicino la poltrona accanto al camino. «Posso guardare te e allo stesso tempo tenere d'occhio l'esterno» mormoro sedendomi.

È diventata scontrosa e distante con me, e lo capisco, lo comprendo. Le ho chiesto io di allontanarsi e lei l'ha fatto, lo sta ancora facendo. Interpone tra noi spazi, silenzi, sguardi assenti e parole mancate.

«Ti va una tregua?»

Si volta a studiarmi. «Non ti lancio frecciatine piene d'odio da almeno dieci minuti, non è abbastanza?»

«Preferisco le frecciatine al tuo silenzio».

Innalza un sopracciglio e increspa le labbra.

'Sei talmente buffa con quest'espressione sul viso...'

Mi sporgo in avanti con il petto, appoggiando i gomiti sulle gambe. «Ti va di spiegarmi chi ha disegnato quei quadri che guardavi prima?»

«Sono del nonno...» Accenna un sorriso.

Il fatto che basti solo il suo pensiero per farla sorridere, per farla sembrare più leggera e luminosa del solito, mi spinge a volerla vedere così sempre.

Mi alzo dalla poltrona con il suo sguardo addosso. «Disegnava veramente bene». Mi avvicino ai quadri e li prendo a uno a uno, mentre lei mi osserva stranita. Ritraggono la natura: animali, torrenti, ponti, alberi e fiori. Il tratto della matita è uguale a quello delle Ali di Fata che avevo visto nella sua stanza. Ha la stessa impronta.

Li appoggio a terra, davanti a lei. «Raccontami di loro».

Le siedo accanto sul tappeto e taccio, nell'attesa che sia lei a parlare, senza pressioni.

Ne accarezza uno che ritrae un piccolo ponte sopra un ruscello. Lo sfiora con la delicatezza di chi ha in mano del fragile cristallo. Gli occhi verdi sono immersi nel sottile rio d'acqua, lo segue mentre la trasporta altrove, in un altro tempo.

Assapora i ricordi in religioso silenzio, mentre lo sguardo le si annebbia di malinconia e rifulge di lontana felicità.

«Amava perdersi nelle linee dei disegni... amava passare ore e ore a calcare profili e contorni di paesaggi, replicandone i dettagli. Riusciva a racchiudere l'infinità della natura con una matita. I piccoli particolari, le onde dei ruscelli, le pieghe delle foglie, l'incurvatura dei rami... per lui era tutto di fondamentale importanza. Si isolava nel disegno» sussurra in tono flebile, mentre le dita percorrono le sagome con nostalgia, toccando le tracce della grafite quasi a volerne assorbire l'essenza.

«Questo è il ponte nel bosco qui dietro. Il nonno aveva un'ossessione per i ponti, diceva che erano la costruzione più intelligente dell'uomo. 'Se si potessero sostituire le armi con i ponti, a quest'ora saremmo tutti vicini'. Pensava questo. Era un pacifista, voleva unire il mondo con i ponti di carta. Era capace di farmi sognare l'unione dell'Europa con l'Africa, della Cina con l'India».

Accarezza ogni pietra impressa sulla tela bianca. La cura dei particolari, delle ombre, delle luci, mi lascia senza fiato.

«Amavo guardarlo disegnare... provavo a imitarlo, ad avvicinarmi il più possibile al suo stile, al suo modo di intrappolare la realtà nei fogli, ma non ci riuscivo. Sbagliavo. Non si può intrappolare nulla nei fogli, si può solo trasportare, senza avidità. Il nonno mi spiegò che il disegno richiede una mente libera da schemi, libera da egoismi. Non puoi incastrare un paesaggio su carta e pretendere che ci rimanga. Si tratta di spostarlo momentaneamente e con il suo consenso. Prima di disegnare un albero, lui chiedeva il permesso all'albero stesso. Aveva un tale rispetto per la natura, per il mondo... mi sentivo piccola in confronto alla sua bontà».

Le trema il labbro inferiore mentre passa i polpastrelli sulle cornici. Come se avesse paura di intaccare i ricordi con le parole, benché piene di affetto.

Le sue dita si soffermano su un disegno... un cielo stellato che si schiude davanti agli occhi, incastonato nella foresta.

«Questo l'ha disegnato per me...» sussurra.

Si perde a contare le stelle ritratte a matita. La verosimiglianza del disegno è sbalorditiva. Più lo guardo, più ho l'impressione di perdermi tra le galassie. È... magico.

«Ho sempre avuto un debole per le costellazioni, per l'infinità delle stelle. Il nonno per il compleanno me le ha regalate su questa tela. Eravamo qui, nella baita, quando me l'ha data. Era rimasto sveglio la notte per disegnarle nel modo più bello possibile. Il mattino dopo, quando ho trovato il suo regalo, ho fatto i salti di gioia... avevo le stelle in mano». Sorride, accarezzando il quadro.

Resto incantato ad ascoltarla. Quanto amore trapela dai suoi racconti sul nonno, dal modo in cui sapeva osservarlo e dalla profondità con cui lui conosceva lei...

Si volta verso di me, sbatte piano le ciglia e arrossisce. «Come mai mi guardi così? Ho parlato troppo?»

L'incertezza e la paura nel suo tono di voce mi fanno sorridere. È assurdo che la sua corazza di ferro, erta per non farsi avvicinare, nasconda in realtà questa piccola e fragile Isabella che conta le stelle e assapora i disegni.

«No, per nulla. Stavo pensando».

I suoi occhi si fanno più grandi del solito. «A cosa?»

«Perché tutti i disegni sono a matita? Ora che ci penso, anche le Ali di Fata in camera tua erano a matita».

«Perché il nonno diceva di non riuscire ad aggiungere i colori ai disegni». Raccoglie le varie tele con attenzione. «Diceva di avere un animo troppo anziano».

Si alza e le rimette al loro posto, lasciando il vuoto dov'era seduta, e anche nel mio petto.

«Tu riesci ad aggiungere i colori?»

Resta immobile a fissarmi per qualche istante. «Io... non disegno più da tempo» sussurra, e distoglie lo sguardo.

Evita di guardarmi. Mi evita con tutto il suo corpo. Si volta dalla parte opposta e appende il disegno del ponte.

«Non disegni più» mormoro, spezzando il silenzio.

Mi guarda con l'espressione di chi non è pronto ad affrontare l'argomento e si irrigidisce, abbassando le palpebre. Probabilmente le avranno fatto parecchie pressioni a riguardo. E io non voglio insistere. Non voglio soffocarla.

Mi alzo in piedi. «Ti va di mangiare qualcosa?»

Isabella

Si alza dal tappeto e si dirige verso la cucina.

Strano... ha cambiato argomento, senza forzarmi a parlare. Senza giudizi o curiosità morbosa. Senza il solito malato desiderio di cambiarmi che hanno tutti. Come se avesse capito...

Armeggia con delle pentole, apre la dispensa e prende delle zucchine e una cipolla. Dave deve aver fatto la spesa.

Mi siedo sulla poltrona e lo osservo. È la prima volta che mette piede qui, eppure sembra già conoscere ogni spazio... si muove in totale tranquillità.

È davvero assurdo... un enigma che non ha soluzione.

'Non ti rendi conto del cambiamento che la sua presenza ti induce, finché non inizi a presentare i primi sintomi'. Ho parlato talmente tanto da spaventarmi, e me ne sono accorta solo alla fine. È che mi sono sentita a mio agio, come se in fondo sapessi che lui non avrebbe fatto nulla per distruggere tutto questo. Gli ho raccontato dei disegni, dei ponti... gli ho mostrato le stelle. Le *mie* stelle. E lui è rimasto in ascolto.

«Sai cucinare almeno?» gli chiedo.

Taglia con una velocità incredibile le zucchine. «Dubiti della mia capacità culinaria? Mi devo offendere?»

«Stai usando la velocità da infetto in modo così spudorato?»

«Con te non c'è bisogno che adegui la mia velocità all'occhio umano, è una fatica enorme. E poi così risparmio tempo».

Ora che ci penso, oltre alla mancanza del gusto, all'iniezione quotidiana, alla forza e alla velocità straordinarie, non so molto altro sullo stato da infetti.

«C'è qualcosa che non potete fare da infetti?»

«Stare senza iniezione o perdere il controllo. Sarebbe la fine» mormora, mentre fa saltare le verdure in padella.

Perdere il controllo per Lady Diana?

No, questo non posso chiederglielo. Ma ho tante domande da porgli, e tanta paura di fare qualche pasticcio. E siccome sono masochista dentro...

«Che cosa succede quando perdete il controllo?»

«Non è uno scenario piacevole. Si accentua la parte irrazionale e senza controllo del virus... il peggio che possa capitarci».

Aggiunge del sale alle zucchine e mescola. Il profumo del soffritto mi invade le narici, mentre lui apre il frigo e tira fuori una confezione di carne.

«Ti è...» Mi blocco per paura di risultare troppo invasiva.

'Hai rispettato il mio silenzio per i disegni, non voglio obbligarti a spiegare'.

«Fai pure la domanda, però prima assaggia questo...» Mi porge il mestolo con le verdure. «Sai com'è, non posso farlo io».

Lo appoggia dolcemente sulle mie labbra, facendomi assaporare quello che ha preparato. Avvicina il viso al mio e il calore mi si irradia sulle guance. I suoi occhi analizzano ogni mia espressione alla ricerca di piccoli dettagli che possano dargli informazioni sul sapore.

«È buono» mormoro.

Mi sorride. «Devo immaginare sempre quanto sale o olio devo aggiungere».

Il cuore mi si stringe, si fa piccolo piccolo. È vero, non sente la differenza tra il dolce e il salato... e si è preoccupato per me.

Si allontana, tornando ai fornelli e lasciandomi riprendere fiato. Ogni volta che mi è accanto, mi ruba il respiro.

«Posso assaggiare al posto tuo».

«Lo faresti?» Sorride di nuovo.

Spero che non faccia caso al mio battito impazzito. «Sì, io assaggio e tu cucini».

Annuisce mentre taglia la carne e la mette a cuocere. Mi guarda rapido, si accorge che lo sto fissando e incurva le labbra, facendo comparire la fossetta sulla guancia. Ha uno scintillio negli occhi che mi fa tremare l'anima. «Che cosa mi volevi domandare, prima?»

Deve averlo capito con un solo sguardo. Non posso chiedergli di Lady Diana. Sarebbe avventato e stupido... anche se sembra così tranquillo, così lontano e distante dall'immagine feroce e sanguinaria che mi ha descritto Chris. Come può diventare un mostro senza controllo? Davanti a me non vedo il pericoloso assassino che agisce irrazionalmente... vedo solo un ragazzo che non sente i sapori, intento a cucinarmi un piatto di verdure e di carne.

«Mi parli di te?»

Inarca un sopracciglio. «Di me?»

«Sì... come passavi le giornate, cosa facevi nei laboratori...»

«Sei sicura di volermi chiedere questo? Sono di buonumore e sto anche cucinando» ride, «vuoi usare il bonus così?»

Annuisco, pronta ad ascoltare un pezzo della sua realtà. So davvero poco di lui. So poco di Kinan come persona: ascolta musica classica e l'unico sapore che ricorda è il gelato al pistacchio. Basta. Non so altro.

«Mmh... non c'era tanto da fare ai laboratori. Passavo le giornate a pensare e a leggere».

«A cosa pensavi?»

«Cercavo di imprimermi i ricordi nella testa. Non volevo dimenticare».

Lo osservo prendere due piatti dalle mensole. «Dimenticare cosa?»

«La mia vita prima del virus. Ero un orfano di strada, non avevo nulla. Eppure, se ci ripenso, avevo proprio tutto. Ero felice, giocavo a calcio con i miei amici, mangiavo quello che c'era ed ero libero. A volte soffrivo per il freddo, ma non provavo dolore. Stavo bene».

Parla con lo sguardo perso, come si trattasse di un'altra vita. Gli occhi verdi ripercorrono le scene nella sua memoria e un piccolo sorriso gli incurva le labbra. Ha un'aria serena e malinconica allo stesso tempo.

«Ero un animo libero, passavo la maggior parte del tempo appeso a qualche albero, ed ero il più veloce tra i miei amici. Amavo i giochi, le giostre e i parchi. Amavo stare dove c'erano vita, luce e spensieratezza. Rubavo lo zucchero filato al luna park. Rischiavo grosso, ma era bellissimo. Una volta ho preso una nuvola di zucchero filato enorme e l'ho divisa con gli altri. Sai, i bambini di strada vengono sempre screditati, allontanati e isolati, perciò mi piaceva dimostrare a quei genitori che viziavano i figli che anche noi avevamo il diritto di essere rispettati e considerati umani come loro».

«Per questo rubavi lo zucchero filato?»

Sorride. «Non potevo pagarlo per tutti. Ricordo che aspettavo calasse la sera per entrare di nascosto nel parco giochi e mangiare. Ero esperto nello scassinare i lucchetti e forzare le serrature... aprivo quello del cancello d'ingresso, e poi facevo entrare con me tutti i miei amici. Ci divertivamo da morire nel luna park chiuso e vuoto» mormora mentre apparecchia.

«Non vi beccava mai la sicurezza?»

«Oh, sì, ma ero molto veloce e scaltro. Il custode aveva una certa età, poverino!»

Il sorriso sulle sue labbra fa sorridere anche me. La gioia nelle sue parole mi riscalda l'anima.

Mi avvicino, sedendomi davanti al mio piatto, mentre Kinan prende la padella per servirmi. Si siede di fianco a me, sfiorandomi il ginocchio con il suo, e il mio cuore sussulta, il calore mi inonda il corpo e sprigiona dal viso. Spero non se ne accorga...

Stare qui, nella baita del nonno, con lui... non stavo così bene, non mi sentivo così al sicuro da tanto tempo. Non voglio che questo momento finisca. Non voglio che si spezzi questa connessione.

«Sai, una volta ho sfilato dalla giacca di un signore dei biglietti per uno spettacolo a teatro» mormora. «Ci tenevo tanto a vedere la storia dei *Tre moschettieri*. Mi sentivo un po' D'Artagnan!» ride, e rido anch'io con lui. «Ho rischiato davvero la prigione quel giorno...»

«Diciamo che l'hai rischiata sempre, ed è un miracolo se sei qui e non dietro alle sbarre!» Scuoto la testa, sospirando.

La sua espressione si fa improvvisamente seria. Negli occhi brilla una luce strana, che mi avvolge e mi riscalda. Avvicina la mano alla mia guancia, le sue dita scorrono sulla mia pelle lasciando una scia bollente. Sussulto, a corto di fiato.

«Ti devo delle scuse... ti ho ferita quel pomeriggio. Mi dispiace, mi dispiace tanto». Il suo sguardo mi inonda di dolcezza, una colata di miele caldo sul mio cuore. «Non volevo dirti che sei un ostacolo, non volevo mancare alla mia promessa fatta in ospedale e non volevo ignorare la tua presenza. Non ho mai voluto tenerti lontana».

Deglutisco, il mio battito è un frullio veloce.

«Quel giorno con Carl ho fatto fatica a tornare normale. Ho fatto fatica a controllarmi, e non mi succedeva da tanto tempo. Mi sono spaventato. Tu non sai come divento quando perdo il controllo, quando mi trasformo in un mostro. Faccio paura, tanta paura. Non riconosco più nessuno e non riesco mai a fermarmi. Non voglio farmi vedere così da te, non voglio spaventarti».

L'onestà che traspare dalla sua voce e la sincerità nei suoi occhi mi rubano il respiro.

Ha paura di se stesso, di quello che potrebbe diventare se solo allentasse un po' la corda.

Smette di sfiorarmi la guancia e mi sorride, mentre sposta la mano sui miei capelli, facendo scorrere le dita tra le ciocche con dolce premura. I brividi mi si irradiano sul collo, strappandomi un sospiro.

«N-non devi preoccuparti tu di cosa avrò paura io» mormoro, la voce mi esce come un lieve sussurro. «La prossima volta devi dirmi chiaramente quello che pensi. Non hai bisogno di... mentirmi».

Accenna un sorriso e annuisce.

Il suo viso è a un soffio dal mio, mi rivela ogni singola lentiggine che lo punteggia. Sono spruzzate senza schemi, senza rigore sulla sua pelle candida, come costellazioni del cielo. Mi verrebbe voglia di contarle proprio come si contano le stelle.

«Non lo farò se tu prometti di non metterti in pericolo. Non sai quanto è stato doloroso per me vederti a terra con quei segni sul collo. Non ho dormito, quella notte. Sono rimasto davanti a casa tua cercando di convincermi che il pericolo fosse passato ma...»

«Sei rimasto davanti a casa mia tutta la notte?»

Kinan sfila la mano dai miei capelli e annuisce.

Un sorriso mi invade le labbra, e d'istinto mi avvicino di più.

Lui sbatte le palpebre, in agitazione. «Cosa c'è? Ho qualcosa in faccia?»

Scuoto il capo in silenzio, mentre allungo la mano e sfioro i suoi riccioli ramati. Si intrecciano alle mie dita, riflettono sfumature calde che mi incantano.

Il mio gesto lo fa sussultare, regalandogli un sospiro.

«Ti ringrazio per la premura, piccolo rosso che ruba lo zucchero filato, i biglietti del teatro e che si intrufola nei luna park forzando i cancelli. Grazie, Kinan» sussurro, mentre i miei polpastrelli gli accarezzano i capelli.

Le sue gote prendono d'improvviso colore, nascondendo in parte le lentiggini. Schiude le labbra, gli occhi incatenati ai miei.

Kinan in soggezione? No, impossibile.

Accarezzo con le dita la morbidezza dei suoi ricci, e mi immergo nel verde smeraldo delle sue iridi, che tanto mi ricorda gli alberi qui intorno. Una pressione sul fianco mi fa sobbalzare e mi sposta. D'istinto tocco il punto in cui percepisco quella pressione, e sfioro la sua mano calda.

'Cosa...?'

Avvolge le braccia intorno a me e mi trascina sulle sue gambe, i nostri volti alla distanza di un respiro, gli occhi negli occhi. Io che gli accarezzo i capelli e lui che mi sfiora la schiena.

Il suo tocco scioglie e allontana ogni tensione. Disegna dei piccoli cerchi con i polpastrelli, facendomi tremare per i mille brividi che mi provoca.

Ha lo sguardo perso sul mio viso, incantato come quello di un marinaio che guarda una sirena. Rimaniamo così: entrambi incastrati in quest'attimo, entrambi chiusi in una piccola bolla di dolcezza.

Poi un rumore mi fa sobbalzare di scatto.

50
Stelle

Isabella

«In che senso si è sgonfiata la gomma?»

Kinan armeggia con il cric che ha preso dal bagagliaio dell'auto.

«Che la ruota è a terra. Vedi questo squarcio? Probabilmente lo ha causato qualche animale selvatico». Si gratta la nuca ed estrae il cellulare. «Chiamo Chris».

Ottimo... un animale ha usato la ruota come tiragraffi. Davvero fantastico.

Getto un'occhiata a Kinan, a pochi metri da me.

Eravamo talmente vicini, poco fa... a ripensarci, mi sembra così surreale e distante... come se fosse stato un sogno. Lui si è lasciato accarezzare... si è abbandonato senza timore.

E io... io non ho visto l'infetto, il capo dei Red... ma solo un ragazzo. Quello che rubava zucchero filato.

«Che vuol dire che non puoi mandare nessuno? Chris, non scherzare».

Il tono duro di Kinan mi risveglia.

«Dannazione». Chiude la chiamata, scuotendo la testa. «Non c'è la ruota di scorta, e nessuno dei ragazzi può venire a prenderci prima di domani. Penso dovremo passare la notte qui».

Il mio cuore fa un salto nel vuoto.

'Devo passare la notte con te... da sola?'

«C'è qualcosa che ti turba?»

«N-no... solo che mi sembra strano che nessuno di loro possa venirci a prendere» mormoro.

«Anche a me. Staranno tramando qualcosa, ne sono sicuro».

Dafne... Evidentemente non hanno ancora risolto il problema della sua presenza in città e stanno cercando di tenerci il più lontano possibile da casa. Quindi siamo incastrati.

Rilascio un lungo sospiro. Sarebbe tutto più semplice se non fosse Kinan il ragazzo con cui devo rimanere bloccata. Come faccio a comportarmi normalmente con lui accanto?

«Il lato positivo è che abbiamo da mangiare a dismisura» sorride.

«Se vuoi, possiamo andare a fare una passeggiata al lago qui vicino. Ci vado sempre quando vengo qui da sola».

«Fammi strada, ti seguo».

Aggiro la macchina e mi incammino sul sentiero tra gli alberi. Inspiro l'aria pulita e familiare mentre il sole del tardo pomeriggio disegna traiettorie di luce aranciata tra le foglie, illuminandoci la strada. La tensione con cui eravamo partiti è svanita, si è sciolta come ghiaccio davanti al fuoco.

Adesso ci siamo solo noi.

Niente vendette.

Niente infetti.

Niente piani.

Niente Dafne.

«Ogni quanto vieni qui?»

«Ogni anno».

Sbatte le palpebre, l'espressione si fa incerta. «Da sola?»

«Da sola. È la prima volta che porto qualcuno» sussurro.

Una scintilla di entusiasmo gli anima d'improvviso lo sguardo. Preme le labbra tra loro, nel tentativo di sopprimere il sorriso che le incurva.

«Perché ridi?»

«Pensavo ci avessi portato Trevis».

«Chi?»

La mia domanda lo fa sorridere di più. «Nessuno di importante, a quanto pare, e va bene così».

Non ho tempo di ribattere che scompare come un razzo, addentrandosi nella foresta.

Accelero per quanto mi è possibile, e seguo i suoi passi lungo il sentiero che conduce fino al lago, nel silenzio interrotto solo dal tambureggiare di qualche picchio e dal calpestio dei miei piedi sulla terra cosparsa di rametti. Supero alcuni alberi e la mia vista si spande oltre le foglie. Kinan è a una decina di metri davanti a me, ammaliato di fronte allo specchio d'acqua che si fonde col cielo e brilla di mille diamanti sotto ai raggi del sole. Resto a guardarlo, senza parlare, senza muovermi; i ricci ramati si infiammano alla luce come un fuoco che si alimenta di vita e vigore man mano che brucia la legna. La sua schiena si muove a ritmo lento, il respiro è in pace col mondo intero.

Non mi ha neanche sentit...

Si toglie la maglia e d'istinto, come se stessi facendo qualcosa di illegale, mi nascondo dietro un tronco. Ma i miei occhi si incollano a lui, alle sue spalle ampie e definite, spruzzate di lentiggini, e all'addome scolpito.

Deglutisco e schiudo le labbra, il cuore mi batte in gola come un forsennato. Sapevo fosse muscoloso, ma non immaginavo fino a questo punto.

Entra in acqua senza esitazioni, nonostante il freddo, e si bagna il volto, facendo scorrere delle piccole gocce sulle guance e sul petto. Sorride a occhi chiusi, col sole che gli accarezza la pelle candida. Perfino il lago gli dona.

Di colpo si tuffa e riemerge più avanti, i ricci bagnati incollati al viso. Schizza un getto d'acqua in aria e mille goccioline riflettono la luce come prismi, ricadendo su di lui. Ride, e il suo viso si accende di gioia. Ride con la stessa spensieratezza di un bambino.

Il Kinan cresciuto, quello che conosco e che si è assunto più responsabilità di quante ne possa tollerare, in realtà non ha mai avuto la possibilità di crescere con calma. Non ha mai avuto davvero il diritto di giocare e sbagliare, lo ha avuto per un tempo limitato che gli è stato strappato via senza alcuna remora. All'interno di quel corpo da adulto, ancora risiede il bambino che non ha smesso di arrampicarsi sugli alberi o di rubare biglietti del teatro e zucchero filato. Persino l'acqua che gli scivola addosso sembra averlo capito.

«Ti vedo lì dietro».

Non ho tempo di rispondere che subito scompare dalla mia vista, lasciando il lago vuoto e privo di quell'armonia che la sua presenza sembrava generare.

Proprio come poco fa. Dannata velocità da infetti.

«Buh» sussurra alle mie spalle, facendomi voltare di scatto.

Dalle ciocche umide scendono gocce che gli bagnano il naso e le labbra lucide e scendono sul torace. Mi osserva, lo sguardo divertito, e in un attimo vengo sollevata da terra, un suo braccio mi circonda la schiena e un altro le ginocchia.

Il suo tocco delicato, il sorriso dolce e la fossetta sulla guancia bastano ad ammutolirmi. Mi trasporta con sé fino al lago, fin dove l'acqua mi sfiora le scarpe.

Sussulto, aggrappandomi al suo collo e ritraendo le gambe. «Che stai facendo?» mormoro con il battito che frulla tra le costole.

«Volevo farti vedere un po' d'acqua, non ti spostavi più da quell'albero» ride.

«Mettimi giù!»

«Agli ordini, mia signora!»

'Mia' che...?

Mi immerge d'un colpo, e il gelo mi morde la pelle, facendomi avvinghiare ancora di più a lui.

Ride ancora, e il suo petto vibra, riempito dal suono pieno e caldo della sua risata. «C'era bisogno di questo per farti aggrappare a me?»

«Non sei divertente! Sono completamente bagnata e ho bisogno di scendere *a terra*» borbotto. Non sia mai che mi faccia fare un'altra immersione.

Mi avvicina di più a sé. Il mio naso è a due centimetri dal suo, le gocce che cadono dai suoi capelli si infrangono sulle mie guance. «Prima dimmi cosa stavi guardando da lì dietro con quell'aria così innamorata».

«Il panorama. Sono un'amante della natura».

La risposta gli fa storcere il naso in un modo così sexy che non credevo possibile. Si abbassa di più, l'acqua mi bagna anche i capelli, e d'istinto mi stringo a lui: il viso affondato nell'incavo del suo collo e la pelle d'oca che mi percorre tutto il corpo. Le sue dita mi accarezzano la schiena, procurandomi brividi che mi fanno tremare.

Per sbaglio le mie labbra sfiorano un punto sotto al suo orecchio e il suo corpo si paralizza in un sussulto.

'Che succede, Kinan? Ho trovato il tuo punto debole?'

Avvicino di nuovo le labbra alla sua pelle e le sue mani mi stringono di più.

«Fermati, Isabella». La voce gli esce roca. «P-per favore, non farlo» sussurra in tono flebile.

'Non ci penso proprio!'

Quando mai mi ricapiterà di vederlo tanto malleabile al mio tocco? E poi voglio stuzzicarlo un po', visto che si diverte sempre con le mie figuracce.

Gli lascio un piccolo bacio alla base del collo, un altro a un centimetro di distanza, e un altro ancora più su, risalendo con una lentezza disarmante verso il suo orecchio.

La sua mano sale dalla mia schiena alla nuca e mi immobilizza. Sposta il viso all'altezza del mio, sfiorandomi la pelle con il naso. Sollevo le palpebre e i miei occhi restano intrappolati nei suoi come in una rete.

Le guance rosse, l'espressione fragile e allo stesso tempo piena di desiderio che ha mi fanno sussultare.

«Ti avevo detto di fermarti».

Azzera la distanza che ci separa e la sua bocca si posa sulla mia.

In un istante il mio corpo, le mie labbra e il mio cuore... sembrano tutti riconoscerlo. Il sapore della sua lingua che cerca la mia, la delicatezza delle braccia che mi stringono, i brividi che mi percorrono la pelle e i suoi denti che mi mordono il labbro inferiore... tutto urla appartenenza.

Le sue mani vagano sui miei fianchi e li stringono, le dita

affondano piano nella carne. La bocca morbida non si stacca dalla mia neanche per prendere aria e respirare, come se farlo potesse distruggere l'incantesimo in atto tra noi.

Con il fiato corto mi stacco dalle sue labbra facendolo gemere di dispiacere. Fissa le mie, gonfie del suo bacio, e punta gli occhi su di me, le sue iridi di smeraldo luccicano di desiderio. Mi si secca la gola e la faccia mi va a fuoco.

Fa scorrere le dita sulla mia guancia, è un tocco delicato, come se sfiorasse i petali di un fiore. «Ti avevo avvisato. Non sai quante volte ho desiderato assaggiare questa bellissima bocca» sussurra, accarezzandola incantato.

Le parole non escono, non osano.

«Ho zittito Isabella Liverly?»

'Non mi hai zittito: mi hai ucciso'.

Probabilmente ora avrò un sorriso ebete e un'espressione non molto intelligente sul viso. Mi vergogno così tanto che stento a credere io stessa a quello che è successo.

Ho baciato Kinan.

Kinan mi ha baciata.

Ci siamo baciati.

Kinan

Mi osserva senza dire una parola, con le gote in fiamme e le labbra umide.

Distolgo lo sguardo, prima che la tentazione mi freghi ancora. Se si fosse fermata, se quella bocca non avesse sfiorato il mio collo... avrei avuto decisamente più autocontrollo.

L'appoggio a terra. I suoi piedi toccano la riva, posandosi sulla terra nuda, e lei sussulta.

«Sei piuttosto scioccata per essere una ragazza che ha già avuto tanti fidanzati!» ridacchio.

Prenderla in giro mi diverte da morire.

«N-non sono scioccata... mi hai c-colto di sorpresa. Tutto q-qui».

«Sì, certo, come no. Togliti la felpa, così si asciuga prima».

«Mi asciugo anche così».

«Isabella, prometto che non ti guardo, starò girato dall'altra parte». Mi siedo sul prato e mi rimetto la maglia asciutta. «Non voglio che ti prenda una polmonite o che ti ammali all'improvviso».

L'espressione delusa che l'assale mentre mi copro mi fa sorridere. Non la prendo in giro, tanto so che negherebbe con la fermezza di un soldato. Sarebbe in grado di dire che un quadro è bianco anche quando è nero. E poi riuscirebbe a convincerti che sei nel torto.

«Voltati» biascica imbarazzata.

Mi giro dall'altra parte e mi sdraio sull'erba a occhi chiusi, mentre lei abbassa la zip della felpa. Lo scroscio dell'acqua sul suolo mi fa capire che la sta strizzando. Non capisco perché si ostini a mettere vestiti che sono tre volte la sua taglia e la coprono così tanto. Ha un corpo meraviglioso, eppure non l'ho mai vista con un abito stretto, se non la sera della festa di beneficenza.

«Hai... hai mai baciato qualcuna, prima?» mormora, e l'incertezza trasuda dalla sua voce.

«Posso voltarmi o devo rispondere senza guardarti?»

«Rispondi senza guardarmi».

«Tu hai mai baciato qualcuno prima?»

«La smetti di rispondere alle domande con altre domande?»

«La smetti di inventare che hai avuto altri ragazzi prima di me?»

«La smetti di dirmi di smetterla?»

«No».

Riesco perfettamente a immaginare la sua espressione turbata mentre aspetta una risposta, torturandosi le mani e i pensieri con paranoie assurde.

«Posso voltarmi?»

«Non lo so... puoi voltarti?»

Okay, è tornata con i piedi per terra.

Mi giro e la trovo seduta con la felpa umida addosso. Le

sfioro per sbaglio il braccio con il mio e lei sussulta. È come se il suo corpo riconoscesse l'elettricità e la sintonia che il mio può trasmetterle.

«C'è stata una sola ragazza, ma niente di importante. Quindi puoi stare tranquilla e toglierti quel broncio che hai messo».

Incurva le labbra per un attimo, ma torna subito seria. Mi sdraio, le mani sotto alla nuca, e punto lo sguardo al cielo. Le nuvole sono tinte di rosa, lilla, arancio, e si fondono con il blu della sera che avanza. Chiudo le palpebre, il vento mi sfiora i capelli e la pelle del viso come una carezza lieve. Lei sa toccarmi con la stessa dolcezza. Le sue dita hanno un potere inspiegabile su di me.

«Perché non è stato niente di importante?»

«Perché si è rivelata la mia rovina... è l'errore più grande che io abbia mai commesso» sospiro. «Mi sono fidato e ho promesso di non farlo mai più».

Si sdraia accanto a me, i nostri corpi a contatto.

«Ha tradito la tua fiducia?»

Annuisco.

«Mi dispiace...»

Tace, immobile al mio fianco. Apro gli occhi e trovo i suoi, brillano dell'ultimo saluto del sole al giorno. Rimane ferma a fissarmi con un sorriso diverso, un sorriso delicato, di conforto, pieno di comprensione. Mi incanto a guardarla mentre la luce muore all'orizzonte e sopra di noi il cielo volge al nero.

Sposta le pupille verso l'alto e seguo la direzione del suo sguardo. Le prime stelle risplendono sopra di noi, riflettendosi nelle sue iridi chiare come piccoli incantesimi.

Si volta e mi sorride, abbagliandomi l'anima. Allunga una mano, mi sfiora le guance, il naso, la fronte, le palpebre sempre più pesanti.

Il suo tocco scioglie ogni tensione, a ogni centimetro di pelle che sfiora la pace mi inonda in un modo che non credevo avrei mai potuto provare di nuovo.

La suoneria del telefono mi si insinua nelle orecchie in modo prepotente e mi costringe ad aprire gli occhi.

Mi sono addormentato? Quando? Io... dove...? *Isabella!*

Volto lo sguardo e lei giace accanto a me, una mano abbandonata sul mio petto. Il bagliore dell'alba le accarezza le guance.

Il mio cuore si calma all'istante davanti al suo viso addormentato.

Così testarda, eppure così fragile.

Scivolo fuori dal suo abbraccio e mi alzo in piedi per allontanarmi, con il cellulare in mano.

Sono le cinque del mattino, meglio che lei riposi ancora.

«Pronto».

«Kinan, sono davanti alla baita». La voce piena di rabbia di Amanda gracchia nelle mie orecchie.

Inarco un sopracciglio. «Amanda? Che ci f...»

«Ti hanno allontanato di proposito. C'è Lady Diana in città».

La luce dei piccoli momenti di pace passati con Isabella viene spazzata via all'istante.

51
Città di Smeraldo

Isabella

Alzo gli occhi, sopra di me luci tremolanti contro il blu vibrano di energia.

Ho sempre amato l'infinità delle stelle e delle onde del mare. Passavo ore a contarle, mi divertiva l'idea di arrivare all'infinito, di riuscire a sfiorarlo.

Sospiro, rivolgendo lo sguardo a Kinan. Il chiaro di luna gli illumina il volto, levigandolo e rendendolo ancor più perfetto di quel che è.

D'istinto avvicino una mano e gli accarezzo la guancia. Con i polpastrelli sfioro le minuscole efelidi, tratteggiandole come da piccola facevo con il cielo stellato. Chiude gli occhi e resta immobile, i suoi lineamenti si rilassano in una beatitudine ultraterrena. Ogni tensione, ogni problema vengono allontanati dai suoi respiri lenti.

Non mi accorgo di altro, del tempo che passa o della notte che avanza.

Il suo viso illuminato dalla luna attira ogni mia attenzione, ogni mio gesto. L'infinità delle stelle sopra di me sembra risiedere nella sua pelle bagnata d'argento.

«Sessantotto, sessantanove... settanta» sussurro, mentre tocco con il dito ogni piccola lentiggine. Seguo il contorno delle sue labbra e le accarezzo piano.

'Non riesco a immaginare quanto dolore tu abbia dovuto

sopportare nella tua vita. Non riesco a credere che qualcuno possa aver tradito la tua fiducia. Non riesco a immaginare neanche cosa abbia fatto quella ragazza per deluderti e ferirti così tanto'.

«Chissà quanto hai sofferto» mormoro con la mano sul suo cuore, chiudendo gli occhi.

La luce mi costringe a schiudere le palpebre. Porto una mano davanti al viso per riparare gli occhi.

Devo essermi addormentata.

Sollevo il busto e punto lo sguardo di fianco a me. Kinan non c'è.

Mi alzo, guardandomi intorno. Nulla.

Forse sarà impegnato a preparare la colazione, sfoggiando le sue doti culinarie come ha fatto ieri. Avrebbe potuto svegliarmi, però... chissà in che stato mi ha vista... avrò un aspetto orrendo!

Mi affretto a raggiungere la baita percorrendo a passi svelti la foresta. Lascio il sentiero principale, supero la quercia che abbraccia il tetto con i suoi i rami e arrivo nel piazzale antistante il portico. La macchina è ancora davanti all'entrata con la ruota a terra.

Se non fosse stato per questo piccolo incidente, non avrei mai visto Kinan ridere in modo tanto spensierato. Se non fosse capitato, non ci saremmo baciati.

Mi sfioro le labbra con le dita e il cuore accelera. Ci siamo baciati...

Salgo i gradini e spalanco il portoncino. «Kinan, potevi svegliarmi!»

Il salotto e la cucina sono vuoti. Tutto è intatto.

«Kinan...?»

Apro la porta della camera da letto ma non c'è alcuna traccia di lui.

Non può essersene andato. Non può avermi lasciata qui da sola senza neanche avvisarmi...

«Kinan, non è divertente...»

La suoneria del telefono mi fa sobbalzare.

Ci manca solo che mi venga un infarto per quel dannato coso.

Torno in salotto e lo prendo dal tavolo. Sullo schermo compaiono quattordici chiamate perse, il nome di Dave lampeggia.

«Dave?»

«Abbiamo un problema enorme».

No...

«Kinan ha fatto irruzione a casa di Dafne e ha fatto fuori le guardie che erano lì per proteggerla. Le ha uccise tutte. È fuori controllo».

No... non può essere.

La mano con cui reggo il cellulare inizia a tremare, la tengo ferma con l'altra per continuare ad ascoltare.

«Ha fatto a pezzi più di trenta uomini per raggiungere lei. È irriconoscibile, e Amanda è dalla sua parte, il che ci rende tutto ancora più complicato. Ti ho mandato una macchina con uno dei nostri per riportarti indietro. Issa? Mi ascolti?»

«Ti ascolto» bisbiglio.

«Ce l'ha con tutti noi per avergli mentito. Non si fermerà. Quelli dei laboratori hanno saputo la notizia e vogliono abbatterlo. Lo tratteranno come un animale da sedare, useranno dosi elevatissime di calmanti, e se non riusciranno...»

Le parole di Dave tuonano nella mia mente e rimbombano all'infinito tra le pareti.

Non è possibile. Kinan non lo farebbe mai. Lui... lui non è questo.

Kinan è la fossetta che gli compare sulla guancia quando sorride.

Kinan è il bambino ribelle che ruba zucchero filato per condividerlo con i suoi amici.

Kinan è lo chef che non sente i sapori.

Kinan è purezza, non violenza.

Il rombo di un motore mi riscuote. Prendo il mio zaino e mi precipito alla porta. Con la maniglia tra le dita, lancio un'ultima occhiata alla baita del nonno e sospiro.

Esco sul portico, scendo le scalette e mi fiondo nella macchina nera che mi attende.

«Dave, cerca di trattenere il più possibile quelli del laboratorio. Non devono toccarlo» mormoro, mentre mi allaccio la cintura.

«Fosse solo questo. È Kinan la catastrofe. Non lo riconosco più. Nemmeno Chris è riuscito a fermarlo, anzi. Ne è uscito con un braccio spezzato».

Chris

Dave cammina avanti e indietro masticandosi le pellicine del pollice. A breve inizierà a rosicchiare l'osso, se continua così. Ma lo capisco, tutto è andato proprio come temevamo... Kinan è fuori controllo, i laboratori stanno mandando uomini a catturarci, e probabilmente finiranno sterminati da Kinan, io ho un braccio fuori uso....

Nicolas entra in salotto con delle fasce per il mio braccio. «Dobbiamo fare qualcosa».

«Oppure dovremmo soltanto lasciare che la uccida. Dopotutto se lo merita, quella stronza» ringhia Teo.

«Ci abbiamo già provato, a fare qualcosa, e guarda com'è andata» mormoro indicandomi il braccio gonfio. «E siamo in pochi. Amanda si è presa i più forti di noi. E francamente l'idea di lottare contro Kinan non va a genio nessuno».

«Lo abbatteranno e lo porteranno ai laboratori se non lo fermiamo...» La paura di Dave trapela dalle sue parole.

«Questa volta è veramente diverso...» biascica Nicolas mentre mi stecca il braccio. «L'avete visto? Si leccava il sangue dalle mani e sorrideva mentre affondava le unghie nella gola di quell'uomo... sorrideva come se si nutrisse del suo terrore...»

«Anche Amanda non sta bene. Non ho voluto farle del male, ma lei era pronta a farlo a me» sibila Teo.

«Abbiamo fatto un casino. Ora nessuno dei due si fida più di noi» mormoro.

Il tintinnio del campanello fa alzare Dave, che esce dal salotto e va ad aprire. Subito, però, fa marcia indietro, le mani alzate di fronte a sé.

Isabella cammina dopo di lui, e nei suoi occhi brilla una scintilla di determinazione.

Ci guarda a uno a uno. «Dove cazzo è Kinan e perché voi sembrate dei deficienti che hanno alzato bandiera bianca? Io odio il bianco... così, tanto per farvi sapere che non sono dell'umore per sentire stronzate».

'Principessina Liverly, quanto mi è mancata la tua finezza...'

«Kinan ha preso in assedio il palazzo dove abita Dafne. Sta facendo piazza pulita uccidendo ogni umano all'interno. Vuole che lei senta le urla di terrore a ogni vita che strappa. In questo modo spera di farla uscire allo scoperto... perché sa che Dafne odia la violenza sugli umani» sospira Dave.

Isabella scruta il pessimo stato in cui mi trovo, poi passa lo sguardo su Teo, che si sta ricucendo un taglio sul sopracciglio, su Dave, pieno di graffi e lividi sul viso, e su Nicolas.

«Cristiano, ti sei fatto prendere a calci in culo? E tu, cavaliere nero? Hai più tagli di una nonnetta che cade giù dalle scale e rotola all'infinito».

Teo alza gli occhi al cielo senza rispondere.

«Voglio vedere te lottare contro un Kinan fuori controllo» bofonchia Nicolas.

«Non ti ho parlato. Torna dalla Barbie... Ken».

La faccia di Nicolas è il ritratto dell'offesa in persona. Dovrà farci l'abitudine. «La smetti di battezzare la gente con questi nomignoli?» sbraita infastidito.

«Le piace fare il prete della situazione» ridacchia Teo.

«Preti a parte: mi spiegate qual è il piano? Voglio parlare con Kinan».

Scoppio a ridere, lasciandola di stucco.

«Issa, Kinan non è più in sé...» sussurra Dave. «È incontrollabile. Non siamo riusciti a fermarlo».

«Non ti credo. Kinan non è questo. Non usa la violenza come vendetta. Magari potre...»

«Penso che sia arrivato il momento di raccontarti la fiaba della Città di Smeraldo» sospira Dave.

Deglutisco, stringendo il bracciolo del divano. Teo si alza di colpo e sparisce in cucina, mentre Nicolas se ne va in giardino. Anche Dave ha il viso provato.

È un taglio che sanguina in tutti noi.

«Si narra, tra noi Red, della storia della Città di Smeraldo, una fiaba che racconta di un amore cristallino e limpido, l'amore che tutti sognano da bambini. Un po' come quello della vostra *Cenerentola* o della vostra *Rapunzel*.

«C'era una volta un ragazzo che veniva considerato un mostro per via del suo aspetto: il suo volto spaventava tutti quanti, spaventava perfino lui stesso, tant'è che non riusciva a guardarsi allo specchio perché la sua immagine gli incuteva terrore e angoscia. Perciò si rifugiò da solo in un castello enorme, nascosto dietro mura che impedivano a chiunque di vederlo. Si narravano brutte cose sul mostro che viveva rinchiuso fra quelle pareti, e i bambini consideravano quel castello come la casa abbandonata delle storie di fantasmi: un luogo spettrale.

«Il ragazzo non si difese mai dall'odio che la paura umana riversava su di lui. Nella sua solitudine, un'unica cosa lo rendeva felice: dedicarsi alla cura di un tipo particolare di fiori, con tutto l'amore che non aveva mai ricevuto. Il ragazzo amava i fiori di smeraldo, e riempì l'enorme giardino del castello con i loro colori.

«Un mattino scese per annaffiarli, e poiché aveva grande cura per ogni dettaglio, notò subito che i suoi amati fiori avevano qualcosa che non andava: ne mancavano alcuni e altri erano anche stati calpestati. Rimase sveglio tutta la notte per scoprire se il ladro che aveva avuto il coraggio di strappare i fiori di smeraldo si sarebbe ripresentato, deciso a scoprirne l'identità e a fargliela pagare. A mezzanotte in punto, vide una ragazza scavalcare il muretto. Lei si avvicinò ai fiori, ne strappò un mazzo e lo mise in un cesto, per poi andarsene. Dunque era lei il ladro. Il ragazzo, tuttavia, rimase talmente affascinato dalla sua bellezza che splendeva sotto al chiaro di luna, che non riuscì a farle o dirle nulla.

«Da quel momento, trascorse ogni notte a guardarla rubare i fiori di nascosto e andarsene.

«Quando, però, si accorse che, invece che reciderli, la ragazza ne stava strappando gli steli, trovò il coraggio di farsi vedere. Si dimenticò del suo aspetto e della paura, e le parlò senza timore. La ragazza lo riconobbe subito e, contrariamente alle persone che lo avevano visto in passato, gli sorrise.

«Ciò lo turbò e lo sorprese: una ragazza così bella gli stava sorridendo, e non mostrava nessuna paura a stargli accanto. Gli spiegò che vendeva fiori nel negozio del padre, e che quel particolare tipo le aveva portato fortuna.

«Notte dopo notte, il mostro si abituò alla presenza della ragazza nel suo giardino. Parlavano di tutto: lei sognava di diventare una ricercatrice che potesse aiutare i dottori a curare malattie inguaribili, e lui l'ascoltava incantato». Prende un lungo respiro. «Erano diventati una fiaba, due ragazzi legati dai fiori di smeraldo.

«A detta della ragazza, il mostro che tutti descrivevano non c'era. Anzi, lei lo guardava ammaliata dai tratti particolari che lo caratterizzavano. E in effetti, con il tempo il ragazzo era tornato normale: la mostruosità che tutti gli avevano affibbiato sembrava essersi dissolta con il passare dei giorni e con l'amore.

«La ragazza dei fiori di smeraldo riuscì a convincerlo ad affrontare le sue paure uscendo allo scoperto. Il ragazzo venne fuori da quelle mura mano nella mano insieme a lei. Tornò dai suoi amici, da quella che considerava la sua famiglia, con una luce diversa, una luce più umana nell'animo. La ragazza l'aveva guarito dagli sguardi d'odio che l'avevano perseguitato.

«La ragazza conobbe anche i suoi amici, che erano segretamente afflitti dalla stessa mostruosità che aveva portato il ragazzo a rifugiarsi tra le mura del castello, ma che avevano imparato a conviverci. Il ragazzo si fidò di lei e le raccontò ogni cosa. Le disse che erano affetti da una malattia, e che l'effetto collaterale era la fame di carne umana. Se ne nutrivano, e a volte non riuscivano a tenere a bada questo istinto troppo forte.

«Lei, però, lo tradì. Ambiva così tanto a diventare una ricercatrice che, alla prima occasione, fornì queste informazioni a degli scienziati che davano la caccia a queste creature sovrannaturali. Rivelò loro esattamente dove trovarle, e loro fecero irruzione nella casa che il ragazzo le aveva mostrato e aperto, rapendo la maggior parte dei presenti, sedandoli e trattandoli come animali pericolosi senza che potessero difendersi».

Isabella

Ho la pelle d'oca.

«La fiaba della Città di Smeraldo riguarda Kinan e Dafne, giusto? È lei la ragazza dei fiori di smeraldo, ed è lui il mostro del castello».

Il loro silenzio è la mia conferma.

È Dafne... Lady Diana, la ragazza di cui Kinan parlava, è lei. Quella che ha tradito la sua fiducia e che l'ha portato a non fidarsi mai più. È lei quella che gli fa perdere il controllo.

«Per colpa sua, la metà di noi è stata di nuovo imprigionata». Chris sbatte il pugno sul divano. «Eravamo molti di più, prima... quelli che sono ancora qui oggi sono gli unici che sono riusciti a scappare. Io stesso sono fuggito, e non c'è giorno in cui non mi venga in mente il modo in cui i nostri compagni sono finiti stesi a terra come animali, abbattuti senza pietà».

Quindi Nicolas, Dave, Chris, Amanda e gli altri Red che sono qui sono i pochi che sono scappati via e sono riusciti a mettersi in salvo. Kinan compreso. Però io non riesco a spiegarmi una cosa... perché Dafne l'ha tradito, se lo amava? Perché l'ha fatto soffrire?

«Purtroppo, in molti sono stati catturati e tutt'oggi non sappiamo dove siano... non sappiamo nemmeno se sono vivi. Eravamo appena tornati liberi dai laboratori... e neppure un anno e mezzo dopo siamo finiti nel mirino di altri scienziati pazzi che ci guardavano come alieni da dissezionare».

Il rancore nella voce di Chris mi fa abbassare lo sguardo.

Non hanno mai avuto un attimo di tranquillità, sono sempre dovuti scappare. Da un lato per l'egoismo di mamma e papà e dall'altro per la malata curiosità degli scienziati.

«Kinan si era rifugiato in un castello perché non riusciva a tornare normale, non riusciva a riassumere il controllo. Impediva anche a noi di aiutarlo, l'unica che sembrava riuscire a calmarlo era lei, la sua Lady Diana» sussurra Dave.

«La chiamavamo così perché sembrava una principessa. Kinan si fidava ciecamente, era stregato, ammaliato dalla sua bontà e dalla sua bellezza» sibila Chris.

«Amanda non è riuscita a superare la faccenda, perché sua sorella minore, Cloe, è stata ricatturata assieme agli altri ragazzi. Amava alla follia la sua sorellina, l'unico membro rimastole della famiglia. Cloe portava gioia in ogni stanza in cui entrava. Era così piccola che lei le teneva sempre la mano per paura di perderla. Kinan non riesce a perdonarselo. Non riesce a guardare Amanda per più di un minuto senza essere travolto dai sensi di colpa...»

Serro i pugni pieni di risentimento. Ora comprendo lo scorbutico carattere di Teo, la diffidenza di Nicolas, il desiderio di vendetta di Dave, l'ostentata rabbia di Chris e l'acidità irrazionale di Amanda.

Ora capisco i sensi di colpa di Kinan.

I miei occhi lucidi chiedono scusa per questa sofferenza.

Non basta per placare la collera, ma mi avvicina, per quanto possibile, alla loro causa.

52
Istinto

Dafne

«No! Ti prego, ti prego, non ucc...»

Mi tappo le orecchie, cercando di ridurre al minimo ogni suono che trapela, ma le mani mi tremano dalla paura.

Sapevo che prima o poi sarebbe successo.

«Signorina Dafne, dobbiamo uscire dal retro» sbraita una guardia con un taglio aperto sulla fronte. «Il ragazzo ha fatto fuori le altre guardie del piano. I rinforzi dai laboratori arriveranno tra qualche minuto, ma noi dobbiamo sbrigarci».

«Stai sanguinando... fermiamoci e...»

«Non possiamo. Sono riuscito a scappare a stento. Non ho mai visto una tale mostruosità in vita mia, che Dio ci protegga!» geme.

Carica la pistola e mi fa da scudo mentre scendiamo giù per le scale. Urla disperate rimbombano ovunque.

Forse dovrei smettere di scappare e andare da lui. Forse, se prendesse me, smetterebbe di uccidere. A ogni grido di dolore i miei passi si fanno più pesanti. La sua sete di vendetta è solo colpa mia. L'ho trasformato io nel mostro che uccide senza esitazione.

Un conato mi stritola lo stomaco.

«Siamo arrivati!» La guardia apre con un calcio la porta d'emergenza. «Usciamo di qui, presto!»

Mi precipito fuori trattenendo il respiro, ma all'esterno non c'è traccia delle auto dei laboratori.

«Dove sono?» ansimo con il cuore a mille.

Non ricevo risposta. Mi volto, e il corpo dell'uomo che mi scortava viene lanciato ai miei piedi.

«Ops, che peccato...» La *sua* voce mi raggela. «Penso di averlo appena ucciso. Scusa, non l'ho fatto apposta».

La guardia giace riversa con la testa in posizione innaturale, gli occhi sbarrati che mi guardano dritto in faccia. Gli ha spezzato il collo.

Lui mi scruta, tra le palpebre si aprono due pozzi di oscurità infinita. Il ghigno che gli storce le labbra scopre i denti affilati, la pelle del viso, del collo, delle mani è intrisa di sangue che gocciola dalle sue unghie acuminate.

Indietreggio, mentre il panico mi stringe i polmoni in una morsa.

«Allora...» Si avvicina di un passo. «È da tanto che non ti vedo...»

Il suo sguardo è una colata di odio che si riversa su ogni centimetro del mio corpo.

Resto paralizzata, il terrore mi inchioda i piedi al suolo.

Neanche nel peggiore dei miei incubi avrei pensato di rimanere bloccata di fronte a lui.

Il Kinan che ho conosciuto è morto. È morto il giorno in cui gli ho voltato le spalle.

Il ragazzo del castello – quello che coltivava i fiori di smeraldo, il ragazzo timido, introverso e anche un po' impacciato – non c'è più.

Ed è solo colpa mia.

Fissa un punto oltre la mia schiena. «Amanda, di spalle non è da te».

«Perdonami, hai ragione» sibila lei al mio orecchio, sfiorandomi un braccio. «È meglio guardarla negli occhi e vedere la paura prendere il sopravvento su questo fragile corpicino da scienziata pazza e traditrice». Sorride e mi afferra per i capelli, tirandomeli fino a sbattermi a terra.

Un dolore lancinante mi trafigge la testa e sul viso cola un liquido caldo.

Sanguino...

Il sorriso crudele e soddisfatto sul volto di Kinan mi fa tremare. Non si muove di un centimetro.

La ragazza mi trafigge di colpo la gamba con le unghie, aprendomi la carne.

«Ah!» urlo, e gli occhi mi si bagnano di lacrime.

Penetra più in profondità e mi strattona le ciocche, costringendomi a guardarla.

«Vacci piano, così la uccidi...» sibila lui.

Lei si blocca e molla la presa, mentre il sangue fluisce dalla mia coscia, finendo a terra.

«Non che io non ti voglia uccidere, sia chiaro, ma avrei una piccolissima domanda da farti prima di vederti morire. Dove li avete messi gli altri? Parla! Non sei nella condizione di poterti rifiutare, in caso non l'avessi notato». Kinan si china su di me, mentre le mie palpebre si fanno pesanti, mi prende il volto con una mano intrisa di sangue e mi costringe a fissarlo dritto nella profonda oscurità dei suoi occhi.

«Kinan, non... non sei obbligato a essere... ques...»

Penetra con le dita nella ferita aperta sulla gamba e il grido che mi strappa mi brucia la gola.

«Non hai il diritto di chiamarmi per nome» ringhia. «Se lo fai un'altra volta, giuro che ti stacco la testa».

La mia vista si offusca, i loro volti diventano sfocati. Boccheggio e socchiudo le palpebre, ma Amanda mi tira i capelli, obbligandomi a restare cosciente.

«Lady Diana, non vorrai addormentarti sul più bello» sogghigna. «Allora? Dove cazzo hai messo mia sorella?» Il suo sguardo avvampa d'ira.

«Basta... vi prego. Se andate a-avanti così... vi abbatteranno». Rivolgo gli occhi a Kinan.

«Basta? Hai idea di quanto io ti abbia cercata dopo quello che hai fatto? Hai idea di cosa ci hai fatto, esattamente? Di quanto ci hai feriti? Di come ci hai traditi? Mi hai abbindolato e alla prima occasione mi hai venduto per avere la posizione che tanto sognavi... il tuo bel camice bianco è macchiato del sangue che ho versato per colpa tua. Anche le vite di oggi sono incluse, ovviamente. Ogni singola vita che ho ucciso è una macchia sul camice che porti con onore dopo avermi pugnalato. E ora cosa fai? Mi supplichi di fermarmi quando non ho nemmeno iniziato?» Mi osserva con divertimento. «Avanti, Dafne, ti immaginavo più sveglia».

Il mio cuore sussulta.

'Mi hai... mi hai chiamata con il mio nome...'

«Non so dove sono» biascico, «ogni settimana cambiano luogo per sicurezza. Alcuni sono morti, non hanno retto gli esperimenti».

«Cloe...?» Gli occhi di Amanda tornano per un istante al loro colore azzurro. «Cloe... è viva?»

«È viva» sospiro.

«Devi dirci dove cazzo sono, o giuro che ti farò patire le pene dell'inferno». Le sclere le si ricoprono di nuovo di nero e la presa sui miei capelli aumenta.

«N-non lo so... veramente, io...»

Kinan si avvicina a passi lenti. Si china su di me e mi sfiora il collo con le dita, facendomi sussultare. I brividi che i suoi polpastrelli mi scatenano riescono a zittire tutti i miei nervi sofferenti. Il suo tocco fa da anestetico per il dolore che sto provando.

'Hai ancora lo stesso effetto su di me... come quando mi accarezzavi il viso...'

Chiudo gli occhi, lasciando che le lacrime bagnino l'asfalto e la sua mano. In un attimo, le sue dita premono sulla mia gola, stringendola con forza.

Annaspo, e l'aria sparisce.

Isabella

La macchina inchioda di fronte al palazzo di Dafne. Dave ci precede, lanciandosi fuori dall'abitacolo, e corre verso l'ingresso. Lo seguiamo e ci precipitiamo all'interno senza esitare. Oltre le porte girevoli, una distesa di sangue e corpi senza vita si apre davanti ai nostri occhi. Su ogni volto esanime è cristallizzato puro terrore. Ognuno è consumato da atroce sofferenza.

«Meno guardi, meglio è» mormora Chris mentre sposta il cadavere di una donna che ci impedisce di procedere. Cammino a passi svelti, con le pupille inchiodate altrove, seguendo il sangue che Kinan ha lasciato lungo il percorso.

Non riesco a collegarlo con tutto questo. Non riesco a immaginarlo uccidere qualcuno. Non riesco...

La scia prosegue fino a una porta d'emergenza bianca; Chris esita e mi rivolge un lungo sguardo.

Sono l'ultimo disperato tentativo.

Annuisco e lui spalanca il battente in un colpo.

Davanti a noi, Dafne giace a terra in una pozza scura e lucente. Il sangue le sgorga dalla gamba e dalla testa e le bagna i capelli sparsi sull'asfalto, scompigliati e intrecciati alle dita di Kinan attorno al suo collo.

Dita macchiate di rosso. Il sorriso crudele sul suo viso, i capelli bianchi che hanno perso il colore dei tramonti infuocati, quegli occhi in cui ogni luce si è spenta...

Mi porto le mani alla bocca, con gli occhi sgranati. È lui. È proprio lui.

Amanda si lancia contro di me, ma viene bloccata da Nicolas. Lei gli tira una ginocchiata che lo fa piegare su se stesso, quasi non lo riconoscesse più.

Anche Teo le si avventa contro, e lei gli graffia un braccio, mentre Dave le si aggrappa alle spalle. Scalcia come una furia e lo colpisce sullo stinco.

«Maledizione, lasciatemi! Lasciatemi!» urla.

La stendono a terra in tre, tenendola con forza, ma dai loro sguardi trasuda il rammarico che provano. È parte della famiglia... lottare contro di lei dev'essere una violenza.

Teo la seda con un'iniezione, mentre Dave la tiene ferma con tutto il suo peso e Nicolas le lega i polsi.

«Kinan, basta così!» tuona Chris.

La sua risata crudele vibra nelle mie viscere e mi avvolge l'anima in una morsa di gelo. «Basta cosa? Non ho neanche iniziato!» sbraita, la voce è un ruggito d'ira, mi fa tremare il cuore.

Tu non puoi essere lo stesso Kinan che giocava nell'acqua

del lago... non sei lo stesso che mi ha baciata... non sei tu quello a cui ho contato le lentiggini...'

«Isabella è qui» annuncia Chris.

Lui sussulta, ma non molla la presa dal collo di Dafne, né devia l'attenzione dal suo volto pallido.

Non gli crede. Finché non mi vede, non gli crederà.

Faccio un passo in avanti ma uno stridio di pneumatici mi fa bloccare.

Un furgone nero inchioda, il portellone si apre e degli uomini si riversano fuori, armati fino ai denti. In un attimo puntano le pistole contro Kinan e il terrore m'invade, diffondendo un brivido lungo la mia schiena.

Lo vogliono abbattere... no!

D'istinto, mi slancio in avanti per raggiungerlo, mentre gli spari lacerano l'aria e il mio cuore.

«Issa!» grida Dave.

Kinan si riscuote, getta lo sguardo sui soldati e subito si volta a cercare me. Lo raggiungo e mi blocco di fronte a lui, con le braccia aperte a fargli da scudo.

Un bruciore lancinante mi incendia lo stomaco mentre le orecchie mi fischiano.

«No! Isabella!»

Crollo a terra, il sangue mi si impasta in bocca e cola dalle mie labbra. I miei sensi si attutiscono, le urla, gli spari, tutto diventa ovattato.

'Kinan...'

Lotto per tenere le palpebre aperte, ma il sonno si insinua sotto la pelle, il freddo mi morde le dita delle mani.

D'improvviso mi viene spostata la testa e avverto il tepore di un corpo sotto di me. Apro gli occhi e annego in due smeraldi di un verde purissimo, offuscati dalle lacrime.

'Sei tornato, ragazzo dello zucchero filato'.

Sorrido, mentre l'immagine delle sue lentiggini mischiate alle stelle si fissa dietro le mie palpebre.

53
Ti voglio proteggere da ogni male

Dave

Isabella corre da Kinan senza alcuna esitazione e il mio cuore implode.

Come ho potuto coinvolgerla in tutto questo?

«Issa!» L'urlo si riversa dalla mia gola, intriso di terrore.

Lei si blocca a braccia aperte davanti a lui e il suo corpo assorbe l'impatto dei proiettili.

Mi scaglio sui soldati assieme a Chris, spazzandoli via, spezzando le loro armi, mentre dal furgone nero escono mamma e papà, che si precipitano su Isabella.

Lei giace a terra tra le braccia di Kinan.

«No! Isabella!» Mamma lo scansa con una spinta.

«Dannazione, fermi! Non sparate!» ringhia papà. «Prendete lui! Rinchiudetelo!»

Gli uomini avanzano verso Kinan, che resta immobile, lo sguardo spento e rassegnato. Mi ergo davanti a lui per proteggerlo.

«Spostati da lì, Dave» ordina papà mentre arrivano due ambulanze.

«È colpa vostra! Avete sempre sparato troppo facilmente... e ora i vostri colpi vi sono tornati indietro. Come ci si sente ad aver sparato alla propria figlia?»

Il corpo inerme di Issa viene caricato su una barella, il suo braccio scivola fuori, abbandonato al suolo. Mamma le accarezza i capelli neri, mentre un uomo le preme sul viso pallido una maschera per farla respirare.

«Dave, giuro che se non ti sposti non solo prendo Kinan, ma anche i tuoi amici, tutta la combriccola. Per colpa sua sono morte più di cinquanta persone e mia figlia, tua sorella, si è presa i colpi destinati a lui. Tutto questo è opera sua! Ho intenzione di sistemare il casino che ha fatto, non voglio permettere a questo mostro di fare altro male. Il minimo è rinchiuderlo, e giuro che questa sarà l'ultima volta che sarò paziente con te». Dai suoi occhi zampillano paura e rabbia a fiotti. «Prendetelo, adesso!»

Le guardie lo afferrano per le braccia, piegandogliele dietro la schiena.

Chris serra i pugni, con lo sguardo inonda di odio mio padre mentre Kinan viene legato con delle catene di ferro e strattonato via sotto i miei occhi impotenti.

Fisso il muro bianco di fronte a me a corto di fiato. Ha perso così tanto sangue...

'Sorellina, ti prego... non andartene'.

La porta si apre, e mamma e papà escono dalla stanza di Issa. Giace sul letto, intubata e circondata da monitor luminosi. Yuri le accarezza la mano, e ogni *bip* che proviene dal suo cuore è una stilettata di dolore nel mio.

Oltre il corridoio rimbomba il chiacchiericcio dei giornalisti. Issa li manderebbe al diavolo senza pensarci due volte, se fosse sveglia.

'Se fossi sveglia. Devi svegliarti. Devi vivere'.

La disperazione mi squarcia il petto, lacrime calde rotolano sulle mie guance, tracciando scie umide sulla mia pelle.

«Come mai non sei dentro?»

Teresa?

Alzo gli occhi bagnati sul suo viso teso, avvolto dal cappuccio, e mi asciugo gli zigomi con una mano. «E tu cosa ci fai qui?»

Si siede accanto a me sul pavimento. «Non è bello stare da

soli in momenti come questi. Inizi a pensare, e si sa che pensare fa male».

«Da quando sei così saggia, Teresa?»

«Avanti, dimmi quello che ti passa per la testa. Non ho scavalcato i giornalisti e corrotto le guardie per niente» mormora tirando giù il cappuccio della felpa grigia che indossa.

La osservo meglio. Ha solo dei jeans e delle scarpe senza tacco. Dove sono i suoi soliti vestiti succinti e attillati?

«Non mi guardare così, non ho avuto tempo di sistemarmi».

Le porte della shock room si riaprono per un istante mentre esce un'infermiera. Rivolgiamo entrambi lo sguardo a Issa, pallida al pari del lenzuolo che l'avvolge. Yuri le sfiora le ciocche di capelli neri, il volto arrossato dal pianto.

'Non dovevo coinvolgerti. Non dovevo...'

Distolgo gli occhi e li punto su Teresa. Anche i suoi sono lucidi. Forse, da qualche parte, ancora esiste quell'affetto che la legava a Isabella.

Le sfioro una mano. «Sei tu che hai bisogno di parlare?»

«No... io so che ce la farà. Ce la fa sempre. Non c'è una sola volta in cui Issa non abbia lottato. Anche questa volta ce la farà, ne sono sicura, e lo devi essere anche tu».

«Sai, ho paura. Non ho mai avuto questa paura in vita mia, ma ora che la sento divorarmi, impazzisco ogni secondo che passa. Vorrei pensarla come te e Yuri... voi la ritenete una guerriera, pensate che questo sarà solo un momento di passaggio, ma io non ci riesco» sospiro.

«Devi pensarla come la pensiamo noi. Isabella ha bisogno che tu faccia il tifo per lei, perché, quando si sveglierà, merita di trovare la sua famiglia accanto. Dovrai essere pronto, perché avrà bisogno di una spalla, avrà bisogno di supporto e non di persone distrutte e arrese».

«Se... se dovesse... io non me lo perdonerei. Io non potrei più vivere».

La sua mano si appoggia sulla mia spalla con delicatezza.

«Non succederà. Smettila di torturarti. Quella testa calda ritornerà come prima. Ne sono sicura».

Due settimane dopo

Isabella

Bip.

Bip.

Bip.

Il rumore dei macchinari mi perfora le tempie, costringendomi a una smorfia di dolore. Schiudo le palpebre e la luce sopra di me mi abbaglia, aumentando le fitte alla testa.

Porto le dita davanti agli occhi per coprirmi dal riverbero delle lampade, ma mantenere il braccio sollevato mi costa fatica.

Dove... dove sono?

Metto a fuoco la mia mano, un cerotto ne ricopre il dorso e tiene fermo un tubicino che scivola giù. Tiro su il capo, ma un dolore atroce all'addome mi toglie il respiro, facendomi ricadere indietro.

Sposto gli occhi in basso, sul camice e sul lenzuolo che mi avvolgono.

Sono in ospedale?

Kinan... mi hanno sparato perché l'ho protetto... dov'è? Sta bene?

Mi sposto su un fianco, trascino le gambe oltre il bordo del materasso, verso il pavimento, e mi appoggio su un braccio, aggrappandomi alla sponda per tirarmi su.

L'ho salvato? Fa' che non sia stato...

Scivolo con i piedi a terra, reggendomi al materasso.

'Kinan... dove sei?'

Muovo un passo, respirando a fatica. Mi appoggio al letto e ne faccio un altro, poi un altro ancora, ma il dolore torna a mordermi l'addome e crollo sul pavimento.

La porta della stanza si spalanca di colpo davanti a me e gli occhi celesti di Yuri mi si posano addosso, fissandomi come fossi un fantasma.

«I-Issa?»

«Sei scemo? Certo che sono Issa. Aiutami ad alzarmi, invece di rimanere lì a contemplare la mia faccia».

Spalanca la bocca, le lacrime gli attraversano le guance. Si avvicina a me e mi tocca le braccia, le spalle, il viso.

'Non sono un'allucinazione, scemo!'

«Vuoi rimanere a guardarmi come un baccalà? È questo che ti ho insegna...»

Mi abbraccia, accarezzandomi i capelli, e i suoi singhiozzi mi scuotono tutto il corpo. «Lo sape-sapevo che sa-saresti tornata» biascica.

Dave e Wendy si affacciano alla porta. Lei sbatte le palpebre, e le ciglia le si bagnano di pianto che strofina via con la mano. Mi si lancia contro e mi stringe.

«Oddio, mi hai spaventato... non devi farlo mai più. Mai più!» Le sue lacrime mi bagnano la spalla, mentre singhiozza.

Dave crolla in ginocchio, chiude gli occhi e sorride, mordendosi il labbro.

«Scusate, già che ci siete mi aiutate a rialzarmi? Ho i muscoli di una vecchietta in procinto di mori...»

«Non dire quella parola» mi fulmina Wendy.

«Mori...»

«Shh. Non la vogliamo sentire, è stato un inferno stare da questa parte e non poter fare nulla per aiutarti» sussurra Yuri. Il suo viso stanco, prosciugato, lo fa sembrare più grande, come se fosse invecchiato da un giorno all'alto.

Dave trova la forza per rialzarsi dal pavimento e avvicinarsi. Mi abbraccia con delicatezza e mi lascia un dolce bacio sulla fronte, sospirando e guardandomi con gratitudine, come se gli avessi appena fatto il regalo più grande del mondo.

Mi prende in braccio e mi trasporta sul letto.

«Kinan, dov'è?»

La mia domanda infrange la gioia che sprigionavano i loro visi.

«Vado ad avvisare mamma e papà che ti sei svegliata...» Yuri esce dalla stanza a testa bassa, evitando di rispondermi.

Wendy si schiarisce la voce. «Sì, d-di sicuro vorranno parlarti della riabilitazione che dovrai f...»

«Dov'è Kinan?»

Lancia uno sguardo a Dave e abbassa gli occhi.

«Non c'è, Isabella» sospira Dave. «L'hanno portato ai laboratori. Papà mi ha minacciato. Se mi fossi ribellato, avrebbe preso non solo lui, ma anche tutti gli altri. Mi dispiace, non ho potuto fare nulla...»

Stringo le mani a pugno e gli rivolgo un'occhiata gelida. «Adesso dov'è?»

«È in una cella da due settimane. È tornato in trappola come un tempo».

Mamma e papà spalancano la porta e corrono ad abbracciarmi. Ma il rancore mi ribolle nelle vene.

La rabbia e la delusione si impossessano di ogni singola cellula del mio corpo.

«Ci sei mancata tanto, ci hai fatto spaventare» singhiozza mamma.

Rivolgo a entrambi uno sguardo glaciale.

«Tesoro... c'è qualcosa che non va? Sembri così spenta».

«Con quale diritto» la mia voce è intrisa di veleno, «avete pensato di rinchiudere Kinan dopo aver provato a ucciderlo? Con quale cazzo di coraggio ora mi abbracciate?»

Spalancano gli occhi, deglutendo.

«Era... era inevitabile. Ha messo a rischio la tua vita, ha rubato quella di tutte le persone che erano in quel palazzo».

Scoppio in una risata isterica, l'addome trafitto dal dolore. Mi guardano come fossi impazzita.

«Sentirvi dire che lui ha rubato la vita ad alcune persone fa proprio ridere, non trovate? Vi rinfresco la memoria: avete massacrato dei bambini, ne avete resi altri assetati di sangue, non siete più riusciti a controllarli e allora cosa avete fatto? Li avete cacciati e intrappolati in celle che sanno tanto di gabbie per topi».

Dave mi prende la mano.

'No, Dave, non la smetto. È arrivata l'ora di affrontarli'.

«Non è il momento di parlare di queste cose» mamma mi copre con il lenzuolo, «qui c'è la tua amica e tu devi riposare...»

'Riposare'? Mi fa schifo anche solo pensare alla quantità di soldi che avranno usato per salvarmi, mentre Kinan è rinchiuso chissà dove e chissà in quali condizioni.

Scaravento il lenzuolo contro la parete. «Vi vergognate per la presenza di Wendy? Tranquilli! Sa cosa avete fatto. Lo sappiamo tutti. La cosa che mi fa rivoltare lo stomaco è che state cercando di coprire il marcio anche adesso».

«Isabella, basta!» tuona papà. «Non ti permetto di aggiungere altro. Io e tua madre abbiamo sofferto, abbiamo lottato per te ogni singolo giorno».

«Sono commossa, dico davvero. Ma se non mi fate vedere Kinan, giuro su quello che ho di più caro che non mi rivedrete mai più».

«Wendy, Isabella ha bisogno di riposo, non sta bene. Dave, vattene anche tu» mormora papà, mentre mamma raccoglie il lenzuolo e me lo avvicina di nuovo.

«Temo di non essere stata chiara...»

In un rapido e prepotente movimento, mi stacco l'ago dal braccio e me lo punto sul collo. Mamma sussulta e sbianca, portandosi le mani davanti alla bocca.

«Isabella» sussurra papà, la voce tremolante, «che... che pensi di fare?»

Io sono l'unico modo, l'unico mezzo.

«Mi porterete da Kinan, lo vedrò e lo libererete. Non sto scherzando. Altrimenti giuro che mi ficco quest'ago in gola e non mi rivedrete mai più».

Il lungo corridoio deserto scorre davanti al mio sguardo, mentre gli uomini di papà mi spingono sulla sedia a rotelle. Il medico sostiene che questa sia una cosa da folli, ma non me ne importa. Ho bisogno di vederlo.

Ci fermiamo di fronte a una porta blindata: una delle guardie usa il badge per sbloccare la serratura e mi spinge oltre la soglia, davanti a una cella d'isolamento. Un singolo fascio di luce illumina l'interno. Per terra, oltre le sbarre, giace un corpo rannicchiato su se stesso, con gli abiti strappati e inzaccherati.

E il mio cuore si lacera.

La guardia fa scattare la chiave nel lucchetto, aprendo la cella. Kinan solleva la testa, fissa la guardia con le palpebre socchiuse per la lampadina puntata contro. «Dobbiamo fare altri esami?»

La voce è sottile e rauca. Alcuni lividi gli macchiano lo zigomo e il sopracciglio, un taglio gli spacca il labbro. Ha l'occhio sinistro talmente gonfio che non riesce ad aprirlo.

Davanti al suo viso mi si crepa l'anima.

Chissà cosa gli avranno fatto per ridurlo in questo stato... chissà quanto l'avranno picchiato.

«No. Ti abbiamo portato la ragazza di cui hai chiesto ogni giorno. Ha fatto di tutto perché fossi liberato».

L'uomo alle mie spalle spinge la carrozzina all'interno della cella, spostandomi sotto la luce. Kinan muove appena le palpebre, i suoi occhi increduli cercano i miei. Si mette in ginocchio per alzarsi, ma una catena stretta alla caviglia lo obbliga a restare a terra.

«Slegatelo subito» ringhio.

Una delle guardie lo libera con timore.

«Non conosci le buone maniere...»

La sua voce calda mi fa fremere la pelle. «Non fanno per me».

Si massaggia la caviglia e mi si avvicina zoppicando. Si piega alla mia altezza, fissa lo sguardo nel mio e le sue labbra disegnano un sorriso.

'Come puoi sorridermi? Non ti ho protetto... i miei genitori ti hanno riportato qui, ti hanno rinchiuso di nuovo. Per colpa loro hai sofferto, hai sofferto tanto...'

Abbasso gli occhi, torturandomi le mani.

«Sei stata una stupida, Isabella Liverly». Mi abbraccia, travolgendomi con il suo tocco, e le ciglia mi si inumidiscono di lacrime. «Mi hai spaventato quando mi hanno detto che non ti svegliavi... non scomparire mai più così» sussurra.

Le sue braccia sono una bolla, mi avvolgono, mi riscaldano, mi proteggono.

Non ci sono più le guardie, non c'è il medico. Ci siamo solo noi.

«Ti fa male l'addome? Dovresti essere a letto, non qui da me. Sei ancora priva di forze... devi mangiare bene e riposare».

'Sei tu quello che deve riposare, in realtà... hai un aspetto tremendo'.

Scuoto la testa e lo guardo. «Kinan Daneer, mi prenderò cura di te. Lo prometto» mormoro.

«Sei sicura? Hai... hai visto cosa mi succede se... perdo il controllo».

«Ti impedirò di perderlo nuovamente, e se lo perderai, ti farò tornare come prima». Gli sfioro la guancia tumefatta nel tentativo di assorbirne il dolore. «Mi voglio prendere cura di te, ti voglio proteggere da ogni male».

54
Ufficialmente innamorata

Due settimane dopo

Chris

Natasha si appoggia sulle mie gambe. «Sei così teso... rilassati un attimo. Ti va se andiamo a bere qualcosa al pub con gli altri? Insomma, Kinan è tornato, la cosa va festeggiata, non credi?»

«Non ho voglia di festeggiare».

«Avanti, Chris!» Mi guarda sbattendo le lunghe ciglia scure, con l'espressione da cucciolo supplichevole. Si inumidisce le labbra e sposta le mani sul mio collo.

«Preferisco stare a casa, voglio assicurarmi che Kinan stia bene».

Sbuffa. «Sei fidanzato con Kinan o con me?»

«Che domande fai, Natasha?»

Prende il mio viso tra le mani e scandaglia i miei occhi con attenzione. «Ho l'impressione che tu stia scappando da me. È da un mese che non sei più lo stesso... distaccato, sempre pensieroso... sembra che tu mi abbia dimenticata».

«Siamo fidanzati da più di quattro anni e questa è la prima volta che sono un po' più chiuso del solito. È una fase... sono successe tante cose, ultimamente, e ho avuto la testa altrove. Lo sai anche tu che ho dovuto tenere le redini di tutto questo da solo. Dave non c'era, Kinan neppure e Amanda era fuori controllo. Ho cercato di fare andare tutto per il meglio, sacrificando qualcosa di mio».

Corruga la fronte. «Sacrificando me?»

«Non te come persona, ma il tempo che ti dedicavo... il tempo che trascorrevamo assieme. Mi dispiace, davvero». Le accarezzo i capelli.

«Ora Kinan è tornato e Dave anche. Da quello che ho capito, la ragazza dei Liverly è sana e non ha nulla di grave».

«È ancora molto debole, non si è ripresa del tutto».

«Non è nulla di grave». Natasha si acciglia. «Ha avuto più cure lei che mezzo mondo. Hanno pagato fior di quattrini per i medici migliori, anche dall'estero. Non c'è da preoccuparsi per quella lì».

Sposto la mano dai suoi capelli. «'Quella lì' ha un nome».

«E allora? A noi cosa cambia? È sempre la figlia dei Liverly, te lo sei dimenticato? Tu stesso la denigravi. Non mi dire che, ora che ti sei finto innamorato di lei, hai perso la testa».

Già, io stesso la denigravo. Prima di conoscerla meglio.

Si irrigidisce di colpo e si toglie dalle mie gambe, fissandomi con aria risentita. «Stai scherzando, Chris? È per questo che stai diventando sempre più strano? Ti stai addolcendo per lei? Per la figlia di quelli che ci hanno torturato?»

«Natasha, calmati».

«'Calmati'? No, non sto calma! Questo non lo posso accettare». Si alza dal letto ed esce dalla stanza, sbattendo la porta.

Deve fare sempre queste uscite di scena clamorose... adesso andrà sicuramente a far casino in qualche stanza per sfogarsi, come al solito.

Metto una mano dietro alla nuca mentre la maniglia si abbassa e, oltre il battente, spunta la testa di Nicolas. «Hai fatto incazzare Natasha e ora continua a sbattere roba». Entra e viene a sedersi davanti a me. «Ti prego, fai qualcosa o penso che ucciderà uno di noi».

«Le passerà».

«Scherzi? Non so che cazzo hai fatto, ma sembra che si stia preparando a compiere un omicidio, e sai benissimo anche tu che lo farebbe... le piacciono particolarmente le scelte sconsiderate».

Mi massaggio i capelli, sbuffando. Maledizione alla sua impulsività e alle sue stronzate post-litigio.

«Di solito voi la risolvete in modo molto passionale» ammicca con le sopracciglia, «perciò sbrigati a fare quello che devi fare e impediscile di distruggere tutto quello che ve...»

Delle urla nella stanza accanto, avvelenate dal terrore, fanno ammutolire lui e scattare in piedi me. Corro fuori assieme a Nicolas e spalanco la porta accanto a quella della mia camera con il cuore a mille.

Kinan si agita nel letto in un bagno di sudore, il corpo rigido pervaso da spasmi. Ha i denti serrati, le mani strette a pugno, il viso in tensione. Si lamenta, come se lottasse contro qualcosa.

Mi avvicino a lui mentre entrano anche Amanda e Teo.

«Kinan! Kinan» Lo scuoto con il braccio sano, cercando di svegliarlo da quel sonno pieno di dolore.

«Non era di sotto con voi e con gli altri a festeggiare?» mormora Nicolas preoccupato.

«Diceva di essere stanco ed è salito a dormire» sospira Amanda. «Dobbiamo chiamare il medico, non può andare avanti così». Tira fuori il telefono e cerca il suo numero.

Il peso di ciò che ha fatto lo sta consumando. La parte più difficile è sempre stata questa... dover imparare a convivere con il giudice più severo: la sua coscienza.

«Kinan» lo scuoto senza ottenere risultati.

Amanda esce dalla stanza per parlare con il medico senza le sue urla in sottofondo.

«Continuava a dire di stare bene, e guarda adesso in che stato è» mormora Nicolas.

Già, e non solo mentale... può nascondere gran parte dei lividi, ma i segni sui polsi e sulle caviglie sono più che evidenti. Chissà quanti altri tagli ha di cui non sappiamo nulla. Né possiamo chiedere al medico, probabilmente lo ha manipolato per costringerlo a mentirci.

«Spostati! Spostati, ti prego!» Kinan spalanca gli occhi d'improvviso, rivelando due abissi oscuri colmi di rabbia, e mi afferra alla gola. Teo e Nicolas gli artigliano il braccio, ma lui li scrolla via e serra più forte le dita, togliendomi l'aria.

«Ki-nan...»

Di colpo sbarra le palpebre e molla la presa, allontanandosi. Tossisco più volte e respiro, massaggiandomi il collo.

«Scu-scusami...» Il dolore pervade ogni lembo del suo animo, stilla dai suoi occhi mortificati.

Amanda rientra nella stanza, accorrendo verso di lui. «Il medico sta arrivando».

«Avete avvisato il medico? Non era necessario... sto bene, ho solo bisogno di... tempo».

«Kinan, mi stavi letteralmente soffocando».

Guarda ognuno di noi, che abbiamo la preoccupazione nel cuore, e si siede sul letto con un sospiro. «Qualcuno dei ragazzi mi ha visto così?»

«No, abbiamo alzato il volume della musica per mascherare le urla» mormora Amanda, sedendoglisi accanto.

Non è stata la migliore delle sue idee rivelargli di Lady Diana. Sapeva a cosa sarebbe andato incontro. E ora è ridotto così. Se almeno si sfogasse con noi in qualche modo...

«So che non ti piacerà ciò che ho da chiederti» sussurra Amanda, «ma vorrei tanto sapere che cosa ti hanno fatto lì dentro per ridurti così. Sono passati cinque giorni da quando sei tornato, ma non ne parli con nessuno. Siamo preoccupati per te, Kinan».

«Non serve che lo sappiate. Vi ho coinvolti già troppo in questo schifo» si asciuga la fronte con un fazzoletto, «non c'è bisogno che vi preoccupiate anche di questo. E non voglio aprire l'argomento un'altra volta. L'unica cosa di cui voglio parlare è il piano».

Gli metto una mano sulla spalla. «Kinan...»

«Ripeto: l'unica cosa di cui voglio parlare è il piano, e se scopro che qualcun altro viene a sapere di questo episodio, non ve lo perdonerò. La mia salute è una mia responsabilità. Guarirò con il tempo. Ora abbiamo cose più urgenti a cui pensare. Dobbiamo liberare Cloe e gli altri».

Il medico dei Red viene scortato in stanza da uno dei ragazzi.

«Tempismo perfetto, dottore. Abbiamo un paziente che ci minaccia di morte» ridacchio, ma ottengo subito un'occhiataccia da parte di Kinan.

Si alza in piedi. «Mi dispiace averla fatta venire fino a qui. Sto bene, ho solo bisogno di qualcosa per dormire».

Si guardano per un lungo istante. Scommetto che il medico sa qualcosa che noi non sappiamo e scommetto anche che Kinan l'ha obbligato a mantenere il silenzio.

«Ci potreste lasciare un attimo? Ho bisogno di visitarlo di nuovo» mormora il dottore, appoggiando sul tavolo la sua borsa.

Kinan alza gli occhi al cielo.

«Se dovesse esserci qualcosa di grave, ci avvisi. Lui non è il paziente migliore di questo mondo» sibilo prima di uscire.

Isabella

Wendy fa capolino nella mia stanza. «Come sta la mia ragazza reclusa?»

«Sto che mi sento una suora in clausura».

Si sdraia accanto a me nel letto. «I tuoi ce l'hanno ancora con te?»

«A morte. Non mi rivolgono la parola e mi impediscono di avere contatti con qualsiasi forma vivente al di fuori di quelle presenti in questa casa e di te. Dave viene a trovarmi di nascosto e Yuri, quando torna da scuola, si assicura che non mi stiano troppo addosso».

Wendy mi passa un sacchetto. «Arman non voleva che te lo dicessi, ma sono da parte sua» ride. «Sono ciambelle».

«Arman mi ama ma non vuole ammetterlo». Prendo la busta con gioia.

«A scuola non fanno altro che parlare di quello che ti è successo. Per fortuna i tuoi hanno fatto in modo che non trapelasse nulla, però ci sono comunque molti pettegolezzi in giro».

«Sono talmente reclusa che anche i pettegolezzi stupidi e

senza senso mi mancano» ridacchio, mentre addento una ciambella calda.

«Per quanto riguarda i Red... Kinan non è ancora tornato a scuola. Ci sono solo i ragazzi e non sono mai presenti assieme: quando c'è Teo, Chris non c'è. Quando c'è Nicolas non c'è Teo e viceversa. Penso abbiano qualche problemino. Sono parecchio strani... più del solito, intendo».

Si staranno prendendo cura di Kinan? Dave, per non creare casini con mamma e papà, mi ha promesso che si sarebbe occupato lui della sua situazione. Mi ha assicurato che Kinan sta seguendo la terapia, che il medico l'ha visitato e che piano piano si sta riprendendo. Spero sia davvero così.

«Dafne sta spopolando a scuola. I ragazzi hanno perso la testa per le sue lezioni, non ho mai visto così tanti ragazzi prendere appunti in laboratorio».

Un forte fastidio mi invade lo stomaco. Storco la bocca e appoggio la ciambella sbocconcellata nella confezione.

«Scusa, non vuoi che parli di lei? È che mi sembrava doveroso dirtelo... non voglio che al tuo ritorno tu sia traumatizzata dalla sua presenza. Sai, vorrei evitare che per lo shock la uccidessi in un impeto di rabbia».

Mi sistemo sul letto, mettendomi a sedere dritta. «Sto bene, dimmi tutto su quella stronza».

«Issa!»

«Perdonami, hai ragione. Dimmi tutto su questa stronza di merda risorta dalle ceneri come una strega del medioe...»

Mi tappa la bocca. «Isabella, santo cielo!»

Alzo le mani in segno di resa e lei mi libera. «Okay, okay, sono calma... è che quelle come lei mi fa...»

La sua mano mi ricopre le labbra. «So che non è l'esatto esemplare della brava persona, m...»

«Non è un esemplare e basta. È stata una stronza, e non provare a trovare il buono nelle sue azioni. So che lo fai sempre, cerchi il buono in ogni essere vivente, ma questa sottospecie di scienziata non ha scusanti. Non potrò mai smettere di essere disgustata dalle sue azioni. Ha fatto soffrire Kinan, l'ha tradito, l'ha usato a sua insaputa, e questo non glielo potrò mai perdonare. Non si fa del male a qualcuno come lui, non così».

Wendy addolcisce lo sguardo: passa dal rimprovero alla comprensione. «Ti senti in colpa per ciò che sta passando? Sai che non è colpa tua».

«Voglio soltanto... voglio soltanto che lui sia felice. Felice per davvero. I miei genitori gli hanno tolto l'infanzia; Lady Diana, l'unica persona che non lo ha fatto sentire un assassino e di cui lui si è fidato, l'ha tradito e pugnalato alle spalle; la società lo considera un mostro e lo rinchiude in gabbie disumane...» sospiro. «Non merita questo. Davvero, Wendy, non è come lo descrivono. È solo un bambino senza genitori che si diverte ad arrampicarsi sugli alberi. L'unico crimine che ha commesso è stato rubare lo zucchero filato al parco giochi».

«E...?» sorride.

La guardo, il sorrisetto malizioso che ha sul viso parla per lei.

«*E* cosa? Non starai mica insinuando che potrei essermi presa una cotta, vero?»

«È così? Perché devo ammettere che non ti ho mai vista arrossire pensando a un ragazzo o tremare ed emozionarti così per il suo dolore».

«Sai, ricordo di aver detto a Kinan, appena l'ho conosciuto, che a me piaceva la bontà d'animo nelle persone. Gli ho detto che era qualcosa che lui non poteva avere, anche se ancora non sapevo la verità. Gli ho rinfacciato il fatto di non essere normale, di essere disumano e di avere quest'aura di strana perfezione attorno. Mi sono resa conto che in realtà a me gli umani non piacciono. Gli umani fanno veramente paura. Il pompiere che ha salvato me e non il nonno, mentendomi spudoratamente; il pirata della strada che ha ucciso tua mamma e ha obbligato tuo padre a vivere su una carrozzina per il resto della vita; mamma e papà, che per salvare il loro figlio hanno ucciso altri bambini senza scrupoli; Lady Diana, che tradisce la fiducia di un ragazzo solo per raggiungere il suo obiettivo; scienziati pazzi che torturano gli altri per pura avidità e molto altro ancora. Bontà d'animo?» rido. «Non esiste una cosa del genere, e lui l'ha sempre saputo. Eppure, è quel tipo di persona che, dopo mille pugnali conficcati nel petto, non si irrigidisce nei confronti del prossimo. Perché è tremendamente facile diventare cattivi dopo essere stati buoni per troppo tempo, ma prova a rimanere con un cuore puro dopo essere stata ferita. Prova a non proteggerti, dopo essere caduta, a sorridere anche se ti senti morire».

Wendy abbassa lo sguardo lucente verso terra.

Come sono disumani gli umani che combattono contro mostri dal cuore nobile...

«Non mi piace la bontà d'animo degli uomini, mi disgusta questa realtà infarcita di falso buonismo. Continuerò ad arrossire all'idea di Kinan che sorride e continuerò a sentire la sua stessa rabbia ogni volta che vedrò uno di quelli che l'hanno fatto soffrire. Sarò iperprotettiva, dolce e gentile con lui. Sarò fredda e piena di rabbia contro chiunque abbia intenzione di ferirlo. Voglio proteggerlo, Wendy. Voglio vederlo felice. Non sai quant'è bello quando sorride o quando dorme con quell'aria così angelica addosso... Ha l'infinità delle stelle nelle sue lentiggini, sai? E io amo le stelle».

È il mio cuore a parlare. È talmente pieno di lui che persino la stanchezza dovuta ai farmaci si dissolve. Mi sento vulnerabile, ma, stranamente, è piacevole.

«Non so etichettare cosa provo. Lo sai che non sono brava in questo... ma voglio vederlo felice» sospiro.

Le sue iridi azzurre si accendono come piccoli fuochi magici. «Isabella Liverly... sei ufficialmente innamorata e questa è una cosa bellissima». Le trema la voce. «Non puoi rimanere chiusa qui. Se davvero provi tutto questo per lui... devi vederlo, devi parlarci».

«Ho provato, ma mamma e papà mi tengono segregata. Non sopportano l'idea che lui mi stia a cuore e che io abbia addirittura avuto il coraggio di buttarmi al posto suo davanti ai proiettili per salvarlo. Non riescono a capacitarsi di come mi ci sia affezionata».

Lei si alza dal letto e inizia a camminare avanti e indietro, mormorando frasi sconnesse. Riprendo la ciambella dalla confezione e ne addento un pezzo.

Chissà se Kinan ha mai rubato le ciambelle al parco giochi... mi sarebbe piaciuto conoscerlo da bambino, così libero, così audace.

«Ci sono» esulta, facendomi prendere un colpo.

«Tu, domani sera, verrai a dormire da me. Faremo una piccola sosta dai Red senza farlo sapere a nessuno».

«Ferma, ferma, ferma! Lo sai, vero, che mi tengono controllata e ho il medico che ogni giorno viene a visitarmi».

«Papà li convincerà a lasciarti venire da noi. Ci portiamo dietro i medicinali e facciamo una bella sorpresa a Kinan. Penso lo farà felice vederti dopo tutto questo tempo». Sorride estasiata.

Lo rivedrò, dopo cinque giorni di totale segregazione tra queste mura.

Domani sera rivedrò il ragazzo dello zucchero filato.

55
Metti in pausa il dolore

Isabella

«Se mamma o papà lo scoprono, siamo morte» bisbiglio.

«Non lo scopriranno». Wendy guarda l'orologio che ha al polso. «Se facciamo tutto nei tempi che ho calcolato, nessuno saprà di questa nostra sosta clandestina».

«Spero che il tuo autista non spifferi nulla... per tuo padre e Holly, siamo in macchina, in questo momento».

La porta della casa dei Red si apre e un ragazzo si affaccia. Mi scruta e il suo viso si contorce dal disgusto.

Wendy si fa avanti al posto mio. «Possiamo entrare?»

Lui si scansa e ci fa passare, richiudendo la porta alle nostre spalle. Ci conduce nel salotto, dove sono riuniti tutti. File di sedie sono occupate dai Red, concentrati a osservare la lavagna davanti a cui si erge Kinan. I cerotti gli coprono i tagli che aveva sul viso, ma occhiaie bluastre gli segnano lo sguardo.

Non sta riposando affatto.

«Non sarebbe più facile chiudere le valvole?» mormora un ragazzo, attirando la sua attenzione.

«Così provocheremmo un danno anche a noi stessi, in caso non riuscissimo a terminare tutto entro venti minuti esatti. È un rischio enorme che preferisco non correre. Fidatevi di me e riusciremo a riprenderci i nostri compagni, ne sono sicuro. Bene, se siete tutti d'accordo... io passerei alla fase successiv...»

I suoi occhi incontrano i miei e il mio cuore sussulta. Gli sorrido, alzando la mano in cenno di saluto.

Avanza tra i ragazzi e mi raggiunge. «Non smetterai mai di farmi venire infarti improvvisi, vero?» mi sussurra, e nelle sue iridi riluce la stessa scintilla di felicità e desiderio che aveva alla baita del nonno.

Faccio spallucce. «Isabella Liverly è un tipo rischioso da frequentare, non te l'hanno detto?»

Incurva le labbra e sulla guancia gli compare la solita adorabile fossetta. Mi prende per mano e mi trascina in prima fila, scortandomi verso una sedia vuota di fronte a lui.

No, no, no! In prima fila, davanti a tutti?

Indietreggio per tornare da Wendy, ma mi blocca, mi rimette seduta e si avvicina al mio orecchio, guardandomi con l'espressione a metà tra il rimprovero e il divertimento. «Non ti muovere da qui, sennò non mi concentro. Ho quasi finito» bisbiglia.

Resto imbambolata a fissarlo, mentre gli altri Red mi osservano.

«Resta qui *quella*? Dobbiamo parlare del piano e sappiamo tutti chi è. Non mi sembra giusto» sbraita una ragazza.

«Già, è vero! Non mi fido di una di loro» bofonchia un altro.

Il mormorio aumenta, e io mi alzo dalla sedia per uscire dal salotto.

«*Isabella*». Kinan mi inchioda sul posto. «Non vai da nessuna parte. Siediti». Si rivolge ai ragazzi. «Per quanto vi riguarda, la sua presenza non cambia nulla, non intralcia il piano. È la figlia dei Liverly, ma non li rappresenta. Non voglio sentire nessuna lamentela su di lei. Se qualcuno non è d'accordo con la mia decisione, è libero di uscire da questa stanza. Adesso».

Un silenzio tombale si diffonde tra loro. Nessuno si alza o osa rispondere.

«Bene, allora andiamo avanti. Il punto debole di questo piano è che, se anche solo uno di noi ritarda di un minuto, tutto il resto va in frantumi. Faremo delle prove in questi giorni, prima di metterlo in atto ai laboratori».

Amanda passa per le file a distribuire alcuni fogli. Illustrano i dettagli dell'edificio che assalteranno per liberare i Red. Kinan ha evidenziato i punti dove sono presenti le telecamere di sorveglianza e le guardie di sicurezza. Ha calcolato i secondi da impiegare per attraversare i corridoi e aprire le porte.

Wow, meglio di un film d'azione!

«Arrivano i giocattoli!»

La voce di Chris mi fa voltare verso l'ingresso del salone.

Cammina tenendo due grossi borsoni in mano, seguito da Nicolas che porta altrettanti sacchi. Li poggiano sul tavolo al centro della stanza e Chris, con l'entusiasmo di un bambino mentre scarta i regali la mattina di Natale, tira la zip di una delle borse ed estrae una pistola. La canna lucente mi strappa un sussulto.

Nicolas rovescia sul tavolo tutto il contenuto di un secondo borsone. Altre armi.

Distolgo lo sguardo mentre l'ansia mi si avvinghia al corpo, paralizzandomi.

'Respira, Isabella, respira. Espira. Inspira. Espira. Inspira'.

Gli occhi mi cadono su un ragazzo che punta una pistola contro Kinan e fa finta di prendere la mira, mettendo il dito sul grilletto.

Scatto in piedi con le mani tremanti, raggiungo Kinan e lo sposto dietro di me, mettendomi di fronte al ragazzo.

«Calma, stiamo solo scherzando! Non ho intenzione di sparare al nostro capo» sogghigna.

Kinan

Mentre controllo le armi con Chris e i ragazzi, Isabella agguanta il mio braccio e mi sposta dietro di sé, come a volermi proteggere da qualche minaccia. Seguo il suo sguardo e punto gli occhi su Jack, che tiene una pistola in mano.

«Calma, stiamo solo scherzando! Non ho intenzione di sparare al nostro capo» sorride.

Isabella trema, il cuore le sussulta nel petto con forza. Non si muove, a stento respira. Faccio segno a Jack di abbassare l'arma. Obbedisce subito, appoggiando la pistola sul bancone assieme alle altre.

Lei segue ogni sua mossa, riprendendo a respirare mentre lui arretra.

Mi rattrista vedere come il suo corpo in automatico abbia imparato a sacrificarsi per me.

Mi rattrista vederla tremare per colpa mia.

Mi rattrista vedere lo stato di paura in cui è caduta quando ha visto un'arma puntata contro il mio corpo, anche se per gioco.

«Chris, occupatene tu. Salgo un attimo di sopra». Le prendo la mano, la sua pelle fredda è sudata, ma trema già meno di prima.

Chris mi fa un cenno di assenso, e mentre usciamo dal salotto il suo sguardo preoccupato si posa su di lei.

Saliamo le scale, diretti alla mia stanza, lontana dagli occhi indiscreti degli altri. La faccio entrare e chiudo la porta dietro di noi mentre lei si siede sul letto a osservare ogni dettaglio.

Non dev'essere stato facile venire fino a qui solo per me. Dave mi aveva spiegato di come i genitori l'abbiano segregata in casa. Non oso pensare a che piano abbia architettato per raggiungermi.

Prendo una bottiglia d'acqua, ne verso un po' in un bicchiere di plastica e glielo porgo. «Stai meglio adesso?»

Annuisce, mantenendo lo sguardo basso mentre beve. Alcune piccole ciocche della frangia aderiscono alla fronte. Mi siedo accanto a lei, scostandogliele.

«Mi dispiace».

Mi fissa con il sopracciglio alzato, la confusione le brilla negli occhi.

«Mi dispiace per così tante cose che farei prima a scriverle in una lista, proprio come si fa con la spesa».

Le strappo un mezzo sorriso. «Ti risparmio la fatica: in cambio voglio che tu guarisca al cento per cento, prima di fare Robin Hood».

«Sono guarito».

«Kinan, sei uno straccio... detto francamente».

Rido, e la sua faccia diventa rossa. Mi lancia un'occhiata risentita. «Ascoltami bene» sbuffa, corrugando la fronte. «Hai due occhiaie che sembrano canyon, sei pieno di lividi e graffi, lo zigomo è ancora gonfio e hai pure il taglio sul labbro che deve rimarginarsi. Inoltre, cosa non meno importante, sei dimagrito, a occhio e croce circa cinque chili. Devo andare avanti, o ti basta?»

Mi perdo nel verde delle sue iridi lucenti.

'Sei così dolce, quando ti preoccupi per me... Mi sei mancata. Mi è mancato tutto di te... la tua voce, le tue felpe extralarge, il tuo broncio, la ruga che si forma tra le tue sopracciglia quando qualcosa ti disturba'.

«E ovviamente non mi stai ascoltando». Incrocia le braccia al petto.

«Ti stavo ascoltando».

Mi scocca uno sguardo glaciale. «Cosa ho det...»

Mi sdraio, appoggiando la testa sulle sue gambe e chiudo gli occhi, mentre il suo profumo mi invade le narici.

«Cosa... cosa stai facendo?»

«Soffro d'insonnia da anni, ormai. Ho provato tutti i farmaci possibili, ma tu funzioni meglio di qualsiasi medicinale». Schiudo le palpebre, il suo viso arrossato, in cui vibra una luce di gioia, mi fa sorridere. «Puoi fare quella cosa sul mio viso? Quella che hai fatto quando eravamo alla baita di tuo nonno... Ho dormito così bene, quella notte...» sussurro, prendendole la mano e appoggiandomela sulla guancia.

Mi sfiora la pelle, tracciando linee immaginarie e ogni mio muscolo si rilassa, il mio corpo si fa leggero, quasi fluttuasse. La stanchezza mi assale, mentre il tocco lieve dei suoi polpastrelli mi culla e il respiro si fa più lento.

«Venti, ventuno, ventidue...»

Il suono della sua voce, le sue dita leggere, il suo profumo di rose mi si insinuano fin nelle ossa e spezzano le catene che intrappolano la mia anima. Placano l'orrore dei miei gesti, lavano il sangue che ho versato, il terrore provocato. La mostruosità dentro di me si annulla di fronte a lei. L'angoscia tace, smette di lacerarmi il cuore.

'Sei purezza, Isabella. Sei la luce che inonda il mio buio, che mette in pausa il dolore. Sei l'unica che non mi chiede di tirare fuori i miei demoni, perché anche tu conservi i tuoi nel silenzio'.

Schiudo le palpebre e i miei occhi incontrano il suo volto concentrato.

«Grazie».

Corruga la fronte. «Per cosa?»

«Per tutto».

Allungo la mano e le sfioro gli zigomi alti e sottili, beandomi della sua pelle delicata. Seguo il profilo della sua mandibola e le mie dita affondano tra i suoi capelli neri, dietro al collo.

L'avvicino a me, assaggio la morbidezza delle sue labbra ed è come se la felicità filtrasse da una crepa in un pozzo oscuro.

E sto bene. Sto così bene che mi sembra assurdo poter essere felice, nonostante tutto.

Mi separo da lei e le lascio un lungo bacio sulla fronte, mentre i suoi capelli mi solleticano le palpebre.

I nostri occhi si incatenano, restiamo a guardarci senza parlare. Non ne abbiamo bisogno. È come se perfino le nostre paure si fossero innamorate, nel buio che ci portiamo dentro.

Appoggio la fronte alla sua e la bacio, lasciando che il tocco delle nostre labbra e il suo profumo mi trasportino dove il dolore è solo un ricordo.

56
La cosa giusta da fare

Wendy

Mi siedo su uno sgabello in cucina, sospirando.

In quel salone c'erano troppe occhiatacce poco ospitali.

Certo che venire al mondo è proprio una roulette russa... se nasci dalla parte sbagliata, alla mia età finisci per maneggiare armi e parlare di vendetta e di piani per sopravvivere e non essere catturato.

Sulla soglia si affaccia Nicolas e io mi riscuoto, mettendomi subito in allerta.

Si avvicina e mi porge un bicchiere con il tappo trasparente. «Frappè alla fragola, il tuo preferito. L'ho preso per te».

'Oh, quindi adesso che ci dovrei fare? Accettarlo e pace fatta? Sono stata una sciocca... mi sono lasciata abbindolare dal tuo aspetto da principe azzurro, dal tuo sorriso luminoso, dai tuoi modi gentili. Invece avevi modellato il tuo carattere secondo il profilo più adeguato a me, perché cadessi ai tuoi piedi. Stupida io'.

Lui si gratta la nuca, mentre aspetta che lo prenda.

«Non ho sete».

«Ah... v-vuoi dei biscotti?» biascica, depositando sul tavolo il frappè e un pacco di biscotti al cacao.

«Nicolas, cosa stai facendo? Non voglio nulla da te, torna pure a ignorarmi».

Distoglie gli occhi azzurri, puntandoli di lato, e si passa una mano tra i capelli. «Non mi perdonerai mai, vero?»

«Un frappè alla fragola e dei biscotti, secondo te, possono cancellare il modo in cui mi hai usata?» La rabbia mi ribolle dentro, si infrange come onde sulle pareti del mio animo.

Oltre le sue spalle, Teo sfila nella stanza senza guardarci. Recupera un bicchiere dalla credenza, lo riempie di acqua e lo porta alle labbra, bevendo a piccoli sorsi.

«Non dovrei neanche sentirmi uno schifo, ma mi ci sento, okay?» sospira, puntando gli occhi azzurri nei miei. «Faccio ogni cosa per il piano, ho sempre fatto di tutto per i nostri scopi. C'era da ammaliare una ragazza? Lo facevo. C'era da ingannare qualcuno? Lo facevo. Ma quando ho iniziato con te... io non...»

«Risparmiami le giustificazioni» sibilo con i nervi a fior di pelle.

Scendo dallo sgabello e lo scanso, pronta a uscire dalla cucina, ma lui mi blocca, prendendomi per il braccio.

Teo sbatte il bicchiere sul bancone con un rumore secco che fa voltare Nicolas verso di lui. Allenta di colpo la presa, come se il gesto l'avesse intimorito, e torna a guardarmi.

«Credimi, non faccio queste cose di solito. Mi dispiace. Okay? Mi dispiace da morire. Non ti conoscevo. Non avevo la minima idea di quanto tu fossi buona e dolce. Non sapevo che l'umanità fosse capace di questo. Gli unici umani che ho conosciuto sono sempre stati degli stronzi; perciò non mi sentivo male a esserlo a mia volta con loro. Mi sono stupito di fronte all'innocenza con cui aiuti sempre chi ha bisogno, al modo in cui tratti il dolore di chi ti sta accanto come fosse tuo, al modo in cui mi guardavi, al modo in cui sorridevi. Mi hai stupito tanto, e sono sincero». Abbassa il viso e gli occhi, le guance arrossate. «Puoi anche non credermi». Poi si volta ed esce.

Osservo il frappè che ha lasciato sul tavolo assieme ai biscotti. Si è ricordato il mio gusto preferito e anche il tipo di biscotti che mi piacciono.

Sembrava sincero... non l'ho mai visto tanto in imbarazzo ed emozionato. Ma come faccio a credergli? Ho un blocco ogni volta che tento di dimenticare le sue bugie. Anche quello che ha detto potrebbe essere una bugia. Non riesco a guardarlo con gli stessi occhi di prima.

Il rumore del bicchiere sul tavolo, appoggiato di nuovo con più forza del dovuto, mi risveglia.

«Qualcuno ha provato a comprarti con il cibo?»

«Ciao anche a te, Teo».

Inarca un sopracciglio mentre si siede su uno sgabello. «Ti ho salutato prima».

«Quel mezzo cenno con il capo, mentre controllavi che quell'affare che avevi in mano funzionasse?»

«Cosa volevi? Un inchino?» Afferra il frappè e se lo beve d'un sorso.

«Prego, fai pure».

«L'hai perdonato?»

«Cosa?»

«Nicolas». Apre il pacchetto di biscotti e ne addenta uno sotto ai miei occhi.

Incrocio le braccia al petto, mentre lui mastica a bocca aperta. «Odio le bugie. Non riesco mai a perdonare chi mente».

Punta gli occhi su di me e mi scruta con attenzione.

Certo che è proprio diverso da Nicolas... spigoloso, testardo, senza filtri, con la sensibilità sotto ai piedi... e inconsapevole del potere che ha il suo sguardo.

Morde un altro biscotto. «Tu non hai mai mentito?»

«No».

«Non ci credo».

«Non hai le tue armi da controllare? Stento a credere che tu sia venuto qui solo per bere...»

Si alza dallo sgabello con il pacchetto di biscotti in mano e si avvicina a me a passo lento, fino ad arrivarmi di fronte. Il suo sguardo scivola dai miei occhi alle labbra, dai capelli alle guance, dal naso al collo. Avvampo e abbasso il viso d'istinto.

Perché mi sta studiando così?

«Sai, penso che Nicolas sia sincero. Non vuole prenderti in giro un'altra volta».

«Come fai a dirlo con questa sicurezza?»

Si avvicina di più, e io faccio un passo indietro per respirare.

«Conosco Nicolas da tantissimo tempo. Siamo fuggiti assieme dai laboratori. Lui è sempre stato il ragazzo scaltro, intelligente e perfetto. Non sbaglia mai, e il suo orgoglio gli impedisce di chiedere scusa. Piuttosto si taglierebbe un dito con un'ascia. Con te lo ha fatto».

«Ora fai Cupido?» lo accuso.

«Da Babbo Natale a Cupido è un attimo».

«Babbo Natale? Cosa c'entra ades...»

«Aiuti ogni persona che ha bisogno di una mano, quindi?»

«No, non sono Babbo Natale».

«Allora in che senso?»

«Aiuto chi non sa difendersi».

Incurvo le labbra. È vero, aveva detto di non essere Babbo Natale. È stata la prima volta che ci siamo parlati.

«Nicolas non chiede mai scusa, perciò» prende un biscotto e me lo mette in bocca, «accetta le sue scuse. Ti assicuro che non ti ferirà».

Rimango spiazzata.

Sta difendendo Nicolas... vuole che io...

«Sei molto più bella quando non parli» dice, mentre sorride del mio imbarazzo.

Mastico il biscotto, mandandolo giù sotto al suo sguardo divertito. «Per-perché ti interessa? Perché mi aiuti?»

Si avvicina e il suo respiro s'infrange sulla mia pelle, il calore delle sue iridi mi infiamma le guance. «Perché stranamente... più ti guardo e più mi viene voglia di vederti sorridere».

«Che cosa vorrebbe dire?»

Assume un'espressione così intensa che mi viene difficile non rimanerne affascinata.

«Non lo so neanch'io cosa vuol dire. È che mi dà fastidio quando so che sei triste. Mi rende felice invece vederti contenta. Che casino che sei, Wendy Madinson».

Resto in silenzio, con gli occhi inchiodati ai suoi. Lui si inumidisce le labbra e mi scruta, mi scava nell'animo e il mio cuore scalpita, come se parlasse al posto mio.

Indietreggio, ma lui avanza, copre i miei passi coi suoi fino a bloccarmi contro la parete.

Abbassa il viso all'altezza del mio, sento il suo respiro sulla mia bocca e il suo volto si fa serio. «Più ti guardo e più mi convinco che sei proprio Cappuccetto Rosso» sospira in un soffio nostalgico, come se quell'affermazione fosse in realtà una maledizione che lo incatena.

«È una cosa... negativa?» mormoro.

«La fiaba racconta che il lupo viene ucciso».

«E Cappuccetto Rosso divorata».

Appoggia una mano alla parete, accanto alla mia testa. Nel suo sguardo si mescolano diverse emozioni, se ne inseguo una per decifrarla ne brilla un'altra che mi distrae.

'Sei molto bravo a mascherare quello che pensi e che provi, Teo. Ogni volta che ho i tuoi occhi davanti, mi sento in svantaggio: tu mi leggi con un niente, io non so mai cosa pensi'.

Sorride di colpo, facendomi inarcare un sopracciglio.

«C-cosa ti prende?»

«Sei buffa». Sorride ancora.

Buffa, io?

Apro la bocca per ribattere ma lui la riempie con un altro biscotto.

«Perdona Nicolas, è la cosa giusta da fare. Tutti sbagliamo».

Si volta e se ne va, lasciandomi da sola con il viso in fiamme.

Non lo capirò mai. Le sue azioni, i modi, le parole e gli sguardi indecifrabili.

Yuri

Alzo lo sguardo al mio riflesso, mentre le strie scure sulla pelle sbiadiscono e il buio nei miei occhi si dissolve. L'acqua lava via il sangue di Finnick dalle mie mani, il crepitio della cartilagine fracassata dalle mie nocche mi rimbomba in testa.

Sospiro, scuotendo il capo. Non so come sia possibile, ma è capitato di nuovo. È bastato che mi sfiorasse mentre giocavamo. L'iniezione non mi sta aiutando. Non mi fa più effetto.

Chiudo il rubinetto e mi appoggio alle mattonelle, lasciandomi scivolare sul pavimento.

«Che cosa mi succede?» mormoro, portandomi le dita tra i capelli.

«Stai sviluppando dei sintomi post-vaccino... succede se sei un nuovo infetto».

Una voce femminile mi fa alzare il capo.

Dafne mi scruta, i capelli rossi le accarezzano le spalle e spiccano contro il vestito bianco che indossa. Non batte ciglio di fronte alla mia maglietta macchiata di sangue. Il cuore le pulsa a ritmo tranquillo. Non è affatto spaventata.

'Non sei sconvolta solo perché sai la verità, Lady Diana. Un'altra al posto tuo sarebbe scioccata'.

«Che cosa vuoi? Lasciami da solo».

Lei mi raggiunge e si inginocchia accanto a me. «Non l'hai detto ai tuoi amici, vero? Da quando hai iniziato a perdere il controllo, esattamente?»

La sua pelle emana il profumo rugginoso del sangue, che mi invade le narici e mi intossica la mente.

Se ne deve andare, cazzo.

Mi scanso, allontanandomi da lei.

«Allora?»

«Non lo sa nessuno» sibilo.

«Hai paura?»

«Di uccidere il mio compagno di banco mentre mi parla perché l'odore della sua carne succulenta è troppo forte? Be', sì». Mi alzo in piedi, pronto a uscire dallo spogliatoio e ad andarmene via.

«Scommetto che hai aumentato le dosi dell'iniezione da quando non ti controlli. Sbaglio?»

Alzo gli occhi al cielo. «Senti, non sono un topo da dissezionare».

«Voglio aiutarti. Da quant'è che perdi il controllo?»

'Aiutarmi? Ah!' Schiocco la lingua e scuoto la testa, mentre sciolgo il nodo che mi tiene la felpa intorno alla vita. 'Non puoi aiutarmi, cara Lady Diana'.

Nascondo la maglietta sporca, recupero il mio borsone, caricandomelo in spalla, e la supero. La sua mano mi afferra il braccio e mi blocca.

«Dal modo in cui stai sudando, dall'aggressività con cui hai colpito i tuoi compagni, non solo oggi, ma anche gli altri giorni, e dalla lentezza con cui il tuo viso torna normale... deduco che tu stia nascondendo la cosa da quasi tre settimane».

«Brava, la diagnosi è corretta. Vuoi un applauso?»

Mi scandaglia con preoccupazione. «Devi dirlo agli altri. Non puoi semplicemente ignorare il problema. Fatti aiutare, io...»

«Non riceverò alcun aiuto dalla donna che ha tradito i miei amici. E ora con permesso». Stacco la sua mano dal mio braccio e mi allontano, diretto verso l'uscita.

«Quando ti renderai conto della gravità, quando ucciderai per la prima volta una persona perché non ci sarà nessuno a fermarti... allora cambierai idea. Perché sono l'unica che sa cosa ti sta succedendo».

57
Ultima goccia d'umanità

Dafne

Non mi aspettavo di vederlo tornare a scuola come nulla fosse. Sapevo che prima o poi lo avrei rivisto, ma non pensavo proprio oggi e per di più durante una mia lezione, visto che nessuno di loro si è mai presentato.

Kinan mi passa accanto assieme agli altri e si siede nelle file in fondo. Il ricordo della pressione delle sue mani intorno alla mia gola mi fa vacillare per un istante e il cuore prende a martellarmi tra le costole, come se volesse scappare via.

Oscar mi posa un palmo sulla schiena. «Vado avanti io a spiegare» mormora, «prenditi una pausa».

Osservo la classe, i loro sguardi confusi. Forse è il caso che mi calmi, non posso mostrarmi paralizzata dal terrore.

La chioma ramata di Kinan richiama per un attimo le mie pupille, ma i suoi occhi verdi mi intrappolano come un insetto nella tela del ragno.

Sì, meglio fare una pausa.

Annuisco a Oscar, distogliendo lo sguardo dalla mia maledizione, e vado a sedermi accanto alla finestra, di fianco a una delle guardie.

«Stia tranquilla, stavolta siamo ben armati. In caso d'emergenza, sappiamo cosa fare» sussurra lui con un filo di voce.

Ne dubito. E rivivere quel massacro mi strapperebbe del tutto la sanità mentale.

La pressione intorno al mio collo si fa tangibile. Deglutisco, premendo le dita sulle cosce.

«Allora, ragazzi...» Oscar riprende la spiegazione da dove l'avevo interrotta.

Scocco un'occhiata ai Red, seduti nelle ultime file.

Perché sono qui? Non sono mai venuti. È molto strano...

Dev'esserci qualcosa che li ha obbligati a venire. Qualcosa che li forza a sopportarmi qui senza dare di matto. Lo so per certo.

Lancio uno sguardo a Kinan: legge un libro, totalmente disinteressato alla lezione. Sta recuperando bene rispetto all'ultima volta che l'ho visto, privo di coscienza nella sua cella. Non ho potuto non aiutarlo mentre la febbre lo scuoteva. Non riesco a ignorarlo adesso. Ma il suo rancore è la punizione che merito.

«Qualcuno di voi vuole provare a processare il DNA del nostro moscerino?»

Lui solleva la mano all'istante.

'Che diamine vuoi fare? Non è di sicuro per metterti alla prova, il tuo quoziente intellettivo è di gran lunga superiore al nostro. Che stai combinando, Kinan?'

«Lei?» mormora Oscar, con i lineamenti pietrificati.

«Mi è venuta voglia di partecipare. So che vi piace la gente propositiva...» Sfoggia un sorriso innocente, che fa accigliare il mio collega.

Si alza sotto gli occhi di tutta la classe. I suoi compagni restano fermi, un ghigno divertito sul viso.

Sono troppo, troppo tranquilli.

«Ma certo, si accomodi». Oscar fa un passo indietro per farlo avvicinare al tavolo, mentre le guardie seguono ogni suo movimento in allerta.

«Non sono stato molto attento, in realtà... la tua parlantina mi ha annoiato parecchio. Chris si è addirittura addormentato. Vero?»

«Mamma mia, mi sono fatto proprio un bel pisolino. È dai tempi delle celle che non dormo così scomodo». Sbadiglia, guadagnandosi occhiate stranite.

Che fine ha tutto questo? Perché si stanno comportando così? Qual è il loro obiettivo? Dio, mi scoppia la testa!

Oscar gli consegna l'apparecchio. «Prego, iniziamo».

Kinan lo aziona con gesti rapidi e precisi. Il led verde che indica la buona riuscita del procedimento si accende e in tutta l'aula si solleva un mormorio ammirato.

«Tutte quelle chiacchiere... e alla fine bisognava soltanto premere due tasti. Che spreco, amico mio» ridacchia.

La classe ammutolisce.

«Penso che dovreste prendere in considerazione Kinan per i vostri laboratori, sembra molto bravo... chissà, magari può portarvi a nuove scoperte» sibila Amanda, mentre giocherella con una ciocca di capelli.

«Dici? Non ce lo vedo Kinan con un camice bianco a dissezionare animali». Nicolas scuote la testa.

«E chi ha parlato di animali?» aggiunge Teo, dondolandosi sulla sedia.

La frecciatina mi fa alzare di scatto.

«*Touché!*» Kinan ride divertito.

Oscar gli scocca un'occhiata gelida. «Basta così, torni pure al suo posto».

«Ma come? Mi stavo divertendo così tanto...»

Chris si alza dalla sedia e avanza verso il centro dell'aula. Cosa vuole fare?

Le guardie mettono le mani sulle armi, ma li invito con un cenno a stare fermi. L'ultima cosa che voglio è una sparatoria durante la lezione con dei ragazzi innocenti.

C'è qualcosa che stanno architettando... non si comportano in questo modo per nulla. C'è qualcosa che non riusciamo a capire, che ci sfugge.

Chris si sistema accanto a Kinan e prende l'apparecchio dalle mani di Oscar con un sorrisetto sulle labbra. «Posso provare anch'io? Sono particolarmente interessato alla dissezione, agli animali mutanti e agli esperimenti illegali».

Oscar tende le labbra in un sorriso. «Non sono illegali, ovviamente» sibila a denti stretti.

Kinan scoppia a ridere, seguito da Chris e dagli altri tre Red.

«Ah, che bella battuta! Sai, quasi quasi ci avrei creduto». Kinan avanza, fino ad arrivare di fronte agli studenti che lo guardano confusi. «Scusate, ragazzi, so che non capirete molto di quello che sto dicendo, ma vi invito comunque a rispondere a qualche domanda».

Faccio segno alle guardie di non perdere di vista nessuno di loro.

Stanno per fare qualcosa, ne sono certa.

«Domanda numero uno: gli esperimenti sugli animali sono etici, secondo voi?»

Gli studenti si guardano tra loro.

«No, mettono a rischio la loro salute e la loro vita» risponde uno.

«Corretto. Domanda numero due... che ne pensate, invece, di quelli sulle persone?»

«Sulle persone? Sono illegali, è da galera» sbotta un ragazzo dalla fila centrale.

Si solleva un mormorio generale di disprezzo tra gli studenti che mi porta ad abbassare lo sguardo.

'Sai quali tasti premere per farmi sentire male, non è vero, Kinan?'

Lancio uno sguardo a Chris, intento a guardare Oscar come si guarda un dolce. Amanda ride, divertita dalla scena, mentre Nicolas fa schioccare le labbra in un bacio volante in direzione della guardia che lo tiene d'occhio.

«E se vi dicessi che un gruppo di scienziati ha sfruttato degli orfani di strada a fini clinici, iniettando loro un virus dannoso per le cellule umane, del tutto incontrollabile, per poi aggiungere a questo mix un farmaco sperimentale che ha effetti collaterali disastrosi e una statistica di sopravvivenza pari a uno su dieci?»

Gli studenti ammutoliscono.

«Già... uno schifo, vero? Hanno usato degli orfani senza tutori legali in grado di denunciarli, hanno fatto partire una caccia alle streghe quando questi bambini si sono ribellati, scappando». Scuote la testa disgustato. «E pensate che questi sperimentatori indossano i camici con orgoglio e si vantano dei loro risultati che cambieranno il mondo». Passa tra i banchi, attirando l'attenzione di tutti su di lui. «Chi glielo spiega che hanno il camice bianco sporco di sangue? Io sono un po' stufo di ripeterlo».

Il veleno nelle sue parole si insinua nel mio cuore e si diffonde in tutto il mio corpo, mentre i brividi mi percorrono la schiena, impedendomi di muovermi.

'Basta, ti prego, basta!'

Amanda mi scruta e le sue labbra si piegano in un ghigno divertito e crudele.

«È una storia inventata o è successo davvero?» chiede una ragazza in prima fila.

«Non può essere successo davvero. Secondo te una roba del genere non avrebbe già fatto scalpore?» mormora il ragazzo seduto dietro di lei.

«Be', perché non lo chiediamo alla docente?» Kinan posa i suoi occhi su di me per la prima volta dall'inizio della lezione. «Dopotutto, lei se ne intende...»

Il gelo nelle sue iridi mi si impianta sottopelle e l'odio scava solchi come filo spinato stretto intorno alla mia carne. I polmoni si svuotano di tutto il mio fiato, lo stomaco mi si contorce.

Nell'aula piomba il silenzio e tutti gli sguardi sono su di me, in cerca di risposte.

Amanda, Chris, Nicolas, Teo e Kinan mi osservano, sfidandomi a smentirli, a nascondere ancora ciò che li ha travolti, ciò che li ha rovinati e resi estranei perfino a loro stessi.

«Professoressa Dafne, sta bene?»

«S-sì... sto bene» Mi costringo a sorridere. Maschero ogni incertezza dietro un'espressione professionale. «Non è mai successo».

Gli studenti annuiscono e la tensione sui loro volti si dirada un po'.

«Non c'è mai stato alcun esperimento su degli orfani. Se ci fosse stato, a quest'ora ne saremmo a conoscenza. Le autorità fanno quotidianamente dei controlli nelle nostre strutture, siamo obbligati a comunicare ogni variazione nei nostri esperimenti. Se ci fosse stato...» Il suo sguardo mi frantuma le ossa. «Se ci fosse stato qualcosa del genere, lo avrebbero di sicuro saputo e fermato. Non trovate?»

«Ma certo, una comunità scientifica così all'avanguardia non compirebbe mai un tale orrore» mormora un ragazzo in prima fila.

Le sue parole vengono appoggiate dai compagni di classe, che assumono un'aria molto più rilassata. Ho distrutto il seme del dubbio, ma il giogo della menzogna intorno al mio collo distrugge me.

Rimango a testa bassa, per non incontrare il disprezzo negli occhi dei Red.

Rimango a testa bassa fino a quando non escono dall'aula.

Amanda

«Quella grandissima stronza! Avete visto come ha mentito spudoratamente?» ringhio.

Teo mi lancia uno sguardo annoiato. «Io sono ancora dell'idea che dobbiamo darle fuoco».

Anche. Come con le streghe. Tanto è quello che è.

Scocco un'occhiata a Kinan, seduto al tavolo di fronte a me. Le ombre marcate sotto gli occhi non vanno via da giorni.

Non so se essere tornato a scuola sia stata la scelta migliore per lui. Ma d'altronde il piano non prevede pause. Però il suo silenzio è strano...

«Kinan, tu stai bene?»

«Che cosa avevo detto, Amanda? Niente preoccupazione per me, solo concentrazione per il piano. Sto bene, e non ho dato di matto. È un piccolo traguardo, no?»

«Sì, certo. Ho visto come la guardavi, ci mancava poco così che le staccassi la testa» ridacchia Chris.

«Ma non l'ho fatto. È già qualcosa».

«Non l'hai fatto perché ti ho trattenuto» sbuffa Chris.

Ma è riuscito comunque a destabilizzarla. La sua aria impettita da maestrina è scomparsa quando lui ha messo piede nell'aula, e quel bel faccino tremava dall'incertezza e dal terrore. Merita anche peggio.

«L'importante è aver preso il pass. Speriamo non si siano accorti di nulla» mormoro.

Chris si illumina con un sorriso spavaldo. «Non credo, erano troppo concentrati a controllare lui».

Gli occhi di Kinan puntano l'entrata della mensa e l'aria autoritaria sul suo volto si scioglie di colpo.

Mi giro per seguire la loro traiettoria, e il mio sguardo cade su Isabella, che sfila davanti al bancone insieme alla sua amica bionda.

«Ecco, ci risiamo» sospiro.

Si scosta i capelli neri dal viso e appoggia un piatto sul vassoio, voltandosi verso i tavoli. Si accorge di noi e la sua espressione si accende di stupore.

Kinan le fa segno di avvicinarsi e lei annuisce, raggiungendoci insieme alla sua amica con il sorriso sulle labbra.

Le fa spazio accanto a sé, facendola sedere al suo fianco.

«Che cosa ci fai tu qui?» chiede sorpresa.

Kinan scrolla le spalle. «Be', non volevo perdere il tuo rientro a scuola, così sono rientrato anch'io».

«Ma c'è *lei*».

«Lo so chi c'è. Stai tranquilla, non ho intenzione di perdere la testa un'altra volta. Mangia, forza». Le avvicina il vassoio e le porge le posate.

Negli occhi di Kinan vibra una luce che irradia tutto il viso. Non ha mai guardato niente e nessuno come guarda questa tizia: quasi fosse l'ultima goccia di umanità che lo tiene aggrappato a questo mondo, che gli impedisce di impazzire.

'La guardi come non hai mai guardato me'.

Di colpo ride, e mi si spacca l'anima.

'Non ti ho mai visto ridere così... Io... non ti ho mai visto così felice. Sei sempre stato la nostra figura di riferimento, non ti sei mai concesso debolezze, perché ti sei assunto la responsabilità di spronarci a seguire il tuo modello, a non uccidere, a non abbandonarci all'istinto. E non hai mai avuto la possibilità di respirare senza pressioni, di vivere libero da quello che ti porti dentro. Adesso ti vedo ridere come se i pesi che porti non esistessero più. E se Isabella è in grado di darti questa pace, la pace che non ti ho saputo dare io, va bene così. Voglio che tu sia felice'.

Serro le palpebre, ricacciando indietro le lacrime, e punto lo sguardo su Chris. I suoi occhi scorrono sui capelli di Isabella, sul suo viso, sulle sue mani.

Perché la guarda nello stesso modo in cui io guardo Kinan?

Di colpo un odore pungente m'invade le narici e mi paralizza.

Il sorriso di Kinan si spezza, Teo si irrigidisce. Chris serra i pugni e Nicolas ingoia un groppo di saliva.

Restiamo tutti immobili.

«C-cosa vi succede?» mormora Isabella.

«Sangue. Tanto sangue» biascica Kinan.

«Talmente tanto che potrei farci un bagno» sibila Chris.

Li fisso uno per uno. «Questo è odore di morte».

Kinan annuisce, confermando i miei sospetti.

Qualcuno ha appena commesso un errore. Qualcuno ha appena ucciso una persona.

L'odore della morte lo riconosco sempre. È forte e vivido nella mia mente.

Dafne

«Non so come sia successo... i-io stavo soltanto...»

Rimango paralizzata dalla quantità di sangue sul pavimento. Chiudo la porta a chiave e mi precipito a palpare il polso dell'uomo disteso a terra.

«A-allora? È m-mo-morto?» piagnucola Yuri, tremando.

«Sì. Dobbiamo pulire qui e sbarazzarci del corpo».

«Cosa? No! Non è po-possibile, io l'ho s-solo spinto, ha s-sbattuto contro lo spigolo... n-non può essere mor-morto...»

Contrae le palpebre umide intorno agli occhi neri, stringendo le mani macchiate di rosso.

È sul punto di scoppiare.

«Yuri, ascoltami: ormai è successo. So che non volevi, non è colpa tua».

«Non è colpa mia? È tutta colpa mia! Ho ucciso un uomo! Io ho ucciso». Si porta le mani ai capelli, sporcandosi il volto di sangue.

Ha perso il controllo più in fretta di quanto avevo programmato... il suo cuore sta abbandonando le ultime gocce di umanità.

Mi avvicino, porgendogli una mano delicatamente. «So che sei spaventato, so che hai paura... ma mi devi ascoltare: dobbiamo pulire il sangue, rimuovere le prove e andare via da qui. D'accordo, Yuri?»

«Io-io non volevo» singhiozza in preda al panico.

«Lo so che non volevi». Gli accarezzo la schiena. «Questa cosa la possiamo risolvere insieme».

Guarda terrorizzato il corpo del suo insegnante raffreddarsi e sbiancare mentre un colpo alla porta rompe la serratura, facendo volare frammenti di legno ovunque.

Il battente viene aperto e sulla soglia compaiono le ultime persone che avrebbero dovuto vederlo così.

Le ultime persone che lui avrebbe voluto vedere.

I suoi amici e sua sorella.

58
Lacrima imprigionata

Wendy

Si irrigidiscono tutti, ruotando il capo all'unisono verso la porta.

Guardo Isabella con l'ansia che mi martella nel cuore, lei ricambia la mia occhiata con un'espressione altrettanto preoccupata.

Si alzano di scatto ed escono dalla mensa, determinati a trovare l'origine della scia di sangue, il cui odore a quanto pare sta diventando sempre più forte. Li seguiamo senza esitare, abbandonando i vassoi di cibo. Kinan guida il gruppo come se avesse una mappa nella mente.

«Tu senti qualcosa?» sussurro, mentre attraversiamo il corridoio.

Isabella scrolla le spalle. «Qualcosa come il minestrone ammuffito della mensa?»

«È fortissimo...» Amanda annusa l'aria.

Inalano con le palpebre socchiuse, ammaliati, e si trattengono a stento per riuscire a seguire le tracce senza dare di matto.

Teo è quello che sta peggio. Si porta la mano al petto, stringe la camicia, si massaggia il collo come se soffocasse, mentre gli altri gli scoccano occhiate di apprensione.

Davanti alla porta del magazzino, Kinan si ferma e la sua mano tentenna. Mentre con un colpo sordo schiude il battente, lo sguardo di tutti loro viene travolto dalla paura, dalla bramosia, dall'orrore.

La mia attenzione si concentra su Teo, che resta immobile qualche passo dietro di noi, con il fiato sempre più corto.

Isabella scatta in avanti per raggiungere Kinan all'interno, con un'espressione pietrificata in viso.

«T-teo, ti conviene andare via» biascica Amanda con la voce strozzata, ingoiando un groppo di saliva.

Il mio corpo viene calamitato da lui, che arretra a passi veloci e si allontana verso il cortile con l'affanno a scuotergli i polmoni.

D'istinto lo seguo.

Barcolla verso la parete, senza forze, e io mi lancio ad aiutarlo. Lo prendo dal braccio e lo sostengo, trascinandolo all'esterno.

L'aria umida ci investe, il cielo coperto di nuvole preannuncia pioggia, ingrigendo la luce del giorno.

Teo si trascina verso una panchina vuota e si lascia cadere in un sospiro esausto, mentre due studenti lo fissano con indifferenza, espirando boccate di fumo. Il sudore gli imperla i lineamenti, tesi dalla sofferenza. Lui serra i pugni, col petto che si muove frenetico.

Mi si stringe il cuore, si fa piccolo piccolo.

Gli siedo accanto. «Vuoi un po' d'acqua?»

Le mie parole lo fanno sorridere.

Inarco un sopracciglio, confusa. Sta così male... perché sorride?

Lui mi guarda e chiude le palpebre. «Vorrei del sangue Wendy, non dell'acqua».

Ah.

I due ragazzi spengono le cicche a terra e le gettano nel cestino. Ci lanciano un'occhiata annoiata rientrando nell'edificio, e ci lasciano soli.

Teo schiude gli occhi, al posto delle iridi calde come caramello ha due abissi neri come la pece. Le vene sulle sue mani si fanno più scure mentre ansima.

Sta cambiando, come quando eravamo sotto le macerie.

«Ne vuoi... un po' del mio?»

Mi trafigge con uno sguardo gelido.

Forse ho detto una cavolata?

«Una persona normale non lo direbbe, scapperebbe, Wendy. Non ripeterlo mai più» sibila con un filo di voce.

'Cosa posso fare per evitare che tu soffra così tanto? Ci sarà qualcosa che ti fa stare meglio...'

«Non fare nulla, stai soltanto ferma» mormora, come se avesse sentito i miei pensieri.

«Ma stai soffren...»

«Soffro perché l'odore è forte e la tentazione aumenta... se stai qui con me, mi distrai» sussurra appoggiando la nuca.

'Ti distraggo? E come?'

Torna a chiudere gli occhi e prende aria, inspirando ed espirando piano.

Perché il sangue ha questo effetto solo su di lui? Gli altri erano in difficoltà, ma non così tanto. Kinan era addirittura impassibile.

Teo è l'unico a risentirne in un modo così violento...

È l'unico a non riuscire a controllarsi al minimo stimolo.

Annaspa e geme, mentre le vene del collo gli diventano nere.

'Cosa posso fare per farti stare meglio? Distrarti con cosa?'

«Perché non provi a pensare positivo?»

Punta gli occhi oscurati dal virus su di me. «In questo momento... di positivo c'è ben poco».

'In questo buio si cela il lupo di cui hai tanta paura. In quest'oscurità si scatena la lotta tra la ragione e l'istinto. In questi abissi potrei annegare di paura, ma non lo farò. Hai bisogno che io sia forte al posto tuo'.

Gli sorrido, cancellando il timore dal mio cuore. «Raccontami qualcosa».

Mi osserva, mentre respira in affanno. «Qualcosa tipo a che velocità scorre il tuo sangue in questo momento? Perché è l'unica cosa che il mio cervello sembra sentire... allontanati un po', o rischio di diventare pazzo».

Annuisco e scivolo dalla parte opposta della panchina.

«Qualcosa che ti rende felice. Raccontami qualcosa che ti rende felice».

Mi guarda come fossi impazzita, ma la mia espressione insistente lo convince della serietà della mia domanda.

«Le magliette uguali, quelle fatte per i gemelli» sospira.

«Cos'altro?»

Punta lo sguardo davanti a sé e tace, il silenzio viene interrotto solo dal gorgheggiare di qualche passerotto.

'A cosa pensi? In quale posto lontano sei finito?'

«Tutte le cose identiche per due persone» sussurra, riscuotendosi. «Mi ricordano mio fratello...»

Non sapevo avesse un fratello... è un infetto anche lui? Dov'è adesso? Tra gli altri Red, nessuno gli assomiglia particolarmente.

Abbasso gli occhi, mentre il nero nelle vene della sua mano destra scompare, dissolvendosi, come se le sue parole fossero un antidoto potentissimo contro un veleno.

Teo non se ne accorge, resta immerso nei ricordi, ma il mio animo sussulta.

'Tuo fratello è la chiave. Lui ti sta aiutando'.

«Lui... ti ricorda qualcosa di positivo?»

«Lui era la positività in persona».

'Era'?

«Odiavo avere vestiti uguali ai suoi, volevo distinguermi da lui. Sai, i gemelli fanno fatica a trovare la propria unicità, vengono sempre scambiati perché spesso sono identici. Lui aveva la capacità di rimanere nel cuore della gente e di far ricordare a tutti il suo nome, così, non appena qualcuno mi vedeva, mi scambiava per lui. Questa cosa mi dava fastidio... perché invidiavo il modo in cui era capace di farsi voler bene. Io avevo un caratteraccio già da bambino...»

Lo ascolto ammaliata. La dolcezza nelle sue parole gli conferisce un'aria... vulnerabile, non l'avevo mai visto così.

«Era un fratello perfetto: responsabile, diligente e altruista... chiedeva scusa agli altri quando sbagliavo io. Mi rimproverava se facevo qualche casino, ma lo faceva con dolcezza... una dolcezza che mi infastidiva, al tempo. Noi abitavamo per strada. L'orfanotrofio in cui eravamo stati lasciati aveva chiuso... perciò ci eravamo organizzati con gli altri ragazzini per sopravvivere. Trovavamo dei lavoretti in giro, nei ristoranti, nelle fabbriche di lana... un po' dappertutto. Il problema? Il mio carattere forte non andava bene per lavorare a testa bassa. I proprietari ci pagavano sempre pochissimo, e a volte non ci pagavano neanche... spesso ci trattavano male, anche se in cambio ci davano del cibo e una stanza in cui dormire. Io mi lamentavo sempre: il pavimento era freddo e scomodo, le finestre erano rotte, il cibo non bastava e gli altri ragazzi non lavoravano quanto noi. Mio fratello aveva il vizio di aiutare anche chi non lo meritava e questo io non l'ho mai accettato. Davo inizio a risse su risse, litigate in mezzo alla strada con i tizi più loschi del quartiere. Picchiai anche il figlio del proprietario di una fabbrica, della nostra stessa età, perché trattava male uno di noi. Si credeva superiore, pensava di avere il diritto di sfruttarci, proprio come suo padre. Così io e mio fratello siamo stati cacciati dalla sua azienda per colpa mia, senza ricevere neanche un centesimo».

La sua voce trema. Ogni immagine vibra nella mia mente, portata in vita dalle sue parole e dalle sue emozioni.

«Eri una testa calda anche allora...» mormoro.

Teo sorride, lo sguardo perso davanti a sé.

«Te l'ho detto: non sopporto le ingiustizie. È più forte di me. Questo mio atto di ribellione ci costò caro. Si era sparsa la voce, e nessuno ci faceva più lavorare. Io ero disperato, perché non sapevamo più cosa fare. Mio fratello, invece, trovava comunque il lato positivo. Riusciva a scovare la bellezza anche nella più assoluta disperazione. Il sorriso non abbandonava mai le sue labbra. Siamo stati costretti a dormire nei parchi per giorni... nessuno ci voleva assumere. Avevano anche paura della polizia... in fondo, eravamo solo dei ragazzini. Un giorno, mentre mio fratello era andato a procurarci del cibo, mi si avvicinò un signore. Pensavo volesse darmi qualche spicciolo... invece mi fece un'offerta che non riuscii a rifiutare. Alloggio, cibo, bevande... tutto gratis. Era una specie di gesto caritatevole nei confronti dei bambini che abitavano per strada. Preso dall'entusiasmo di questa offerta straordinaria, accettai senza pensare, e il signore mi scortò con la sua auto costosa fino al posto dove sapevo si trovava mio fratello, la mensa per poveri del paese. Lo chiamai e gli feci segno di salire in auto, ma quando mi vide e notò lo sfarzo della vettura in cui mi trovavo, lui si preoccupò subito. Ricordo che disse qualcosa tipo: 'Chi hai picchiato, stavolta?' Scesi e gli spiegai tutto quanto. Gli spiegai della magnifica offerta che ci era stata fatta. Nonostante il mio entusiasmo, mio fratello non voleva salire, non si fidava. Sosteneva fosse troppo bello per essere vero. Lo supplicai almeno di provare: se fossero state tutte bugie, ce ne saremmo andati via senza esitare».

Il collo di Teo torna normale e così anche le sue braccia. Resta in silenzio, e la sua espressione si indurisce.

'Vorrei tanto che continuassi, ma temo che questa sia una parte dolorosa per te. Lo capirei, se non volessi andare avanti'.

Prende un respiro profondo. «Riuscii a convincerlo, così salimmo entrambi sull'auto di quell'uomo. Ci parlava gentilmente, non ci trattava come la gente tratta i poveri per strada, anzi, sembrava addirittura felice di averci incontrato. Arrivammo alla dimora di cui mi aveva parlato, e sia io sia mio fratello ci stupimmo parecchio. Era tutto proprio come aveva descritto: c'erano un sacco di orfani come noi. Giocavano felici nel giardino, si rincorrevano e ridevano a crepapelle. Osservai con invidia i loro vestiti puliti, nuovi... noi non ne avevamo da mesi. In quell'esatto momento, uscì una donna con un vassoio di pizzette in mano. I bambini corsero verso di lei, esultando, e sia il mio stomaco sia quello di mio fratello iniziarono a borbottare, facendo sorridere il signore. Lui ci fece vedere le stanze, le camere da letto, l'aula studio, l'aula disegno, la cucina, i bagni e anche una piccola infermeria. Ogni cosa corrispondeva a ciò che ci aveva raccontato. Non aveva mentito, c'era tutto, anche troppo. I bambini ci confermarono che anche loro erano stati presi nello stesso identico modo in cui avevano preso noi. Tutto quello che ci mancava per strada, l'avevamo trovato gratuitamente grazie all'atto di bontà di un uomo caritatevole». Stringe i pugni. «Un atto di bontà che si rivelò essere la mia più grande disgrazia».

Abbassa lo sguardo a terra e si morde il labbro inferiore.

Mi avvicino a lui, violando la distanza che mi aveva imposto, e appoggio una mano sulla sua spalla.

«Non era così bello come sembrava, Wendy... Eravamo caduti tutti in una trappola enorme, e nessuno se ne accorgeva. Piano piano, presero a dirci che qualcuno di noi aveva bisogno di fare degli esami del sangue o delle visite. Cose a cui non prestavo molta attenzione. Quelli che venivano scelti, non tornavano più. Ci veniva detto che erano malati, che li avevano isolati perché erano contagiosi. Iniziarono con uno di noi, diventarono due, poi tre, poi quattro... e non si fermarono più. Esami del sangue? Cazzate. Quando una sera fecero il mio nome e quello di mio fratello, eravamo entrambi spaventati. Ci chiedevamo se saremmo tornati dai nostri amici... ormai avevamo legato con i bambini che erano lì, non volevamo prendere quella misteriosa malattia di cui ci avevano raccontato».

«Che cosa successe? Siete scappati?»

Gli occhi di Teo abbandonano l'oscurità del virus e tornano ambrati, ma colmi di una profonda tristezza. L'ansia per la fine del racconto mi serra lo stomaco in una morsa.

«No. Ci portarono in questi laboratori spaventosi, ci iniettarono qualcosa nel braccio e ci lasciarono da soli in una stanza, distesi su dei lettini freddi. Ci avevano detto che dovevano controllare una cosa, e che non potevamo muoverci da lì. Loro, intanto, ci guardavano da uno schermo. In quel momento io non provai niente, a parte un lieve giramento di testa, ma nulla di più. Ero felice, credevo di stare bene. Potevamo tornare dai nostri amici e vivere felici. Purtroppo, non mi ero accorto di mio fratello, perché si era girato di lato e mi dava le spalle. Non riuscivo a guardarlo negli occhi, così, dopo averlo chiamato più volte senza ricevere risposta...»

Stringe i pugni e contrae il volto per il dolore. Sposto la

mia mano dalla sua spalla e gli sfioro il braccio, accarezzandolo piano.

'I tuoi ricordi sono onde bollenti di sofferenza e io... io vorrei poterti dare un po' di pace...'

«Dopo averlo chiamato senza ricevere risposta, mi sono alzato lentamente e l'ho girato verso di me. Ciò che ho visto mi perseguita ancora oggi nel sonno. Il sangue gli colava dalla bocca e dagli occhi, la sua pelle era pallida e violacea, e il calore e il sorriso che aveva sempre addosso l'avevano abbandonato. C'erano soltanto orrore, spavento, paura e tristezza nella sua espressione. Avevano ucciso mio fratello, iniettandogli il virus che oggi ci rende infetti assetati di carne umana. Sapevano già che forse uno dei due non sarebbe sopravvissuto, ma l'hanno fatto comunque. Hanno ucciso mio fratello e sono rimasti a guardare mentre urlavo e piangevo dalla disperazione. L'unica cosa che hanno fatto è stata portarlo lontano da me e sedarmi per ben tre volte: stavo dando di matto e la mia forza stava già aumentando. Ricordo di aver visto la faccia dell'uomo che mi aveva promesso un tetto sotto cui abitare con mio fratello fissarmi con freddezza. Tutt'altro sguardo rispetto a quello che aveva quando insisteva nel portarci da lui. Sembrava abituato a queste scene, sembrava abituato a vedere ragazzini morire sotto i suoi occhi».

Teo

L'odore del sangue si è dissolto. Allento i pugni, e mi libero dal dolore delle mie unghie piantate nei palmi.

«Se non avessi accettato ciecamente quell'offerta... mio fratello sarebbe vivo, io non sarei un infetto. La cosa che più mi ha devastato è stato il modo in cui hanno spezzato il suo sorriso. È morto nel silenzio della cattiveria umana. Non ero io quello che meritava di sopravvivere. Non lo meritavo».

Mi passo una mano tra capelli, mentre la disperazione mi travolge.

Ogni giorno mi odio per aver dato per scontata la sua presenza, quella presenza che era capace di aggiustare ogni mio errore... quella presenza che mi guidava nelle scelte. Fisicamente era la mia copia esatta, ma eravamo così diversi caratterialmente... non andavamo mai d'accordo, ma lui portava sempre pazienza. Ho dato per scontata la presenza di un fratello con un animo nobile e un sorriso così bello che a volte chiudo gli occhi soltanto per riuscire a rivederlo... a percepirlo. Anche se so che sognerò sempre la stessa cosa... noi distesi sui lettini, il mio leggero mal di testa, io che lo chiamo senza ricevere risposta, io che lo giro e lo trovo morto, sporco di sangue e avvolto dal dolore... ma è l'unico modo che ho per rincontrarlo».

Una goccia d'acqua mi bagna la mano. Siamo rimasti qui fuori talmente tanto che si sta mettendo a piovere.

«Forse dovremmo rientrare...»

Alzo lo sguardo su di lei e rimango paralizzato. Le gote rosse portano scie umide dalle ciglia al mento. Dagli occhi rotola giù un fiume di lacrime mentre singhiozza.

«C-come... c-com'è possibile?» geme col petto scosso dal pianto.

«Wendy...»

Piange a dirotto, tremando sotto al mio sguardo preoccupato. Avvicino una mano alle sue guance e passo le dita sulla sua pelle per asciugare le lacrime.

«M-mi dis-dispiace tanto. Per-perdonami, mi dis-piac...»

«Di cosa, Wendy? Sei impazzita?»

«Per-perdonami...» continua a singhiozzare, ignorando le mie parole.

Annaspa nel tentativo di respirare, mentre le labbra le tremano.

La prendo per mano e gliela stringo piano. «Non ti devi scusare per niente, Wendy. Credimi» sorrido. Mi squarcia l'anima vederla così triste. Mi squarcia l'anima vederla piangere.

Il mio tocco le calma il tremore, il suo respiro si fa più regolare.

La goccia che ha toccato la mia mano non era pioggia... era una sua lacrima.

'Non mi sono accorto che stavi piangendo... non so neanche quando hai iniziato. Piccola e dolce Wendy, perché piangi?'

«Mi dispiace tanto per tuo fratello» singhiozza, «c-come si chia-chiamava?»

«Mark Fimman. Si chiamava Mark» mormoro con dolcezza.

«M-Mark... mi dispiace per Mark, avrei voluto conoscerlo. Mi dispiace per te, per il dolore che hai sofferto. Mi dispiace per tutto, per l'inganno, per il virus, per la cattiveria, per non aver potuto seppellire tuo fratello, per i sensi di colpa che ti assalgono, per la tristezza che il tuo unico ricordo felice sia anche quello più triste. Dio, mi dispiace... da morire».

La mia pelle si riempie di brividi. Ogni dettaglio di ciò che le ho raccontato... lo ha assorbito e fatto suo. Ogni mia emozione le vibra nel cuore.

«Ti stai scusando per il mio dolore?»

Mi rivolge uno sguardo sincero, mentre si asciuga le lacrime con il dorso della mano. «Mi scuso per il tuo dolore, mi scuso in memoria di Mark Fimman e del sorriso che l'avidità umana gli ha tolto».

Un'altra goccia mi si posa sullo zigomo e mi percorre piano la guancia.

Non è la pioggia. Non è una sua lacrima.

È la mia.

La raccolgo con l'indice e la osservo a corto di fiato.

È la prima volta che piango, da quel giorno. Non credevo che avrei potuto farlo ancora... non lo credevo possibile. Ho sempre sentito solo rabbia e nostalgia, ma non ho più versato neanche una lacrima. E questa... Questa dev'essere rimasta intrappolata in me.

Forse, per riposare in pace, il mio dolore doveva solo ricevere delle scuse sincere, come quelle di Wendy. Doveva solo sentirsi compreso dai suoi occhi, dal suo animo talmente buono da liberare l'unica lacrima rimasta incastrata dentro di me.

Il dolore ha bisogno di essere ascoltato.

Questa è una verità che nessuno mi aveva mai detto.

Una verità che non si dice, che si tace.

59
Tatuaggi e segreti

Isabella

Una pozza di sangue.

Yuri.

Le sue mani tremanti.

Il rimorso nei suoi occhi neri.

Il mio corpo diventa un blocco di marmo, ogni muscolo si trasforma in pietra e mi inchioda a terra.

L'aria mi viene strappata via dai polmoni, annaspo per respirare.

È come se mi avessero sparato di nuovo, il dolore è simile, mi dilania.

Dafne si mette davanti a lui, lo cela alla nostra vista. «Non è colpa sua... ha perso il controllo. Dev...»

«Sta' zitta!» sbotto. «Devi stare zitta e allontanarti da mio fratello».

Il suo vestito è sporco di sangue, ma non gliene importa. Nasconde Yuri, come se io potessi fargli del male, come se fosse lei a doverlo proteggere.

'Devi levarti di torno. Quello è mio fratello. Tu non sei nessuno'.

Rivolge lo sguardo a Kinan, come a volerlo scongiurare. «È da settimane che è violento con i suoi compagni di classe. Non si controlla più, ed è successo l'inevitabile».

Come fa a sapere queste cose? Chi gliele ha dette?

Kinan mi sfiora la schiena, le sue dita mi accarezzano lievi come piume, alleviando la collera.

«Come lo sai?» sputa Chris.

«L'ho visto. E poi vi conosco, so quali sono le fasi...» Sposta gli occhi su Kinan e la malinconia le offusca il viso.

«Ti devi fare i cazzi tuoi. Hai fatto già abbastanza danni giocando a fare la grande scienziata. Spostati».

Dafne non risponde, ma solleva il mento, scoprendo il collo sottile, e si fa da parte, permettendomi di vedere Yuri.

È rannicchiato su se stesso, si copre le orecchie con le mani, la testa incassata tra le ginocchia.

Mi chino accanto a lui, all'altezza del suo viso. «Yuri...»

Il suo corpo trema. «N-non l'ho fatto apposta».

«Lo so, va tutto bene».

«Non volevo spingerlo, non volevo farlo... io non volevo...» bisbiglia in una litania.

Gli accarezzo la testa, facendolo sussultare: punta gli occhi intrisi di nero sui miei, come se si fosse appena accorto della mia presenza.

«Issa... sono un mostro?» Le lacrime stillano dall'oscurità, grondano pesanti.

Yuri...

«Non sei un mostro, sei mio fratello. È stato un incidente, non volevi. Non è colpa tua» gli sussurro, mentre la mia mando affonda tra le sue morbide ciocche castane.

«Non hai paura?»

«No».

«Faccio paura?»

«No».

«Ho ucciso un uomo».

«Lo so».

«Issa, ho ucciso un uomo a sangue freddo». Blocca la mia mano nella sua e mi guarda cercando in me la paura. Come se volesse ricevere la conferma di essere un mostro per potermi allontanare. «Non capisci che cosa vuol dire uccidere? Non lo capisci proprio, vero? Vuol dire che ho il desiderio perfino ora di strapparti il cuore. Riesco a sentire a che velocità scorre il tuo sangue, il profumo che ha la tua carne e la mia mente elabora mille modi per ucciderti senza far rumore» sputa.

«Non mi interessa».

«Non ti interessa che anche adesso sto pensando a quale articolazione spaccarti? Sono un assassino. Sono diverso da te. Diverso, fottutamente diverso». Le strie sulla sua pelle si scuriscono, invadono tutto il corpo. Mi stritola la mano, ma maschero il dolore, che aumenta assieme alla sua stretta.

'Non riuscirai ad allontanarmi'.

«Sei diverso da me da quando sei nato. Lo spericolato ma amabile Yuri Liverly. Sei mio fratello, e io non ti abbandono neanche se mi spacchi tutte le articolazioni».

Stringe ancora più forte, facendomi trattenere il fiato per il dolore.

Kinan interrompe il contatto con la sua mano, afferrandogli il polso con forza. «Avrei pagato oro per avere una sorella come lei quando perdevo il controllo. Ne riparleremo dopo che ti sveglierai».

'Sveglierai'?

Gli inietta il sedativo nel collo, Yuri socchiude le palpebre e il suo corpo si abbandona al sonno, e su di me. Gli prendo la testa e l'appoggio sulle mie gambe, mentre il reticolo nero sbiadisce.

«Un sedativo non basterà...» pigola Dafne. «Tra un'ora si sveglierà e sarà devastato, fisicamente e psicologicamente. Non capirà più nulla e inizierà ad attaccare chiunque».

«Che cosa dovrei fare?» La fulmino con un'occhiata gelida. «Venderlo ai laboratori?»

Lui stava soffrendo e io non me ne sono minimamente resa conto. Quando ha iniziato a perdere le staffe? Quando ha iniziato a non controllarsi più? Perché non me ne sono accorta? Perché ha affrontato tutto da solo?

Chissà quanto ha sofferto e io non ne ero cosciente. Lui si preoccupava per me: tornava da scuola e veniva in camera mia ad assicurarsi che stessi bene, mi portava dei dolci e mi raccontava la sua giornata. Non mi ha detto nulla solo per non farmi agitare. Solo per farmi guarire.

Kinan mi si siede accanto mentre accarezzo la fronte di Yuri.

«Hai lo sguardo di chi si sta dando la colpa, e non mi piace».

«Non mi ero accorta...».

«Non te l'ha mai detto. Non te l'ha voluto dire. Quando perdi il controllo, non vuoi che le persone a cui tieni di più lo vedano. Sei vulnerabile, viene fuori la parte più oscura di te. Tu, al posto suo, gliel'avresti detto?»

Io sono stata distratta. Impegnata a guarire dopo essermi risvegliata. Presa dalle medicine, dalle visite, dal recuperare gli appunti persi... non mi sono resa conto che lui stava male. Non ci ho fatto caso. Sorrideva, sparava qualche battuta scema delle sue per strapparmi un sorriso e poi si richiudeva in camera.

Kinan mi accarezza la schiena. «Ora dobbiamo portarlo via. Possiamo?»

Mi guardano tutti: Chris, Nicolas, Amanda e Dafne. Sposto le mani dal viso di Yuri e annuisco.

Chris lo prende in braccio e se lo carica in spalla, mentre Nicolas controlla che nel corridoio non ci sia nessuno.

Il corpo esanime del professore è stato spostato dal pavimento e il suo sangue è stato pulito. Non c'è più traccia di ciò che è successo. L'unica traccia permanente resterà dentro mio fratello.

Ha tolto una vita e questo peso lo perseguiterà per sempre.

«Ehi...» Kinan mi stringe la mano dolcemente. «Piangi se devi farlo, non trattenerti».

Alzo il viso verso di lui, che tiene le mie mani strette tra le sue.

«Yuri... lui non è così».

«Lo so. Affronteremo anche questo, okay?»

I suoi occhi catturano le mie paure. Le mette a tacere con un semplice sguardo.

Dafne

Kinan stringe con premura le mani di Isabella, le parla con una dolcezza infinita mentre percorre il profilo del suo viso con gli occhi, incantato.

Sfiora la sua guancia con la delicatezza di chi ha in mano una bolla di sapone, quasi la venerasse. Mi costringo a distogliere lo sguardo.

La sua presenza lo catalizza così tanto da lenire la rabbia nei miei confronti. Non so se esserne contenta o dispiacermi. Prima, almeno, quell'odio che ammantava il mio ricordo lo teneva legato a me... ma adesso si è sgretolato tutto...

Mi volto ed esco dal magazzino a corto di fiato.

Perché la guarda come prima guardava me? Perché la tocca? Perché lei?

Le lacrime mi pungono gli occhi, serro forte le palpebre per ricacciarle indietro.

Se qualcuno mi vedesse così... devo assolutamente calmarmi.

Mi dirigo nei bagni più vicini, raggiungo i lavandini e apro il rubinetto. Lavo via il sangue, lavo via la gelosia. Non posso permettermi che mi scombussoli a tal punto.

Chiudo gli occhi e rilascio un profondo sospiro, mentre il getto dell'acqua mi bagna i polsi.

'Le sue iridi. Le sue lentiggini. La sua bocca. Il suo sorriso'. Piccoli flash nella mia mente. La mia maledizione.

La suoneria del cellulare mi fa sobbalzare.

Chiudo la manopola del rubinetto, mi tampono le mani sul vestito ed estraggo il telefono dalla tasca.

Sul display appaiono cinque chiamate perse e il nome di Fred, che lampeggia prepotente in mezzo allo schermo. Esco dai bagni e mi avvio verso il parcheggio.

«Fred, eccomi».

«Perché non hai risposto?»

Già, perché non ho risposto? «Perché stavo parlando con uno studente».

Raggiungo la macchina e apro la portiera.

«Quale studente è così importante da non rispondere alle chiamate del tuo capo? C'entra forse un rosso dagli occhi verdi?»

Il tono divertito che usa mi fa venire voglia di chiudergli il telefono in faccia. Mi trattengo, mantenendo la calma.

'Non aspetti altro che un mio segno di debolezza per potermelo rinfacciare, non è così? Maledetto'.

Salgo in auto e attivo il vivavoce, metto in moto ed esco dal parcheggio della scuola. «Chiedilo a Oscar. Dopotutto, l'hai mandato per tenermi d'occhio».

«Quanto ti manca per finire? Abbiamo bisogno di te qui».

Un semaforo rosso mi costringe a rallentare fino a fermarmi.

«Sto andando in ospedale» mormoro con voce gelida.

Si zittisce per un attimo. «Ricordati che devi firmare quei documenti. Quindi quando hai fatto vieni qui». Riattacca, mentre il semaforo diventa verde.

Salgo i gradini e supero la porta scorrevole d'ingresso.

«Buongiorno, signorina Dafne».

La voce dell'infermiera Linda mi fa voltare. «Buongiorno» sorrido.

«Oggi è stata bravissima, non mi ha fatto penare per nulla. Si è fatta fare i prelievi con una tranquillità che a momenti mi commuovevo!»

«Strano davvero!» Incurvo le labbra. «Di questo passo, pioverà!»

Ride, e la compassione le si imprime nello sguardo mentre mi fa strada verso la sua stanza.

La guardo dalla soglia. Il suo corpicino è appoggiato ai cuscini, con la coperta fucsia che le ho regalato a coprirle le gambe. Pettina la sua amata bambola, mentre la flebo continua a nutrirla.

«Ti sei tolta l'ossigeno? Sai che non puoi, Katia!» la rimprovera Linda, avvicinandosi per rimetterle la cannula.

«No! Non la voglio, mi dà fastidio!» mugola, agitandosi.

«Da brava, è necess...»

«Ho detto di no!»

Do due colpetti alla porta e mi schiarisco la gola.

«Sorellona!»

Il suo volto teso si rilassa, mi tende le braccia e io le corro incontro. Le accarezzo la schiena e faccio segno a Linda di lasciare fare a me.

Lei mi sorride riconoscente ed esce dalla stanza.

«Mi sei mancata, Dafne». Si stringe al mio petto, con la paura che possa andarmene via da un momento all'altro. «Mi racconti una storia?»

«Ti racconto tutte le storie che vuoi se metti l'ossigeno... sai che ti fa male toglierlo, non respiri bene».

«Respiro benissimo, guardami!» Inala a fondo, espira ma tossisce forte, e il mio sguardo severo le basta per farle prendere la cannula e posizionarla nel naso.

Le accarezzo i capelli, sorridendole dolcemente, e delle ciocche mi rimangono incastrate tra le dita. Anche il cuscino ne è pieno. Il suo corpo sta diventando sempre più scheletrico e la pelle è pallidissima. Forzo un sorriso, per nascondere la preoccupazione.

«Mi racconti la storia?» Si siede sulle mie gambe e si rannicchia.

Le sfioro le guance con tenerezza. «*Cenerentola*? *Rapunzel*? Quale vuoi?»

Katia sporge il labbro inferiore, poggiandoci su un ditino. Di colpo sorride, gli occhi le brillano. «La fiaba di Lady Diana e la Città di Smeraldo!»

Resto a bocca aperta.

«Dai, sorellona... ho rimesso l'ossigeno, me l'hai promesso! Raccontami del ragazzo dei fiori di smeraldo e del suo amore per Lady Diana!»

Sospiro e annuisco, baciandole la fronte.

Stringe forte a sé la piccola bambola che ha tra le mani. «Torneranno insieme? Il ragazzo dei fiori di smeraldo e Lady Diana?»

«Il ragazzo dei fiori di smeraldo non perdonò più Lady Diana per il suo tradimento».

Mi guarda imbronciata e sale in piedi sul letto. «Ma lei non l'ha tradito!»

«Che cosa ti ho detto io?»

«Ma non è giusto, sorellona!» Si siede davanti a me. «Lady Diana ora subisce l'odio del ragazzo dei fiori di smeraldo, ma lui non sa la verità...»

L'innocenza del suo cuore inonda l'intera stanza. Ha la purezza e la bontà nel sangue.

«Vuoi vedere una cosa?» Le sorrido. «Riguarda la Città di Smeraldo».

Il suo sguardo si accende di curiosità.

Tiro su la manica della maglia e le mostro il tatuaggio sul polso. Il volto le si illumina. «Ma è il fiore di smeraldo! È così bello...» Mi si accoccola sul petto e accarezza il disegno con la manina pallida.

«Quando guarirai, ne farò uno anche a te» le sussurro, strappandole un sorriso raggiante.

«Il ragazzo dei fiori di smeraldo deve sapere che Lady Diana non l'ha mai voluto tradire. Deve sapere della minaccia dell'uomo, del modo in cui l'hanno ingannata e...»

Le tappo le labbra con le dita. «Shh, questo è un segreto che solo io e te sappiamo. Nessuno al mondo sa che la fiaba della Città di Smeraldo cela un altro finale. Nessuno lo sa, e nessuno lo deve sapere».

«Nessuno lo sa e nessuno lo deve sapere» bisbiglia.

Continua a guardare e a toccare il tatuaggio sul mio polso, finché non si addormenta.

La stendo sul cuscino e le rimbocco la coperta, lasciandole un bacio sulla fronte. Tiro giù la manica della maglia, nascondendo il tatuaggio, e con esso anche il segreto nella fiaba della Città di Smeraldo.

Rimarrà una verità nascosta.

Una verità non detta.

60
Destini legati

Isabella

Il telefono mi vibra nella tasca, strappandomi un lieve sussulto. Lo tiro fuori e sblocco il display.

Da mamma: 'Dove sei? Perché non sei ancora rientrata?'

Alzo gli occhi al cielo.

Prevedibile... la mia libertà è ridotta all'osso ormai.

Me: 'Devo finire una ricerca con Wendy. Resto a dormire da lei'.

Poso lo sguardo su Yuri, sulla sua fronte corrugata, sulle sue guance lucide. Stringe i denti e si agita, come se stesse lottando anche adesso. Questo virus lo sta prosciugando, fisicamente ed emotivamente. E io non posso perderlo.

'Non posso perderti'.

Mi sdraio accanto a lui e gli sfioro i capelli morbidi. «Vedi di non lasciarmi, piccola testa calda» mormoro, toccandogli la fronte.

Una mano mi accarezza la schiena con delicatezza.

Mi volto e i miei occhi si posano su quelli di Kinan.

«Ti va di scendere un attimo? I ragazzi hanno cucinato qualcosa da mangiare ma non ti assicuro che sia commestibile».

«Ma voi non mangiate. Perché hanno cucinato?»

Kinan sorride, facendo comparire la fossetta sulla guancia destra. «Perché oggi non hai mangiato».

'Quando mi guardi e mi parli con tanta dolcezza, rispettando il mio spazio e i miei tempi... mi incanti. Grazie per aver capito subito che stare da sola con Yuri era l'unica cosa di cui avevo bisogno. L'unica che mi serviva'.

«Non ti commuovere, non penso sia all'altezza delle tue aspettative». Ride e mi prende per mano facendomi alzare. Mi conduce fuori dalla stanza, le dita intrecciate alle mie. «State di guardia. Se succede qualcosa, avvisatemi» mormora ai due ragazzi fuori dalla porta.

Scendiamo al piano di sotto e arriviamo in cucina. Teo sbatte sul tavolo le posate mentre Nicolas appoggia su un sottopentola un tegame ricolmo di una poltiglia marroncina fumante, raddrizzandosi il cappello da chef sul capo.

«Nicolas, che cazzo è quella roba?» Amanda prende un cucchiaio e lo infila nella zuppa, lo estrae e fa colare il contenuto di nuovo dentro l'intruglio.

«Dovrebbe essere un pezzo di carne».

«No, è chiaramente una carota» ribatte Chris.

Nicolas si gratta la testa. «In realtà non lo so, a te cosa sembra?»

«A me sembra che ci vogliate avvelenare» borbotta Teo.

Amanda si porta una mano sulla fronte. «Pensi che portare quello stupido coso bianco sulla testa ti dia automaticamente le stesse capacità di Gordon Ramsey? Stai mescolando da mezz'ora questa cosa schifosa e non sai neanche che ci hai messo dentro! E Chris, smettila di aggiungere spezie a caso senza un senso!»

Teo scoppia a ridere.

«E tu devi smetterla di apparecchiare come fossi Hulk, non abbiamo più bicchieri».

Nicolas la squadra in malo modo. «Ho seguito quella maledetta ricetta online, okay? Abbiamo solo sostituito degli ingredienti perché non li avevamo tutti. Non mi mettere pressione».

«Sulla base di cosa avete sostituito gli ingredienti?» sibila Amanda.

«Amico, pensa prima di rispondere... la vedo male» mormora Teo in tono spaventato.

«Sulla base di quello che sentivo, okay?» Nicolas incrocia le braccia davanti al petto. «Un genio va a intuito, a sentimento».

«Abbiamo seguito il *corazón desperado*» borbotta Chris, ricevendo l'approvazione di Nicolas, che annuisce con decisione.

«Vi staccherò il *corazón desperado* e lo ficcherò in questa zuppa, affinché il sapore del vostro sangue mi spieghi il perché non arrivate a radunare un solo neurone in due».

Kinan tossisce e i ragazzi si voltano verso di noi.

«Direi che nessuno toccherà il *corazón desperado* di nessuno, qui dentro. Non vogliamo altre morti, e oggi abbiamo Issa, non vorrete di certo farle passare l'appetito». Mi fa accomodare.

«Dovevate lasciare fare a me lo chef, non a quei due» sbuffa Teo, mentre finisce di apparecchiare.

Kinan si siede a capotavola, vicino a me. Tiene ancora la mia mano, mi disegna piccoli cerchi sul dorso con il pollice.

Amanda porta due bottiglie d'acqua sul tavolo e lancia un'occhiata alla pentola, storcendo le labbra.

Li osservo in silenzio. Funzionano come una famiglia vera e propria. Ragazzi legati dall'assenza di madri e padri che si fanno scudo l'un l'altro.

Dave entra in cucina e si toglie la giacca. Mi regala un dolce sorriso, si siede nel posto accanto al mio, dandomi un piccolo bacio sulla guancia.

«Oggi mangi con noi?»

«Non illuderla... hanno cucinato Nicolas e Chris insieme» mormora Teo, mentre prende posto di fronte a Dave. Ha un'espressione così schifata che a momenti penso vomiterà sul piatto.

Nicolas ci raggiunge con un vassoio di verdure tra le mani. Si accomoda accanto a Teo e Amanda, con il cappello da cuoco ancora indosso.

«Fai finta di mangiare, dopo ti ordino la pizza» mi sussurra Dave.

Chris prende il mio piatto e lo avvicina a Nicolas, che ci versa dentro un mestolo della brodaglia. Il contenuto si spande sul fondo della ceramica, informe e poco rassicurante. Appoggia il piatto davanti a me, facendomi l'occhiolino. «Principessina Liverly».

Aspetto che anche gli altri abbiano davanti il piatto, ma i loro occhi sono puntati su di me.

Perché ho come l'impressione che mi stiano studiando? Hanno lo stesso sguardo che ha Kinan quando mi guarda mangiare in mensa. Forse, non sentendo i sapori, attendono da me il giudizio sul cibo.

Afferro il cucchiaio e assaggio la zuppa. È leggermente salata, ma non così male. L'aspetto non rende giustizia al gusto che ha. «Buono, mi piace».

Il volto di Nicolas si rallegra, mentre batte il cinque a Chris. Iniziano tutti a mangiare, nonostante non sentano il sapore, soltanto per farmi compagnia. Il cuore mi si riempie di gratitudine.

Kinan prende un cucchiaio di brodaglia marrone e la osserva con attenzione. Si accorge del mio sguardo su di lui e mi sorride. «Stavo cercando di immaginarne il gusto...» mormora.

'Spero che tutti voi possiate tornare a sentirlo. Spero che il vostro piano riesca, e che possiate tornare a essere quello che eravate prima di tutto questo'.

«Quello che è successo oggi a Yuri è normale» mormora Nicolas. «Ci siamo passati tutti».

Sospiro, e il fiato mi tremola. «Mi chiedo perché non me ne abbia mai parlato...»

Dave mi accarezza la schiena. I suoi occhi grondano tristezza e rammarico.

Solo il cielo sa quanto si sta torturando in questo momento per aver coinvolto Yuri in questa faccenda...

«Non sentirti in colpa per questo. Solitamente cerchi di non mostrarlo alle persone a cui vuoi più bene per paura...»

Le parole di Amanda mi sorprendono. Mi osserva con una luce più calda nello sguardo.

Chissà... magari stipuleremo una tregua...

Dave

Isabella sposta le verdure nel suo piatto con gli occhi persi in un punto oltre il suo bicchiere. Kinan la guarda con una scintilla che non gli avevo mai visto addosso, l'espressione di chi vorrebbe estrarre il dolore dal corpo di qualcun altro.

Il legame che lo unisce a Issa sta diventando sempre più forte. Capiscono i pensieri l'una dell'altro solo con uno sguardo.

«Perché avete trasformato lui e non me?» mormora, spostandosi i capelli neri dal viso.

Sbatto le palpebre, sorpreso. «Perché quello più avvicinabile era Yuri, e non volevo coinvolgerti».

«Non capisco... a cosa vi serve un altro Liverly infetto? Qual è il piano?»

Teo e Nicolas si scambiano un breve sguardo. Chris lancia un'occhiata a me e a Kinan.

'Hai ragione, meriti delle spiegazioni. Non possiamo tenerti all'oscuro per sempre'.

«Speravamo di minacciare i tuoi genitori» sussurra Chris. «Una volta che Yuri fosse stato come noi, avremmo avuto la cura».

Issa sgrana gli occhi. «Esiste una cura? Ve l'hanno data?»

«Esiste, ma non ce l'hanno data. Purtroppo, quando l'abbiamo richiesta ai laboratori, abbiamo scoperto che non sono mamma e papà a gestire tutto. Loro sono normali impiegati» sospiro.

«Quindi?»

«Quindi il capo, quello che possiede la cura, ha risposto che non gli importava se Yuri era infetto. Ha detto: 'Uno in più da uccidere'» sibila Kinan, e un fremito mi percorre il corpo.

Isabella appoggia il cucchiaio sul tovagliolo e si porta una mano fra i capelli, scompigliando la sua frangetta.

«Quindi il vostro piano è fallito? Ora Yuri è intrappolato in un corpo infetto perché il capo è cambiato?»

Kinan le sfiora il braccio. «Prenderemo in assalto i laboratori per liberare i Red, inclusa la sorella di Amanda. Nel farlo, ruberemo la cura».

Mia sorella posa lo sguardo su ognuno di noi, le labbra schiuse. «Da soli? Voi da soli?»

«Tutti i Red. Siamo una cinquantina... più qualcuno che è molto bravo a seminare il panico» spiego.

«*Molto* bravo» ridacchia Nicolas.

Tre colpi al portone la distraggono per un momento e il suo cuore accelera.

Amanda si alza e va ad aprire.

So già chi potrebbe essere...

«Ciao bocconcini!»

La voce stridula di Reina non mi mancava.

«Questo è un incubo» sbuffa Issa, mentre Ben e Carl ci raggiungono.

«Ditemi che quella zuppa nasconde carne umana!» geme Ben, ricevendo un'occhiataccia da Chris.

Reina soffia un bacio a Kinan da lontano e Isabella socchiude le palpebre, fulminandola.

«Stai calma, Issa. Lei fa sempre così. Smettila di trucidarla con lo sguardo» le sussurro.

«Magari bastasse uno sguardo per trucidarla!»

Carl punta gli occhi su mia sorella e le fa l'occhiolino. «Ehi dolcetto, non abbiamo più chiarito dall'ultima volta...»

Kinan stringe la mano libera in un pugno, sfila l'altra da quella di Issa e avvicina a sé la sedia dov'è seduta. Poi solleva il viso, serrando la mascella, e fissa Carl con aria di sfida.

«Suvvia, Kinan, non fare il possessiv...»

In un istante lui scatta in piedi e lo afferra per la gola, sollevandolo da terra.

Gli corro accanto e lo strattono dalla spalla. «Kinan, lascialo!»

«Ci risiamo, dovete già litigare?» mormora Reina, mentre si ripassa il rossetto. «Abbiamo promesso di non toccare la Liverly che vi sta tanto a cuore. State calmi».

Chris si avvicina a Kinan, gli sussurra qualche parola all'orecchio che gli fa allentare la presa.

«Non guardarla, non sfiorarla, non pensarla. Sono stato abbastanza chiaro?» ruggisce lui, mentre Carl riprende fiato e lo studia con un ghigno sul viso, le mani alzate in segno di resa.

«Che cos'ha di speciale quell'essere umano?» domanda Ben.

«Ha di speciale che è mia sorella. Se ti sento un'altra volta rivolgerti così a lei, non finisce bene, piccolo Ben» sbotto. «Nicolas, Amanda: accompagnateli nelle loro stanze. Domani avremo modo di parlare meglio» concludo.

I ragazzi eseguono subito i miei ordini, scortando il trio maledetto lungo le scale, verso le camere da letto.

Sono impossibili da controllare, uno più pazzo dell'altro. Ma che ci piaccia o meno, senza di loro il piano traballerebbe.

«Andiamo a dormire anche noi. Domani, come da programma, sistemeremo tutto quanto. Yuri è sotto sorveglianza, dormirò accanto a lui per sicurezza» mormoro.

Kinan si avvicina a Isabella, le sussurra qualcosa all'orecchio che la fa sorridere e annuire.

Nessuno di noi è abituato a vederlo così. Poco fa stava per perdere il controllo, e adesso, vicino a lei, ha la dolcezza impressa nei lineamenti. E sorride. Sorride come non l'ho mai visto fare.

Il suono del campanello interrompe i miei pensieri.

Vado ad aprire e i miei occhi si posano su quelli marroni, gonfi di lacrime, di Teresa.

«C'è posto per me?» La sua voce spezzata dal pianto mi spacca l'anima.

Kinan

Rientro in camera con la coperta in mano e mi volto verso di lei.

I suoi capelli neri sono sparsi sul mio cuscino e le coprono la guancia rosata. È distesa sul letto, con le spalle abbandonate sul materasso, e il suo respiro scandisce il silenzio. La lentezza con cui il petto si alza e si abbassa in in movimenti regolari e morbidi mi ipnotizza.

Si rannicchia su un fianco, portandosi una mano vicino alle labbra.

'Sei incredibilmente bella anche mentre dormi... sfidi ogni canone, ogni regola e pensiero. Ogni tratto sul tuo viso assume un ordine nel disordine, un ordine nella follia'.

La copro e lei mugugna una frase incomprensibile, imbronciandosi. Sorrido di fronte alla buffa espressione che fa e le accarezzo la guancia, passando le dita sulla sua pelle liscia.

Le sue labbra si incurvano istintivamente.

'So che odi essere toccata dalle persone... ma il fatto che tu mi permetta di farlo, anche solo per tenerti la mano, mi onora. Mi fa sentire speciale ai tuoi occhi. Mi fa sentire importante'.

Mi volto per prendere altre coperte, ma il suo respiro si fa parole.

«Nessun incidente ti può impedire di sognare, perciò sogna come solo un bambino sa fare. Sogna fortemente ma anche lievemente...»

Mi blocco.

«Sogna da togliere il fiato...»

Torno a guardare il suo viso addormentato.

'Sogna come fosse reato'.

«Sogna come fosse reato».

Mille brividi mi percorrono la schiena.

«Sogna e non ti fermare, la vita è una sola e nessuno ti avvisa...»

«Se il tuo tempo finisce, se la clessidra svanisce» sussurriamo insieme.

Mi chino davanti a lei, col cuore che rimbomba nel petto.

«Perché conosci le sue parole?» bisbiglio confuso.

'Perché stai usando le stesse parole dell'uomo che mi liberò dalle celle? L'uomo che mi permise di far scattare la rivoluzione e di liberare tutti gli altri. L'uomo misterioso dai tratti gentili, l'unico essere umano che non mi ha tradito, che non mi ha aggredito. L'unico che mi ha trattato come si tratta una persona. Lui, l'uomo di cui ho perso le tracce subito dopo la fuga'.

«Non andare... *nonno*». Una lacrima le percorre la guancia. «La tua clessidra non è svanita... non andare» mormora con voce straziata, che mi si insinua nella carne e mi avvolge l'anima.

Mi porto una mano al petto, spalancando gli occhi.

'È tuo nonno... quello volato via senza le ali... quello morto nell'incendio. L'àncora che mi salvò, che mi liberò, regalandomi queste parole per sopravvivere nel mondo di fuori... è tuo nonno'.

Il mio cuore diventa un macigno, mi costringe a sedermi a terra. Respiro profondamente, di fronte al destino che ci ha legati.

«Avrei voluto ringraziarti, ma sei morto». La mia voce tremante riempie la stanza. «Non sei scomparso nel nulla... sei morto».

Una fitta mi squarcia dentro, libera dai miei occhi un pianto sommesso.

Perché il destino non mi lascia nemmeno una delle persone gentili che mi capitano? Perché me le toglie tutte?

Prendo un profondo respiro e asciugo le lacrime con la mano.

«Nessun incidente ti può impedire di sognare, perciò sogna come solo un bambino sa fare. Sogna fortemente ma anche lievemente. Sogna da togliere il fiato. Sogna come fosse reato. Sogna e non ti fermare, la vita è una sola e nessuno ti avvisa se il tuo tempo finisce, se la clessidra svanisce».

Le lacrime non si fermano, proprio come i rimpianti nella mia mente.

'Non potrò mai sdebitarmi con l'àncora che mi ha salvato, non potrò mai farlo. Ma posso proteggere te, Isabella. Posso proteggere la sua persona preferita, quella per cui ha dato la vita.

I nostri destini sono legati, Isabella Liverly. Ora più che mai'.

61
Spiragli

Isabella

Schiudo le palpebre e le sbatto per mettere a fuoco la stanza. Le pareti azzurre riflettono una luce lattescente che filtra attraverso le tende bianche.

Mi rannicchio su un lato, accoccolandomi con la guancia sul cuscino; profuma di Kinan.

Non ricordo l'ultima volta in cui ho dormito così bene. La sua presenza, il suo odore, il tepore delle coperte... mi hanno cullata nel sonno.

Chissà se Yuri si è svegliato...

Chissà come sta...

Mi sollevo dal materasso, tirando via la coperta, e vado alla porta. Il silenzio che alberga nel corridoio in penombra viene disturbato solo dai miei passi svelti. Mi affaccio sulla soglia della camera di Dave con il fiato sospeso, e scruto il letto disfatto e il plaid abbandonato sul divanetto.

Ma dove diavolo sono andati? Non c'è traccia né di lui, né di Yuri.

Cammino verso le scale, la preoccupazione che mi accelera il battito.

«Buongiorno anche a te».

Sobbalzo. Mi volto e il mio sguardo si sofferma Chris. Dai suoi capelli cadono goccioline di acqua che gli rotolano sui pettorali, percorrendo l'addome fino all'asciugamano avvolto intorno alla vita.

Sgrano gli occhi, annaspando.

Ma che cazzo, coprirsi no?

«Dov'è Yuri? Non è nella sua stanza».

«È andato a casa a prendere le sue cose, l'ha accompagnato Dave stamattina. Hanno parlato per più di un'ora e sembra essersi tranquillizzato. Dave è già tornato, lui è rimasto un attimo a casa tua, tornerà appena avrà tranquillizzato i tuoi genitori, sai com'è. Non ti preoccupare, gli abbiamo dato una dose abbondante di calmante e il medico l'ha visitato. Siamo sulla strada giusta».

Spero sia davvero come dice...

«Dove sono gli altri? Perché non c'è nessuno?»

«Perché ci stiamo allenando nel bunker, ho appena finito il mio turno».

«Mi porti lì? Voglio vedere Dave e Kinan».

Chris si massaggia il collo, sorridendo.

'Che cavolo hai da sorridere?'

«Mi fai vestire? È un po' difficile accompagnarti se sono nudo» ridacchia, e si inumidisce il labbro inferiore.

Le guance mi si infiammano. Dio, che figura! Sono rimasta impalata davanti a lui a tempestarlo di domande, chissà cosa avrà pensato...

«S-scusa. Ti aspetto qui» mormoro, sedendomi sull'orlo delle scale.

Mi dà le spalle, dalla sua schiena scendono delle gocce d'acqua che finiscono sul pavimento, lasciando una piccola scia. Si volta, aprendo la porta della camera, e sfoggia un sorrisetto compiaciuto mentre mi osserva. «Sicura di non voler entrare?»

Smetto di fissarlo per alzare gli occhi al cielo. «No, Cristiano. Non ci tengo».

«Okay, principessina Liverly. Mi vesto e arrivo». Mi fa l'occhiolino e si infila dentro.

Lui e le sue battutine a doppio senso... deve sempre provocarmi. Credo sia un suo vizio. Razza di pallone gonfiato che non è altro. Sbuffo, poggiando la guancia sul palmo. È anche lento come una lumaca... io ci metto molto meno a vestirmi.

I suoi passi mi riscuotono. Mi fa cenno di seguirlo, e scendiamo le scale fino ad arrivare a una porta a muro nella parete del sottoscala.

E questa da quando è qui? Non l'avevo mai notata. Ottimo nascondiglio, complimenti.

Accediamo a un corridoio in discesa e raggiungiamo una seconda porta. Chris inserisce un codice su una piccola tastiera, lo scatto degli ingranaggi la sblocca e lui la apre. Davanti ai miei occhi compare uno spazio ampio, illuminato da fari a led. Su un lato, un gruppo di Red si allena con la corsa, spostandosi da una parte all'altra con scatti fulminei. Sulla parete in fondo, altri ragazzi utilizzano gli attrezzi per arrampicarsi. Nicolas e Teo saltano da un punto all'altro senza fare fatica.

I miei occhi vengono catturati dalla chioma rossa al centro del campo. Kinan è di fronte ad Amanda, al centro di un quadrato chiaro.

Dev'essere un ring per il corpo a corpo...

Lei fa un sorrisetto e gli si lancia contro, prendendolo alle gambe e facendolo cadere di schiena. Non gli dà tempo di alzarsi, lo afferra subito dal braccio e lo blocca con un piede. Kinan geme, il viso contratto dal dolore. D'istinto muovo un passo avanti.

Chris mi blocca. «Non ti preoccupare, Kinan non si fa battere facilmente. Guarda e impara».

Torno a osservarli. Gli occhi di lui si fanno neri, afferra Amanda dalla maglia e la solleva in aria, sbattendola contro il pavimento. Le sale addosso di peso e le puntella un gomito sul petto impedendole di rialzarsi.

«Sei diventata più fiacca...» ansima, mollando la presa e facendole riprendere fiato. «Non abbassare la guardia quando vedi che il nemico è apparentemente KO». Le si toglie di dosso e le tende una mano per aiutarla a rialzarsi.

Fuori dalla piccola arena c'è una fila di Red che aspetta. Una ventina tra ragazzi e ragazze, muscolosi e determinati, che osservano Kinan e ne studiano le mosse.

«E quelli?» chiedo indicandoli.

«Attendono il loro turno» mormora Chris. «Salgono uno a

uno per sfidare Kinan. In questo modo valutano il loro livello. Ma nessuno l'ha mai battuto, nemmeno Dave. È impossibile».

Il rosso rotea il collo e si massaggia la spalla, mentre Amanda scende dalla pedana e un ragazzo sale.

«Perché fate tutto questo?»

«Lo hai sentito ieri: per riuscire a prendere la cura e liberare i Red ancora in trappola. Dobbiamo disattivare le telecamere di sicurezza e fare tutto nei tempi prestabiliti. Non possiamo commettere errori. Perciò dobbiamo allenarci fino allo sfinimento».

Punto lo sguardo su Kinan. In un attimo mette al tappeto il ragazzo che è appena salito. «Quindi nessuno ha mai battuto Kinan?»

Un altro ragazzo avanza senza dargli tempo di riprendersi. Lo prende per il collo, sollevandolo da terra, e il mio cuore schizza in gola.

Chris sorride davanti alla scena. «Nessuno».

Kinan ghigna e i suoi occhi diventano nuovamente neri. Come con Amanda, ribalta la situazione e il ragazzo viene sconfitto, ma lui gli dà una pacca sulla spalla e gli mostra una presa diversa da usare.

Devo mantenere la calma, o rischio di avere un infarto.

«Paura?»

Il tono divertito di Chris mi fa alzare gli occhi al cielo. «Che dopo venti ragazzi, infetti e palestrati, possa avere un momento di stanchezza e farsi male? Be', direi...»

In meno di un secondo, il suo sorriso scompare. Di colpo due braccia mi avvolgono e il naso mi si riempie del suo profumo fresco. Il pavimento si allontana dai miei piedi mentre vengo spostata con forza.

Che... che diavolo...?

«Spero tu abbia una spiegazione logica!» sbraita Chris rivolgendosi a non so chi.

Stretta tra le sue braccia, seguo con gli occhi il suo sguardo, fino a scontrarmi contro il ghigno di Reina.

Lei mi rivolge un'occhiata colma d'odio. «Che cavalieri veloci che hai, piccola Liverly...»

Tutti i Red si fermano a osservare la scena, i loro sguardi sono puntati su di me.

Sprofondo sempre più tra le braccia di Kinan, che mi accarezza la schiena e mi squadra da capo a piedi, controllando ogni centimetro del mio corpo. Lo guardo confusa.

«Reina pensava di infilzarti con un coltello» sibila Chris, mentre la guarda male.

Bene, a quanto pare hanno appena provato a uccidermi. Dopo questa, posso dire di aver provato tutto nella vita.

«Già, mi è volato... mi stavo allenando a tirare ed è capitato, perdonami cara». Sorride nel modo più falso possibile.

Kinan si irrigidisce. Ha la pelle madida e la maglietta bianca che indossa è completamente attaccata al suo corpo. Mi tiene stretta a sé, impedendomi di spostarmi. «Non mi è sembrato casuale» ringhia in tono gelido.

«Oh, avanti!» interviene Ben con dieci coltelli in mano. «Ci stavamo allenando, e Reina non intendeva mica ucciderla... vero, Reina?»

«Parla per te» mormora lei con un sorriso sadico in volto. Tira fuori dai pantaloni il suo rossetto rosso e se lo ripassa sulle labbra, premendole tra loro.

La forza selvaggia e fuori dalle regole che ammalia ogni ragazzo Red. La guardano tutti con la bava alla bocca.

«In ogni caso, alla vostra Liverly non è successo nulla. Chris ha preso al volo il coltello e Kinan si è buttato su di lei. Le avete letteralmente fatto da scudo. Una doppia protezione da urlo, direi» sghignazza Carl.

Chris ha preso al volo il coltello?

Mi volto verso di lui mentre Amanda gli si avvicina e gli porge una benda e delle garze. Lui si tampona un taglio sanguinante sul palmo della mano e lo avvolge con la benda, stringendolo ripetutamente. Ha bloccato il coltello con la mano senza esitare e la lama lo ha ferito. Non ha detto mezza parola, nessun lamento...

'Hai rischiato per me...'

Chris si accorge del mio sguardo e sorride. «Mi devi una vita adesso, principessina Liverly».

Da Kinan me lo sarei immaginato, ma non da lui. «Ti ringrazio, Cristiano».

Si porta due dita alla fronte senza dire altro.

I miei occhi tornano a posarsi su Kinan. «Perché non mi hai svegliata? Mi sono addormentata».

«Ed eri bellissima. Non avevo il coraggio di interrompere il tuo sonno».

Ha il labbro gonfio... i ragazzi ci sono andati giù pesante con lui... come se fosse una macchina da guerra da abbattere. «Dovete per forza prendervi a pugni in questo modo?»

La mia preoccupazione lo fa sorridere.

'Non c'è nulla di divertente, in realtà. Guardati...'

Si rivolge agli altri. «Faccio una pausa, andate avanti». Mi prende per mano e mi porta fuori, lontano da occhi indiscreti.

«Da quante ore ti stai allenando?»

Sblocca le porte, facendoci uscire dal bunker. Attraversiamo il corridoio fino al sottoscala, raggiungendo la cucina. «Dalle cinque del mattino, non riuscivo a dormire».

'Potevi dirmelo...'

Mi siedo su uno sgabello, mentre Kinan prepara la colazione.

«Non riuscivi a dormire per colpa mia? Vedi? Dovevi svegliarmi! Ti devi anche allenare... ti ho rubato il posto e...»

Mi zittisce con un bacio sulle labbra. «Non aggiungere un'altra parola». Mi dà un bacio sulla guancia destra, sulla sinistra, sul naso e di nuovo sulle labbra. «Sei essenziale per me, piccola e dolce Isabella».

Mi osserva ammaliato mentre mi accarezza i capelli, facendo scorrere la mano fino alla mia guancia.

Rimango senza fiato, con i brividi in tutto il corpo.

«I nostri destini sono legati. Sento che qualsiasi cosa avessi fatto, qualsiasi strada avessi preso... tu mi saresti stata comunque destinata. Tu, con questi occhi taglienti, queste labbra incandescenti e queste morbide guance». Passa il pollice sulle mie labbra, schiudendole, e il suo tocco mi fa venire le farfalle nello stomaco. «Ho pensato di dovertelo dire, almeno una volta». Mi sorride e torna ad armeggiare con le ciotole appoggiate sul ripiano.

«Sei strano, oggi... mi nascondi qualcosa?»

La mia domanda lo fa sorridere. Mi porge una tazza di cioccolata e dei biscotti, e si siede sullo sgabello accanto al mio.

Ha preparato tutto questo solo per me... si è preso la premura di farmi la colazione. Mette in pausa qualsiasi cosa per prendersi cura di me. Persino una sua carezza ha della magia.

Sulla soglia si affaccia Teresa, i capelli in disordine, gli occhi gonfi e una felpa addosso.

'Che cosa ci fa qui? E perché indossa la felpa di Dave?'

«Scusate, non volevo interrompere...»

Dietro di lei compare Dave, e il mio sguardo vaga dall'uno all'altra.

«Che cazzo sta succedendo?»

Kinan ride, godendosi la scena mentre mio fratello guida Teresa su uno sgabello con una mano dietro alla schiena.

«Ripeto: che stra-cazzo succede qui?»

«Dave, puoi dire qualcosa? Tua sorella mi sembra sul punto di avere una crisi di nervi e non so se ci conviene» ridacchia Kinan.

«Teresa ha avuto una lite con le sue zie» mormora lui.

«E? Siamo un centro sociale?»

Kinan mi lancia un'occhiataccia.

«Diciamo che ho scoperto che quello che mi avevate detto era vero. Mi sono rifiutata di rimanere un secondo di più in quella casa» pigola lei.

In un modo che solo noi due possiamo comprendere, il suo dolore mi attraversa. I nostri occhi riconoscono la sofferenza reciproca di avere una famiglia che tradisce.

Annuisco in silenzio e le avvicino il pacco di biscotti. «Sono buoni, assaggiali».

Teresa

Mi tolgo di dosso ogni singola cosa che mi ricorda i loro sporchi soldi mentre mi guardano sconcertate.

Lancio il mio orologio sullo specchio accanto all'armadio, mandandolo in frantumi. Zia Laurel si porta le mani alla bocca. Indico la TV al plasma appesa alla parete. «Anche questa l'avete guadagnata così?» Tacciono, e il loro silenzio mi irrita ancora di più. Prendo l'ombrello e inizio a picchiarlo contro il monitor.

«Non è come pensi. Noi l'abbiamo fatto per sopravvivere, avevamo bisogno di quei soldi e dovevamo crescerti... i tuoi genitori non ci sono, sei sotto la nostra responsabilità».

Scoppio a ridere, mentre le lacrime mi bagnano le guance. Certo, dovevano crescermi sulla pelle di altri ragazzi! Che schifo! «Sono sotto la vostra responsabilità, ma mai e poi mai mamma e papà mi avrebbero lasciato con delle criminali. Mai e poi mai. E questa villa, questi vestiti» tolgo la camicetta che indosso, tolgo i braccialetti e gli orecchini costosi che mi hanno regalato, «ogni singola cosa che avete comprato con quelle mani sporche... mi fa *vomitare*!»

Zia Laurel chiude la porta. La conosco, vuole impedire che il personale senta le mie urla.

Afferro la mia piastra e la lancio contro il muro. Che sentissero!

Tutto qua dentro mi disgusta. Tutto! Ogni singolo centimetro è sporco, è macchiato del sangue di bambini innocenti.

«Ma come avete potuto? Come avete fatto?» Il pianto si mischia alla rabbia. Sbatto il pugno sulla cornice con la nostra foto e il vetro si spacca.

«Fermati, Tessa! S-stai sanguinando!» piagnucola zia Cristina.

«Fermarmi? Fermarmi?» Corro spedita verso la porta della stanza, spalancandola con forza. «Ho appena iniziato, zie, e non avete idea di quanta rabbia provi in questo momento».

Il personale mi fissa con gli occhi sgranati e rivolge uno sguardo preoccupato alle mie zie.

'Dio, quanto vorrei gridare a tutti cosa avete fatto!'

«Il mio ultimo gesto nei vostri confronti, in memoria dei miei genitori, è quello di tacere. Vergognatevi di ciò che siete».

Zia Cristina si avvicina con le lacrime che le bagnano il viso. «Tessa... dove stai andando? Parliamone!»

Alzo un dito verso di lei. «Non fare un altro passo, non ti avvicinare, non mi chiamare Tessa e non mi guardare come se nutrissi affetto per me».

«Stai esagerando... dovresti farci spiegare il perché».

'No, ho smesso di ascoltarvi. Voglio uscire da qui e andarmene il più lontano possibile da voi due'.

Mi volto senza risponderle e mi dirigo alla porta.

I loro passi mi seguono.

«È notte fonda, dove vuoi andare? Fermati, Teresa!»

Mi giro a guardarle, il disgusto impresso sul viso. «Il più lontano possibile da delle criminali come voi. Sono sicura che mamma e papà sarebbero fieri di me, fieri di come mi sto allontanando dallo sporco e dal marcio che rappresentate».

Entrambe abbassano lo sguardo.

Come ho fatto a credere che quei guadagni, quelle fortune improvvise, fossero frutto del loro sacrificio? Come? Come ho fatto a essere così cieca di fronte alla verità?

«Mi toglierei perfino il top, i jeans, le mutande e il reggiseno... ma non posso andare in giro nuda. È illegale, a quanto pare. Mi assicurerò di buttarli non appena troverò qualcosa da mettere. Vivete bene in questo lusso, mi raccomando».

Do loro le spalle, apro la porta di casa ed esco. Il freddo mi colpisce la pelle, facendomi rabbrividire.

Percorro i gradini fino al cancello, lo spalanco e mi metto a correre. Spero solo che non mi facciano braccare dalla sicurezza. Forse l'unico posto dove posso stare al sicuro è proprio dai Red.

Sorpasso il confine nel bel mezzo della notte, con una mano sanguinante e un cuore che ancora stenta a realizzare la menzogna in cui fino a oggi sono stata rinchiusa.

Isabella, con un solo sguardo, ha compreso il mio stato d'animo.

Si sentirà così anche lei? Con i sensi di colpa che le impediscono di dormire e di respirare?

Incontro gli occhi colmi di preoccupazione di Dave e mi costringo a sorridere.

Ieri l'ho spaventato, ma non ce l'ho fatta... sono crollata. Ho iniziato a piangere, così tanto che non me ne capacitavo. Non piango mai davanti agli altri. Non lo faccio, non l'ho mai fatto. Ma Dave mi guardava in quel modo così pieno di premura che ho sentito l'affetto di mio padre tornare in vita e sono crollata.

Lui non ha fatto altro che consolarmi per tutto il tempo. Si è assicurato che cenassi, che mi riprendessi e che il taglio sulla mia mano fosse bendato. Mi ha procurato un letto su cui riposare e si è preso cura di me.

Isabella mi avvicina un pacco di biscotti. «Sono buoni, assaggiali» mormora.

Quando condivide il cibo, vuol dire che in qualche modo vede la tua sofferenza e cerca di supportarti. Ne ho la conferma dallo sguardo stupito di Dave.

Kinan sorride, mentre la guarda mangiare con gusto. Probabilmente è abituato a questi suoi atti di gentilezza, a questi suoi modi. Ma non io. Non più almeno.

Questo piccolo momento sembra uno spiraglio di luce per me: una piccola crepa nel muro che lei ha eretto verso l'esterno.

62
Affronto

Yuri

Sono diventato un asso a mentire. Ormai mi viene automatico. Con i compagni a scuola, con Issa, con i miei. Mento. Mento sempre. Anche ora. Anche a me stesso.

«Non passate mai un giorno in casa, tu e Issa» si lamenta papà, facendo una carezza a mamma. Si siede davanti a me, accende il computer e si mette a lavorare.

«Tua sorella non risponde alle chiamate... quella ragazza mi farà prendere un colpo, prima o poi» sospira mamma, mentre mi prepara il pranzo da portare via.

Mi sforzo nel mostrare loro un sorriso di circostanza. È mentire anche questo.

'Vorrei non ammetterlo, ma la nostra vecchia routine, anche solo per un minuto, mi dà pace. Mi mancava stare seduto con voi. Mi mancavi tu, papà, con il PC aperto davanti. Mi mancavi tu, mamma, che prepari il pranzo per me. Avete fatto delle cose gravissime, lo so, e so che è sbagliato sentirmi così, ma non riesco più a non ammettere che il vostro calore mi manca. Mi manca tanto'.

«Ecco a te». Mamma mi porge il contenitore. «Mi raccomando, non lasciare gli spinaci. Devi mandarmi la foto del piatto vuoto».

La tristezza dilaga in me, mi scotta l'anima e mi punge le palpebre.

«Non starai facendo lo schizzinoso già adesso? Sei assurdo, Yuri Liverly».

Le sorrido con lo sguardo colmo di una malinconia che non può capire.

«Stai per metterti a piangere pur di non mangiare gli spinaci? Figlio mio, ti ho cresciuto meglio di così» scherza papà, notando i miei occhi lucidi.

Prendo un profondo respiro. «È che mi era mancato tutto questo» sussurro. «Con i casini che sono successi ultimamente, è passato tanto dall'ultima volta che mi hai preparato un pranzo» dico rivolto a mamma.

La verità è che non so neanche che sapore avranno gli spinaci, perché sto perdendo il gusto. Potrei mangiarli a occhi chiusi e non sentire niente. Questa cosa mi fa impazzire.

«Lo so... siamo stati indaffarati, di recente. Sappi che ti farò il pranzo ogni volta che vorrai, ma ora ti prego: via quello sguardo triste». Mamma mi scompiglia i capelli con la mano.

Punto gli occhi su di lei, annuendo, e rivedo Isabella. È sempre stato così. A volte, quando sentivo la mancanza di una, mi bastava guardare l'altra. Ha sempre funzionato. Ultimamente, però, non ho il coraggio di guardare Issa negli occhi. Come faccio? Mi porterebbe a perdonarmi, ne sono sicuro. Mi farebbe sentire meglio, e non lo merito.

Mi alzo, raccolgo le mie cose e mi avvio all'ingresso. Sulla porta, li guardo un'ultima volta: mamma abbraccia papà, mentre lui finisce di lavorare al computer.

Quanto vorrei che il tempo si fermasse così, in una pace idilliaca e fittizia che però basta per rendermi felice.

Distolgo lo sguardo e mi incammino verso l'esterno con il pranzo tra le mani, il calore che sprigiona sulle mie dita mi fa sorridere.

Davanti a casa stazionano tre furgoni neri. Strano...

D'improvviso i portelloni si spalancano e dall'interno scendono dieci uomini che mi accerchiano.

«Yuri Liverly, sei considerato un *pericolo* per la società. Devi venire con noi» sbraita uno di loro.

Senza che possa comprendere, un colpo alla nuca mi fa crollare in ginocchio e mi ritrovo steso a terra, un piede premuto tra le scapole.

«Che cosa state facendo?» Mi dimeno, ma mi bloccano in tre, puntandomi una pistola addosso. Tengo ancora in mano il pranzo di mamma, il cui calore mi aiuta a non perdere il controllo, a rimanere ancorato al mondo.

«Ora si mimetizzano alla perfezione, sembra un normale studente» sputa uno di loro in tono sprezzante. Con una cattiveria che mi paralizza, calcia via dalla mia mano il pranzo che ho cercato di proteggere e preme con il piede il mio polso.

«Aaah! Lasciatemi! Lasciatemi andare!»

Il mio urlo di dolore basta per far uscire mamma e papà da casa.

«Che diavolo state facendo? Siete impazziti?»

«Stavate cercando di tenere nascosto vostro figlio pur sapendo del *pericolo* che rappresenta? Con quale coraggio lavorate con noi?»

«Che state dicendo? Nostro figlio...? Yuri...»

Il pranzo preparato da mamma viene calpestato più volte da uno degli uomini, sul suo viso è impresso il disgusto.

Maledetto!

La collera, l'odio e la brama di uccidere bruciano nelle mie vene, mi infiammano il sangue.

«Vostro figlio, Yuri Liverly, è un infetto. Vedete? Sta già iniziando a trasformarsi. Questi esseri non hanno controllo e si mimetizzano alla perfezione. Perfino voi non l'avete capito, e ce l'avete avuto per tutto questo tempo sotto gli occhi!» L'uomo mi schiaccia ancora il polso con il tallone, facendomi gemere. Lo scricchiolio delle mie ossa gli fa brillare una scintilla compiaciuta nello sguardo.

Di colpo un pizzico sul collo mi fa sussultare.

«Non potete prenderlo, non così... quello è nostro figlio! Avete capito? Lasciatelo!» Le grida di papà si fanno sempre più distanti, le immagini diventano sfocate mentre la stanchezza mi assale, mi appesantisce le palpebre.

Al confine tra la veglia e il sonno, il volto di Issa mi compare davanti. Le sue labbra pronunciano il mio nome in un grido di ribellione.

Isabella

Il marciapiede scorre sotto i miei piedi che spostano il brecciolino a ogni passo.

Chissà dov'è finito Yuri. È strano che non sia tornato dai Red. Se è ancora a casa, voglio parlargli. Voglio rassicurarlo, stargli vicino. È la mia piccola pes...

Delle urla dal fondo della strada mi mettono in allerta. I vicini sono affacciati alle finestre e scrutano in direzione di casa mia, con gli occhi sgranati e le mani a coprirsi la bocca.

L'ansia mi si inerpica all'istante in tutto il corpo, e io scatto in avanti.

Yuri era qui, lui non... mamma, papà... no, non può essere, Chris mi ha detto che era tranquillo, che è stato visitato e che gli era stato dato un tranquillante più forte... ma allora che...?

Di fronte a casa, degli uomini vestiti di nero formano una barriera circolare in giardino.

Cosa cazzo succede?

«Non potete prenderlo, non così...» La voce straziata di mamma mi paralizza.

Il cerchio invalicabile si scioglie e gli uomini corrono verso i furgoni.

«Quello è nostro figlio!»

Il mio cuore si congela. 'Figlio'?

I miei occhi si incollano sul volto pallido di Yuri. Il suo corpo viene trasportato da due di loro come fosse un sacco e viene sbattuto nel furgone con la stessa brutalità con cui si getta un rifiuto.

Che succede? Che succede, cazzo? Dove lo stanno portando? Gli hanno sparato?

Il rombo dei motori mi risveglia dalla paralisi.

«Yu-Yuri... Yuri...» sussurro, precipitandomi verso il furgone mentre il portellone viene chiuso. Sbatto i pugni sulla lamiera. «Yuri! Yuri! Aprite! Maledetti, perché lo state portando via? Non potete farlo! Aprite cazzo!» Le mie urla si mischiano alle lacrime.

All'interno, un uomo mi guarda con espressione delusa, come se non dovessi difendere mio fratello, come se stessi cercando di liberare un criminale. Fa un cenno veloce all'autista.

«No, no, no! Vi prego, prendete me! Vi prego, lasciatelo... lasciatelo...!» La mia voce si spezza.

Il furgone si muove e la disperazione si impossessa del mio corpo. Gratto con le unghie la carrozzeria, sbatto le mani, i pugni sul metallo, ma i furgoni accelerano, costringendomi a rincorrerli.

«Yuri! Non potete! N-non po-pote...» L'aria mi viene strappata via dai singhiozzi, mentre le mie gambe bruciano per lo sforzo.

Di colpo, il furgone che trasporta Yuri si ferma, facendomi riprendere fiato.

Il finestrino si abbassa e rivela il viso di un uomo che mi lancia addosso uno sguardo glaciale mentre mi punta contro una pistola. Senza alcuna esitazione, senza alcuna emozione.

Resto immobile, come un cerbiatto preso di mira dal cacciatore.

Il cerbiatto tenterebbe di scappare.

Ma io resto ferma e chiudo le palpebre.

Dovrebbe essere un istinto per l'uomo quello di autoconservarsi. E allora perché non riesco a mettermi in salvo? Perché sto aspettando che tutto finisca? Perché in questo momento vorrei sparire?

Il motore che riparte mi fa spalancare gli occhi.

«Isabella! Che cosa volevi fare, eh?» Papà mi scuote per le spalle, guardandomi con le lacrime che gli percorrono il viso.

Dalle finestre, la gente osserva impassibile la mia disperazione.

Mi stringe le braccia, per far convergere la mia attenzione

su di lui. Il rimprovero e la paura che gli contraggono il viso mi travolgono. «Te ne stavi lì con una pistola puntata contro? Isabella, cosa stai facendo?»

I singhiozzi di mamma risuonano in sottofondo. Si siede sul marciapiede, abbracciandosi le gambe e dondolando su se stessa.

«Isabella, santo cielo, guardami! Rispondi! Fai qualcosa... fai... fai qualcosa!» Le dita di papà scivolano fino a raggiungere le mie mani. Stringe la presa e mi osserva con il terrore di chi ha perso metà vita e ha appena rischiato di perdere l'altra metà. Piange e si accovaccia a terra, arreso.

La reputazione della nostra famiglia, quella per cui mamma e papà hanno sacrificato anni e anni, si sbriciola di fronte alla paura.

«Volevo... volevo mi sparasse, forse? Non lo so» mugolo, attirando la loro attenzione. «È che vedere mio fratello trasportato via dagli uomini con cui lavorate, trattato come un mostro, mi fa venire voglia di dormire e non svegliarmi più. Così ho pensato... ho pensato di stare ferma e lasciare scorrere». Sorrido con le lacrime agli occhi. «Volete biasimarmi per questo? Così presi dal lavoro, dal coprire le prove dei vostri crimini. Forse quelli che da biasimare siete voi...»

Mamma si copre il viso con le mani, scossa dal pianto.

«Quello che abbiamo fatto era solo per proteggervi». Papà mi fissa con sconforto. «Sacrificheremmo chiunque pur di salvarvi. È egoista? Sì, lo è... ma non me ne importa nulla. Per Dave ho fatto del male ad altre persone, e farei lo stesso per te. Farei lo stesso altre mille volte per i miei figli. Ucciderei chiunque per voi». Le lacrime gli attraversano le guance. «E non mi interessa se è immorale. Non mi interessa! I genitori fanno questo per i figli. Non mi pento, non mi pento di averlo fatto».

Un'oppressione nel petto mi obbliga ad annaspare in cerca di aria. È come se il mio cuore fosse stretto in un pugno. «Io mi pento, invece. Forse perché sono cresciuta con il nonno. Mi ha educata lui, e non mi ha mai detto che per amare bisogna fare del male ad altri. Non mi ha mai insegnato che va bene uccidere pur di sopravvivere. È sbagliato, papà. È sbagliato, mamma».

Le mie mani tremano, mentre le lacrime rotolano giù per il viso.

Li guardo entrambi. «Sono stanca di sentirmi in colpa ad avere dei genitori. Sono stanca di dover convivere con l'idea che le stesse mani che mi hanno amato... hanno *ucciso*. Sono stanca di sentirmi impotente, di sentirmi sbagliata. Dovreste ricordarvi che siete umani. Avete allontanato Dave... ora hanno portato via Yuri... e io mi rifiuto di stare con voi».

«Issa!»

Mi volto verso la strada, ignorando l'urlo di mamma e il pianto di papà.

L'urlo di dolore di una madre che perde i figli e il pianto di un padre che non può fare niente per riaverli.

Hanno generato odio pur di salvarli, e adesso i loro figli se ne vanno via per colpa di quell'odio.

E a loro è rimasta solo la paura.

Kinan

«Stai cucinando tu? Non ti fidi di Nicolas?» scherza Amanda.

Affetto le verdure sotto il suo sguardo divertito. «Vorrei evitare che Issa e Teresa muoiano avvelenate».

Il suono del campanello mi fa sorridere.

Dev'essere Isabella.

Amanda mi prende il coltello dalle mani, sorridendo. «Vai pure, qui finisco io».

Mi affretto alla porta e la spalanco, puntando lo sguardo su di lei. Le lacrime arrossano i suoi dolci occhi verdi, solcandole le guance in strie umide. Respira a fatica e le mani le tremano.

Mi fissa senza dire una parola, il volto afflitto da una disperata tristezza.

«Vieni qui». La attiro a me e l'abbraccio, accarezzandole i capelli. Singhiozza sul mio petto e trema come una foglia d'autunno.

Il suo pianto attira i ragazzi, che si radunano subito dietro di noi.

«Cos'è successo? Dov'è Yuri?»

La domanda di Dave la fa singhiozzare di più.

«L-lui...» biascica. «Lui... lui è...»

Le accarezzo la schiena con una mano, mentre con l'altra le asciugo le lacrime. Mi tiene stretto a sé, aggrappata alla mia maglia come se potessi scomparire da un momento all'altro.

Il telefono di Dave squilla, distraendolo.

«Sì?» Resta in ascolto e d'improvviso il suo volto sbianca. Traballa, reggendosi al mobile.

Amanda gli si avvicina, lo sostiene dal braccio.

Si porta una mano ai capelli. «Ha-hanno preso Yuri» sibila con voce strozzata. «Quei cazzo di laboratori di merda hanno preso mio fratello!»

Rovescia con un braccio gli oggetti sul mobile e scoppia a piangere, mentre Issa nasconde il viso nell'incavo del mio collo.

La stringo a me senza smettere di accarezzarla. Si porta le mani sulle orecchie per impedire al pianto del fratello di raggiungerla.

Faccio cenno a Chris di portare un sedativo per calmare Dave, e mi allontano con lei. Non è il caso che assista anche a questo.

La porto di sopra, nella mia stanza, e chiudo la porta senza lasciarle la mano.

«Ho-ho cercato di f-fermarli... io ci ho provato, ma l'auto andava veloce, e io correvo...» mormora tra le lacrime mentre le accarezzo i capelli. Ha il respiro ancora alterato, il cuore le percuote lo sterno con forza.

Maschero la preoccupazione e la tristezza nel vederla distrutta cercando di esserle di conforto, anche se dentro vado in pezzi mentre lei si sbriciola dalla paura.

«P-poi ha tirato fuori una pistola e m-me l'ha puntata addosso...»

La mano che passo tra le sue ciocche nere si ferma.

«Sarei dovuta scappare, vero?»

«Non l'hai... fatto?»

Il labbro inferiore inizia a tremarle e il mio cuore sussulta sotto al suo sguardo.

«Ho pensato: se non posso cambiare le cose, se non posso fare niente... mi basterà stare ferma e chiudere gli occhi. Ho pensato a questo. Sono rimasta ferma e ho chiuso gli occhi...»

Una lacrima mi solca lo zigomo.

«Non è bastato a riaverlo. Non è bastato a nu-nulla...» sussurra, la voce strozzata dal pianto.

Prendo il suo volto tra le mani e lo asciugo.

Mi guarda, inondata dal senso di colpa, e la mia lacrima attira la sua attenzione: con la mano ancora tremante, appoggia il pollice sulla guancia e la cancella via. «Kinan. Non piangere...»

«Non piango».

Nascondo il volto nell'incavo del suo collo, abbracciandola con delicatezza.

Non voglio che le mie emozioni travolgano le sue. So com'è fatta: penserebbe a me e non a se stessa. Sapere che non ha provato a muoversi sotto al mirino di una pistola... solo l'idea mi paralizza.

Rimaniamo così per un tempo che ogni orologio si rifiuta di misurare.

Tra i suoi singhiozzi e le mie carezze.

63
Lentiggini

Dafne

Osservo il legno rosso con il cuore in gola, nascosta nell'attesa che qualcuno dei Red esca e io possa parlarci. Mi guardo intorno, stritolando tra le mani la borsa, l'ansia non smette di tartassarmi il petto.

'Fa' che nessuno mi abbia seguita. Fa' che per una volta possa fare qualcosa di buono'.

La porta si spalanca. È Chris, e io esco allo scoperto.

«Lady Diana, ti sei persa?»

«Yuri è stato...»

«Lo sappiamo, addio». Chris mi chiude fuori senza darmi modo di parlare.

'So che mi odiate e non volete vedermi, ma questo è troppo importante'.

«Chris, aprimi, ti prego!» Busso di nuovo. «Voglio aiutare, ho le mappe dei sotterranei dove sono rinchiusi... voglio veramente dare una mano».

La porta si sblocca. Lui mi guarda con sospetto e confusione. Esce, facendomi indietreggiare di qualche passo, e con occhi gelidi analizza ogni centimetro del mio corpo. Scruta alle mie spalle e posa lo sguardo sulla borsa.

«So che non mi credi. Non mi crederei neanch'io se fossi al tuo posto». Apro la borsa e gli mostro le mappe che ho trafugato dall'ufficio delle guardie. «Dovete tirare fuori Yuri e gli altri da lì. I loro intenti sono cambiati».

«I loro intenti sono sempre stati gli stessi. Non capisco come mai ora, di punto in bianco, tu abbia questo desiderio di redenzione». Prende le mappe dalla mia mano e le studia con attenzione.

«Non credermi, non farlo... ma usale. So che avete il badge per entrare. Usate queste mappe e tirate fuori i ragazzi da lì. Io vi sto avvisando, non stanno tenendo fede alla parola che mi avevano dato. Stanno trasformando i loro corpi con disastrosi effetti collaterali».

Indico a Chris il punto esatto dove sono intrappolati. «A mezzanotte c'è il cambio della guardia, dura un minuto e mezzo. Quello è l'unico punto debole dell'intera catena. Ti ho anche cerchiato le zone con le videocamere di sorveglianza».

Le mie parole accendono nei suoi occhi una piccola scintilla che si spegne in un istante. Mi porge i fogli e mi lancia un'occhiata glaciale.

«Non è un inganno! Non è una trappola».

Chris si blocca. «L'ultima volta è stato così, non mi posso fidare di te» sibila. «Nessuno di noi può».

Si volta per andar via, ma gli artiglio il braccio. «Ti prego! Ti giuro che non ho doppi fini!» Gli metto le mappe tra le mani. «Portate via quei ragazzi da lì. I loro sguardi mi perseguitano nel sonno, ho bisogno di pace... lo sto facendo per me».

Quando passo nei corridoi e li vedo rinchiusi in quei piccoli box, legati da catene e sedati dai farmaci, non riesco a respirare. Mi costringo ad andare avanti, faccio il mio lavoro e chiudo gli occhi il più possibile. Mi sono sempre ripetuta che quando non riuscivo a tollerare qualcosa, mi bastava voltare lo sguardo dall'altra parte. Mi bastava fare finta di niente. Li ho sentiti urlare il mio nome più volte, supplicarmi di aiutarli. Alcuni minacciano, piangono e sbattono i pugni sulle pareti nel tentativo di prendermi e di uccidermi.

I miei colleghi vanno in estasi quando un nuovo infetto inizia a manifestare le sue incredibili doti. Poco importa delle conseguenze... farebbero di tutto in nome del loro amore per le forme alternanti dei geni nel loro DNA. Il fatto che lentamente li stiano uccidendo li lascia del tutto indifferenti.

Ho provato a chiudere gli occhi, ho provato a fare come loro: a sorridere, a concentrarmi sulla scienza, a trattarli in modo diverso, in modo disumano, perché è così che li vedono tutti.

Ho provato a ripetermi più volte che lo faccio per lei, per Katia. Vorrei mantenere fede alla mia parola... ma non ci riesco più. Ogni secondo in cui chiudo gli occhi, gli incubi e i demoni danzano assieme sulle note dei miei peccati. Condannano il mio animo, impedendomi di respirare. Soprattutto dopo aver visto Yuri Liverly, il ragazzo spaventato da se stesso per aver ucciso per la prima volta un uomo, steso su quel lettino, con lo sguardo pieno di odio nei confronti degli sperimentatori. Ha alzato gli occhi nella mia direzione e ho sentito il cuore bruciare di tutte le pene che ho cercato a lungo di reprimere. Non riesco a cancellare il modo in cui i suoi occhi supplicavano la mia parte più umana e fragile di fermarsi, di aiutarlo.

«Ho visto Yuri e... non riesco a lasciar perdere, questa volta» sospiro.

Chris prende le mappe e mi guarda con diffidenza. «Se Kinan scopre che ho preso da te queste mappe...»

«Non lo scoprirà. Non glielo dire. Non è la prima volta che mento a Kinan, devi farlo anche tu» mormoro.

Se Kinan scoprisse *la verità nascosta*, sarebbe un disastro. Gli ho dato troppo dolore con cui convivere, troppi tagli da nascondere... il minimo che gli devo è l'odio verso di me. È la mia pena. La condanna che devo tollerare.

«Se stai progettando qualche stronzata...»

«Mi ucciderai e spargerai le mie ceneri nel mare. Ho capito, non ti preoccupare. Solo ti prego: tirali fuori da lì. Tutti quanti...»

Chris mi fa un cenno di assenso. Si volta ed entra in casa, chiudendosi la porta alle spalle, mentre mi stringo nel cappotto. Mi avvicino all'auto, studiando ogni macchina parcheggiata, ma nessuna di loro è sospetta. Monto al volante e mi affretto a uscire dal quartiere dei Red.

«Chi era?»

«Nessuno di tuo interesse, Reina» mormoro mentre rientro in salotto.

Kinan siede al centro del tavolo, con i fogli del piano stesi davanti.

«Ci sono un sacco di punti ciechi, non abbiamo nient'altro?» si lamenta Carl, osservando le carte di fronte a sé.

Kinan si porta una mano tra i capelli. «Purtroppo no» mormora. Da quando è uscito dalla sua stanza è particolarmente teso, come se avesse scoperto qualcosa che l'ha sconvolto.

«I ragazzi non sono pronti. Ci stavamo allenando per la settimana prossima, non per dopodomani» sibila Carl.

«Comprendo che tu abbia paura per Reina e Ben, per cui, se volete tirarvi indie...»

«Non ci penso nemmeno. Vado dove vai tu, tesoro mio» gli sorride Reina. «E poi lo sapete quanto amo uccidere a sangue freddo».

Ben sbuffa, giocherellando con il cappellino. Osserva i fogli sul tavolo con sufficienza. «Noi ce la possiamo fare. Il problema sono i tuoi ragazzi, Kinan. Loro sono pronti a buttarsi nel fuoco dopodomani senza alcuna certezza di ritorno?»

«I nostri sono pronti. Ogni gruppo si atterrà al piano, ce la possiamo fare» sibila Amanda.

Il ticchettio del piede di Dave in sottofondo mi colpisce i timpani. Si tortura le mani, teso come una corda di violino. Le occhiaie intorno alle palpebre palesano la disperazione che sta cercando di nascondere.

Appoggio le mappe sul tavolo, le distendo davanti agli sguardi traboccanti di stupore di tutti. «Dobbiamo agire a mezzanotte». Sbatto il palmo sul tavolo. «C'è il cambio guardia che dura un minuto e mezzo. È il loro tallone d'Achille».

Tacciono, concentrati sulle parti evidenziate della mappa.

«Dove le hai prese?» La voce gelida di Kinan interrompe il silenzio.

«Chi se ne frega!» strepita Reina. «Queste informazioni sono oro, possiamo fare scacco matto e distruggerli in men che non si dica!»

Kinan mi guarda con sospetto, raccogliendo i fogli. «Dove hai preso tutto questo, Chris?»

Se scoprisse la verità, brucerebbe tutto ed eviterebbe di utilizzare ogni informazione data da lei. E lo farei anch'io, ma in qualche modo stavolta mi è sembrata sincera. L'ho percepito dal modo in cui mi guardava... i suoi occhi sfiniti erano illuminati solo dalla speranza.

«Non svelo i miei metodi».

«Dobbiamo sapere da chi li hai presi» ringhia.

«E io ho detto che non svelo i miei metodi. Vogliamo andare avanti così, oppure preferite fidarvi di me e usare queste preziose informazioni?»

Serra i pugni e si acciglia.

«Okay, calmiamoci» sospira Amanda. «Abbiamo le mappe, abbiamo l'ora in cui agire... fidiamoci di Chris. È meglio così, piuttosto che andare completamente alla cieca. Se mai dovessimo percepire qualcosa di sbagliato, ci ritireremo immediatamente».

Kinan mi rivolge un'occhiata di sbieco e torna a puntare lo sguardo sulle mappe. «Va bene, ma sappi che non sono pronto a cadere in un'altra trappola. Non potrei tollerare un'altra fregatura».

Un silenzio gelido cala nella stanza.

'Se sarà una trappola, me ne assumerò la responsabilità. Ma è l'unica speranza concreta che abbiamo'.

Il trillo del campanello spezza l'aria satura di tensione.

Teo va ad aprire e sulla soglia si affaccia Wendy. L'espressione affranta dipinta sui suoi lineamenti parla per lei: ha già ricevuto la cattiva notizia.

Alcuni dei Red sono radunati in salotto. Kinan, al centro del tavolo, studia dei fogli.

Il mio sguardo si posa subito su Dave, che siede in disparte, gli occhi rivolti a terra. Il suo viso trasuda tutta l'angoscia che ha nel cuore. Mi si infrange contro e mi spezza il fiato.

Teo mi sfiora la spalla. Mi volto a guardarlo e lui mi fa cenno di salire al piano di sopra.

Spero che Isabella non si stia mortificando. Spero capisca che non è colpa sua...

Percorro le scale in silenzio mentre mi segue. Sul pianerottolo, mi indica con la mano la stanza dove sta riposando.

I suoi occhi ambrati si soffermano sui miei. «Mi dispiace tanto...» mormora.

'Non devi essere tu a farlo... non hai colpa. Nessuno di voi ne ha'.

«Sono io a dovermi dispiacere... state vivendo questa situazione per via degli stupidi sbagli umani».

Le sue labbra s'incurvano in un piccolo sorriso. «Ti lascio andare da Issa, ci vediamo dopo».

Si volta verso le scale e torna di sotto a passi lenti.

Non oso immaginare cosa stiano provando al pensiero di un altro di loro chiuso in gabbia. Non oso immaginare cosa stia provando Issa in questo momento...

Mi porto una mano al petto e respiro a fondo per calmare i battiti. Devo essere forte per lei. Ne ha bisogno.

Abbasso la maniglia della porta e schiudo il battente. Dorme rannicchiata, coperta da un lenzuolo, con i capelli appiccicati al viso. Mi avvicino e allungo le dita per spostarglieli, sfiorandole una guancia. La pelle umida le incolla piccole ciocche sulle guance.

'Quanto hai pianto, lo sa solo Dio'.

Ricaccio le lacrime e appoggio la giacca sulla sedia, facendo cadere per sbaglio la sua borsa a terra. Lancio uno sguardo veloce al suo viso. Non si muove, stringe le labbra e si rannicchia di più.

Per fortuna non l'ho svegliata...

Mi affretto a sistemare il casino che ho combinato, chinandomi a raccogliere i fogli fuoriusciti dal suo zaino. Mentre ne prendo un paio tra le dita, minuscoli puntini, tratteggiati in modo tanto minuzioso da farli assomigliare a piccole stelle, attirano la mia attenzione. Getto uno sguardo a quelli a terra, su ciascuno sono presenti questi piccoli segni.

Che stranezza...

Ne prendo altri dalla sua borsa, e tutti, tutti quanti, mostrano queste macchioline. La distanza tra l'una e l'altra è la stessa in ogni foglio. Compaiono nei suoi appunti dell'ultima settimana, ripetute in modo quasi ossessivo.

Che cosa... cosa sono?

La maniglia della porta si muove, rivelando il volto di Kinan. Mi sorride, avvicinandosi a Issa in silenzio e le sistema meglio il lenzuolo.

Lei borbotta parole incomprensibili, strappandogli un sospiro. Rimango affascinata dalla dolcezza con cui la guarda, con cui la tratta. Il Kinan rigido e severo che ho intercettato di sotto è svanito.

«Cosa stai leggendo?» sussurra, notando i fogli sparsi a terra. Si siede sul pavimento accanto a me, mentre osserva gli appunti di Issa tra le mie mani.

Poso gli occhi sui piccoli punti, sulla rigorosità con cui lei li ha ricalcati alla perfezione e in modo ripetuto, e alzo lo sguardo su di lui.

D'improvviso, una scintilla si illumina nella mia mente. Prendo un foglio tra le dita e lo sollevo accanto al suo volto.

'Ecco cosa stai disegnando... non sono punti, né stelle...'

Il suo cellulare vibra; Kinan lo prende, legge un messaggio e si alza in piedi.

Lo osservo uscire con il cuore in gola.

'... queste sono lentiggini'.

«W-Wendy...» Issa mi guarda con gli occhi arrossati. «Che cosa ci fai con i miei appunti?»

Mi avvicino a lei con i fogli in mano e un groppo in gola.

'Tu...'

Mi osserva come fossi pazza.

'Issa, tu...'

Le porgo le pagine.

«Wendy, non posso studiare adesso. Yuri... l'hanno preso».

«Lo so, me l'hanno detto. Sono venuta per questo, ma ho fatto cadere i fogli e... Issa, non ci posso credere! All'inizio non capivo, ma... questi punti...»

Guarda i fogli che ho in mano, e più li osserva, più i suoi occhi si fanno grandi e luminosi. Sfiora i segni che ha lasciato lei stessa con lo stupore dipinto sul viso.

«Isabella... hai ripreso a disegnare» sussurro.

«Queste sono le lentiggini di Kinan...» Le riconosce subito, quasi fossero parte del suo corpo. Sfoglia con mani tremanti ogni pagina e sussulta. «S-sto disegnando di nuovo?» bisbiglia.

«Stai disegnando di nuovo. Stai guarendo».

Una sua lacrima bagna il foglio, e i brividi mi si diffondono addosso come pelle d'oca.

Per la prima volta, il dolore opprimente che l'ha sempre abbattuta ha iniziato a sgretolarsi.

«Sto guarendo? Nonno, sto guarendo per davvero...»

La abbraccio, le sue lacrime mi bagnano la spalla. Mi stringe a sé, si sfoga in un lento pianto liberatorio mentre la porta torna ad aprirsi.

Kinan resta con la mano ferma sulla maniglia, in silenzio. Sposta lo sguardo su di lei, abbracciata a me mentre singhiozza, e mi sorride. I suoi occhi mi colmano di gratitudine.

'Lo hai capito, Kinan... hai capito che ha bisogno di piangere... che è abituata a trattenere le lacrime e, quando soffre anche solo un pochino, sente tutto il dolore che ha represso premere per uscire. Ma sono io che devo esserti grata. Le stai facendo bene, più di chiunque altro'.

Retrocede, chiudendo la porta alle sue spalle.

'Ora ne sono sicura... stai guarendo Isabella. E tu, Kinan, sei l'antidoto in grado di far svanire questo opprimente dolore che vive nella sua pelle'.

64
Nomi e promesse

Yuri

Le pareti bianche della stanza riflettono le luci dei neon, costringendomi a socchiudere le palpebre.

Ogni muscolo del mio corpo brucia come lava. Dev'essere il dannato farmaco che mi hanno iniettato. Di sicuro mi renderà impossibile qualsiasi tentativo di fuga da questo inferno. Anche volendo, non potrei comunque scappare, mi prenderebbero subito. Le guardie alla porta non mi mollano un attimo.

Un ronzio cattura le mie orecchie. Sposto la testa verso il rumore e punto lo sguardo sulla telecamera nell'angolo, che si sposta su di me mentre il led rosso lampeggia.

Mi stanno osservando, gli stronzi. Chissà da quale stanza blindata. Forse proprio da quella con tre guardie appostate fuori, davanti alla quale siamo passati mentre mi strattonavano qui.

Maledetti.

Ho visto cosa fanno negli altri box, la crudeltà con cui trattano tutti gli infetti che sono qui da prima di me. Li hanno svestiti della loro umanità, obbligati a indossare un camice blu, marchiati e sedati come bestie. Le grida riecheggiano fino a qui. Li stanno torturando perché dimentichino il mondo esterno. Stanno distruggendo ogni ricordo di ciò che erano. Li ho visti, gli sguardi vacui degli altri mentre venivo trascinato nel mio box. Io non voglio dimenticare. Non voglio perdere la mia identità. Io sono Yuri Liverly.

Una guardia mi fa cenno di scendere dal letto. A quanto pare, il breve momento di osservazione è concluso.

Mi stringo il camice addosso mentre mi alzo, ma un capogiro mi pervade, facendomi traballare sul posto. L'uomo mi lancia un'occhiata sprezzante e mi spintona senza pensarci due volte verso il corridoio, dove mi aspettano due sentinelle. Mi afferrano per le braccia e mi scortano verso la mia cella. Cammino a fatica, ogni passo è una fitta nel fianco. Ancora mi fa male per i calci che mi hanno dato.

D'improvviso si fermano di fronte a uno dei box, in cui una guardia sbraita contro una ragazza mora rannicchiata su un angolo del letto. Il fascino selvaggio dei suoi tratti mi paralizza: ha il viso scavato e le occhiaie marcate, ma le labbra carnose s'incurvano in un ghigno di fronte all'arroganza dell'uomo che ha davanti. Non ha alcuna paura.

Sposta lo sguardo su di noi e fulmina le sentinelle al mio fianco con un'occhiata satura di risentimento. Le sue iridi marroni rifulgono della rabbia che ribolle in ogni cellula del suo corpo.

La guardia esce con il volto paonazzo, sigillando la porta del box dove lei è rinchiusa, e fa un cenno di assenso ai colleghi prima di allontanarsi.

Vengo subito strattonato in avanti, ma intreccio i miei occhi a quelli lucenti della ragazza. Si è alzata e ha appoggiato le mani sul vetro che la separa da noi. Con un dito traccia delle lettere sulla superficie trasparente, ripetendole più volte. Forse ha in mente qualcosa?

Una delle sentinelle mi tira di nuovo il braccio, con più forza, ma io oppongo resistenza con le poche forze che ho per poter leggere il messaggio della ragazza.

Il nome. Mi sta scrivendo il suo nome. Lo leggo, e lei mi indica con lo sguardo. Vuole sapere il mio.

«Yuri! Mi chiamo Yuri!»

Un colpo allo stomaco mi obbliga a piegarmi a metà.

«Ora fanno anche amicizia, questi animali...» si lamenta l'uomo alla mia sinistra con un'espressione disgustata.

Mi trascina verso la cella, scaraventandomi con forza sul pavimento. Porto una mano alla pancia e mi rannicchio per placare il dolore, mentre lui e l'altro uomo chiudono il mio box sghignazzando. Sollevo il camice, lo sguardo corre sul punto colpito, dove un ematoma si sta espandendo sulla mia pelle. Un altro.

Bastardi senza umanità. E poi quelli disumani saremmo noi infetti...

Mi trascino sul lettino e mi sdraio, respirando piano, a fatica. Chiudo le palpebre nella solitudine di queste pareti che mi divora l'anima.

Ho bisogno di un appiglio. Devo aggrapparmi a qualcosa per rimanere lucido, proprio come ha fatto lei. Quella ragazza... il suo sguardo selvaggio aveva la stessa forza di una quercia. Forse è per la rabbia a cui è ancorata, quella che domina il suo corpo e i suoi tratti felini.

È rimasta aggrappata al suo nome. È rimasta aggrappata a se stessa.

Devo farlo anch'io.

Devo fare come *Cloe.*

Isabella

«Ripetimi tutto un'altra volta».

È più forte di me, non riesco a non essere agitata.

Kinan sorride. «Amanda, Nicolas e Chris coordinano il gruppo che metterà fuori uso le telecamere di sorveglianza all'entrata e che terrà occupate le guardie del primo piano. Il secondo gruppo è formato da Carl, Ben e Reina, che avranno il compito di neutralizzare le guardie disposte nei seminterrati vicino alle celle, saranno più di una ventina» mormora.

Più di una ventina... spero ce la facciano, loro sono solo in tre. Non hanno voluto rinforzi. Dicono di riuscire a lavorare meglio a modo loro. Secondo me è un suicidio.

«Gli altri Red impediranno alle altre guardie d'interferire, attaccando ciascun piano del laboratorio per confonderli. Io,

Dave e Teo, assieme a un altro gruppo di Red, tireremo fuori i ragazzi intrappolati, guidandoli verso le macchine».

Ogni tassello combacia solo se gli altri si incastrano a loro volta. La domanda vera è: combaceranno?

«Stando in macchine diverse e su obiettivi diversi, comunicheremo tramite auricolare. In caso uno dei tre gruppi abbia problemi e ci sia un'emergenza, gli altri potranno scappare, perché uno di noi starà in ciascuna delle macchine, pronto a partire. Così, in caso di problemi, eviteremo di essere catturati tutti». Mi lascia una carezza sui capelli. «Devi solo stare tranquilla, andrà tutto bene».

La macchina si ferma nel punto prestabilito e Teo spegne il motore.

Kinan punta le iridi su di me, mi regala un altro sorriso, ma di colpo la sua espressione torna seria e i lineamenti si tendono. Mette un dito sull'auricolare, entrando in comunicazione con gli altri Red.

«Bene, ragazzi» le sue iridi di smeraldo luccicano di desiderio e vendetta, «facciamogli vedere di che pasta sono fatti i bambini che hanno maltrattato e rapito. Facciamolo per noi, okay?»

Lo stesso luccichio attraversa gli sguardi di Teo e Dave nell'abitacolo. Tirano fuori le loro armi, pronti a combattere, e un brivido mi percorre il corpo.

«Comunque andranno le cose, sono fiero della famiglia che siamo. Facciamoci valere».

Dall'auricolare scrosciano degli applausi, e lui sorride.

Lo guardo con il cuore tutt'altro che sereno.

'Comunque andranno le cose, vedete di ritornare'.

Dave mi lascia un piccolo bacio sulla guancia. «Lo riporto indietro, costi quel che costi» sussurra al mio orecchio.

«No: ritornate indietro tutti e due. Non devo perderti, sia chiaro».

Annuisce e scende dall'auto, dirigendosi con gli altri verso l'edificio. Il vuoto che lascia sul sedile mi opprime.

Teo mi lancia un'occhiata veloce e va a raggiungere il gruppo. Si fermano tutti dietro a una macchina in attesa di Kinan.

Prendo la borsa, pronta a uscire a mia volta, ma lui mi si avvicina, il giubbotto antiproiettile che indossa mi sfiora il petto, e mi stringe tra le mani. Sorride a un soffio dal mio viso, incantandomi con le sue labbra carnose. Le inumidisce piano, mentre accorcia le distanze e le posa sulle mie. Il profumo fresco che ha mi inebria, il suo bacio mi fa perdere il senso del tempo. Intreccia la lingua alla mia e s'impossessa anche del mio respiro.

Sposta la bocca sul mio collo e risale su in una scia rovente, tornando a baciarmi. Mordicchia il mio labbro inferiore, si separa da me e schiude le palpebre, inondandomi con il verde screziato dei suoi occhi.

«Mi dispiace, fai la brava». Scende dall'auto e chiude a chiave la portiera.

Dove cavolo crede di andare?

Scivolo verso lo sportello, ma una pressione sul petto mi blocca. Chino il capo e mi trovo avvolta da una cinghia. Mi ha... mi ha legata con la cintura di sicurezza al sedile!

«Kinan! Torna qui, non puoi legarmi!»

Lui si avvicina al finestrino con le labbra ancora gonfie per il bacio e mi rivolge un sorrisetto trionfante. Consegna le chiavi a un Red, che annuisce alle sue parole. Probabilmente gli starà dicendo di portarmi via se la situazione dovesse diventare pericolosa. Mi pareva troppo strano che mi lasciasse partecipare... Davvero una bella mossa, legarmi come un salame.

«Kinan!» sbraito.

Volta lo sguardo e l'angolo delle sue labbra si solleva. Nei suoi occhi brilla una luce divertita. Mi dà di nuovo le spalle e raggiunge gli altri ragazzi, andando via con loro.

Maledizione a me che ci sono cascata.

Sospiro, e il mio fiato trema d'ansia. Per riavere un pezzo del mio cuore, ho mandato tutti gli altri pezzi a rischiare. E se non tornasse nessuno di loro?

No. Andrà bene. *Deve* andare bene.

Un rumore dalla radiolina che Teo ha lasciato sul sedile di fronte mi distrae. Si accende una spia rossa.

«Non fare cazzate».

'Chris?'

«Rimani ferma dove sei, andrà tutto bene».

«Rimani ferma dove sei? No, guarda, pensavo di andare a Barcellona proprio adesso».

Ride. «Ci vediamo dopo, principessina Liverly».

La spia rossa si spegne e il silenzio cala nell'abitacolo.

Teo

Tutto sta procedendo come deve. Il gruppo di Chris si introduce al primo piano, avventandosi sulle guardie, noi invece dovremo proseguire verso le scale che portano al seminterrato.

La rabbia con cui Amanda assalta gli uomini mi impietrisce, persino Kinan e Dave se ne rendono conto: il suo sguardo brilla di un risentimento che ha represso per troppo tempo, una furia che le cammina sotto la pelle e la fa combattere senza sosta. Con la mano destra si avventa sul collo di una delle guardie a terra, mentre con l'altra getta via la sua arma. Un altro uomo le si butta alle spalle, ma Chris lo prende dai capelli e lo fa sbattere contro il muro.

«Questo è per Cloe, brutti bastardi!» ruggisce lei, e i suoi occhi diventano neri mentre affronta, con le lacrime nello sguardo e con la grinta di mille soldati, tutte le guardie armate che le si scagliano addosso. È vulnerabile e allo stesso tempo è al culmine della sua forza. Aspettava questo momento da quando le è stata strappata via sua sorella.

Nicolas passa il badge su un lettore e si butta a capofitto nella sala dei sistemi di controllo. Con le unghie strappa e distrugge i circuiti delle videocamere di sorveglianza delle celle.

Ora dobbiamo solo farli uscire!

Kinan ci fa segno di scendere, e ci precipitiamo verso il seminterrato. Mentre le prime guardie ci vengono incontro, Carl, Ben e Reina si scambiano sguardi estasiati.

«Ora tocca a noi». Carl si sfrega le mani.

Ben sogghigna, si getta verso le prime tre sentinelle e in

meno di mezzo secondo le lascia a terra con il sangue che cola dalle loro labbra.

«E dai, Ben, così non si fa!» strepita Reina, guardandolo con disapprovazione.

Alcuni spari mi fanno scattare sull'attenti. Dal corridoio delle celle accorrono verso di noi una ventina di uomini armati, e i loro colpi si susseguono feroci. Kinan fa segno al nostro gruppo di rimanere in disparte e lasciar fare ai tre fratelli sanguinari.

Avranno da divertirsi per un po'.

Reina schiva ogni proiettile con grazia mentre studia la traiettoria per colpire le guardie. Ride, estraendo dalla pelliccia i suoi coltelli, e con una precisione assoluta trafigge cinque uomini nei punti vitali. Il sangue zampilla dai loro corpi, facendola saltellare divertita. Ben ne fa a pezzi tre lasciandoli in pose inquietanti, col loro sangue a imbrattargli la pelle. Carl taglia la gola a sei di loro, rubando le armi per usarle contro quelli che vengono dopo. Colpisce senza pietà innumerevoli volte, il suono dei proiettili che impattano con la carne umana lo manda in estasi.

«Sono pazzi» mormoro, osservandoli da dietro la colonna.

Kinan mi poggia una mano sulla spalla. «Servono dei pazzi per far funzionare il piano».

Mentre riprende l'ultimo coltello, Reina ci guarda ed estrae il suo rossetto. Se lo passa sulle labbra più volte. 'È il segnale!'

Kinan ci fa segno di andare verso i nostri compagni, ma una guardia sopravvissuta spara contro il trio, colpendo lo stick che Reina ha tra le dita. Lei lo fulmina all'istante.

«Hai pestato i piedi all'infetta sbagliata, stronzo di merda!» Tira fuori cinque dei suoi coltelli, conficcandogliene uno in ogni estremità.

«Ricordatemi di non toccare e nemmeno sfiorare per sbaglio Reina quando si mette il rossetto» sibilo.

Ci mettiamo a correre, superando i cadaveri, e raggiungiamo una porta blindata. La tiro con forza verso di me, ma non si muove di un millimetro.

'Nicolas, che aspetti ad aprirla... il piano dipende da te, non possiamo buttarla giù, lo sai'.

Rimaniamo con il fiato sospeso, mentre le urla degli uomini feriti dai tre fratelli riecheggiano intorno a noi.

Di colpo, il clangore metallico degli ingranaggi che si muovono ci riscuote, e rilasciamo tutti un sospiro sollevato. Ce l'ha fatta, l'ha aperta.

Dave entra per primo e fa segno agli altri di correre alle celle. Davanti a noi, i nostri vecchi compagni giacciono rinchiusi in piccoli box trasparenti con dei camici blu indosso. Alzano il viso, guardandoci come fossimo dei completi estranei, mentre le porte che li tengono prigionieri vengono elettricamente manomesse da Nicolas a una a una. Un barlume di lucidità brilla nelle loro pupille.

'Sì, cazzo, siamo noi! Vi siamo venuti a prendere!'

Kinan li osserva carico di tristezza e rabbia. «Andiamo avanti con il piano, non abbiamo molto tempo. Portateli via, forza!»

I ragazzi eseguono all'istante i suoi ordini: li prendono dalle ascelle e li scortano fuori dalle celle, per condurli al piano superiore.

«Kinan!» Cloe corre verso di noi e lo abbraccia con le lacrime agli occhi, strappandogli un sorriso. «Lo sapevo che sareste venuti, lo sapevo!»

Dave avanza in modo frenetico ed esamina ognuna delle celle, ogni viso che gli passa sotto gli occhi. «Yuri! Yuri, sono qui!» grida. «Dove sei, fratellino?»

«Teo, dammi una mano. Portala di sopra» mormora Kinan. «Cloe, tua sorella ti sta aspettando. Va' con lui, segui gli altri». Le accarezza una guancia e lei annuisce, voltandosi verso l'uscita.

Mentre la seguo, passiamo di fianco a Dave e lei si blocca. «Tu assomigli a un ragazzo che ho visto oggi...»

Dave si pietrifica. Osserva Cloe con una scintilla di speranza. «Yuri? Hai visto Yuri?»

«Sì, si chiama così. L'hanno spostato nella cella in fondo... non so il perché. L'hanno fatto qualche minuto prima che voi arrivaste. Potrebbe essere una trappola...»

Kinan mi lancia uno sguardo veloce. Capisco già cosa vuole dire: 'Non ti fermare, porta Cloe da Amanda, assicurati che lei riabbia sua sorella'.

Annuisco e la prendo per mano. So che lo farebbe lui stesso, ma non può permettersi di abbandonare Dave e di tornare da Isabella senza suo fratello.

Osserva i nostri compagni che scappano verso la libertà e il suo viso si distende. È come se, per ogni persona liberata, il suo animo perdesse un peso. Sposta gli occhi nei miei e sorride, facendomi un cenno di saluto. Ci dà le spalle e prosegue con Dave verso la cella blindata di Yuri.

65
Dolori e cure

Dave

Ho un brutto presentimento, e anche Kinan lo percepisce. È stato tutto troppo semplice. Sembra quasi che i laboratori volessero attirarci. E Yuri che manca all'appello è ancora più sospetto.

«Kinan, questa è una trappola, dannazione».

Di colpo la porta che ci ha indicato prima Cloe si spalanca sotto ai nostri occhi.

«Lo so anch'io, ma non abbiamo altra scelta» sibila e mi precede addentrandosi all'interno a testa alta.

Lo seguo a ruota, con la pistola pronta per ogni evenienza. Il buio ci avvolge e i miei sensi si allarmano. Nel silenzio, alcuni passi risuonano dietro di noi e d'improvviso un fascio di luce ci viene sparato addosso, costringendoci a ripararci gli occhi.

«Vi conviene mettere giù quelle armi». Una voce robotica riecheggia tra le pareti: questi stronzi ci stanno guardando da qualche posto sicuro e protetto.

Ci ritroviamo sotto il tiro di più di dieci mirini.

Cazzo. Siamo circondati.

Kinan mi fa segno di abbassare la pistola. È una pessima idea, ma comprendo che non abbiamo altra scelta. Appoggiamo a terra le armi, seguendo le indicazioni.

«Avete fatto un po' di baccano, sapete? Non ci è piaciuta questa visita improvvisa».

Kinan alza la testa e punta lo sguardo in alto sulla parete, dove campeggia un vetro completamente oscurato. Ci stanno guardando da lì, e sono più di uno, il loro dannato battito mi vibra nei timpani.

«Peccato, speravo di prendere un tè insieme» sibila.

«Di solito, chi vuole prendere un tè con me non porta le pistole e non uccide metà dei miei impiegati».

«Di solito ci comportiamo bene con chi non ci tratta come cavie da laboratorio, violando i nostri diritti» mormora Kinan. «Però potete sempre rimediare» aggiunge, facendoli ridere.

«Ah, ho capito... state cercando Yuri Liverly? Il ragazzo nuovo, giusto? Tuo fratello ti assomiglia molto, Dave».

Serro le dita a pugno e Kinan mi agguanta il polso.

«Sì, ce lo dicono spesso... però da questa distanza non riesci a vedermi bene. Che ne dici di scendere e osservare dal vivo la nostra incredibile somiglianza?»

Se potessi soltanto averli di fronte, mi divertirei a impartire loro le stesse torture che hanno riservato a noi. La loro codardia raggiunge livelli così estremi che sono costretti non solo a puntarci addosso più di venti cecchini, ma anche a rifugiarsi dietro un vetro antiproiettile. Issa direbbe che sono delle teste di cazzo.

«Voi Liverly sapete soltanto punzecchiare con le parole. Sia voi che i vostri genitori, strabiliante!» ridacchia.

«Davvero ci hai fatto venire in questo stanzino con dei cecchini puntati addosso per fare delle riflessioni sulla genetica dei Liverly?»

La domanda di Kinan mi fa sorridere.

Una delle guardie entra dalla porta posteriore e trascina Yuri per il braccio come fosse un sacco da boxe.

Il suo viso sciupato è coperto da lividi gonfi e lo sguardo è al limite dello sfinimento. Il mio cuore ha un sussulto. 'Yuri... che cosa ti hanno fatto?'

Mi getta addosso i suoi occhi colmi di speranza e la mia anima si stritola. Non avrebbe mai dovuto vivere questo incubo. Mai.

«Stai calmo, Dave».

«Potete prendervi il ragazzo» gracchia la voce metallica.

Cosa?

Kinan e io ci scambiamo uno sguardo confuso.

«Ma?» mormora lui.

«Ma tu, Kinan, primo infetto di tutta la storia, devi venire con noi. Vogliamo discutere di alcune cose».

«Non se ne parla neanche. Mi ridate mio fratello e tutti e tre usciamo da qui adesso». La rabbia tira fuori le parole al posto mio.

«Ti assicuro, Dave Liverly, che non torcerò un capello al rosso. Dobbiamo soltanto parlare. Allora, Kinan?»

Kinan guarda gli uomini di fronte a noi e annuisce senza alcuna esitazione, impedendomi di ribattere.

All'istante, Yuri viene spintonato nella mia direzione. Mi affretto ad abbracciarlo, controllando che non abbia qualche ferita grave. Gli occhi sono segnati da borse scure, ma lui incurva le labbra in un sorriso stentato. Eppure la debolezza che traspare dal suo corpo è molto più evidente dei suoi tentativi di fingere che sia tutto a posto.

«Kinan, non andare... sono dei mostri» mormora, mentre lo copro con il giubbotto. La sua pelle è fredda, talmente fredda che sembra lo abbiano tenuto in un freezer.

«Non devi andare» sussurro. «Abbiamo Yuri».

«Dave, non scherzare. Abbiamo dei cecchini puntati contro... anche se io e te dovessimo farcela, Yuri verrebbe subito colpito. In questo stato non può combattere, e lo userebbero contro di noi. La loro non è una proposta. È un ordine, una minaccia». Scompiglia i capelli a mio fratello, sorridendogli con premura. «Issa sarà molto felice di vederti. Vai da lei e prenditene cura».

Non mi dà tempo di ribattere: si avvicina ai cecchini a mani alzate.

'Dannazione, Kinan!'

Lo perquisiscono con più forza del dovuto e mi costringo a portare fuori Yuri, che scoppia a piangere.

«Non andare, Kinan, no!» mugola.

Stringo i denti e lo spingo verso la porta contro la sua volontà. Non vuole lasciare Kinan da solo, lo so. Neanche io voglio lasciarlo solo a 'parlare' con loro.

«Non piangere, caro Yuri. Ti prometto che riavrai il tuo amico. Dobbiamo soltanto discutere di un paio di cose che ci accomunano».

La rabbia mi ribolle nelle vene. Porto Yuri fuori dallo stanzino, ma in un lampo rientro e alzo la pistola contro il vetro oscurato da cui ci guardano.

Kinan spalanca gli occhi. «Dave, metti giù la pistola e vattene fuori con Yuri. Isabella vi sta aspettando».

Isabella! Merda, ha ragione. Ma questi bastardi meritano un regalino per la mostruosità con cui hanno prosciugato i nostri ragazzi, incluso mio fratello.

Sposto la mira e faccio fuoco contro l'altoparlante, facendolo esplodere.

«Se osate colpirlo anche solo di striscio, giuro che non me ne starò a guardare» ringhia Kinan alle guardie che puntano le loro armi su di me.

Yuri si aggrappa alla porta, stremato e senza forze. Traballa mentre muove un passo per raggiungermi.

'So che vorresti aiutarmi, lo capisco da come mi guardi. Chissà quali follie hanno compiuto sul tuo corpo per ridurti così...'

I cecchini ricevono un ordine dal loro auricolare. «È pregato di andare via, Dave Liverly» sputa uno di loro.

Mi rivolgo alla guardia che ha parlato. «È questo che dicono ai piani alti? Bene, riferite ai vostri capi che se non ci ridate Kinan esattamente come l'ho lasciato, giuro che vi uccido con queste mani».

Lancio un ultimo sguardo a Kinan: i suoi occhi mi scongiurano di andare via.

«Se non torni indietro, Isabella non se lo perdonerà mai. Non farle questo, non osare».

Chris

Io e il mio gruppo arriviamo al punto d'incontro. Teo mi ha confermato che stanno uscendo tutti.

Saliamo in auto assieme agli altri ragazzi e ci allontaniamo dal laboratorio mentre le sirene di allarme suonano squarciando la notte. Nicolas accelera per raggiungere il più in fretta possibile il ritrovo nel bosco, nonostante il sangue che gli cola dalla ferita sulla fronte.

Usciamo dalla zona videosorvegliata a tutto gas e sfrecciamo tra gli alberi, i fari dell'auto rischiarano lo sterrato e la boscaglia alla base dei tronchi.

Amanda, accanto a me, freme. Finalmente potrà riabbracciare Cloe. Ha combattuto senza esitare un istante, ha combattuto come una leonessa, pur di liberarla.

«Ci siamo» mormora Nicolas.

L'auto si ferma accanto alle altre nel punto di raduno. All'esterno, ragazzi si stringono delle coperte addosso. Sui loro volti è impressa l'incredulità di poter respirare di nuovo la libertà. La conosco bene, questa sensazione.

Amanda si precipita fuori e scruta ogni ragazza dal camice azzurro che le passa accanto.

«Amanda?»

Una voce minuta e dolce alle sue spalle la fa voltare di scatto. Stretta nella giacca scura di Teo, la sorella le sorride.

Lei resta impietrita, mentre le lacrime le bagnano gli occhi. «Clo-Cloe?»

Cloe le si avvicina a piccoli passi e l'abbraccia. Come se si fosse appena risvegliata da un lungo sonno, Amanda si riscuote e la stringe a sé, mescolando il suo pianto a quello della sorella.

«Ci hai messo tanto a venire!» mormora un ragazzo a Nicolas, mentre gli salta al collo.

«Zack? Sei ancora vivo!» Lui lo stringe, l'espressione incredula.

Cazzo, Zack? È davvero lui? Non lo vedevo da una vita! Lui e Nicolas stavano sempre a confabulare, ogni santo giorno. Spero che non recuperino il tempo perso, altrimenti mi esploderà la testa.

Altri ragazzi che ho conosciuto nelle celle si appoggiano al tronco degli alberi, troppo deboli e disorientati per stare in piedi.

«Iniziate a portarli a casa, hanno bisogno di riposo» ordino.

Vengono suddivisi in piccoli gruppi per non destare sospetti e con l'aiuto degli altri vengono caricati nelle auto.

Faccio segno ad Amanda e a Nicolas di andare: qualcuno di noi dovrà gestire la situazione e assicurarsi che non siano in pericolo una volta arrivati. Amanda prende per mano Cloe e si avviano insieme verso una delle auto.

Mi volto e intercetto il viso di Isabella, ferma di fronte al cofano della macchina in cui l'abbiamo legata. Osserva con gli occhi sbarrati ogni persona che le passa davanti. Teo le sta dicendo qualcosa, ma lei non lo ascolta.

«Allora, principessina Liverly» le mormoro avvicinandomi, «piaciuta la sorpresa?»

«Dove sono Yuri, Dave e Kinan?»

Lancio uno sguardo a Teo. Il fatto che il suo gruppo sia tornato a pezzi non è un buon segno... Kinan agisce così quando la situazione si mette male. Ci sarà stata qualche complicazione, ma questo non glielo posso dire. Darebbe di matto.

«Te l'ho già detto, stanno arrivando» sbuffa Teo.

Incrocia le braccia al petto e gli rivolge uno sguardo diffidente.

«Non mancano solo loro, dovrebbero arrivare anche Carl, Ben e Rei...»

Due colpi di clacson mi fanno voltare: il macchinone rosso inchioda accanto alle nostre auto.

Per l'appunto. I tre pazzoidi sono arrivati.

Aprono le portiere e scendono con gli occhi colmi di gioia. Devono essersi particolarmente divertiti... Ben sembra rinato.

«È stato favoloso!» trilla Reina, sprizzando allegria da tutti i pori. Lancia uno sguardo ai presenti, scorrendo ogni faccia. Potrei scommetterci che sta cercando Kinan.

Gli altri due si avvicinano a noi. Carl scandaglia il volto preoccupato di Isabella, una scintilla di desiderio gli accende l'espressione. «Perché sembra che abbiamo perso?»

«Mancano Kinan, Dave e Yuri» mormoro, spostandomi di fronte a lei. Il modo in cui la divora con gli occhi mi dà veramente sui nervi.

«Se non arrivano tra dieci minuti, dobbiamo tornare a casa. L'ha ordinato Kinan prima di dividerci» sibila, allontanandosi verso la loro auto.

Alle mie spalle, Isabella si irrigidisce di colpo. Non credo proprio abbia intenzione di andarsene senza di loro.

Teo mi lancia uno strano sguardo, e io mi avvicino a lui.

«Si sono fermati per cercare Yuri... l'hanno spostato in una cella diversa» sussurra con un filo di voce.

«Pezzi di merda».

«Se non arrivano, che cosa facciamo?»

Che cosa facciamo? Non so neanch'io cosa fare.

Se i dieci minuti scadessero, Kinan vorrebbe che andassimo a casa... come programmato. Sarebbe la scelta più saggia e sicura. Ma come posso voltare le spalle a lui e a Dave? Come posso dire a Isabella di ignorare le tre persone a cui è più legata? Impazzirebbe.

Isabella

«Cinque minuti» gorgheggia Reina, scandendo il tempo.

Dio, che voglia di darle un pugno in faccia! A loro tre è piaciuto uccidere senza esitazione. Si sono divertiti. Non gliene importa se qualcuno non è tornato. Non è qualcosa che li tocca.

Lei, che gioca con il coltello; Ben, che fischietta al volante; Carl, che fissa chiunque con un luccichio perverso negli occhi... tutti e tre mi danno il voltastomaco.

«Quattro minuti!»

Con il cuore in gola, osservo la piccola stradina da cui sono arrivate le auto con i ragazzi liberati. La felicità e l'incredulità nei loro occhi mi hanno fatto venire la pelle d'oca. Ho visto come Amanda ha abbracciato sua sorella e ho sorriso... la sua gioia mi ha travolta, ma l'invidia mi ha punto il cuore.

Perché non posso fare lo stesso anch'io?

«*Tic toc, tic toc*... tre minuti».

A volte ho l'impressione di essermi sempre lamentata per

nulla, perché tutti i dolori che ho provato, in realtà, sono sempre stati accompagnati da una cura.

Il dolore per la perdita delle mie prime amicizie, i cerotti messi sui tagli delle prime cadute, i momenti in cui mi rendevo conto di essere diversa dalle ragazze della mia età...

Tutte quelle lacrime sono sempre state cancellate dalle dita di un fratello maggiore. Dave mi guardava con gli occhi di chi non ha mai visto splendore più abbagliante del mio. Si innamorava del modo diverso con cui sentivo ogni emozione.

Il dolore per la perdita del nonno è stato tamponato, con cura e con dolcezza, dagli abbracci di Yuri, dal suo affetto. Potevo sentire il calore del suo sguardo coprire la freddezza del lutto. Le battute senza senso, le cazzate che combinava, il piccolo sorriso sdentato... tutto di Yuri mi ricordava la solarità a cui ero diventata estranea. Lui scaldava il gelo in cui mi ero rinchiusa.

«Due minuti».

E Kinan.

Kinan mi ha dato la chiave per risentire il calore e la magia che provavo da piccola con il disegno. Non so come abbia fatto, non me ne sono neanche accorta. Mi sono ritrovata, grazie alla semplicità delle sue lentiggini che somigliano a stelle. Forse è proprio questo: forse sono proprio le stelle che racchiude nel suo volto ad avermi guidata. Ha fatto luce nel piccolo angolo buio in cui mi ero nascosta. Mi ha sorriso con la dolcezza dello zucchero filato, e le stelle nelle sue lentiggini hanno illuminato l'oscurità del cielo in cui danzavo. Ha interrotto il ballo che corrodeva le mie sicurezze.

«Un minuto».

Come posso sopravvivere senza uno di loro? Come posso stare senza gli abbracci di Yuri, le carezze di Dave e le lentiggini di Kinan?

Chris si avvicina assieme a Teo. So già dal loro sguardo che cosa vogliono dirmi.

'Se c'è un Dio in ascolto, ti prego... non togliermi il conforto di Dave, la solarità di Yuri e le stelle di Kinan. Non posso vivere senza'.

Due figure compaiono tra gli alberi, camminando piano. Si stringono l'uno all'altro, due versioni diverse dello stesso sangue.

Dave! Yuri!

Scatto in avanti col cuore che esplode, e mi aggrappo al collo di Yuri.

«Issa, mi strozzi» si lamenta.

Lo stringo a me, più che posso. 'Sei veramente qui... sei tra le mie braccia'.

Dave si unisce all'abbraccio e mi dà un bacio sulla fronte.

Il profumo che ha un abbraccio del genere non può essere spiegato. Sa di amore, sa di felicità, sa di casa.

«Mi hai spaventata» sussurro tremante.

Gli occhi azzurri di Yuri si riempiono di lacrime mentre mi guarda incredulo, come fossi una specie di miraggio. Mi sfiora i capelli senza fiatare, e mi stringe ancora, piangendo sulla mia spalla in silenzio. Il modo in cui trema, in cui singhiozza, mi stritola l'anima.

Gli accarezzo la schiena con dolcezza. So che non è il tipo di persona a cui piace piangere di fronte agli altri, soprattutto di fronte a me. Dice che non vuole farmi preoccupare. E anche adesso, pieno di lividi sparsi sulla pelle, non smette di nascondere il viso nell'incavo del mio collo.

Teo si avvicina, scambia con Dave uno sguardo che mi fa irrigidire.

Mi sciolgo dall'abbraccio e prendo Yuri per mano, accompagnandolo alla macchina assieme agli altri. Lo aiuto a sedersi e gli avvolgo una coperta addosso per riscaldarlo.

«Kinan sta arrivando?»

La mia domanda non riceve risposta.

«Dave... dov'è Kinan?»

Lui deglutisce, e il suo sguardo amareggiato mi pietrifica. «L'hanno fermato, Issa. Hanno chiesto Kinan in cambio di Yuri, e lui ha accettato».

Un fischio acuto mi impedisce di ascoltare altro. Mi aggrappo al cofano, mentre i ragazzi mi osservano in apprensione.

Le stelle che illuminavano il mio cielo si spengono una dopo l'altra.

Come spiegarlo ai miei fratelli, a Chris, a Teo? Come spiegare a parole che il motivo per cui non riesco a reagire è che non ho più luce?

Nonostante mi stiano scuotendo, il mio animo si offusca.

L'ho detto che non sarei sopravvissuta senza le stelle delle sue lentiggini.

66
La cura

Isabella

La pioggia mi bagna i capelli. Ormai ho i vestiti fradici, zuppi d'acqua.

'Anche il cielo dev'essersi infuriato con te, Kinan. Anche il cielo si rifiuta di credere che non ci sei. Quando ho perso conoscenza, mi hanno portato a casa, convinti che sarei stata meglio lì. Non hanno previsto il fatto che avrei cercato di raggiungerti. Il mio corpo, le mie gambe hanno corso fino a qui: fino a dove sei scomparso. Sono convinta che tornerai, sono convinta che stai tornando e non ho intenzione di muovermi di mezzo centimetro. Dave si è preoccupato quando non mi ha trovata nel letto dove mi aveva lasciata a riposare. Mi ha cercato come un pazzo, per poi rendersi conto che non potevo essere in nessun altro posto, se non qui. Sono passate otto ore da quando mi sono seduta a terra ad aspettare che i tuoi riccioli ramati spezzino la monotonia del verde che mi circonda'.

«Sta piovendo, Issa... prenderai un raffreddore...» Dave mi tira per un braccio.

«Non farlo» mormora Wendy, «lasciala».

Lo scrosciare della pioggia sovrasta le loro parole. Non so cosa si dicano, ma vengo lasciata in pace. Teo mi guarda dal finestrino dell'auto: mi scruta con un'occhiata confortante, un piccolo arcobaleno in questo grigiore. Anche lui crede che Kinan tornerà, lo vedo da come sbircia con speranza la strada.

Batto i denti mentre il freddo mi si avvinghia alle ossa. Ma cos'è un po' di freddo rispetto alla sua mancanza?

Dave mi guarda serrando le labbra, con gli occhi colmi di frustrazione; si porta una mano tra i capelli e torna in macchina. So che sono molto incasinati con l'addestramento dei nuovi Red, devono insegnargli il controllo dei loro istinti perché si adattino al mondo in cui sono stati catapultati. Ma rimanere qui è solo una mia scelta.

Agli occhi degli altri sembro una pazza, ne sono certa. Ma quando mai sono stata normale?

I piedi mi formicolano, come se non avessero più le dita. I brividi e la stanchezza si avventano su di me, mi rendono le palpebre pesanti e mi tolgono lucidità.

Eppure, rimango aggrappata alla speranza, mentre la pioggia non smette di scendere.

Un chicco di ghiaccio mi colpisce la pelle pallida, seguito da un altro, e un altro ancora. Precipitano con violenza dalle nuvole plumbee, schiantandosi al suolo e su di me.

'I cieli si stanno ribellando. Neanche loro possono vivere senza le stelle delle tue lentiggini, neanche loro riescono a orientarsi in quest'oscurità'.

D'improvviso, la pioggia e la grandine cessano di abbattersi su di me. Con il corpo che è un sussulto di tremori, alzo la testa verso l'alto. Sopra di me, Chris mi ripara con un ombrello; lui rimane scoperto, l'acqua gli infradicia i capelli e i vestiti, ma non sembra curarsene.

«Non sei l'unica che non riesce a immaginarsi senza Kinan, principessina Liverly» sussurra.

Il suo sguardo è fisso nel punto da cui Kinan dovrebbe sbucare, mentre mi ripara dal temporale. I suoi capelli sono completamente appiccicati alla fronte, e nonostante il freddo cerchi di smuoverlo, lui non batte ciglio. Fermo come un soldato.

Accanto a me si siede Wendy. Mi sorride, mentre i suoi capelli biondi vengono inzuppati dalla pioggia. «Sono con te, Issa».

Resto a bocca aperta. Anche Teo si avvicina, apre l'ombrello sopra di lei e le rimane accanto, proteggendola dall'acqua e dal ghiaccio. Si scambiano un piccolo dolce sguardo che riscalda i loro visi.

«Lo prendo a pugni quando torna» mormora Teo, smorzando l'imbarazzo.

«Mettiti in fila, prima ci sono io. Quell'idiota scriteriato pensa di poter fare l'agnello sacrificale senza il mio consenso» sibila Chris.

D'improvviso la mia schiena viene circondata da un tepore rigenerante. Mi volto e Dave mi sorride. Mi ha messo la sua giacca sulle spalle, un gesto che vale come un abbraccio.

«Se devi fare la pazza sotto alla pioggia, almeno evita di prenderti una polmonite». Si siede accanto a me, coprendomi per bene, e mi abbraccia da dietro, per cercare di alleviare i miei brividi col calore del suo corpo.

La loro solidarietà mi alleggerisce il cuore e mi riscalda più di qualunque giacca. Dovrebbero essere tutti impegnati con i nuovi Red, con i ragazzi liberati da gestire e da controllare... eppure sono qui, fermi accanto a me sotto il diluvio di un cielo che piange.

Dave

Il suo viso è percorso da una lacrima. Non tenta di cancellarla, come fa sempre, la lascia scorrere libera. La stringo a me, il suo corpo gelato si accoccola contro il mio. Nei suoi occhi umidi di acqua e pianto risplendono una preghiera silenziosa ai cieli e un grido muto di ribellione al fato.

Quando l'ho vista sotto alla pioggia, dopo ore di ricerca, mi si è stretto il cuore: seduta a terra, con lo sguardo fisso in un punto preciso. Né la pioggia, né il vento, né la grandine l'hanno spostata di mezzo centimetro.

Wendy mi ha severamente proibito di smuoverla, come quando ha gli attacchi di panico per il nonno. Nessuno la deve spostare dal punto in cui è.

Persino Chris è sceso dall'auto di corsa per andare da lei. All'inizio pensavo che volesse sollevarla con la forza e caricarla in auto. Da lui mi sarei aspettato questo, invece le ha aperto un ombrello sopra la testa ed è rimasto fermo sotto la grandine con la stessa fedeltà di un guerriero verso la sua regina. Wendy si è seduta accanto a lei, unendosi al suo inno di ribellione, e Teo li ha seguiti subito dopo.

'Kinan, se non torni, non te lo perdono. Non te lo perdoniamo'.

Kinan

«Pensaci bene, Kinan. Un'offerta del genere non puoi fartela sfuggire. So che la cercate da tanto».

Mi volto verso l'uscita sotto lo sguardo attento delle guardie. «Quanto tempo ho?»

La confusione nel mio cuore è indescrivibile, e loro lo sanno bene... sanno che non possiamo farne a meno. Ecco perché sono tranquilli, ci hanno in pugno.

«Cinque giorni. Pensateci. Prendere o lasciare».

Una guardia mi accompagna all'uscita. All'esterno dei laboratori, la pioggia m'investe, mi bagna il viso.

Come lo spiego ai ragazzi? Devo fidarmi? E se si rivela essere la scelta sbagliata? Se fosse un'ulteriore trappola?

Chiudo le palpebre e respiro a fondo, buttando fuori le paure che mi inquinano i pensieri.

Meglio che vada, i ragazzi saranno in pensiero per me.

Mi incammino verso casa, ma mi blocco di fronte al bivio. Sarebbe più rapida la strada che non percorre il bosco, eppure qualcosa dentro al petto mi grida di fare proprio quella.

Oltre gli alberi, un piccolo gruppo sta fermo in mezzo alla pioggia. Lo stato in cui tutti sono ridotti, ad aspettarmi al freddo, mi spacca il cuore e irradia brividi in tutto il mio corpo.

Isabella è appoggiata con le mani a terra. I suoi capelli, i suoi vestiti... è completamente fradicia. Dave le sussurra qualcosa all'orecchio, e lei scuote la testa, lo sguardo fisso verso la strada. Verso di me.

'Se non torni indietro, Isabella non se lo perdonerà mai. Non farle questo, non osare'.

Il suo volto riflette l'angoscia che le anima il cuore e che rimpicciolisce il mio.

Non dovrebbe essere qui, dovrebbe stare con Yuri.

«Perché sei così testarda?» mormoro.

Come se avesse percepito il mio sussurro, sposta gli occhi nell'esatta direzione della mia voce. Rimane immobile per una manciata di secondi, sbattendo le palpebre, mentre i ragazzi la guardano confusi.

Avanzo di qualche passo, spostandomi oltre l'albero da cui li stavo osservando, e i loro sguardi, i loro volti si illuminano di sollievo.

Li raggiungo, e mi chino davanti a lei per prenderle le mani. «Che cosa ci fai qui fuori, seduta per terra, con la grandine e il freddo? Vuoi ammalarti?» La mia voce trema, rivelando la paura che provo nel vederla così.

Dave si sposta, lasciandoci del tempo per parlare. La stessa cosa fanno gli altri. Chris è l'unico che rimane con l'ombrello aperto sopra alle nostre teste.

Isabella mi guarda con le lacrime che le bagnano le ciglia e con un'espressione carica di risentimento. «Sei pazzo. Sei completamente pazzo. Come hai osato farmi questo? Come hai osato farmi credere che tu potessi davvero scomparire? Non hai idea di quanta paura abbia provato in queste otto ore e mezza. Mi sono sentita morire dentro».

Sfila le mani dalle mie e me le preme contro il petto, per colpirmi. Le labbra le tremano per il freddo, i lunghi capelli neri, lucidi d'acqua, le si appiccicano alle guance. Avvicino una mano e le sfioro la pelle gelata, sussultando. 'Da quanto tempo sei qui ad attendermi?'

«L'agonia che ho provato nel sapere che eri rimasto lì ha cancellato tutta la magia che mi avevi dato. Come puoi farmi questo, dopo che ti ho raccontato della mia fobia per la gente che scompare? C-come puoi farlo? Volevi abbandonarmi anche tu?» Nelle sue parole il dolore si mescola alla rabbia e mi trapassa il cuore come una spina. «È inutile che mi guardi così, è inutile!»

Sposto la mano sul suo collo e scivolo ad accarezzarle la schiena. Trema sotto le mie dita, accartocciandosi come una foglia.

«Smettila! Smettila di farmi spaventare, io non volevo davvero legarmi a nessuno dopo la perdita del nonno. Non volevo più amare: più ami e più sei vulnerabile. E tu non puoi minimamente immaginare *quanto* io sia vulnerabile *per te*».

Le sue parole mi travolgono. La felicità nel sapere che è questo quello che prova per me è mischiata alla paura. La paura che mi sbatte in faccia una realtà in cui Isabella è fragile perché legata al mio destino.

«Perdonami, perdonami tanto» sussurro senza fiato.

«Smettila di scomparire».

«Perdonami, farò del mio meglio per non farti preoccupare».

«Smettila di farmi sentire appesa a un filo». Il suo volto è bagnato dalle lacrime e dalla pioggia che l'ha travolta.

Mi avvicino e la stringo in un abbraccio, chiudendo gli occhi. Affondo il volto nell'incavo del suo collo, sulla sua pelle che sa di rose. Non potrei immaginare nessuno con un profumo così dolce, un profumo indelebile, che neppure l'avidità della pioggia può cancellare. Trema, trema senza sosta, singhiozzando tra le mie braccia, ma non mi sfiora, non ricambia.

'Sono qui, Isabella, sono qui. Non avere paura'.

«Sono qui adesso e non ho intenzione di lasciarti, non voglio farlo e non ci penso nemmeno... perciò abbracciami». Le prendo le mani e le sposto attorno al mio collo. «Ti prego» mormoro in un ultimo sospiro.

Mi stringe a sé, e il peso delle mie angosce scompare di fronte alla sua fragilità. Alla fragilità della ragazza che fa voltare i girasoli.

«Promettimelo. Promettimi che non lo farai mai più» pigola tra una lacrima e un'altra.

«Non lo farò mai più, te lo prometto».

I suoi brividi si smorzano piano, come pure i suoi sussulti.

«Andiamo a casa?» sussurro, mentre le accarezzo la schiena.

Annuisce appena, senza staccarsi dall'abbraccio che ci lega. La prendo in braccio, nasconde il viso sul mio collo e il suo respiro mi s'infrange sulla pelle.

Wendy sorride, e le sue labbra mimano un 'grazie'.

Isabella

Kinan mi avvolge con un'altra coperta e si siede accanto a me sul divano.

Gli altri non fanno altro che guardarmi con occhi pieni d'incredulità, chiedendosi se davvero una fragile umana sia rimasta ferma per più di otto ore sotto la pioggia nell'attesa del loro capo. Sussurrano tra di loro alle mie spalle, formulando chissà quali teorie.

Parlassero pure, non mi dà fastidio. Sarà perché le carezze di Kinan mi sciolgono l'anima.

Ha riunito tutti i Red, anche quelli nuovi. Sono tutti qui, mentre mi accarezza i capelli e gioca con le mie ciocche, facendole scorrere tra le dita. Vorrei che il tempo si fermasse adesso... Sarebbe un sogno essere due semplici ragazzi, che non devono avere paura di perdersi in ogni istante.

«I laboratori ci hanno proposto una cosa. Ma sono scettico, c'è poco da fidarsi».

La sua voce spezza i miei pensieri. Mi irrigidisco sotto al suo tocco, con l'ansia che frusta il mio cuore. Kinan se ne accorge e mi rivolge un rapido sguardo, stringendomi più forte, come a volermi rassicurare.

«Qualsiasi cosa sia, per me è no» sbotta Chris.

«Anche se hanno offerto la cura?»

Sobbalzo per lo stupore. Che cosa?

Tutti pendono dalle sue labbra.

«Si sono offerti di iniettarci una cura sperimentale a cui

stanno lavorando. Vogliono cancellare l'errore che hanno fatto, e ci hanno proposto di provare».

«Non se ne parla neanche! Dovremmo fare di nuovo da cavie?» sbraita uno dei nuovi, ottenendo l'approvazione della maggior parte dei suoi compagni.

Sono tanti i neo-infetti... i loro volti sbattuti e stanchi spiccano tra tutti.

«Torneremmo umani? Sei sicuro? Se fosse vero perché non ci hanno informati subito proponendoci la cura, prima che uccidessimo tutte quelle guardie?» interviene Nicolas, seduto accanto a lui.

Il dubbio e la paura pervadono i loro volti. Guardano Kinan nell'attesa di qualche informazione in più, qualche conferma che possa cancellare la loro angoscia.

«Non è sicuro. È un farmaco sperimentale, non l'hanno mai provato su nessuno di noi...»

«Neanche morto torno a essere un animale in gabbia» ribatte lo stesso ragazzo, senza dargli tempo di concludere la frase.

Si sollevano mormorii contrastanti. C'è chi avrebbe l'impulso di provare e chi non vuole essere toccato da un altro ago, sottoposto a un'altra prova sperimentale. Yuri e Dave ne parlano assieme a Teo, almeno provano a ragionare. Amanda ha gli occhi lucidi per la notizia, mentre la sorella è contrariata. Francamente, non so cosa farei al posto loro... è una scelta difficile.

Alzo lo sguardo sul volto di Kinan e lo trovo a osservare con aria afflitta i suoi compagni.

«Eri preoccupato per questo?»

Annuisce, incantandomi con il verde delle sue iridi. Incurvo le labbra, facendolo avvicinare al mio orecchio. «Perché sorridi?» mi sussurra.

«Non sarebbe male avere un Kinan umano» ammetto.

Le sue iridi sono attraversate da una strana scintilla. «Già... sarebbe bello guarire da questo inferno».

Gli stringo la mano. «Qualsiasi decisione prenderai, io sono con te».

67
Giusto così

Isabella

«Che cosa risponderai?» chiede Amanda.

Kinan si porta una mano ai capelli. «Non lo so. Sono in crisi. Come faccio a dire di sì e usare qualcuno come cavia per vedere se la cura funziona? È da pazzi».

Mi siedo accanto a lui, accarezzandogli la schiena.

'Anche se non lo dai a vedere, so che sei pieno di preoccupazioni per oggi. Questi cinque giorni sono passati davvero troppo in fretta, e dover prendere una decisione, qualunque essa sia, di sicuro non metterà d'accordo tutti. Forse è questo che ti pesa di più'.

«Rispondi di no, è inutile metterci in pericolo per una cosa non certa» sbotta Chris.

Amanda sbatte il palmo sul ginocchio. «Cavolo, Chris... parliamo della nostra umanità: poter mangiare e sentire i sapori, non avere la tentazione di sbranare il primo uomo che passa o il bambino che gioca sull'altalena, non trasformarci in mostri ogni volta che abbiamo uno sbalzo d'umore, non dover convivere con punture e sedativi».

«Qualunque scelta reputerai corretta, per me andrà bene» mormora Teo. Nonostante i suoi modi, si fida ciecamente di lui. Credo valga anche l'opposto.

Kinan gli sorride, ma lo squillo del suo cellulare lo mette di nuovo in tensione e fa calare un silenzio tombale in tutto il salotto.

La telefonata che tanto aspettavano...

Amanda gli scocca uno sguardo lucente di speranza. Lui accetta la chiamata e mette il vivavoce. «Pronto».

«Avete fatto la scelta giusta» gracchia la voce di un uomo. «Oggi pomeriggio, come d'accordo, inizieremo con il primo di voi».

In che senso? Quale scelta? Kinan non ha ancora deciso!

«Il primo di noi? Di cosa state parlando?» La confusione sul suo viso riflette lo stupore che è negli occhi di tutti.

«Dave Liverly si è proposto come primo soggetto per sperimentare la cura. Ce l'ha comunicato di persona dieci minuti fa. Rispetteremo le clausole che ci ha proposto, voi però non tardate».

Che cosa?

La chiamata si chiude, lasciandoci a bocca aperta.

«Ve l'hanno detto?»

La voce di Dave mi fa voltare verso l'ingresso del salotto con il cuore sull'orlo di un precipizio.

«Presumo di sì, dalle vostre facce...»

'Dave... perché?'

«Che cosa ti è saltato in mente?» sbotta Kinan, alzandosi dal divano.

«Devi essere impazzito» sibila Chris. «Ora li chiami e ti rimangi tutto».

«Non mi rimangio nulla. Potreste guarire, finalmente: vi rendete conto o no di cosa significa?»

«Già, e ci rendiamo anche conto del fatto che è sperimentale!» Solleva le mani al cielo e le fa ricadere sulle cosce. «Conoscendoli, è una gran cazzata. Kinan, di' qualcosa, per carità. Questo si è bevuto il cervello».

Lui sospira e si piega in avanti, appoggiandosi sulle ginocchia con i gomiti, la testa intrappolata tra le mani. «Ormai abbiamo accettato. Lo farò io per primo».

Il mio cuore scalpita d'ansia. «Che cazzo state dicendo? Vi sembra un gioco?» sbraito, attirando la loro attenzione.

«Sì, stanno giocando a chi sa fare meglio l'agnello sacrificale» sibila Chris.

Dave si siede accanto a me. 'Perché, Dave? Perché lo vuoi fare?'

«Nessuno lo farà prima di me. Vi sembrerà una pazzia, ma vi assicuro che è così che deve andare. Ho specificato che solo se il risultato sarà positivo, potranno procedere con chi vorrà sottoporsi alla cura. Non correrete alcun rischio».

«Ma tu sì! Ti sembra giusto?»

Mi stringe la mano. «Issa, è più che giusto. È iniziato tutto con me. Mi sono iniettato il virus per ribellione e hanno cominciato a testarlo su altri bambini per trovare una cura... tutto questo solo ed esclusivamente per me. È sfuggito dalle loro mani nel vano tentativo di guarirmi. Se non l'avessi fatto, a quest'ora voi sareste umani e liberi di vivere nel modo che più vi piace».

Lo stomaco mi si chiude con un nodo, sulla mia pelle si spargono mille brividi.

È la verità. Nessuno apre bocca, perché sanno che ha ragione.

«È iniziato tutto con me» sospira, «e finirà con me».

Dave

Teresa si appoggia allo stipite della porta. «Lo farai davvero? Non è una voce quella che ho sentito?» Mi osserva, mentre finisco di sistemare i vestiti nel mio borsone. I suoi occhi seguono con attenzione ogni mio movimento.

«Non sto andando al patibolo».

«Sì, invece. Ti stai autogiustiziando, Dave».

«Okay, forse lo sto facendo, e allora? È colpa mia se i ragazzi sono in questa situazione, perciò non starò fermo a guardare mentre rifiutano qualcosa di così prezioso».

Prende la borsa che ho in mano e inizia a svuotarla.

«Che cosa stai facendo?»

«Non lo farai. Non puoi farlo. Sei completamente matto». Estrae una maglietta e la getta sul materasso con rabbia. «Non lo permetto».

Le blocco le mani, impedendole di andare avanti, e lei si tira indietro per divincolarsi, ma desiste alla mia occhiata severa.

«Lo farò, Teresa».

«No, non puoi».

«Sì, posso. Andrà tutto bene».

«Menti!» I suoi occhi diventano lucidi, la rabbia con cui mi guarda mi paralizza. «Non dovresti essere tu a farlo... non rischiare tu, fallo fare a qualcun altro!» La mia espressione colma di biasimo non la smuove di mezzo centimetro. «Che cosa c'è? Ti aspettavi che iniziassi a saltare di gioia alla notizia che saresti andato a fare da cavia per una cura sperimentale, a causa di sensi di colpa che neanche dovresti avere?»

Le sue parole fanno tremare non solo le mura di casa, ma anche il mio cuore. Fremo di fronte all'ondata di emozioni che mi procura il suo sguardo umido.

«Ti prego, Teresa». Le accarezzo le mani. «È già difficile andare contro i ragazzi di sotto. È difficile vedere Issa e Yuri supplicarmi di non farlo... non riesco a reggere qualcun altro che si oppone a una mia decisione».

Gli occhi le si riempiono di lacrime. Serra le palpebre per un istante e le riapre, ricacciando indietro le sue emozioni.

«E va bene». Mi punta contro le pupille, un luccichio angustiato le adombra. «Fallo. Ma tu osa non tornare e io ti faccio il culo, Dave Liverly».

«Hai un modo tutto tuo di essere romantica, sai?»

Rimette nel borsone i miei vestiti a denti stretti, ma io le blocco le mani, la tiro a me e premo le labbra sulle sue.

Fa' che la cura funzioni... fa' che funzioni. Vorrei tanto poter tornare umano... tornare a sentire i brividi del suo bacio.

Mi sdraio sul lettino, con i loro occhi addosso. Sono tutti qui, tutti con me. Mi circondano, e la loro preoccupazione è palpabile.

Sulla porta si palesa uno degli sperimentatori. «Per favore, adesso dovete uscire» mormora. «Vedrete tutto attraverso il vetro».

È ora.

Kinan annuisce e poggia la mano sul mio braccio, stringendolo.

«Fratello, sei più forte di questo schifo di virus» mormora Yuri.

Isabella si morde le labbra, rivolgendomi un'occhiata tesa. «Ci vediamo dopo, promettimelo» mormora.

Le accarezzo la mano e le sorrido. «Te lo prometto».

Esce dalla stanza con Yuri e Amanda. Anche Teo e Chris mi rivolgono un cenno col capo e vanno fuori insieme a Teresa. Lei si ferma sulla soglia, si volta e i nostri occhi s'incontrano.

Quanto la vorrei qui accanto...

Rilascia un sospiro ed esce, le braccia strette attorno al corpo.

Punto lo sguardo su Kinan, fermo in un angolo a riflettere.

«Kinan, devo supplicare anche te?»

«Sappi che non ti considero il motivo per cui non siamo umani» sospira. «L'unica ragione per cui te lo sto lasciando fare è che sembra che questo sia l'unico modo, per te, di smetterla di guardarci con i sensi di colpa che ti opprimono».

Le sue parole colpiscono come frecce ogni mio pensiero.

«Hai sacrificato tanto per noi, anche troppo. E se questo gesto pazzo servirà per dare pace alla tua mente, allora va bene così. Però ricorda anche tu che, se non torni, Isabella non se lo perdonerà. Quindi non farle questo torto, sono stato chiaro?»

«Più che chiaro».

Kinan annuisce e lascia la stanza mentre entrano altri sperimentatori. Preparano l'occorrente su un carrello di acciaio e mi legano caviglie e polsi con delle cinghie di cuoio.

Alzo lo sguardo al soffitto, osservando le luci biancastre dei neon.

Posso mettere fine a una pena che mi perseguita da troppo tempo.

Posso respirare, mangiare e vivere come vorrei... senza sentire il cuore pesante, senza avere paura ad abbracciare Issa o a guardare Teresa. Posso vivere senza avere timore di me stesso e senza sentirmi male per la paura che uno dei ragazzi uccida qualcuno.

Posso assicurare agli altri la vita che meritano, l'umanità che sognano.

Un pizzicotto mi riscuote e l'ago affonda nel mio braccio.

Chiudo gli occhi e tutti i loro visi si palesano di fronte a me, sotto le mie palpebre serrate.

La fine delle nostre sofferenze. La fine di tutti i miei sensi di colpa.

Isabella

Kinan guarda oltre il vetro con estrema attenzione il corpo addormentato di Dave. I parametri vitali sono nella norma, benché non si sia mosso di mezzo centimetro.

«È passata un'ora da quando è così». Teresa si mordicchia le unghie. «E se non si svegliasse?»

«Credo in Dave, si sveglierà» mormoro senza perdere di vista i monitor a cui è collegato.

Non mi aspettavo venisse anche lei ad accompagnarlo... e non l'ho mai vista così spaventata.

«Vorrei avere la tua forza...»

La guardo con un sopracciglio alzato. Che intende?

«Hai resistito a così tante cose e vai avanti lo stesso. Io non riesco ad avere questa capacità».

«Non è forza. La vita ti costringe ad andare avanti indipendentemente da quello che vuoi tu. Fosse stato per me, mi sarei già fermata anni fa. Il sole continua a sorgere nonostante il dolore che provi, i giorni passano e le persone pure. La vita ti impedisce di fermarti».

«Come quando abbiamo litigato e siamo andate avanti ognuna con la propria vita» sussurra.

«Più ci penso e più mi viene da ridere. Siamo passate dal frequentarci tutti i giorni al non calcolarci minimamente. È vero che due caratteri simili bruciano facilmente».

'Ricordo il modo aspro in cui ci siamo distaccate. Piano piano abbiamo iniziato a ignorarci e a non sapere più nulla l'una dell'altra. Penso sia stata un po' colpa mia: ti ho esclusa dal dolore che stavo provando dopo la perdita del nonno, ti ho allontanata da me'.

«Stavi soffrendo e non riuscivo a starti accanto, ero troppo orgogliosa per ammettere che mi sentivo esclusa e rimpiazzata da Wendy» confessa.

«Non avevi visto come trattavo Wendy, allora. Mi sono indurita con tutti quelli che mi stavano attorno o che tentavano di guarirmi. Non mi fidavo più di nessuno».

Queste parole portano a un piccolo momento di silenzio che distrugge il muro eretto tra di noi.

«Tu hai iniziato a parlare male di me con quei ragazzi...» rammento.

«E tu hai detto in giro che non sarei mai stata in grado di stringere amicizia con nessuno» mormora.

«Eravamo proprio stupide: ci siamo dichiarate guerra, per poi ritrovarci entrambe colpevoli di un reato che ci obbliga a lottare contro lo stesso mostro».

«Ti saresti mai aspettata che i tuoi genitori fossero capaci di questo? Io, più penso alle zie, più mi viene da vomitare per ogni agio che mi hanno fornito».

«Non vedo i miei da quando hanno catturato Yuri. Sento la loro mancanza, ma poi mi ricordo della mostruosità a cui hanno contribuito, delle bugie, della loro assenza di scrupoli... e scompare ogni nostalgia nei loro confronti».

Teresa annuisce e mi guarda. Una piccola fiammella di speranza le brilla negli occhi. «Se andrà tutto bene, potremmo... in futuro... provare a... ad andare d'accordo?»

«Solo se hai abbandonato il vizio di farti il bagno nel profumo».

«Faccio il bagno con l'intera profumeria» ride.

«Ha... ha funzionato?»

La voce di Dave ci fa scattare in piedi di colpo.

Il nostro sguardo si proietta oltre il vetro, fermandosi sul letto su cui lui si siede a fatica, col viso stanco, dopo essere stato slegato. Gli sperimentatori gli fanno qualche domanda a cui lui risponde, mentre noi ci scambiamo occhiate confuse.

La porta viene spalancata e uno degli uomini in camice bianco ci si avvicina in silenzio, l'espressione seria.

Oltre il vetro, Dave inizia a piangere senza controllo. Si porta una mano al volto, asciugandosi le guance per cancellare l'infinità di lacrime che lo travolgono.

«Dave Liverly è il primo paziente a guarire in modo completo, senza effetti collaterali, grazie alla cura sperimentale per il virus B-22».

68
Gelato al pistacchio

Wendy

Il taxi mi fa scendere di fronte ai laboratori, il mio battito aumenta a ogni passo che faccio. Spero che oggi vada tutto bene...

Entro nell'edificio e attraverso il corridoio bianco che porta alle stanze, torturandomi le mani. Isabella mi nota e mi sorride. Assieme a lei siedono i suoi genitori, Amanda e Chris, con i volti preoccupati.

«Allora?» Mi mordo le labbra. «Sono arrivata troppo tardi?»

«No, non hanno ancora iniziato, puoi entrare da loro, se vuoi».

Punto gli occhi sul vetro: sono sdraiati su dei lettini con addosso un camice bianco. Il mio sguardo cade subito su Teo. Tiene gli occhi chiusi, come se meditasse.

«Allora vado a salutarli» mormoro.

«Sei più in ansia tu che loro lì dentro» ridacchia divertita.

«Grazie, sei molto gentile nel farmelo notare» sbuffo, incamminandomi verso la stanza.

Schiudo la porta e Teo apre le palpebre di scatto, come se avesse percepito la mia presenza.

«Sei venuta a salutarmi?» La sua voce suona roca e profonda.

Mi immobilizzo. Che cosa gli dico? Cosa si dice in questi casi? Buona fortuna? Buona cura? Dio, voglio solo che vada tutto bene...

«Non metterla in imbarazzo, Teo» mormora Kinan a occhi chiusi.

«Lui sa solo mettere in imbarazzo» ride Yuri, mentre si sistema sul lettino.

Sono veramente più tranquilli di me. Io fremo dalla paura che qualcosa possa andare storto, loro invece sono qui sdraiati a prendersi in giro a vicenda.

D'improvviso Teo mi fa segno di avvicinarmi. Gli arrivo accanto e mi perdo nel colore ambrato dei suoi occhi.

È così bello nei suoi tratti marcati...

Distolgo lo sguardo, avvampando.

«Ti va se usciamo insieme, una sera?»

Il mio cuore fa un piccolo salto nel vuoto. Lui vuole...?

«N-non dovresti pensare ad altro adesso? Tipo, non lo so, alla cura sperimentale a cui ti stai per sottoporre?»

Fa finta di rifletterci, cercando di smussare il mio imbarazzo. «Sei in ansia?»

«Tu non lo sei?»

La domanda lo fa sorridere. «No, non più di tanto. Se dovesse funzionare, tornerei umano e sarei felice, perché usciresti con me una sera. Se non dovesse funzionare, tornerei da mio fratello e sarei felice, perché mi manca tanto».

Un silenzio tombale cala sulla stanza. Il cuore mi si attorciglia per la sincerità che ha riversato nelle sue parole.

'So che le tue parole sono vere. Che la tranquillità che hai non è finta. Perché tu, comunque vada, avrai vinto'.

«Allora?» sorride. «Uscirai con me?»

Caccio indietro le lacrime che minacciano di scendere. «Usciremo insieme, per tre sere consecutive. Voglio che tu mi offra una cena, una cena di lusso con un vestito elegante» il battito mi si incastra in gola, «e io sarò così bella che nessuno riuscirà a togliermi gli occhi di dosso».

«Ti riempirò di complimenti, ho capito» sorride.

«La seconda sera voglio andare al cinema».

«Meglio evitare il cinema, l'ultima volta abbiamo rischiato di morire».

«Allora... la seconda sera andremo a Parigi. Voglio che mi porti a vedere la torre Eiffel» i miei occhi diventano lucidi, «voglio qualcosa di romantico».

«E fammi indovinare, sarai bellissima e nessuno riuscirà togliertì gli occhi di dosso, giusto?»

«E mi farai tanti complimenti, non te lo dimenticare».

La sua risata riempie tutta la stanza. «E la terza sera?»

«Solo io e te, sdraiati sul divano a guardare un film». Le lacrime mi pungono gli occhi, spingendo per uscire.

'Wendy, non metterti a piangere di fronte a lui adesso. Dovresti essere di supporto, non farti consolare. Forza!'

Prendo un respiro profondo e lascio andare la paura.

«Mmh... non saprei. Sarai bellissima anche sul divano?»

«Certo, sarò la ragazza più bella di sempre».

Il cigolio della porta ci interrompe. Gli sperimentatori portano dentro un carrello pieno di siringhe e io mi irrigidisco di colpo. Teo mi stringe la mano, riportando la mia attenzione sul suo viso. Mi sorride, e il calore dei suoi occhi mi travolge e si avvinghia al mio cuore come una carezza.

Ricambio il sorriso e la stretta. «Ti aspetto, Teo. Mi devi una cena romantica, un viaggio a Parigi e un film su un divano».

Annuisce piano, senza distogliere lo sguardo da me.

Mi allontano dal suo lettino, mentre gli sperimentatori si avvicinano. Saluto Yuri con un bacio sulla guancia e Kinan mi regala un piccolo sorriso. Di fronte alla porta, torno a voltarmi verso di lui con l'anima in subbuglio.

«Ti ho dato più di un motivo per stare qui, e so che non batteranno mai la voglia di rivedere Mark, ma spero che ti facciano desiderare di riaprire gli occhi e tornare a respirare».

Una lacrima mi attraversa la guancia. Teo la segue incantato mentre scivola sul mio volto.

Alza lo sguardo verso i miei occhi umidi. «A quanto pare... c'è ancora qualcosa che mi lega a questo mondo, piccola Wendy».

Isabella

«Sei agitata?» Chris siede accanto a me, lasciando le ragazze davanti. Non ha la solita aria da burlone. L'espressione divertita che lo contraddistingue sempre oggi lo ha abbandonato.

«So che ce la faranno, ne sono sicura».

«Anch'io so che ce la faranno. Sono sicuro di questo, ma... cambierà tutto».

«Che cosa intendi?»

Riflette, mentre i suoi occhi scuri incrociano i miei. «Ho vissuto la maggior parte della vita da infetto, non da umano. Non so e non mi ricordo neanche cosa voglia dire essere umani. È vero: ho odiato i laboratori per avermi iniettato un farmaco che mi ha reso dipendente dalla carne umana. Odio essere un mostro».

«La cura ti toglierebbe questo peso».

«Lo so» sorride, e l'amarezza gli pervade lo sguardo, «ma mi toglierebbe anche l'unica cosa che mi univa ai ragazzi. Mi hanno costretto a vivere come un mostro, ma, allo stesso tempo, mi hanno regalato una famiglia con cui condividere questo destino».

Le sue parole mi lasciano esterrefatta. Non si era mai aperto, non si era mai lasciato conoscere più a fondo. Lui è quello che ha sempre una battuta pronta per farti ridere... non sembra mai che possa avere qualche peso, qualche fardello che lo opprime. Invece, ora, i suoi occhi non riescono più a mascherare niente.

«Meglio essere un mostro in compagnia di qualcuno che ti possa capire, che essere un umano senza una famiglia».

«Non sarai solo, Chris. Rimarrete sempre e comun...»

«Non prendermi in giro. È questione di qualche mese da umani, e poi si sbriciolerà tutto. Dave tornerà da voi e i ragazzi inizieranno a vivere con i loro progetti. Potranno studiare all'estero, frequentare l'università e mettere su famiglia. Prima questi sogni erano lontani, ora li vedo così vicini da sentirmi in trappola».

Forse è per questo che è sempre stato contrario... non potevo immaginarlo...

Guarda con rammarico oltre il vetro. «Ti sembrerò egoista, e lo sono. Sin da piccolo, sono stato un umano abbandonato dai genitori. Ero solo in mezzo alla strada, stavo sotto ai portici, dormivo sulle panchine e andavo alla ricerca di qualche sguardo caritatevole. La cosa peggiore non era la fame, non era il freddo, non era il modo in cui la gente mi guardava... la cosa peggiore era che non avevo nessuno. Ero completamente solo». Lo stomaco mi si aggroviglia. «E ora che ho qualcuno che mi aspetta la sera a casa, degli amici che sono diventati una famiglia, qualcuno che si ricorda di me... dovrei essere felice che mi venga portato via?»

«Prima eri un umano che non aveva nessuno, ora puoi essere un umano che ha tante persone accanto che non si dimenticheranno di lui e che lo aspetteranno la sera a casa. Ti costruirai dei progetti, girerai il mondo e anche tu avrai una tua famiglia. Credimi, ti prego».

Mi osserva con uno sguardo indecifrabile, un'espressione che non gli ho mai visto prima. C'è una fragilità che non mi spiego nel modo in cui si aggrappa al mio viso.

«Ti ricorderai di me sia da infetto sia da umano?»

«Certo che sì, Chris».

Annuisce, respirando a scatti. Gli poso una mano sulla spalla e lo accarezzo con la delicatezza di chi ha paura di spezzare un filo troppo sottile.

Si rilassa sotto il mio tocco. «Rimarrò così per un altro po'. Rimarrò un infetto ancora per qualche giorno».

«Sì!»

L'urlo di gioia delle ragazze ci fa sussultare. Volto lo sguardo oltre il vetro con il cuore che batte impazzito nel mio petto.

Mamma e papà tengono stretto Yuri, riempiendolo di baci, mentre Kinan e Teo si prendono per mano, e le lacrime percorrono i loro volti.

Uno degli sperimentatori apre la porta nella nostra stanza. «I ragazzi sono ufficialmente guariti, senza effetti collaterali, dal virus B-22».

Kinan

Osservo il mio riflesso allo specchio per l'ennesima volta. Niente più forza incredibile, niente velocità, nessuna traccia di vene nere. Anche se provo a trasformarmi, non succede nulla. E mi sembra un sogno... non avere più quel peso sul petto, non dovermi trattenere, non sentire l'odore del sangue né i battiti cardiaci degli altri. Nulla.

Mi sento leggero e vulnerabile... mi sento vivo.

Sono *libero*.

Prendo la borsa ed esco dal bagno, diretto all'uscita. Yuri sarà già a casa, ormai... i genitori non l'hanno perso di vista neanche un secondo, si sono addirittura preoccupati per me.

Teo mi aspetta in piedi nell'atrio, osserva qualcosa all'esterno con un sorriso raggiante a incurvargli le labbra. I suoi occhi... non sono mai stati così pieni di gioia.

Gli arrivo accanto e seguo il suo sguardo. Wendy lo sta aspettando fuori.

«Le devi tre cene costose, da quello che ho sentito».

Le mie parole lo fanno sorridere. «Inizierò con la cena sul divano».

«Non dimenticarti i complimenti» ridacchio.

«Oh, penso che inizierò a farglieli già da adesso».

Wendy si accorge di lui, e si porta una mano sulla bocca, le iridi azzurre brillano di commozione.

È la prima volta che lo vede in piedi da umano. Siamo rimasti due giorni in uno stato semicosciente, è strano anche per me vedermi in piedi, in effetti.

Gli do una pacca sulla spalla. «Dai, andiamo. Ti ha aspettato già abbastanza».

Teo annuisce con un sorriso, ed entrambi usciamo all'esterno, dove i raggi del sole ci colpiscono la pelle. Il calore della luce, i colori intorno a noi, il soffio del vento... rimango affascinato da ogni cosa: come se fossi nato un'altra volta.

Wendy lo abbraccia, le lacrime le percorrono il volto dando sfogo a tutta la sua felicità. «Grazie per avermi scelta» sussurra.

«Grazie per avermi dato un motivo in più».

«Tre motivi più» lo correggo, strappando un sorriso a Wendy. «Le devi un viaggio a Parigi. Io direi che iniziare con quello non sarebbe male».

Le mie parole la fanno annuire, mentre Teo mi guarda come se volesse uccidermi.

«Amico, ti ricordo che anche da umano posso farti mal...»

Lo abbraccio forte, lasciandolo interdetto. 'Sei proprio un orso, ma ti voglio bene'.

«Mi stai salutando? È per Parigi?»

Gli faccio l'occhiolino. «Esattamente».

'Sei sempre stato il fratello minore che non ho mai avuto. Volevi a tutti i costi sottoporti alla cura insieme a me, nonostante i rischi. Nonostante le mie proteste. E quando ti ho chiesto il perché, con una semplice frase mi hai fatto venire la pelle d'oca. "Perché non voglio perdere un altro fratello"'.

Si stacca da me con gli occhi lucidi. Io gli sorrido e gli scompiglio i capelli. 'Proprio come ho fatto la prima volta che ti ho visto, solo e spaventato'.

«Vai con Wendy e non dimenticarti...»

«I complimenti» ridacchia.

La prende per mano e si allontana con lei, avvolto da una gioia irreale.

'Te la meriti, amico mio'.

Dei colpetti sulla spalla mi fanno voltare.

«Ti va un gelato?» Isabella mi porge un cono e mi sorride. «È al pistacchio. Però non so se è buono come quello che avevi mangiato da piccolo... il mondo fa schifo, ultimamente, e il gelataio non mi è sembrato un esperto in materia. Ma ecco» sospira, «ho fatto del mio meglio. Menti e dimmi che è buono».

Gli occhi mi si inumidiscono.

«Ti prego assaggialo e toglimi questo fardello».

Sotto al suo sguardo attento, assaggio per la prima volta dopo un'infinità di tempo il gelato al pistacchio. La dolcezza della crema fredda sulla lingua, la sapidità che mi esplode in bocca mi fanno scendere le lacrime.

Lei me le asciuga con cura e delicatezza, mentre mi solcano le guance. «Fa così schifo?»

'No, non fa schifo... è che non trovo le parole per esprimerti la mia gratitudine, la mia felicità. È come vivere in bianco e nero per tutta la vita e riuscire d'improvviso a vedere i colori'.

«Ho una sorpresa per te» sussurra.

Mi prende per mano e mi trascina con sé, guidandomi verso una meta sconosciuta. Mentre camminiamo, mi osserva finire il gelato e sorride soddisfatta. E io non mi sono mai sentito tanto felice come ora. *Mai.*

Attraversiamo un parco, e gli alberi, le panchine, i lampioncini, tutto ciò che compare davanti ai miei occhi riporta al mio cuore il ricordo di un me lontano, libero, bambino.

«Ragazzo dello zucchero filato, siamo al luna park! Ma ti avverto che non ruberemo nulla, ho già i biglietti per ogni giostra».

'Le parole non basterebbero, con te. Non basterebbero mai per farti capire quanto calore e quanta gioia mi stai dando. Ti sei ricordata ogni dettaglio. Ogni parola'.

Isabella

«Si chiama 'tornado della morte' per un motivo, Kinan».

«È solo una giostra! Secondo te faranno mai morire qualcuno su una giostra?»

«Secondo la mia umile opinione, quella giostra è una delle porte per l'aldilà».

Ride, e la sua risata oggi è più dolce che mai. Seguo la magia delle sue labbra che si incurvano, della fossetta che gli compare sulla guancia.

«Aiutatemi, mi stanno uccidendo!» Imita la mia voce e continua a ridacchiare.

«Quel fantasma faceva paura».

Si asciuga le lacrime scuotendo la testa e si alza dalla panchina. «Aspettami. Torno subito, non ti muovere».

Annuisco, e lui si allontana, mentre le grida di gioia dei bambini che corrono avanti e indietro riempiono l'aria del crepuscolo. Alzo gli occhi al cielo, le prime stelle mi ricordano che è ora di tornare a casa.

Cavolo, abbiamo perso il senso del tempo... quante ore avremo passato qui? È quasi sera, quindi di sicuro parecchie... eppure non abbastanza. Non saranno mai abbastanza.

Lo scalpiccio dei suoi passi attira il mio sguardo. Si siede al mio fianco con due nuvole di zucchero filato in mano.

«Dimmi che non le hai rubate».

«Secondo te?» sorride.

«Sei ufficialmente tornato a essere il ragazzo dello zucchero filato?»

«Sono stato per troppo tempo il ragazzo dei fiori di smeraldo, direi che ora posso tornare a sentirmi libero e illegale».

Mi porge lo zucchero filato e assapora il suo con l'emozione di un bambino. I suoi occhi si illuminano mentre il batuffolo gli si scioglie sulla lingua e ogni singolo dettaglio di questo posto lo fa risplendere.

'Non sei più il ragazzo dei fiori di smeraldo, quello chiuso in se stesso, lontano da tutti per la paura di ciò che era. Ora sei luce, sei fiamma incandescente, sei calore e dolcezza. La stessa di questo zucchero filato'.

«Attenzione, si pregano i signori visitatori di recarsi alle uscite, il luna park è in chiusura» gracchia un uomo dagli altoparlanti.

Ci alziamo, e Kinan mi guarda con uno sorrisetto furbo dipinto sul volto. «Ti faccio vedere una cosa».

Mi tiene saldamente per mano mentre percorriamo il parco nella direzione opposta all'uscita.

Saliamo su una pedana di metallo, raggiungiamo un cancelletto e lui lo scavalca, aiutandomi a fare altrettanto.

È vietato e fuori dalle regole, ma lo seguo lo stesso. Questo suo lato senza paura, senza quell'opprimente autocontrollo, mi fa sorridere e mi dà energia.

Mi tende una mano e mi fa avvicinare alla giostra ancora in

movimento, senza farci notare. Entriamo al volo in una delle piccole cabine e ci abbassiamo, nascondendoci dagli occhi dei custodi e delle persone che lasciano il luna park per tornare a casa. Mi sorride e mi fa segno di non parlare, facendomi l'occhiolino.

Mentre le luci si spengono, la giostra rallenta fino a fermarsi, e noi rimaniamo sospesi nel punto più alto, con la vista della città illuminata sotto di noi.

Siamo a un passo dalle stelle. Le osservo brillare contro il cielo notturno, più luminose che mai.

«Hai un debole per le stelle».

«Mi fanno sentire l'amore del nonno» sospiro, incantata dai loro colori, accucciandomi sul fondo della cabina.

Kinan mi copre con la giacca e si sdraia accanto a me. Il suo profumo, le stelle del nonno, la dolcezza dello zucchero filato... tutto mi porta a sorridere e a chiudere le palpebre.

«Anch'io sono vulnerabile per te».

Un tuffo al cuore.

Apro gli occhi e lo guardo con l'anima che freme. La mia espressione confusa lo fa sorridere e le sue iridi di smeraldo risplendono, lasciandomi senza fiato.

«Quel giorno, sotto alla pioggia, avevi detto che per me sei vulnerabile... perché chi ama accetta di essere vulnerabile per l'altra persona».

Le mie labbra si schiudono.

«Sono e sarò vulnerabile per te, Isabella Liverly. Perché ti amo».

Mi bacia, e nei suoi baci è racchiusa la magia di questa notte stellata, del battito dei nostri cuori, che esprimono l'amore e la vulnerabilità delle nostre anime nascoste in una giostra.

Preme le labbra sul mio collo, sfiorando con dolcezza ogni centimetro del mio corpo, assaggia la mia pelle come assaporava lo zucchero filato. Sotto al suo tocco, ogni mia incertezza, ogni paura viene cancellata. I vestiti scivolano via, ci lasciano liberi. I miei battiti veloci si perdono nei suoi, fondendosi insieme.

I nostri baci si fanno più intensi, le sue mani più audaci. Intreccio le dita tra i suoi capelli, rilasciando un gemito sulla sua bocca. Lui si ferma e mi guarda con gli occhi colmi di desiderio.

«Posso?» sussurra, la voce roca.

Bandisco le parole, appoggiando le labbra sulle sue. Lui le incurva contro le mie in un piccolo sorriso.

Solo le stelle nel cielo sono testimoni della dolcezza con cui io e Kinan ci siamo amati. Solo le stelle nel cielo, io e Kinan.

69
La verità non detta

Isabella

«Dove stiamo andando?»

Kinan mi sorride. «In un posto lontano dalle guardie che volevano arrestarci».

«Perché ho l'impressione che per te sia normale? Io sono quasi morta dall'imbarazzo!»

Stringe la mia mano con dolcezza.

Ho ancora addosso la sua giacca, il suo profumo mi inonda. Ora ogni centimetro della mia pelle è marchiato dalla sua essenza. Mi sento elettrizzata a ogni suo tocco, a ogni sguardo, come se le cellule del mio corpo si nutrissero grazie a lui.

Raggiungiamo un piccolo bar disperso in mezzo ai campi. «Facciamo colazione prima di essere arrestati, ti va?»

Annuisco con un ampio sorriso. Al cibo non dico mai di no!

Entriamo e lui scambia un lungo sguardo con il proprietario, che fissa anche me in modo insistente.

«Non ti sembra strano?» mormoro mentre aspettiamo che ci conduca a un tavolo. «Ci guarda in modo sospetto. Non è che è un agente di polizia sotto copertura?»

La mia domanda lo fa ridere.

Ma come fa a essere così tranquillo? Un attimo fa siamo stati inseguiti...

Il proprietario ci si avvicina, ci guarda di nuovo in modo imperscrutabile e ci fa segno di andargli dietro. Lo seguiamo attraverso una piccola veranda sul retro e di colpo, davanti ai miei occhi, si apre un immenso campo di girasoli. Un unico tavolo ci aspetta, con uno dei girasoli al centro e tanto cibo da sfamare un esercito.

«Io ti organizzo le sorprese e tu sospetti che ci vogliano incarcerare? Wow, mi stupisci sempre di più, Isabella Liverly».

Schiudo la bocca, sbalordita, commossa, meravigliata da tanta bellezza. «Quando hai organizzato tutto questo?»

«Ho i miei metodi. Tu hai organizzato il luna park, io una colazione in mezzo ai girasoli. È uno dei tanti gesti con cui voglio amarti». Mi guarda con una tale sincerità da farmi commuovere, mentre mi accarezza la schiena. «Mangiamo?»

Mi avvicino al tavolo, e Kinan mi sposta la sedia, da vero gentiluomo, facendomi accomodare.

Tutta la magia di questo posto, delle decine di fiori gialli davanti ai miei occhi, si fonde con la bellezza del ragazzo dai riccioli ramati che si accomoda di fronte a me.

«I girasoli mi hanno sempre ricordato te. Dal primo giorno, da quando ci siamo scambiati le nostre prime parole».

«Ti riferisci a quando mi hai detto che la mia intelligenza è uguale a quella di un bambino delle elementari?»

«La tua espressione in quel momento era esilarante!»

'Dio, odiavo così tanto la tua presenza... e ora respiro solo grazie al tuo tocco... solo grazie ai tuoi occhi di smeraldo'.

Prendo il girasole appoggiato in mezzo al tavolo e mi incanto a osservarne i petali soffici, facendo sorridere Kinan. Un click inaspettato in sottofondo mi fa voltare a destra: il proprietario del bar ci sorride, una macchina fotografica tra le mani.

Ma cosa...? Ci ha appena scattato una foto?

«Scusate, ma questa scena è bellissima! Posso farvela stampare, se...»

«Non si preoccupi e la tenga pure» sussurra Kinan in tono cordiale, mentre il mio imbarazzo grida di cancellarla.

Chissà come sarò venuta male. Avevo lo sguardo talmente imbambolato, rivolto verso il girasole, che non mi sono resa conto di nulla.

«Sei uscita da Dio, stai tranquilla». Kinan prende un pezzo

di brioche e mi imbocca, impedendomi di ribattere. «Devi vivere di più, senza farti opprimere da queste paure».

Gli rivolgo un'occhiataccia, mentre mi mette tra le labbra un altro piccolo boccone. Più lo osservo, più noto che il suo volto è il ritratto della cura che mi serviva per sentirmi bene. Stento a credere di averlo accanto, stento a credere che sia così ammaliato da me come io lo sono da lui.

«Stai pensando troppo... hai uno sguardo strano».

«Ma mi leggi nel pensiero? Me lo chiedo dal primo giorno a scuola».

«No, è che le tue espressioni per me sono sempre molto chiare. Riesco a percepire ogni singolo cambiamento emotivo: il modo in cui muovi gli occhi, storci il naso, incurvi le labbra... tutto. Sei come un girasole di cui ho studiato i petali».

«Se io sono un girasole, allora tu sei il mio sole».

Si blocca e le sue guance si tingono di rosso. «Devi smetterla di fare dichiarazioni d'amore quando sono impreparato, o morirò» sbuffa, distogliendo lo sguardo.

«Davvero, sei il mio sole. Mi girerò sempre verso di te, proprio come fa coi raggi solari».

«Sii girasole anche quando non ci sarò. È così bello vederti sorridere spensieratamente».

L'ansia mi stringe il cuore. «Che cosa vuol dire quando non ci sarai? Mi hai promesso di stare sempre accanto a me, ricordi?»

Kinan sorride e con la mano fa segno di avvicinarmi a lui. Mi alzo e gli arrivo di fronte con un sopracciglio inarcato.

Chissà che vuol...

Mi prende per i fianchi, attirandomi a sé, e mi fa sedere sulle sue gambe. Il suo profumo mi avvolge come un abbraccio mentre mi accarezza i capelli con dolcezza. Sfiora il mio collo con il naso, respirando piano, e poggia le labbra sulla mia pelle. «Me le ricordo, le mie promesse. Ricordo di averti detto che ti avrei insegnato a volare di nuovo».

Le immagini delle Ali di Fata mi inondano la mente.

'È stato il momento in cui mi hai chiesto perché le avessi appese...'

I miei pensieri vengono interrotti dal luccichio di un ciondolo che si posa sul mio petto, all'altezza del cuore. Kinan mi sfiora la nuca e chiude la catenina sottile dietro al mio collo.

«Le tue Ali di Fata, Isabella. Ti mancano queste per volare».

Una lacrima scende sulla mia guancia fino a bagnare il ciondolo. Lo sollevo tra le dita con la meraviglia ad accelerare i miei battiti.

«C-come si usano?»

Kinan mi rivolge uno sguardo colmo di premura mentre asciuga il mio viso. «Si usano in vari modi. Il primo modo è non permettere al dolore di prendere il controllo sul tuo cuore. Il secondo è respirare anche quando stai male, non isolarti in una gabbia fatta di spine».

Il ciondolo riluce sulla mia mano e il mio animo si fa leggero come una piuma.

«Il terzo, forse quello più difficile per te, è accettare che anche gli altri possono sbagliare. So che non sarà facile... non pretendo tu inizi adesso, ma tuo nonno sarebbe felice se ti vedesse elaborare la sua morte e coronare i tuoi sogni». Raccoglie le mie lacrime con dolcezza. «Sarebbe un bene, per te, essere d'esempio per i tuoi genitori. Hanno sbagliato tutto, lo so. Ma da quando in qua gli adulti fanno qualcosa di giusto?»

Lo guardo, e la gratitudine per il suo gesto mi riempie il petto.

'So che le tue parole sono giuste... so che mi farebbe bene fare questi piccoli, grandi passi. E li farò'.

Osservo il suo viso, e vorrei legarlo per sempre al mio cuore. Lo stringo in un abbraccio. «Mi impegnerò. Te lo prometto, Kinan Daneer».

Dafne

Busso alla porta della casa dei Red con il fiato in gola. Sotto il mio pugno il battente si apre e Chris compare sulla soglia.

«Che cosa c'è adesso?»

«Kinan. Devo parlare con lui».

«Non hai capito niente. Non solo ci hai dato quelle mappe avvisando i tuoi amici, ma ora pretendi pure di parlare con Kinan?»

La sua espressione disgustata mi fa abbassare lo sguardo.

Come glielo spiego che è stato Oscar a pedinarmi, è stato Oscar a seguire ogni mia mossa e a rivelare tutto ai laboratori? Non mi crederebbe. Nessuno di loro lo farebbe. È molto più facile stare in silenzio che provare a giustificarmi e difendermi.

«Quindi sei tu che ci hai teso la trappola? Quelle mappe mi sembravano troppo precise...» La voce di Kinan mi paralizza.

Rivolge uno sguardo infuocato a Chris, che si volta spaventato. «Lasciaci soli».

Lui annuisce e si allontana, scomparendo dalla mia vista, mentre Kinan esce e chiude la porta alle sue spalle.

Mi pietrifica con un'occhiata gelida. «Che cosa vuoi?»

Stringo le mani in un pugno e prendo fiato. «Perché l'hai fatto? Sei forse impazzito, Kinan? Non dovevi accettare!»

«Non sono affari tuoi».

«Sì che lo sono. Sono affari miei, Kinan». Alzo il tono di voce, la rabbia ribolle nelle mie vene come lava. «Il giorno in cui ti hanno proposto la cura, in quelle otto ore in cui sei rimasto con loro, hai fatto da cavia perché mancava il tuo sangue per farla funzionare».

«E allora?»

La sua espressione apatica mi fa imbestialire ancora di più. Come fa a essere così tranquillo, così sereno?

«E allora? Ti hanno chiaramente avvisato del fatto che solo su di te questa cura avrà un effetto collaterale che ti porterà a morire probabilmente dieci o vent'anni prima del previsto... perché hai dato il tuo sangue nonostante sapessi che ti avrebbe ucciso lentamente? Perché l'hai fatto?»

Sospira a lungo. «Non sono affari tuoi...»

«Non solo questo. Hai anche barattato la cura con i video e le prove incriminanti contro di loro. È questo che volevano in cambio. Cancellare ogni traccia, ogni prova. Sei soltanto un codardo...» La mia voce trema.

«Non capisco perché ti interessi così tanto. Ho accorciato la mia vita? Sì, l'ho fatto. Ho ridotto le mie possibilità di sopravvivenza? Sì, l'ho fatto. Ho preferito guarire i miei amici piuttosto che stare da solo con l'orgoglio di un'amara vendetta? Sì, l'ho fatto».

Una lacrima mi percorre la guancia. «E lo dici così tranquillamente?»

Non posso crederci. Si è sacrificato per dare una cura ai suoi compagni e se l'è fatta iniettare nonostante sapesse...

«Non è affar tuo. Se scopro che l'hai detto a qualcuno, conoscerai davvero la mia furia, Lady Diana».

Il tono minaccioso e il suo sguardo colmo d'odio mi fanno venire i brividi. Anche da umano, sa essere spaventosamente intimidatorio.

«Perché te la sei iniettata? Non potevi mentire alla tua stupida famiglia? Potevi mentire con facilità e dire loro che su di te non aveva funzionato!»

Kinan si avvicina, mi prende per il braccio e lo stringe con forza. «Osa chiamarli un'altra volta così, osa farlo» i suoi occhi verdi traboccano di collera, «e non sarò affatto paziente come adesso».

'Come può essersi spinto a così tanto per loro? Come?'

«Perché te la sei iniettata?»

Mi libera il braccio di scatto e si volta per rientrare in casa, lasciando la mia domanda sospesa in aria.

«Non hai il diritto di morire. Il ragazzo dei fiori di smeraldo non può morire».

Si volta in un lampo. «Non esiste più, quel ragazzo! È morto, Dafne. È morto per vivere un po' di più accanto a una persona a cui vuole dedicare tutto l'amore possibile. Tutto l'amore che erroneamente avevo dato a te, tutto l'amore che pensavo meritassi... voglio darle tutto ciò che una ragazza normale può desiderare».

«Oggi tocca a noi!» trilla Amanda. «Ho già preparato il necessario. Vado a svegliare Cloe, così possiamo andare». Canticchia e sale le scale verso le camere da letto.

È il momento.

Do il via libera all'istante, e Zack apre la porta ai ragazzi, muniti di armi e di giubbotto antiproiettile. Cloe, che in realtà è già sveglia da un pezzo, prende la sua pistola e corre all'esterno. Prendo anche la mia ed esco con Zack. Mi volto e osservo per un'ultima volta le mura di casa. Ripenso a tutto quello che ha rappresentato per me, tutto quello che c'è stato.

«Andiamo, andiamo!» sibila Zack. «Dobbiamo fare veloce, la cerimonia sta per iniziare».

Mi siedo accanto a Cloe e chiudo lo sportello dell'auto, facendo segno ai ragazzi di partire. La macchina accelera bruscamente e il mio cuore romba allo stesso modo.

«Ti stai pentendo?» Cloe mi preme il braccio.

Sospiro. «Mi chiedo soltanto se stiamo facendo la cosa giusta».

«Riscattarci e vendicarci per il male che ci hanno fatto ti sembra sbagliato?»

Mi sembra sbagliato? Avrei detto di sì, se non avessi visto quella scena. Quella maledetta scena.

«No, è giusto. Ci vendichiamo, facciamo in modo che si ricordino chi siamo».

La mia risposta la fa sorridere, un lampo ferino nello sguardo. Cloe è addirittura più istintiva e ribelle della sorella... non ha freni, non ha limiti. Gli unici momenti in cui la sua rabbia sembra placarsi sono quelli in cui parla con Yuri. Lui è in grado di distrarla dalla sua ira... ma, a quanto pare, non abbastanza da impedirle di unirsi a noi in questa missione.

Zack mi lancia uno sguardo divertito dallo specchietto retrovisore. «All'inizio mi hai spaventato, Nicolas. Pensavo volessi tradirci».

«Ero accecato dalla bontà di una persona».

Ho pensato a ciò che avrebbe fatto Wendy al posto mio, al comportamento che avrebbe voluto tenessi in questa situazione... ma dopo aver visto lei e l'amico che consideravo un fratello trovarsi l'una nell'altro, ignorando me e i miei sentimenti, ho cambiato idea.

Ho trovato un modo per rendermi indimenticabile.

Isabella

Quando scendo dall'auto di Kinan, mi arriva subito alle orecchie il mormorio dei giornalisti davanti casa mia.

«Tua madre fa le cose in grande. Non doveva essere una piccola cerimonia in famiglia?»

«Mia madre per piccolo intende questo».

L'espressione sbigottita di Kinan mi fa sorridere. Mi prende per la vita con un braccio, mentre ci incamminiamo verso l'entrata. «Io ho un'altra idea di piccolo...»

Il completo che ha indossato mette in evidenza le spalle forti, facendo risaltare anche il suo viso. I ricci ramati gli ricadono all'indietro, perfettamente pettinati, e il verde delle sue iridi vibra contro il nero della stoffa, rilucendo di sfumature. Sembra un uomo d'affari, non il ragazzo che ruba lo zucchero filato.

'Isabella Liverly, stai con l'uomo più sexy dell'universo!'

«Sai che con questo abito bianco che ti fascia le curve, non riesco a concentrarmi su altro?»

«Smettila. Divento tutta rossa, lo sai...»

«È che davvero non riesco a smettere di pensare a cosa potremmo fare una volta finita questa *piccola* cerimonia. Che ne dici di una *piccola* fuga?» Lascia un bacio sulla mia spalla nuda.

«Piccola fuga per fare cosa?»

Sfoggia un sorrisetto malizioso. «Una *piccola* versione di quello che abbiamo fatto sulle giostre».

Cosa?

Avvampo di colpo mentre il mio cuore inciampa e rotola,

perdendo per un attimo il suo ritmo normale. Lui ride divertito, e l'allegria nella sua risata mi fa sorridere a mia volta.

Penso di essermi innamorata del suono della sua voce e del modo in cui i suoi occhi sprizzano gioia quando mi guarda. Vorrei averli sempre puntati su di me. Vorrei sentire questi brividi all'infinito.

La suoneria del suo telefono ci interrompe. Mentre risponde, mentre parla, osservo il suo volto mascherare ogni emozione dietro un semplice sorriso.

Termina la chiamata, mi prende per mano e mi accarezza la guancia. «Devo andare a casa. Cloe si è dissolta nel nulla e Amanda è molto agitata. Vado a controllare che non stiano per succedere casini».

«Mi lasci sola a questa *piccola* cerimonia?»

Lo faccio ridere. «Torno tra dieci minuti. Tu entra e vai da Dave e Yuri. Ti stanno aspettando. Non fare pasticci».

Annuisco, lasciando andare la sua mano. «Allora ci vediamo dopo».

«Ci vediamo dopo». Mi posa un bacio veloce sulle labbra e sale in auto.

Mette in moto e fa inversione, dedicandomi un ultimo sguardo prima di sfrecciare via. Nel mio petto si crea una voragine mentre si allontana, come se avesse portato il mio cuore con sé.

Prendo un respiro e mi volto verso casa. 'Forza, affrontiamo questa cosa'.

Avanzo fino alla porta sotto le occhiate e i flash dei giornalisti; ignoro le loro domande e mi infilo all'interno senza degnarli di attenzione.

'Non rimarrò ferma come una statuina a farmi fotografare. Odio tutta questa curiosità morbosa. Odio che dobbiate mettere sotto alla lente d'ingrandimento qualunque dettaglio di una vita che non è la vostra'.

Raggiungo il salone. Al posto dell'argenteria e delle porcellane, della torre di calici con lo champagne e dei camerieri che corrono da una parte all'altra sotto lo sguardo severo dei miei, ci sono solo fiori, tanti fiori freschi e profumati adagiati in piccole composizioni sui tavoli.

«Ci hai messo un'eternità. Ci sono le amiche di mamma che non fanno altro che guardarmi come si guarda un budino» sbuffa Yuri avvicinandosi mentre si allenta la cravatta.

Mi accompagna al tavolo a cui sono seduti Dave e Teresa. Senza pensarci troppo, mi accomodo accanto a lei e le sorrido.

Yuri sgrana gli occhi. «Avete risolto l'arcana lite?»

«Santo cielo, perché devi essere sempre così stupido?»

Teresa ride divertita, senza accorgersi dello sguardo ammaliato che le riserva Dave. La guarda proprio come io guardo...

«Dov'è Kinan?» Yuri si infila in bocca un grissino. «È scappato quando ha visto la *piccola* cerimonia di cui parlava mamma?»

«Arriva tra poco».

La mia attenzione viene calamitata dall'improvvisa vibrazione del telefono nella mia borsa. Lo tiro fuori e apro il messaggio che lampeggia sul display. Davanti ai miei occhi compare una foto: Wendy in aeroporto assieme a Teo, con i piedi stesi sulle valigie. Sorrido sfiorando il suo viso felice. 'Fa' buon viaggio, amica. Parigi vi attende'.

Scatto un selfie di me e Yuri annoiati da mandarle in risposta, e la sua reazione non tarda ad arrivare.

'Vedo che la cerimonia è molto ristretta'.

Yuri mi sfila di mano il cellulare e le manda una miriade di foto in pose e smorfie stupide.

Scuoto la testa con un sorriso, sollevando gli occhi al cielo. È proprio uno scimmione...

Il mio sguardo si posa su mamma e papà. Osservano il nostro tavolo, il volto rischiarato dalla gioia. D'istinto, porto le dita al ciondolo con le Ali di Fata.

'Sarebbe un bene, per te, essere d'esempio per i tuoi genitori. Hanno sbagliato tutto, lo so. Ma da quando in qua gli adulti fanno qualcosa di giusto?'

Sollevo una mano e sorrido nella loro direzione. Lo stupore sui loro visi e i loro occhi lucidi bastano per farmi capire che ho fatto la cosa giusta.

«Kinan ti ha trasformato in una ragazza educata...» Yuri sgrana gli occhi e si fa il segno della croce al contrario. «Il mondo sta finendo!»

«Non so se ridere per il segno della croce sbagliato che hai appena fatto o per la cazzata che hai appena sparato».

«Il nonno sarebbe fiero di te».

Le parole di Dave mi fanno sussultare il cuore. Anche Kinan sarebbe fiero di me, proprio come lui.

Un tintinnio ci fa voltare all'istante. Mamma sbatte un cucchiaino su un bicchiere, attirando l'attenzione di tutti presenti.

«Sembrano le elezioni presidenziali» sussurra Yuri, strappandomi una risata.

I nostri genitori guardano gli invitati, i loro amici e i vicini, prima di puntare lo sguardo su di noi.

«Per festeggiare la ritrovata unione della nostra famiglia, vogliamo inaugurare un periodo di pace». Gli occhi di mamma luccicano. «Sappiamo di non essere perfetti... abbiamo sbagliato tanto, credendo di fare la scelta giusta per i nostri figli...»

«Ma abbiamo pensato male, e sono stati i nostri stessi figli a mostrarcelo». Papà mi guarda con un sorriso commosso. «Non sappiamo come aggiustare quello che abbiamo rotto, non sappiamo davvero da dove iniziare... ma un cammino inizia sempre con un primo passo... e il nostro primo passo sarà donare ai Red il denaro necessario per realizzare i loro sogni. Vogliamo ridare loro le ali che abbiamo reciso».

Dei brividi mi percorrono la pelle.

«Vogliamo essere dei genitori migliori di quelli che siamo stati. Perciò, chiediamo scusa di fronte alle telecamere, in modo tale che ogni nostra parola sia registrata e non sia una vana promessa. Ci discostiamo dall'operato dei laboratori, non vogliamo più farne parte. Terremo fede a ciò che abbiamo detto e ci impegneremo per essere dei genitori all'altezza dei nostri figli». Mamma lancia uno sguardo nella nostra direzione.

Annuisco, fiera di ciò che stanno facendo, mentre Dave si passa le dita sotto le ciglia.

«I Liverly chiedono umilmente scusa per le loro azioni e sono pronti a pagarne le conseguenze». Entrambi abbassano il capo, chinandosi di fronte allo sguardo stupito di tutti.

«Stanno chiedendo scusa pubblicamente? Questa è *davvero* la fine del mondo!» mormora Yuri, sempre più basito.

Mi alzo in piedi e applaudo alle loro parole. Anche se ho paura per quello che dovranno affrontare, sono fiera del loro coraggio. Il mio gesto viene imitato da Dave, da Yuri e da Teresa, e poi da tutti quanti i presenti. Papà abbraccia mamma tra le lacrime, in un gesto d'amore e di supporto.

Li guardo, mentre lo scrosciare dell'applauso riempie il salone, ma il fragore di un colpo all'ingresso mi fa sussultare, strappandomi all'incanto. Mi volto e la mia gioia si spegne davanti alla porta di casa divelta.

Un gruppo di persone armate, con indosso dei passamontagna, si infiltra nella sala aprendo il fuoco contro di noi, e le urla di tutti si sovrappongono agli spari.

Dave mi tira sotto al tavolo e fa lo stesso con Yuri e Teresa. Ci copre con la tovaglia facendoci segno di rimanere in silenzio e immobili. I gemiti e le grida dei feriti mi fanno rabbrividire.

Yuri solleva un lembo del tessuto e sbianca.

«N-non sono umani... quelli sono infetti!»

Le sue parole mi paralizzano.

Mi sporgo anch'io e l'immagine di un fucile puntato sui nostri genitori mi gela il sangue. D'istinto mollo la mano di Dave e mi precipito fuori, mentre papà copre mamma con il suo corpo. La follia del massacro che stanno attuando calpesta il mio cuore e la mia anima. La crudeltà con cui tolgono la vita mi strappa un urlo disperato.

Il ragazzo che imbraccia il fucile carica il colpo e, ignorando le mie urla, preme il grilletto.

Mamma! Papà!

Mi getto in avanti di fronte ai loro occhi indifesi.

«Issa!»

«No, Isabella!»

La realtà esterna si attutisce, fino a scomparire. Non ci sono rumori, solo un fischio assordante che mi riempie le orecchie mentre impatto contro il suolo. Gemo e mi guardo le mani tremanti, guardo il mio abito bianco macchiato di sangue. Sono... sono ferita? Mi hanno colpito?

Tutti i presenti sono terrorizzati, i loro occhi sono pieni di paura. Persino l'infetto che ha sparato si immobilizza e fa cadere l'arma a terra. Eppure non sento dolore. 'Perché non sento dolore?'

Un corpo crolla davanti a me, riscuotendomi. Indossa un completo nero, lo stesso completo di...

Kinan!

Mi butto su di lui con il cuore in subbuglio. «K-Kinan? Kinan? Kinan!»

Gli tocco il viso, il collo, il petto. Il tessuto bianco della camicia si tinge di rosso sotto i miei occhi. Sangue... perde sangue! Ha preso il colpo al posto mio...

«Chiamate un'ambulanza! Serve... serve aiuto! Aiutatemi!» urlo con le lacrime agli occhi. Premo le dita sul suo torace per tamponare il liquido che sgorga e mi sporca la pelle. Lui respira a fatica, mormora qualcosa con un filo di voce. «Non parlare, non sforzarti». Gli sfioro la guancia, macchiandola di rosso. «Aiuto! Mi serve aiuto! Un'ambulanza!»

Dave e Yuri placcano il ragazzo che ha sparato e lo costringono a terra, mentre Teresa si inginocchia accanto a me, in lacrime, una mano sulla mia schiena.

«Le ambulanze ci metteranno troppo, posso portarlo io. Dobbiamo sbrigarci». Chris si china e prende Kinan tra le braccia, sollevandolo dal pavimento bagnato di sangue.

Lo seguo a corto di fiato, con la vista offuscata, percorrendo tutta la sala fino all'uscita sul giardino.

«M-mettimi giù...» dice in un soffio Kinan.

Corriamo in strada, Chris lo stringe al petto. Il mio cuore si strazia di fronte al suo viso pallido e imperlato di sudore.

«C-Chris... met... mettimi giù...»

I singhiozzi mi sconquassano il respiro mentre avanzo dietro di loro, l'angoscia mi graffia i polmoni, mi chiude la gola, mi stritola l'anima.

Di colpo Chris si ferma e si inginocchia, appoggiando Kinan a terra.

«Che cosa stai facendo?» urlo.

«Il suo cuore sta...»

«No! Prendilo in braccio. Lo portiamo in ospedale».

Lui mi rivolge uno sguardo arreso e china il capo.

«No!» Lo scanso, prendo un braccio di Kinan e me lo passo sopra le spalle, gli avvolgo il mio intorno alla schiena e faccio forza sui talloni per trascinarlo.

Chris mi blocca, e i suoi occhi per la prima volta traboccano di lacrime. Lacrime vere, colme di dolore. «Sta morendo... sta morendo. Stagli accanto, vuole questo. Non arriveremo mai in tempo all'ospedale. Il proiettile ha perforato gli organi vitali...» La voce gli si strozza.

«Is... Isab...» bisbiglia Kinan.

Mi chino su di lui. «Non fare scherzi, Kinan! Non puoi lasciarmi!»

«Ha-hai le tue ali... sai come volare, vero?»

Le lacrime grondano dai miei occhi, scivolando sul viso prosciugato ed esausto. Sulla pelle pallida le sue lentiggini si spengono a una a una.

Mi stringe piano la mano, le sue dita fredde premono le mie come se attendesse la mia risposta per poter chiudere gli occhi.

Lancio un grido di dolore che squarcia l'aria. «T-ti prego... ti prego, K-Kinan. Stai ancora un po'...»

Sorride appena, mentre le sue labbra diventano bluastre. «Fai come ti ho detto... okay? Vivi come ti ho detto». Un rivolo di sangue gli cola dalle labbra. «Rispondi alla mia domanda... ne ho... bisogno...»

Mi porto la sua mano sulla guancia, il suo pollice scorre piano, asciugandomi le lacrime.

«Puoi volare? Isabella... puoi... volare?»

«P-posso volare, Kinan. Ho le Ali di Fata e so come usarle».

Le mie parole gli strappano un debole sorriso, mentre una lacrima gli percorre lo zigomo. Mi sforzo di sorridergli anch'io con gli occhi colmi di pianto. Il singhiozzo di Chris si mischia al mio lamento.

«Sei b-bellissima» mormora lieve.

«Sono vulnerabile per te...»

La sua mano mi sfiora i capelli, li accarezza debolmente. «A-anch'io» sussurra, incurvando le labbra. La sua espressione si contrae in uno spasmo di dolore. «Chris, t-ti prenderai cura di lei?»

Chris lo guarda con il petto scosso da sussulti. «Smettila di parlare, smettila!»

Kinan rivolge il viso verso il cielo. «R-rispondi...»

«Lo farò».

Le dita tra le mie ciocche si fermano e il suo braccio si abbandona, scivolando piano a terra.

«No! Amico mio...» Chris urla dal dolore.

Kinan sussulta, annaspa per respirare. La paura nei suoi occhi mi spinge a mascherare la mia disperazione. Mi asciugo le lacrime e gli faccio scivolare la testa sulle mie gambe. Mentre gli accarezzo le guance, sfiorando le sue lentiggini, lui mi sorride con uno sguardo pieno di gratitudine.

«Nessun incidente ti può impedire di sognare, perciò sogna come solo un bambino sa fare» gli sussurro.

Punta lo sguardo su di me, come se mi stesse chiedendo di continuare con la poesia del nonno. Il suo corpo abbandonato sul mio perde calore.

«Sogna lievemente, ma anche fortemente. Sogna da togliere il fiato, sogna come fosse reato».

Sposta gli occhi verso le stelle nel cielo.

«Sogna e non ti fermare, la vita è una sola...» Le lacrime che ho cercato di trattenere tornano a bagnarmi le guance. «E nessuno ti avvisa se il tuo tempo finisce...»

Chiude gli occhi, esalando l'ultimo respiro.

«... se la clessidra svanisce».

La sua anima abbandona il corpo, raggiungendo le stelle a cui è sempre appartenuto. Le lentiggini costellano i cieli brillando assieme al nonno, che lo accoglie tra i suoi disegni.

In quella notte stellata, in cui un abito bianco diventò rosso sangue, quando una ragazza imparò a volare, l'anima del ragazzo dello zucchero filato divenne una costellazione.

La gente non lo sa. Nessuno lo saprà mai.

Nessuno capirà che Kinan rappresenta le stelle nel cielo che insegnano a volare ai cuori oppressi dal dolore.

La verità non detta rimarrà tale per sempre, perché l'avarizia dell'uomo lo porterebbe a desiderare le sue lentiggini per riuscire a volare più in alto di lui, per riuscire a possedere i cieli.

Kinan insegnerà a volare a chiunque, oppresso dal peso della vita, guarderà il cielo notturno e invidierà le stelle che brillano.

Kinan è la verità non detta.

La verità di un bambino che ruba lo zucchero filato, condannato a vivere come un mostro per la stessa mostruosità umana.

The Truth Untold: are you scared of monsters?

Epilogo

Dieci anni dopo

Isabella osserva i bambini che la accolgono in casa tra risatine e gridolini. Alcuni le saltano in groppa e altri in braccio, facendola barcollare.

«Così la fate cadere!» li ammonisce Wendy.

«Ma mamma, la zia ha promesso di portarci al parco giochi!» si lamenta uno di loro con gli occhi azzurri imploranti, scuotendo i riccioli biondi.

Wendy si avvicina a lui, fulminandolo con lo sguardo.

«Mark, smettila di fare i capricci. Vai con gli altri bambini, forza! Dov'è tuo fratello Kinan?»

«Uffa! Non lo so dov'è» sbuffa Mark e batte i piedi per terra. Raggiunge il salotto con gli altri bambini, nell'attesa che Isabella li porti al parco giochi.

Lei sorride, appoggiando la spesa in cucina.

«Sono due bestioline! Mark è una peste e Kinan non fa altro che mangiare» sbuffa Wendy, mentre apparecchia la tavola.

Isabella ride. «Sono due gemelli intelligenti!»

L'amica le lancia un'occhiataccia, mentre si affretta a raggiungere i bambini in salotto. Percorre il corridoio, scambiandosi un sorriso con Teo, che svuota gli scatoloni assieme a Yuri, e saluta Dave, che sta sistemando l'insegna all'entrata assieme a Teresa. L'insegna dell'orfanotrofio che hanno progettato tutti assieme: l''Orfanotrofio zucchero filato'.

Si accorge che alcuni bambini osservano i suoi disegni appesi alle pareti verde pistacchio e discutono sul loro possibile significato.

Come biasimarli? I disegni di Isabella sono appesi per tutta la casa. Girasoli, zucchero filato, stelle, gelati al pistacchio e una strana giostra sospesa per aria.

C'è anche un ritratto, all'entrata.

Il ritratto di un ragazzo dai capelli rossi.

Nessuno capisce il nesso tra questi dipinti.

Nessuno tranne lei.

Si avvicina ai piccoli e si china alla loro altezza. «Vi piacciono?»

«Sì, molto, ma non capiamo... questi punti sono stelle?»

Sorride di fronte alla solita domanda che tormenta chiunque li guardi.

«Sono lentiggini».

La sua affermazione li lascia sbalorditi e pieni di domande.

Dà loro una carezza sui capelli e si dirige nel salotto, sedendosi accanto ai più piccini, che la circondano subito con gioia. Sanno che è il momento della storia, della loro fiaba preferita.

«Io ho lo stesso nome del ragazzo dello zucchero filato!» si vanta il piccolo Kinan.

«E allora? Nessuno te l'ha chiesto!» Mark gli fa una pernacchia.

«È ora della fiaba? La voglio ascoltare anch'io!» Chris corre a sedersi, tuffandosi sui cuscini e facendo subito ridere i piccoli e Isabella. È il loro idolo indiscusso: piace a ogni bambina della casa.

«Prima, però, devo dire una cosa alla zia Isabella» sussurra, facendole segno di seguirlo.

Si alzano, attorniati da smorfie buffe e sorrisi imbarazzati, e raggiungono il corridoio. Chris le consegna un pacchetto rettangolare. «C'è scritto che è per te. Viene da un bar... non so cosa sia esattamente».

Lei guarda il pacchetto, stranita, mentre Chris rientra in salotto per gestire il baccano che i bambini stanno facendo. Da quando è umano, ha acquisito molta più pazienza.

Isabella scarta con curiosità il sottile foglio giallo avvolto con cura intorno all'oggetto. Sbatte le palpebre e schiude le labbra, distendendole in un sorriso nostalgico ma colmo d'amore. Tra le mani stringe una fotografia che la ritrae nel giorno in cui lei e il ragazzo dai capelli rossi erano fuggiti nel piccolo bar circondato da girasoli. La fotografia che il proprietario aveva scattato a loro insaputa.

Sfiora con le lacrime agli occhi il volto di Kinan che la guarda ammaliato, mentre tiene in mano un girasole.

Non si era mai resa conto che era questo il modo in cui lui la guardava.

Pieno di amore, un amore che rende invidiosi perfino gli dei.

Torna in salotto e appende la fotografia al centro della parete color pistacchio, sotto allo sguardo di tutti i bambini, che ammirano affascinati il volto della ragazza con il girasole e del ragazzo dai capelli rossi.

«Zia, quella sei tu?»

Lo stupore nel vederla così giovane si dipinge sui loro visetti.

«Sì, sono io» sospira lei, ricordando ogni singolo momento di quei giorni lontani.

Wendy, Teo, Dave, Yuri, Teresa, Amanda e Chris la raggiungono, e si fermano a guardare con gli occhi lucidi dall'emozione il volto di Kinan, del loro amico e fratello.

«E lui chi è?» chiede Mark.

«Kinan, il ragazzo dello zucchero filato» risponde Isabella, stringendo tra le dita le Ali di Fata che non hanno mai più abbandonato il suo collo.

Ai bambini si racconta la fiaba del ragazzo dello zucchero filato, la fiaba nascosta agli adulti e alla loro avarizia.

La fiaba sussurrata tra le mura di un orfanotrofio circondato dai campi di girasole.

Ringraziamenti

Da che cosa iniziare?

L'emozione che sento non può essere descritta. Ho scritto questa storia in un momento di sofferenza, forse il periodo più burrascoso e oscuro che ho mai passato. Stavo cercando di rimanere in vita, di trovare un modo per volare via dal dolore. Ho trasformato la sofferenza in girasoli, giostre, zucchero filato, stelle e gelato al pistacchio. Ho trasformato ciò che mi faceva male in qualcosa che potesse aiutare il prossimo a respirare. Non sono mai stata brava ad accettare la morte. Non ho ancora capito come farlo, onestamente. Ma so che l'animo di chi ci ha amati è sempre presente in ogni nostro gesto. Kinan continuerà a vegliare sulla ragazza che fa voltare i girasoli e il nonno di Isabella continuerà a disegnare stelle che possano illuminarle il cammino. Perciò, non addoloratevi per questo finale. Lui vorrebbe che imparaste a usare le Ali di Fata. Io ancora non ho trovato le mie, ma ho promesso a me stessa di cercarle.

Detto ciò, la magia di questa fiaba è giunta al termine.

Vi ringrazio per averla resa ciò che è oggi. Ho iniziato a scriverla con l'intento di creare qualcosa di piccolo e stabile. Non avevo idea della marea di persone a cui si sarebbe legata. L'avete fatta volare voi fino a qui. Grazie di cuore per l'affetto con cui l'avete amata e supportata.

Grazie ai miei genitori per avermi nutrito di profondi insegnamenti che mi hanno aiutata a leggere il dolore in una chiave diversa, permettendomi di trasformarlo invece di subirlo.

Grazie alle mie sorelle e a mio fratello per avermi incoraggiata a compiere un salto più grande di me, per avermi ricordato che posso raggiungere ogni cosa io desideri.

Grazie a mio nonno per avermi insegnato che 'nessun incidente mi può impedire di sognare' e per avermi mostrato la bellezza delle stelle nel cielo. Grazie perché senza di te Franck non sarebbe mai nato.

Grazie a Sophia, la mia dolce amica, per avermi seguita in ogni passo dall'inizio fino alla fine. Mi ha mostrato che il dolore che provo è più piccolo della mia persona, che la forza di un animo che vuole vivere può bruciare e conquistare ciò che più desidera.

Grazie alle mie amiche: Giulia S., Monica, Sabrina, Giulia R., Elisa, Chiara V., Chiara F. Grazie per aver creduto in me quando io stessa non ci credevo più di molto. Mi scalda il cuore il modo in cui mi supportate sempre con affetto.

Grazie a chi ci ha creduto dall'inizio fino alla fine. A chi ha fatto il tifo per me, una ragazza spezzata dal dolore e consumata dalla paura.

Grazie alla mia maestra delle elementari, Gabriella, per aver insegnato con pazienza alla figlia degli immigrati a scrivere. Mi hai trattata con amore quando tutti mi trattavano con diffidenza.

Grazie a Marco e a Francesca che mi hanno dato la possibilità di arrivare fin qui. Non so che cosa avete visto in me, ma spero di non deludere mai le vostre aspettative.

Infine, grazie alla piccola Rokia che non ha mai smesso di scrivere. Quando soffriva, scriveva. Quando era felice, scriveva. Lasciava fossero le parole a decorarne il cuore, non faceva rumore. Immaginava mondi distanti, storie colorate e dolori taciuti. Incastrava trame complicate con l'agilità di un arciere. Grazie per essere rimasta speciale così come sei.

A presto con un'altra fiaba, mie piccole lucciole.
Con affetto,

la vostra Rokia

Indice

NELLA STESSA COLLANA:

- Erin Doom, *Fabbricante di lacrime*
- Erin Doom, *Nel modo in cui cade la neve*
- A.J. Foster, *Dangerously Mine. Pericolosamente mio*
- Carrie Leighton, *Better. Collisione*
- Malorie Blackman, *Pari e Dispari. Noughts & Crosses*
- F. Vanessa Arcadipane, *Inferorum Gemmae Saga* (4 voll.)
- A.J. Foster, *Strangely Mine. Stranamente mio*
- Carrie Leighton, *Better. Dannazione*
- Valentina Ferraro, *Wings*
- Carola Lovering, *Tell Me Lies. Dimmi bugie*

Questo libro è stampato col sole

Azienda carbon-free

Fotocomposizione: Alessio Scordamaglia

Finito di stampare
nel mese di maggio 2023
per conto della Adriano Salani Editore s.u.r.l.
da Grafica Veneta S.p.A. di Trebaseleghe (PD)
Printed in Italy